国家出版基金项目
NATIONAL PUBLICATION FOUNDATION

ZHONGGUO MINZU XUEKE
FAZHAN 70 NIAN

中国民族学科发展70年

◎ 主编 汪立珍

中国民族文学研究
（1949.10—2019.10）

中央民族大学出版社
China Minzu University Press

图书在版编目（CIP）数据

中国民族文学研究 70 年 / 汪立珍主编. —北京：中央民族大学出版社，2023.3（2023.7 重印）

（中国民族学科发展 70 年丛书）

ISBN 978-7-5660-1912-7

Ⅰ.①中… Ⅱ.①汪… Ⅲ.①少数民族文学—文学研究—中国 Ⅳ.①I207.9

中国版本图书馆 CIP 数据核字（2021）第 022575 号

中国民族文学研究 70 年

主　　编	汪立珍
总 策 划	赵秀琴　李苏幸
责任编辑	白立元
封面设计	舒刚卫
出版发行	中央民族大学出版社
	北京市海淀区中关村南大街 27 号　　邮编：100081
	电话：(010)68472815（发行部）　　传真：(010)68932751（发行部）
	(010)68932218（总编室）　　　　(010)68932447（办公室）
经 销 者	全国各地新华书店
印 刷 厂	北京建宏印刷有限公司
开　　本	787×1092　　1/16　　　　印张：23.75
字　　数	490 千字
版　　次	2023 年 3 月第 1 版　　2023 年 7 月第 2 次印刷
书　　号	ISBN 978-7-5660-1912-7
定　　价	118.00 元

版权所有　翻印必究

前　言

中华人民共和国的民族文学，跟着共和国走过了 70 年的光辉历程，以自己的辉煌为中华人民共和国添彩。中国民族文学的辉煌是得来不易的，因为在中华人民共和国成立之前，它连概念都没有。要了解"少数民族文学"这一概念的历史，还得先探索"少数民族"一词的来源。"少数民族"这一概念是孙中山先生首先提出来的。1924 年在中国共产党的帮助下，孙中山在广州召开了国民党第一次代表大会，在《中国国民党第一次代表大会宣言》中提道："然不幸而中国之政府乃为专制余孽之军阀所盘踞，中国旧日之帝国主义死灰不免复燃，于是国内诸民族因以有机窍不安之象，遂使少数民族，疑国民党之主张亦非诚意。故今后国民党为求民族主义之贯彻，当得国内诸民族之谅解，时时晓示其在中国国民革命运动中之共同利益。"这是首次提出"少数民族"这一概念。1926 年 11 月，中共中央在对西北工作的指示中，也使用了"少数民族"一词，但当时主要指回族和蒙古族。1928 年 7 月在中国共产党的第六次代表大会的《关于民族问题的决议案》中，"少数民族"才正式使用："中国共产党第六次大会认为中国境内少数民族的问题……对于革命有重大意义。"这个概念包含了国内的所有少数民族。

但当时还不可能有"少数民族文学"这样的概念，"少数民族文学"是 1949 年才提出来的。1949 年 9 月，在筹办《人民文学》过程中，由茅盾起草的发刊词中首次使用了"少数民族文学"这一概念，10 月 25 日，《人民文学》首刊发行，正式宣告"少数民族文学"概念的诞生，但当时还不稳定，因为发刊词中还同时使用"兄弟民族文学"一词。对"少数民族文学"的落实和推动，首先落在中央民族学院（中央民族大学前身）的肩上。1950 年 5 月，中央任命乌兰夫为中央民族学院院长，9 月，首先开办一个藏语文的短训班，在该班的教学内容中，就使用了藏族文学资料，这可以说是民族文学学科的萌芽。这个班是随后成立的语文系的前身，而语文系是中国少数民族文学学科的原生点，后来成长为中国少数民族文学学科的基地。

中华人民共和国 70 年来民族文学的变化，最重要的是观念的变化。诚然，中国文学的主流是汉文学，汉文学以其悠久的历史、灿如繁星的文魁、汗牛充栋的篇章而饮誉世界，领衔中华文坛。但人们也终于认识到，中华民族文化是我国各民族共同创造的，同样，中华文学也是中国各民族共同创造的，中国民族文学的灿烂篇章，是中华文学不可分割的组成部分。过去高校中文系那种单一的传统的稳定结构开始发生动摇。中华民族是一个民族团结的大家庭，因而过去的中华文学或中华文学史是不完整的，它只是汉文学或汉语文学，不能反映中国的文学的全面的、完整的面貌，它不是这个历史悠久的民族大家庭的真实反映。有识之士开始取得共识，必须改变这种不完整的状态，还中华文学一个完整的面目。不过这是就文学外在的层面而言，如果就民族文学内容形式层面来说，人们必将对民族文学刮目相看。中国民族文学浩如烟海，那异彩纷呈的民歌、奥妙无穷的神话、引人入胜的传说、情节曲折的故事、篇幅惊人的长诗、动人心弦的戏剧，使中华文学五彩缤纷，显示出无限的艺术魅力，这是就民间文学而言的。作家文学也不示弱，在古代，陶渊明、刘禹锡、元结、元稹、尤素甫·哈斯·哈吉甫、萨都剌、元好问、鲁提非、纳瓦依、宗喀巴、李贽、耶律楚材、纳兰性德、郑献甫；现当代，沈从文、老舍、玛拉沁夫、李準、韦其麟、端木蕻良、铁依甫江、牛汉、乌·白辛、侯宝林、吉狄马加、阿来、叶梅……在中华民族文学艺术的长廊里，哪一个不是魅力四射，给中华文坛添了光彩！想想，如果把异彩纷呈的民族民间文学舍去，把一大串光辉的名字抹掉，对中华文坛是多么大的损失！人们终于逐步认识到这一点，观念逐步改变。这一观念的改变，带来了诸多的变化。首先，民族语言文学学科得以生长，并且已经成长为国家一级学科，在28所高等学校和中国社会科学院民族文学研究所等研究机构，已经建立了硕士点、博士点和博士后流动站，达到了学位的制高点。其次，民族文学学科在高等学校是呈波浪式扩展的，先是在中央民族大学等民族系统高校中建立，而后扩展到民族地区一般高等学校，再扩展到全国其他高校。目前正以中国社会科学院民族文学研究所为核心，扩展到全国其他研究单位。尽管还有部分高校仍固守过去的传统，但是，民族文学学科的辐射也日益强劲。人们认识到在民族民间文学里蕴藏着无数的珍宝，于是到各族生存的丛山瀚海去淘金，民族文学的收集整理，在大规模地开展，一个个资料库的相继建立，一个个网站的相继开通，硕果累累。在中华人民共和国雨露阳光的滋润下，从民族文化的沃土里成长了一代又一代的少数民族作家、诗人，至今仅中国作家协会和省区级、地市级作家协会会员就有5000多人。作为他们的后盾和后备军的业余作者，更是一支数量庞大的民族文学大军。他们活跃在占中国64.5%的广袤的国土上，用自己的艺术智慧创造了数不胜数的文学精品，使中华文坛熠熠生辉。古今少数民族文学的精品和创造这些精品的文学巨匠们，深深地吸引着学者的目光，于是研究之风蜂起，从个案到总合，从作家到作品，从微观到宏观，从古代到当代，从少数民族文学与汉文学关系到少数民族文学与周边国家民族的文学交流，在民族文学研究的平台上产生了许多精彩的论述。作为这一切的综合的民族文学理论，不断地演绎出新的理念，作家行藏的追踪，文学精品的剖析，文学特色的探究，民族民间长诗的专论，民族文学史的梳理，多民族文学史观的探讨，中华文化板块结构的观照，使少数民族文学理论不断攀升，许多独到的见解的整合，使中国气派的民族文学理论正在形成。理论的探讨和民族文学精品的推介，各种民族文学团体的活动，各种文学评奖奖项的设立，各次民族文学研讨会的交流，以及民族文学多重价值的开掘，使民族文学产生的冲击波逐步扩展，其辐射力已经越过国界，逐步让世界各国朋友领略到中国民族文学的魅力，这就是中国民族文学辉煌的 70 年。民族文学从得到初步认识到逐步认可，从边缘化到向主流汉文学靠拢，虽然道路不是笔直的，但毕竟闯出了自己的天下，未来的《中国文学史》将是 56 个民族的文学熔于一炉，而不再是一以代之。经过激情燃烧的岁月，经过改革开放的洗礼，中国民族文学正在崛起。历史上由于许多民族没有自己的文字，没有产生作家和书面文学。中华人民共和国成立以后，这种局面逐步改变，至今 55 个少数民族都有了自己的作家和诗人，都有自己付梓的文学作品，在少数民族中曾经存在的作家文学的空白被填补了，这是了不起的变化。少数民族文学和汉文学的关系是互相影响、互相借鉴、互相补充、互相融合的，在保持各自民族特点的同时，趋同现象也在逐步扩大。这种关系是我国久远历史自然形成的各民族之间我中有你、你中有我的血肉关系在文学上的折射，目前，对这种文学关系的研究正在深入。这种研究，必将促进各民族文学的共同发展和共同繁荣。未来的《中国文学史》必定是真正的中国文学史——各民族文学融合的浑然一体的中国文学史。

2009 年我们编写《中国民族文学研究 60 年》，从 2009 到 2019 十年间，民族文学研究在理论方法与研究路径等方面取得了丰硕成果，这次由汪立珍教授主持编写的《中国民族文学研究 70 年》，增加许多新的研究领域与研究内容，充分体现民族文学研究取得的新成绩、新进展与新突破，夯实民族文学研究理论基础与学科体系，体现年轻学者开阔的学术视野与坚实的研究能力。

70 年在民族文学的发展史上是短暂的，但成就却很伟大，具有划时代的意义。本书的目的在于给这种变化立一存照，回顾过去，展望未来，希望能给民族文学未来的发展出一把力。虽然努力去反映这种时代的变化，终因时间的紧迫和能力的限制，难以如愿。挂一漏万是难以避免的，祈望广大读者批评指正。

梁庭望
2020 年 12 月 20 日

目 录

第一章 从多元到整合的文学理论 …………………………………（1）
　第一节　民族文学理论探索 …………………………………………（1）
　第二节　民族文学定义之争 …………………………………………（12）
　第三节　民族文学理论创新 …………………………………………（19）
　第四节　民族文学理论深化 …………………………………………（34）

第二章 民族民间文学调查与整理 …………………………………（51）
　第一节　调查与整理初始期（1949—1979 年）……………………（51）
　第二节　调查与整理发展期（1980—1999 年）……………………（57）
　第三节　调查与整理成熟期（2000—2019 年）……………………（64）

第三章 当代少数民族作家文学 ……………………………………（98）
　第一节　创作初始期（1949—1979 年）……………………………（98）
　第二节　创作发展期（1980—1999 年）……………………………（100）
　第三节　创作成熟期（2000—2019 年）……………………………（105）

第四章 少数民族古代文学研究 ……………………………………（123）
　第一节　研究初始期（1949—1979 年）……………………………（123）
　第二节　研究发展期（1980—1999 年）……………………………（131）
　第三节　研究深化期（2000—2019 年）……………………………（144）

第五章 少数民族文学翻译与研究 …………………………………（154）
　第一节　起步期（1949—1979 年）…………………………………（155）
　第二节　发展期（1980—1999 年）…………………………………（163）
　第三节　收获期（2000—2019 年）…………………………………（173）

第六章 少数民族比较文学 …………………………………………（185）
　第一节　研究酝酿期（1949—1979 年）……………………………（185）
　第二节　研究初始期（1980—1999 年）……………………………（187）

第三节　研究发展期（2000—2019 年） ………………………………… (194)

第七章　民族文学史建设 …………………………………………………… (209)
第一节　族别民族文学史编写 …………………………………………… (209)
第二节　专题性民族文学史编写 ………………………………………… (217)
第三节　整体性民族文学史编写 ………………………………………… (226)

第八章　民族文学改编与创作 ……………………………………………… (236)
第一节　少数民族文学的改编创作（1949—1979 年） ………………… (236)
第二节　民族文学资源的多元转化（1980—1999 年） ………………… (245)
第三节　民族文学的创造性转化与创新性发展（2000—2019 年） …… (251)

第九章　民族文学教学与人才培养 ………………………………………… (263)
第一节　国家级民族高校民族文学教学与人才培养 …………………… (263)
第二节　地方级民族高校民族文学教学与人才培养 …………………… (290)
第三节　非民族类高校民族文学教学与人才培养 ……………………… (295)
第四节　鲁迅文学院作家培训班 ………………………………………… (305)

第十章　少数民族文学学术研究机构 ……………………………………… (316)
第一节　专业学术研究机构及活动 ……………………………………… (316)
第二节　民族文学研究学会及活动 ……………………………………… (323)
第三节　少数民族文学刊物 ……………………………………………… (336)
第四节　全国少数民族文学创作"骏马奖" …………………………… (344)

附录：民族文学 70 年大事记 ………………………………………………… (351)

后记 …………………………………………………………………………… (369)

第一章　从多元到整合的文学理论

任何领域的开创，都离不开理论的探索和指导，犹如轮船需要船舵。少数民族文学学科是一个全新的学科，没有前例，中华人民共和国成立之前还是一片处女地，需要在实践中披荆斩棘，开拓自己的道路。中华人民共和国成立70年来，各民族学者在马克思主义文艺理论、毛泽东文艺思想的指导下，艰苦摸索，使民族文学理论研究从无到有，从多元的个案研究到整体研究，不断有所发现、有所创新，并初步形成了自己的理论体系，用以指导少数民族文学的创作、教学和科研活动。

第一节　民族文学理论探索

中华人民共和国成立不久，各少数民族文学史的编撰工作就提上日程。1958年7月17日，中共中央宣传部召集编写各少数民族文学史或文学概况座谈会之后，蒙古族、回族、藏族、维吾尔族、壮族、苗族、彝族、朝鲜族的文学史编写工作便加紧进行。工作进行当中，遇到了若干问题需要从理论上探索廓清，否则编写工作将难以推进。

一、对民族文学史重要意义的认识

贾芝在《祝贺兄弟民族文学史的诞生》中指出："编写各兄弟民族的文学史，不仅能使人全面地认识浩如烟海的中国文学，而且有多方面的意义。首先，是它的政治意义……在我国，根据党的民族政策和国家的宪法，早已建立了各民族之间平等、团结、和睦、友爱的祖国大家庭。各兄弟民族的文学史，就是在这种历史条件下发动编写的。所有过去被压迫被歧视和生活在不同的落后社会制度下的民族，历史上被遗忘了的民族，如今在共同建设社会主义的乐园的幸福时刻里，得到了蓬勃发展……系统地阐述各民族的文学创作经验和成就，使兄弟民族的优秀古典作品或现代作品广泛传播，还足以提高民族自信心，增强民族大家庭的成员之间的了解和团结……其次，研究各民族文学发展史，也是体现党的文艺政策的必要措施……要打破旧传统，创造新传统，推陈出新，就不能不研究各个民族的不同的文艺传统，吸收精华，剔除糟粕……为诗人、作家和参与文艺创作的广大业余作者向各民族的文艺学习准备条件……最后，编写这些文学史和文学概论的意义,还不止于完成一部比较完整的中国文学史和一部分民族文学史,而且还带动了民间文学的普查采录和各民族文学的研究工作。"① 以上三个方面,主要是从政治意义上说明编写各民族文学史的意义。从学术层面上讲,各族文学史可以使人们从历史学、民族学、语言学、文艺学、文化学、人类学、民俗学、宗教学等多角度研究各个民族的历史文化。我国大多数少数民族没有本民族文字,口头传承的文学就是他们的历史,所以各民族的文学史有研究的特别价值。由于中华文化板块结构中的中原文化圈处于中心地位,周围绕着三个少数民族分布的文化圈,中原文化圈和少数民族分布的三个文化圈之间的文学互相渗透,不了解少数民族文学史,汉文学史中的若干问题也是难以说清的。中华文化是各民族共同创造的,编写出55部少数民族文学史或文学概况,56本文学史摆在一起,是何等的壮观!这不仅使人们对中华民族历史文化的丰富性和结构多样性有新的理解,了解中国漫长历史过程中各民族之间"你中有我,我中有你"的民族关系,确定中国少数民族在中华文化和中华文学结构中的重要地位,改变过去"中国文学史"实际上是汉族文学史或汉语文学史的缺陷;而且,由于少数民族分布在边陲,与周边国家民族在文化上和文学上都有交流,因此各族文学史可以为我们研究中外文学关系提供难得的第一手资料。

二、关于作家族属的鉴别

在文学史编写讨论中,大家认为能够入史的作家和作品,必须是对该民族的文学发展有一定贡献,或者有比较显著的社会影响。在这个总的原则之下,各民族对人物和作品的选择,可以根据各自文学发展的具体情况,确定一些符合自己文学发展史的标准,也就是各有不同。

关于作家族属的鉴别,非常重要,这是编写文学史必须解决的前提之一。在编写过程中,遇到几类比较难以确定民族成分的作家。首先是同一语族的古代作家,由于当时还没有明确分出民族,比较难以确定其族属,对这类作家,需要严格考证。虽然古代一定的时期,民族还没有明确划分,但是考证表明,当时是存在着不同的支系、氏族或部落的,这些不同的支系、氏族和部落,活动都有一定的地域和范围,其迁徙也有路线可循,将这些考证清楚,作家的族属还是可以确定的。有的作家可属于两个民族共有,不能把界限划得太绝对。古代南方用汉文创作的作家,由于他们一般都不讲自己的民族身份,较难确定。在壮族的一百多个古代诗人中,只有个别人提到自己的民族身份。对这些诗人身份的辨析,主要从四个方面入手:一是看其出生地点,是否是壮族聚居区;二是看有关记载,如县志、府志、家谱等古籍均可以参考,但由于壮族有攀附中原大姓之风,必须十分谨慎;三是看其作品的民族内容和民族文化印记;四是当地的口碑和民间传说。以上因素综合起来论证,问题

---

① 贾芝:《祝贺兄弟民族文学史的诞生》,载《文艺报》1960年8月号。

一般可以迎刃而解。

作品的族属鉴别,在1961年制定的《中国各少数民族文学史和文学概况编写出版计划》中有了初步阐明:"判断作品所属民族,应以作者的民族成分为依据。作者无法考查的作品,以在本民族中流传并有本民族文学特色的作品为限。同一作品在两个以上民族中流传,无法判断所属民族者,可作为几个民族的共同的文学来叙述。"关于跨国作品的处理,文件指出:"同一口头文学作品在我国和邻国同一民族中流传,可作为两国人民共同的文学,但叙述时以在我国流传者为依据。我国和邻国同一民族如曾有共同的历史阶段,在这一阶段产生的作品,也应作为两国人民共同的文学遗产来叙述。但从邻国移居我国成为我国民族大家庭的一员的民族,应以在我国产生的文学为限。"这里主要涉及民间文学,没有涉及作家文学,是当时的局限。对民间文学而言,规定还是比较完整的,可操作的。

当时对古今比例争论相当激烈,到底是应该"厚古薄今"还是"厚今薄古",各执己见。第一种意见主张百分之百地不折不扣地执行"厚今薄古"方针,理由是:"(一)编史的目的是为了今天,肯定过去也是为了今天的需要;(二)'数风流人物,还看今朝',历史向前发展,新的总要代替旧的,所以对今天的东西应该给以充分的估价;(三)有的民族(如苗族)过去没有书面文学,今天出现了,这是古今无法比拟的;(四)在少数民族文学的研究工作中过去有过'厚古薄今'的错误,应该注意。"第二种意见主张不提这个口号,理由是:"我国少数民族文学遗产的发掘工作开始不久,还没有厚古薄今的倾向,对于古代的东西必须好好地发掘和整理,并且要赶快发掘和整理,因为有的作品是亟待抢救的,不然便有失传的危险,提出'厚今薄古'对于工作不利。"在当时的情况下,"厚今薄古"还是占了上风。但《人民日报》在报道时也指出:"不能误以为提出'厚今薄古'的口号便可以轻视历史遗产,对遗产采取粗暴的态度。而且我们是写文学史,应该写出文学历史的全貌。各民族的文学总是古代和近代要比现代的历史长得多,因而在篇幅上古代和近代部分合起来比现代部分多一些,或者甚至多出几倍,完全是合理的。"[1] 1961年4月10日,周扬在少数民族文学史讨论会上的总结讲话中没有强调"厚今薄古"这一口号,而是提"古今比例问题",并作如下阐述:"首先要研究历史遗产在科学研究、在现实生活中占有什么地位,我认为占有一个重要的地位。毛主席在《改造我们的学习》中提出要学习马克思主义,要研究现状,研究历史。学习马克思主义,不研究现状,不研究历史,就是教条主义。""写历史,古的可以多写。少数民族的历史,有的还搞不清楚,还要大力发掘,古今比例要看具体情况来定。"[2] 根据周扬的讲话,《中国各少数民族文学史和文学概况编写出版计划(草案)》中没有提"厚古薄今"这一口号,而是提出"文学史要求写出文学发展的全貌,并且应

---

[1] 《关于少数民族文学史写作的讨论》,载《人民日报》1961年6月28日。
[2] 《周扬同志在少数民族文学史讨论会上的讲话》,中国社会科学院少数民族文学研究所编:《中国少数民族文学史编写参考资料》,中国社会科学院少数民族文学研究所(内部资料),1984年,第44—45页。

给予过去的重要作家、作品应有的地位，古今的比重仍应比较适当，比较平衡"，"不宜详略过分，也不宜做统一的规定"。①

三、关于文学史的分期

关于文学史的分期也是讨论得最热烈的问题。有的主张按中央王朝的更替来写少数民族文学史；有的主张寻找各民族文学自己的发展规律，各自划分；有的主张既要根据各族的文学发展状况，也要参照汉文学发展史……这个问题实际是各民族文学的个性和共性问题。民族文学史编撰负责人何其芳于1961年4月17日做座谈会总结时指出："编写少数民族文学史或文学概况，应该强调各民族文学的共同点还是应该强调特点，也有两种不同的意见：一种意见认为写文学史或文学概况要有助于我国各民族的走向自然融合，因此应该强调各民族文学的共同性，不应该强调各民族文学的特点；一种意见认为两者并不矛盾，重视并发展各民族文学的特点并不妨碍我国各民族走向自然融合。我赞成后一种意见。我国各民族走向自然融合，这是一个长期的过程，一个远景；不能因此就人为地否定各民族的特点；重视并发展各民族文学的特点并不妨碍这样的趋势和前途，反而可以丰富今天和将来的我国各民族文学的共性。我们的文学史或文学概况既要重视我国各民族的文学的互相影响和共同之处，也要重视它们在内容、形式、风格、技巧等方面的不同的特点。"② 周扬对此指出："历史分期问题是一个专门性的问题，我看有些问题一时搞不清楚的不一定非要搞清楚不可"，"中国历史的分期到现在还没有结论，而且一时还做不出结论，少数民族，各种社会形态都有，不能要求与汉族一样，能分期就分，一时不能分的就先不分。可以写概况。"③ 翦伯赞认为："以《苗族文学史》为例，是否不要分期，就从作品实际出发，来写苗族文学的历史发展。因为分期是个复杂的问题，像汉族的历史，占有那么多材料，分期还碰到不易解决的问题。"④ 马学良的意见与翦伯赞基本一致，他在发言中说："分期问题，《苗族文学史》占有材料确实很不够，只从内容来分是不够的，如《开天辟地歌》不一定都是古代的。有些歌亦不必要分远古、近代，只从内容分，有些往往是后代加进去的，也不合适。"⑤ 根据这些重要意见，《中国少数民族文学史和文学概况编写出版计划》对"分期原则"做了如下归纳："各民族文学史的大的分期，应根据各民族社会历史大的分期划分

---

① 中国社会科学院少数民族文学研究所编：《中国少数民族文学史编写参考资料》，中国社会科学院少数民族文学研究所（内部资料），1984年，第9页。

② 何其芳：《少数民族文学史编写中的问题——1961年4月17日在中国科学院文学研究所召开的少数民族文学史讨论会上的发言》，载《文学评论》1961年第5期。

③ 《周扬同志在少数民族文学史讨论会上的讲话》，中国社会科学院少数民族文学研究所编：《中国少数民族文学史编写参考资料》，中国社会科学院少数民族文学研究所（内部资料），1984年，第46-47页。

④ 《翦伯赞先生对编写少数民族文学史的两点意见》，中国社会科学院少数民族文学研究所编：《中国少数民族文学史编写参考资料》，中国社会科学院少数民族文学研究所（内部资料），1984年，第94页。

⑤ 《马学良等同志对编写〈苗族文学史〉的几点意见》，中国社会科学院少数民族文学研究所编：《中国少数民族文学史编写参考资料》（内部资料），1984年，第97页。

（能与全国社会发展的大的分期一致者尽可能一致，但不强求一律）；至于小的发展段落，则可按照本民族文学历史本身的具体情况划分。分期可以使用我国历史朝代的名称或本民族的特殊的历史时期的称号，但应一律注明公元。"各民族文学史编写组据此放开手脚去研究本民族文学的历史分期，各显神通，分期呈现出多种形态，富有启迪。

座谈会上争论比较多的是民间文学中是否有两种文化的斗争问题，有的人说有，有的人认为不能这样提。说有的人认为民间文学中的两种文化斗争不仅有，而且"很明显，很尖锐，反动思想、剥削思想在民间文学里面有不少的表现"。另一种意见认为，"民间文学是劳动人民的创作，里面虽然也有精华和糟粕之分，那是人民内部的进步和落后问题，因此，不能说民间文学里面有两种文化的斗争，只能说两种文化的斗争在民间文学里面也有反映"。在当时阶级斗争扩大化的情势下，何其芳对此只能这样表态："我觉得这两种意见完全可以统一起来。对这个问题我们可以这样回答：民间文学里面有两种文化的斗争，但民间文学的糟粕的确很多都是剥削阶级的思想在其中反映；因此，民间文学里面的两种文化的斗争的形式还是表现得曲折一些，和整个社会上的两种对立阶级的文化的斗争还是有所不同。"还有的人主张文学史里面的两种文化的斗争应当贯穿始终，何其芳认为："各个民族里面，自有阶级划分以来，都是存在着两种文化的。但两种文化的斗争，并不一定任何时候都表现得同样尖锐，也不一定任何时候都很明显地表现在文学史上。还是按照历史事实和现有材料，能写多少就写多少，不必为了强调贯穿而勉强去写。"① 这段表态，现在看来还是比较实事求是的。

根据以上这些总的原则，各民族文学史编写组对所承担的民族文学史的相关问题进行了深入的讨论。关于《苗族文学史》的分期和断代，编写组将《苗族文学史》划分为远古、古代、近代和现代四个阶段。其中古代的上限划定在苗族西迁定居（秦汉之际），下限到鸦片战争，现代从1919年起，历经新民主主义和社会主义时期。

《蒙古族文学史》通过研讨处理四个问题：1."正确处理主体民族与少数民族、少数民族互相之间在文学上的传统关系，以及他们彼此之间所产生的深刻影响。"蒙古族文学曾经有过独立发展的时代，但是自元朝以后，日益与汉文学和各族文学产生共同性，因此，对早期文学应该立有专章，但是从元代开始，舍弃了"军事封建时期""封建割据时期"的提法，分期采用了元、明、清的提法，与王朝更替一致②。2. 处理好和蒙古国及苏联蒙古族文学的关系。哪些作品该写进来，哪些作品该划出去？哪里合写，哪里分写？都必须加以解决。像《江格尔》《格萨尔》以及尹湛纳希等的作品，产生在我国境内，入史是毫无疑义的。《成吉思汗的两匹战马》

---

① 何其芳：《少数民族文学史编写中的问题——1961年4月17日在中国科学院文学研究所召开的少数民族文学史讨论会上的发言》，载《文学评论》1961年第5期。
② 额尔敦陶克陶：《关于〈蒙古族文学史〉编写中的几个问题》（二），载《文学评论》1961年第3期。

则是共有的作品,也应该纳入。在分期上,早期是统一的,但是鸦片战争以后,我国蒙古族文学的发展就有自己的特点了。苏联也出版了一些《蒙古族文学史》等相关著作,我们的著作也必须处理好与它们的关系。3."实事求是地处理蒙古文学史上书面文学与民间文学的地位和相互关系。""总计七百余年的蒙古族文学史可以得出这样的结论:民间文学和具有爱国主义、民主主义思想内容的进步文人创作是整个文学发展的主流,而民间文学在其中又占着主要的地位。"书面文学包括文人创作和一部分文字记录和整理加工过的民间文学,大体上是用蒙古、汉、藏三种文字写作的,有很多优秀的作品。但"与上述各类书面文学比较起来,蒙古族的民间文学是大量的,丰富的,源远流长的,而且其中的优秀之作大都具有鲜明的人民性和强烈的战斗性,在艺术上也不愧为整个蒙古族文学之冠。正因为如此,蒙古族文学史必须充分尊重这一客观事实,把民间文学当作文学发展的主流来加以论述"。

《藏族文学史》遇到的最难的还是其他文学史不大遇到的文体归纳分类问题,藏族文学作品有的是散韵结合,有的还具有戏剧元素,这就给文体分类带来困难。这种多种文体混合的状态,还跟文学发展史有关①,因此,"如能把某些文体互相涉及、互相混淆之点说清楚",就可以"使人读了能了然于某种文体的此疆彼界"。他们的做法是在搜集资料时,注意广泛搜集各种体裁的作品,在充分掌握资料的前提下,对作品进行分类排队。事实证明,文体混杂正是藏族文学作品的特点和优点,唱一段,说一段,交替运行,趣味盎然。但不管怎样混杂,在其中总有一种是主要的,主导的,贯串始终的,其他文体形式穿插于其中,处于辅助的地位,这样,根据主副之分,文体的分类就迎刃而解了。

在壮族文学发展的历史长河中,民间文学占有主要的地位,在编写《广西壮族文学》时,首先遇到的是民间文学作品的搜集整理问题。关于作品的选择,强调"符合今天的时代精神","对曾经被埋没、被掩盖或者被歪曲的符合今天人民利益的精华,则加以突出,还其本来面目,使其大放光华"。同时编者也进一步明确:"整理民族民间文学,是为了更好地继承遗产,发扬民族优良传统,为今天社会主义革命和社会主义建设服务。但是,这种服务有的可能是很直接的、鲜明的,也有的可能是间接的、比较不明显的……不能认为大量优美朴实的情歌没有直接反映古代人民的革命斗争(也有不少是反映封建婚姻制度的压迫的),因而对今天就没有了意义而加以舍弃。"②

《苗族文学史》的编写首先遇到作品的断代问题。苗族文学主要是民间文学,搜集来大批作品,却一下子无法判断其产生年代,分不出年代就无法写史。为此,

---

① 《有关〈藏族文学史〉编写上的几个问题》,中国社会科学院少数民族文学研究所编:《中国少数民族文学史编写参考资料》(内部资料),1984年,第166-167页。

② 广西师范学院中文系《广西壮族文学》编写小组:《〈广西壮族文学〉编写中一些问题的探讨》,载《文学评论》1961年第3期。

编写组用了大量的精力来研究民族历史、研究作品,"一面研究历史,一面做以下工作:(一)探索资料的'源'和'流',根据它们所反映的社会现实判别它们产生的时代;(二)在前一工作的基础上,结合对历史的研究,根据各个时期的历史特点去检验资料的时代判别是否正确;(三)再在以上两项工作的基础上,使资料的排列系统化和条理化,再结合历史的研究,逐步地给文学史断代分期。"①《苗族文学史》在编写过程中一度存在七个问题:一是介绍社会历史与介绍文学作品之间有脱节现象;二是对一部分资料的产生时代判别不够准确;三是对当代民歌介绍比较薄弱;四是资料的运用地区不平衡,苗族分布在几个省区,都应当照顾到;五是一些章节存在资料罗列现象,概括分析不够;六是全书的语言运用前后不够统一;七是对中华人民共和国成立前苗族的书面文学介绍不够。《苗族文学史》编写组在克服这些不足当中,对其他民族文学史的编写工作也起到示范的作用。②

云南文艺界对云南各民族文学史或文学概况的编写进行了热烈的讨论,对若干重要问题取得了共识。关于"文化交流问题",与会者认为:"文化交流是各民族长期以来,在祖国大家庭中共同创造祖国历史和文化的必然结果,任何民族的文化都不是孤立地发展的,其文学也不可能孤立地发展。但在过去也有人对兄弟民族用汉语或汉语文(如四句调、十二月调等)创作的作品,认为是汉族的,不能入史;大多数人认为这是错误的,汉族的文学形式传入那一民族、已为那一民族所接受而且用汉语或汉语文学形式来创作,正是表明兄弟民族人民对汉族文学学习的巨大努力及成就,是可喜的事,必须肯定。"③ 对于宗教与文学的关系,由于"各民族的宗教信仰反映到文学上来,也极为复杂",大家认为:"必须坚持历史唯物主义观点、阶级分析方法,具体对不同地区、不同民族在不同的历史阶段上的宗教信仰及其对文学的影响,进行实事求是的研究。""必须分清原始社会产生的宗教与阶级社会产生的宗教的不同;分清在阶级社会中统治阶级提倡与利用宗教和人民信仰宗教有本质的不同。"在一部分傣族人的观念中,"没有佛教就没有傣族文学的产生与发展,傣族文学就没有特色。理由是:有了佛寺,才有傣族文学,而佛寺是培养知识分子的场所,傣文的贝叶经记下了许多民间文学"。这些看法,现在看来是有局限的,因为佛教传入之前就已经有傣族民间文学了,只不过佛教传入之后,原来的民间文学被纳入佛教意识范围,同时产生了书面文学——贝叶文学。不过这些讨论,毕竟使大家意识到宗教对各族文学是有影响的,不能回避,在某一特定时期内,宗教和民间文学有它特殊的联系和作用。这些认识,在当时已经是个突破。关于"文学史的

---

① 《有关〈苗族文学史〉(初稿)的编写工作》,中国社会科学院少数民族文学研究所编:《中国少数民族文学史编写参考资料》,中国社会科学院少数民族文学研究所(内部资料),1984年,第185页。

② 《关于〈苗族文学史〉(初稿)的编写工作》,中国社会科学院少数民族文学研究所编:《中国少数民族文学史编写参考资料》(内部资料),1984年,第190-192页。

③ 思光:《云南文艺界展开关于兄弟民族文学史编写问题的讨论》,载《云南日报》1961年3月29日。

体例、分期和作品系年、断代问题",争论比较激烈,"也感到难以解决得完满"。当时的《白族文学史》采取了以历史为经、文学为纬的体例。"只是由于对史料与文学作品掌握的情况不同,有的分期有具体的年代,有的无具体明确的年代;有的分期短一些,有的分期笼统些。"① 有的不同意以历史为经、文学为纬的体例,认为处理不好就"会把文学史写成历史的注解",因为文学是有自己的规律的。有的还主张断代要具体,但多数人不同意这种意见,认为少数民族文学主要是民间口头文学,有集体性、流传性、变异性等特点,一般难以考证其产生的具体年代,只能笼统一些,《白族文学史》的方法比较切实可行。对作品,《白族文学史》是从源找流,可以效仿。最后,云南对口头作品的断代总结了七条经验:1."根据作品所反映的社会生活内容。"如白族"本主",早期的多是图腾和自然崇拜,中期的多反映英雄人物,晚期的多反映统治集团中人物。2. 根据史料找线索。有的民间作品在记载中是有反映的。3. 根据地名、人名判断。如作品中提到"阐鄯",那肯定是明代的作品,因为昆明在明代叫作"阐鄯"。4. 根据作品所反映的生产方式、生产工具判断。5. 根据作品所反映的社会道德伦理观念。如奴隶社会的道德观念就和封建社会的不同。6. 根据作品的艺术特点和表现形式。同一时期的作品,一般在内容、形式、结构、手法上都有共性。7. 根据民间流行的说法。② 这些经验都有一定的参考价值。③

四、多民族文学史观

中华多民族文学史观,是基于中国多民族的发展历史和中国统一的多民族国家的现实属性,认识中国文学多民族共同创造的性质及历史发展过程和规律的基本原则和观点。中华多民族文学史观是研究中国文学史的逻辑起点。中华多民族文学史观下的文学史研究范畴,包含中国古今各个民族创造的全部文学成果。

2012 年,李晓峰和刘大先出版了《中华多民族文学史观及相关问题研究》一书。书中指出,中华多民族文学史观中的"中华"是指在漫长的历史发展过程中由各民族凝聚而成,并且各民族高层认同的民族共同体,具有历史、民族、文化多重内涵,是对中国历史、民族、文化发展由"多元并存"到"多元一体"历史凝聚过程的高度概括。中华多民族文学史观的理论基础及其内涵"多民族"是在对中华民族高层认同的前提下,从整体性的高度,客观历史地看待中国文学整体中的多民族构成属性。避免仅从 56 个民族来描述中国文学史造成的对既往民族文学存在历史的忽略,强调了灌注着不同民族血液和不同文化特质的民族文学在一体化的中华文学中各自的主体地位,避免汉族文学对中国文学的概念偷换,纠正

---

① 思光:《云南文艺界展开关于兄弟民族文学史编写问题的讨论》,载《云南日报》1961 年 3 月 29 日。
② 《编写少数民族文学史的一些体会》,中国社会科学院少数民族文学研究所编:《中国少数民族文学史编写参考资料》,中国社会科学院少数民族文学研究所(内部资料),1984 年,第 220-237 页。
③ 《编写少数民族文学史的一些体会》,中国社会科学院少数民族文学研究所编:《中国少数民族文学史编写参考资料》(内部资料),1984 年,第 230-231 页。

以往文学史研究对不同民族文学特征的忽视，弥补民族文学等于少数民族文学的学科缺陷，从根本上改变中国文学与少数民族文学在文学史结构中的二元分置。中华多民族文学史观中的文学，在内容和范畴上包括各民族的书面文学与口头文学等所有以语言作为媒介的文本。中华多民族文学史观的中国文学史是国家文学史与"中华民族"这一56个民族（包括既往民族）构成的民族实体的中华族别文学史的有机统一。

中华多民族文学史观确立了各民族文学在中国多民族文学史中的主体性地位。同时，中国"多元一体"的多民族文学发展的现实，是从多民族文学的历史中逐渐发展而来的，这是一个动态的、不断发展的历史过程。中华多民族文学史观是一个整体的、开放的、发展的文学史观。中华多民族文学史观的确立标志着中国文学史研究观念、方法、范式的重大转型。从少数民族文学到多民族文学，标志着中国文学学科观念和学科结构的转型。对中国文化多样性的正确认识，不仅会解释中国文学多特质、多风格形成的深层原因，为探寻中国文学发展的历史规律找到新的途径，提供新的视角，弥补过去文学史"忽略我们多民族，多形态的互动共谋的历史实际"的不足；而且，从中国文化多元性角度来总结中国文学发展的特征，也是对各民族文化的尊重与保护，既体现了时代所需要的文化公平，也有利于在全球化时代形势下构建多元一体的中华文化，增强中国的文化国力。

中国少数民族文学是统一的多民族国家建构的重要组成部分，中华人民共和国成立初期，国家为少数民族文学的发生，提供了制度环境并建构出少数民族文学这一概念。在国家一体化的格局中，对各民族民间文学资源进行了搜集整理，并按照新的国家意识形态的核心价值，对各民族民间文学进行价值重构。与此同时，国家一方面通过编写各民族文学史，将各民族文学知识化；另一方面又通过国家学术机构的建立将少数民族文学学科化，从而确立了少数民族文学在国家社会科学中的合法性地位。由少数民族文学到多民族文学，特别是多民族文学史观的提出，就是要解决少数民族文学与汉族文学以及与中国文学的二元分立的问题。

中华多民族文学史观是一个整体的、开放的、发展的文学史观。在整体性上，中华多民族文学史既不是一个"折中主义的理念"，也不是"单一民族文学中心话语的主导"，更不是"多方面调和"，而是在中华民族文学多元一体的整体性的高度上，来对中国文学进行历史客观的叙述，再现中国文学"多民族共同创造"的文学历史。其开放性和发展观表现在它所考察的不仅仅是现有的56个民族的文学发展的历史和现实，同时关注和重新认识中国历史上既往民族的文学历史和贡献，关注中国多民族文学因子在整体的多民族文学因素的生成和可能融入，关注已有的各民族文学因子在整体的多民族文学中的变异。[①]

[①] 李晓峰、刘大先：《中华多民族文学史观及相关问题研究》，北京：中国社会科学出版社，2012年，第30页。

王敏指出,《中华多民族文学史观及相关问题研究》深入分析了中国文学史的基本属性——国家知识属性,并得出结论:"文学史是历史学中的专门史,这种规定性使文学史自然而然地成为国家知识的重要组成部分。因此,中国文学史在本质上也就成为国家的文学历史,而中华多民族文学史观所强调的正是'统一的多民族国家'这一中国特定的国家属性"。至此,李晓峰和刘大先两位学者认为,作为国家知识属性的新型中国文学史,理应是涵盖中国历史上曾存在过的和现在存在的所有民族的文学史,这样的整体文学史才能够当之无愧地成为国家知识,以化为"国家形成、发展进程的缩微"以"塑造理想国民"以满足国民的"文化认同、民族认同和国家认同"。

《中华多民族文学史观及相关问题研究》还关注到了各民族文学关系的问题。在中国历史上,民族与民族之间不是完全的自闭状态,而是始终处于一种相互影响、相互借鉴的运动之中。因此,"中国的历史从来就是多民族的历史",中国文学史自然就是多民族文学史,"汉民族文学的繁荣兴盛是在与中华其他少数民族的文学、文化的不断碰撞、冲突、交流与融合中发展起来的"。过去我们研究文学,要么忽视了民族与民族之间的文学关系,要么单方面强调汉文学的辐射作用,仿佛汉文学是一种单纯的、不受任何外来文化影响的纯粹文学样态,然而事实并非如此。民族文化、文学的相互影响是在潜移默化中进行的。千百年来,民族间的交往使得其各自的文化和文学相互交流,发生关系,因此,单一民族文学研究虽然仍旧是民族文学研究的重要园地,但研究者更应关注民族文学之间的关系问题,将视野放得更加广阔。①

《关于中国当代文学史中"中国少数民族文学"的"历史叙述"问题》中讲到,"中国当代少数民族文学"的"历史叙述"问题,大致可分为两个阶段。20 世纪 50 年代末至"新时期文学"初期为第一阶段,普遍地表现出对少数民族文学创作及其文学成就的重视与宽容性的价值体认,对于代表性作家的认定和少数民族文学经典的提炼与阐释有很大的趋同性。"汉族文学正统"意识与"现代文学正统"意识体现得分外强烈。20 世纪 80 年代中后期至 21 世纪以来的第二阶段的特点是叙述分量的持续性"弱化"与"减量"叙述,具体表现为以"新时期少数民族文学成就叙述"替代整体的 60 年中国当代文学中少数民族文学的叙述;大学教育和社会文化教育体系里中国文学史知识谱系中国少数民族文学的持续性缺失;中国少数民族文学研究的"非主流化""边缘化"和"孤独化"。②

另外,关于多民族文学史观学界也有不同的说法。在《少数民族文学的公共性与"多民族文学史观"之检讨》一文中讲到,作为多民族一体国家内的文学创作,

---

① 王敏:《走出与融入——论〈中华多民族文学史观及相关问题研究〉对少数民族文学批评的启示》,载《大连民族学院学报》2014 年第 3 期。
② 席扬:《关于中国当代文学史中"中国少数民族文学"的"历史叙述"问题》,载《民族文学研究》2011 年第 2 期。

少数民族文学无疑具有公共性身份特质。这种公共性主要体现为：民族文学表述现代文化观念（意识），这些观念（意识）对构建社会公共文化体系价值具有价值参与或引导功能；民族文学具有现代性审美价值，这些艺术或审美价值对中国文学史书写具有充实或完善功能。出于"多民族文学""入史"的焦虑，"多民族文学史观"在一定程度上为争取民族文学自身的合法性叙述贡献良多。不过，学界多关注民族文学自身的独特性问题，对民族文学的公共性缺乏应有的重视，制约了民族文学批评及文学史书写现代性进程。

首先，受"多民族文学史观"批评范式的直接或潜在影响，当代少数民族文学批评在批评实践中往往以阐释或挖掘少数民族文学的民族性为根本，肢解或阉割少数民族文学文本内涵的丰富性与整体性，只要是少数民族作家，我们就想当然地认为他的作品写了民族性，并以这种身份背景为基点，对他（她）的著作展开评论，进而建构出一整套批评话语以及评判文学优劣的标准，诸如民族性、身份认同、现代性、他者、地方性知识、真实性等。批评界关心的不再是作品的整体价值，而是其能否提供与本民族不同的"他者信息"。

其次，任何意义上的文学史都是文学经典的生成史。少数民族文学入史首先要持续性生成一系列的文学经典才有入史的资本。"多民族文学史观"对作家民族身份的强调，对文学民族性的张扬，既有可能导致少数民族作家失去完整触摸生活真谛的机缘，失去感知多元文化碰撞、冲突与竞争语境中少数民族心理及心态复杂性的能力，也可能潜在制约少数民族文学公共性的表达。

另外"多民族文学史观"对民族特性的强调，在一定程度上将制约少数民族文学入史进程。当前，"多民族文学史观"仍没能成为中国文学史编写的主动追寻，少数民族文学也没能真正作为结构性因素进入中国文学史（尽管这一现象已有松动）很大程度上与当前少数民族文学批评对少数民族文学公共性的挖掘或阐释相对不足有关。这一现象就涉及少数民族文学批评中一个至关重要的问题——"民族性"与"公共性"在少数民族文学批评中的位置或层次问题。就其一般情况而言，任何文学都具有一定的民族性，民族性是文学的基础，越是伟大、经典的作品可能越具有民族性，《红楼梦》《骆驼祥子》《边城》《北方的河》等都说明了这一点。不过，民族性只是少数民族文学表述公共性的基础，是少数民族文学公共性表述依托的条件，而非根基或核心。在民族性基础上开拓出公共性品质，才是少数民族文学民族性表述的真正目的所在。就此而言，"公共性"才是少数民族文学的根基或核心。[①]

---

① 李长中：《少数民族文学的公共性与"多民族文学史观"之检讨》，载《学术论坛》2013年第11期。

第二节 民族文学定义之争

改革开放时期，民族文学的研究得到了蓬勃的发展，其表现是对民族文学的研究从个案向综合递进。1977年以前，民族文学研究基本属于个案研究，包括民族个案、作家个案、作品个案和某个民族的文学史断代研究等，这个研究阶段是非常重要的，只有个案研究的积累，才有可能向综合研究递进。1978年之后，综合研究提到了日程，20世纪70年代末到80年代初，在《光明日报》等报刊上对民族文学展开了热烈的讨论。首先遇到的问题是有没有"少数民族文学"。一种观点认为：少数民族居住在我国的四面八方，各有自己文化氛围和文学传统、文学语言、文学结构、文学内涵、文学手法、文学风格，形不成一个整体，故而只有某个民族的文学，不存在涵盖55个少数民族的"少数民族文学"。但这种观点没有得到认同。大多数学者认为："少数民族文学"的存在首先是少数民族的存在，既有"少数民族"，就应当有"少数民族文学"。在相关领域，早就有少数民族历史、少数民族经济、少数民族教育、少数民族法制、少数民族文化、少数民族艺术、少数民族语言、少数民族文字、少数民族新闻等概念和提法，有的还形成了学科，建立了研究会或学会。例如少数民族经济概念是20世纪70年代末提出来的，当时也有争论，一部分学者认为经济不分民族，民族经济没有必要独立存在。经过激烈争论和探讨，最后得到了认同，于1981年建立了中国少数民族经济研究会，后来又在中央民族大学先后建立了少数民族经济研究所、少数民族经济系、少数民族经济学院。现在，少数民族经济已经成为我国经济研究中的一个重要领域，在中央民族大学也早已成为重点学科之一，建立了博士点。既然如此，为什么不能提"少数民族文学"呢？第二，少数民族文学是一种客观的存在，各民族在悠久的历史进程中，创造了浩如烟海、多姿多彩的文学作品，留下了丰富的文学遗产。那些浩如烟海的民歌，奥秘无穷的神话，篇章盖世的民间长诗，美丽动人的传说，震人心弦的故事，引人入胜的小说，风格迥异的诗歌，是历代少数民族人民智慧的结晶，异彩纷呈，令人目不暇接。长达120万行的《格萨尔》，是世界上最长的民间长诗，无与伦比，至今也还没有发现世界上有达到它1/3长度的民间长诗。人们津津乐道的印度古代梵语叙事诗《罗摩衍那》，约24000颂，48000行，《摩诃婆罗多》107000颂，214000行；古希腊史诗《伊利亚特》15693行，《奥德赛》11670行；古罗马史诗《伊尼特》12000行。这些作品中长度最长的也只有《格萨尔》的零头，《摩诃婆罗多》勉强与《江格尔》持平。在维吾尔族的作家诗里，几万行的长诗比比皆是。少数民族文学的丰富多彩，使中华文学倍加辉煌，熠熠生辉，其存在没有人能够否认。第三，世界上互相关联的事物，总是有其个性的一面，又有其共性的一面，成为一种两面共存的统一体。共性往往是从个性中抽象出来的，也就是共性寓居于个性之中。民族文学就是如此，文学总是属于一定民族的，因而它有民族的个性，包括其题材、语言、结构、角色、风格和手法，往往具有鲜明的民族性。但由于民族不是孤立的存在，而是在时空上有多维的外延，也就是我们通常所说的民族之间的交往，民族之间的文化交流、吸收、融合，因而各民族的文学并不是孤立的存在，而是经常处在流动之中。作为意识的产物，文学的流动常常突破民族的界限、区域的界限。研究表明，中国四大文化板块的 11 个文化区（其实其下还有次文化区，如华南文化区就有桂、粤和海南等次文化区）的相邻文化区之间都有重合的部分，9 个少数民族分布的文化区又都与中原两个文化区有重合部分，使 11 个文化区呈现出互相勾连的链形状态。相邻文化区之间的文学，往往有许多共性。又由于文学属于意识产品，流动的人、文字、媒体都是它传播的媒介，因而在一定条件下具有远距离弥散渗透的功能。有的文学作品，是通过主流文化扩散的。通观中国的民族文学史，还可以发现其发展的"共性—个性—共性"这样一个规律。前一个共性，指的是小共性，即在部落或部落联盟时代，尚未分化为民族，文学具有部落或部落联盟的个性，古国和方国时代都还有这种共性。例如，壮侗（侗台）语族民族的壮、布衣、侗、黎、仫佬、毛南、水等民族都是从先秦的百越支系之一的骆越分化而成的。在分化之前，骆越已经产生自己的文学——神话、古歌和早期的传说故事，这就是早期的共性。分化以后，这些民族的文学个性发展起来，但仍然把早期的共性带到自己的文学当中，因此，我们现在仍然在这些民族的文学中看到当年共性的遗存，例如，相似的狗取稻种神话、雷公神话、洪水神话、宇宙原初形态——气态说；都供奉神话中的创世始祖布洛陀和姆六甲（各民族语音略有不同，如布依族叫作"报陆陀"）；有相同的民歌韵律等，这就是最初的共性。北方草原森林文化圈各民族文学也同样有这样的早期共性，如笃信狼图腾，有共同的文学形象英雄莫日根和魔鬼莽盖等。但随着民族的形成，民族文学的个性也随之发展和强化，并且经历漫长的历史，各有自己的发展空间。这期间虽然也吸收其他民族的文学元素，但个性是占主导地位的。历史的演进给不同民族提供了交往的通道和平台，民族间的交往逐渐频繁。共处于边缘文化的各民族，逐渐找到某种共同的感觉，和汉文学相对应的文学感受于是产生。文学的边缘感是共性的温床。特别是近代以来，各民族经历了共同的遭遇，反封反帝的烽烟和阶级解放的旗帜，把各民族的作家、诗人引向共同的道路，在中国文学的共性的氛围下，少数民族文学的共性明显扩展。特别是大多数少数民族作家用汉文创作，各民族文学往昔独占一隅的局面被打破，共同的时代背景造就了文学的趋同现象。这包括文学思想的趋同、文学题材的趋同、文学语言的趋同、文学手法的趋同以及文学时代色彩的趋同。但这并没有泯灭文学的个性，寻根使作家、诗人意识到民族的责任，意识到民族文化乃是作家、诗人安身立命的沃土，在趋同中依然彰显民族的个性，从而达到个性与共性的有机统一。

从以上三个方面来看，"少数民族文学"显然不是一个想象的概念，它是现实存在的反映。如果从其表层去看（比如语言），它似乎是一个"拼盘"；但从深层去看，它是一个处于边缘文化的一个整体，内部有着相应的逻辑联系。总的来说，少数民族文学的共性主要表现在：1. 在很长的历史时期中，民间文学唱主角；2. 各民族所处的文化圈和文化区，环环相扣，都处于边缘文化的格局下，互相交融；3. 有自然天成的审美理想和审美情趣；4. 受神灵世界的普遍熏染；5. 受主流文学的激发，共性与时俱增。

认同"少数民族文学"的存在，自然会马上提出这样的问题：什么叫作"少数民族文学"？概念如何界定？范围如何确定？学界对此曾经在《光明日报》等报刊上展开激烈的争论。归纳起来，主要有以下几种观点：

一、内容决定论

这种观点认为，文学无论是表现还是再现，内容都是它的核心和生命。所谓内容，主要包括题材、主题、情节、形象（主要是人物形象）和风格等。也就是说，一篇作品是不是属于民族文学，要看其题材、主题、情节、形象（主要是人物形象）和风格是不是属于少数民族，亦即属于某个少数民族，以此来决定作品的族属。例如蒙古族的《江格尔》，题材来自新疆卫拉特英雄史诗，先是流传在土尔扈特、厄鲁特、和硕特等部族中，主题、情节、形象和风格反映的都是蒙古族的生活，是地道的蒙古族名著。《江格尔》用蒙古族语言创作，而玛拉沁夫的《茫茫的草原》是用汉文写作的，但《茫茫的草原》从题材、主题到情节、形象（主要是人物形象）和风格等，反映的是蒙古族的生活变迁，故也属于蒙古族文学。

内容决定论无疑抓住了文学归属的核心，有一定的道理。但这一理论排除了少数民族作家诗人的其他题材选择，限制了民族文学的范围，显然还不能够涵盖民族文学的定义。历史上，少数民族作家诗人选择汉族、其他民族甚至外国的题材进行创作的案例，比比皆是。明清时代，在汉文化的影响下，南方少数民族诗人的汉文诗词创作兴盛，可以说，有清一代是南方少数民族创作汉文诗词英才辈出的时代。仅壮族就有一百多位创作汉文诗词的诗人。在土家族和纳西族中，还出现了彭氏家族、田氏家族、木氏家族的诗人群体。这些诗人诗歌的题材非常广泛，远远突破了本民族生活的局限。也就是说，他们的作品的题材很多不是少数民族的生活，但不能说他们的作品不是少数民族文学。正如一个工厂的原料可以来自四面八方，但是，经过这个工厂的加工，其产品的所有权就属于该工厂。最明显的是汉族题材少数民族民间叙事诗，如壮族、白族、侗族、苗族的《梁山伯与祝英台》，题材来自汉族，但经过用民族语和民族民歌格式改编，就成了民族文学的作品了。同样，许多汉族作家诗人都从少数民族生活中选择题材，创作了许多精彩的作品，但人们从来没有把这些作品归入少数民族文学。屈原的《九歌》题材是来自湘沅少数民族的，但从来没有人说《九歌》是少数民族文学。王逸《楚辞章句》云："《九歌》者，屈原之所作也。昔楚国南郢之邑，沅湘之间，其俗信巫而好祠，安祠必作歌乐鼓舞以乐诸神。屈原放逐，窜伏其域，怀忧苦毒，愁思沸郁。出见俗人祭祀之礼，歌舞之乐，其词鄙陋，因为作《九歌》之曲。上陈事神之敬，下见己之冤结，托之以讽谏。故其文意不同，章句杂错，而广异义焉。"朱熹也说："荆蛮陋俗，词既鄙俚，而其阴阳人鬼之间，又或不能无亵慢淫荒之杂。原既放逐，见而感之，故颇更定其词，去其泰甚，而又因彼事神之心，以寄吾忠君爱国眷恋不忘之意。是以其言虽若不能无嫌于燕昵，而君子反有取焉。"① 荆蛮指的是湘沅少数民族。凌纯声认为，《九歌》之源来自壮侗语族民俗祖先的淫祀。但从来没有人把《九歌》当成是少数民族文学作品。

从这里可以看出，内容决定论是无法准确、全面地界定整个少数民族文学的。

二、形式决定论

文学形式主要包括文学的结构、体裁和文学语言。一般而言，文学形式具有明显的民族性。有一种意见认为，只有形式上是少数民族作品，如维吾尔族的《福乐智慧》、傣族的《召树屯》、藏族的《水树格言》、蒙古族的《成吉思汗的两匹骏马》，才算是少数民族文学。因为这些作品从结构到语言都是民族形式。这一观点没有错，但与内容决定论一样有明显的局限性，把少数民族作家诗人用汉语文创作的作品都排除在外了。还有一些少数民族作家是用外国的语言创作的。古代，维吾尔族的许多作家诗人除了用突厥语文写作，还常用阿拉伯语和波斯语写作，察合台汗国时期，诗人用波斯语写作一度成风。在新疆、中亚和阿拉伯有巨大影响的思想巨人艾卜·奈斯尔·法拉比（870—950），一生创作了300部作品，就是用三种语言创作的。当代也有一些少数民族作家诗人用英文创作，老舍、萧乾都有这样的作品，但英国人不会认为他们的作品是英国文学，而仍是中国文学，确切地说是中华文学中的少数民族文学。

三、内容、形式决定论

内容形式决定论，是上述两种观点的综合，比内容决定论或形式决定论还要狭窄，当然得不到认可。理由如上所述，不复赘述。

四、创作主体加内容决定论

这种观点认为，看作品是否属于少数民族文学，首先看创作主体即作者是不是少数民族。作品的族属以作者的民族身份为转移。但是，少数民族作者的作品也不都是"少数民族文学"，这要看其内容和形式是不是也是少数民族的。凡是内容形式不是少数民族的，都应当排除在外。这样的"少数民族文学"才是真正的纯粹的。按照这种观点，一个少数民族作家诗人的作品，就有可能分成两部分，一部分属于民族文学，另一部分不属于民族文学。这是很难理解的观点。按照这种观点，

---

① （宋）朱熹：《楚辞集注》，上海：上海古籍出版社，1979年，第29页。

少数民族作家诗人用汉文创作的,都要排除在外,这是少数民族作家诗人普遍难以接受的。按照这种观点,被排除在外的那一部分文学作品便没有了归属。假如在英国用英文创作的作品,它属于谁呢?英国文学是不会承认其是英国文学的。正如印度伟大诗人泰戈尔用英文创作的作品,不属于英国文学,而是属于印度文学。由此可见,正是由于这种观点漏洞百出,不能自圆其说,因此没有得到认可。

五、创作主体决定论

创作主体决定论首先关注的是以人为本,尊重人的权利。任何作家都有权决定自己作品的题材来源,他既可以选择本民族题材,也可以选择其他民族的题材,这在作家诗人当中是常见的现象。他还有权选择自己作品的体裁、结构、语言和手法。可以用别的民族的题材、体裁、语言来进行创作,但这不等于改变民族成分。人们不能在父系或母系以外任意选择民族出身,作家也不例外。在个别情况下有加入别的民族的例子,但这是要经过特别手续的。既然任何作家都是属于一定民族的,他的作品也必然是属于他那个民族的,这和作品的题材、语言、结构无关。问卷调查表明,没有一个作家认为他的作品不是属于他那个民族的。相反,不少作家以能够用其他民族的题材、体裁和语言创作为荣。有的少数民族作家就能够用本民族语言、汉文、英文创作,并且因此感到骄傲。有时为了宣传自己的民族和民族文化,作家还特意用他族的语文写作。1946年老舍在美国,曾先后到华盛顿大学、丹佛大学、芝加哥大学、哥伦比亚大学、耶鲁大学、天主教大学、费城国际学生总会、西雅图西北部作家协会作报告,他的讲稿《现代中国小说》等就是用英文写的。虽然讲稿的内容不是满族生活,语言是英语,但没有人说这不是中国文学,在提到满族文学时也不能不提到这部作品,在《老舍评传》里,是不能不提这部讲稿的。任何定义都必须具有确凿性,不产生歧义。以创作主体决定作品的民族归属,也就是作品的族属随着者,这也属于著作权的一部分,别人是不好说什么的,可以说是顺理成章。而其他定义,都会产生歧义,经不起推敲的。主张内容或形式决定论的,其根据是他族题材、结构、语言的作品不是本民族,因而不能够算作民族文学,这种观点的缺陷在于只看到事物的表层,而忽视事物的深层结构。这里涉及作家的民族意识问题,或者说是民族集体无意识问题。按照 C. G. 荣格(Carl Gustav Jung)"集体无意识"概念,这是一个民族历经久远历史形成的一种非个体行为,属于"集体的、普遍的、对所有个人来说都是相同的非个体的第二心理系统",可称之为"本能行为的模式",又叫作"种族记忆"。① 也就是民族文化氛围所孕育的民族集体无意识,被认为是个人民族性格和生命之根,常常有意无意地规范个人的行为。一个作家在处理任何题材的时候,这种集体无意识便会使他自觉不自觉地按民族的思维和审美观去进行处理。因此,不同民族作家在选择同一题材时,其作品便显出个性或民族

---

① 叶舒宪选编:《神话——原型批评》,西安:陕西师范大学出版社,1987年,第102页。

性来。例如，历史上对王昭君的吟咏是很多的，蒙古族等北方民族对她自然是充满了深情的赞颂。其他民族如何？杜甫在《咏怀古迹》中云："千载琵琶作胡语，分明怨恨曲中论。"王安石在《明妃曲》中说："君不见咫尺长门闭阿娇，人生失意无南北。"所有这些表达了汉族文人对不得已而联姻的惜憾。遥远南国壮族诗人黄体元咏明妃，其意却不同，他在《明妃咏》中云："琵琶声里不须愁，嫁得匈奴好自休。若使当年邀宠眷，应无青冢至今留"。又说"飞沙凛冽不成春，且罢琵琶念此身。忆到长门深锁处，画工今日是恩人。"意思是曾经得宠于汉武帝的陈皇后最终囚居长门宫，不如王昭君嫁给单于而得其所。同样一件事，民族诗人和中原诗人的看法就很不相同。从这里可以看出，别林斯基的观点是正确的："不管诗人从什么世界为自己的作品吸取内容，不管他笔下的主人公隶属于什么民族，可是，他本人却永远始终是自己民族精神的代表人物，用自己民族的眼睛去看事物，把自己民族的烙印镌刻在这些事物上面。"① 在我国，许多少数民族作家和诗人用汉文写作，不少作品没有明显的少数民族生活内容和风格，但这是少数民族作家用自己民族的审美眼光审视自己民族生活之外世界的结晶，即使是趋同现象产生的作品，也是民族作家认同的产物。

经过热烈的争论，绝大多数学者对"创作主体决定论"是比较认同的。吴重阳指出："长期以来，有一种观点认为，只有用少数民族文字写的反映少数民族生活题材的作品，才算少数民族文学。这种观点，忽视我国各民族人民杂居相处、各民族文化融汇交流的历史特点，不符合许多少数民族作家使用汉文创作，反映各民族生活（包括汉族生活）的客观事实，把相当一部分重要作家排除在少数民族文学之外。这显然是片面的。"他认为："凡属少数民族人民和作家创作的作品都应当归入少数民族文学的范畴，不管其使用的是何种文字，反映的是哪个民族的生活。这一观点的依据就是我国各少数民族文学创作的客观实际和文学创作的本质规律。文学作品（包括少数民族文学作品）都是精神产品，是一定社会生活经过作家头脑加工的结果。因此，它必然地要表达创作者的独特的心理特征、民族气质、审美理想等等。少数民族作家的任一作品，也都必然地表现其民族的独特的观察事物、理解事物和表现事物的方式以及心理、气质、理想等等。"② 这段论述无疑是正确的。

赵志忠认为："界定少数民族作家文学的条件只有一个，那就是看作者是否为少数民族出身。"理由是："其一，少数民族作家文学应该是少数民族出身的作家创作的文学"；"其二，要求少数民族作家的作品必须反映少数民族生活是不现实的"，这仅是"题材选择问题"；"其三，那些不直接反映少数民族生活的作品，"不能说与少数民族无关，因为这涉及民族心理素质的深层问题。赵志忠进

---

① ［俄］别林斯基：《别林斯基选集》（第三卷），满涛译，上海：上海译文出版社，1980年，第204页。
② 吴重阳：《中国现代少数民族文学概论》，北京：中央民族学院出版社，1992年，第2—3页。

一步指出："中国文学是由汉族文学和少数民族文学共同构成的。少数民族文学是中国文学的重要组成部分，没有少数民族文学，中国文学是不完整的。"①

梁庭望认为："凡少数民族用本民族语言文字、其他少数民族语言文字或汉语文创作的作品，不论其题材与主题如何，何种体裁，都属于少数民族文学的范畴。"根据这一定义，少数民族文学应当包括：1. 经国家进行民族识别正式确定的 55 个少数民族的文学。2. 尚未确定民族成分而暂时以"某某人"称呼的，他们也是中国人，中华民族的一部分，他们的文学也是少数民族文学的一部分。3. 尚未融入汉族之前的古代民族，如春秋战国时代的越人，秦汉时代的匈奴人，五胡十六国时期的鲜卑人，宋代的西夏人、契丹人等的文学。4. 融入少数民族的汉族人的作品，如唐初壮族首领冯智戴，其先人为汉人，因在壮族中长大，完全壮化，被朝廷视为俚人（壮族在隋唐的族称），他曾经在唐太宗大宴群臣的宴会上奉旨赋诗，其诗虽然不存，但被视为壮族最早的诗歌创作活动。5. 历代少量加入中国国籍的外国人的作品。6. 历代在我国的国土上产生的少数民族作家的作品。以上六个方面，比较全面地概括了少数民族文学的范围。但对民族民间文学而言，由于其具有匿名性特征，必须从五个方面鉴别："第一，作品使用的是哪个民族的语言；第二，该作品的主要内容反映的是哪个民族的生活；第三，该作品的艺术形式的民族属性；第四，该作品主要流传在哪个民族分布的地域；第五，作品流传的次序，其最早发源地在何方。以上的五个方面，即文学语言、流传地区、作品内容、作品艺术形式和流传史五个方面，构成了判断作品归属的五要素。就一般情况而言，有的只需要一个要素或部分要素即可作出比较准确的判断，但有的则不可，需要五个要素互相参照，综合判断，才能确定它是哪个民族的作品，进而确定它是否属于民族文学范畴。"②

至此，可以对少数民族文学下一个比较全面的定义：1. 少数民族文学是中华文学中汉文学以外各民族文学作品的总称，是历代少数民族人民用形象思维创造的语言艺术，表达了各族人民的审美情趣和审美理想。2. 少数民族文学是以创作主体界定的，它们既各有鲜明的个性，又有处于多元文化的格局下产生的共性。由于民族间交往频繁，且经过汉文化的激发而产生趋同现象，故而共性与时俱增。3. 汉文学和少数民族文学一起，构成光辉灿烂的中华民族文学。汉文学历史悠久，卷帙浩繁，名家浩如繁星，名篇灿烂辉煌，是中华民族文学的主体；少数民族文学篇章繁富，异彩纷呈，是中华民族文学不可分割的重要组成部分。4. 汉文学和少数民族文学在漫长的中华历史进程中，互相补充、互相借鉴、互相促进、互相融合，构成了中华民族文学的有机整体。

---

① 赵志忠：《民族文学论稿》，沈阳：辽宁民族出版社，2005 年，第 1-5 页。
② 梁庭望、张公瑾主编：《中国少数民族文学概论》，北京：中央民族学院出版社，1998 年，第 7 页。

第三节　民族文学理论创新

中央民族大学对少数民族文学理论研究起步较早，并且形成一套比较完整的理论体系。本节以中央民族大学少数民族语言文学系为例，总结其民族文学理论的创新成果与经验。

一、"综合民族文学史"研究

在中央民族大学，民族文学理论的创新历经了三个阶段：1986 年，语文系民族文学教研室主任杨敏悦和教研室成员王妙文、梁庭望商量编写《中国少数民族文学史》，这是一项填补中国文学史空白的艰巨任务，没有一本同类的书可以参考。在向马学良先生汇报时，他不假思索，欣然同意。后来在《中国少数民族文学史》的序里，他回忆说："近一个世纪出版了不少中国文学史，似乎还没有一本是包括各民族文学史的中国文学史。我们常说中国的历史、文化是各民族共同缔造的，既然如此，写任何史都不可以也不应该漏掉各民族的份儿。这不仅是个学术性的问题，也是体现各民族在政治、经济、文化上一律平等的政策，有利于民族团结和各民族文化交流。这类问题在我心里蓄之已久，所以几位同志倡议写中国少数民族文学史，我便不假思索地答应了。"[①] 提纲确定以后，马学良把梁庭望叫到家里，指定由梁庭望来具体组织这项工作，并对梁庭望提出了新的任务，指出：现在是进行少数民族文学整体综合研究的时候了。过去我们主要是进行单一的民族文学研究，比如编写族别民族文学史，大抵属于个案研究，这是应该的，没有这一步打基础，不可能向纵深发展。个案研究已经取得了丰硕成果，但各民族并不是孤立地存在的，民族之间在漫长的历史上一直存在着频繁的文化交流，你中有我，我中有你，民族文学之间的互相交融是客观存在的事实。如果总是把各民族文学割裂开来研究，既不符合民族关系实际，不少问题也是难以说清的。要通过编写《中国少数民族文学史》，摸索如何对 55 个民族文学进行整体综合研究，蹚出一条路子来。但我们过去都是研究单一民族文学的，梁庭望研究壮族文学，杨敏悦研究彝族文学，王妙文研究藏族文学。整体综合研究如何开展，只能通过编写《中国少数民族文学史》来摸索道路。在研究民族文学史的演化进程时，遇到了各民族历史进程差距的难题，一时无法统一。但在研究中发现各民族大都经过社会发展史上的各个阶段，只不过时间有先有后罢了。而少数民族主要是民间文学，虽然这些作品没有注明年代，但其内容所反映的社会发展阶段是比较清晰的，据此，在当时的条件下，纵向只能选择社会

[①] 马学良：《民族语言教学文集》，成都：四川民族出版社，1988 年，第 302 页。

发展史。横向的难度也很大,那么多少数民族,包括古代的,东西南北如何摆平是个问题。最后,马学良建议我们将少数民族文学划分为东北、西北、西南、华南、中东南五块。这样,我们决定了《中国少数民族文学史》的纵横网络构架,即在纵向上,以社会发展史为演化轨迹,将民族文学史暂时划分为原始社会时期民族文学、奴隶社会时期民族文学、封建社会时期民族文学、半殖民地半封建社会时期民族文学以及新民主主义和社会主义时期民族文学五个阶段。在各阶段之下先民间文学后作家文学,分列文学的体裁,例如封建社会时期民族文学包括民间歌谣、民间长诗、民间传说、民间故事、民间说唱、戏剧文学、诗歌、小说、历史·宗教文学、散文、文艺理论,包括概况在内共十章;新民主主义和社会主义时期文学包括概况、民歌、民间长诗、民间传说故事、民间说唱、民间戏剧、诗歌、小说、散文、戏剧文学、影视文学十章,在每种体裁之下,再按五个板块选择该板块的各民族文学代表作品入围。例如封建社会时期的民间歌谣这一章之下,再分五节,即第一节北方地区民间歌谣、第二节西北地区民间歌谣、第三节西南地区民间歌谣、第四节华南地区民间歌谣、第五节东南地区民间歌谣,这样就比较好处理区域之间的平衡。这个网络结构的示意图如下:

《中国少数民族文学史》构架示意表:

原始社会时期民族文学→奴隶社会时期民族文学→封建社会时期民族文学→半殖民地半封建社会时期民族文学→新民主主义和社会主义时期民族文学

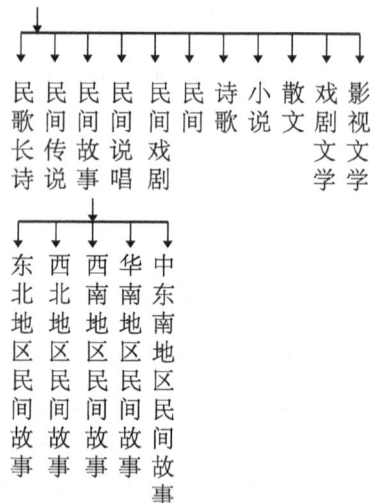

这个构架的第一个层次是社会发展史,第二个层次是文学体裁,第三个层次是四个板块,第四个层次是该板块的代表作家和作品。这是中央民族大学对民族文学进行整体综合研究的第一步成果,其纵横网络结构在20世纪90年代初被认为是开创性的。该书是迄今唯一的一部综合性少数民族文学史,曾先后获得国家民委优秀教材一等奖、北京市社科优秀成果一等奖、教育部社科优秀成果(代表国家级)二等奖。2000年该书曾经再版。从现在来看,该书有诸多不足之处,由于要满足高校

本科生的要求，在一般高校学生对民族文学作品接触很少的情况下，只能以史为主，以史代论，多介绍文学作品，理论分析相对薄弱；在纵向结构上，以社会发展史为划分阶段，也是不得已而为之；作家和作品的介绍也还有许多可以商榷。

二、少数民族文学理论框架

首先是在研究生中开设"中国少数民族文学概论"讲座，逐步积累研究成果。1996年，中央民族大学研究生院决定编写"研究生系列教材"，这套教材一共有11部书，《中国少数民族文学概论》是其中的一本，由梁庭望、张公瑾任主编，于1998年面世。这是在"中国少数民族文学概论"讲座的基础上编写的研究生骨干教材，也是填补空白的著作，是迄今唯一一部从理论上论述少数民族文学的理论著作。该书的结构是：

序由张公瑾撰写，总论由梁庭望撰写。包括少数民族文学的定义、范围和基本特征、民族文学的功能和价值、少数民族文学在中国和世界文学中的地位、研究民族文学的目的、意义和方法。第一章"少数民族文学的起源和发展"，阐述两种"生产"是民族文学的源头、习俗仪式是民族文学的载体、原始宗教及当时的审美观念是民族文学的思想推动器，发展部分是民族文学的简史。第二章"少数民族文学的分类"，包括口头韵体文学、口头散体文学、民间说唱戏剧文学、宗教文学、作家文学等节。第三章"少数民族文学纵横论"，包括少数民族文学的历史文化背景、与民族语言的关系、与宗教的关系、各民族文学之间的关系等。第四章"少数民族文学与周边国家文学的关系"。包括与东亚国家、中亚和阿拉伯国家、东南亚及南亚各国家的关系；第五章"少数民族文学研究方法论"，包括搜集整理方法、文本析读和文艺学、民族学、文化学及其他研究方法。第六章"少数民族文学与当代社会"。主要研究民族文学与民族传统和社会现代化关系；与民族生活的关系及民族文学在当代的走向。

此书在教学过程中，不断有局部调整充实，形成了以下理论框架：

表格1—1 中国少数民族文学理论框架

第一编文学内涵	1	中国少数民族文学定义和范围：根据定义，进行范围界定
	2	民族文学结构：包括体裁结构、主题结构、角色结构、语言结构等
	3	民族文学起源和演化：两种"生产"、原始思维、宗教激发文学产生演化
	4	民族文学基本特征：边缘文化下产生的个性和共性
	5	民族文学的功能和价值：功能扩展、价值多重，外延宽泛

续表

第二编文学关系	6	民族文学与民族文化关系：民族文学产生的民族历史文化背景
	7	民族文学与汉文学关系：互相补充、互相影响、互相融合
	8	民族文学与周边国家民族文学关系：与东北亚关系、与中亚及阿拉伯关系、与南亚关系、与东南亚关系
第三编文学未来	9	理论创新：探索适合于中国民族文学的理论
	10	语言学等方法相结合、个案与综合研究相结合
	11	发展趋向：民间文学的未来趋向 作家文学的未来趋向

这一理论框架是进入综合整体研究第二阶段的成果，在20世纪90年代到21世纪初，以"民族文学理论与方法"在研究生中讲授，使学生感受到一种新的理念，有别于国内的一般文学理论。用这一理论培养了一批进行民族文学综合整体研究的博士生。当时，在国内还只有中央民族大学开设此课程。

三、"中华文化板块结构"理论

20世纪末，梁庭望在开设"民族文学理论与方法"这门课的过程中，感到必须把眼光扩大到整个中华民族的文化，才能够弄清民族文学与中华民族文学的关系，在宏观上说清民族文学在中华民族文学中的地位和作用。于是从整个中国的文化分布与民族分布的关系入手，在前两个阶段成果的基础上，用鸟瞰的眼光探寻整个中华民族的文化格局，提出了"中华文化的四大板块结构"这一理论。

（一）"中华文化板块结构"产生的历史背景

20世纪80年代，费孝通提出了"中华民族多元一体格局"理论，这是在民族学、文化学、社会学方面的重大突破。但多元到底是几个文化板块，各家观点都不一致，有二分法的、有三分法的、有五分法的、也有六分法的。这些分法的局限在于，他们都根据考古成果来分，虽然有一定的根据，但却不涉及民族分布，有的还把少数民族排除在外。文化本是民族的生存方式和状态，不与民族分布挂钩的板块是无生命的板块，不可能是准确的。从中国文学理论界来看，中国迄今已经出版了1600多部《中国文学史》，"似乎还没有一本是包括各民族文学史的中国文学史。我们常说中国的历史、文化是各民族共同缔造的，既然如此，写任何史都不可以也不应该漏掉各民族的份儿。这不仅是个学术性的问题，也是体现各民族在政治、经济、文化上一律平等的民族政策，有利于民族团结和各民族的文化交流"①。中华文学研究的现实，需要一种能以清晰的视角俯瞰中华文化的整体结构、俯瞰中华文学整体面貌的理论来指导，正确处理汉文学和少数民族文学的关系，对内有利于加强民族团结，对外有利于抵制西方某些政客的"分化"阴谋。从少数民族文学内部的研究来看，过去主要是对单一民族的文学进行研究，这种分割的研究有其必要性，但忽视了民族之间的文化联系，特别是在同一区域内生活的民族彼此联系更加紧密，故而需要突破单一民族研究的模式。

（二）理论来源和现实依据

"中华文化四大板块结构"综合了文艺学、民族学、历史学、考古学、语言学、文化学、宗教学等多种理论，特别是地球物理学和地理空间概念，而文化圈引进的是经过改造的德奥学派的观点和美国学者的文化区概念。板块结构原是地壳结构概念，地壳就是由五大板块构成的，这里将地壳结构概念扩展为地理空间概念，再引申为文化区域时空概念。从地理学引申出来的地理空间概念，将文化划分为地理空间单位。德奥学派的代表人物是德国的格雷布尔和施密特，他们将具有相同或相似文化因素的区域视为文化圈，他们认为文化圈的形成是一定数量的物质文化和精神文化因素以程度不等的聚结形式在地球上广泛传播的结果。文化圈内包含一个文化丛，丛内诸文化元素分布于这一区域，成为在功能上互相关联的文化实体。文化圈通常有一个中心，而后产生辐射，在地球上形成一个个文化圈。这一理论有西方文化中心论的色彩，这一点为梁庭望所不取。文化圈各有自己的文化发源中心，甚至不是一个。各文化圈辐射力有强弱之分，但不是一个中心辐射的结果，而是多元的。文化区小于文化圈，是1922年美国学者C. 韦斯勒在《美国的印第安人》一书中提出来的，用于土著文化区域的区分，他将印第安文化分为食物区域、织物区域、陶瓷区域等。后来M. J. 赫斯科维茨将其改造，论定为："若干相似文化存在的区就是一个文化区。"其内涵为：区域内有大致相同或相似的生态环境，有一个或几个关系密切的民族，有比较相近的生产方式及物质文化，有比较相似的生活方式，有近似的文化传统。梁庭望根据以上理论和中国的民族分布状况，划分为四大板块。其根据是地理生态环境、经济生活、民族分布、文化丛四个方面。他认为：一定的地理生态环境决定相应的经济生活，一定的经济生活孕育相应的民族，相应的民族有相应的文化丛。水道纵横的稻作文化圈孕育不出剽悍的游牧民族，茫茫草原孕育不出柔韧的稻作民族。

梁庭望吸收上述诸家理论的积极成果，克服它们的局限，根据中国文化结构进

---

① 马学良：《中国少数民族文学史·序》，马学良、梁庭望、张公瑾主编：《中国少数民族文学史》（上），北京：中央民族学院出版社，1992年，序言第2页。

行调整，得出四大文化板块的结论。意在使中华文化的结构在人们面前呈现出明晰的图谱，从而为中华多民族文学的存在及其相互关系提供了背景。

（三）"中华文化四大板块结构"的基本构架

中华文化是以汉文化为主体，由众多民族文化有机地组合而成的，有悠久的历史。田野调查和史籍记载表明：中华文化的起源是多源的。在东北地区，有早期的红山文化，大草原有细石器文化；黄河流域有仰韶文化、河南龙山文化、青莲岗文化、大汶口文化；长江流域有大溪文化、屈家岭文化、河姆渡文化、马家浜文化、良渚文化；华南有柳江人文化、麒麟山人文化、甑皮岩人文化、石峡文化；西南有三星堆文化，总之是多元的。关于中华文化的结构，诸家有多种说法，梁庭望经过多年的研究，认为应当划分为四大板块比较符合实际。其中的文化特征（文化丛）主要选择制度文化、语言文化、民俗文化（主要是饮食、服饰、居住、人生礼仪、岁时等）、宗教文化、娱乐文化、文艺生活等作为对比。

四大文化板块是：

1. 中原旱地农业文化圈，由黄河中游文化区、黄河下游文化区组成，这是中华文化的主体。

2. 北方森林草原狩猎、游牧文化圈，由东北文化区、蒙古高原文化区、西北文化区组成。

3. 西南高原农牧文化圈，由青藏文化区、四川盆地文化区、云贵高原文化区组成。

4. 江南稻作文化圈，由长江中游文化区、长江下游文化区、华南文化区组成。

这四大文化圈在先秦即已形成，古籍所说的与华夏相对的东夷、西戎、北狄、南蛮，基本反映了四个板块的民族结构。据《尚书》，西周已形成"四夷咸宾"。东汉许慎的《说文解字·羊部》载："羌，西戎，羊种也，从羊儿，羊亦声。南方蛮、闽从虫；北方狄从犬；东方貉从豸；西方羌从羊……唯东夷从大，大，人也。"汉杨雄的《方言》云："戎，犬也。"反映了四大板块的民族分布。经过两千多年的发展，各个文化圈已经发生很多变化，但其基本格局尚存，轮廓清晰。

中原文化圈自陇东直抵东海之滨，北到长城，南抵长江，是中华文化最发达的区域。其西部黄河中游文化区，是龙集团的崛起之区；黄河下游文化区是凤集团的崛起之区。这一文化圈以陇东、陕西、山西、河南、河北、山东、安徽为其中心地区，两个文化区之分界大致在河南中部偏西，没有明显的分界线。中原文化圈大致在北纬30°—40°，东经105°—125°，沃野千里，土地平旷肥沃，气候、雨量适中，年无霜期长达七八个月，宜于作物生长，生物群落密集，适于人类生存发展，终于成为中国的经济政治中心。历代中央王朝的都城都在这一区域的中轴线内东西摆（因为历史上虽然主要是自西向东迁都，但也有由东向西迁都的情况，因此用"摆"

字）动，于今亦然。其经济生活主要是旱地农业，以小麦为主，五谷俱全，辅以家庭饲养，物阜民殷。千里沃野孕育了中国最大的民族——汉族。汉族在这里生存繁衍，成为中国的主体民族。圈内的其他民族皆后来移入，而且大多融入汉族，使汉族不断壮大，成为世界上人口最多的一个大民族。其语言汉语也是世界上使用人口最多的语言。中原文化圈有发达的文化，发达的农业带动了手工业、冶炼业、丝绸业、商业的发展，形成了一连串的规模庞大的城市。历史上，汉族的冶炼科学、印刷术、航海科学、数学、天文历法等，皆在世界前列，四大发明对人类作出了巨大贡献。儒家倡导的教育思想影响长达两千多年，韵士如云，名流如雨，文史哲著作浩如烟海。从汉文化中孕育而成的道教，适应了旱地农业民族的心理需求。在这个背景下，孕育出了大批名垂千古的作家诗人，俊才辈出、各领风骚；汉文古典诗词、传奇、小说、散文汗牛充栋，多如繁星。中原文化圈汉文化作为中华的主流文化，对各少数民族产生了强大而持续的影响，使中华文化由多元而出现趋同现象。

　　北方森林草原狩猎游牧文化圈大致在长城以北，从东北绵延到新疆，处于东经74°—135°，北纬35°—55°地带，包括东北三省、内蒙古、宁夏、甘肃、新疆和青海等省、自治区。这一文化圈以森林、沼泽、草原、沙漠、绿洲为其地理特征，草原无垠，瀚海茫茫，干旱少雨。冬季风沙弥漫，千里冰封，万里雪飘；夏季无霜期短，气温不高。东北大小兴安岭为茫茫林海，东南为长白山地，北部为沼泽地带，中间由北到南800千米，是为松花江、嫩江、辽河三江平原。往西的内蒙古高原和新疆，由于降水少，流水侵蚀作用弱，地面切割轻，风力强，故风蚀地形和风积地形广布，我国的大沙漠都在这一区域。新疆北部为准噶尔盆地古尔班通古特沙漠，长1120千米，宽800千米，总共38万平方千米。南部有被称为"无缰之马"的塔里木盆地，长1400千米，宽550千米，面积53万平方千米。塔克拉玛干大沙漠长1000千米，宽400千米，面积32.4万平方千米，外围有绿洲。长2500千米的天山横贯在中部。昆仑山也是2500千米长，从西边绕过南疆直到青海的西部。这样的自然环境，决定了这一地带长期以狩猎、牧业为生，"天似穹庐，笼盖四野，天苍苍，野茫茫，风吹草低见牛羊"，是其经济生活的生动写照。农业后起，只在东北辽河流域占主导地位，在新疆则为绿洲农业。这种适于游牧的自然条件，孕育了阿尔泰语系的三个语族民族。东北文化区长期是满—通古斯语族、朝鲜族各民族的聚居之地；往西的蒙古高原文化区，是蒙古语族民族的繁衍之地；再往西的西北文化区，则是突厥语族民族的生息之地。从东到西，整齐地排列着阿尔泰语系的三个语族民族，至今分布也没有多大改变，只是东北、西北的汉族比重增加了。相对恶劣的自然环境，动荡不定的游牧生活，铸造了各族人民粗犷、剽悍、豪放的民族性格。人们以吃草动物为肉食，喜吃奶酪。毡房、蒙古包、仙人柱曾是普遍的居室。这一带早期的宗教是萨满教，蒙古族后来一度信奉藏传佛教，西北地区民族多信仰伊斯兰教，唐宋之前也曾信奉佛教，但萨满教始终绵延至今。这一文化圈历史上是少数民族地区地方政权最多的区域，古代烽烟频发，茫茫草原任英雄们纵骑驰骋，像旋风一样在文化圈里东奔西突，于是出现了天之骄子，两度入主中原。正是这一背景，铺垫成中国的英雄史诗带，史诗往往洋洋万行，篇章繁富。与东北亚、中亚、西亚各民族文化交流频繁，使文学的题材、结构、语言、手法丰富多彩。盛行歌舞，其动作刚劲有力，热烈奔放；音乐或明快急促，或高亢悠长，尤其蒙古长调，响遏行云。

西南高原农牧文化圈包括青海大部和西藏、云、贵、川诸省区，地处我国地势的一二级阶梯，是我国海拔最高的地区。地表被江河切割成支离破碎的峡谷和台地，山高谷深，气候复杂，既有湿润温和的平坝，也多有终年雪冠的高山，被称为世界屋脊的喜马拉雅山横贯在其西南。在青藏高原，年无霜期分别为 0—7 个月，年气温 10℃ 分别为 0—350 天，每升高 1000 米，气温就下降 60℃。一山有四季，十里不同天：河谷为灌木林，2000 米为阔叶林，3000 米为针叶林，4000 米为高山灌木林，4300 米以上为高山寒漠，可见气候差别之大。这样一种自然条件，使西南地区产生三种经济类型：即高原牧业型、高原杂粮型和盆地农业型。这种比较复杂的自然环境，孕育了众多的民族，这里主要是汉藏语系藏缅语族 17 个民族的天下，次为壮侗、苗瑶、孟高棉语族民族，是我国民族最多的文化圈。经过长期的民族迁徙，四川盆地和云贵平坝地区主要是汉族居住。在其各文化区内，有若干相对独立的子文化系统，多姿多彩，各具特色，个性凸显。西南文化圈是社会发展史的活化石，到 20 世纪 40 年代末，除封建制，尚有奴隶制、农奴制存在，一些民族还处于原始社会末期，而白族已经有资本主义的萌芽。历史上南方地区所建立的地方政权，少于草原文化圈，与中央王朝的干戈也少于北方。各族语言保存得比较完整，但文字少于北方文化圈。风俗五彩缤纷，节日琳琅满目，服饰多姿多彩，居住既有干栏，又有适应高原气候的碉楼。歌舞发达，甚于江南稻作文化圈，而逊于草原文化圈。音乐富于高原特色，有高原的高亢，也有高山的悠远。原始宗教广泛存在，多神崇拜和图腾崇拜的遗迹比较浓厚，形成特有的人文景观。彝族、纳西族的原生型民间宗教极具特色。小乘佛教流传于傣族中，大乘佛教传入藏族地区后，形成了独具特色的藏传佛教。上述历史文化背景，使这里的创世史诗特别发达，篇章琳琅满目；神话保存完整，以创世神话为最；受境外文化强大的辐射，佛教对藏、傣等民族的文学有很大的影响；毕摩文化、东巴文化对文学有强烈的涵化作用；原始宗教也深刻影响各族文学。

江南稻作文化圈包括鄂、湘、苏、浙、闽、赣、台、桂、粤、琼、港、澳等省区，云贵高原的尾部也属于这一文化圈。其地理特点是丘陵遍布，山峦不高，河道纵横，四大湖泊皆分布于此。西南部为喀斯特地形，孤峰林立，山奇水秀。气温较高，福建元月气温平均 10.4℃，南宁为 12.9℃，华南属亚热带，夏天平均气温为 28℃ 以上。年平均无霜期 240 天以上。雨量平均为 1600 毫米以上，最多达到 3000 毫米。东面、南面临海，多台风。四季如春的自然条件使植物竞相生长，大部分地方终年苍翠，繁花似锦，沃野如茵，适宜于水稻生长，孕育了稻作文化。春秋战国时，江南是越人的天下，越人的祖先是我国乃至世界上最早发明水稻人工种植的族群，至今全世界一半以上人口以大米为主食，越人对人类的贡献很大。自汉武帝用移民方式化解越人，越人不断汉化，有一部分移居东南亚，国内的越人至今只剩下壮侗语族（侗台语族）9个民族，主要分布在桂、粤、海南、黔、滇、湘等省区。苗瑶语族主要分布于本文化圈西南部。越人虽然大部分汉化，但痕迹尚存。田野调查表明，有汉化越人的地方，才有汉语方言，这是古越语和古汉语互相吸收冲撞的结果。越人的后裔壮侗语族民族至今仍完整保存自己的语言，但其中多汉语借词和同源词，民族文字不发达。越人的饮食很有特点，以大米为主食，副食是水稻的转化物（猪、鸡、鸭、鹅、鱼），一般而言，越人不喜食吃草动物的肉，与北方文化圈形成鲜明的对照。壮侗语族民族善于加工大米，其大米食品有米饭系列、米粥系列、糍粑系列、粽子系列、元宵系列、米饼系列、米糕系列、米酒系列、米花系列、米粉系列等十多个系列，多达100种。服饰以宽、短为特色，崇尚蓝黑色。干栏建筑是越人的创造，适宜于炎热多雨和虫蛇滋生的地域居住。善舟，曾于3000年前用舲舟（双体船）横渡太平洋到达美洲。水稻耕作细腻，磨炼了越人及其后裔顽强、耐心、细致的性格，绵里藏针，不喜迁徙，所建立的地方政权在各个文化圈当中是最少的。越人后裔壮侗语族民族的宗教包括原始宗教、原生型民间宗教和传入的佛教、道教三个层次，佛教、道教经过民族化，除傣族地区，都和原生型民间宗教相差无几。越人在历史上的发展程度紧追华夏，后来又大力吸收汉文化，经过两种文化的交融，造成了江南的文化沃土，汉化越人的地方，是我国文化的发达之区。这一历史文化背景，使壮侗语族诸族喜欢用民歌来表达自己丰富细腻的情感，形成了"歌海"，产生了歌仙刘三姐。叙事长诗特别发达，傣族达到五百多部，壮族包括经诗有上千部。民间戏剧也比较发达。由于汉文教育比较普及，培养了相当一批用汉文写作的作家诗人，仅壮族就达到一百多人。但小说等散文类作品相对滞后。

四大文化板块有如下特点：1. 各相邻文化圈、文化区之间都有互相重合的部分，即边界大致可辨析，但又不明晰，边缘交叉是一大特点。2. 由此而使11个文化区呈环环相扣的链形状态，在文化上互相吸收，互相渗透，互相交融，你中有我，我中有你。3. 四个板块以中原文化圈为中心，三个少数民族分布的文化圈呈"匚"形围绕在中原文化圈周围。中原文化圈对另外的三个文化圈产生了强大的辐射，但这种影响是双向的，少数民族文化也对汉文化产生影响。4. 历时性和共时性相结合。在历史发展过程中，各文化圈、文化区之间的共性不断增加，从而使中国文化形成多元一体格局，文学呈趋同态势。

在中国，民族分布是大杂居小聚居，这种分布格局，在地缘上使民族之间经常互相接触，彼此往来不断。各民族之间被经济纽带、政治纽带、文化纽带、血缘纽带四条纽带紧密地联系在一起。经济上的互通有无，早就存在，如西部的"丝绸之路",本是中原与西域的商业交往,后来延伸到中亚和阿拉伯。中原文化圈与北方文化圈之间沿长城进行的茶马交易,从不中断。中国自古就是一个统一的多民族的国家,尽管不时出现地方政权,但都处于中央王朝控制之下,地方政权首领往往有双重身份,在本地方称王称汗,但同时又是中央王朝的侯王或大臣。特别是秦始皇统一中国之后,政治上的统一始终处于优势。政治纽带牢固地把各民族连为一体。文化纽带最重要的是儒家思想的传播。封建时代,儒家思想是比较进步的思想,重视以德化民,不管是哪个民族,只要接受儒家的思想,都被视为"兄弟"。血缘纽带源于民族之间频繁的流动,秦始皇统一岭南以后留下近20万兵马,统帅向秦始皇申请要三万少女到岭南"以为士卒衣补"(妻室),但秦始皇只"可其万五千人"。南越王赵佗于是提倡汉越通婚,汉越成了亲家,所以岭南壮汉两大民族比较和谐。在北方,南匈奴不是融入蒙古族就是融入汉族,十六国时活跃于中原的鲜卑等少数民族,大都融入了汉族。回族就是民族间通婚融合而形成的。这种血缘纽带,是无法割断的。

(四)"中华文化板块结构"要解决的问题

四大板块要解决的问题是四个层次。

第一个层次是区域共性,也就是一个文化圈内各民族文学的共性。文化圈内有若干文化区,文化区之下还有次文化区,比如东北文化区的三个省就是三个次文化区。华南三省区也是三个次文化区。各次文化区都有自己的特点,但和相邻的次文化区又有共性。这些共性的组合,就是文化区的共性;文化区共性的组合,就是文化圈的共性。乾隆年间面世的《粤风》,收有汉、壮、瑶三个民族的民歌,这些民歌形成了华南的地区风格——粤风,这就是华南文化区的共性。而华南文化区的鸟神话,和《越绝书》里的鸟神话如出一辙,这又是江南稻作文化圈的共性。在北方森林草原狩猎游牧文化圈里,狼图腾神话从东到西绵延。板块结构要解决的,首先是文化区和文化圈的区域共性。

第二个层次是少数民族文学的共性,也就是中原文化圈以外的三个文化圈的共性。少数民族文学的共性上文已经提及,在板块结构中,主要解决共性的历史背景和表现形态。从生态环境和社会环境来看,少数民族地区由于较少受儒家观念的束缚,文学中大多表现出天然的神韵,反映人的自然天性,如普遍赞颂劳动,追求爱情大胆、自由、热烈、泼辣、野性,诗歌、音乐、舞蹈三位一体,与自然互相依赖融合等。从少数民族与中原和中央王朝的关系看,少数民族对国家有向心力和凝聚力,对汉族文化普遍仰慕,这就是通常所说的慕汉心理;另外,也对中央王朝和中原存在戒备心理,这种双重的矛盾的心理特征,在民族文学中屡屡有反映。从汉文学的辐射看,由于汉文学普遍向周边的三个文化圈辐射,也使民族文学产生共性。例如汉族民间文学中的四大传说普遍被少数民族改编为民间长诗、说唱文学和民族民间戏剧，这样，民族文学中便产生了汉族题材作品。除了四大传说，还有大量汉族传说故事、正史野史、古典小说、名人逸事、元杂剧、民间戏剧等，也都常常被改编，这就造成了许多文学母题在周边民族中流动，使同一母题出现百花齐放的现象。三个民族分布的文化圈的文学作品和文学题材，也往往通过中原文化圈来往传播，这样中原文化圈便成了民族文学穿越的媒介。产生于西部的昆仑神话，经过中原文化圈，再折向中南、西南传播，使这一神话体系流布全国。"中华文化四大板块结构"的第二个层次，便是要揭开这一共性的面貌。

第三个层次要解决的是中原文化圈汉文学和周边呈"匚"形三个文化圈民族文学之间的关系，确立少数民族文学在中华文学中的重要地位。民族文学与汉文学的关系可分为三个层次：

互相补充。汉文学作为中国文学的主流，造就了作家文学的繁荣，而以诗言志为其核心。汉族的格律诗、小说、散文篇章汗牛充栋，而少数民族作家文学相对比较薄弱，可以互相补充。民族文学在题材、体裁、诗歌韵律、文学语言等方面也补充了汉文学的不足。如文学体裁，少数民族民间长诗篇章繁富，补充了汉文学民间长诗的短缺。边疆的森林狩猎、游牧、高原生活、绿洲农业和原始制、奴隶制、农奴制下的社会生活的题材，也是汉文学所缺乏的。汉族诗歌的格律为偶行脚韵，而少数民族诗歌的格律有头韵、腰脚韵、调韵、内韵、勾韵、勒脚韵、复合韵、回环韵等二十多种，大大丰富了中华文坛的韵律。

互相影响。这包括互相借鉴、互相渗透、互相吸收等方式。在互相影响这一层次中，汉文学对少数民族文学的影响是全方位的、持续的和深刻的。具体表现在：1. 题材的广泛渗透。从汉族文学中辐射到民族文学里的题材，广泛渗透少数民族的神话、传说、民歌、民间长诗、民间戏剧、民间说唱、作家诗歌、小说、散文等各种文体中。壮族的8种民间戏剧的一千多个剧目，一半以上的题材来自汉族。壮族的神话谱系演绎是：一团急速旋转的气体→三黄神蛋→三层宇宙（三界）→姆六甲→布洛陀→布伯→伏羲兄妹→磨刀石形肉团→新人类。在这里，汉族的人文祖先伏羲女娲进入了壮族的神话系统，成为壮族的祖先。这一影响非同小可，极为深刻。2. 体裁的影响。汉族的诗词、传奇小说、散文、戏剧等体裁，都被少数民族所吸收。其中以汉族的律诗、绝句影响最大，许多少数民族的诗人都能够用汉文创作诗词，并且出现了元结、元稹、白居易、刘禹锡、元好问、萨都剌、纳兰性德这样的大家。3. 中原文艺思潮的推动。每当中原文学思潮涌动，其波纹便会传递到民族作家当中，产生效应，牵动民族文学的发展。孔子删定《诗经》，《诗经》便成为少数民族作家的样板，许多民族诗人都在其中寻找灵感和典故，直到明清不辍。屈原开创的楚辞，实际形成了战国时代的文学潮流，其优美的文辞，浪漫的色彩，生动的语言，深刻的内涵，深深地打动了历代少数民族诗人。南北朝刘勰的《文心雕龙》和钟嵘的《诗品》，被后世少数民族诗人奉为圭臬。由韩愈、柳宗元领衔的唐宋的古文运动,是多次反复的文学革新运动,目的在于革除文表华丽、沦为君王贵胄吹牛拍马工具的骈文,主张明儒道。这一运动为唐诗、宋词达到高峰扫清道路。深受古文运动影响的少数民族诗人,纷纷模拟唐诗,以诗言志。柳宗元在柳州时以古文运动精神培植后学,其中就有少数民族生员,他们接受柳宗元解惑,大有长进。宋初以杨亿为首的"西昆派",曾极力复活骈文,始终无果,惹得壮族诗人覃庆元与之分道扬镳,不作艳诗。清代,对少数民族诗人影响最大的是袁枚的"性灵说"。19世纪末到20世纪初发生的"文界革命""诗界革命",五四运动的新文化运动、白话文运动,使中国的文学界面貌一新,少数民族文学也跟着受到一次空前的洗礼。总之,中原的每一次文学运动,都给民族文学以新的推动力。4. 作家文学手法风格的影响。屈原的深沉忧愤,司马相如的广博富丽,曹植的哀怨愤懑,韩愈的纵横气势,孟浩然的超妙自得,苏轼的奔放灵动,李清照的婉约柔美,黄庭坚的疏宕洒脱,范成大的清峻瑰丽,都为民族诗人所推崇和效仿。5. 作家诗人品格的魅力。屈原的爱国情怀,李白的傲视权贵,杜甫的关心民瘼,柳宗元的文以明道,辛弃疾的忠愤狂放……都使各族诗人倾倒。白族诗人赵式铭(1872—1942)在研究历代诗人诗歌的著作《睫巢随笔》里,推崇屈原、李白、杜甫、白居易、韩愈、苏轼、陆游、辛弃疾等一大批汉族著名诗人,说他们"率掳胸臆,故能无意不伸,无笔不畅"而成"千古绝唱","可以感鬼神,裂金石"[①]。这样的推崇在少数民族作家诗人中随处可见。从以上分析可以看出,汉文学的影响是全方位的。所谓全方位,就是各种文学体裁、文学流派、文学风格和文学手法都对民族文学产生了影响;就影响面来说,受影响的是所有少数民族。所谓深刻,是指不仅影响表层,如题材、体裁、语言,而且影响到深层,如风格、文学思想、作家品格。这种影响是持续不断的,历史久远。

但影响是双向的。围绕在周边的三个文化圈的民族文学,由于向心力的吸引,也对处于中间地位的汉文学产生影响,有时甚至是很大的影响,这种影响包括题材、主题、格式、语言、手法和风格等方面。由于戍边、移民、离乱、经商等原因,中原文化圈的汉族逐渐向周边三个文化圈扩展,使周边文化圈呈现出汉族与少数民族大杂居小聚居状态。在各文化圈和文化区内,少数民族的文学对汉文学产生持续的影响。在全国,则呈现间歇性影响。先秦时期的楚辞,明显地吸收楚地越人、苗瑶、巴人的民间歌谣和神辞。楚辞中经常出现的"些"字,沈括云:"今夔、峡、湖、湘及南北江僚人,凡禁咒句尾皆称'些',乃楚人旧俗"。说明"些"源于越人的语言。《招魂》中句尾多有"些"字,如"魂兮归来!西方之害,流沙千里些"。"魂兮归来!南方不可以止些。雕题黑齿,得人肉以祀,以其骨为醢些。""魂兮归来!东方不可以讬些。长人千仞,唯魂是索些。""魂兮归来!北方不可以止些。增冰峨

---

① 张文勋主编:《白族文学史》,昆明:云南人民出版社,1983年,第430页。

峨,飞雪千里些。归来归来,不可以久些。"此词在壮语中读 diq（ti^5）,常放在形容词或动词的词尾,表示强调,分量稍加重。在壮侗语族其他语言中也一样。楚辞中的《九歌》,显然来自越人的祭祀。王逸《楚辞章句》云:"《九歌》者,屈原之所作也。昔楚国南郢之邑,沅湘之间,其俗信巫而好祀,其祀必作歌乐鼓舞以乐诸神。屈原放逐,窜伏其域,怀忧苦毒,愁思沸郁。出见俗人祭祀之礼,歌舞之乐,其词鄙陋,因为作《九歌》之曲,上陈事神之敬,下见己之冤结,讬之以讽谏。故其文意不同,章句杂错,而广异义焉。"荆蛮即楚国境内的少数民族。《九歌》中提到湘沅和澧水,而屈原所投的汨罗江是在洞庭湖东南,说明屈原是绕着洞庭湖的东西南沿走的。考洞庭湖之名本为越语,用现代壮语也能读通。"洞庭"的"洞",壮侗语族语言中指的是山丘之间比较宽广平旷的田野,壮语念 doengh（$to\eta^6$）,音译为"洞"。土司时代"洞"曾被定为壮侗语族民族的基层行政单位,范围类似现在的行政乡或行政村。"庭"壮语念 dumx（tum^4）,是大水淹没的意思,洞庭的"洞"是中心词,"庭"是修饰成分,壮语的倒装语法,译为汉语是"大水淹没的田野"之意。可见洞庭湖一带曾是越人的天下。洞庭湖的东南,曾经是壮族祖先苍梧部的地域,舜死于苍梧部,二妃共投湘江殉情。沅澧以西,是苗瑶和巴人的地域。可见,屈原的《九歌》,是深受少数民族宗教文学影响的。其他楚辞也受到影响,兹不赘述。其实,屈原生于秭归,此地乃巴、濮、僚多民族交往之地,涉及苗瑶、壮侗、藏缅三个语族的民族,肯定从小就受到这些民族文化的熏陶。后来"窜伏"之地也是在这些民族中间,他的作品受到他们的文化影响是很自然的。

互相融合。随着历史的发展,各民族文化交流日益频繁,中华文学由各居一隅而趋于融合。融合的方式是多样的,首先是创作主体变为多元,也就是同一文学新形式由多个民族共同完成。典型的是西北的"花儿",它产生于明代,是由汉族、回族、藏族、撒拉族、土族、保安族、东乡族七个民族共同创造的文学形式。他们共同使用河湟汉语作为共同的交际工具,河湟的汉语便成为"花儿"的主要词语。而"花儿"的音乐主要来自青海的藏族音乐。七个民族又都把自己的民族风俗注入"花儿"中。据研究,这些民族在集体娱乐中找到了一种表达心志的文艺形式,经过 100 年左右的琢磨,才形成了"花儿"。七个民族共同创造了"花儿",也共同演唱"花儿"。著名的青海省乐都县瞿昙寺花儿会、大通县老爷山花儿会、互助县丹麻山花儿会、民和县七里寺花儿会,甘肃和政县松鸣岩花儿会等,都是各族男女青年共同参加的大型花儿会,动辄数百人上千人参加,历史上曾经有"八千游女唱牡丹"[①]的盛况。不分民族,不分地域,大家聚在一起,甚至数百人互相对唱,声遏行云。这真是中华大地上文学艺术的奇观,民族文化融合的彩霞。

中华人民共和国成立后,作品由多个民族的作家共同完成的例子随处可见。著

---

① （近代）祁奎元诗《松鸣岩古风》,王沛:《河州花儿》,载《陇苗》1986 年 12 期。

名电影《刘三姐》中那脍炙人口的壮族民歌歌词，就是由壮、汉、仫佬族等多民族作家共同完成的。20世纪五六十年代，对民族民间长诗的搜集整理兴盛一时，这些整理实际是再创作，例如《阿诗玛》，是"将二十份异文全部打散、拆开，按故事情节分门别类归纳，剔除其不健康的部分，集中其精华部分，再根据突出主题思想，丰富人物形象，增强故事结构的需要进行加工、润饰、删节和补足"①。

  对这种整理方法的得失不在本文的评价之列，这里所要说的，是这类整理创作本是由多民族作家一起完成的。1953年云南省文工团组织的《阿诗玛》工作组，就有10人之多，搜集和翻译工作中，有不少彝族同志参与。《阿诗玛》是汉、彝等民族的民间文学工作者共同完成的。纳西族的《创世纪》参加搜集整理者有16人，参加翻译的10人（宁蒗县委派的翻译人员不算在内），其中参加整理者中的4人是汉族。傣族的《娥并与桑洛》前后参加搜集、翻译、整理的达30多人，是汉、傣、彝多个民族共同完成的。

  多民族文学融合的另一表现，是创作主体单一而作品内容多元。如古代文学典型作品《红楼梦》，前80回是曹雪芹所作，后40回为高鹗所补，但小说的内容形式却是多元的。《红楼梦》是中国典型的章回小说，其篇章结构严谨，情节依序演化，人物刻画细腻、个性彰显，语言生动传神，这都是汉语小说积累了一两千年的文学传统。但在内容上，描绘的四大家族却主要是满族贵族的生活，为满族上层贵族从"钟鸣鼎食""烈火烹油"跌落到"绳床瓦灶"的悲剧。那些豪华无比的排场，雍容华丽的满族贵族服饰，女人当家的满族习俗，打千请安的满族礼仪……无不洋溢着浓烈的满族文化氛围。所以当和珅问乾隆读《红楼梦》的感想时，乾隆脱口而出："此盖为明珠家作也。"当然，里面也涉及若干汉族官员和贵族，甚至还有外国的生活，在内容上是以满族为主而来源多元的。我们赞成这样的评介："没有汉族悠久的历史文化传统，从固有的满族文化根基上是不会诞生《红楼梦》这样的作品。没有清代满族八旗那个特殊生活环境，没有曹雪芹那特殊的家世，以及回到北京后的那段生活，同样不会诞生《红楼梦》这样的作品。既然曹雪芹在生活中兼有满汉两个民族的文化基因，既然在他的现实生活中，特别是在他与人们的实际交往中，已经很难分清在汉族与满族之间他究竟离谁更近一些；那么承认他是一位同属于满汉两个民族的作家，他的作品《红楼梦》是一部同属于满汉两个民族的文学作品，是满汉两个民族文化交融的结晶，也就是最合理的了。"② 类似这样创作主体单一而作品内容多元的文学作品，在中华人民共和国成立后多了起来。很多少数民族作家用汉文和汉族的文学创作传统，而创作题材来自本民族或本地区进行创作的（用来自本民族或本地区的创作题材进行创作的）文学作品，多如繁星，充分显示

---

① 云南人民文工团圭山工作组搜集，黄铁、杨知勇、刘绮、公刘整理：《阿诗玛》，北京：中国青年出版社，1954年序言部分。
② 郎樱、扎拉嘎：《中国各民族文学关系研究》元明清卷，贵阳：贵州人民出版社，2005年，208-209页。

出文学交融的强大生命力。

创作主体多元而主题集中，这是近代以来产生的文学奇观。自西方列强用大炮轰开了中国的大门，八国联军摧毁了京津的防线，腐朽的清廷大员们在一个个屈辱的卖身契上签字画押；各族作家诗人愤怒了，一齐拿起如椽之笔口诛笔伐，创作主体多元了，但主题却集中了。在反对日本帝国主义的侵略中，反侵略的主题更是空前的集中。解放战争又把各族作家的笔一起调动来对准国民党反动当局的反动统治。中华人民共和国成立后，歌颂中华人民共和国，歌颂中国共产党，歌颂社会主义，歌颂改革开放，又成了各个阶段作家们共同的社会责任。这种在广大范围内的文学融合，具有鲜明的时代特征和民族间融洽的深刻内涵，中华文学终于在更高的层次上合流。

（五）"中华文化板块结构"的应用

2000年，"中华文化四大板块结构"理论开始进入应用阶段，首先是用系列学术会议和论文进行阐明。最早发表的文章是《试论中华文化的板块结构》，刊于中央民族大学文艺研究所的论文集《民族文化比较论》（中央民族大学出版社1995年8月版）上，是作为比较文学理论提出来的。该书主编认为，该文实际突破了比较文学的范畴，有可能开创一个新局面。但该书发行面很小，论文未引起注意。2000年5月，由中国社会科学院民族文学研究所、中国比较文学学会和广西民族大学语言文学学院联合召开的比较文学国际学术研讨会上，梁庭望作了《从区域共生到中华趋同》的学术报告，首次在全国性的学术会议上阐明"中华文化板块结构"，引起热烈的讨论。该文收入广西师范大学2003年出版的《东方丛刊》第2期。2002年9月，在北京社会科学院主持的全国性学术会"中华民族文化、地域文化研讨会"上，又做了《论中华文化的板块结构》的发言，产生较大的反响。会后，新华社内参部主任在中南海《瞭望》著文评介这次会议，提到三种近年文化研究的亮点，其中就包括"中华文化板块结构"。2005年，在中央民族大学举行的"中国少数民族文学学科建设研讨会暨中国少数民族文学学会第六次代表大会"上的主题报告《中央民族大学少数民族文学学科建设的回顾》，又一次阐明"中华文化板块结构"。2007年在中国社会科学院民族文学研究所、西南民族大学和四川大学联合召开的"多民族文学关系学术研讨会"上，梁庭望作《中华文化板块结构和多民族文学史观》的发言，同时首次展示了示意图，指图说明，过去我们的文学史号称"中国文学史"，却只顾中间这一块，另外三个板块都忽略了，这怎能叫作"中国文学史"？因以图为证，在会上引起较大的反响。后来文图一起刊在《民族文学研究》（2008年第3期）上。同年11月在"中国民族语义国际学术会"上，梁庭望再次展示"中华文化板块结构示意图"，反应强烈。2008年8月和2009年5月在南宁和大同召开的两次宗教学学术会上，梁庭望用示意图来说明中国宗教分布，引起注意。

大同会上,《中国民族报》社长赵学义当即决定派记者进行专访。后来专访刊在该报 2009 年 5 月 15 日专题版,题目是《中国文学史需要重新书写》。这条题目集中概括了"中华文化板块结构"的目的和意义。

在教学领域,已经在民族文学整体综合研究方向的硕士生和博士生中进行了十年的教学实践,培养学生的宏观思维,效果明显。特别是在博士生中进行讲解和论证,他们普遍感到这是文学理论的一种与众不同的新理念。他们的博士论文,都是在这一理论的指导下写作的。梁庭望所招的博士生,大多是地方各高校的青年教师,他们都表示要在自己的学校开设"民族文学理论与方法"课,讲述"中华文化板块结构"。特别是 2009 年毕业的 2006 级博士生,其论文题目分别是《中华文化板块结构下的文学研究》《中国新时期少数民族文学前沿研究》《壮侗语族民族民间长诗的生命意识和文化意义》,都是对这一理论的阐发。《中国新时期少数民族文学前沿研究》是按三个板块分别研究的。《壮侗语族民族民间长诗的生命意识和文化意义》则将华南文化区与其他文化区进行对比研究。这些博士论文通过都比较顺利。《中华文化板块结构下的文学研究》送去盲审,评价较高,如其中一份评议书认为:"本文以'中华文化板块结构'理论为基础,对我国的民族文学进行了全面研究,力图对'四大文化圈'的非汉族文学的个性与共性、互相影响与互相融合,进行全方位的比较考察,以构建中华'一体'文学研究框架,突破族别文学研究的模式,开拓民族文学研究的视野与领域,很具创新意义。"

第四节　民族文学理论深化

一、作家文学的宏观与微观研究

中国少数民族文学研究进入 21 世纪初,少数民族文学研究领域得到深入的开拓。就作家文学来说,不仅有现当代少数民族作家文学研究,还扩展到古代少数民族作家文学研究,研究视角既包括族别作家、区域作家,同时还深入到各民族作家文学关系研究。少数民族民间文学涉及神话、史诗、故事、民歌等不同体裁类型作品研究,更为重要的是,在文本研究的基础上,结合少数民族民间文学产生的具体语境进行整体关照,同时与周边国内外民族展开比较研究。可以说,少数民族文学研究进入 21 世纪初期,在理论创新、学科建设等方面都有所突破,作品研究的力度与广度得到深入开拓,这都为少数民族文学研究事业不断前进奠定了坚实的基础。新时期少数民族民间文学领域的深入开拓,据汤晓青、尹虎斌、周翔、刘大先在《文学年鉴 2008 年卷》的《2007 年少数民族文学研究综述》所述,主要体现在以下几方面:

（一）少数民族文学理论的建构与反思达到一定深度

刘大先的《中国少数民族文学学科之检省》[①] 对既有的学科建构提出疑义，认为当代语境下的少数民族文学学科并非是天然的而是社会建构的，具有鲜明的"国家性"和"当代性"。对少数民族文学学科需要进一步明确研究的领域、范畴、对象、理念和方法，理清那些对于少数民族文学习焉不察的错觉和由来已久渐呈僵化的析解。文中还提出了"多元共生"的文化理念作为对"多元一体"的补充，突破既有的规范和界限，对被挤压和放逐在边缘的少数民族文学加以兼容，从而提供开拓少数民族文学独特发展空间的契机。李楠在《"中国少数民族文学"概念简析》[②]一文中对"中国少数民族文学"这一概念做了详尽的梳理，厘清了各方争议的焦点，提出将作品的民族性作为界定其民族归属的必要条件，而把作品的语言和作者族别看做充分条件。齐亚敏、杨志强的《论新时期少数民族文学的多元化发展》[③]从新时期少数民族文学发展的整体状况出发，分别从民族性、世界性以及市场性三个角度分析了少数民族文学近年的发展倾向，同时也探讨了少数民族文学在这种多元共生的环境中如何确认自身的文化定位问题。李庆雯的《当代少数民族文学发展的走向》[④] 认为中国当代少数民族文学批评在承担对民族文化正确解读时，应该构建自己独立的批评话语，应该具有一种人文精神和开放、现代的学术品格，应该追求自己独立的文学理论精神，这是中国当代少数民族文学批评改变其边缘状态的必由之路。张杰在《少数民族与汉族文学理论比较之商榷》[⑤] 一文中提出的少数民族文艺理论与汉民族文艺理论的二元对立理论，今日看来已经不合时宜，尤其是在人性精神和文艺功能两方面存在很多偏颇。希望少数民族文论研究能够走出过去大而化之的空泛比较，走出为自己"正名"的初步阶段，适当借鉴晚近阐释人类学的成果，比如"深描法"，以文本为基本立足点，访寻其产生的文化场域，结合民俗学、社会学、语言学等研究成果和理论，探讨文论产生、发展和流变的过程，并在时代精神的观照下赋予其新的阐释。马绍玺的《在他者的视域中——全球化时代的少数民族诗歌》从"自我"与"他者"的双重视域出发，结合文化访谈、文本细读等方法，对全球化时代的少数民族诗歌进行了多方面的文化学解读。

[①] 刘大先：《中国少数民族文学学科之检省》，载《文艺理论研究》2007年第6期。
[②] 李楠：《"中国少数民族文学"概念简析》，载《西北民族大学学报》（哲学社会科学版）2007年第1期。
[③] 齐亚敏、杨志强：《论新时期少数民族文学的多元化发展》，载《新疆大学学报》（哲学·人文社会科学版）2007年第2期。
[④] 李庆雯：《当代少数民族文学发展的走向》，载《内蒙古电大学刊》2007年第4期。
[⑤] 张杰：《少数民族与汉族文学理论比较之商榷》，载《西北民族大学学报》（哲学社会科学版）2007年第3期。

（二）丰富的个案研究和开阔的研究视野

老舍、沈从文、萧乾、端木蕻良等具有少数民族身份的现代名家以及玛拉沁夫、吉狄马加、阿来、张承志、叶广芩、石舒清等已在评论界获得声名的当代作家依然占据了大部分的研究资源，研究角度和视野则更为开阔。关于老舍的民族身份认同与表述，关纪新的《满族伦理观念赋予老舍作品的精神烙印》[①] 指出老舍道德观念的起点带有满族古典伦理色彩，既有值得尊重的地方，也存在着一定的保守性，但他不是个固守旧有道德的人。他苦心孤诣寻觅新的民族道德型范，留下了各式各样的道德启示录。他在作品中发出强烈的道德呼唤，其价值迟早会被人们相当理性地重新认识与捡拾。舒乙的《老舍和少数民族文学》[②] 认为满族贫民的出身对老舍日后的生活、文学创作的倾向和整个人生观都有决定的作用。他早、中期的作品中，许多主人公是"隐蔽的"旗人，被文学史研究者称之为"隐式满族文学"。中华人民共和国成立后，老舍的自传体长篇小说《正红旗下》是他首次全面反映满族人在清末时的全景式生活的作品，堪称我国少数民族文学史上的一个有划时代意义的硕果。王学振的《老舍的民族身份与文学创作——以〈正红旗下〉为中心的考察》[③] 着重分析了老舍的文学创作在题材、风格、语言等方面具有鲜明的满族文化特质。

关于沈从文的文学创作和文学批评活动的阐释，任葆华的《文学疗治：沈从文小说文化意义的别一种解读》[④] 以文学的心理治疗功能为出发点论述沈从文利用文学的心理治疗功能进行自我疗救，并在完成疗救自我的同时，实现了由一名患者到现代社会人性治疗者的角色转换。这种角色转化，是基于他对中国人精神生存状态的诊断及对中国传统文化与现代文明的深刻反思。蒋淑娴的《沈从文的文化身份认同与重构》[⑤] 刘海军《心理批评视阈下的沈从文文学批评》[⑥] 肖向明的《原乡神话的追梦者——论沈从文的原始宗教情结及其文学感悟》[⑦] 等文章从多角度的切入研究也算是各有千秋。

当然，也有很多研究者关注到更为广泛的少数民族作家队伍。吴思敬的《图腾

[①] 关纪新：《满族伦理观念赋予老舍作品的精神烙印》，载《中央民族大学学报》（哲学社会科学版）2007年第5期。

[②] 舒乙：《老舍和少数民族文学》，载《广播电视大学学报》2007年第1期。

[③] 王学振：《老舍的民族身份与文学创作——以〈正红旗下〉为中心的考察》，载《满族研究》2007年第1期。

[④] 任葆华：《文学疗治：沈从文小说文化意义的别一种解读》，载《民族文学研究》2007年第3期。

[⑤] 蒋淑娴：《沈从文的文化身份认同与重构》，载《民族文学研究》2007年第3期。

[⑥] 刘海军：《心理批评视阈下的沈从文文学批评》，载《民族文学研究》2007年第3期。

[⑦] 肖向明：《原乡神话的追梦者——论沈从文的原始宗教情结及其文学感悟》，载《民族文学研究》2007年第3期。

诗：民族诗歌发展的一种可能》[①] 侧重于南永前诗歌中体现的朝鲜族古老的图腾意识与现代审美文化思维空间的融合。黄伟林的《"身份焦虑"与"浑身是戏"——壮族小说家凡一平小说论》[②] 考察了作家本身的身份转换对其创作的影响。杨荣的《意义与限度——重评〈美丽的南方〉》[③] 以当下的视角对陆地的经典作品有了更深层的重新阐释。陈庆的《扎西达娃的小说：一种魔幻现实主义?》[④] 则从概念入手质疑对扎西达娃小说定位的准确性。这几篇文章的精彩之处在于他们不落陈臼，尝试新的研究角度。

关纪新《风雨如晦书旗族——也谈儒丐小说〈北京〉》[⑤] 发掘了儒丐的长篇小说《北京》，认为此书是迄今能读到的用中文书写的、最为真切详备地收录有民国伊始京师旗族命运场景的纪实之作。以《北京》为文本，能够窥见满族在民国初年遭逢大变迁之际的所思、所想、所做、所为，体会出满族在命运倾覆时刻展示的某些内质。王菊、罗庆春的《从本能到自觉：民间立场坚守与批判精神高扬——栗原小荻文学评论思想探析》[⑥] 认为栗原小荻的文学创作和文学评论采取的是与先锋精神和个人独立意志相契合的真正的民间立场，追求一种自在地探询和自为地表述的生存方式。站在民间立场对当代文坛现实进行透视对中国当代文坛的观察和思考的过程，其实也是栗原小荻以民族作家的身份不断反思中国少数民族文学的过程。李生滨《生命承受苦难的文学追求——东乡族作家了一容小说创作散论》[⑦] 评论了一容被许多批评家看好的"西海固文学"，是自觉书写苦难、贫困和内心坚韧的文学，地域文化的独特性——以历史文化的积淀和回汉文化的交融，带给宁夏作家鲜明的乡土特色和民族特色。而了一容来自生命承受苦难的文学追求，更加强化了这种文学的亲历性、体验性和真实性。

还有其他的评论涉及白族诗人晓雪，土家族作家叶梅，傣族作家段林，藏族作家龙仁青，哈尼族作家哥布，满族诗人牟心海、大解，壮族诗人黄堃，侗族诗人王行水，纳西族散文家杨世光，苗族作家向本贵，侗族作家隆振彪，土家族作家孙健忠，普米族诗人鲁若迪基，佤族诗人聂勒等，比较充分地展现了当代少数民族文学创作的繁荣景象。

少数民族女性作家和女性视角的文学创作也一直是评论界关注的热点。少数民

[①] 吴思敬:《图腾诗：民族诗歌发展的一种可能》，载《民族文学研究》2007年第3期。
[②] 黄伟林:《"身份焦虑"与"浑身是戏"——壮族小说家凡一平小说论》，载《民族文学研究》2007年第1期。
[③] 杨荣:《意义与限度——重评〈美丽的南方〉》，载《民族文学研究》2007年第4期。
[④] 陈庆:《扎西达娃的小说：一种魔幻现实主义?》，载《民族文学研究》2007年第2期。
[⑤] 关纪新:《风雨如晦书旗族——也谈儒丐小说〈北京〉》，载《满族研究》2007年第2期。
[⑥] 王菊、罗庆春:《从本能到自觉：民间立场坚守与批判精神高扬——栗原小荻文学评论思想探析》，载《当代文坛》2007年第5期。
[⑦] 李生滨:《生命承受苦难的文学追求——东乡族作家了一容小说创作散论》，载《民族文学》2007年第9期。

族女性文学已经越来越成为一个不容忽视甚至跃居主流的力量。姚新勇的《多样的女性话语——转型期少数民族文学写作中的女性话语》[①] 认为超越简单的传统与现代、女性与男性、束缚与解放的二元对立的思维，更为复杂、深刻地探讨变动的社会中女性的生活与命运，对女作家的创作来说可能更为重要。黄玲回顾了云南少数民族女性文学写作情况。女作家有自身独特的女性经验和女性视角，她们的写作确立女性在民族文化中的地位，并以独到的女性眼光和视角，为当代文坛提供新的审美内容，也完成了对自身文化品格的建树。[②] 田泥认为当代少数民族女性文学的小说叙事方式发生了根本性变化，即由取材于个人经验的叙事转变为建基于对民族、文化、历史、现实等的叙事。[③] 周翔以台湾少数民族女作家的创作为例论述了现代台湾少数民族文学的发展过程可以视作台湾少数民族文化认同的动态历程，被记录在文学中的自我文化认同，使台湾少数民族能够借以自身为主体的文化身份的重新书写，确认自己真正的文化品格和文化精神。[④] 满、壮、藏、维吾尔等民族的女作家的创作也颇受关注。

不同区域的民族文学语言上的文化气质差异、不同民族文学创作的比较、人口较少民族的书面文学发展情况、维吾尔族文学的朦胧诗现象、维汉双语合璧诗歌、清末民初京旗小说研究、20世纪初的少数民族作家文学、少数民族儿童文学创作、少数民族文学中的科幻创作等等，话题的丰富给现当代少数民族文学研究带来许多新鲜和富于原创活力的内容。

（三）区域文学与族别文学的回顾与展望

区域文学和族别文学的研究在一定程度上整合了相对势单力薄的少数民族文学。戴宇立的《鄂西南少数民族获奖作品的文化解读》[⑤]《鄂西南少数民族文学的现代化历程》[⑥] 以及杜李的《浅论中国鄂西南散文化话语的精神特质与艺术建构》[⑦] 探讨了鄂西南地区少数民族文学的特点。鄂西南独特的民族地域文化，成为土家族、苗族等少数民族文学创作的不竭源泉。超越民族地区文化的价值，积极参与全球化语境下时代精神的建构民族性与现代性交互渗透的跨文化写作，应该成为鄂西南民族

[①] 姚新勇：《多样的女性话语——转型期少数民族文学写作中的女性话语》，载《南方文坛》2007年第6期。
[②] 黄玲：《云南少数民族女性文学创作与发展》，载《云南民族大学学报》（哲学社会科学版），2007年第6期。
[③] 田泥：《可能性的寻找：在民族叙事与女性叙事之间——20世纪80年代以来少数民族女性小说的叙事追求》，载《民族文学研究》2007年第4期。
[④] 周翔：《现代台湾原住民女作家的身份认同：矛盾与抉择的重现》，载《民族文学研究》2007年第4期。
[⑤] 戴宇立：《鄂西南少数民族获奖作品的文化解读》，载《文学教育》（上）2007年第10期。
[⑥] 戴宇立：《鄂西南少数民族文学的现代化历程》，载《民族文学》2007年第3期。
[⑦] 杜李：《浅论中国鄂西南散文化话语的精神特质与艺术建构》，载《民族文学研究》2007年第4期。

文学延续民族文化精神的最佳选择。刘大先的《"西部文学"的发现与敞亮》① 指出 20 世纪以来，"西部文学"经历了三次大的发展阶段，与资本、权力和意识形态体系形成种种互文关系。"西部文学"包含了多层面、多向度、多级差的地理、民族、宗教、生活方式、文学想象内涵，它的敞亮有待于对其进行细致的分割与剖析，而考察西部文学中所体现的地区体验和民族文化积淀，以及它对不同群落、民族、阶层、性别、信仰的人们的意义是研究者应该关注的重点。梁明的《回顾与展望——新时期红河少数民族文学探微》② 对红河新时期近 30 年的少数民族文学创作进行了梳理和探析，对其特性和发展路向以及如何走出困顿蛰伏状态提出了独到的见解。

姚新勇的《"家园"的重构与突围（上）——转型期彝族现代诗派论之一》③ 认为成型于 20 世纪 80 年代中期并一直活跃于今天的彝族现代诗派以其重返彝族传统文化的写作追求，形成了整体性的彝族现代诗歌家园的基础意象结构和基本诗歌品质；在此建构的进程中，表现出了巨大的困惑、焦虑以至于毁灭的冲动。彝族现代诗派的写作，不仅极大地提高了当代彝族汉语诗歌的水平，同时也与汉语新诗形成了丰富复杂的反叛、承继及重建的关系。徐其超的《谈和谐文化建设与民族文学繁荣——以凉山彝族文化诗派为例》④ 同样论述凉山彝族汉语诗歌创作群体，但他将他们界定为凉山彝族文化诗派。他们怀着深沉的忧患意识与责任感，从新时期到 21 世纪致力于民族文化精神的现代重构和民族诗歌的审美重构，已形成相当卓异的风格特征。赛娜·艾斯别克的《觉醒与嬗变——新疆少数民族文学发展现状及趋势》⑤ 指出作家应该以悲天悯人的大智慧、大爱心去观察、关爱社会人生，从不同命运遭遇的个人身上看到人性的喜与悲，并以此呼唤人的良知，从而满足更大层面读者的审美需求。吾尔买提江·阿不都热合曼的《中国乌孜别克现代文学的形成与发展》⑥ 赵德文的《论哈尼族当代诗人的诗歌创作》⑦ 杨炳忠的《仫佬族文化与仫佬族文学》⑧ 陈立浩的《黎族文学试论》⑨ 等族别文学的研究文章也给我们带来了相对陌生的一些民族的文学创作和研究信息，有助于我们加强对少数民族作家作品

---

① 刘大先：《"西部文学"的发现与敞亮》，载《青海民族学院学报》2007 年第 2 期。
② 梁明：《回顾与展望——新时期红河少数民族文学探微》，昆明：云南大学出版社，2007 年。
③ 姚新勇：《"家园"的重构与突围（上）——转型期彝族现代诗派论之一》，载《暨南学报》（哲学社会科学版）2007 年第 5 期。
④ 徐其超：《谈和谐文化建设与民族文学繁荣——以凉山彝族文化诗派为例》，载《西南民族大学学报》（人文社科版）2007 年第 4 期。
⑤ 赛娜·艾斯别克：《觉醒与嬗变——新疆少数民族文学发展现状及趋势》，载《文艺报》2007 年 5 月 10 日。
⑥ 吾尔买提江·阿不都热合曼：载《新疆社科信息》2007 年第 2 期。
⑦ 赵德文：《论哈尼族当代诗人的诗歌创作》，载《民族文学研究》2007 年第 1 期。
⑧ 杨炳忠：《仫佬族文化与仫佬族文学》，载《广西社会科学》2007 年第 6 期。
⑨ 陈立浩：《黎族文学试论》，载《琼州学院学报》2007 年第 4 期。

的研究评论以及少数民族文学史的研究，完善少数民族文学资料的搜集和整理工作。

二、中国史诗的宏观与微观研究

中国史诗研究是我国少数民族文学个案研究在理论上的深化。

（一）史诗宏观研究

史诗研究论著包括《格萨尔论》《江格尔论》《玛纳斯论》《南方史诗论》《江格尔与蒙古族的宗教文化》《蒙古英雄史诗源流》六部大著作，是中国社会科学院民族文学研究所承担的国家"七五"社科重点项目"中国少数民族史诗研究"课题的终端成果，由内蒙古大学出版社于1999—2001年连续出版。

如《玛纳斯论》作者郎樱，全书40.4万字，分上、中、下三编。上编包括"绪论""《玛纳斯》与柯尔克孜民族生活""《玛纳斯》的生成年代""《玛纳斯》的变异""《玛纳斯》的传承者——玛纳斯奇""听众——《玛纳斯》的生命"6章；中编包括"《玛纳斯》人物论""《玛纳斯》的美学特征""《玛纳斯》的叙事结构""《玛纳斯》与柯尔克孜民间文学"4章；下编包括"《玛纳斯》与突厥史诗""《玛纳斯》与东西方史诗""《玛纳斯》与宗教文化"3章。《南方史诗论》，作者刘亚虎，全书33.4万字，分为形态篇、源流篇、本文篇、类型篇、形象篇、艺术篇、文化篇、比较篇、延续篇、百科篇，共10篇。

上述史诗的共同特点，第一是结构完整，虽然各部的篇章设计有所不同，但都囊括了史诗的历史文化背景、流传地区、篇章结构、思想内容、文化内涵、纵横关系、艺术特色、民族风格、研究状况、人文价值和社会影响等，是迄今研究三大史诗和南方民族史诗的内容最完整的著作，其触角几达史诗的方方面面，给人结构严谨的印象。第二是宏观与微观相结合，整体而言，对每部史诗的总体把握比较全面和准确；而局部的微观研究相当深入，有的是带有结论性的创见。例如《玛纳斯论》中对该史诗产生和形成的历史，首先对诸家的研究成果给予肯定，而后指出其不足，再一一分析史诗萌芽的时代、发展的过程、形成的终端，这就比较令人信服。第三，无论是篇章结构安排或章节阐述的开展，大都做到井然有序，由此及彼，层次分明。例如《江格尔论》下编设计的"文化源流""社会原型""形成时代""形成条件""发展与变异""情节结构的发展""人物形象的发展"和"语言艺术"8章，用语简洁，了了分明。第四是最重要的，即初步建立了中国的史诗理论体系，归纳彰显中国的史诗系统，克服了中国史诗研究的弥散状态，奠定了中国的史诗学，对今后的史诗研究提供了范本。中国少数民族的史诗长度是世界之冠（如《格萨尔》等），数量也是世界之冠，蒙古族的大小诗史就有300部，各民族的史诗加起来数量惊人。要把这些诗史都研究透，还要经过许多代人的埋头苦干。在这一中国史诗的烟海里，人们定会发现中华各民族顽强的生命意识，在几大文明古国文化中唯有中华民族存在绵延不绝的密码。

(二) 口头程式理论

民间文学成为一种"口头传统"，在一定程度上也得益于口头程式理论在21世纪的迅速发展。"口头程式理论"（Oral-Formulaic Theory）诞生于20世纪初期的美国，是20世纪为数不多发展起来的民俗学理论之一。该理论的创始人是美国学者米尔曼·帕里和阿尔伯特·洛德，所以又称"帕里—洛德学说"（The Parry-Lord Theory of Oral Composition）。

20世纪90年代至21世纪初，以中国社会科学院民族文学研究所朝戈金、尹虎彬、巴莫曲布嫫为代表的学者开始大量译介口头程式理论著作。诸如约翰·迈尔斯·弗里的《口头诗学：帕里—洛德理论》、洛德的《故事的歌手》、格雷戈里·纳吉的《荷马诸问题》等国外口头程式理论经典著作中文译本纷纷诞生，为此理论在中国的传播和本土化发展奠定了扎实基础，大大加深了中国专家学者对该理论的认识和了解，为民族文学理论及多学科研究提供了新的方法和路径。

口头程式理论的创立源于对"荷马问题"（Homeric Questions）的关注。在帕里生活的20世纪20年代，对荷马史诗有两种说法：一是分辨派的观点，认为荷马史诗是由多位大师汇聚而成的作品；二是统一派的观点，认为荷马史诗出自某一位大师的个人创作。帕里对这两种观点都不赞同，他认为荷马史诗源自一个流传久远的演唱诗歌的传统。为了验证他的理论推测，他和他的助手洛德在南斯拉夫进行了活态的民族志田野考察，把众多演唱史诗的文盲诗人与荷马史诗予以对比，进而创立了口头程式理论。可以说口头程式理论是在语言学和语文学的基础上对史诗格律和语言进行了深入的调查，从而形成了活形态口头文学的研究方法。

口头程式理论的精髓，可以概括为三个结构性单元的概念：程式（formula）、主题或典型场景（theme or typical scene），以及故事范型或故事类型（story-pattern or tale-type），它们构成了口头程式理论体系的基本框架。凭借着这几个概念和相关的文本分析模型，帕里和洛德很好地解释了那些杰出的口头诗人何以能够演述成千上万的诗行，何以具有流畅的现场创作能力的问题。[1] 帕里认为程式是在相同的格律条件下为表达一种特定的基本观念而经常使用的一组词，程式化的表达是指以程式的模式来建构的一行诗或半行诗。口头史诗的语法是而且必须是以程式为基础，这种语法是关于排比的，经常使用的是很实

---

[1] 朝戈金、巴莫曲布嫫：《口头程式理论（Oral—Formulaic Theory）》，中国民俗学网，https://www.chinesefolklore.org.cn/web/index.php? NewsID=7981, 2017-12-8/2020-12-28。

用的词语和语法。①

口头程式理论的发展使民间文学的"口头性"逐渐得到独立显现，最主要的表现即民间文学不再强烈地依附于作家文学而存在。学者们更加重视民间文学作品与当时当地语境的密切联系，注重民间文学的实践性，民间文学研究逐渐脱离了传统按照书面文学范式和方法进行研究的路径，被替代为"口头传统"。民间文学的口头转向，不仅是一种理论认识和实证研究的方法，同时也为民间文学转向实践科学提供了一种可能②。其实，对于民间文学的"口头性"转向，马学良和钟敬文等民间文学理论奠基人也都早有强调，钟敬文先生就曾提出民间文学应从"目治之学"转向"耳治之学"的说法。但任何理论都有它自身的局限，口头程式理论也不例外，它的不足之处在于：忽视了表演的语境内涵，从史诗中找出传统程式的过程过于机械，对于非史诗性的民间叙事诗、民间谚语谜语等众多样式的口承文化未必适用。

（三）表演理论

20世纪80年代后期以来，鲍曼的表演理论的观点和具体内容逐渐被介绍到中国，他的代表作《作为表演的口头艺术》被翻译出版，国内学界比较自然地接受了它的影响。杨利慧、巴莫曲布嫫、孟慧英、董晓萍、万建中等众多学者都对该理论进行了译介、借鉴和应用。表演理论虽没有口头程式理论那样成果丰硕，但进入21世纪之后，随着表演理论影响的日益扩大，国内很多学者开始结合自己的研究对象，运用表演的视角来考察民间文学的问题。如：安德明在《表演理论对中国民间文学研究的意义》③中不仅介绍了鲍曼表演理论的学术背景和主要理论主张，更结合研究个案分析该理论是如何在研究实践中运用以及本土化的过程。在徐颖的《表演理论对研究民间文学传承的启示意义》④则指出表演理论的出现，从根本上转变了传统的思维方式和研究角度，给民间文学研究带来了新的理解，在此基础上，文章从动态化、互动化、微观化三个方面论述表演理论对于中国传统民间文学传承的启示意义。

三、多民族文学关系

20世纪末期，中国社会科学院民族文学研究所关纪新主持的多民族文学史讨论，其辐射力正在扩展。对多民族文学史的探索，实际在1995年出版的《多重选择的世界——当代少数民族作家文学的理论描述》这一理论著作中已显现。该书分章

---

① 阿尔伯特·贝茨·洛德：《故事的歌手》，尹虎彬译，北京：中华书局，2004年，第24页。
② 户晓辉：《民间文学：转向文本实践的研究》，载《中国社会科学》2014年第8期。
③ 安德明：《表演理论对中国民间文学研究的意义》，载《民族艺术》2016年第1期。
④ 徐颖：《表演理论对研究民间文学传承的启示意义》，载《智库时代》2017年第5期。

探讨了当代少数民族作家文学研究中"当代少数民族文学的定位""民族作家与民族文学""少数民族作家与民族文化传统""少数民族文学创作的双语问题""民族文学的审美意识""少数民族文学的历史文化批判意识""各民族文学互动状态下的多元发展"等理论问题,并富有创见地对少数民族作家文学进行了多角度多层次的探讨,如"三个基本支撑点"的提法正是少数民族作家文学的三个要害点。书中认为"民族特质、时代观念、艺术追求,这三者,被既往的少数民族文学界认定,是少数民族作家文学借以存在和发展的'三个基本支撑点'。同时,学术界也指出了这三个基本支撑点,在民族文学的创作中是相互交叉、互相依傍的:文学的民族特质与艺术追求,都应获得时代观念的鲜明照射;文学的民族特质与时代观念,又要凭借艺术追求去实现;而时代观念与艺术追求,又要围绕着民族特质这一少数民族文学的根本来表达。在人们观察到的当代少数民族文学的历史过程中,这三个基本点,均发挥了不可或缺的作用。"① "三个基本支撑点"是学术界归纳出来的,作者对三个方面的关系,进行了简明的阐述。以此来观照 20 世纪少数民族作家文学的状况,也仍然是适用的。能较好地掌握这三者,其文学创作必有成就。作为少数民族作家,丰厚的民族文化底蕴是其创作成败的根基。作家是要选择题材的,时代观念往往决定他选择的成败。有了好的题材,等于只有好的原料,是否能够做出好的成品,就看本领——艺术手段了。该书一开始就强调这一点,对当代作家不无启示意义。

该书的第一章和第七章,已经有多民族文学史意识的萌动。第一章指出:"我国少数民族的民间文学,作为自古以来各个民族人民重要的精神生活,曾经熔铸了他们千百年间的生活感受和聪明才智,矗立起了令人叹为观止的众多的历史峰峦。《格萨尔》(藏族与蒙古族)、《玛纳斯》(柯尔克孜族)、《江格尔》(蒙古族)等三大史诗,一再为亚洲古文化赢得殊荣;南方诸民族的创世神话、西北诸民族的长篇叙事诗和东北诸民族的传统说唱文学,不仅极其丰富,其中许多篇还堪称人类口承文化的精品。"在第七章作者指出:"我们的文坛需要多样性,民族文学的多元发展,有利于当今文坛多样性的发现和展开。因而,各少数民族文学的创作希望都能在当代中国文学的整体包容下独立成编、自呈一格的要求,实不过分,应当赢得文坛上的充分尊重。"这种对尊重的要求,后来便表现在对多民族文学史的诉求上。

2007 年《民族文学研究》创设的"创建'中华多民族文学史观'笔谈"专栏,可谓是中华人民共和国 60 年来少数民族文学理论研究的一大亮点。关纪新在开栏论

---

① 关纪新、朝戈金:《多重选择的世界——当代少数民族作家文学的理论描述》,北京:中央民族大学出版社,1995 年,第 19 页。

文《创建并确立中华多民族文学史观》① 中提出："中华民族多元一体格局"学说为中国多民族文学研究提供了一方坚实的理论基石。无论是汉族文学研究家还是少数民族文学研究家,均须站到 21 世纪的精神高度,结合各自的学术实践,完成超越自我的观念嬗变。无视各民族的文学特长,与忽略各民族文学的相互关联,都是与多民族文学史观的科学准则相偏离的。因此确立中华多民族文学史观的任务,已经历史性地落在了当代学人们的肩上。这既是文学研究界的当务之急,又是一项可能需要通过长久努力才能达到的目标。

专栏开办以来,学术影响日益加大,来自不同学科的学者竞相发言,各抒己见,为新一轮的文学史观转型奠定了基础。徐新建《"多民族文学史观"简论》② 在夷夏互补的背景下论述"多民族文学史观",强调"中国"概念同时具有的结构性与过程性,把文学同史学结合考察,提出"多历史"与"多文学"的观点。李晓峰《多民族文学：中国文学史观的缺失》③ 指出中国文学史研究与中国文学一样,具有鲜明的民族国家属性。但是,中国多民族文学史观的缺失影响了史家的视野,也失真了中国文学史的本来面貌。造成这种现状的原因,一是传统"中国"观念影响；二是现代中国民族国家意识的缺失以及文学史研究中整体文学史观的残缺。中国多民族文学史观的建立,对写出真正意义的中国文学史具有重要意义。朝戈金的《中华多民族文学史观三题》④ 指出中华多民族文学史观不仅是文学史撰写的指导原则,更是一种阐释中国各民族文学互动发展历程的新视角。少数民族文学中很大一部分为民间口传文学,它与文人的书面创作形成互动的关系,不应该处于中国文学史之外。对于文学现象和不同文学传统之间的关系,应该在地方性知识和普适性学理之间营造出具有张力的认识论域。扎拉嘎的《20 世纪哲学转向与多民族文学史观问题》⑤ 更是从哲学的高度,分析了 20 世纪人类思想的重要变化：从历史领先原则向相互作用原则的转变。这种转变反映在辩证法领域,则是黑格尔对立统一原则受到质疑和挑战并提出平行统一的概念。这一个概念用之于中华多民族文学史的编纂工作时可以提供有效的借鉴,同时对于国学观念的现代转型和文学的平行本质比较提供了方法论指导。扎拉嘎、汤晓青的《实践与理论并进——中国各民族文学关系研究》⑥ 深入阐释了中国各民族文学关系学科的确立意义。中国各民族文学关系研究作为一个正在兴起的新学科,它的意义在于少数民族文学研究不局限于各个少数民族文学,我们可以从中国少数民族文学研究实践和中国各民族文学关系研究实践出

---

① 关纪新：《创建并确立中华多民族文学史观》,载《民族文学研究》2007 年第 2 期。
② 徐新建：《"多民族文学史观"简论》,载《民族文学研究》2007 年第 2 期。
③ 李晓峰：《多民族文学：中国文学史观的缺失》,载《民族文学研究》2007 年第 3 期。
④ 朝戈金：《中华多民族文学史观三题》,载《民族文学研究》2007 年第 4 期。
⑤ 扎拉嘎：《20 世纪哲学转向与多民族文学史观问题》,载《民族文学研究》2007 年第 4 期。
⑥ 扎拉嘎、汤晓青：《实践与理论并进——中国各民族文学关系研究》,载《中国社会科学院院报》2007 年 10 月 30 日。

发，在与比较文学理论的交融和与哲学理论的跨学科研究中，提出和探讨具有更为广阔意义的理论课题，并且可以将这探讨中形成的理论，再用来促进中国少数民族文学研究和中国各民族文学关系研究。

专栏设立后连续用三期刊发的10篇文章集众家之所思，从重写文学史到重构文学史观，从书面文学到口头文学，从文学书写到哲理探索，一步一步将"多民族文学史观"的话题引向深入。同时，《文艺报》①《民族文学》②《中国民族》③ 等报刊也发起了相关讨论。

2007年11月，由中国社会科学院民族文学研究所《民族文学研究》编辑部、西南民族大学等单位共同主办的"多民族文学史观与文化多样性学术研讨——第四届中国多民族文学论坛"举行。与会专家就"中华多民族文学史观的理论建构与思考""文化多样性守望与少数民族文学功能""民族文学关系研究的学理阐释""多民族文学史观维系下的民族母语写作""西南各民族的文化生态与书写及'藏彝走廊'文学叙事研究"做了专题讨论，尤其是对"中华文化板块结构"与"中华多民族文学史观"的相关问题展开了多层次、全方位的深度讨论，基本达成共识：确立中华多民族文学史观的意义在于完善我们的知识结构、补充我们的历史书写、提升我们的学术基点、丰富我们的科学理念。就整个民族文学研究事业而言，多民族文学史观的建立，当被视作最重要的学术理论建设之一。中国文学研究界只有普遍接受和具备了中华多民族文学史观，才能真正开辟有效协调国内多民族文学关系的科学局面。这次笔谈和几次多民族文学史观研讨会是很有意义的，正如关纪新在《民族文学研究》上发表的《创建并确立中华多民族文学史观》中指出："在先后发表的两篇文章中，我力图较系统地阐述必须在中国文学研究界倡导与确立这样一种科学的学术观的必要性、重要性和迫切性，以及我们所亟须解决的一系列相关理念。这既是文学研究界的当务之急，也是一项可能要通过长久努力才能达到的目标。中国文学研究界只有普遍具备了中华多民族文学史观，才能开辟有效协调、深入钻研国内多民族文学的健康局面，才能真正走上亲近与尊重国内兄弟民族的康庄道路。确立抓多民族文学史观的意义包括：完善知识结构，补充历史书写，提升学术基点，丰富科学理念。"④ 这段话清楚地表达了多民族文学史观确立的重要性。以后每期都有几篇跟进的文章，表达对多民族文学史观的赞赏。2008年9月在新疆乌鲁木齐举行的第五届多民族文学论坛，围绕着三个主题：一是创建"中华多民族文学史观"

---

① 《在和谐与交流中书写多民族文学史》，载《文艺报》2007年2月1日；特·赛音巴雅尔：《书写多民族文学史的关键问题——正确认识少数民族文学在中国文学发展史上的作用和地位》，载《文艺报》2007年4月5日。
② 冯艺：《民族文学的根本性写作》，载《民族文学》2007年第6期。
③ 关纪新：《应当确立中华多民族文学史观》，载《中国民族》2007年第4期。
④ 杨义：《重绘中国文学地图通释》，当代中国出版社，2007年，第5页。

的思考延伸和理论拓展；二是探讨传统与现代接轨下的少数民族文艺理论；三是探索边地与中原的文学互动。与会者认为，前四届多民族文学史研讨会业已取得了一定的成果，现在的问题是理论必须延伸和拓展，扩大效应。其期望首先表现为对理论具体化的个案研究的诉求，这可能是近年个案研究盛行的惯性；其次是提出了少数民族文学公共性的问题；最后是必须从人类学、文艺学和比较文学等角度对多民族文学史观进行探讨。少数民族文学理论的重建涉及四层对话关系：一是中华民族文艺理论与世界对话；二是特定的少数民族文艺理论与汉族文艺理论的对话；三是本民族文艺理论与民族历史对话；四是少数民族文艺理论与民间的文艺理论对话。有的提法虽然比较含混，但对推进多民族文学史理论的意见是一致的。从边地与中原的互动来看，多民族文学史观的最终目的是不断发展自己，以获得传统文学阵地的认可和接纳，创造一种全新的中华民族文学共同体、你中有我、我中有你浑然一体的模式。

四、重绘中国文学地图

重新绘制中国文学地图是杨义 2007 年在《重绘中国文学地图通释》中提出的一个重要观点，在国内引起了较大的反响。杨义作为中国社会科学院中国文学研究所和民族文学研究所两所的所长，自然必须关注中国文学整个研究的状况。在不同的学术场所，他曾多次谈到中国文学界对少数民族文学关注不够的缺陷，谈到中国少数民族文学所蕴藏的巨大价值，以及在中国的历史上，每当中原的文学处于停滞状态时，往往在边缘文学的冲击下获得了新的生命，这一观点使人耳目一新。他在《重绘中国文学地图通释》中认为，100 年来所写的中国文学史存在着明显的局限："第一个缺陷，它基本是汉族的书面文学史，相当程度地忽略了占国家土地 60% 以上多民族的文学的存在和它们互相间深刻的内在联系。因为在整个中华民族的民族共同体的历史进程中，文学的发展是多民族共同创造、互相碰撞、互相融合的结果，不研究这个过程中非常丰富复杂、多姿多彩的相生相克、互动共谋的合力机制，是讲不清中国文学的真正品格和精神脉络的。"① 这段话表明，作者对中国文学研究的整体状况有一个比较全面的冷静的思考，而且在这一思考的背后，有着民族团结一体的深刻内涵。扩大来说，这不单是中国文学的整体观念问题，而是涉及国家民族的整体利益问题。

这个问题如何解决，他首先提出中国文学的"大文学观"："在跨入 21 世纪的时候，通过对固有文学观念的反思，就发现文学不是一个单纯的存在，把它提纯、独立出来，本身就带有阉割性。就像一只胳膊，你可以独立研究它，但不能忽略它与整个身体的关系，所以还要还原它的整体性。文学本身并不是游离于文化而存在

---

① 杨义：《重绘中国文学地图通释》，当代中国出版社，2007 年，第 193 页。

的，它是文化的一部分，它要还原于整个文化本身。从文化说明文学的身份，说明文学的特质，这样才能确认文学所包含的智慧形态，阐明东方文化与西方文化的差异，使文学以自己独特的声音，以便跟世界对话。因此我提出了大文学观。大文学观既吸收了纯文学作为一个学科的精密度，同时又吸收了原来的杂文学观的渊博与广阔。"①这里涉及了文学与文化的关系，再往外扩大，就涉及中华文学以自己独特的声音与世界对话的问题。这样来思考中国文学的"大文学观"，才符合中国文学的整体感和完整性。就像一棵大树，只有主干粗壮而同时枝叶茂盛丰满，它才是完整的。在《重绘中国文学地图的方法论问题》①《重绘中国文学地图的纲目》等文章中，他从方法论着手更系统地予以阐述。

如何把握这种整体性和完整性，杨义提出了"重绘中国文学地图"说，他指出："从我的研究实践，通过跨时段、跨地域、跨民族的跨文体研究，要形成一个新的整体文学观念，这就是我提出'重绘中国文学地图'的命题并对它进行把握。它是具有现实的针对性的，那就是关于文学史的写作。从 20 世纪初到现在已有 100 年的历史，写出的文学史可能超过 1000 部，包括文学通史、文体史、地域文学史、民族文学史等，这么多的研究成果如何整合成一个整体，我们常常是个体劳动、互不搭界。如我们的古代文学史，多是以汉族文学史为主，对少数民族文学几乎不涉及。如宋朝是欧阳修、苏东坡的时代，公元 11 世纪，中原地区是小令、慢词流行。可是当时还存在辽、金、西夏的文学，回鹘文学，吐蕃文学、大理国的文学。这些构成中华民族文学整个版图。我们画地图连一个海上的小岛都要标明，那么，画文学地图，只画宋文化是不够的。宋文化是发达的，但也会受到其他地域文学的影响、碰撞和交融，文学史不写这些是讲不通的，是难以充分地写出动态感、层次感和整体感的。这是跟游牧民族与农业文明之间的碰撞、交融、同化、汉化的过程有关的，如果离开这个东西就说不清我们文学的过去和现在、内质和命运了。那么，如何把这么多的分类文学史、地域性的民族文学史以一种新的文学理念整合起来，这就是'重绘中国文学地图'这一构想的现实意义。"中国文学地图之重绘，是在对汉族文学、少数民族文学以及它们的相互联系进行系统的深入的研究基础上进行的，其文化根据和学理构成就是"一纲三目四境"。大文学观，即为重绘中国文学地图之纲，三目为：时空结构——在时间维度上强化空间维度；发展动力体系——在中心动力上强化边缘动力；精神文化深度——从文献认证中深入文化透视。四境乃是以一纲三目加以贯穿的四个学科分支或学科交叉领域，即文学的民族学、地理学、文化学、图志学。这种纲、目、境的充分展开，是"重绘中国文学地图"基本理念。

---

① 杨义：《重绘中国文学地图通释》，北京：当代中国出版社，2007 年，第 195 页。

五、21 世纪民族文学理论拓展

21 世纪的第二个十年，民族文学理论继续向纵深发展。2009 年至 2019 年民族文学理论研究方面涌现出诸多佳作，如：2011 年郎樱《中国北方民族文学比较研究》，2012 年李晓峰、刘大先合著《中华多民族文学史观及相关问题研究》，2013 年刘大先《现代中国与少数民族文学》，2014 年关纪新《满族小说与中华文化》、刘大先《文学的共和》、毕桪《哈萨克动物故事探析》，2015 年关纪新《满族书面文学流变》、李长中《当代人口较少民族文学的审美观照》，2016 年仁钦道尔吉、郎樱的《中国史诗》、朝戈金的《史诗学论集》、毕桪《哈萨克魔法故事探幽》、李晓峰、刘大先的修订版《多民族文学史观与中国文学研究范式转型》、徐新建《多民族国家的文学与文化》，2017 年汪荣的《历史再现与身份认同——以新时期以来的"蒙古历史叙事"为中心》及"多元一体视域下的中国多民族文学研究丛书"中刘大先的《千灯互照：21 世纪少数民族文学创作生态与批评话语》等。

另外，针对少数民族文学研究的某些特定主题，有些论文集也对学术史上围绕该主题的众多研究成果进行了遴选汇编，这类论文集中，代表性的有 2010 年汤晓青主编《多元文化格局中的民族文学研究：中国社会科学院民族文学研究所建所 30 周年论文集》，"文学理论与民族文献学研究丛书"中 2012 年李长中《生态批评与民族文学研究》和 2013 年刘大先的《本土的张力：比较视野下的民族文学研究》，2012 年朝戈金主编《中国史诗学读本》，2014 年汤晓青主编《全球语境与本土话语：中国多民族文学论坛十年精选集》，2018 年阿地里·居玛吐尔地主编《世界〈玛纳斯〉学读本》和《中国〈玛纳斯〉学读本》等书。

值得欣喜的是，少数民族文学在中国文学版图上的地位和价值受到越来越多的重视，逐渐确立起学科的自足性、主体性地位。少数民族文学以独特新奇的地理空间为书写背景，以古奥神秘的叙事题材给读者以从未有过的"异质性"想象体验，为多元一体的大中华文学注入了新鲜的血液，丰富了中国现当代文学版图。

新时期以来，我国民族文学理论研究取得了不少可喜的成绩。傅钱余认为中国少数民族作家文学，以"美人之美"为宗旨，以跨学科的、开放的、动态的视野挑战普适性文学理论，注重多元性、差异性和整体性。他在阐述民族文学理论的宏观和微观两个维度时指出：应当既把握各民族文学的共性，也注重各民族文学之间的差异。少数民族作家作品中体现出来的独特性是其主要出发点，同时民族文学理论是跨学科的，要求研究者立足于文学学科，以宏阔的视野借鉴其他学科的理论资源。[1]

---

[1] 傅钱余：《民族文学理论基本问题研究》，载《沈阳大学学报》（社会科学版）2012 年第 6 期。

近年来，马克思主义文论和马克思主义中国化为少数民族文学理论研究注入了新活力。在张永刚看来，马克思主义中国化前提下的当代文学理论建设应筑基于多民族文学之上，形成对多民族文学的阐释能力。为消除中国当代文论对少数民族文学的隔膜状态，应进一步重视当代少数民族文学研究，理清它与中国当代文论的基本关系：1. 少数民族文学研究是当代文论建设的重要资源，这是文学理论的生成逻辑和少数民族文学研究的现实状态决定的；2. 少数民族文学研究要在完善中国文学观念、构建当代文学理论中不断优化、提升自身理论品位；3. 少数民族文学研究与当代文论的交往融会是新时代文学理论发展的重要途径，在此过程中，一方面要重视中国当代马克思主义文论的主导作用，一方面要发挥好少数民族文学研究的积极影响，以进一步丰富完善统一的多民族国家的文学理论，促进多民族文学不断发展。①

彭成广和孙纪文认为，马克思主义文论能够为新时期中国民族文学研究提供重要的理论启示，其主要体现在：马克思主义文论的辩证唯物主义史观、自我批判反思品格是开展民族文学研究的根本基础；马克思主义文论的人民性本质和实践性特征能够为民族文学研究提供鲜明的理论目标和价值定位；马克思主义文论所具有的开放性姿态决定了推进民族文学研究是其自我创新自我发展的必要内容和时代要求；马克思主义文论以"回到马克思"为理论追求能够为民族文学研究中的本土与世界对话、联通、互融等命题提供丰富的理论支撑和指导借鉴。②

后多元文化主义，自20世纪90年代兴起，并在21世纪渐成高潮。它强调文化的共通性、交融性、层次性、复杂性，质疑多元文化理念加大了差异、固化了族群、强化了文化冲突、僵化了社会流动。傅钱余认为，在此视角下，发现了当前多民族文学批评对"民族"的单一化理解、对"差异"和"民族"的过度强调。有必要转换立足点，探索一种新的研究范式。这种范式应该具备更切实的理论观、更宽阔的视野、更准确的定位、更可行的方法、更多维的问题意识以及更多元动态的价值标准。聚焦文化层面既是多民族文学走向高潮的核心驱动力，也是少数民族文学囿于"民族"话语模式的主要原因。多元文化观对差异的强调确实有利于保持对他者文化的尊重和自身文化的保护。后多元文化主义强调文化的共通性、交融性、层次性，这为当前的多民族文学研究提供了一个反思的立足点——告别单纯强调地方知识、民族认同的研究模式，迎来一种新的中国文学研究范式。这种范式应该有更切实的理论观、更广阔的视野、更准确的定位、更可行的方法、更多维的问题意识以及更

---

① 张永刚：《少数民族文学研究与中国当代文论的基本关系》，载《民族文学研究》2020年第1期。
② 彭成广、孙纪文：《马克思主义文论对新时期中国民族文学研究的理论启示》，载《西南民族大学学报》（人文社科版）2020年第10期。

多元动态的价值标准。①

关于民族文学理论批评，王佑夫在《中国少数民族文学理论批评发展引论》一文中讲到，中国少数民族文学理论批评由口头与书面、汉语与民语构成。起始于魏晋南北朝时期的少数民族书面文论，历经唐宋元明清至当代，异彩纷呈，独具风貌。它与汉族文论一道构成中国文论的整体，共同谋求与促进中国特色的文学理论批评新体系的构建。②

从新时期以来少数民族文学理论研究的总体态势来看，研究视域的拓展、日益增强的学科意识、逐渐拓展的学术眼界、不断更新的研究方法成为少数民族文学研究的新常态。学科理论与实践相结合，跨文化的民族文学研究与书写，跨学科比较等问题构成了当下中国民族文学的学科焦点问题。在提倡多元学科互动对话，学习外来理论的同时，应更加注重中国的、当下的学科建设需要尽快解决的问题。借鉴中国各民族的文论传统，挖掘民族文学的深层内涵是民族文学研究的必由路径。我国文学在历史上有吟诵传统，新乐府传统。对这些口头诗学的特征进行深入思考，对推动少数民族文学的学科建设意义深远。

进入 21 世纪，一些国外的理论和方法在民族文学研究领域逐步得到重视和深入探索。刘锡诚谈到，世纪之交，学者开始对"不同的社会情势和学术氛围"中出现的"不同的思潮、流派和人物"进行梳理与讨论。③ 其中，精神分析理论、文化相对论、故事形态学、新进化论、口头诗学、表演理论等多数在 20 世纪已经引入国内的新理论，在当时并未得到全面而深入的研究。④ 迈入 21 世纪，这些国外理论方法得到了越来越多国内民族文学研究者的关注、译介、阐释和应用。尤其是口头诗学在 21 世纪发展迅速。相比较而言，母题学、类型学、主题学等传统研究方法日趋渐冷。

中国民族文学研究从族别文学史、文学概况的书写，再到"多元一体"论、多民族文学史观、中华民族文学共同体，少数民族文学研究日益走出单向度的研究范式，突破学科框架和观念束缚，呈现出区域联合、横向学科互补、联系性与整体性的发展态势。

---

① 傅钱余：《后多元文化主义时代中国多民族文学批评理论刍议》，载《内蒙古社会科学》2020 年第 5 期。
② 王佑夫：《中国少数民族文学理论批评发展引论》，载《中央民族大学学报》（哲学社会科学版）2014 年第 2 期。
③ 刘锡诚等：《民间文学学术史百年回顾》，载《民间文化论坛》2005 年第 5 期。
④ 毛巧晖：《新中国民间文学研究 70 年》，载《东方论坛：青岛大学学报》（社会科学版）2019 年第 4 期。

第二章 民族民间文学调查与整理

中华人民共和国从成立至 2019 年,学者们对民族民间文学进行多次全国性的调查与整理。本章分为调查与整理初始期（1949—1979 年）、调查与整理发展期（1980—1999 年）、调查与整理成熟期（2000—2019 年）三节进行讨论与总结。

第一节 调查与整理初始期（1949—1979 年）

从 1949—1979 年 30 年间,是中国民族民间文学调查与研究的初始期。这一时期的民族民间文学调查历史背景、调查队伍、调查方法、调查成果等均具有时代特色与历史意义。

一、调查历史背景

1949 年中华人民共和国成立后,即在全国范围内开展少数民族民间文学调查,其规模之大,调查搜集到的材料之丰富,在中国是空前的。这一时期取得的成果至今仍然具有强大的生命力。1950 年 3 月,党和政府即在北京成立了中国民间文艺研究会,郭沫若任第一届理事长。同时,全国各省区也建立了民研会分会。宗旨是："搜集、整理和研究中国民间文学、艺术,增进对人民的文学艺术遗产的尊重和了解,并吸取和发扬它的优秀部分,批判和抛弃它的落后部分,使之有助于新民主主义文化的建设。"

20 世纪 50 年代前期,是中国社会发生重大变革的时期。这个时期广大民族地区的社会面貌发生急速变化。如何把他们正在传承和变革的民间文学等精神文化遗产记录和保存下来,是摆在有关地区党政部门和民族文学研究工作者面前的紧迫任务。基于这种历史现实,1956 年 3 月,毛泽东在一次会议上指出要在全国范围内开展少数民族社会历史调查。1956 年 4 月,全国人大民族委员会制定出《关于在少数民族地区进行各民族社会历史情况调查研究工作的初步规划》。此项工作一直持续到 1964 年才结束。中华人民共和国成立后的少数民族民间文学正是在这种社会历史背景下展开全面调查。

二、调查成果

本时期少数民族民间文学调查任务的开展有如下特征：从调查目的来讲，大致有两种，一是以少数民族社会形态、民族识别为核心的辅助性民间文学调查；二是以少数民族民间文学专题为中心的调查。从调查范围来讲也有两种，一是全国范围的调查；二是区域范围的调查。从调查组织方式来讲，有政府性的专门学术机构组成的调查团，也有地方文化部门、大专院校组成的专题调查队。这些不同目的、不同形式的调查机构，从不同的角度对中华人民共和国成立初期的少数民族民间文学进行有目的、有组织、有学术规范地调查，搜集到大量第一手珍贵材料。这些调查任务的开展我们分别从以下两个方面进行总结。

（一）调查任务性质

本阶段民族民间文学调查任务性质主要包括两种：以少数民族民间文学为调查核心的专题调查；以少数民族社会历史调查为核心、少数民族民间文学调查为辅助的调查。

以少数民族民间文学为调查核心的专题调查工作具体情况主要有如下特点：

20 世纪 50 年代初，少数民族民间文学搜集整理工作是伴随着少数民族识别工作开始的。中华人民共和国成立不久，少数民族对在本地区实行民族自治的愿望特别强烈，于是，中央民委（现国家民委）分别派出相关民族学专家对少数民族地区的社会、经济、历史等问题进行调查。其宗旨是"搜集、整理和研究中国民间文学、艺术，增进对人民的文学艺术遗产的尊重和了解，并吸取和发扬它的优秀部分，批判和抛弃它的落后部分，使之有助于新民主主义文化的建设。" 20 世纪 50 年代初期，国家处于经济恢复时期，政府在财政紧张的情况下，毅然拨出专款组织大规模的少数民族民间文学搜集工作。这是中国有史以来进行的规模最大的民族民间文学搜集工作，由中国民间文艺研究会及各省区分会作为主力和组织者，各县（旗）文化馆、乡（社）文化站组织力量配合。调查组深入民族地区边远村寨，寻访民间歌手、歌师、歌王、故事家、毕摩、阿肯等艺人，用国际音标、民族文字或汉文记录民间口头作品，搜集拓片、手抄本、孤本、残本、异文、碑文，获得了大量的极其宝贵的材料。这一时期还对少数民族民间文学的专题问题成立了专门调查小组，如《格萨尔》组、《玛纳斯》组、《阿诗玛》组、《创世纪》组、《刘三姐》组，搜集了大批相关资料。如《玛纳斯》20 世纪 50 年代就开始零星搜集，1961 年大规模搜集时，中央民族学院柯尔克孜语班学生大多是其中主力（其中多数人后来终生从事《玛纳斯》搜集、翻译和研究）。三十多年过去，至今该史诗 8 部二十多万行已全部记录完毕，加上异文资料总数达六十多万行，为世界上最完备的《玛纳斯》资料。《格萨尔》的搜集几乎动员了几个省区的相关力量，至今搜集到的资料达二百多万行。这些专题搜集工作到 1958 年达到高潮。虽然这个时期的少数民族民间文学搜集是伴随着民族识别工作进行的，但同时也为中国少数民族文学积累了宝贵的材料。

1958年，全国掀起一个新民歌采风热潮。同年，召开第一次全国民间文学工作者代表大会，会上提出了"全面搜集、重点整理、大力推广、加强研究"的民间文学工作方针。《人民日报》也发表了《大规模地收集全国民歌》的社论。一些少数民族地区的文化部门干部和广大业余作者纷纷深入农村，广泛搜集整理，各个民族地区铅印或油印了《大跃进歌谣集》。

同年，中共中央宣传部提出要编写"三选一史"（民间故事选、民间叙事长诗选、民间歌谣选、少数民族文学史）。从现代学科意义上讲，针对少数民族民间文学资料梳理和学术研究开始于20世纪50年代末期第一批少数民族文学史专著编写。如为了编写《苗族文学史》《白族文学史》《纳西族文学史》和《藏族文学史简编》等，一些研究机构和大专院校的学者、师生纷纷到民族地区进行调查。如中南民族学院师生67人与武汉大学中文系师生12人，组成"土家族文艺调查队"，于1958年12月到湘西土家族地区进行大规模搜集工作，三个月内搜集到民间文学资料十多万件。1959年7月编写出40万字的《土家族文学艺术史》初稿，同时编辑出版了《哭嫁歌》《土家族歌谣选》《土家族传说故事选》等民间文学作品集。还在《湖北日报》组织编辑了土家族文学艺术专版，为上海《民间文艺集刊》编辑了专辑，扩大了土家族民间文学的影响。

20世纪60年代初，一些省市成立了少数民族文学工作委员会。如湖南省成立了"少数民族文学工作委员会"，组织了民间文学调查团，由省民委领导和湘西自治州领导带领五十余名工作人员，深入土家族苗族地区，进行了为期三年的民间文学普查和重点复查。共搜集到民间故事、歌谣等民间文学资料一千六百余万字，油印六十多集，计九百多万字。经过加工整理，编印了《湘西土家族苗族自治州诗歌选》《湘西土家族苗族自治州民歌选》《湘西苗族民间故事与传说》《湘西土家族民间故事与传说》《湘西苗族艺术调查报告》《湘西土家族艺术调查报告》等。这一时期，长篇叙事诗引起了有关部门高度重视，得到进一步的发掘和整理，对具有民族特色的重点作品如土家族的《哭嫁歌》《摆手歌》和苗族的《古老话》等进行了重点搜集和翻译。这是有史以来湘西民间文学作品首次得到有组织、有领导的普查。专业人员与广大群众相结合，共同对湘西各民族民间文学作品进行搜集、整理，重点是发掘了湘西特有的民族民间文艺，发掘了一些长篇叙事诗，引起了专家的关注与重视。

以少数民族社会历史调查为核心的辅助性少数民族民间文学调查情况有如下特点：

1956年4月《关于在少数民族地区进行各民族社会历史情况调查研究工作的初步规划》报经中央批准后，调查工作进入准备阶段。本时期调查工作前期准备相当充分，主要体现在两个方面：一是组织专业性的调查工作队伍；二是拟定比较规范的调查提纲。到1956年8月已组成内蒙古、东北、新疆、四川、西藏、云南、贵州、广西、湖南9个调查组,其中调查干部(包括一部分专家)共计53人,常年参加调查工作者共计180人[①]。编印出15万字的调查提纲,每个调查提纲的前面都有相应的说明和提示性的解释。调查工作队伍和调查提纲的制定,为规范调查工作发挥了指导性作用。1958年调查组增加到16个组,成员最多时达到一千多人,加上地方各级工作人员达到两千多人。这是中国历史上第一次也是规模最大的一次少数民族社会历史调查,基本奠定了今天的民族格局。从1956年8月到1964年6月历经8年,少数民族社会历史调查队于1964年写出资料三百四十多种,两千九百多万字,档案及文献摘录一百多种,一千五百多万字,其中包括一批少数民族民间文学材料。

  从具体民族聚居地区来看,这个时期的民族民间文学搜集、整理显然不是作为重点来进行的。如,东北地区的满族、鄂温克族、鄂伦春族、赫哲族等满—通古斯语族诸民族民间文学调查便是如此。这个时期东北少数民族社会历史调查工作,是按照民族分布的自然地域选择有代表性的地点进行的。以鄂温克族为例,其主要调查地区和成果包括《阿荣旗查巴奇乡鄂温克族调查报告》《额尔古纳旗使用驯鹿鄂温克人的调查报告》《陈巴尔虎旗莫尔格河鄂温克族社会历史调查报告》《鄂温克族自治旗辉河索木调查报告和额尔古纳旗鄂温克族社会历史调查补充》5部分。满族、锡伯族、鄂伦春族、赫哲族的调查也是如此,这些调查报告汇集成《满族社会历史调查报告》《鄂温克族社会历史调查报告》《鄂伦春族社会历史调查报告》《赫哲族社会历史调查报告》等,在这些调查成果中,有少量的神话、传说、故事、民歌、谜语、谚语等民间文学记录,如《鄂温克族社会历史调查报告》中记载了《牧童的故事》《猎手和汗的姑娘》《汗的第七个女儿》《和熊的一次遭遇》《善与恶的故事》《金鱼与孤儿的故事》等14篇神话、传说、故事以及一些民歌。随着这些民间文学作品正式文本的刊载,也再次在鄂温克族民间广为流传,对鄂温克族精神生活产生了一定的影响。

  这个时期鄂伦春族社会历史调查活动如下:在国家统一规划下,鄂伦春族社会历史调查在1956—1963年间分别在7个鄂伦春族生活地区,共进行12次调查,调查成员有布林、赵复兴、莫金臣(鄂伦春族)、乌达木、秋浦等十多人,共编写调查报告13册,其中文学艺术占5%,主要由赵复兴、巴图宝音、蔡家麒编写,收入二十余篇神话、传说、故事和一些民歌、谚语、谜语等。这个时期鄂伦春族民间文学的搜集、整理工作,以民族史学家、作家组成的调查队为主要成员,属于鄂伦春族民间文学采集的开端。搜集采录的最早民间文学作品有古兰的《白嘎拉山的传说》、巴图宝音的《伦吉善和阿依吉伦》、关守中的《蒲妹》、隋书今的《嘎仙洞和奇奇岭的传说》等。这个时期一些调查者以作家身份到鄂伦春族生活地区进行民间文学调查者,以鄂伦春族民间文学为素材进行再创作,其代表性作品在鄂伦春族生活地区广为流传,如民歌《鄂伦春族小唱》《清清的沾河》《鄂伦春族姑娘》《呼玛

[①] 本部分内容根据1956年《刘格平、谢扶民给中央的报告》整理而成。

河水清又清》；还有取材于鄂伦春族民间故事《白衣圣女》创作的评剧《阿伦与梅花女》，上演百余场。20世纪50年代末，第一本鄂伦春族民间故事《阿什可库进京》公开出版。上述鄂伦春族原创民间文学、改编民歌、戏剧以及首次问世的鄂伦春族民间故事集的整理与出版，把这个时期鄂伦春族民间文学搜集、整理的成绩推向新的高峰[①]。

与鄂温克族、鄂伦春族民间文学的调查整理情况相比，这个时期赫哲族民间文学的搜集、整理工作聚焦在说唱文学"伊玛堪"这个珍贵民间文学遗产的焦点问题上。关于说唱文学"伊玛堪"的采集，早在20世纪30年代凌纯声先生就已经做过调查和记录。但当时他将有说有唱的说唱文学看成是民间故事，这与当时的社会历史条件和调查者的调查目的等问题有一定的联系。本阶段民族学家对赫哲族历史文化进行全面调查的同时，对赫哲族民间传承的民族文化珍宝"伊玛堪"进行详细的记录和搜集。1957年由赫哲族歌手吴进才讲唱、尤志贤翻译整理的《安徒莫日根》，是第一个较完整的说唱文学"伊玛堪"的记录本。它保存了33个诗体唱段，对赫哲族英雄史诗的特点问题第一次做了比较明确的回答。与此同时，调查组对民间故事、民歌等也进行了探察，但调查到的数量极少，从《赫哲族社会历史调查报告》各章节看，仅有民间故事6篇，民歌6首。

总之，这一时期的少数民族民间文学调查工作，是中国少数民族文学研究资料积累的初始阶段。涉及面比较广，这种遍地开花式的调查成果多有不够深入的缺陷。不过在注重田野调查、材料积累等方面为我们今天的科学研究打下良好的开端。

（二）调查组织形式

本阶段调查组织形式主要有：中央国家机关、地方组织相结合组成的国家调查队；以地方民间文艺家协会、民族院校为单位组织的地方调查队。

国家组织的调查队情况主要体现在如下几个特点：

1950年中央派出4个民族访问团，成员中配有语言工作者和语言学家。1951年，中央正式组建民族语言调查组赴十多个民族地区调查。1955年又增加了一批，主要任务是为民族识别做准备。1956年为改革和创造民族文字，中央民委（现国家民委）和中科院又组织了由七百多人组成的7个语言调查工作队，分赴全国民族地区调查。由于不少语言材料来自民间文学作品，各调查队都带回了一批民间文学材料，可做语言、文学研究两用。1956年由全国人大民族事务委员会和中央民族委员会（国家民委前身）组织召开少数民族社会历史调查会议。会后中央和地方各部门一百多人，组成内蒙古、广西、新疆、西藏、云南、贵州、四川、广东8个组。1958年增加到16个组。成员最多时达到一千多人，加上地方各级工作人员达到两千多人。这些调查队事先制定好调查提纲、确定好调查点。各调查队所得的材料中，

[①] 黑龙江省鄂伦春族研究会编：《黑龙江鄂伦春族研究》（内部资料），1997年，第222-223页。

包括一批少数民族民间文学材料。

地方文化部门及民族院校组织的调查队特点是：

根据1958年中国民间文艺研究会制定出的民间文学工作方针，由中国民间文艺研究会、各省区分会及地方民族学院以及民族地区相关院校的语文系、中文系组成的调查组和实习队，都曾深入少数民族地区，承担记录、搜集少数民族民间文学的任务。以中央民族大学而言，历届学生每次实习都带回材料，积累几十年，数量可观。1959年，云南大学中文系成立了少数民族语言文学专业，并先后招收了三届学生，为我国培养了一批民间文学专业人才。云南大学中文系于1978年9月成立少数民族民间文学研究室，学生从七七级、七八级到八四级每届都下乡搜集民间文学资料。

三、1949—1979年中国少数民族民间文学搜集整理特点

中华人民共和国成立之后，在党的民族政策的光辉照耀下，20世纪50年代至60年代，70年代末至80年代，民间文学遗产的搜集、整理、抢救性工作，出现了两次少数民族文学遗产的搜集高潮，取得了令人瞩目的成就。然而，由于客观条件所限，以前所搜集、整理的少数民族民间文学遗产主要以文字性资料留存，为数不多的声（录音带）像（录像带）资料也是散存于各地文化馆或保存于个人手中，因保管不善或损坏或丢失现象极为严重。总结中华人民共和国成立后1949—1979年中国少数民族民间文学调查整理工作走过的历程，其特点值得我们进行分析，以便我们对少数民族民间文学的发展轨迹有一个明确而清晰的认识，并为今后的研究工作提供有价值的参考材料。其经验如下：

（一）组织中央和地方相结合的调查骨干队伍

这期间由国家规划，共组织16个调查组，各调查组的编制归全国人大民族委员会实行统一领导，同时也接受地方有关部门的领导，保障了调查工作的顺利进行。这个时期民间文学调查组由以往时期的少数成员发展为由十多个人组成的群体，这个群体大多是专业学者，他们掌握田野调查理论和方法。但有一个现象值得我们思考，每个民族调查群体的成员构成多元一体，既有本民族也有其他民族，不过，本民族占的比例非常少，如鄂温克族调查组中鄂温克族成员只有一名，鄂伦春、赫哲族也是同样。本民族成员在工作组中担任翻译，只是翻译者在翻译方面存在有违"信达雅"的欠缺。较为遗憾的是，当时的搜集者和翻译者没有把讲述者讲述时的现场、情绪、声音、语调、肢体语言以及听众的反应等内容淋漓尽致地表达出来，这在一定程度上影响到民间文学的本来风貌和文本的科学性。特别值得提出的是，此阶段鄂温克、鄂伦春、赫哲等东北民族民间文学搜集整理工作不是作为重点调查任务，而是作为民族历史问题佐证的一种附带性的搜集和整理。这种性质势必决定此次搜集工作的表面性和肤浅性。

（二）拟定切合实际的调查提纲，探索行之有效的调查方法

各个调查组结合调查对象的实际情况拟定的具体调查提纲，使调查工作既全面，又有重点地进行。调查实践中立足于具体问题的深入调查与一般观察相结合，与群众实行同吃、同住、同劳动，摆正主、客位关系。但后期工作出现偏离原来制定的工作方针，教条式地对待问题，调查工作中人为地制造禁区等现象。

（三）及时整理复印调查资料

按规定每个点的实地调查结束后，要求按统一规则及时整理材料，编印成册，上报全国人大民委办公室。正因为及时整理编印了每个调查点的调查报告，即使在1966—1976年期间，很多材料也得以完整地保留下来。

（四）辅助性的民间文学调查

这个时期调查者搜集、整理的民间文学是从民族学、历史学、语言学的角度进行的，搜集到的一些神话、传说、故事、史诗、叙事诗等民间文学资料被史学界称为"社会发展史后院"的历史佐证材料。如，《鄂温克族简史》一书引用《拉玛湖神话》解读鄂温克族起源地在贝加尔湖一带。此外，很多学者还根据当时调查的口碑材料撰写出民族学史专著，如《鄂伦春族社会的发展》（秋浦著）、《鄂温克族原始社会形态》（吕光天著）等。出于历史学、民族学学科的目的，势必导致民间文学调查的局限性。

综上，这个时期我国民族民间文学搜集、整理工作取得了一定的成绩，同时也存在许多欠缺。但就当时而言，这些采集成果无疑是十分珍贵的，充实了中国民族民间文学发展史，为少数民族文学学科提供了极其宝贵的口碑史料和不可或缺的佐证依据。因此说，中华人民共和国成立后的前30年，是中国少数民族民间文学调查收集的初始阶段，揭开了少数民族文学资料从搜集到整理的新篇章。

第二节 调查与整理发展期（1980—1999年）

纵观1949—1979年中国少数民族文学资料积累走过的历史，可以说，中华人民共和国成立后50—60年代是中国少数民族文学资料积累的始兴期，这主要表现在该阶段资料积累虽然取得了一些成绩，但总体看，缺乏材料的系统性和理论的思辨性。从1966—1976年十年间，系统的少数民族文学资料搜集与整理工作中断。从1980—1999年20年间，可以说是中国少数民族文学资料搜集与整理的发展期。这个时期陆续出现一些专业人员从事本学科的专业性资料搜集整理工作，特别是将中国少数民族民间文学视为既是综合的、又是独立的学科对象，从而给予全面而系统

的挖掘整理与研究。从 1979 年中国社会科学院少数民族文学研究所成立，1981 年《民族文学》创立和 1983 年《民族文学研究》的创刊算起，它们的出现是少数民族文学学科在国家学术体制和教育体制中正式确立的标志。1984 年开始的全国性的民间文学三套集成搜集与整理，及此后陆续公开出版的一系列重要的民间文学资料成果，加速了中国民族民间文学资料积累工作的力度和深度，使中国少数民族民间文学资料搜集与整理工作具有现代学科的模式。本阶段民族民间文学调查与研究工作有如下特点。

一、调查历史背景

1978 年 12 月，具有划时代意义的中国共产党十一届三中全会的召开，为少数民族文学的恢复和发展提供了良好的前提和保障。在中国共产党十一届三中全会路线的指引下，中国少数民族文学研究人员以高度的责任感和强烈的事业心，积极开展各项民族民间文学资料搜集与整理工作，组建民族文学研究机构和学术团体等，提高少数民族文学学科的档次，使民族民间文学资料积累等方面取得了前所未有的成绩。

1984 年 4 月的中国民间文艺研究（现中国民间文艺家协会）第二届学术年会及工作会议上，正式决定编纂中国民间文学三套集成，即《中国民间故事集成》《中国歌谣集成》《中国谚语集成》。这一决定得到了原文化部和国家民委的积极支持。1984 年 5 月 28 日，由原文化部、国家民委和民研会共同签发了《关于编辑出版〈中国民间故事集成〉〈中国歌谣集成〉〈中国谚语集成〉的通知》，自此，我国文化史上史无前例的规模最大、普查面最广、参加人数最多、成果最显著的一项伟大工程开始了。

二、调查成果

1978 年以后，中国少数民族民间文学学术活动空前活跃，百花齐放，百家争鸣，在民族民间文学田野调查、资料搜集与整理等方面，再次掀起高潮，展开不同形式的调查与整理，积累了丰硕的成果，为少数民族民间文学研究储备了厚重的材料基础。

（一）1981 年作为民族古籍抢救的口头文学资料的搜集与出版

1981 年，中共中央责成国务院成立了国家古籍整理出版领导小组，并于当年 9 月下发文件，批准国家民委少数民族古籍整理出版办公室起草的文件《关于抢救整理少数民族古籍的指示》。此后，作为少数民族古籍一部分的少数民族民间文学资料的搜集整理进入紧锣密鼓的阶段，特别是对少数民族地区民间传承的口头文学资料进行系统的搜集，其整理、翻译工作成绩巨大，各民族地区编印、出版的资料汗牛充栋，而普及、推广本更是数不胜数。以广西地区为例，整理出版了大量有价值的少数民族口头文学资料。20世纪80年代广西壮族自治区少数民族古籍整理出版规划领导小组办公室成立后,为了更好地抢救、保护民族文化遗产,推动对少数民族民间文学的双语对照(少数民族文字、国际音标记录少数民族语音,汉文直译也称"字字对译",汉文意译)的科学整理。主要成果有:壮族《布洛陀经诗译注》《嘹歌》(田东县)、《壮族民歌古籍集成·情歌(二)·欢岸》《壮族经诗布洛陀影印译注》(八卷本)、瑶族《密洛陀古歌》(三卷本)、苗族《埋岩与埋岩词》《毛南族民歌》《广西侗族琵琶歌》《仫佬族古歌》《广西侗族款词、耶歌》《京族古歌(古籍)》等。这些成果均是少数民族文字、国际音标标示少数民族语音、汉文与少数民族文字字字对译、汉文意译四对照。不懂少数民族语文者,可以读国际音标标音和汉译,从中可以领略原汁原味的少数民族民间文学、民间文化。一大批少数民族民间文学资料成果相继出版,并在国内外产生影响。这些资料的抢救整理与出版,保持了少数民族民间文学作品的少数民族语言原貌,对抢救保护民族民间文化遗产和科学研究具有重要价值。

另外,这时期也出版了多种民族文字版本和汉译本的藏族史诗《格萨尔》、蒙古族史诗《江格尔》、柯尔克孜族史诗《玛纳斯》。仅《格萨尔》已录制艺人演唱磁带达2200盘,出版藏文版书47部。同时还有,《阿诗玛》(彝族)、《创世纪》(纳西族)、《娥并与桑洛》(傣族)、《壮族伦理道德长诗传扬歌译注》(壮族)、《指路经》(彝族)、《苗族古歌》(苗族)、《密洛陀》(瑶族)、《古谢经》(布依族)、《摩苏昆》鄂伦春、《伊玛堪》赫哲族等相继问世。而国外史诗如《伊利亚特》(24卷15693行)、《奥德赛》(24卷12000行)、《罗摩衍那》(7卷4000颂双行诗48000行)、《摩诃婆罗多》(18篇107000颂214000行)等相继出版。与国外史诗相比,120万行的史诗《格萨尔》是世界当之无愧最长的史诗。仅就史诗的篇幅而言,中国少数民族史诗就具有独特的优势。从史诗传承状态来看,中国少数民族史诗是在现实环境中依然还在传承的活态口头叙事艺术。作为古籍文献的搜集、整理与出版的这些民间文学成果为中华民族文学史添上了厚重的一笔。

(二)1985年为编撰少数民族文学史的民间文学资料搜集与出版

1958年7月17日"全国民间文学工作者代表大会"期间,中宣部召集有关省区代表、北京有关单位专家及领导座谈,会上决定启动编撰少数民族文学史这一工程。会后,蒙古、回、藏、壮、维吾尔等民族的文学史编写工作开始启动。到了20世纪80年代,此项工作继续推进。

1979年起上海文艺出版社推出全国规模的"少数民族民间文艺丛书"故事和歌谣两个系列,"歌谣系列"出版蒙古族现代英雄史诗《嘎达梅林》及侗、藏、瑶等民族民歌选,后暂停。广西学者编选其中侗、瑶族两本民歌选。"故事系列"则持续出版,并于1995年集大成地出版包含汉族和55个少数民族的16卷本《中华民族故事大系》,许多民族第一次有了本民族的故事选集。

从 20 世纪 80 年代中期开始，编写综合性民族文学史和文学概况顺理成章地提上日程，这是编写单一民族文学史工作的延伸和扩展。中国社会科学院少数民族文学研究所主持编写的《中国少数民族文学史丛书》，请全国各地的民间文艺家协会、社科院的学者对当地少数民族民间文学、作家文学进行调查和研究。民间文学成为民族文学史的主体部分。

"少数民族文学史的主体是民间文学史。民间文学作品的整合工程，其侧重点在作品，而文学史是为已整合、写定的民间文学进行历史的、科学的、系统的、纵与横的评介，是对民间文学及文人文学、作家文学历史发展进程的理性的认定。而有些少数民族作家文学到现代才出现，甚至有的少数民族作家文学在当代才兴起。因此，撰写少数民族文学史，较诸汉文文学史，更为艰辛，需要对传统民间文学与古代文人文学进行挖掘抢救、分期断代，对少数民族文学理论进行新的探索，研究其发展轨迹与规律，对作家专人与作品专篇进行历史考证、美学思辨、分析研究。"①

少数民族文学史是开创性的，是文艺理论研究的最高形态、最高境界。学者们认识到编写少数民族文学史的艰辛性与重要性，围绕着此课题展开广泛的调查。专家们搜集到大量第一手民间文学与作家文学的资料，为撰写一部完整的民族文学史积累了坚实的材料，并确定了有关编写原则。截至 1999 年，已经有《壮族文学史》《蒙古族文学史》《藏族文学史》《回族文学史》《朝鲜族文学史》《布依族文学史》《白族文学史》《纳西族文学史》《哈尼族文学史》《哈萨克族文学史》《维吾尔族文学史》《毛南族文学史》《京族文学史》《仫佬族文学史》《瑶族文学史》《鄂温克族文学》《赫哲族文学》《鄂伦春族文学》等四十多个民族的文学史或文学概况编撰完成，其中绝大多数已经面世，少数在出版中。除了单一民族文学史之外，这个时期还出版了综合性的少数民族文学史及概观，其标志性成果是《中国当代民族文学简史》（1984）、《中国当代民族文学史稿》（1986）、《中国当代民族文学概观》（1986）、《中国民族民间文学》（1987）、《中国少数民族现代文学》（1989）、《中国少数民族文学》（1991）、《中国少数民族文学史》（1992）、《中国现代少数民族文学概论》（1992）、《中国少数民族当代文学史》（1993）、《少数民族文学》（1994）、《中国少数民族文学比较研究》（1997）、《中国少数民族民间文学概论》（1997）、《中国少数民族文学概论》（1998）等。这些作品从综合、全面的角度，客观地对中国少数民族文学史做了科学的分析与研究，从整体、全局、立体的层面，展示了中国少数民族文学的全貌②。

中华人民共和国成立后的五六十年代，少数民族民间文学资料的搜集虽然已展开，但那个时期搜集到的资料十分有限，材料零乱，诸如此类问题给编写文学史工

---

① 马名超：《马名超民俗文化论集》，哈尔滨：黑龙江出版社，1997 年，第 203 页。
② 梁庭望：《20 世纪的中国少数民族文学》，载《中南民族学院学报》（人文社会科学版）2001 年第 1 期。

作带来很大障碍。但那时的调查资料为本课题的完成打下了基础。如湘西民族民间文学工作者为编写土家族、苗族文学史，系统整理了五六十年代搜集的湘西民间文学资料，整理成包括神话、传说、故事、民间小调、曲艺、摆手歌、哭嫁歌及各种歌谣的作品10集，其中《湘西民间文学资料》4集，第1集为远古至现代的民间故事，共208篇，约六十万字；第2集为旧情歌，共2284篇，约一万行；第3集为州内各民族农民起义、农民斗争传说故事资料集；第4集为民间叙事诗，计五万多行，主要是长篇的情歌和仪式歌谣，共二百多万字。

(三) 1984年开始的全国性民间文学三套集成的编撰出版

20世纪80年代初，民间文学界的有识之士提出编纂民间文学集成的建议。1984年4月的中国民间文艺研究（现中国民间文艺家协会）第二届学术年会及工作会议上，正式决定编纂中国民间文学三套集成，即《中国民间故事集成》《中国歌谣集成》《中国谚语集成》。这一决定得到了原文化部和国家民委的积极支持。1984年5月28日，由原文化部、国家民委和民研会共同签发了《关于编辑出版〈中国民间故事集成〉〈中国歌谣集成〉〈中国谚语集成〉的通知》，自此，我国文化史上史无前例的规模最大、普查面最广、参加人数最多、成果最显著的一项伟大工程开始了。在这以后，1985年11月27日，中宣部发出了"转发民研会《关于编辑出版中国民间文学集成第二次工作会议纪要》的通知"，要求各省、自治区、直辖市党委宣传部、人民政府文化厅、文联，要关心、支持并督促本地民间文学集成的编辑出版工作；1986年5月的第三次集成工作会议上，全国艺术科学规划领导小组宣布，接纳民间文学三套集成与其他七套文艺集成志书并列为"十套文艺集成志书"，向国家申报列入五年计划的重点科研项目，并得到批准。可以说，民间文学集成工作是在党和政府的关心和支持下开展起来的一项意义重大的民族民间文学事业。

我国是历史悠久的多民族的文化古国，各族人民世世代代创造了极其丰富而优美的民间口头文学，这是中华民族灿烂文化宝库中极为珍贵的财富。但随着社会的发展、岁月的流逝，民间口头文学这一文学形式也逐渐变化和式微，传承者不断老年化，甚至逝去。在这种状况下，编纂民间文学三套集成，是十分必要和非常及时的。这一壮举起到了保存我国各地各民族的口头文学财富，继承和发扬我国民族文化的优良传统，让民间文学更好地为人民服务，在社会主义物质文明和精神文明建设中发挥应有的作用。同时，也为民间文艺学和社会科学领域中相关学科的研究，以及文学艺术创作的借鉴提供较完整的资料。

中国民间文学三套集成收编中国各地区各民族的民间文学作品，它包括：在全国范围内进行普查，广泛搜集各地区、各民族口头流传的民间文学作品；"五四"以来搜集、抄录和发表在出版物上的民间文学作品；少数民族典籍、经卷中的部分民间文学作品；流传在民间的民间文学抄本、坊间印本中的作品。三套集成的入选作品，必须符合科学性、全面性、代表性的原则，即它们必须是真正民间的，是忠实记录下的，附记资料齐全的，翻译忠实准确的；包括全国各地区、各民族的故事、歌谣、谚语的各种内容、形式、风格、类型等方面有代表性的，同一作品中最完整、最优秀、最有特色者①。

中国民间文学三套集成的总主编是周扬，副总主编（以姓氏笔画为序）马学良、任英、林默涵、周巍峙（常务）、钟敬文（常务）、高占祥、贾芝；《中国民间故事集成》主编钟敬文，副主编刘魁立、许钰、张紫晨、陈子艾、贺嘉；《中国歌谣集成》主编贾芝，副主编陶建基、张文；《中国谚语集成》主编马学良，副主编陶阳等。除了这些国内外著名的专家学者外，全国几乎所有的民间文艺工作者都参加到此项工作中，但参加普查采录工作最多的，是那些民间文学爱好者和普通的老百姓。据不完全统计，参加民间文学集成普查采录和编辑工作的人数，达数十万之多。

民间文学三套集成的体例是分省立卷，共计九十余卷；每卷120万字（个别卷本240万字），共计1.1亿字，为此将民间文学三套集成称为"文化长城"是当之无愧的。民间文学集成的审稿程序是，各省卷编辑机构完成省卷本编纂工作后，将卷本交总编委会终审定稿，最后由全国艺术科学规划领导部门出版。

三套集成工作取得了举世瞩目的成果。普查阶段，在民间文学工作者和广大民间文学爱好者的共同努力之下，采录了大量的民间故事、歌谣、谚语。据1988年的一次不完全统计，全国共采录民间故事137.5万余篇，歌谣192万余首，谚语348.5万余条。为了很好地保存这些珍贵资料，并为省卷本的编纂打下基础，全国各地还以县为单位（个别地方到乡镇、街道），开始编辑出版了《中国民间文学集成资料本》。各地方民间文学集成组织，对采录的素材进行了认真的选编。1986年9月民间文学集成庐山讲习班上，第一个集成资料本《中国民间故事集成·湖南卷·石门县资料本》摆在了人们面前，它较好地保持了民间文学口头流传的原貌和湖南方言特色，读了令人耳目一新。在这以后，全国各地资料本陆续出版，到目前为止，已经见到的资料本有三千余种，浙江省、辽宁省、上海市出齐了所辖区域内所有县以上行政区划的资料本，上海市还出齐了三百余个街道的资料本。通过民间文学集成工作普查采录到的素材和编辑出版的资料本，成为中国民间文学宝库中的无价之宝②。

普查采录阶段的另一重大收获是，发现了大量的民间故事家和歌手。他们的生活背景、社会环境、传承方式、讲述（演唱）风格和内容等等，为中国传统文化、民间文学及其他相关学科的研究，提供了大量活的资料。民间文学集成搜集、整理工作，使这些民间故事家和歌手的才华得以发挥，他们讲述（演唱）的内容被编辑

---

① 《关于编辑出版民间文学三套集成的意见》，中国民间文学集成总编委会办公室：《中国民间文学工作册》，中国民间文学集成总编委办公室（内部材料），1987年，第2页。
② 《中国民间文学集成编纂总方案》，中国民间文学集成总编委会办公室：《中国民间文学工作册》，中国民间文学集成总编委办公室（内部材料），1987年，第14-17页。

成书,他们中的有些人还因此走出了国门,向世界展示了中华民族优秀的传统文化,让世界真正领略到中国民间文学的魅力。民间文学三套集成的编纂和所取得的成果,得到了世界各国民间文艺研究者的关注,扩大了中国民间文学在国际上的影响。

民间文学三套集成从 1988 年开始了省卷本的编纂工作,经过总编委会和有关省编委会一段时间的共同努力,三套集成的首卷本于 1990 年和 1991 年先后出版发行《中国谚语集成·宁夏卷》(1990 年 12 月)、《中国歌谣集成·广西卷》(1991 年 10 月)、《中国民间故事集成·吉林卷》(1991 年 12 月)。后来,陆续出版了《中国民间故事集成》的吉林卷、辽宁卷、浙江卷、陕西卷、四川卷(上、下)、北京卷、福建卷、宁夏卷、江苏卷;《中国歌谣集成》浙江卷、西藏卷、海南卷、宁夏卷、江苏卷、湖南卷;《中国谚语集成》宁夏卷、河北卷、湖北卷、浙江卷、湖南卷、广东卷、山西卷、贵州卷、江苏卷、上海卷等。

其中,少数民族民间文学材料在相关民族地区各种卷本中占有相当大的比例,闪耀着中华人民共和国民族政策的光辉。这样大规模地对少数民族文学的搜集整理,是史无前例的事业,如西藏自治区民间文艺家协会于 1987 年承担编纂《中国故事集成·西藏卷》《中国歌谣集成·西藏卷》《中国谚语集成·西藏卷》的任务,全区五千多位民间文学工作者和群众文化工作者跑遍了西藏各地,完成了普查、搜集、编选、翻译和校审等工作,目前这三套集成已通过文化部终审合格并已先后刊印出版。《三套集成·西藏卷》全书约 385 万字,搜集了四百七十多篇故事,五万多行歌谣,两万多条谚语,是文学鉴赏和借鉴的艺术珍品,具有很高的文学价值和科学价值,是民间文艺学和其他有关学科参考和借鉴的宝贵资料。原文化部、全国"三套集成"总编委会、原文化部科学艺术规划领导小组对西藏民间文学工作者在全国范围内高质、高效、超前完成"三套集成·西藏卷"编纂出版工作,给予了高度评价和充分肯定。

据统计,1984—1990 年全国大约有 200 万人参与了该项工作,共搜集民间故事 184 万个,民间歌谣 302 万首,民间谚语 748 万条,资料总额可达 4 亿字。到 1997 年,县、区、市级资料本大约有 3000 卷。1996 年以来,各地开始陆续出版省(市)、自治区卷。这些卷本印刷质量上乘,装潢精美,并附有照片、地图、专业术语词汇表和类型索引,对重要搜集者和讲述者还有简短的介绍,充分体现了三套集成的科学性。

在"三套集成"的采风、搜集、整理的过程中,不仅出版了一批有价值的民间文学集成作品,而且培养了大批热爱或有志于民间文学工作的文化工作者,同时大量民间文学出版物走向社会,摆上了各类书店的柜台,有故事书、故事刊物,有通俗读物,有各种民间文学选本,一些刊物的发行量创出了"天量"。

对民间文学的重视是中国的一贯传统。中国年轻的知识分子在五四时期所作的努力,为一种新形式民间文学的出现和形成奠定了基石。在 20 世纪末期,全国性的民族民间文学搜集、整理,尤其是意义深远的、全国性的搜集编纂"中国民间文学三套集成"项目,迄今为止达到了民间文学搜集整理工作高峰。一批珍贵的少数民族民间文学作品、考察报告以及手稿、录音和图片等珍贵资料都得以留存,为后期民族民间文学研究奠定了坚实的基础。

第三节 调查与整理成熟期(2000—2019年)

进入 21 世纪以后,信息技术和网络技术的更新,为中国少数民族民间文学的搜集、整理与研究工作提供了技术保障,有利于建设科学、系统、立体、多元的民间文学资料库。2004 年中国加入联合国教科文组织第 32 届大会通过的《保护非物质文化遗产公约》后,"非物质文化遗产"成为少数民族民间文学搜集整理研究工作的关键词,也为民族民间文学搜集、整理与研究带来理论支撑。十八大以来,社会各界对于以中国民间文学为主题内容的民间文化的发掘、传播、保护活动,传承民间文学传统,早已形成德在民间、艺在民间、文在民间的共识,中国民间文学家和民间文艺工作者在不断适应社会发展变化中寻求民间文学的传承与超越、保护与创新的平衡[1]。

这一时期民族民间文学调查与研究进入历史上的成熟期。其取得的成绩主要体现在如下几个方面。

一、调查历史背景

2004 年中国加入联合国教科文组织第 32 届大会通过的《保护非物质文化遗产公约》后,"非物质文化遗产"成为少数民族民间文学搜集整理研究工作的关键词。2013 年 12 月 30 日,习近平总书记在主持中共中央政治局就提高国家文化软实力研究进行第十二次集体学习时强调:"要系统梳理传统文化资源,让收藏在禁宫里的文物、陈列在广阔大地上的遗产、书写在古籍里的文字都活起来。要注重塑造我国的国家形象,重点展示中国历史底蕴深厚、各民族多元一体、文化多样和谐的文明大国形象。要努力展示中华文化独特魅力。"[2]

2016 年 11 月 30 日习近平总书记在中国文联十大、中国作协九大开幕式上的讲话中提到"文化是一个国家、一个民族的灵魂","希望大家坚定文化自信,用文艺振奋民族精神。实现中华民族伟大复兴,必须坚定中国特色社会主义道路自信、理论自信、制度自信、文化自信。创作出具有鲜明民族特点和个性的优秀作品,要对博大精深的中华文化有深刻的理解,更要有高度的文化自信。广大文艺工作者要善于从中华文化宝库中萃取精华、汲取能量,保持对自身文化理想、文化价值的高度

---

[1] 王锦强:《党的十八大以来——民间文学延伸拓展优秀传统文化》,载《文艺报》2017 年 10 月 16 日。
[2] 《习近平:建设社会主义文化强国 着力提高国家文化软实力》,新华网,http://www.xinhuanet.com/politics/2013-12/31/c_118788013.htm,2020-12-28。

信心，保持对自身文化生命力、创造力的高度信心，使自己的作品成为激励中国人民和中华民族不断前行的精神力量。"①

十八大以来，中国少数民族文学研究人员在之前几十年的搜集整理研究成果的基础上，以高度的责任感和学术研究热情，继续开展各项民族民间文学资料搜集与整理工作，利用迅速发展的信息技术、网络技术，积极推进民间文学资料库建设和数字化建档工作，组建民族文学研究机构和学术团体，使民族民间文学资料积累与研究等方面取得了丰硕成果。

二、21 世纪民间文学搜集整理成果

步入 21 世纪，中国少数民族民间文学资料库的建设方式与方法与前面两个时期相比，发生了极大的转变，从原来注重书面资料建设转为动态、立体、多元的数字资料库建设，方法论上也从平面向立体多元化发展，依然秉持田野调查原则基础上，把文字、图像、声音、实物及实地综合一体的资料库、田野研究基地建设作为核心任务。从 2000—2019 年近 20 年间，民族民间文学数字化资料库建设取得显著成绩，我们在此选择有代表性的成果加以论述和总结。

（一）中国少数民族文学研究资料库

"中国少数民族文学研究资料库"（以下简称"资料库"）由中国社会科学院民族文学研究所承担，于 2000 年 9 月立项，2005 年 12 月完成。这项持续了 5 年之久的集体攻关项目，运用传统手段和现代数字技术，在确保我国少数民族文学遗产获得有效抢救、保存、保护和传播的前提下，以"保护为主、抢救第一、合理利用、传承发展"为指导方针，秉承"传承文明、弘扬文化、振兴学术"的建库宗旨和"统筹规划，分段实施，循序渐进，逐步优化"的建设理念，在文本资源、音声资源、视频资源及部分实物资源等多个向度上实现了资料学建设和理论创新的互动和发展，被评审组专家誉为"中国少数民族文化遗产的生命线"②。

该资料库在一批学者的艰辛努力下，经过 5 年的建设，已经取得了丰硕的成果。截至 2005 年 12 月底，该资料库容纳了史诗、神话、叙事诗、歌谣、传说、故事、民间戏剧、格言、谚语、谜语、祝词赞词、寓言，蒙古族的乌力格尔（本子故事的口头说唱）和好来宝、满族萨满神歌、彝族口头论辩词等口头文类，以及经籍文学、各类仪式、民俗实物、演唱活动、传承人访谈、民族史志、作家文学、学科人物、学术会议等二十多项资料类型，研究人员搜集到了大量珍贵的资料（其中，声像资料 2885 件，时长 3100 小时，图片资料 9776 张，文本资料约 30879 册）。撰写

---

① 习近平：《在中国文联十大、中国作协九大开幕式上的讲话》，共产党员网，http://news.12371.cn/2016/11/30/ARTI1480507719327997.shtml，2016-11-30/2020-12-28。
② 中国少数民族文学研究资料库，中国民族文学网，http://cel.cssn.cn/zljs/zgssmzwxyjzlk/ktwb/，2020-12-28。

了 26 种、一百三十多万字的田野考察报告和研究报告；覆盖内蒙古、新疆、西藏、青海、甘肃、四川、广西、云南、贵州、黑龙江、吉林、辽宁、北京等 13 个省市；涵盖蒙古族、藏族、满族、维吾尔族、哈萨克族、柯尔克孜族、锡伯族、塔吉克族、土族、门巴族、壮族、苗族、侗族、傣族、瑶族、彝族、纳西族、哈尼族、白族、黎族、傈僳族、鄂温克族、达斡尔族、赫哲族，以及云南的摩梭人等 29 个民族或支系；涉及的周边国家和地区有日本、韩国、蒙古国、巴基斯坦、吉尔吉斯斯坦、俄罗斯、布里亚特、卡尔梅克、图瓦等国家和地区。该资料库对保存与研究少数民族民间文学具有重要意义。

（二）中国少数民族口头传统田野研究基地[①]

2003 年，中国社会科学院民族文学研究所正式启动"口头传统田野研究基地"项目。研究所与在口承文化形态上具有典型性的地方，例如较完整保有某种或某些独特的文学传统和活形态的口头艺术样式，或集中体现该民族文化特异性的某些重要方面的地区，结成伙伴关系，共同建立"口头传统田野研究基地"。旨在选取某些地域性、族群性、支系性的文化传承，纳入制度化的发展规程，逐步加以有计划、有步骤、有重点的学术管理和经营，以点带面，作为文化多样性保护的样板，从而进行长期的形态学和类型学的定点追踪研究。把口头艺术放在其产生的语境中，科学地观察、忠实地记录和实证地分析研究。经过较长时期的经营，以试图对社会经济文化急速变迁中的各民族口头传统和文化传承，形成高质量的、立体的、多角度的文学地图[②]。

2003 年以来，中国社会科学院民族文学研究所与西部民族地区展开合作，相继启动了内蒙古扎鲁特乌力格尔（本子故事的口头说唱）、青海果洛藏族史诗与口头传统、四川德格藏族史诗与藏戏表演、广西田阳壮族布洛陀文化与口头叙事、四川美姑彝族克智口头论辩与史诗演述、贵州黎平侗族大歌、新疆阿合奇柯尔克孜族史诗《玛纳斯》、新疆和布克赛尔蒙古族史诗《江格尔》、甘肃玛曲藏族史诗《格萨尔》等 9 个口头传统田野研究基地。与此同时，作为信息化试点工作的内蒙古扎鲁特基地和四川美姑基地的网点建设也在同步建设中。

在"资料库"项目的实施中，建设者逐步明确了这样一个方针：民间的口头艺术是汪洋大海，不可能穷尽。结合研究所的学术传统和长线发展战略，精心选取某些典范性的样式和文类，定向开展相对精细完整的普查、立档和采录、存储工作，不仅切合研究单位的能力以及可调动资源的规模，也较好地实现了创立"资料库"的宗旨。与此同时，建设者还逐步意识到，民间文化生态是一个复杂的系统，单纯的资料搜集，只是完成了"样本采集"的工作，若要科学阐释文化事项，则需要对

---

① 此部分内容根据中国民族文学网（http://cel.cssn.cn/#story1）相关内容整理而成。
② 《田野研究基地》，中国民族文学网，http://cel.cssn.cn/tyyjjd/，2020-12-28。

其赖以依存的文化生态系统进行深描。由此，口头传统研究中心自2003年9月成立以来，开始积极推进"口头传统田野研究基地"的目标化建设，从选点计划、子项目论证、课题组人员构成、田野作业方法及5—10年的工作规划等方面，都提出了具体的操作规程。基本方略是：要求各子课题组成员坚持持续性、周期性的田野定点调查，以人为本地开展各民族代表性传承人的普查和重点跟踪，细致描绘某一文学传统的文化生态系统和变迁历程，从而将第一手田野资料有步骤地纳入"资料库"，按专档建立起一套比较科学的数据库资源，进而通过"中国民族文学网"逐步实现网络化的传播。

"基地"建设强调严肃的田野工作态度与科学的田野工作方法，提倡周期调查与追踪研究两相结合。一方面，要遵循周期调查的科学程序，确立调查工作的学术目标，进而实施周期性的研究计划。我们知道，田野工作的特点是以参与观察为重要表征的。参与观察方法的重要指数则是调查者在定点调查地区的实地调查要有一定的时间长度，才能比较切近地了解一年之中随着季节、时序的变化，在民俗文化与民众生活实践中形成的不同的民俗事象和文化传承，才能真正去研究当地民众思想与社区文化的口头交流实质。周期性田野作业只是实证研究中的短期目标，因而另一方面，我们也高度重视定点调查中的追踪研究。也就是说，在周期性田野作业的基础上，根据本土文化客观存在的历时性变异与地域性变异建立一个长期追踪的研究目标，进而有计划地进行数年乃至数十年的定点调查与现场研究。因此，从工作原理上讲，各"基地"都针对某一地区的口头传承做周期性的定点实地调查和跟踪回访，以期更全面地观察、记录、报告、翻译和阐释口头传统、地方知识与文化语境，进而为深入系统地研究本土文化、口头传统、民间智慧和民俗传承等非物质文化遗产拓展更广阔的学术空间。

在"现在时"的文化语境中追踪本土文学的传承、发展与变迁，逐步建立有中国社会科学院特色的基地制度，是田野研究基地建设的基本宗旨。一方面，可以发挥学术梯队的整体优势，老中青三代学者的共同工作，能及时引导和锻炼年轻学者的田野工作方法和实际操作能力，从人才培养方面为推进学科建设积聚力量。另一方面，将为学术研究开掘出最新的、立体的学术信息资源：在音、视频资料中，包括现、当代重要传承人演唱的录音和录像；在图像资料方面，收录各类口头传统的图像资料与传承人及其口头表演场景的照片；在文本资料方面，要有口头表演的原生态记录档案、手抄本、木刻本，传承人现场演唱的口头记录资料本；在学术资料方面，将建立起包括传承人档案库和个人生活史、田野调查报告、田野访谈记录、田野研究个案等学术档案。这些工作都将切实地推进文学研究所的学科建设，加快中国各民族口头传统研究与国际学术规范接轨的步伐。

（三）中国民族文学网[①]

"中国民族文学网"（以下简称"民文网"）是由中国社会科学院民族文学研究

---

① 本部分内容根据中国民族文学网整理而成。

所于1999年8月创建的,该网站一直致力于中国少数民族文学研究事业的信息化建设,多年来努力在特色资源、学术品牌、专业频道等多个向度上寻求突破,全面推动"中国民族文学网"的信息化建设,从而更好地发展和繁荣我国少数民族文学的学术研究事业。自2003年1月"中国社会科学院选拔信息开发与应用第二批试点单位方案论证会"以来,信息化建设一直是中国社会科学院民族文学学科建设的重点之一。数字网络工作室经过近两年的努力,已初步建成"中国民族文学网"。该所学者和数字网络室的工作人员以所重点项目和各科研人员的在研项目为龙头,积极吸纳鲜活的学术理念,较好地将国际前沿理论与中国本土的学术实践贯通起来,注重开发特色频道,集中力量建设学科网,从多方面取得了较为显著的工作实绩,在中国民族文学界、民间文艺学界、民俗学界和公共信息领域形成了较大的影响。可以说,到目前为止,民族文学所的信息化建设已初见成效,三期系统升级与全面改版工作顺利完成,"中国民族文学网"新版系统也于2006年3月正式上网运行。

民族文学网的建设历程,大致可分为三个阶段:

1. 起步阶段(1999—2002)。民族文学研究所网站始建于1999年8月。在人力和资源有限的条件下,该所采取年度立项的办法,将网络建设纳入了所级重点课题的管理和运作中,先后设立了以下三个分段实施的课题(一期):①"少数民族文学所网络建设"(1999—2000);②"少数民族文学研究所网站建设"(2000—2001);③"少数民族文学研究所网站的更新与维护"(2001—2002)。在三年多的初步建设阶段,在站点内容框架定义、信息源的组织、具体网页的布局、创意、制作等几个方面,都进行了一定程度的开发,主页下有机构设置、重点课题、论著提要、科研成果、学术刊物、教学培训、获奖作品、学术会议8个栏目。因此,该网站虽起步较晚,但开始就以其独特的学术定位和浓郁的民族风格受到了国内外相关学科学者的关注,形成了一定的学术影响,也得到了院网络中心的肯定,在中国社会科学院2002年网络建设评比中获三等奖。

2. 改造阶段(2002—2004)。根据2002年9月17日中国社会科学院网络中心关于选拔第二批试点单位动员会的精神,该所进一步调整、完善了网站建设的信息化规划,成立了数字网络工作室,确立了向着特色信息化发展的基本思路,并明确提出网页改版、更新与增容的具体方案(二期),以适应该所科研业务的发展和院网络信息化建设的要求。与此同时,为了实现这个发展战略,该所开始倾力开发英文版。

3. 转型阶段(2005年1月以来)。根据中国社会科学院"三库建设"(即成果库、期刊库、个人研究资料库)的重点工作目标、"重整合、易检索"的技术目标和网站信息化建设的技术需求,实现由静态发布向动态发布的转型。该所进一步确立了"资料库/基地/网络"三位一体的循环建设思路,启动了新一轮的网站全面改造工作(三期),为配合"资料库"和"基地"的建设进行全面改版,将"网络"工作目标主要定位于开发动态的信息发布系统和后台权限管理系统,以实现信息采集、网页编辑和文章发布的自动生成，旨在通过动态网络建设的 Web 技术手段，开发多重数据库系统，突破现行网站手工编辑、信息难以采集、人力不足等诸多局限，为各研究室、科研处、研究中心、科研人员、研究生和中国少数民族文学学会会员积极参与所网建设提供便捷、友好的工作平台，扩大了该所学科建设和个人研究成果的社会影响，加快"中国民族文学网"的建设步伐①。

"民文网"自 1999 年 8 月创立以来已经走过了 20 个年头。应当说，这 20 年互联网的兴起和普及给"民文网"的发展提供了有利的大环境，而在中国社会科学院的信息化发展方略中，"民文网"的实质性推进则是在 2003 年得到院信息化建设的重点支持后开始的。多年来，在网站的学科定位、整体结构、信息数量、资源利用、特色风格、工作路线、制度化建设等方面都有了很大的改进，相关的工作成果也得到了院网络中心的肯定。目前，民族文学研究所的网络信息化建设由静态向动态的数据化转型工作已经顺利步入实施阶段。经过老中青三代学者的艰苦努力，该所目前已拥有相当数量的文本资源、音声资源、影像资源和实物资源，这是"民文网"最为宝贵的多样化的信息源；同时，也是我国少数民族文学研究事业发展的真实记录与珍贵财富，是全所科研人员几十年的劳动成果和智慧结晶，是"民文网"在未来的信息化建设中得以持续有力地发展和保持学科领先地位的重要资本和信息基础。

从现代学科意义上讲，针对少数民族文学传统的资料梳理和学术归纳，开始于 20 世纪 60 年代第一批少数民族文学史专著，如《苗族文学史》《白族文学史》《纳西族文学史》和《藏族文学史简编》等的问世，而将中国少数民族文学视为既是综合的又是独立的学科对象，从而给予完整研究的，则要从 1979 年中国社会科学院少数民族文学研究所的创立和 1983 年《民族文学研究》的创刊算起。它们的出现是少数民族文学学科在国家学术体制和教育体制中正式确立的标志。因此，与其他众多历史悠久、积累深厚的学科相比，少数民族文学需要在网络时代更快地发展自己。以"中国民族文学网"（中英文）为传播交流平台，构建国内中国民族文学研究和国际相关平行学科信息交流的重要窗口，同时建设一个逐步覆盖我国多民族文学传统的数字网络，为民族文化建设和非物质文化遗产保护提供良好的信息共享环境，努力在特色资源、学术品牌、专题频道等多个向度上寻求数字化、数据化和网络化建设的跨越式发展，已成为"中国民族文学网"长远规划的目标。作为专业学术网站，"民文网"自有信息资源的数据库开发和网络化传播还有待继续推进，这不仅对本学科的发展具有重要意义，而且也有为中国民族文学的学术资源添砖加瓦的重要意义。

三、作为国家级非物质文化遗产的民族民间文学

进入 21 世纪，各民族地区传承的民族民间文学从民间开始走向国家话语。其显

---

① 本部分内容根据中国民族文学网（http://iel.cass.cn/2006/kydt/iel_network_progress.htm）相关内容整理而成。

著的标志是，自 2006 年开始，国家颁布《保护非物质文化遗产公约》（以下简称《公约》），对各地区、各民族有代表性的民间文学作品等进行登记、注册。

建立国家级非物质文化遗产代表性项目名录，对保护对象予以确认，以便集中有限资源，对体现中华民族优秀传统文化，具有历史、文学、艺术、科学价值的非物质文化遗产项目进行重点保护，其中民族民间文学是非物质文化遗产保护的重要基础性工作之一。

国际上，联合国教科文组织《公约》要求"各缔约国应根据自己的国情"拟订非物质文化遗产清单。建立国家级非物质文化遗产名录，是我国履行《公约》缔约国义务的必要举措。2011 年颁布的《中华人民共和国非物质文化遗产法》明确规定："国家对非物质文化遗产采取认定、记录、建档等措施予以保存，对体现中华民族优秀传统文化，具有历史、文学、艺术、科学价值的非物质文化遗产采取传承、传播等措施予以保护。""国务院建立国家级非物质文化遗产代表性项目名录，将体现中华民族优秀传统文化，具有重大历史、文学、艺术、科学价值的非物质文化遗产项目列入名录予以保护。"

国务院先后于 2006 年、2008 年、2011 年和 2014 年公布了四批国家级项目名录（前三批名录名称为"国家级非物质文化遗产名录"，《中华人民共和国非物质文化遗产法》实施后，第四批名录名称改为"国家级非物质文化遗产代表性项目名录"），共计 1372 个国家级非物质文化遗产代表性项目（以下简称"国家级项目"），按照申报地区或单位进行逐一统计，共计 3145 个子项，涉及国家级非物质文化遗产代表性项目保护单位 3154 个。为了对传承于不同区域或不同社区、群体持有的同一项非物质文化遗产项目进行确认和保护，从第二批国家级项目名录开始，设立了扩展项目名录。扩展项目与此前已列入国家级非物质文化遗产名录的同名项目共用一个项目编号，但项目特征、传承状况存在差异，保护单位也不同。

国家级名录将非物质文化遗产分为十大门类，其中五个门类的名称在 2008 年有所调整，并沿用至今。十大门类分别为：民间文学，传统音乐，传统舞蹈，传统戏剧，曲艺，传统体育、游艺与杂技，传统美术，传统技艺，传统医药，民俗。每个代表性项目都有一个专属的项目编号。编号中的罗马数字代表所属门类，如传统音乐类国家级项目"侗族大歌"的项目编号为"Ⅱ—28"[①]。

民间文学在国家级非物质文化遗产名录十大门类中，位居首位。从 2006 年第一批国家级非物质文化遗产名录至 2014 年第四批国家级非物质文化遗产名录中，少数民族民间文学共占 68 项，包括史诗、神话、故事、民歌等几大类，涉及 31 个民族，16 个省市自治区。其中蒙古族申请的国家级非物质文化遗产名录最多，高达 10 项。彝族、苗族、壮族、藏族次之，分别为 7 项、6 项、5 项、5 项。云南地区具有的国家非物质文化遗产项目最多，为 17 项。新疆维吾尔自治区、青海省、贵州省、内蒙

---

① 《侗族大歌》，中国非物质文化遗产网，http://www.ihchina.cn/project_details/12465，2020-12-28。

古自治区次之，分别为8项、8项、7项、6项。

2006年第一批国家级非物质文化遗产名录中，少数民族民间文学共占15项，分别是《苗族古歌》《布洛陀》《遮帕麻和遮咪麻》《牡帕密帕》《刻道》《满族说部》《喀左东蒙民间故事》《刘三姐歌谣》《四季生产调》《玛纳斯》《江格尔》《格萨（斯）尔》《阿诗玛》《拉仁布与吉门索》《畲族小说歌》，涉及15个民族，13个省市自治区。其中《格萨（斯）尔》由藏、蒙、土、裕固、纳西、普米等民族共同合作申请，《玛纳斯》是新疆多地区的柯尔克孜族、《江格尔》是新疆多地区的蒙古族共同合作申请的。

2008年第二批国家级非物质文化遗产名录中，少数民族民间文学共占25项，分别是《巴拉根仓的故事》《满族民间故事》《都镇湾故事》《嘎达梅林》《科尔沁潮尔史诗》《仰阿莎》《布依族盘歌》《梅葛》《查姆》《达古达楞格莱标》《哈尼哈吧》《召树屯与喃木诺娜》《米拉尕黑》《康巴拉伊》《汗青格勒》《维吾尔族达斯坦》《哈萨克族达斯坦》《珠郎娘美》《司岗里》《彝族克智》《苗族贾理》《藏族婚宴十八说》《土家族梯玛歌》《壮族嘹歌》《柯尔克孜约隆》。涉及17个民族，11个省市自治区。

2011年第三批国家级非物质文化遗产名录中，少数民族民间文学共占18项，分别是《珞巴族始祖传说》《阿尼玛卿雪山传说》《锡伯族民间故事》《嘉黎民间故事》《土家族哭嫁歌》《坡芽情歌》《祝赞词》《陶克陶胡》《密洛陀》《亚鲁王》《目瑙斋瓦》《洛奇洛耶与扎斯扎依》《阿细先基》《羌戈大战》《恰克恰克》《酉阳古歌》，涉及14个民族，12个省市自治区。其中《祝赞词》是内蒙古自治区和新疆维吾尔自治区的蒙古族合作申请的。2006年第一批国家级非物质文化遗产名录中的《苗族古歌》和2008年第二批国家级非物质文化遗产名录中的《司岗里》均在2011年获得扩展，增加了申报地区和保护单位。

2014年第四批国家级非物质文化遗产名录中，少数民族民间文学共占11项，分别是《毕阿史拉则传说》《骆驼泉传说》《回族民间故事》《壮族百鸟衣故事》《阿凡提故事》《西王母神话》《盘王大歌》《玛牧》《黑白战争》《祁家延西》，涉及8个民族，8个省市自治区。2006年第一批非物质文化遗产名录中的《格萨（斯）尔》在2011年增加扩展项目[①]。

四、入选联合国教科文组织非物质文化遗产——民族民间文学名录

2003年10月17日，联合国教科文组织第32届大会通过了《保护非物质文化遗产公约》（以下简称《公约》）。中国于2004年加入《公约》。《公约》第四章"在国际一级保护非物质文化遗产"明确由缔约国成员选举的"政府间保护非物质文化遗产委员会"（以下简称"委员会"）提名、编辑更新人类非物质文化遗产代表

---

① 本部分内容作者根据中国非物质文化遗产网加以总结、提炼而成。

作名录,急需保护的非物质文化遗产名录,保护非物质文化遗产的计划、项目和活动(优秀实践名册)。《公约》在第八章"过渡条款"中明确:委员会应把在公约生效前宣布为"人类口头和非物质遗产代表作"的遗产纳入人类非物质文化遗产代表作名录。

作为履行《公约》缔约国义务的重要内容之一,中国积极推进向联合国教科文组织申报非物质文化遗产名录(名册)项目的相关工作,以促进国际一级保护工作,提高相关非物质文化遗产的可见度。截至2018年12月,中国列入联合国教科文组织非物质文化遗产名录(名册)项目共计40项,总数位居世界第一。其中,人类非物质文化遗产代表作32项(含昆曲、古琴艺术、新疆维吾尔木卡姆艺术和蒙古族长调民歌);急需保护的非物质文化遗产名录7项;优秀实践名册1项。42个项目的入选,体现了中国日益提高的履约能力和非物质文化遗产保护水平,对于增强遗产实践社区、群体和个人的认同感和自豪感,激发传承保护的自觉性和积极性,在国际层面宣传和弘扬博大精深的中华文化、中国精神和中国智慧,都具有重要意义[1]。

中国入选联合国教科文组织非物质文化遗产名录(名册)的项目中,民族民间文学项目共占9项,其中人类非物质文化遗产代表作名录中有7项,急需保护的非物质文化遗产名录中有两项,包括史诗、神话、传说、民间故事、民间戏曲等几大类,涉及维吾尔族、藏族、侗族、汉族、回族、东乡族、保安族、撒拉族、土族、蒙古族、裕固族、柯尔克孜族、赫哲族等13个民族。除《蒙古族长调民歌》是与蒙古国联合申报的,其他项目均是单独申报。《花儿》是汉族、回族、藏族、东乡族、保安族、撒拉族、土族、蒙古族等多民族共同合作申报的[2]。

中国进入联合国教科文组织非物质文化遗产名录(名册)的少数民族民间文学,列表如下:

表格 2—1　人类非物质文化遗产代表作名录

序号	项目名称	列入年份	申报方式	申报国家	民族	备注
1	蒙古族长调民歌	2008	联合申报	中华人民共和国、蒙古国		
2	新疆维吾尔木卡姆艺术	2008	单独	中华人民共和国	维吾尔族	
3	格萨(斯)尔	2009	单独	中华人民共和国	藏族	史诗

---

[1]《中国入选联合国教科文组织非物质文化遗产名录(名册)项目》,中国非物质文化遗产网,http://www.ihchina.cn/chinadirectory.html,2020-12-28。

[2] 本部分内容根据中国非物质文化遗产网整理而成。

续表

序号	项目名称	列入年份	申报方式	申报国家	民族	备注
4	侗族大歌	2009	单独	中华人民共和国	侗族	民间多声部民歌的总称
5	花儿	2009	单独	中华人民共和国	汉、回、藏、东乡、保安、撒拉、土、裕固、蒙古等民族共创共享	
6	玛纳斯	2009	单独	中华人民共和国	柯尔克孜族	史诗
7	藏戏	2009	单独	中华人民共和国	藏族	戴着面具、以歌舞演故事的藏族戏剧

表格 2—2 急需保护的非物质文化遗产名录

序号	项目名称	列入年份	申报方式	申报国家	民族
1	麦西热甫	2010	单独申报	中华人民共和国	维吾尔族
2	赫哲族伊玛堪	2011	单独申报	中华人民共和国	赫哲族

五、民间文学大系工程

继 1984 年国家实施的民间文学"三套集成"工程后，进入 21 世纪，2017 年 1 月，中共中央印发《关于实施中华优秀传统文化传承发展工程的意见》（以下简称《意见》），将编纂出版《中国民间文学大系》列为其中的重大工程。中国民间文学大系出版工程作为 21 世纪中华优秀传统文化传承发展工程的重大工程之一，由中国文联牵头组织实施，工程于 2018 年正式启动。

这一工程的主要任务是以客观、科学、理性的态度，收集整理民间口头文学作品及理论方面的原创文献，编纂出版《大系》大型文库，完善中国口头文学遗产数据库，为中华民族保留珍贵鲜活的民间文化记忆。在编纂的同时，开展一系列以中国民间文学为主题的社会宣传活动，促进全社会共同参与民间文学的发掘、传播、保护，形成全社会热爱、传承优秀传统民间文学的热潮，形成德在民间、艺在民间、文在民间的共识，推动民间文学知识普及与对外交流传播。

大系出版工程是新时代中国民间文学保护、传承工作的扩充、延伸、深化、升华，更是民间文学创造性转化和创新性发展的理论探索和实践行动。《大系》文库按照神话、史诗、传说、故事、歌谣、长诗、说唱、小戏、谚语、谜语、俗语、理论12个门类进行编纂，计划到2025年出版大型文库1000卷，每卷100万字，共10亿字。该工程制订的长期规划、分步骤、分阶段、分类别的运作策略和实施举措，保障了项目的可持续性发展和科学化运用。

《大系》既是有史以来记录民间文学数量最多、内容最丰富、种类最齐全、形式最多样、最具活态性的文库，也是在民间文学搜集整理领域开展的新时代综合性成果总结及示范性的本土文化实践活动。它将几千年来在民间普遍传承的无形精神遗产变为有形的文化财富，从而避免在全球化语境下民间文学遭遇民众文化失语和传统经典样式失忆的尴尬与窘境，为世人了解中国民间文艺发展规律，应对社会转型和变革所带来的传统文化衰微之势，提供了文化复兴的有效良方和经验范式。

《大系》充分吸收当代民间文学研究的新成果、新理念，在选编标准上，始终坚持正确的政治导向，坚持优秀传统文化的标准，萃取经典，服务当代。各分卷编委会着力还原民间文学的本真形态，忠实保持各民族作品原文意蕴，在内容、形式、类型等方面力求反映出民族风格和当地口承文化传统特点，按照科学性、广泛性、地域性、代表性的"四性"原则，在各类文本中，精心编纂出具有民间文化传统精神和当代人文意识的优秀作品文库。

编纂出版《大系》，我们始终坚持具有鲜明导向的指导思想和基本原则。《大系》汇集全国各地民间文艺领域上千名专家、学者，计划用8年的时间对民间文学12个门类进行搜集整理、编纂出版，是一项复杂的系统工程。《大系》既是党中央交给中国文联的一项重要的文化建设任务，民间文艺界的一项重大学术研究活动，中华民族大型文化精品创建工程，又是一次中国民间文学主题实践宣传活动；既要深入田间地头调查搜集采录第一手资料，又要坐在书斋静下心来进行归纳整理研究。《大系》具有很强的政治性、学术性、专业性、群众性。我们的指导思想是，始终高举中国特色社会主义伟大旗帜，全面贯彻落实习近平新时代中国特色社会主义思想和党的十九大精神，紧紧围绕实现中华民族伟大复兴中国梦，深入贯彻新发展理念，坚持以人民为中心的工作导向，坚持以社会主义核心价值观为引领，坚持创造性转化、创新性发展，坚定文化自信，增强文化自觉，树立正确的价值观、历史观、审美观，积极思考和探索民间文学的继承与发展等时代命题，坚持交流互鉴、开放包容，关注民间文学新的时代内涵和现代表达形式，使我们民族创造的民间文艺更接地气、更有底气、更具生气。

《大系》编纂出版工作确立了"三个坚持"的基本原则：一是坚持社会主义先进文化前进方向和正确价值取向，对民族民间文学中的制度风俗、思想观念、价值理念、乡规家风等加以梳理和诠释，去粗取精、去伪存真，发掘民间文学蕴含的核心价值观，充分发挥民间文学在"美教化、厚人伦、移风俗"等方面的特殊作用；二是坚持广泛性和代表性相结合，在广泛普查和科学分类的基础上，加强对各民族民间文学精神与思想内涵的挖掘和阐发，把强调先进价值观与突出地域文化特色、民族风格密切结合起来，推动建设中华民族和合一体的共同精神家园；三是坚持学术性与普及性相结合，以民间文学理论研究成果和当代文化思想为学术指导，加强民间文学各类别经典文本呈现、精品范本出版，促进民间文学的创造性转化和创新性发展，并注重与时代发展相适应，实现从口耳相传到多媒体传播的时代变化，激活其当代价值，高标准、高质量、高要求地打造体现中国精神、中国形象、中国文化、中国表达的经典传世精品。

编纂出版《大系》是新时代赋予我们的光荣职责和神圣使命。我国各民族民间文学积淀深厚，灿烂博大，与人民生活紧密联系着，是中华优秀传统文化的土壤和基石。千百年来，我国民间文学薪火相传、生生不息，深深融入中华民族的血脉，深刻影响着中国人的精神世界，印刻着中华民族独特的文化记忆，鲜明地表现着广大人民群众的精神向往、道德准则和价值取向，充分彰显着中国人的气质、智慧、灵气、想象力和创造力，是中华文化的亮丽瑰宝和鲜明标志，不论过去还是现在，都有其永不褪色的价值。但同时也要看到，民间文学又是脆弱的。随着转型期社会的深刻变革和城镇化带来的高速发展，民间文学赖以生存的土壤正在迅速流失，不少优秀民间文学正在成为绝唱，更多的民间文学资源业已消失。因此，抢救与保护散落在中国大地上各区域、各民族现存的不可再生的文化遗产，按照当代学术规范和学科准则，大规模开展民间文学的搜集、整理、出版、推广、研究，激发全社会对我国优秀民间文学的热爱和珍视之情，促进民间文学保护、传承与发展，延续中华文脉，造福人民大众，为繁荣发展社会主义文艺事业提供民间文学精致文本和精彩样式，已成为热爱中华优秀传统文化有识之士的共同心声[1]。2019年12月25日，《中国民间文学大系》（以下简称《大系》）首批成果发布。《大系》首批图书推出神话、史诗、传说、故事、歌谣、长诗、说唱、小戏、谚语、谜语、俗语、理论等12大门类，共计一千二百多万字。

六、国家社科基金少数民族民间文学立项情况

国家社会科学基金（以下简称"国家社科基金"）是1986年5月经国务院批准设立的。三十多年来，国家社科基金以强有力的示范性、导向性和权威性，始终秉承"坚持正确导向、突出国家水准、注重科学管理、服务专家学者"的理念，有力地促进了我国哲学社会科学的繁荣发展[2]。国家社科基金是目前我国唯一的国家级哲学社会科学研究项目基金，资助课题具有前瞻性和权威性，代表了我国社会科学研究的最高水准。国家社科基金设立重大项目、重点项目、一般项目、青年项目、西部项目、后期资助项目、中华学术外译项目等项目类型。

自国家社科基金设立以来，给予民族文学研究重要的支持，数量众多的课题得

---

[1] 中国文学艺术界联合会、中国民间文艺家协会：《中国民间文学大系》总序，载《文艺报》2020年4月27日。
[2] 温美荣、吴金鹏：《中国社会科学研究政府资助的发展向度与推进逻辑——基于2008—2018年国家社科基金资助项目的计量分析》，载《行政论坛》2019年第5期。

以开展并取得丰硕成果。2000年—2019年，国家社科基金设立民族民间文学相关项目共534个，其中重大项目36个、重点项目35个、一般项目226个、青年项目70个、西部项目163个、后期资助项目11个、中华学术外译项目3个。申报项目地区涉及30个省市自治区，北京、内蒙古自治区、新疆维吾尔自治区的各项目类型数量均位于前列①。

下表列出近10年获得国家社科基金的民族文学研究的课题（整理自国家哲学社会科学工作办公室网站②）

表格2—3 重大项目

项目批准号	项目名称	项目负责人	工作单位	所在省区市
19ZDA280	中华人民共和国少数民族文学政策文献的整理、研究与信息平台建设	刘为钦	中南民族大学	湖北
19ZDA282	明代少数民族诗文文献辑录与文学交融研究及其资料库建设	多洛肯	西北民族大学	甘肃
19ZDA285	俄藏《格萨尔》文献辑录及电子资料库建设	宁梅（伦珠旺）	西北民族大学	甘肃
18ZDA267	中国史诗研究百年学术史	冯文开	内蒙古大学	内蒙古
18ZDA268	中国神话资源的创造性转化与当代神话学的体系建设	杨利慧	北京师范大学	在京高校
18ZDA269	东北人口较少民族口头文学抢救性整理与研究	汪立珍	中央民族大学	在京高校
18ZDA270	边疆多民族地区红色文化资源调查、保护与传承研究	卞成林	广西民族大学	广西
18ZDA271	中国当代少数民族文学制度研究	罗宗宇	湖南大学	湖南
18ZDA272	中国阿尔泰语系诸民族民间文学比较研究	毕桪	中央民族大学	在京高校
18ZDA273	国内外蒙古文学理论遗产资料整理及研究	额尔敦哈达	内蒙古大学	内蒙古

---

① 本部分内容根据国家哲学社会科学工作办公室网站整理而成。
② 国家哲学社会科学工作办公室网站，网址 http://www.nopss.gov.cn。

续表

项目批准号	项目名称	项目负责人	工作单位	所在省区市
18ZDA274	伊犁河流域厄鲁特人民间所藏托忒文文献搜集整理	叶尔达	中央民族大学	在京高校
17ZDA160	英雄史诗《格萨（斯）尔》图像文化调查研究及数据库建设	杨嘉铭	西南民族大学	四川
17ZDA161	中国少数民族神话数据库建设	王宪昭	中国社科院民族文学研究所	社科院
17ZDA246	中国历代民间说唱文艺研究资料整理与数据库建设	纪德君	广州大学	广东
17ZDA262	古代西南少数民族汉语诗文集丛刊	徐希平	西南民族大学	四川
17ZDA274	国内外民国时期蒙古文学史料集成与编年研究	乌日斯嘎拉	内蒙古大学	内蒙古
15ZDB078	明清民国歌谣整理与研究及电子文献库建设	陈书录	南京师范大学	江苏
15ZDB082	中国当代少数民族作家资料库建设及其研究	钟进文	中央民族大学	高校
15ZDB083	国外《江格尔》文献集成与研究	塔亚	内蒙古大学	内蒙古
15ZDB111	《格萨尔》说唱语音的自动识别与格萨尔学的创新	陈建龙	北京大学	高校
13&ZD119	中国西北地区戏曲歌谣语言文化研究	赵学清	陕西师范大学	陕西
13&ZD121	中华人民共和国少数民族文学研究史（1949—2009）	李晓峰	大连民族学院	辽宁
13&ZD137	中国苗族古经采集整理与研究	刘锋	贵州大学	贵州
13&ZD138	甘青川藏族口传文化汇典	阿来	四川大学	四川

续表

项目批准号	项目名称	项目负责人	工作单位	所在省区市
13&ZD139	胡仁乌力格尔（300部）整理与研究	全福	内蒙古大学	内蒙古
13&ZD141	西藏非物质文化遗产的整理、传承研究与数字化保护	阿旺晋美	西藏大学	西藏
13&ZD142	中国彝文古籍文献整理保护及其数字化建设	沙马拉毅	西南民族大学	四川
13&ZD143	闽台海洋民俗文化遗产资源调查与研究	张先清	厦门大学	福建
13&ZD144	柯尔克孜族百科全书《玛纳斯》综合研究	阿地里·居玛吐	中国社科院	社科院
	同上	曼拜特·吐尔	新疆师范大学	新疆
12&ZD019	我国非物质文化遗产名录体系与资源图谱研究	蔡丰明	上海社科院	上海
12&ZD131	内蒙古蒙古族非物质文化遗产跨学科调查研究	色音	中国社科院	社科院
11&ZD104	中国多民族文学的共同发展研究	徐新建	四川大学	四川
11&ZD123	中国非物质文化遗产体系探索研究	彭兆荣	厦门大学	福建
11&ZD124	《中国少数民族文学理论批评文库》编纂与研究	王佑夫	新疆师范大学	新疆
10zd&111	新疆少数民族既佚与濒危古籍文献整理与研究	陈世明	新疆大学	新疆
10zd&114	中国南方少数民族家谱整理与研究	陈支平	厦门大学	福建

2000年—2019年，国家社科基金设立民族民间文学相关项目中重点项目共有35个，分别是"清代多民族文学的版图分布与互动研究""整理国故与中国现代俗文学研究的兴起""彝族古籍善本史诗文献翻译与研究""中国蒙古族民俗研究百年史文献研究与数据库建设""明清蒙古族传记文学文献整理与研究""藏族神话资料搜集整理与研究""羌族文学文献整理与研究""东北世居民族萨满文化传承人口述资料发掘、整理""少数民族原始形态口传家谱的抢救与整理""中国古代说唱文学文献资料辑释与研究""中华各民族神话比较研究""中国古代彝谱牒整理翻译与研究""阿拉伯—波斯诗歌理论与我国维吾尔族诗歌理论的关系研

究""藏族《格萨尔》流传版本普查与研究""乌蒙山地区布依族传统宗教经典《摩经》翻译、整理与研究""中国苗族古经专题研究""西藏非物质文化遗产数据库建设""新疆非物质文化遗产木卡姆的数字化保护与传承研究""丝绸之路（新疆段）线性文化遗产保护及时空可视分析技术研究""新疆环塔里木地区非物质文化遗产的数字化保护与传承研究""蒙古族传统节庆文化的传承与创新研究""古代'僰国'地区民族志文献整理与研究""英藏吐蕃文献目录与文书译注""中国民间文学与民族历史记忆研究""中国当代文学中的民族记忆研究""中国少数民族文化生态研究""各民族神话与史诗总体研究""西藏藏戏形态研究""中国古代歌谣整理与研究""藏区《格萨尔》说唱艺人普查与研究""羌族特色文化资源体系及其保护与利用研究""《格萨尔》手抄本、木刻本版本研究""中国少数民族口头和非物质遗产抢救保护和人的发展政策研究""大型格萨尔文化数字资源库建设及其应用研究"。

2000年—2019年，国家社科基金设立民族民间文学相关项目中一般项目共有226个，如"中国历代帝王神话研究""《玛纳斯》艾什玛特唱本的英译及口传史诗翻译研究""日常生活史视野下的畲族歌谣研究""瑶族史诗《密洛陀》的口头诗学研究""满—通古斯语族诸民族萨满教研究""市场视角下东北地区少数民族非物质文化遗产保护""文学人类学视域下华夏与古代近东神话比较研究""东北作家群的满族书写研究"等。

2000年—2019年，国家社科基金设立民族民间文学相关项目中青年项目共有70个，分别是"赫哲族伊玛堪珍稀资料抢救性整理研究""中国文学现代转型视域下的当代蒙古族作家生成研究（1949—1966）""卡尔梅克民歌资料集成与研究""20世纪以来南方少数民族史诗学术史研究"等。

2000年—2019年，国家社科基金设立民族民间文学相关项目中西部项目共有163个，分别是"敦煌变文对蒙古族胡仁乌力格尔的影响研究""蒙古族寓言文体与达斡尔、鄂温克、鄂伦春寓言形态研究""'骏马奖'与少数民族文学发展关系研究"等。

2000年—2019年，国家社科基金设立民族民间文学相关项目中后期资助项目有11个，分别是"喀什作家群研究——以艾合买提·孜亚侬为个案""藏族文学理论批评史""中国少数民族人类起源神话研究""当代人口较少民族文学的审美观照""蒙古族史诗《罕·哈冉贵》结构分析与诗学研究""中国少数民族史诗研究的反思与建构""当代少数民族文学批评的'西方话语'与'本土经验'研究""中国人口特少民族民间故事的生态文化研究""鄂尔多斯蒙古民间故事研究""清江流域土家族人生仪礼歌唱传统研究""丝绸之路沿线民族小说叙事形式的文化意义研究"。

2000年—2019年，国家社科基金设立民族民间文学相关项目中华学术外译项目有3个，分别是"中国少数民族人类起源神话研究""现代中国与少数民族文学"

"《乌布西奔妈妈》研究"。除此之外，结项成果中《〈乌布西奔妈妈〉研究》[①]《满族小说与中华文化》[②] 被收入国家哲学社会科学成果文库。

七、民间文艺家协会对民间文学的搜集与整理

全国及省级的民间文艺家协会，在少数民族文学搜集、整理、研究和出版方面做了大量的工作，特别是在各省区社会科学院的民族文学研究机构成立之前，少数民族民间文学的搜集、整理、翻译、出版主要是由民间文艺家协会承担。在此着重介绍如下民间文艺家协会（此部分内容参考各民间文艺家协会网站）。

（一）中国民间文艺家协会

原名中国民间文艺研究会，我国唯一国家级民间文艺家协会，1950 年成立，郭沫若任会长，老舍、钟敬文任副会长，1979 年 11 月，中国民间文艺工作者第三次全国代表大会在北京召开，选举产生了以周扬为主席，钟敬文、贾芝、毛星、顾颉刚、马学良、额尔敦·陶克陶（蒙古族）、康朗甩（傣族）为副主席的领导机构，自此翻开了中国民间文艺事业的新篇章。1987 年 5 月经中宣部批准改名为中国民间文艺家协会。此后，分别于 1984 年 11 月在石家庄，1991 年 11 月、2001 年 4 月、2006 年 4 月、2011 年 4 月、2016 年 6 月在北京，召开了中国民间文艺家协会第四次、第五次、第六次、第七次、第八次、第九次全国代表大会，先后选举出以钟敬文、冯元蔚、冯骥才、潘鲁生为主席的各届领导机构，为中国民间文艺家协会规划、组织、实施我国民间文艺工作提供了有力的组织保证。该协会直属事业单位有中国文联民间文艺艺术中心。主办刊物有月刊《民间文学》，双月刊《民间文化论坛》《民艺》。

中国民间文艺家协会认真贯彻执行党的文艺方针政策，坚持以人民为中心的工作导向和创作导向，积极履行团结引导、联络协调、服务管理、自律维权的基本职能，加强行风建设和职业道德建设；开展"深入生活、扎根人民"主题文艺实践活动，举办中国民间文艺"山花奖"全国性评奖及各类民间文艺人才培训，开展"我们的节日"系列节会活动，倡导"民间文化进校园"，推动中国民间文艺对外交流，传承弘扬中华优秀传统文化；举办系列学术论坛，强化理论研讨，注重出版宣传，组织实施中国民间文化遗产抢救工程、"一带一路"民间文化探源工程，推进中国民间文学大系出版工程、中国民间工艺传承传播工程，促进我国民间文艺事业繁荣发展。

中华人民共和国成立 70 年，全国各地的民间文艺家组织不断健全、完善与发展。特别是改革开放的最初几年间，中国民间文艺研究会分会由原来的 8 个，发展

---

① 郭淑云：《〈乌布西奔妈妈〉研究》，北京：中国社会科学出版社，2013 年。
② 关纪新：《满族小说与中华文化》，北京：社会科学文献出版社，2014 年。

到全国（除台湾外）30个省、自治区、直辖市，继而各地区（市）和部分县（市）相继成立民间文艺家组织。改革开放之前，中国民间文艺研究会仅有全国会员二百二十余人，协会现有团体会员32个，个人会员一万二千多名，各类专业委员会七十余个，在全国命名中国民间文艺之乡四百余个，设立各类民间文艺研究基地、博物馆一百九十余个。

（二）内蒙古自治区民间文艺家协会

1960年12月在内蒙古自治区呼和浩特成立，原称中国民间文艺研究会内蒙古分会，1988年改为现名。现已召开9届会员代表大会。内蒙古民间文艺家协会在民间文学、艺术的抢救、整理、传承方面做了大量工作，将内蒙古自治区民间文艺工作从最初的单一性发展到如今的多样化。多次深入12个盟市八十多个旗县，做田野调查，采访民间艺人、搜集整理了大量的第一手资料，并及时整理出版发行。《内蒙古民间故事全书·三少民族卷》等43个旗县卷两千多万字的成果相继问世，并收入一期数据库。选送二百余人次四百多幅剪纸作品在国内外参展或参赛。

2012年，内蒙古民协会同中国民协、中国苏力德文化研究中心在乌审旗召开了全国文化之乡工作经验交流会，在发展和建设民间文化之乡的相关问题上，取得了很多突破性的共识和成果。先后命名和建立东乌珠穆沁旗"中国蒙古族服饰文化之乡"，科左中旗"中国四胡文化之乡"，正蓝旗"中国查干伊德文化之乡"，达茂旗"中国哈萨尔祭祀文化之乡"等十多个国家级文化之乡，使全国各地对内蒙古的民间文化风貌有了新的认识。

内蒙古民间文艺家协会在民间文艺精品创作方面下了很大功夫，在蒙古长调、呼麦、马头琴和二人台艺术方面取得了丰硕成果，民间文艺队伍也从起初的几百人发展到如今的千余人。协会主要开展了以下工作：发现、培养了大批民间艺术大师，为内蒙古自治区民间文艺事业的发展和繁荣做出了突出贡献；为进一步推动全区民间文化遗产的抢救、保护、传承和发展，开展了评选命名两批内蒙古自治区民间艺术大师和民间艺术师的活动；持续推进"内蒙古民间文化遗产抢救工程"，不断推出新的民间文艺研究和保护成果；组织实施自治区"文化长廊建设工程"的民间文化项目等。

2020年8月27日下午，"中国民间文学大系出版工程社会宣传推广活动—北方民歌生态保护与传习座谈会"在呼伦贝尔市陈巴尔虎旗召开。这次座谈会让各省、自治区民间文艺工作者、民歌艺术家之间可以更好地相互学习、交流，同时介绍各地民歌的传承、歌手的培养情况。通过请歌手进行技艺展示，在呼伦贝尔地区组建专业团队对民歌手进行采访，做口述实录，从而更加全面、直观地了解北方民歌的生存现状，以研究、探索出更适合北方民歌传承保护的方法、途径。

"中国民间文学大系出版工程社会宣传推广活动——2020·中国北方民歌那达慕暨北方民歌生态保护与传习座谈会"是把舞台设在大地上，放在牧民的生活当中，所唱的民歌也与生活息息相关，把民间的歌声传播在祖国各地，这也是大系工程的意义所在。

(三) 西藏自治区民间文艺家协会

西藏自治区民间文艺家协会，成立于1981年10月13日。原名中国民间文艺研究会西藏分会。1982年10月作协和民研会一分为二，改为中国民间文艺研究会西藏分会。该会自1987年改为"西藏民间文艺家协会"以后，工作范围扩展到民俗、民间文艺的各个方面。它是西藏各民族民间文艺家的专业性群众团体，是西藏自治区文联的团体会员之一。西藏自治区民间文艺家协会坚持以"学术"立会，主要工作涉及西藏地区民间文学搜集整理、民间文艺理论研究探索、民间匠人技艺传承发展、民间文艺精品展示传播等。

该会下设刊物《邦锦梅朵》（藏文版）编辑部，汉文版西藏民俗文化季刊《西藏民俗》编辑部、西藏民间文学《三套集成》编辑部（即故事集成、歌谣集成、谚语集成），西藏民俗民间文艺遗产抢救基金办公室等5个部门。其中《邦锦梅朵》《西藏民俗》创刊于1983年10月，至今已各有一百余期。目前，这两种杂志仍为专门刊登西藏各民族民间文学和民风民俗内容的唯一刊物。它们的诞生从一开始就赢得了区内外，乃至国内外专家和广大读者的赞赏。

1989年10月，接待来藏考察的美国斯密森学会民俗生活项目办公室主任赛特尔、美国民俗摄影家葛利西蒙斯和美国马里兰大学音乐系主任教授大卫等一行3人，并进行了学术交流；1990年成立了西藏民俗学会，召开了全区民俗理论研讨会；1995年8月该会作为东道主，在拉萨举办了西南五省区第五届民间文化学术研讨会，编辑出版了会议论文集；1998年8月，参加在北京举办的首届中国国际民间艺术博览会，该会参展的大型彩色皮制唐卡《填墓主》荣获此次博览会金奖；1978年成立西藏大学《格萨尔》抢救小组；1979年成立西藏自治区《格萨尔》工作领导小组及其办公室；2000年3月，该会推荐的录像带《西藏风俗》荣获中国民间文艺"山花奖"入围奖。2005年成立那曲地区（今那曲市）《格萨尔》传承基地。截至2009年，该协会联合相关职能部门收集各种音乐、歌曲、曲艺一万多首，文字资料三千多万字，录制大量音像资料，拍摄图片近万幅，发表有关藏民族传统文化学术论文一千多篇，先后出版《中国戏曲志·西藏卷》《中国民族民间舞蹈集成·西藏卷》《中国民间器乐集成·西藏卷》等十大文艺集成志书，民族文艺研究专著三十多部，使诸多濒临灭绝的民族民间文化得到全面抢救和有效保护。2007年，由西藏文联与西藏作家协会共同编辑的《西藏文学丛书》出版发行。《西藏作家丛书》共七册，各册篇目是：《雪山赞歌—西藏诗歌散文选》（藏文）、《时代明镜—西藏小说评论选》（藏文）、《心田甘露—西藏民间传说集锦》（藏文）、《夏日无痕—西藏小说选》（汉文）、《西藏吟行—西藏诗歌散文选》（汉文）、《镌刻在西部的忠诚—西藏报告文学评论选》（汉文）、《西藏文化建设与文艺管理文集》（汉文）。这套丛书之一的《西藏文化建设与文艺管理文集》，由长期在藏区从事文艺管理工作三十多年的西藏文联党组副书记、副主席杨世君同志编著。研究文化建设与文艺管理的文论专题结集出版在西藏尚属首次，该文集为西藏文化建设和文艺体制改革提出了积极的思路和建议，为文艺工作者和管理者提供了有益的参考和借鉴。

1992年8月，该会民间文学《三套集成》编辑部根据国家总编委会的要求，以科学性、全面性和代表性为标准，对各地市县的卷本和西藏和平解放以来所出版的民间文学作品，进行认真细致的复查、鉴别和筛选及分类整理，首先编选出西藏自治区卷三个集成的藏文稿，在此基础上翻译编纂三个集成的汉文卷。经过几年的艰苦努力，首先完成《中国歌谣集成西藏卷》的翻译编纂任务，并荣获全国十大集成志书编纂成果奖。历时30年编纂出版了汉文版的《中国歌谣集成·西藏卷》《中国民间故事集成·西藏卷》《中国谚语集成·西藏卷》，藏文版的《中国西藏民间文学·故事卷》《中国西藏民间文学·歌谣卷》《中国西藏民间文学·谚语卷》。

汉文版《中国民间文学三套集成·西藏卷》三百八十余万字，先后一千七百多名工作人员参与其中。其中，《故事卷》共收集到三千多万字的原始资料，陆续编成213卷地（市）、县资料本，其中民间故事的采访讲述者235名，整理结集资料卷54册，文字量达一千一百多万字。《歌谣卷》收集全区各县编辑的资料本87卷，采访有名有姓有地址的歌手1197名。《谚语卷》收集到3万多条谚语，编选出75本资料本。

藏文版《中国西藏民间文学三套集成》克服骨干变动、人员匮乏、经费不足等困难，埋头推进整体工作，终于在2016年全部出版发行。《故事卷》收选了西藏各市地各民族广泛流传的包括神话、传说、故事、童话、笑话、寓言等民间口头散文作品720篇，文字量达114万字。《歌谣卷》按照自然形成的歌谣体裁和形式分类编排，收选了全区各市地各民族广泛流传的民歌、民谣，客观记录了当地传承的主要歌谣形式和种类。记录民间歌谣4200首，文字量107万字。《谚语卷》收选全区各市地各民族广泛流传的民间口传谚语、《格萨尔王传》谚语、古典文学谚语16000条，文字量70万字。

2018年，历时5年、总字数达80万字的《西藏当代文学史》主体编纂工作完成。《西藏当代文学史》编纂工作从2013年启动，整套书籍共三卷，时间跨度从1951年到2016年，收录了一百六十余位作家的上千部作品，内容涵盖小说、诗歌、散文、戏剧影视文学等，并附有相关作品的鉴赏。这套书籍收录范围广，在民间文学、翻译文学领域也有详细介绍，且书中藏族作家及相关作品比例达到1/3，是了解西藏当代文学发展历史的极好参考资料。这是西藏第一部系统、全面的当代文学史资料，该书并于2019年正式出版。

在该协会全体会员的共同努力下，西藏自治区全区民间文学和民俗文化作品的搜集、翻译、整理和出版取得了丰硕的成果。民间文学方面有《西藏民间故事》（藏汉文各八集）、《西藏民间歌谣》（藏汉文各四集）、《西藏民间谚语集》（藏文）、

《藏北民间故事》（汉文）、《羌塘牧歌》（藏文），还有藏汉文《阿古顿巴的故事》《尼曲桑布的故事》《尸语故事》《西藏民间笑语集》以及《格萨尔王传》等。均由西藏人民出版社出版。民俗方面有《西藏风土志》《西藏风物志》《藏族节日文化》《波米县志》《阿里婚俗歌》《西藏民俗散文集》《西藏民族精选》《西南地区民间文化论文集》等，分别由西藏人民出版社和民族出版社出版。其中《西藏民间故事》第一集，《西藏风土志》《藏北民间故事》和《格萨尔王传》等十多本作品，荣获国家和自治区级奖。并出版《西藏民间故事大观》《西藏民间谚语大观》《跟我走西藏》等民间文学作品。

2010 年，该协会获得"中国民间文学集成先进集体"荣誉称号，才旦多吉、德庆卓嘎等 10 名人员获中国民间文学集成特别贡献奖。2013 年始，该协会持续推进《中国唐卡文化档案》编纂。此项目具有重要价值，既保存唐卡文化形式，又呈现其赖以生存的空间，保留了一个时代的文化脉搏，在全国为首部。唐卡文化不仅涉及藏区民族文化、宗教文化，更是藏族人民精神世界的表达，也是独特的艺术形式。2017 年，自治区有关部门专门组织民间文艺家赴台湾地区加强两岸交流互动活动；中国民间文艺家协会西藏会员其中 3 人担任中国民间文艺家协会理事，荣获 2017 年西藏自治区民族团结进步先进集体。2019 年，次仁平措当选为第六届西藏自治区民间文艺家协会主席。同年，该协会获"全国民族团结进步模范集体"称号；《中国民间文学集成·西藏卷》荣获中华人民共和国原文化部颁发的编纂成果一等奖和第四届中国出版政府奖入选提名奖；西藏民间文艺家协会荣获编纂成果集体奖，12 人分获编纂成果一、二、三等奖。

70 年来，该会始终致力于繁荣和发展西藏民间文艺事业，向国内外学界同仁和人民全面介绍西藏各民族的优秀传统文化。在搜集、整理和出版西藏民间文艺作品的基础上，开展了学术交流、研讨、开发、展览等各项活动，增强了参与意识，加强了对外文化交流与合作。

（四）广西壮族自治区民间文艺家协会

广西壮族自治区民间文学研究会 1962 年成立，主要致力于搜集民间文学作品，重点是壮族、瑶族民间文学作品。著名民间文艺家蓝鸿恩和诗人黄勇刹曾长期主持该会工作，成绩卓著。该会主要成果有《刘三姐》《一幅壮锦》《蛤蟆皇帝》等民间故事集，第一部苗族古歌与叙事长歌集"八大苗歌"《哈迈》《广西民歌》《广西情歌》，第一部壮族史诗《布伯》，壮族第一部抒情长歌《嘹歌·唱离乱》，莎红瑶族史诗《密洛陀》等。1980 年广西民间文学研究会第二届代表大会后，工作蓬勃发展，成果大量出版。主要有第一部《侗族民歌选》《侗族民间故事选》《侗乡风情录》（周东培参与），第一部《瑶族民歌选》《瑶族民间故事选》，第一部《毛南族民歌选》《毛南族民间故事集》，第一部《京族民歌选》《京族民间故事选》，第一部《瑶族风情歌》，第一部《壮族排歌选》，第一部《仫佬族民间故事》等。广西民间文学研究会创办《广西民间文学丛刊》刊物。为发展该会事业，广西师范大学、广西民族大学、广西师范学院于 20 世纪 90 年代建立民间文学民俗学硕士点，培养硕士研究生。

中华人民共和国成立以后，广西民间文学的有志之士蒙光朝、过伟、肖甘牛、韦志彪等便开始搜集整理民间文学，并有《广西民歌》等二十多部民间文学作品面世。1958 年广西壮族自治区成立后，广西开始有组织有计划地对全区的民间文学进行全面的普查搜集整理、研究推广和应用，取得显著成就。搜集到民间文学资料五千多万字，编印成各类资料 396 册。其中包括广西 12 个民族的神话、史诗等不少极为珍贵的民族优秀文化遗产，已出版的达五百六十多种。20 世纪 80 年代以来是广西民间文学采录研究的黄金时期。1986 至 1989 年间，各县市编印歌谣资料本 98 部，故事资料本 82 部，收获丰硕。广西民间文艺家协会和各高校编印歌谣内部资料 140 部，故事内部资料 61 部。

2005 年，全国艺术科学重点研究项目《中国谚语集成·广西卷》通过终审。此卷共收到谚语集七十多种，加上历年出版的谚语集 38 种，计三千八百多条。经过筛选，目前终审稿收入谚语条目约两万条，分为事理谚、修养谚、社交谚、时政谚、生活谚、家庭谚、生产谚、自然谚、工商谚、文教谚。2007 年，广西民协在防城大板瑶聚居区成立"民间文艺采风研究基地"。2009 年，广西民协完成《广西民间故事长诗》的收集、整理、编写工作。同年，摄录的《京族哈节》荣获中国民俗影像作品奖；仫佬族学者、广西民协原副主席龙殿宝的《仫佬族古歌》荣获民间文学作品奖。2010 年，该协会主办"中国首届苗族文化发展论坛"，此次论坛共收到论文 28 篇，有 18 位专家学者和苗族民族工作者在会上发言。论坛就如何发展我国苗族文化，如何利用苗族的芦笙、斗马活动振兴苗族地区的民族经济，如何发展苗族服饰、苗族民族工艺品为经济发展服务等问题展开了讨论，为苗族地区的经济社会发展提出了宝贵意见。2011 年，出版《中越文化对话》《壮族宗教研究》《中国文史概览·广西卷》等著作。2013 年，《布洛陀史诗》（韩家权等）获第十一届中国民间文艺山花奖·民间文学作品奖。

2018 年，廖明君、韦丽忠编著的《刘三姐歌谣·风俗歌卷》荣获第十三届民间文艺山花奖·优秀民间文学作品奖。《刘三姐歌谣·风俗歌卷》为"刘三姐歌谣丛书"三种著作之一（另外两种为《刘三姐歌谣·情歌卷》和《刘三姐歌谣·古歌卷》，先后于 2013 年、2015 年出版）。从 2010 年开始，相关学者深入歌仙刘三姐故乡宜州市以及周边县区民族村寨采访民间歌手，搜集到以古壮字抄写的世代相传的宜州地区有关婚俗、满月、还愿、葬俗以及娱乐习俗等方面的民间歌书，再由学者和民间歌手采用"五对照"的方式（即古壮字原歌、拼音壮文、国际音标、汉文直译、汉文意译）共同整理、翻译，最后交由上海音乐学院出版社于 2016 年出版。本书的整理出版，对于研究刘三姐文化，保护传承刘三姐歌谣，具有重要的学术价值和特殊的现实意义。同年，由该协会编辑出版的《广西民间文学精选》和陆晓芹的民间文艺学术著作《"吟诗"与"暖"广西德靖一带壮族聚会对歌习俗的民族志考察》分别获入围奖。此外,《中国民间文学大系·广西卷》于 2018 年正式启动,计划按照神话、史诗、民间传说、民间故事、民间歌谣、民间长诗、民间说唱、民间小戏、谚语、民间文学理论等类别与系列编选,每卷 100 万字。

2019 年,广西民协开展"我们的节日"暨"八桂民俗盛典"展演系列主题活动;举办"我和我的祖国"桂黔滇湘山歌擂台赛和广西优秀民间艺术表演作品(山歌)网络评选展播等以山歌艺术形式庆祝中华人民共和国七十华诞的系列活动;开展特色文艺之乡考察调研、民俗文化与乡村振兴研讨会、广西山歌编导演高级人才研修班、"送欢乐·下基层——文艺进校园"等丰富多彩的考察调研、人才培训、专题研讨、文艺志愿服务主题活动;大力推进《中国民间文学大系》出版工程广西故事卷、长诗卷编纂工作。

中华人民共和国成立 70 年来,广西民间文学的队伍不断发展壮大,涌现了一批又一批在国内外深有影响的专家。民协会员和广大民间文艺工作者一起,广泛深入开展田间作业、搜集整理作品之余不断加强理论研究,在报刊上发表的论文数以千计,已出版的理论专著、论文集多达二百二十多种。广西民间文学在全国有较大的影响,先后有《密洛陀》《壮族民间歌谣概论》等三十多部作品在全国评比中获奖,农冠品等 118 名会员先后受到原文化部、全国艺术科学领导小组的表彰;《壮族自然崇拜文化》(廖明君)获第五届中国民间文艺山花奖·第二届学术著作奖二等奖。韦苏文、吴浩获中国民间文艺家协会"德艺双馨会员"称号;韦苏文获中国文联"百名优秀青年文艺家"称号;广西民协获原文化部颁发的民间文学编辑组织奖;《广西民间文学散论》等 18 部作品获广西文艺最高奖——"铜鼓奖"。

70 年来,广西民间文艺家协会加强与国内外同行学术交流。1985 年与芬兰学者成功地进行了对三江侗族的联合考察,先后与美国、日本、印度、巴基斯坦、菲律宾等十多个国家互访,为争取广西民间文学的更大繁荣打下良好基础。2010 年,广西民协组织考察团前往台湾,主要考察台湾口传文学协会和布农族群艺术团,向台湾同仁们赠送《中国民间故事集成·广西卷》《中国谚语集成·广西卷》《中国创世史诗·广西卷》等著作和绣球。2011 年,该协会再次前往台湾,举行"海峡两岸民俗暨应用民俗交流研讨会",双方就民俗事象开发利用的相关问题进行交流并互赠了民俗学方面的著作。广西民间文学的丰硕成果为广西作家、艺术家的创作提供丰富的养分,根据民间文学题材创作的各类作品如《百鸟衣》《刘三姐》等大批富有民族特色的文艺作品在国内外产生深远影响,为中华民族赢得荣誉。

(五)黑龙江省民间文艺家协会

中国民间文艺研究会黑龙江分会成立于 1960 年 9 月,1987 年改名为黑龙江省民间文艺家协会。该协会是全省各民族民间文艺工作者自愿结合的群众性文艺学术团体,致力于组织、规划、指导黑龙江各民族民间文学、民间艺术及民俗的考察、采集、保护、传承，并培育民间文艺人才，开展有关国际交流活动。组织有关学术会议、展览、演出活动，举办旨在奖励省内各种民间文艺成果的评奖，保护民间文艺工作者的正当权益，全方位推动黑龙江省民间文艺事业的发展、进步。

黑龙江省民间文艺家协会会址设在哈尔滨。其领导机构为理事会，理事会先后由王士媛、姚明理、夏杰、郭崇林同志担任主席，王士媛、王益章为名誉主席。协会下设朝鲜民间文艺分会和灯谜工作委员会。主办刊物是《黑龙江民间文学》（内部刊物）。截至2019年上半年，省级会员已有1401人，国家级会员331人，国家级文艺之乡、艺术基地5个。

多年来，黑龙江省民间文艺家协会有效地组织实施了对黑土地各民族民间文学，尤其是赫哲族、鄂伦春族说唱文学《伊玛堪》《摩苏昆》等作品的发掘，受到了国内外学术界的关注和好评。《中国民间故事集成·黑龙江卷》《中国谚语集成·黑龙江卷》《中国歌谣集成·黑龙江卷》的普查编纂出版工作，成绩显著。目前，该协会积极响应"中国民间文化遗产抢救工程"，持续推进《中国民间文学大系·黑龙江卷》《中国民间工艺集成》的编纂工作，设立"黑龙江省文学艺术英华奖"等，促进了该会现有工作的继续与深入。协会面对经济全球化、文化多元化浪潮进行的文化本土化实践，为新时代中华民族共同体文化建设贡献力量。

（六）云南省民间文艺家协会

1947年3月，云南成立文艺工作者联谊会。云南省民间文艺家协会成立于1981年，其前身是1951年11月成立的兄弟民族文艺工作委员会。1953年，云南省文联筹委会成立后，兄弟民族文艺工作委员会在筹委会的领导下工作。1955年，在云南省作家协会内设立了民间文艺研究会，具体负责全省民间文学和民间文艺工作。1956年《边疆文艺》创刊，成为这一时期民间文学作品和研究论文公开发表的主要刊物。1976年以后，云南的民间文学研究工作逐步恢复。1979—1981年，云南省社会科学院民族民间文学研究所、中国民间文艺研究会云南分会联合组织了9个调查队（组），赴各地进行调查和复查，抢救了大量民族民间文学资料。1981年召开云南省民间文艺工作者第一次代表大会，正式成立云南省民间文艺研究会。1985年，云南省民间文学集成编辑办公室成立，各地州、县也成立了相关组织领导机构，成立了集成办公室，对各民族各地区流传的民间文学进行全面普查，开始组织进行三套集成——《中国歌谣集成》《中国民间故事集成》《中国谚语集成》中云南省部分的采录、选编。1989年3月召开第二次民间文艺工作者代表大会，正式更名为云南省民间文艺家协会。协会的最高权力机构为全省会员代表大会，每5年召开1次。大会闭会期间，理事会是协会的最高执行机构。著名的民间文艺家陆万美、李鉴尧、张义勋、杨知勇、左玉堂等先后担任协会主席、副主席。

20世纪80年代末，各地区编纂的民俗资料，如地方志、风情录对民间文学也予以关注。这一阶段正式出版的民间文学作品集达一百三十多部，内容除叙事诗、故事外，还有大量的史诗、神话、歌谣、谚语、民歌等，如云南人民出版社出版《云南民族民间长诗丛书》《云南民族民间故事丛书》共五十余种作品。相关专业刊物相继涌现，如1978年复刊的《边疆文艺》、1980年创刊的《山茶》及各地陆续发刊的文学刊物和民族文化刊物，如《大理文化》《彝族文化》等。值得注意的是，少数民族的古籍、抄本的搜集与翻译整理在这一阶段积极展开，一些被固定在文本中的民间文学故事、史诗、歌谣、祭辞及文学理论等被组织翻译出版，如云南民族出版社出版的《云南省少数民族古籍译丛》及楚雄彝族文化研究所在1984年开始编印的《彝文文献译丛》等。2004年，《云南回族歌谣》出版，收录流传于滇南、滇西、滇东等回族地区的歌谣近百首，其内容丰富，分为"党的颂歌""社会歌谣""习俗歌谣""儿童歌谣""山歌情歌"等。歌词内容与回族人民的历史、生活环境、宗教信仰、风俗习惯、生产生活紧密相连，从不同的方面反映回族人民的社会生活和精神风貌。

2014年，该协会联合相关单位组织打造《中国傣族诗歌全集》，现已纳入中国民间文艺家协会主持的中国民间文化遗产抢救工程。该集包括古歌谣、情歌、伦理道德教育、叙事长诗四大序列计100卷。不仅有反映傣族生产劳动、习俗的祭祀歌、劳动歌、狩猎歌等古歌谣，还有《召树屯》《娥波冠》《乌莎巴罗》《章相》等"五大诗王"，以及《叁敦浴》《叁诺列》等"六大情诗"诗篇。

2019年12月25日，中国民间文学大系出版工程首批成果图书发布会在北京人民大会堂举行，共推出《中国民间文学大系》12卷示范卷。由云南省民协组织编纂的《大系·神话·云南卷（一）》《中国民间文学大系·长诗·云南卷（一）》位列其中。《大系·神话·云南卷（一）》共计100万字，该卷本将云南二十多个民族的293则神话作品，依次按照诸神神话、创世神话、人类起源神话、文化起源神话编排。《中国民间文学大系·长诗·云南卷（一）》共计100万字，编选彝族、白族、哈尼族、傣族、壮族、苗族、傈僳族、拉祜族、纳西族、瑶族、藏族、基诺族等12个民族的30部反映婚姻爱情的叙事长诗，较好地反映云南省民间长诗蕴藏量丰富、精品佳作多、地域特色显著的特点。

自协会成立以来，云南省民间文艺家协会出色地履行了职责。为此，截至2019年，云南民间文艺家协会曾多次荣获原文化部、国家民委、中国文联、中国民间文艺家协会的表彰与奖励。10人荣获中国民间文学集成贡献奖，18人获得省委宣传部、省文化厅、省文联"四个一批"人才表彰，28人获中国民间文艺"山花奖"。

（七）新疆维吾尔自治区民间文艺家协会

新疆维吾尔自治区民间文艺家协会成立于1980年9月。在自治区党委、人民政府的关心和爱护下，在自治区文联的直接领导下，团结全疆各族民间文艺工作者，为新疆民间文艺事业，励精图治，辛勤耕耘，现已发展成为自治区文联所属11个专业协会中业务涉及面最广、专业人员最多的部门之一。

自 2005 年以来，随着我国非物质文化遗产保护工程的全面启动，新疆民协被确定为《玛纳斯》联合国教科文组织非遗保护名录和《江格尔》《格萨尔》，维吾尔族达斯坦、哈萨克族达斯坦四个国家级和柯尔克孜族达斯坦、蒙古族图兀勒两个自治区级等七个非物质文化遗产保护项目责任单位。

为了深入开展"一带一路"中国民间文化探源工程之"阿凡提类型故事"项目挖掘研究工作，将广泛开展深层次的田野调查工作，应用现代科学技术、工作方式系统地采录、搜集第一手资料，探明故事储量、故事类别、传承方式和流传地域。"阿凡提类型故事"中的"恰克恰克"发源于新疆伊犁地区，以口口相传形式广泛流传于我国新疆和中亚各国。2009 年，"恰克恰克"被定为自治区级非物质文化遗产；2011 年，"维吾尔民间艺术恰克恰克"被列为国家级非物质文化遗产保护项目。

"中国民间文学三套集成·新疆兵团卷"（以下简称"三套集成"），包括《中国民间故事集成·新疆兵团卷》（上、下）、《中国歌谣集成·新疆兵团卷》《中国谚语集成·新疆兵团卷》。这三套集成是中国民间文化遗产抢救工程系列成果之一，于 2015 年 5 月在新疆生产建设兵团出版社正式出版。

这些年来，新疆民间文艺家协会在"三大史诗"的传承与发展中做了很多工作。其中，《江格尔》的汉译文学本于 20 世纪 90 年代出版；玛纳斯奇居素甫·玛玛依的《玛纳斯》演唱本 23 万余行，2009 年已与克州有关部门合作翻译成汉文，现已出版了 4 部；2016 年，加工整理、精选了 10 章蒙古族学者玛·乌尼乌兰等人关于《格萨（斯）尔》汉译本，汇编成《新疆卫拉特〈格萨（斯）尔〉》一书出版发行。至此，"三大史诗"在新疆全都有了汉译本，为"三大史诗"的传播起到了很好的促进作用，也为后来者研究"三大史诗"提供更为翔实的资料。下一步还将编纂《中国民间剪纸集成·新疆卷》，拍摄新疆各民族民俗文化影视纪录片，拍摄三大史诗《玛纳斯》《江格尔》《格萨尔》传承人影视纪录片，建设新疆民间文艺资料数据库及网站等一系列工作。

2019 年以来，新疆民间文艺工作主要放在集思广益、全力以赴投入实施"中国民间文学大系出版工程"与"中国民间工艺传承传播工程"。作为其中重要组成部分的"中国民间工艺集成"，于 2016 年 11 月获批国家社科基金特别委托项目，包括拟编纂《新疆民俗志·县卷本》系列丛书，将新疆各县的民俗事象以文本的形式保存下来；翻译出版居素普·玛玛依演唱版本《玛纳斯》6 至 8 部汉语卷；出版《新疆民俗大典》维吾尔、哈萨克、蒙古、柯尔克孜、英等文种卷本。《新疆民俗大典》是一部国家级经典文化工程项目，重点对新疆各民族民俗文化事象进行规范性叙述，解决了社会上关于新疆民俗书籍种类繁多、部分民俗事项叙述差异较大，不够准确等问题。

（八）宁夏民间文艺家协会

宁夏民间文艺家协会成立于 1980 年 5 月，是中国共产党领导的、宁夏各民族民间文艺家自愿组成的专业性人民团体，是中国民间文艺家协会和宁夏文学艺术界联合会的团体会员，是党和政府联系广大民间文艺家和民间文艺工作者的桥梁与纽带，是繁荣发展社会主义文艺事业、建设社会主义先进文化的重要力量。协会积极履行"团结引导、联络协调、服务管理、自律维权"的基本职能，进一步增强协会的政治性、先进性和群众性，团结和带领广大民间文艺工作者，通过组织学习、深入生活、采风创作、成果展演、惠民演出、志愿服务、人才培训、对外交流、民间文艺的研究、传播和传承等项工作，繁荣和发展宁夏民间文艺事业。

第一次全区会员代表大会于1980年5月在银川召开，标志着宁夏民间文艺家协会的成立。大会由杨韧主持，王世兴做了《为发展我区的民族民间文艺事业而努力》的工作报告并致闭幕词。会议选举产生理事21人，杨韧当选为主席；安民、王世兴、杨怀中、杨少青为副主席；秘书长朱东兀。这次大会建立了宁夏回族自治区的民间文艺工作体制和组织机构，制定了民族民间文艺工作规划，把民族民间文艺的保护与抢救工作提到了议事日程上，全面开始了民族民间文艺的调查、发掘、搜集、整理、出版、研究工作。

第二次全区会员代表大会于1984年7月28日在银川召开。出席大会的代表有36人，王世兴做了工作报告并致闭幕词。会议选出理事22人。王世兴当选为主席；杨少青、姚力、杨怀中、朱东兀为副主席；秘书长马治中。

第三次全区会员代表大会于1992年12月12日在银川召开。出席大会的代表有52人。大会由王世兴、杨少青主持，朱东兀致开幕词，王世兴代表二届主席团做了《为开拓我区民间文艺事业的新局面而奋斗》的工作报告，杨继国致闭幕词。会议选出理事22人。杨继国当选为主席；杨少青、姚力、李树江、马治中、马青、屈文焜、张锦为副主席；秘书长由马青兼任，副秘书长杨永圣、陆阁丽。

第四次全区会员代表大会于1999年4月27日在银川召开。大会由杨少青主持，马青代表杨继国主席做了《开拓进取，再创宁夏民间文艺事业新辉煌》的工作报告，马青致闭幕词。有45名代表参加了大会。会议选出理事25人。杨继国当选为主席；马青、李凤莲、李树江、杨少青、何克俭、屈文焜为副主席；秘书长由杨永圣担任。

第五次全区会员代表大会于2004年3月11日在银川召开。大会由杨少青主持，杨永圣代表杨继国主席做了《为21世纪宁夏民间文艺事业的繁荣团结奋斗》的工作报告，马青致闭幕词。有45名代表参加了大会。会议选出理事29人。李树江当选为名誉主席；杨继国当选为主席；伏兆娥、刘伟、何克俭、张宗奇、李世锋、杨永圣、苏德友、陈勇、屈文焜为副主席；秘书长由杨永圣兼任；石峰为副秘书长。

第六次全区会员代表大会于2010年11月16日在银川召开。50名代表参加了会议。大会由刘伟主持，杨继国致开幕词、闭幕词，杨永圣做了《齐心协力，推动民间文艺大繁荣大发展》的工作报告。会议选出31名理事，杨继国当选为主席，王根明、伏兆娥、刘伟、何克俭、李世锋、杨永圣、武宇林、屈文焜为副主席，丁淑萍、李方、赵凯升、韩星明为主席团委员，苏德友、陈勇为顾问，秘书长由陆阁丽担任。

第七次会员代表大会于2017年12月7日在银川召开。近60名代表参加了会议。大会由刘伟主持并做了《传承和坚守民间文化，开创我区民间文艺事业新局面》的工作报告。会议选举产生35名理事，刘伟当选主席，王根明、石建武、伏兆娥、张改过、李政、钟亚军、韩东、雷金万为副主席，徐娟梅为秘书长，贝理真、田彦兰、张云仙为副秘书长。推举杨继国为名誉主席，屈文焜、李世锋、何克俭、武宇林为顾问。2019年12月26日，增补徐娟梅、周鸿娟为副主席，张改过辞去副主席职务。

（九）青海省民间文艺家协会

青海省民间文艺家协会（简称青海省民协）是中国共产党领导的、由全省各民族民间文艺家和民间文艺工作者组成的专业性人民团体，履行"团结引导、联络协调、服务管理、自律维权"的基本职能，是党和政府联系广大民间文艺家和民间文艺工作者的桥梁和纽带，是挖掘、弘扬青海省民族民间文艺，建设先进文化的重要力量。截至2020年6月30日，青海省民协有省级会员699人，国家级会员112人，下设22个专业委员会。

1955年6月，青海省首届文艺工作者代表大会在高原古城西宁隆重召开，会上做出了"关于发展少数民族文艺的决定"。为了贯彻这一《决定》精神，青海省文联在其机关刊物《青海湖》编辑部设立专门从事民间文学搜集、整理和负责在其刊物设立的民间文学专栏编发作品的"民间文学研究小组"，这就是青海省民间文艺家协会的前身。1981年更名为中国民间文艺研究会青海分会，1988年10月改为现名。青海省曲艺杂技家协会挂靠省民协。

青海省民协第一次代表大会于1960年4月在西宁召开，出席会议的代表有省级机关文化干部、农村牧区的民间艺人、大专院校的师生26人。中共青海省委宣传部副部长黄静涛在大会上做了报告，会议通过了成立青海省民间文艺研究会的议案，黄静涛当选为主席。

青海省民协第二次代表大会于1981年6月1日在西宁召开。出席大会的代表31人，左可国在会上做了题为《全面搜集，重点整理，让我省的民族民间文艺大放光彩》的工作报告。大会讨论通过了《中国民间文艺研究会青海分会章程》及修改草案报告，协会更名为中国民间文艺研究会青海分会。大会选举产生理事19人，桑热加措当选为名誉主席，李友楼当选为主席，左可国、桑结加、刘文泰、董思源、朱刚、朱仲禄当选为副主席。

青海省民协第三次代表大会于1988年10月1日在西宁召开。李友楼做了题为《坚持改革开放，继续繁荣我省社会主义民间文艺事业》的工作报告。大会通过了《中国民间文艺家协会青海分会章程草案》。推举李友楼为名誉主席；选举王歌行为主席，官却杰、马光星、许英国、董思源、赵宗福、周生文为副主席；聘请左可国、董绍宣、朱仲禄、刘文泰为顾问。

青海省民协第四次代表大会于2003年4月23日在西宁召开，共有63名代表出席。赵宗福做了题为《面对新时代再创新辉煌》的工作报告，大会修改通过了《青海省民间文艺家协会章程》。推举王歌行、才让旺堆为荣誉主席；选举赵宗福为主席，索南多杰、马成俊、马光星、冶福龙、才仁巴力、滕晓天为副主席。

青海省民协第五次代表大会于2008年11月28日在西宁召开，赵宗福做了题为《与时俱进，开拓创新，努力开创我省民间文艺事业新局面》的工作报告，大会修改通过了《青海省民间文艺家协会章程》。赵宗福当选为主席，索南多杰、马成俊、马光星、马有福、才仁巴力、黄智当选为副主席；秘书长由索南多杰兼任，祁芳为副秘书长；聘请藤晓天、才仁巴利、冶福龙为青海省民间文艺家协会第五届顾问。

青海省民协第六次代表大会于2013年11月25日在西宁召开，共有70名代表出席。赵宗福做了题为《挖掘保护传承民间文化为繁荣发展青海民间文艺事业而努力奋斗》的工作报告，选举赵宗福为主席，索南多杰、马成俊、马有福、才仁巴力、文忠祥、黄智为副主席；聘任祁芳为秘书长，达洛为副秘书长；聘请马光星为青海省民间文艺家协会第六届顾问。

青海省民协第七次代表大会于2018年11月25日在西宁召开，索南多杰做了《守望民间传承发展努力开创青海民间文艺事业新境界》的工作报告，会议审议并通过省民协第六届理事会工作报告，审议并通过《青海省民间文艺家协会章程（草案）》；选举产生了青海省民间文艺家协会第七届理事会和主席团。索南多杰当选为主席，马有福、文忠祥、程玉秀、唐仲山、仁增、蒲生华、马建新、祁芳当选为副主席；聘任达洛为秘书长，贾一心、杨韶鹏为副秘书长；聘请马成俊、才仁巴力、黄智为青海省民间文艺家协会第七届顾问。

20世纪90年代初，青海省相关学者开始录音、记录、整理才让旺堆说唱的《阿达夏宗》《吉祥五祝福》《犀岭之战》《梅毛水晶宗》《狮虎海螺宗》《陀岭之战》《嘎德智慧宗》《扎拉盔甲宗》《南铁宝藏宗》《征服南魔王》《香日王》等《格萨尔》分部本，共979盘磁带，约58740分钟，近四百万字。丛书先后于2005年、2012年、2015年和2017年分批在青海民族出版社、甘肃民族出版社出版。2018年，《犀岭之战》《征服南魔王》（上、下册）《梅毛戎水晶宗》等《格萨尔王传》分部本由甘肃民族出版社出版发行。丛书共3部4册，约150万字，是青海省《格萨尔》史诗研究所专业人员历时四年记录、整理完成的才让旺堆最后一批说唱本。

2007年至2012年间，青海省广大文艺工作者紧紧围绕中心，服务大局，展示主题性文艺活动丰富多彩的新成效，青海省文艺界共举办各类主题文艺活动达二百多场次。该协会积极组织策划，激发青海省相关文艺工作者创作热情。期间，共创作小说、诗歌、散文随笔、文艺评论、报告文学达一百三十余篇（部），百余（部）

幅艺术作品分获省级、国家级文艺奖。图书出版工作有力有序地推进，《青海湖》文学刊物出版发行超500期，《中国唐卡艺术集成·藏娘卷》荣获第六十二届"班尼奖"金奖。建立健全评奖机制，积极开展文艺评奖活动，在推荐作家艺术家力争中宣部"五个一工程"奖和中国文联、中国作协及原文化部有关奖项的同时，进一步规范了8个省级文艺专业门类奖项。

2014年，该协会理事米海萍《青藏地区民族民间文学研究》获青海省第七届文学艺术奖。此书对青藏地区各民族流传在口头和保存于文本的民间文学，散文类的神话、民间传说、民间故事，韵文类的民间歌谣、英雄史诗、民间叙事诗、民间谚语、谜语和歇后语，散韵合璧类的民间曲艺等主要体裁，置于民族文化遗产视角，运用民间文艺学和民俗文化学理论和方法，首次进行整体性的分析和探讨，并全面系统地梳理和评价青藏地区各民族民间文学的学术研究历史与现状。该书深刻细致地探讨青藏地区各民族历史发展进程中各民族社会生活、生产实践、传统习俗、民间信仰，及其所体现的各民族智慧、生活理想、审美情趣和审美心理，以及各民族在长期高原生活中形成的坚韧不拔、吃苦耐劳、勤劳勇敢、纯朴善良的民族性格与民族精神等内容，肯定其所具有的多元文化价值。

2017年，青海省民协等相关单位承办的"守望家园·传承文明——中国传统村落青海图片展"在北京民族文化宫举行。青海省采取一系列行之有效的综合措施，加大对传统村落的研究与保护，开展调查立档和保护申报工作。截至展览开办，青海省共79个村落入选中国传统村落保护名录。2018年，由中国民间文艺家协会、青海省民间文艺家协会考察论证，正式决定命名玉树藏族自治州玉树市为"中国藏娘唐卡文化之乡"并成立"中国藏娘唐卡文化研究基地"，对促进藏娘唐卡的抢救保护和继承丰富民族传统优秀文化遗产具有重要作用。

（十）湖南省民间文艺家协会

湖南省民间文艺家协会是全省各民族民间文艺家自愿结合的专业性人民团体，是中国民间文艺家协会和湖南省文学艺术界联合会的团体会员，接受省文联的领导和中国民间文艺家协会业务上的指导；对本省各市、州民间文艺家协会和本会下属团体会员负有团结引导、联络协调、服务管理、自律维权的职能。湖南省民间文艺家协会（简称湖南省民协）成立后，创办《楚风》杂志，编印《湖南少数民族民间文学资料选编》，搜集整理了民间文学三套《集成》，协助出版了《杨幺起义的传说》《潇湘的传说》等二十多部民间文学著作。召开楚文化研究会、侗族文化研讨会等，组织会员研究湖南的民族、历史、宗教信仰、风俗习惯等课题，成立中国民间文艺基金会等。

1991年12月21至23日，湖南省民间文艺家协会第3届会员代表大会在衡阳市召开。出席代表97人。龙海清做了工作报告，陶立做修改《中国民间文艺家协会湖南分会章程》的说明。大会选举谷子元为名誉主席。2001年11月20至22日，湖南省民间文艺家协会第四次代表大会在长沙召开，来自各市州和省直部门的民间文艺家代表102人出席会议。会议报告了自1991年11月第三次代表大会以来的工作，讨论修改协会章程，选举产生新一届协会领导班子，龙海清任主席。2006年12月，湖南省民间文艺家协会在长沙举行第五次会员代表大会，并进行换届选举，张劲松任主席。2011年12月，湖南省民间文艺家协会在长沙举行第六次代表大会，并进行换届选举，曾应明当选主席。

2003年，湖南民间文化抢救工程全面启动，积极实施相关措施抢救滩头年画、湘绣鬅毛针法、目连戏等民间文化。湖南省人大代表于2004年向大会递交《关于对我省民族民间文化抢救与保护立法的议案》。

2013年，出版《湖南文艺60年》丛书。该丛书由湖南人民出版社出版发行，共17卷19册，包括省文联卷、文学卷（上、下册）、戏剧卷、电影卷、电视卷、音乐卷、舞蹈卷、美术卷、书法卷、摄影卷、民间文艺卷、曲艺卷、杂画、水彩、雕塑和版画等多种形式，涉及自然山技卷、设计艺术卷、文艺评论卷（上、下册）、省企（事）业文联卷、省画院卷。全套丛书内容丰富、史料扎实、图文并茂、编印精美，较全面地描绘了省文联和各文艺家协会的发展历程，收录了中华人民共和国成立60年来全省各文艺门类的经典之作，展现了湖湘文艺界的辉煌成绩。同年12月11日，湖南省民间文艺家协会选送的李跃忠的民俗学著作《演剧、仪式与信仰——民俗学视野下的例戏研究》获第十一届中国民间文艺山花奖民间文艺学术著作奖。

2015年，湖南省民间文艺家协会组织相关市民协9次会员采风活动，先后深入到亮源元明坳、谷朗墓、庞家祠堂、仁义邝廓墓、欧阳海灌区、古镇新市、江头茶场、南阳镇神仙岭辖神庙、相公庙、洪岗山等地采风，开拓会员视野，激发会员创作激情。累计采集民间故事一百八十多篇，民歌民谣一百三十多首，民间谚语两千多条。积极响应寻找"湖南最美古镇古村活动"，6月7日组织36名会员抵达千年古镇新市街采风，活动结束后会员先后撰写三十多篇相关诗文，为新市镇成功打造为国家级古镇做出贡献。

2018年10月上旬，完成《中国民间文学大系·小戏·湖南卷·影戏分卷》初稿，被定为"大系工程"首批出版的12个示范卷之一。该书共分三部分，即概述、剧本选及附录。其中"概述"部分对湖南影戏的历史发展、艺术特征等做了全面、深入研究，也对影戏剧本的民间文学特征等做了详细分析；"剧本"部分则收录湖南各地影戏中的小戏剧本百余种；附录部分对湖南影戏剧目概况、传承人等做了介绍；凡文字一百二十余万，图片近二百张。

为配合中国民间文化杰出传承的调查认定和命名工作，湖南省民间文艺家协会在全省开展"湖南省民间文化杰出传承人调查认定和命名"工作，一些市（州）民协积极向全省民协推荐民间文化传承人材料。由湖南省著名专家组成的评审委员会，本着严谨、科学、公正、公平的原则，对候选人进行了认真评选，提出首批民间文化杰出传承人建议人选。经湖南省民间文艺家协会研究，决定命名田茂忠等20人为"湖南省首批民间文化杰出传承人"。

湖南省民间文艺家协会民间艺术交流活跃，与外省外国进行民间艺术交流活动，扩大楚文化和湖湘文化的影响力，在比较中进一步认识楚文艺和湖湘文艺的特色和价值，广交朋友，取它山之石，提高湖南省民间艺术的思想艺术水平。湖南省民间文艺家协会抓住一切机会，带领湖南省民间文艺家走出去进行民间艺术交流，推荐湖南省艺术家赴新加坡、韩国表演手工艺术等。

（十一）海南省民间文艺家协会

海南省民间文艺家协会成立于1992年1月27日（1988年海南建省以前，海南岛上的民间文艺家省级会员归属于中国民间文艺研究会广东分会），是海南省文学艺术界联合会的直属协会、中国民间文艺家协会团体会员之一。

1992年1月，海南省民协在海口市召开第一次全省会员代表大会，选举产生第一届主席团和理事会，苏海鸥当选主席，陈高卫、陈晓兵、朱家傲、蔡明康、左美梅为副主席，朱家傲兼秘书长，理事29人。1995年3月，省民协在海口市召开第二次全省会员代表大会，选举产生第二届主席团和理事会，陈高卫当选主席，邢植朝、黄昌华、蔡明康、宫上达、陈运震、黎友合为副主席，苏鹏程为秘书长。

1997年7月，中国民间文艺家协会编纂的《中国现代民间文学辞典》及其附录《1919—1989年民间文学书目》收入海南省4位民间文艺家和11部民间文艺作品。这4位民间文艺家是：王不大（女、黎族、民间歌手）、陈立浩（教授）、苏海鸥（作家）、符其贤（黎族、民间歌手）；10部民间文艺作品是：《五指山传说》（王越辑）、《勇敢的打拖》（吴启彦等整理）、《黎族民间故事集》（符震、苏海鸥主编）、《黎族民间故事选》（上海文艺出版社1983年版）、《黎族民间故事选》（广东人民出版社1962年）、《黎族情歌选》（苏海鸥、符震主编）、《甘工鸟》（杜桐）、《海瑞传奇》（王召里整理）、《海南传说》（朱玉书辑）、《海南农业谚语》（朱元和）。这些著作基本代表了海南建省前民间文艺收集和整理的主要成果。

2000年6月9日，省民协在海口市召开第三次全省会员代表大会，选举第三届主席团和理事，陈高卫当选主席，邢植朝、陈运震、宫上达、黄昌华、黎友合、苏鹏程为副主席，苏鹏程兼秘书长，理事22人。2005年2月，省民协在海口市召开第四次全省会员代表大会，选举产生选举第四届主席团和理事，杨诗粮当选主席，陈运震、苏鹏程、陈立浩、林开耀、龙敏、吴博雄、张进山、罗德山为副主席，苏鹏程兼秘书长，理事28人。2006年4月，省民协副主席兼秘书长苏鹏程为团长，副主席张进山、副秘书长马啸遐为成员，到北京出席中国民协第五次全国代表大会。苏鹏程当选为理事。2007年，海南省民协副主席陈立浩负责编纂的《五指山民族文化研究丛书》出版发行。

2008年，完成《海南历史文化大系·民族卷》主编等工作。为纪念海南建省办大特区 20 周年，海南省民协副主席陈立浩完成《海南历史文化大系·民族卷》主编工作，并与他人合作编写其中的《走进绿色天堂—海南民族地区绿色文化掠影》《从原始时代走向现代文明—黎族"合亩制"地区的变迁历程》《走进绿色天堂—海南民族地区绿色文化掠影》；与苏鹏程合作等编写该卷之一《黎族文学概览》；省民协理事符策超撰写《海南历史文化大系·文学卷》之一《海南汉族民歌民谣》；副主席蔡葩与人合作撰写《海南历史文化大系·华侨卷》之一《海南华侨与东南亚》。

2009 年 7 月，借着"海南十大文化名镇（村）评选活动"的余温，省民协进一步将评选出的 23 个名镇名村的珍贵资料以典雅的文字和精致的图片展示方式结集成册，推出了《宝岛惊美—海南十大文化名镇（村）》（精装本）。这本图文册由著名作家、海南省文联主席韩少功亲自作序，海南省委宣传部常务副部长张松林作后记，经活动承办单位省民协、海南日报文化发展有限公司认真整理、多方收集和拍摄入选名镇（村）的珍贵资料及图片，并精心编写出版，作为海南十大文化名镇（村）评选活动的有形留存，为海南文化事业奉献一份心力，也为建国六十周年以及海南国际旅游岛建设拉开序幕献上了一份文化厚礼。2009 年 10 月，省民协经过严格的推荐、政审、评委会审议程序，推荐、省民协理事、海南著名民间艺术家符策超为候选人，并被评为中国民协第三届"德艺双馨民间文艺家"。

2010 年 6 月，海南省民协推选的原海南省艺术科学规划领导小组和符策超、陈雄、龙敏（黎族）、朱家傲、龚重谟 5 位同志，被中国民间文艺家协会评为全国集成工作的先进集体和个人。此次海南省受表彰对象的条件是《中国民间文学三套集成·海南卷》在世的、具体承担编纂任务的主编、副主编、责任编辑。同年 8 月 19 日，海南省民间文艺家协会第五次会员代表大会召开，根据《海南省民间文艺家协会章程》规定，会议选举产生海南省民间文艺家协会第五届理事会理事 31 人、第五届主席团成员 8 人。鹿玲当选主席，孙凯、陈良、丘刚、张进山、蔡葩、林开耀、郭凯当选副主席。2015 年 10 月 23 日，省民间文艺家协会第六次会员代表大会在海口召开。会议对近五年省民协工作进行总结，对后五年工作进行部署，并选举产生了以蔡葩为主席的新一届主席团和理事会。

2017 年，该协会等相关单位与三亚学院联合共建了海南省首个"海南省文学艺术教育实践基地""海南省文学艺术创作实践基地"。2018 年，海南省民间文艺家协会联合相关单位举办的"中国传统村落保护（海南）高峰论坛"在海南儋州市举办，来自全国各地的一百五十余位知名专家、学者及业界嘉宾围绕"挖掘传统村落文化，寻求新形势下古村落的发展方向"这一主题，共同探讨中国传统村落保护现状、困境和出路，以求更好地促进传统村落的保护与开发。

海南省民间文艺家协会曾有效地组织实施对海南各民族民间文学艺术的收集、整理、出版，开展多次大规模全省性的民间文学、民间艺术、民俗文化采风和评奖活动。《海南民间故事集成》《海南谚语集成》《海南歌谣集成》的普查、编纂、出版工作等更是成绩卓越。目前，海南省民协继续努力拓宽民间文艺的交流渠道，

"请进来,走出去",与全国各地乃至国际民间文学、民间艺术、民间文化学术界进行学术对话,努力探索民间工艺、民间文艺的出省展销、展览、展演所能取得两个效益双赢的路子。将海南民族特色浓郁的文化内涵和丰富的民间文艺推向全国,推向世界。

民族民间文学是我国文学体系重要组成部分。本章从历时的维度对中华人民共和国成立70年民族民间文学调查与整理的历史进程、时代特色、理论方法、取得成绩等问题进行全面总结和分析,并比较不同历史阶段民族民间文学田野调查与整理的学术路径、理论方法与资料建设的时代特色,为下一历史阶段我国民族民间文学研究与资料建设奠定理论基础。

第三章　当代少数民族作家文学

作为中国文学重要组成部分的少数民族作家文学，始终与时代同步伐，与人民共命运。中华人民共和国成立70年来，少数民族作家文学发展迅速，成就辉煌，55个少数民族都有了自己的作家文学，有了记录本民族文学历程的文学史，涌现许多走出民族地区在全国乃至全球产生影响的知名作家，产生了许多堪称经典的少数民族文学精品和文学批评理论研究专著。本章分为1949—1979、1980—1999、2000—2019三个时期，论述中华人民共和国成立70年来少数民族作家文学创作历程与取得的成绩。

第一节　创作初始期（1949—1979年）

1949—1979年的30年，党和政府的一系列方针举措使得少数民族作家文学取得了迅速发展。尤其是在1949—1966年"十七年"涌现出一批作家与作品。1949年茅盾在《人民文学》"发刊词"中首次提出"少数民族文学"这一意涵；1955年中国作家协会召开了首次少数民族文学座谈会，来自蒙古族、维吾尔族、满族、彝族、苗族、朝鲜族、侗族、东乡族8个少数民族的作家围绕少数民族文学的过去、现状和未来进行了讨论，尤其对少数民族文学的未来发展提出诸多中肯建议。在1956年的中国作家协会第二次理事（扩大）会和1960年的第三次全国文代会上，时任中国作家协会副主席、满族作家老舍先后做了《关于兄弟民族文学工作的报告》和《关于少数民族文学工作的报告》[①]，前者从"民族文学遗产和新文学兴起""开始搜集、整理、研究工作""翻译问题""克服大汉族主义和地方民族主义思想"等方面展开，提出推动各民族文学工作的八项具体措施；后者则从"全面跃进，百花齐放""各少数民族新文学的兴起与文学队伍的成长"等方面首次就少数民族文学进行了系统阐述。

党和政府的民族政策和文艺方针给予了少数民族作家文学充分的政策保障，也使得少数民族文学创作在短期内取得迅猛发展，催生了一批富有才华、饱含激情的少数民族作家，如，蒙古族的玛拉沁夫、敖德斯尔、巴·布林贝赫、扎拉嘎胡、其木德道尔吉、超克图纳仁、云照光、韩汝成，维吾尔族的铁依甫江·艾里耶夫、克里木霍加、艾里喀木·艾哈台木，藏族的饶阶巴桑、伊丹才让，回族的胡奇、哈宽

---

① 两个报告分别发表在1956年《文艺报》第5-6期合刊和1960年《文艺报》第15-16期合刊上。

贵、高深，满族的寒风、马云鹏、满锐、赵羽翔、胡昭、戈非，白族的杨苏、杨明、晓雪、张长、那家伦，苗族的陈靖、伍略、石太瑞，壮族的韦其麟、莎红、黄勇刹、周民震，彝族的苏晓星、吴琪拉达，朝鲜族的任远、金哲、李根全、黄凤龙，土家族的汪承栋、孙健忠，哈萨克族的郝斯力汗、库尔班阿里，东乡族的汪玉良，仫佬族的包玉堂，赫哲族的乌·白辛等。这些作家组成的少数民族作家队伍对当代少数民族文学影响深远，他们创作了许多意蕴深厚、激荡心灵的作品，在小说、诗歌、散文、戏剧等方面均有成就。如：长篇小说方面，有彝族作家李乔的《欢笑的金沙江》，蒙古族作家玛拉沁夫的《茫茫的草原》（上部）、扎拉嘎胡的《红路》，壮族作家陆地的《美丽的南方》等；诗歌方面，有蒙古族诗人纳赛音朝克图的《幸福和友谊》、巴·布林贝赫的《生命的礼花》，壮族诗人韦其麟的《百鸟衣》，维吾尔族诗人铁依甫江的《祖国颂》、库尔班阿里的《从小毡房走向全世界》，苗族诗人苗廷秀的《大苗山交响曲》，藏族诗人饶阶巴桑的《草原集》，彝族诗人吴琪拉达的《奴隶解放之歌》等；小说、散文方面，有壮族作家陆地的《故人》，蒙古族作家玛拉沁夫的《花的草原》，白族作家杨苏的《没有织完的筒裙》，维吾尔族作家祖农·哈迪尔的《锻炼》，哈萨克族作家郝斯力汗的《起点》，满族作家关沫南的《岸上硝烟》，蒙古族作家敖德斯尔的《遥远戈壁》等；戏剧、影视文学方面，有维吾尔族包尔汉的《火焰山的怒吼》、祖农哈尔迪的《喜事》，蒙古族超克图纳任的《金鹰》，壮族黄凤龙的《长白之子》、黄永刹等的《刘三姐》，赫哲族乌·白辛的《冰山上的来客》等[①]。这些作品，既彰显了鲜明的民族地域特色，又承载着作家真挚深沉的家国情怀，体现了作家强烈的创作热情与民族地区人民对祖国的深厚感情，受到了全国各族人民的欢迎。

在少数民族文学研究方面，老舍先生在1955、1956年发表的两份报告《关于兄弟民族文学工作的报告》和《关于少数民族文学工作的报告》，明确了"少数民族文学"的具体内涵和工作方向；肇始于1956年的全国少数民族社会历史大调查，带动了少数民族民间文学挖掘与整理；1958年全国民间文学工作者大会上提出的"全面搜集、重点整理、大力推广、加强研究"的民间文学工作方针，进一步促进了少数民族民间文学的搜集整理，藏族史诗《格萨尔》、彝族叙事诗《阿诗玛》等均是这一时期调查整理的重点作品。

少数民族文学史的编写是开展少数民族文学研究的一项重要工作。党和政府的民族平等团结政策和系列关于少数民族文艺的方针举措，不仅促成了"十七年"间少数民族作家创作的繁荣景象，也使得在中国文学史上一直处于边缘的少数民族文学史得到了前所未有的重视。正如周扬所述："所有我国少数民族，都是祖国大家庭的成员，对祖国的发展繁荣，都是有贡献的，写文学史不写少数民

[①] 关于"十七年"间少数民族作家作品的姓名篇名的论述参考了1986年中央民族学院出版社出版的吴重阳的《中国当代少数民族文学概观》一书。

族是不公平的！大学里要讲历史，讲文学史，要讲少数民族的历史、文学史，否则就是不完整的。"[①] 1958 年中共中央宣传部召开座谈会，明确了少数民族文学史和文学概况问题，也由此开启了少数民族文学史的编撰工作。这一时期的编写工作主要是围绕族别文学史与文学概况而展开的单一民族文学宏观研究，主要研究成果有：《苗族文学史》（讨论稿）（1959 年）、《白族文学史》（初稿）（1959 年）、《纳西族文学史》（初稿）（1960 年）、《藏族文学史简编》（初稿）（1960 年）等等。这些成果既体现了我国历史长河中的丰盛精深的多民族文学景观，也助推少数民族文学研究从单一民族走向中华民族共同体文学研究。

中华人民共和国成立以来，随着党和政府的系列政策的贯彻落实，少数民族文学创作尤其是汉文创作逐步经历了从寥若晨星到繁星璀璨的过程。来自各少数民族的作家，怀着真诚热烈的感情创作了一批底蕴深厚、韵味悠长的文学作品。他们的创作承载着本民族的社会史、心灵史、艺术史，散发出来自高山、森林、草原等原乡的气息，既彰显出丰饶的精神意蕴和独特的审美特质，又进一步丰实推动了中华民族文学的繁荣发展。

第二节 创作发展期（1980—1999 年）

党的十一届三中全会以来，我国政治经济文化迎来了全面发展的新时期，少数民族作家文学亦进入了新的发展阶段。新时期，党和政府继续高度重视支持少数民族文学：1979 年，中国少数民族文学学会在四川成都成立，这是我国首个国家级、民间性的致力于少数民族文学研究的团体组织。同年，中国社会科学院少数民族文学研究所成立，少数民族文学从此有了官方国家级的研究平台；1980 年，在第四次全国文代会上，中国作家协会成立了民族文学委员会。同年，中国作家协会和国家民族事务委员会在北京联合举办了第一次"全国少数民族文学创作会议"，时任中国作家协会副主席冯牧在大会上作了《大力发展和繁荣我国各少数民族的社会主义文学》的报告，来自 48 个民族的作家参加了这次盛会，会议对中华人民共和国成立 30 年来的少数民族文学进行了回望与瞻望；1981 年，由中国作家协会创办的《民族文学》创刊，这是我国唯一也是专门刊发少数民族作家作品的国家级文学刊物，是众多少数民族作家的创作阵地。同年，全国少数民族文学创作奖"骏马奖"设立，中国作家协会文学讲习所（鲁迅文学院）则开设了少数民族作家班；1983 年，《民族文学研究》创刊，成为国内首个关于民族文学研究的国家级刊物。改革开放以来，上述机构平台等的设立，均是少数民族文学史上的里程碑，对少数民族文学的创作发展、学术研究具有重要意义。

---

① 邓敏文：《中国多民族文学史讨》，北京：社会科学文献出版社，1995 年，第 8 页。

就少数民族文学创作而言，作为全国唯一的国家级少数民族文学月刊的《民族文学》（汉文版）尤其值得关注。《民族文学》是诸多少数民族作家的成长家园，他们创作的文学作品由此呈现在全国各民族读者面前。《民族文学》诞生于改革开放的时代，正如创刊词中写道："她是我国社会主义文学百花园中的一朵新花。经过严冬开放的花朵，更爱春日的温暖。她将扎根在祖国四面八方辽阔的沃土上，受到各族人民的辛勤浇灌，充分吸收时代的阳光雨露，以自己独特的艳丽色彩，使各民族的文学百花盛开。"[1] 自创刊以来，《民族文学》坚守"民族风格、中华气派、世界眼光、百姓情怀"的办刊方针，培养了许多少数民族作家尤其是青年作家，刊发了包括小说、诗歌、散文、评论、报告文学等多种体裁的文学作品，集思想性与艺术性于一体的 55 个少数民族作家创作的数千万字的作品。《民族文学》关注时代，关注人民，对于人口较少民族文学、少数民族女性文学、少数民族儿童文学都给予观照，一些时代发展中的大事件均以专栏专号形式在杂志中得以展现。《民族文学》不仅刊发作品，还在全国多个民族地区举办了培训班、改稿班、研讨会等形式多样的文学活动，不仅使各民族作家受益，提高创作水平，也进一步增强了少数民族文学的影响力。《民族文学》培养的各民族作家，多次获得少数民族文学创作"骏马奖"、茅盾文学奖、鲁迅文学奖等国家级奖项，且有越来越多的作品登上了世界文学舞台，展现了中华民族文学的多元性与精湛的艺术性。

本节以少数民族作家队伍、少数民族文学作品等问题，探讨新时期民族文学发展历程与取得的成绩：

一、多元一体的少数民族作家队伍

新时期，作为中华民族作家群的少数民族作家队伍日益壮大，形成了集老、中、青为一体的少数民族作家队伍。越来越多的民族拥有了自己的"文学代言人"，不断丰富着多元一体的中国文学创作版图。从人口较多的蒙古族、藏族、壮族、满族到人口较少的景颇族、塔吉克族、拉祜族、羌族、布朗族、普米族、独龙族、哈尼族、达斡尔族、鄂温克族、鄂伦春族等多民族作家陆续登上文学舞台，形成了藏族作家群、蒙古族作家群、维吾尔族作家群等多个民族的作家群。在这其中，包括许多才华横溢的女性作家，如"苏氏三姐妹"（达斡尔族）、斯琴高娃（蒙古族）、益希卓玛（藏族）、李甜芬（壮族）、李仁玉（朝鲜族）、董秀英（佤族）、吉慧明（彝族）、努别拉·克孜汗（哈萨克族）、景宜（白族）、邵长青（满族）、马瑞芳（回族）等等。少数民族女性作家群源自女性立场的创作，灿烂地盛放在中国文学百花园中。

这一时期，文坛上不仅有如老舍、关沫南、李乔、陆地、纳·赛音朝克图等影响深远、笔耕不辍的老作家，诸多出色的青年作家也纷纷涌现，如张承志（回族）、马犁（回族）、乌热尔图（鄂温克族）、艾克拜尔·米吉提（哈萨克族）、李陀（达

---

[1] 发表于 1981 年第 1 期《民族文学》。

斡尔族）、颜家文（土家族）、李传锋（土家族）、益希单增（藏族）、降边嘉措（藏族）、意西泽仁（藏族）、扎喜达娃（藏族）、查干（蒙古族）、包家骏（蒙古族）、力格登（蒙古族）、齐丹（蒙古族）、郑世峰（朝鲜族）、金勋（朝鲜族）、之阿干（纳西族）、杨世光（纳西族）、韦一凡（壮族）、农穆（壮族）、穆静（满族）、关庚寅（满族）、阿尔斯兰（维吾尔族）、乌苏满江（维吾尔族）、罗国凡（布依族）、罗吉万（布依族）、李碧雨（苗族）、吴雪恼（苗族）、黄钟警（侗族）、基默热（彝族）、泰来提·纳赛尔（乌孜别克族）、朱宽柔（傣族）、征鹏（傣族）、岳坚（景颇族）、朗确（哈尼族）、敖长福（鄂伦春族）、晓寒（赫哲族）、龙傲（黎族）[①] 等。此外，在新时期，中国作家协会少数民族会员、中国少数民族作家学会会员、省（自治区）级作协少数民族会员，以及其他少数民族写作者，共同构筑了一支庞大且有影响力的中国少数民族作家队伍。

与此同时，这一时期少数民族文学创作在数量、质量、思想性和艺术性上均取得长足发展，小说、诗歌、散文、报告文学等文类齐头并进。小说方面的代表作品，如彝族作家李乔的《一个担架兵的经历》《破晓的山野》，蒙古族作家玛拉沁夫的《活佛的故事》《茫茫的草原》（下部）、巴根的《曾格林沁亲王》、阿·敖德斯尔的《骑兵之歌》、苏赫巴鲁的《成吉思汗传》，满族作家寒风的《淮海大战》、柯岩的《寻找回来的世界》、朱春雨的《血菩提》、马云鹏的《最后一个冬天》，壮族作家陆地的《瀑布》、韦一凡的《劫波》，土家族作家孙健忠的《醉乡》，维吾尔族作家柯尤慕·图尔迪的《战斗的年代》，朝鲜族作家李根全的《苦难的年代》，藏族作家降边嘉措的《格桑梅朵》、益希单增的《幸存的人》，哈萨克族作家贾合甫·米尔扎汗的《理想之路》，达斡尔族作家额尔敦扎布的《伊敏河在潺潺地流》等；散文和报告文学方面代表作品有蒙古族作家萧乾的《搬家史》《往事三瞥》，回族作家穆青的《为了周总理的嘱托》，白族作家那家伦的《开拓者》，壮族作家何培嵩的《刘三姐与黄婉秋》等；诗歌方面代表作品有维吾尔族诗人铁依甫江·艾里耶夫的《博格达的欢乐》、铁木尔·达瓦买提的《阿勒泰抒情》，蒙古族诗人布赫的《诗八首》、巴·布林贝赫的《命运之马》，藏族诗人饶阶巴桑的《钻石的发现》，哈萨克族诗人库尔班·阿里的《她的梦幻与现实》，等等。这些诗人、作家与其诗文对中国文坛产生较大影响。

二、思想性与艺术性融于一体的少数民族文学作品

这一时期各少数民族自治区、旗（县）等民族作家纷纷发表文学作品，参加各种文学评奖活动。根据不完全统计，在全国各种文学评奖活动中，都有优秀的少数民族作品亮相获奖，少数民族作家创作的作品已跻身于全国优秀作品之林。由中国

[①] 关于新时期少数民族青年作家的盘点参考了 1982 年第 9 期《民族文学》杂志发表的《民族文学》特约评论员撰写的《文苑探步——党的十一届三中全会以来少数民族文学巡礼》一文。

作家协会和国家民族事务委员会共同主办的少数民族文学创作"骏马奖"是针对少数民族文学创作专门创立的首个国家级文学奖，包括长篇小说、中篇小说集、短篇小说集、诗集、散文集、报告文学集、理论评论集、翻译、新人新作等多个奖项，该文学奖的设立对于少数民族作家而言是极大的认可和鼓舞。在 1981 年第一届少数民族文学创作评奖中，便有张承志（回族）的短篇小说《骑手为什么歌唱母亲》与中篇小说《阿勒克足球》、李乔（彝族）的短篇小说《一个担架兵的经历》、乌热尔图（鄂温克族）的短篇小说《瞧啊，那片绿叶》等来自 38 个民族的一百多位作家的作品获奖。此后，更多民族更多作家获得了这一奖项。

除了少数民族文学创作奖，这一时期其他全国性文学评奖中也出现了愈来愈多少数民族作家的身影。如，1987 年，回族作家霍达的《红尘》、蒙古族作家达理的《爸爸，我一定回来》获得第四届全国优秀中篇小说奖；藏族作家扎西达娃的《系在皮绳扣上的魂》、满族作家于德才的《焦大轮子》获得第四届全国优秀短篇小说奖，满族作家理由的《倾斜的足球场》、回族作家霍达的《万家忧乐》获得第四届全国优秀报告文学奖；1988 年，满族作家颜一烟的《盐丁儿》、柯岩的《寻找回来的世界》获得第一届全国优秀儿童文学长篇小说奖，回族作家郑春华的《紫罗兰幼儿园》获得第一届全国优秀儿童文学中篇小说奖，鄂温克族作家乌热尔图的《老人和鹿》获得第一届全国优秀儿童文学短篇小说奖，彝族诗人吉狄马加的《初恋的歌》获第三届全国优秀新诗奖；1991 年，回族作家霍达的《穆斯林的葬礼》获得第三届茅盾文学奖；1992 年，回族作家郭风的《孙悟空在我们的村子里》获得第二届全国优秀儿童文学奖散文、报告文学奖，蒙古族作家长江的《走出古老的寓言》获得第五届全国优秀报告文学奖；1998 年，回族作家郭风的《郭风散文选集》获得第一届鲁迅文学奖优秀散文杂文荣誉奖，满族作家赵玫的《从这里到永恒》获得第一届鲁迅文学奖优秀散文奖。

综上，这一时期以《民族文学》杂志为代表的文学平台为少数民族作家作品发表提供了坚实的支持，培养出一批用国家通用语言文字创作的少数民族作家，这些作家走上国家级创作历史舞台，并获得各项文学奖。从上述作家作品获奖情况来看，既有人口较多的藏族、彝族、回族作家获奖，也有人口较少的鄂温克族作家获奖。少数民族作家写作视野宽广，艺术创作风格独特，内容兼有民族、地域和国家情怀，受众波及面广，很多作家作品获得全国性各种奖项，彰显少数民族作家创作实力及其高超的思想性与艺术性造诣。

三、地域特色与家国情怀相交融的主题

少数民族居住地地域辽阔，文化丰饶，新时期以来，伴随着现代化浪潮中所带来的城市化、商品化、工业化、信息化，及其科技创新、技术发展等现象，如同一股强烈的"冲击波"，冲击了少数民族的生存空间、文化传统和精神世界。空间的碰撞必将对所属民族固有的文化传统、生产方式、思维心理等各个方面产生影响。

面对种种变迁，新时期少数民族作家的创作呈现出这样一种特点：各民族的作家既怀着浓厚的自豪感书写本民族源远流长、博大精深的历史文化，又以强烈的责任感摹写现代化语境下本民族的时空巨变，以及族人的"欢乐"与"悲伤"，对民族的历史、现在和未来进行了深入探索。鄂温克族作家乌热尔图的创作，就以真切生动的笔触将鄂温克人传统的生产生活、历史文化、风情风俗、心灵世界呈现在读者面前。乌热尔图是 20 世纪八九十年代响彻文坛的作家，他既是鄂温克民族文学的奠基者，又是中国自然文学的开拓者中的一员。乌热尔图的文学创作以中短篇小说为主，其作品《一个猎人的恳求》《七岔犄角的公鹿》《琥珀色的篝火》连续获得 1981 年、1982 年、1983 年全国优秀短篇小说奖。以发表在《民族文学》上的小说《琥珀色的篝火》为例，小说的故事情节并不复杂，却久久激荡着各民族读者的心灵。小说设置的主要冲突是猎人尼库在森林里面临的艰难抉择——当生命危在旦夕的妻子和同样垂危的陌生的迷路人同时出现在自己面前，究竟应该救谁成了尼库内心面对的巨大挑战。"不论哪一个鄂温克人在林子里遇见这种事儿，都会像他这样干的"[1]，最终尼库遵从了鄂温克族的精神使命，选择去救助迷路的陌生人，与此同时他也彻底地失去了他的妻子。乌热尔图曾经谈到他希望能够借助这篇小说来展现鄂温克人无私无畏的内心世界。因此小说不仅饱含艺术性，更具民族性与思想性，"猎人尼库"这一人物形象的塑造实则隐喻了鄂温克民间精神的崇高根性。

与乌热尔图一样，新时期的少数民族作家在表现民族文化、民族精神、民族心理等的同时，运用了魔幻、象征、意识流等开放多样的创作手法和艺术形式，增强了作品的传播力、影响力和感染力，如"以吉狄马加为代表的彝族诗人群掀起的'黑色旋风'，继李乔之后，在重构民族集体记忆的同时重构了独特的彝族形象；扎西达娃以其极具魔幻现实主义意味的文学书写，穿越'隐秘的岁月'，呈现了真实的藏族'系在皮绳扣上的魂'；霍达的小说在伊斯兰文化与汉文化交融冲突中，塑造了坚忍坚毅的回族人形象；张承志以多元文化的开阔视野，展示了蒙古族、回族、维吾尔族、哈萨克族、柯尔克孜族文化的多样景观，表达了'美人之美'的胸怀和'美美与共'的理想。"[2]

此外，新时期以来的少数民族作家文学同样置身于主流文学中的"伤痕文学""反思文学""寻根文学""改革文学""先锋文学"等文学思潮，展现了少数民族作家始终坚守的家国情怀。以伤痕文学为例，蒙古族作家索日的小说《雕花银头饰》揭示的是女性在 1966—1976 年时期巨大的心理伤痛；达斡尔族作家李陀的小说《愿你听到这首歌》则关注到了 1966—1976 年时期少数民族地区知识分子的不幸遭遇。再如寻根文学，新时期藏族作家扎西达娃的小说《系在皮绳扣上的魂》、鄂温克族作家乌热尔图的小说《七叉犄角的公鹿》、回族作家张承志的小说《黑骏马》

---

[1] 乌热尔图：《琥珀色的篝火》，载《民族文学》1983 年第 10 期。
[2] 李晓峰：《中华人民共和国 70 年少数民族文学：在全面发展中走向辉煌》，载《文艺报》2019 年 9 月 5 日第 5 版。

《北方的河》均是少数民族寻根文学的典范之作。寻根文学的兴盛使得少数民族作家将探寻的笔触伸入到民族历史文化、心理结构深处，对本民族进行了更加深层的回溯与思索。

因此，面对改革开放以来的社会转型，新时期的少数民族作家及时、敏感地捕捉到少数民族生态文化的种种变迁以及族人种种复杂的情感和心理，并将其呈现在作品之中。作家在自觉地反映地域文化、民族风格与家国情怀的同时，也在艺术创作手法上大胆突破，把传统的民族创作艺术同西方的意识流、象征、魔幻现实主义等方法结合，从艺术表现方法上为新时期民族文学带来独特的审美境界。

四、研究成果硕果累累

这一时期少数民族文学研究取得丰硕成果，从单一族别文学史、文学概况到综合民族文学研究、单篇学术论文、硕博毕业学位论文等，均取得一系列成绩。在此，仅就研究专著而言有：色道尔吉的《蒙古族文学概况》（1980年），广西壮族自治区民间文学研究会编印的《广西少数民族文学概况》（1980年），吴重阳、陶立璠的《中国少数民族现代作家传略》（1980年），齐木道吉、梁一孺、赵永铣的《蒙古族文学简史》（1981年），贵州民间文学工作组编著的《苗族文学史》（1981年），胡仲实的《壮族文学概论》（1982年），延边文学艺术研究所编著的《朝鲜族文学艺术概观》（1982年），策·达姆丁苏荣、达·呈都的《蒙古文学概要》（蒙古文）（1982年），王弋丁的《仫佬族毛南族京族文学概况》（1982年），毛星的《中国少数民族文学》（1983年），等等①。毛星的《中国少数民族文学》一书开启了综合性少数民族文学概况的研究。在此之后，综合性的中国少数民族文学史、文学概论涌现，如吴重阳的《中国少数民族文学概观》（1986年）、《中国现代少数民族文学概论》（1992年），王保林的《中国少数民族现代文学》（1989年），马学良、梁庭望、张公瑾的《中国少数民族文学史》（1992年），张炯、邓绍基、樊骏的《中华文学通史》（1997年）等著作。此外，新时期，随着西方各种学术思潮流入中国，女性主义、后殖民主义、后现代主义、新历史主义等西方理论也对少数民族文学产生了较大的影响，少数民族作家文学的研究范式也更加多元。

可以看到，1980—1999年期间，少数民族作家文学在创作队伍、创作风格、创作文类及学术研究等方面取得长足的发展，积累了丰富的理论经验和实践机遇。

第三节 创作成熟期（2000—2019年）

进入21世纪，少数民族作家文学迎来了创作成熟期和繁荣期，广大少数民族作

---

① 关于新时期民族文学研究专著的总结参考了2019年第5期《东吴学术》上刘大先的《中国少数民族文学研究70年》一文。

家在创作文体、创作队伍、思想内容、艺术特色、作品译介、作品获奖等诸多方面均卓有成就。少数民族文学的迅猛发展和党和政府的一贯重视密不可分，21世纪少数民族文学进一步得到了党和政府全方位的政策支持。以中国作家协会为代表，为了促进少数民族作家文学的繁荣发展，中国作家协会开展了形式多样的文学活动和文学评奖，大力扶持少数民族作家作品。尤其自2013年起实施的"少数民族文学发展工程"，在针对少数民族文学的人才培养、理论建设、译介出版等方面都给予了充足的保障。其中《新时期中国少数民族文学作品选集》为该项工程的重大成果，收录了55个民族2218位作者多种体裁的4279篇作品，进一步展现了中国文学的多样性与丰富性。

在21世纪少数民族作家文坛上，涌现了诸多充满创作激情与艺术才华的青年才俊，老、中、青三代作家植根创作，使得21世纪少数民族创作队伍更加壮大，体裁题材更加多元，思想内容更加深厚，艺术形式更加丰富。21世纪的少数民族作家作品不仅屡获全国少数民族文学创作"骏马奖"，在茅盾文学奖、鲁迅文学奖、全国优秀儿童文学奖等各类国家级评奖中都频频获奖。

21世纪，少数民族作家坚持以人民为中心的创作导向，不断增强脚力、眼力、脑力、笔力，深入生活、扎根人民，创作了更多无愧于民族、无愧于时代、无愧于人民的作品。本节主要以小说、散文、诗歌、儿童文学四个方面创作为例[①]，对21世纪少数民族作家文学进行论述和总结。

一、小说创作

2000—2019年以《民族文学》为重要载体的少数民族文学创作，在小说方面主要可以分为以下几类：

（一）寻根题材

文学作为人类的一种精神家园，承载着人们的乡情乡愁，对于更多处于边疆地带的少数民族作家来说，这种感受尤其强烈，因此关于乡土家园和民族文化的追寻始终是21世纪少数民族小说萦绕不去的创作题材。阿来（藏族）的小说《格萨尔王》是对民族史诗和传统文化的重述；艾克拜尔·米吉提（哈萨克族）的小说《古洞》中的小主人公萨尔赫德不满足于课堂上老师对民族历史枯燥乏味的讲述，深度渴望、热衷追寻本民族的历史文化，在确认体悟民族之根的同时以实现"自我同一性"；"萨娜（达斡尔族）小说《拉布达林》中的拉布达林是额尔古纳河边上的一个小渔村，是柳根婶和女儿柳梅生活的地方，柳梅和鱼贩子到外面闯了一番，终究热土难离，又回到了生于斯长于斯的渔村。对于乡土的眷念与深情，超越了现实物

---

① 下文关于21世纪少数民族作家小说、诗歌、散文创作的论述参考了《民族文学》杂志历年发表的年度创作综述。

质利益和功利企图的诱惑，具有难以用理性评判的精神向度；穆罕默德·巴格拉希（维吾尔族）《心山》写几个儿童在寻找'心山'的过程中死去，而另外的开发者却在试图挖掘古墓发财。'心山'在小说中不光是孩子们纯洁心灵的象征，也是往昔美好家园的孑遗"[1]；李万辉（瑶族）《埋枪》中，年长的猎人在捕猎的过程中，突然产生了心灵深处的震颤和对生命的新的体悟，于是老猎人卖掉了他的猎枪从此放弃了打猎。这一颇具仪式感的行为既是对于往昔民族生产方式的告别，也是对传统文化的缅怀；"秋古墨（哈尼族）的《坝兰河上》，写为了争夺哈尼人的《牛皮鼓舞》的继承权，乡与乡之间进行着激烈的角逐。而最后，两乡的头人和解，各自拿出强项来合作，共同排练《牛皮鼓舞》，参加'彩云民族歌舞大赛'。许多少数民族的传统文化项目被列为非物质文化遗产，这种文化遗产的归属继承和发展，是一个普遍性的问题，这篇小说对此进行思索，并给出了一个符合当下和谐社会理念的解决之道。"[2]

（二）生态题材

全球化、现代化、工业化进程下，少数民族作家始终关注民族和家园的生态环境问题，倡导人与自然的平等以及与万物和谐相处，体现出强烈的生态忧患意识、责任意识、环保意识和家园意识。这种意识始终凝聚在作家作品中，如阿布都热合曼·艾则孜（柯尔克孜族）的《胡杨老人》，写到耕地如同野兽一般不断侵蚀着胡杨林，美丽的胡杨林日渐枯萎。胡杨老人如同疼惜自己的亲人一般疼惜故乡的胡杨林，是胡杨林坚定的守护者。然而胡杨林依旧在加速枯萎，老人的身体也日渐衰弱，无法继续保护胡杨林。故事以胡杨老人被闯入胡杨林倒垃圾的拖拉机碾死而悲惨落幕。小说深刻折射出少数民族对生态问题的关注。格日勒其木格·黑鹤（蒙古族）的《穿越世界的呼唤》写到，当商业在草原上兴起的时候，牧民们发现在草原上经营旅游的收入远高于日复一日地放逐牛羊。于是不太熟知商业的牧民们把草场租给了承包者们。可他们忘记了承包者的初衷是以最小的投入换来最大的回报，接着"我"便发现草原上垃圾遍布，吞下垃圾的牛羊们瞬间失去生命。美丽的河边小道变成了观景长廊，宁静的草原被喧闹的机器席卷，"我"实在难以想象这群人究竟想把草原改造成什么样子。许廷旺（蒙古族）的《百年牧道》里讲到，渴望早日致富的嘎拉德看到故乡受到外地人的喜爱，于是在一夜之间卖掉羊群，建立了旅游点。随着越来越多的游客涌入草原，富有威望的德班老人却犯起了愁，他能理解嘎拉德对优渥生活的追求，可他发现大量人流导致了严重的水源破坏和环境污染。更不可理喻的是嘎拉德不顾草原上野生动物的濒危现状，竟然捕杀野物招揽起了游客。肖龙（蒙古族）的《英雄》则反映了生态与文化的双重危机。黄老板要征地建设高尔夫球场，固执的老猎人巴特尔不同意离开

---

[1] 刘大先：《2007年少数民族中短篇小说：五个关键词》，载《民族文学》2008年第1期。
[2] 李美皆：《七十年来家园，三千里地山河——〈民族文学〉2019年"庆祝中华人民共和国成立70周年"专题综述》，载《民族文学》2020年第1期。

故土，他说："这是我的家。我祖祖辈辈住在这里！谁也别想把我撵走！"① 然而老猎人的固执却导致了他家破人亡的悲惨结局。21 世纪以来，现代化加速发展，当工业文明涌向"原乡"，势必会造成一定的"冲击"，目睹这种变化进行抒写也是作家创作的必然。还有很多作家作品以生态问题为创作主题，在此不一一列举。

（三）城乡题材

21 世纪，越来越多的人群涌向了城市，城市、乡村两个空间的彼此流动变得更加频繁。很多少数民族作家敏锐地捕捉到这个现象并进行了创作，他们多采用对比性的视角，将城市设为主体，农村作为背景。譬如周建新（满族）的《簸梁父子》写的就是父子两代人对于究竟是留守农村还是进军城市的问题上的纠葛与冲突。走出乡村，是很多农民（尤其是年轻人）的心愿。新时代少数民族年轻人的生活追求成为作家创作作品的资源，如卢江苗（苗族）的《星星与霓虹》中的母亲，一路艰辛地养育女儿，女儿也如愿地进城读书。母亲既希望女儿成长成才，却又对陌生的城市生活充满忧虑。她时刻担心女儿会在城市里受苦，电视里关于城市里的各种负面消息更是加重了她的恐慌。与母亲不同，女儿却对城市充满爱恋，她认为没有十全十美的地方，城市的种种问题都属于都市美好生活的代价。如果说星星是乡村的象征，霓虹是城市的象征，女儿在内心中坚定地选择了五光十色的霓虹生活。

与此同时，美桦（彝族）的《锉刀》、马金莲（回族）的《贴着城市的地皮》都写到车水马龙、灯红酒绿的城市，是如何一步步让来自乡村的人们迷失自我、甘于堕落。随着进城人数的骤增，描写务工人员工作生活的打工题材也成为 21 世纪的少数民族小说的一种创作题材。方一周（回族）的《伊斯玛的生活片段》以日记体自述的形式讲述了一个乡村青年在都市求职、工作、失业的一系列经历及其心路历程。杨树枝（壮族）的《消失的月亮》、李约热（壮族）的《墓道被灯光照亮》、石竹（土家族）的《月亮弯弯》同样是打工题材的作品。

当越来越多的人尤其是青年人离开乡村，离开"原乡"，故土家园就变成了另一番景象，甚至用破败凋零来形容也不为过。肖勇（蒙古族）的《像神鹰一样飞》写到"走吧！抛弃了家园，抛弃了土地，你会像失去草原的狼，失去天空的鹰，不再受到长生天的保佑；你将流离失所，魂断他乡，永远不被祖坟所接纳。"② 而故乡草原早已变成了遥远的传说。光盘（瑶族）的《等待》中的场景则更加极端，随着越来越多的村民涌向城市，整个村子里只剩下了一位老人。此时的乡村时间仿佛都已经静止，也似乎已经被遗忘，甚至只有小偷还惦记着村子里可以被称为文物的东西。

随着时间的推移和乡村的发展，返乡也成为一种趋势。冯昱（瑶族）《割树脂

---

① 肖龙：《英雄》，载《民族文学》2015 年第 4 期。
② 肖勇：《像神鹰一样飞》，载《民族文学》2018 年第 12 期。

的人》中写道,在城市务工的小梅认为如果自己年纪大了被公司遣散,也可以回到家乡做割树脂的人。这为在城市艰难生存的一些农民们提供了选择,即返乡也是一种生活的希望和新的可能。王开(满族)《有义婶的家事》也对返乡议题进行了深入探索,如果在乡村设立土地经营的现代化公司,便可以吸引大批进城务工的村民们返乡,在满足个人和家庭生活目标的同时建设家乡。陈刚(土家族)《余温》中在城里打工的李树明,辛勤工作了一年却被包工头欺骗,没能拿到一分钱的工资。对城市失望的他再也不愿进城务工,于是留在村里帮人做些农事,反而赚了八千块钱。同时,村委会主任还答应帮助生活不易的李树明争取精准扶贫项目,为他翻修房子改善家境。黄佩华(壮族)的《乡村大厨》和红日(瑶族)《补粮》则为乡村指出了两条出路,即乡村旅游与搬迁。

(四)女性题材①

21世纪,女性写作和书写女性已经成了文学创作中十分重要的部分,在这一时期的少数民族文学中也是如此。21世纪少数民族小说中的女性题材作品,"有的与本民族的风情、心理、历史、现实发生关系,从而具有甚至超乎男性的角度和力度;有的文字缓和清朗,沁透人心,而又包含廓大,带有母性的仁厚无边;有的生发于来自身体的感受和体验,丰足柔韧,抵达人性的深处;更有的凭借想象的轻逸,体恤艰难时世的苍凉,又用女性的柔软去宽慰悲伤。"② 苏雅(达斡尔族)的《波斯菊》中塑造了一位坚忍达观的瓦仁舅母的形象,在生活路上遭遇重重困难和种种挑战的瓦仁舅母却并不悲观哀怨,始终乐观面对生活的她就像那顽强美丽的波斯菊花,任凭风雨摧残,却在苦难中盛放。益希单增(藏族)的《南林女王》中的南林女王,是一位兼具王者风范与豁达母性的女首领。雪静(满族)的《扶贫》则塑造一位优秀的当代女性扶贫干部。罗荣芬(独龙族)的《孟恰》书写了独龙族女性一生之中的恩恩怨怨,这些恩怨直到女性的老年才得以化解。在小说中作者没有一味地歌颂女性,而是关注到女性各个方面的性格特征。小说中女性的隐忍、嫉妒、坚强、包容等特质都有所彰显,使得作品的叙述更加真实、丰富和立体。金仁顺(朝鲜族)的《秋千椅》、陶丽群(壮族)的《起舞的蝴蝶》、韩静慧(蒙古族)的《双重面孔》则关注了现代女性的爱情、事业与婚姻及其丰富的内心世界。

综上所述,这一时期女性小说成为一大亮点,从人口众多的蒙古族、藏族作家到人口较少民族达斡尔族、独龙族作家均浓墨重彩地书写此主题及其背后的历史文化底蕴。

(五)社会问题题材

21世纪少数民族作家创作视野与聚焦点深入社会诸多现实问题,他们对21世

---

① 此处的"女性题材小说"具有"女性创作的小说"和"重点刻画女性的小说"两个意涵。
② 刘大先:《2008年〈民族文学〉阅读报告》,载《民族文学》2009年第1期。

纪的社会转型及由此引发的诸多人性问题进行由表入里地精细描写。如，少一（土家族）的小说《守口如瓶》关注到了人们在日常社会中极为注重的社会公正的问题。他的另一篇小说《贵人远行》对人性进行了更加深层的思索，该作品书写的对象是幺叔——一位曾经与"我"同村的懒汉。幺叔一直因为他的好吃懒做和坑蒙拐骗而被人们诟病和漠视，因此当他来城里找"我"时，所有人都觉得他是来骗"我"的。可当"我"再次回到家乡的时候，却震惊地发现幺叔用乞讨来的钱为村子里立了一座桥。这座桥打破了大家对于幺叔的刻板印象，也让人们对于人性有了更多的思考。阿云嘎（蒙古族）的《粗人柴德尔的短暂幸福》中"流浪多年的柴德尔心灵已经饱经沧桑，然而就在他疲惫不堪地走到苏木（乡）的时候，突然有了稳定下来的念头，因为一个需要关心的小女孩乌仁萨娜唤起了他心中久违的温情——她的父母在城里打工，爷爷也去世了。他的生命似乎因为这个女孩的出现而有了起色，他热心地照顾她，还与苏木食堂的管理员通嘎产生了情义，然而当女孩的母亲从城里回来，带着城市造成的冷漠与隔阂将她领走的时候，柴德尔刚刚建立的脆弱的精神世界坍塌了，他只能继续无尽的流浪之途。这是温情乌托邦的建立与坍塌，让人体味人世间的无奈与悲凉。"① 凡一平（壮族）的《十七岁高中生彭阳的血》以花季少年彭阳的鲜血和自杀反映了社会现实生活中青少年的精神压力以及原生家庭对其的深刻影响。杨仕芳（侗族）的《我们的世界》以儿童的视角叙述了一个父母离异，充满家庭暴力的悲伤童年。白雪林（蒙古族）的《姐弟俩》讲述的是患艾滋病的两个儿童的悲情故事。金锦姬（朝鲜族）《拨浪鼓》则讲述了单亲家庭的故事。金仁顺（朝鲜族）的《梧桐》关注的是易被忽视的中老年妇女的再婚问题。郭雪波（蒙古族）《琥珀色的弯月石》中关注到了更多社会问题，例如"城镇化给原先农牧民的冲击、留守儿童、空巢老人、南方工业化的污染、农民工的身心健康等，作者无法给出答案，但是用美好的结尾提出了和谐愿景的期盼"②。林元朝（朝鲜族）《妈妈》同样关注到了留守儿童和空巢老人。

由此可见，这个时期少数民族作家创作主题超越民族性、地域性，聚焦21世纪少数民族社会问题及其精神生活。

（六）历史题材

21世纪，少数民族作家的小说创作始终与时代同步，不断记录新时代、书写新时代、讴歌新时代，为人民抒写、为人民抒情、为人民抒怀。作为全国少数民族作家文学平台的《民族文学》刊发的"庆祝中华人民共和国成立40周年""庆祝中华人民共和国成立70周年"等专号，在彰显少数民族作家文学成就的同时，也体现出鲜明的与时代、与祖国紧密融为一体的时代性。

---

① 刘大先：《2007年少数民族中短篇小说：五个关键词》，载《民族文学》2008年第1期。
② 刘大先：《2011年〈民族文学〉阅读启示》，载《民族文学》2012年第1期。

2016 年是中国共产党成立 95 周年暨红军长征胜利 80 周年，阿云嘎（蒙古族）的《天那一抹耀眼的晚霞》便是对红色往事的历史追忆。2018 年是改革开放 40 周年，王华（仡佬族）的《在路上》和本贵（苗族）的《坡头传奇》都书写的是对改革开放的记忆，两篇小说充满了现实性和时代性。就《在路上》一文而言，小说描写了历史的发展永远在路上。正如小说中写道，贫困地区的开放和脱贫需要所有领导干部、企业家和广大乡亲的一致协心努力。

2019 年是中华人民共和国成立 70 周年，全国各个文学平台刊文共庆祖国成立 70 周年。《民族文学》同样设立专号，全年关注了中华人民共和国成立 70 年来少数民族的心声。时代题材下，21 世纪少数民族作家此外关注和书写的"三大攻坚战"之一的脱贫攻坚的问题，极具时代性与现实性，如向本贵（苗族）的《上坡好个秋》、吕翼（彝族）的《马腹村的事》、凌春杰（土家族）的《指挥一座山》等都反映了脱贫攻坚这一时代课题，对于扶贫干部的工作与生活、扶贫工作的难点与成果等都进行了细致生动地描绘。

从寻根题材、生态题材到女性题材、城乡题材、社会问题题材等等，21 世纪少数民族小说的创作题材和精神向度更加丰富，对于人与人、人与自然、人与社会的关系进行了更多的反思与观照。

二、少数民族散文创作

21 世纪少数民族作家散文创作取得了前所未有的成绩，其中最突出的特色是以现实题材和写实手法为主，主要体现在原乡题材、生态题材、民族团结题材、时代题材等内容上。

（一）原乡题材

乡情乡愁是少数民族文学作家创作的永恒主题。作为一个客居台湾的蒙古族女作家，席慕蓉追寻着自己血脉和精神的"原乡"，在散文中书写着乡情乡愁。透过其《父亲教我的歌》《母亲的河》《莲座上的佛》《梦境》等散文可以窥见，席慕蓉的乡愁在外婆讲述的故事中的希喇穆伦河里；在父亲教她的蒙语歌里；在台湾一年一度的圣祖大祭中；在香港选购的印石和克什米尔买到的发饰里；在尼泊尔一家手工艺品店店主所诵读的一句经文里；在石门乡间突然发现的一只鸟上；在卢森堡一个芳草萋萋的山坡上；在台重庆南路的一家书店里读到的一首诗中。席慕蓉在散文中曾几度写到自己因思乡而落泪，幼小的儿女都明白了母亲对故土真挚的情感。1989 年台湾解禁，席慕蓉终于可以回到祖辈生长的家园，其"原乡"书写也经历了由想象到写实和由"客观资料"到"主观经验"的转变，在其散文合集《追寻梦土》和《蒙文课》里，"在那遥远的地方"一章讲述了她初回"原乡"的过程和心境；《歌王哈扎布》《丹僧叔叔》《父与女》《异乡的河流》等记录了几位当代蒙古族领袖人物的坎坷一生；《嘉丝勒》《远处的星光》《苍穹·腾格里》等描绘了妇女头饰、诗歌、敖包等多样民族文化;"盛宴"一章则对蒙古高原和众多游牧民族从古至今的历史、地理、宗教、生物、语言等方面都进行了描绘。由此,席慕蓉对原乡的认知与书写变得更加丰实①。李俊玲(布朗族)的《故土之上》、纪尘(瑶族)的《冬天,在百万人的村庄》、悟空(布依族)的《离妈妈最远的孩子》、朝颜(畲族)的《逃离》、马慧娟(回族)的《雨在天堂》、铁穆尔(裕固族)的《逃亡者狂想曲》也都是21世纪原乡题材散文的佳作。李俊玲的《故土之上》以诗意而伤感的语言描述了自己陪伴父亲回乡祭祖路上的见闻与感触,虽然记忆中的故乡面貌已经发生了太多的变化,布朗文化也有衰微,可在作者看来故乡始终拥有"一种能让过往镶嵌进你脑海的神秘力量,时隔多年,只要让你稍有触及便画面涌动,飞回那里。岁月的长河无法洗去那些记忆,反而历久弥新"②。凡一平(壮族)的《乡音》同样记叙了作者的回乡之旅和一路思绪,在作者看来,故乡是让人一想到就倍感温馨的地方。对于少数民族作家而言,无论他们是否依旧生活在故乡,抑或是故乡发生了怎样的变迁,故乡作为"原乡"这一意象,始终流淌在作家们的心灵深处,给予了他们无尽的归属和力量,也成了他们文学创作的不竭源泉。

（二）生态题材

与小说一样,生态关怀是21世纪少数民族作家散文创作的一大潮流。鲍尔吉·原野(蒙古族)的《土离我们还有多远》《草原》,铁穆尔(裕固族)的《这些古松应该如何生活》,龙章辉(侗族)的《进山遇到神》都是生态散文佳作。对于少数民族作家而言,书写对生命家园与自然母亲的深沉爱恋是永恒不变的主题。"在鲍尔吉·原野(蒙古族)的《草原》里,草原的'大'是他在草原面前那种流淌于血液中的谦卑。"③ 其散文《土离我们还有多远》则进一步延续了作者坚持多年的长调式写作,以舒缓的铺陈、精细的描绘、沉静的参悟,从容演绎遵循大自然微妙律动相随相应的专注而散淡的生活做派"④。龙章辉(侗族)的《大地之上,苍天之下》对农业文明和工业文明进行了深度思索。"嘎玛丹增(藏族)的《加达村:最后的从前》是为原生文明寻求现代出路的更直接的理性思考:现代文明的进入,虽然事实上并没有我们期待的那样美好,但可以发展一方经济,带动民众致富,让偏远地区的同胞和我们一样,享受安逸先进的现代生活。"⑤ 古岳(藏族)《谁为人类忏悔》讲述了作者走进大草原走寻与记录人类破坏自然的事实,发人深省。总之,生态题材创作成为这个时期作家关注的内容,折射出少数民族作家对现实生活

---

① 关于席慕容散文的阐述参考了乔亚楠的《论席慕蓉散文对"原乡"的建构、解构和重构》一文。
② 引自2022年10月9日发布在微信公众平台"施甸文艺"上的《【美文欣赏】李俊玲散文〈故土之上〉》一文。
③ 苏涛:《2016年〈民族文学〉年度述评》,载《民族文学》2017年第1期。
④ 李林荣:《民族文化景深中的汉语散文风光——2017年〈民族文学〉散文综述》,载《民族文学》2018年第1期。
⑤ 李美皆:《直击现实,直至人性——2015年〈民族文学〉综述》,载《民族文学》2016年第2期。

中的动植物、人类与生态关系的深切瞩目与深思。

(三) 民族团结题材

这一时期少数民族散文作家不仅描写本民族生活、审美精神、历史文化,还描写深入其他民族地区生活感受与民族团结内容。艾贝保·热合曼(维吾尔族)的《学做一颗星星》别出心裁地书写了一位"民考汉"的学生对于母族和兄弟民族的认知。散文着重强调了"不论哪个民族,操何种语言,首先是一个国家公民,学好用好国家通行语言文字,天经地义,丝毫不能含糊。这是国家认同的最重要前提,也是文化认同不可或缺的最坚实基础,没有任何理由抵触和排斥"。[①] 黄松柏(侗族)的《那年我们去西藏》回忆了20世纪80年代,一群贵州师专的毕业生自愿前往西藏担任教师的故事。一路上,他们拥有众多难忘的回忆:有高原反应带来的身心痛苦,有来自朴实的藏族同胞的关爱与帮助,更有把科学知识播撒到西藏高原儿童心中的成就感与价值感。杨建军(回族)的《离祖国最近的四天》叙述了自己作为援疆干部在中秋时节走访当地百姓收获的温情与感动。

此外,脱贫攻坚也是21世纪少数民族散文创作重要题材。2019年是中华人民共和国成立70周年,和21世纪少数民族小说一样,在《民族文学》"庆祝中华人民共和国成立70周年"专栏中,少数民族散文重点关注的同样是脱贫攻坚这一议题。例如刘晓平(土家族)的《高山上的花园》、许敏(壮族)的《"广西了不得!"》、王蕾(黎族)的《什荣:你不再遥远》、彭愫英(白族)的《追梦高黎贡山》都对民族地区的脱贫问题进行了书写。

综观21世纪少数民族作家的散文创作,原乡题材是少数民族作家对故土和文化的深情回望,民族团结、时代题材表达的是作家的身份认同和国家认同,生态题材则是对人类作为命运共同体的家园和爱的真切关怀。这一时期少数民族作家的散文写作呈现出跨民族、跨文化的作品,如满族作家王开的《在皮恰克松地看见了什么》、回族作家杨建军的《离祖国最近的四天》等描写支援新疆、西藏干部与当地民族和谐相处的生活。

三、少数民族诗歌创作

21世纪少数民族诗人创作呈现出特有民族精神与时代风格。

(一) 民族题材

诗歌总是以最凝练的文字承载着最深沉的情感。21世纪少数民族诗歌,于行文中流淌着丰饶又独特的民族意识、文化积淀、审美心理,具有鲜明的民族性和地域性。格桑多杰(藏族)《马背上的行吟》述说了一个民族从苦难走向新生的历史进

---

① 艾贝保·热合曼:《学做一颗星星》,载《民族文学》2019年第10期。

程。故乡是诸多少数民族诗人灵魂的根，吾斯曼·卡吾力（维吾尔族）《家乡的星夜》、金哲（朝鲜族）的《故乡》、王志国（藏族）《秋天独自走上山岗》《仰望》从不同的角度书写了对故乡的深沉爱恋。舒洁（蒙古族）的《柴达木》（组诗）"巧妙地运用大地的物象、柴达木的物语、德林哈的想象表达人类的关切。'德令哈，你是另一个蒙古，在一句箴言/庇佑的海西，你距天空最近'"。① 哥布（哈尼族）的组诗《哈尼村寨》中处处流淌着村寨、梯田、竹楼、吊桥等富有哈尼气息的意象，展现了哈尼独特的民族风情和文化内蕴，更表达了作者对母族的深厚情谊。俸伍拉且（彝族）的组诗《大凉山的十二座山》以动人的音律描摹了大凉山所孕育的彝族部落的历史文化、民俗风情。

（二）时代题材

21世纪少数民族诗歌体现出时代精神与家国情怀的融合。如，蒙古族诗人阿尔泰的诗歌体现诗人对草原的独特体验，在草原精神书写中体现民族精神与国家意识及中华儿女的宽广胸怀，代表作品有《黄河》《晨曦》《哑弹》等。再如羌族诗人羊子、雷子，他们的诗歌饱含着汶川儿女对时代对国家的感恩心理和羌族人民战胜苦难创造新生活的韧性精神。"这些诗人在表情达意中都深深地镌刻上了民族精神的烙印，但又不局限于狭隘的民族主义，而具有一种国家意识和中华气派，拥有博大的胸怀和高远的视角，题材是独特的，而思想与情感确是中华民族共有的，甚至是人类共通的，具有时代共性特征。"② 普米族诗人鲁若迪基的组诗《在扶阳古城》，将当下快递生活带给人的巨变描写得入木三分，"'雾包裹着我，仿佛要把我速递到哪里去'，'说不定因为停电早已在包裹里窒息'"③；壮族诗人孟韦驰的诗歌《为故乡画画》、蒙古族诗人乌云琪琪楠的《毕力格的吉他》等都体现出了当下少数民族年轻人离开家乡、进城求索的现实生活话题。

总之，21世纪少数民族诗人在工业化、现代化、全球化的语境中，跨越语言文化的桎梏，自觉吸收丰富的艺术养料锤炼诗歌技艺，民族性与时代性题材兼具。

四、少数民族儿童文学

21世纪少数民族儿童文学创作取得丰硕成绩，产生较大的社会影响。以蒙古族儿童文学为例，21世纪，蒙古族儿童文学同样呈现出多元共生的风貌，取得诸多成绩，主要体现在以下几个方面：

（一）创作队伍

21世纪蒙古族儿童文学作家尤其是专职作家队伍更加壮大，由老、中、青三代

---

① 刘广远：《大地行走与灵魂守望——2017年〈民族文学〉诗歌综述》，载《民族文学》2018年第1期。
② 杨玉梅：《坚守与超越：2009年〈民族文学〉阅读启示》，载《民族文学》2008年第1期。
③ 苏涛：《2016年〈民族文学〉年度述评》，载《民族文学》2017年第1期。

男性和女性作家共同构成，在儿童小说、散文、诗歌等文类上均有成果。母语创作方面，作家有阿·敖德斯尔、哈斯巴拉、古日扎布、力格登、鄂·巴音孟克、江木尔、珀·乌云毕力格、杭图特·乌顺宝都嘎、扎·哈达、孟和巴雅尔、斯琴高娃、布和、莫·浩斯巴雅尔、翁那荣·潮洛蒙等。汉语创作方面，作家有石·础伦巴干、察森敖拉、格日勒其木格·黑鹤、许廷旺、韩静慧、陈晓雷、段立欣、贾月珍、康镇（少年儿童文学作家）等。其中，大部分作家都已加入并成为中国作家协会会员。此外，还有一大批非专业儿童文学作家也进行了儿童文学创作，如阿云嘎、阿尔泰、鲍尔吉·原野、白雪林、郭雪波、甫澜涛、多兰、巴雅斯古楞、群光、陈萨日娜、娜仁高娃、宝贵敏、鲍尔金娜、杨瑛等等。需要注意的是，大多非专业儿童作家的相关作品并非专为儿童创作，属于"非儿童本位"的儿童文学。但因这些作品或写作视角为儿童，或饱含作者对童年的真切回忆，或书写了儿童的生活与成长，同样适宜儿童阅读，故均可纳入儿童文学的范畴。

（二）文学平台

21世纪，更多的报社、杂志社、出版社为蒙古族儿童文学提供了创作、发表、出版平台。1957年创刊的《花蕾》和1973年创刊的《娜荷芽》一直都是蒙古族母语儿童文学的创作阵地。内蒙古少年儿童出版社、内蒙古教育出版社、内蒙古人民出版社等持续为蒙古族儿童文学提供文学舞台。中国少年儿童出版社、接力出版社、明天出版社等出版社出版了多部蒙古族儿童文学汉语作品。2018年，内蒙古少年儿童出版社出版的收录了8位代表性蒙古族母语儿童文学作家的作品选集《童心世界·蒙古族儿童文学优秀作品选》是对蒙古族儿童文学的一次集中检阅与展现。

（三）获奖情况

21世纪蒙古族儿童文学中的很多作品都获得了内蒙古全区乃至全国的奖项。奖项的获得是对作品实力的认可，也引起了更加广泛的影响。其中，儿童小说家格日勒其木格·黑鹤两次获得"全国优秀儿童文学奖"和"陈伯吹国际儿童文学奖"，此外还获得了"朵日纳"文学奖、"冰心儿童文学图书奖"、全国精神文明建设"五个一工程奖"、台湾地区"好书大家读"年度最佳少年儿童读物等一系列荣誉；石·础伦巴干的《瞧这一窝子》《小河在此拐了个弯》和力格登的《巴雅尔的彩梦》、哈斯巴拉的《红光之子》获得了内蒙古自治区文学创作"索龙嘎"奖；力格登的《馒头巴特尔历险记》获得了"朵日纳"文学奖；韩静慧的《恐怖地带101》获得了中国少数民族文学"骏马奖"，《赛罕萨尔河边的女孩》（又名《编织梦想的草原女孩》）入选北京少年儿童出版社出版的"金骏马民族儿童文学精品"书系，获得了"冰心儿童文学图书奖"；许廷旺的《黄羊角》获得首届接力杯"双奖"银奖；陈晓雷的《黑眼睛蓝眼睛》入选了辽宁少年儿童出版社的"中国少数民族儿童文学原创书系"。

（四）作品文类

21世纪蒙古族儿童文学在各个文类上均有收获，其中数量最多、成就最高的是儿童小说；童话、散文、诗歌等方面相对比较薄弱，间或有作品刊发或出版。值得关注的是伴随着多媒体的发展，21世纪蒙古族儿童文学有两个新气象：其一，21世纪随着图画书在中国的兴起，蒙古族儿童也拥有了自己的绘本。代表性作品中母语部分有暖太阳绘本馆推出的《茶壶》《我的晚饭在哪儿?》《最喜欢的一天》《乌仁额吉的帽子》等。汉语部分有段立欣的《马头琴》、格日勒其木格·黑鹤的《鄂温克的驯鹿》《十二只小狗》等；其二，随着21世纪的到来，全球影视文学蓬勃发展，蒙古族的儿童文学亦是如此：韩静慧的《赛罕萨尔河边的女孩》被改编成电影《毡匠和他的女儿》，蒙古族民间史诗《江格尔》被改编成动画出现在蒙古族儿童面前，这些成果均彰显21世纪蒙古族儿童文学紧跟时代脉搏的新面貌。

总体而言，21世纪的少数民族儿童文学创作，呈现出多方进步的态势，诞生了一大批充满童智和童真的作品。在全国脱颖而出的少数民族儿童小说以汉语创作尤为突出，既为本民族孩童的成长带来了丰富的精神食粮，增强了他们的民族认同感和自信心，也让更广阔世界内的孩子倾听到来自森林、草原、梯田、高山等多民族地区的儿童文学的声音。

综上，21世纪少数民族作家文学体现出如下特点：

青年作家异军突起，形成了较为稳固的老、中、青三代的创作队伍和许多具有影响力的作家群；创作主题更加多元，艺术形式更加多样，具有较强的时代性与现实性；对本民族的历史与未来，现代化的利与弊，城市与乡村等"二元"现象以及人与自然、人与社会等关系进行了深入探索；人口较少民族文学、少数民族女性文学、少数民族儿童文学在这一时期崛起。

就少数民族文学研究而言，21世纪少数民族文学在"中华多民族文学史观""人口较少民族文学研究"等方面成就突出：刘亚虎、邓敏文、罗汉田《南方民族文学关系史》（2001年），李鸿然的《中国当代少数民族文学史论》（2004年），郎樱、扎拉嘎的《中国各民族文学关系研究》（2005年），李云忠的《中国少数民族现当代文学概论》（2006年），梁庭望、李云忠、赵志忠的《20世纪少数民族文学编年史》（2006年），赵志忠的《20世纪中国少数民族文学百家评传》（2007年），杨春的《中国少数民族现代散文概论》（2008年），梁庭望、汪立珍、尹晓琳的《中国民族文学研究60年》（2010年），钟进文的《中国少数民族文学基础教程》（2011年），钟进文的《中国人口较少民族书面文学研究》（2012年），刘大先的《现代中国与少数民族文学》（2013年）、《文学的共和》（2014年），李长忠的《当代人口较少民族文学的审美观照》（2015年），赵志忠的《中国少数民族文学史》（2016年），李晓峰、刘大先的《多民族文学观与中国文学研究范式转型》（2016年），杨春的《中国少数民族当代文学史》（2019年）等都是21世纪少数民族文学研究的代表性成果。

总之，从1949—2019年的70年，从中华人民共和国成立之初到改革开放以来的新时期再到21世纪迎来的社会主义新时代，少数民族作家文学始终得到党和国家的高度重视和大力支持，广大少数民族作家始终秉持"文艺为人民服务、文艺为社会主义服务"的创作理念，从创作队伍、体裁题材、艺术风格等方面均取得显著发展，创作出了百花齐放的文学景观，特别是55个少数民族均有本民族作家，而且少数民族作家作品在全国各种文学奖项获奖，既彰显了少数民族作家的创作功力，也使得中国文学更加丰美动人。

在面临少数民族作家文学繁荣发展的同时，也需要看到其局限与挑战：整体而言，少数民族作家文学在创作上尚存在数量与质量不成比例的现实。这突出表现在"写作的同质化、重复化，原创性、创新性的不足"[①] 上。对此，有赖于各民族作家从文化风貌、美学意蕴和多样性风格及创新性手法等方面，予以更加充分的展现、夯实与提高，共同书写中华民族文学伟大篇章。

附录：

表格3—1　《民族文学》年度奖汉文版获奖作品篇目

2019年《民族文学》年度奖汉文版获奖作品篇目			
类别	作者	民族	获奖作品名称
长篇作品	李进祥	回族	《亚尔玛尼》
小说	益希单增	藏族	《暗香残留》
	李伶伶	满族	《春节》
	红日	瑶族	《码头》
散文·纪实	法蒂玛·白羽	回族	《刻在卵石上的小羊》
	禾素	傣族	《春天里的人们》
	艾贝保·热合曼	维吾尔族	《学做一颗星星》
诗歌	阿卓务林	彝族	《万格山条约》
	冯娜	白族	《出生地》
	冉冉	土家族	《祝福的姿势》
评论	阿荣	蒙古族	《蒙古族当代母语小说创作的现代转型与自我超越》
翻译作品	作者：哈地拉·努尔哈力 译者：热宛·波拉提	哈萨克族	《叶儿震颤的夜》

[①] 石一宁：《新时代少数民族文学感想》，载《文艺报》2019年11月16日。

续表

2018 年《民族文学》年度奖汉文版获奖作品篇目

类别	作者	民族	获奖作品名称
小说	肖龙	蒙古族	《舞蹈》
	肖勤	仡佬族	《亲爱的树》
	潘灵	布依族	《奔跑的木头》
散文	王开	满族	《隐秘之路》
	连亭	壮族	《草木一秋》
诗歌	巴音博罗	满族	《春天,鹰的热血高过了长白山额冠》
	阿苏越尔	彝族	《我的疑问随风飘散》
评论	白崇人	回族	《关于少数民族作家的民族身份、民族意识和民族超越的思考》
翻译作品	作者:阿尔泰 译者:查刻奇	蒙古族	《太阳月亮》
	作者:祖拉古丽·阿不都瓦依提 译者:古丽莎·依布拉英	维吾尔族	《吝啬鬼阿洪的园子·生日》

2017 年《民族文学》年度奖汉文版获奖作品篇目

类别	作者	民族	获奖作品名称
小说	王华	仡佬族	《陈泊水的救赎之路》
	第代着冬	苗族	《口信像古歌流传》
	陶丽群	壮族	《打开一扇窗子》
散文·纪实	阿慧	回族	《大地的云朵》
	鲍尔吉·原野	蒙古族	《土离我们还有多远》
诗歌	苏兰朵	满族	《虚构》
	石舒清	回族	《蓝火》
评论	苏涛	回族	《2016 年〈民族文学〉年度述评》
翻译作品	作者:哈志别克·艾达尔汗 译者:热宛·波拉提	哈萨克族	《夜空要回了星辰》
	作者:德本加 译者:万玛才旦	藏族	《老狗醉了》

续表

2016年《民族文学》年度奖汉文版获奖作品篇目

类别	作者	民族	获奖作品名称
小说	杨仕芳	侗族	《望川》
小说	吉米平阶	藏族	《虹化》
小说	少一	土家族	《守口如瓶》
散文	禾素	傣族	《你是悲悯的珠穆朗玛》
散文	阿微木依萝	彝族	《采玉者》
诗歌	海郁	回族	《梨花白中的惊弓之鸟》
诗歌	姜庆乙	满族	《在大地栖居》
评论	李美皆	汉族	《直击现实，直指人性》
翻译作品	作者：李胜国（朝鲜族） 译者：靳煜	朝鲜族	《坡平尹氏》
翻译作品	作者：米尔卡伊力·奴阿里木 译者：帕尔哈提·热西提	维吾尔族	《卡斯木大叔来了》

2015年《民族文学》年度奖汉文版获奖作品篇目

类别	作者	民族	获奖作品名称
小说	李约热	壮族	《你要长寿，你要还钱》
小说	周建新	满族	《箃梁父子》
小说	阿拉提·阿斯木	维吾尔族	《渴望鸟》
散文	朝颜	畲族	《当花瓣离开花朵》
散文	嘎玛丹增	藏族	《加达村，最后的从前》
诗歌	马永珍	回族	《种了一坡又一坡》
诗歌	徐国志	满族	《安静的故乡》
评论	作者：白崇仁（回族）、杨玉梅（侗族）、石彦伟（回族）		《中国当代少数民族文学的回顾与思考》
翻译作品	作者：舍·敖特根巴雅尔（蒙古族） 译者：照日格图（蒙古族）		《心·爱·悸动》
翻译作品	作者：阿布都热合曼·艾则孜（柯尔克孜族） 译者：苏永成（回族）		《胡杨老人》

续表

"中国梦"征文	赵广贤	蒙古族	《我愿做爸爸妈妈的双腿》
	潘琦	仫佬族	《故乡流淌这样一条河》
	作者：铁木尔·达瓦买提（维吾尔族） 译者：铁来克（维吾尔族）		《致青年们》

2014年《民族文学》年度奖汉文版获奖作品篇目

类别	作者	民族	获奖作品名称
小说	于怀岸	回族	《一眼望不到头》
	阿舍	维吾尔族	《蛋壳》
	孙春平	满族	《耳顺之年》
	于晓威	满族	《房间》
散文	丹增	藏族	《百年梨树记》
	敏洮舟	回族	《怒江东流去》
诗歌	曹有云	藏族	《诗歌，词语，春天》
	麦麦提敏·阿卜力孜	维吾尔族	《玫瑰赞》
翻译作品	作者：金哲（朝鲜族） 译者：朱霞（朝鲜族）	哈萨克族	《骆驼的眼泪》
	作者：哈志别克·艾达尔汗 译者：海纳尔·达列力别克	哈萨克族	《飞翔天宇》
"中国梦"征文	温新阶	土家族	《青蛇》
	赵玫	满族	《悠远的长歌》
	吴基伟	侗族	《飞天逐梦醉酒泉》
	格致	满族	《满语课》
	毕力格	蒙古族	《门卫大叔》
	万玛仁增	藏族	《希望》
	艾克拜尔	维吾尔族	《喜鹊的欢声》
	马汗·拜对山	哈萨克族	《家乡》
	南永前	朝鲜族	《希望和梦想》

2013《民族文学》年度奖汉文版获奖作品篇目

类别	作者	民族	获奖作品名称
小说	金仁顺	朝鲜族	《喷泉》
	山哈	畲族	《追捕》
	马金莲	回族	《长河》

续表

散文	小七	哈萨克族	《我只是找我的羊》
	巴音博罗	满族	《绥中，我的长城之旅》
诗歌	李贵明	傈僳族	《怒江》
	夏吾才旦	藏族	《拉萨的黄昏》
翻译作品	作者：许连顺（朝鲜族）译者：金莲兰（朝鲜族）		《链条是可以砍断的么》
	作者：祖拉古丽·阿卜都瓦依提（维吾尔族）译者：苏永成（回族）		《收获季节》

2012《民族文学》年度奖汉文版获奖作品篇目

类别	作者	民族	获奖作品名称
小说	陶丽群	壮族	《一塘香荷》
	钟二毛	瑶族	《回家种田》
散文	胡冬林	满族	《山猫河谷》
	帕蒂古丽	维吾尔族	《模仿者的生活》
诗歌	娜夜	满族	《娜夜诗歌七首》
	叶尔兰·努尔德汗	哈萨克族	《敬畏》
翻译作品	译者：朱霞	朝鲜族	《冥想》
	译者：叶尔克西·胡尔曼别克	哈萨克族	《狼的呐喊》
	译者：苏永成	回族	《黑嘴驴驹的眼睛》
评论	刘大先	汉族	《2011年〈民族文学〉阅读启示》

2011《民族文学》年度奖汉文版获奖作品篇目

类别	作者	民族	获奖作品名称
小说	次仁罗布	藏族	《神授》
	金仁顺	朝鲜族	《梧桐》
	田耳	土家族	《韩先让的村庄》
散文	阿舍	维吾尔族	《山鬼》
诗歌	鲁若迪基	普米族	《神话》
评论	艾扎	哈尼族	《哈尼族文学对于传统文化的继承与发展》

续表

翻译作品	译者：甫拉提·阿不力米提	维吾尔族	《白纱巾》
	译者：朵日娜	蒙古族	《草原蒙古人家》
	译者：阿里	撒拉族	《无眠的长夜》
庆祝中国共产党成立90周年"心连心"专辑征文	王向力	蒙古族	《守礁》
	彭荆风	汉族	《告别刀耕火种——忆初进佤山》
	高若虹	满族	《重提那个年月和那些人》
	韩静慧	蒙古族	《吉雅一家和欢喜佛》
	苦金	土家族	《为了明天》
	许文舟	彝族	《海拔》
	钟翔	东乡族	《乡村电影》
	马克	回族	《陕北窑洞》
	伍小华	仫佬族	《在党旗下成长》

2010《民族文学》年度奖汉文版获奖作品篇目

类别	作者	民族	获奖作品名称
小说	马金莲	回族	《赛麦的院子》
	格日勒其木格·黑鹤	蒙古族	《从狼谷来》
	肖勤	仫佬族	《金宝》
散文	叶尔克西·胡尔曼别克	哈萨克族	《新娘》
	阿舍	维吾尔族	《白蝴蝶，黑蝴蝶》
诗歌	哥布	哈尼族	《哈尼村寨》
评论	杨玉梅	侗族	《坚守与超越：2009年〈民族文学〉阅读启示》
翻译作品	译者：哈森	蒙古族	《赫穆楚克的破烂儿》
	译者：多杰卡	藏族	《苹果树下的梦》
	译者：贺西格图	蒙古族	《钻戒》
	译者：张春植	朝鲜族	《当心狗狸》
	译者：艾克拜尔·吾拉木	维吾尔族	《清晨的独白》
	译者：吾买尔江·阿木提	维吾尔族	《情缘》

第四章 少数民族古代文学研究

中国自古以来是一个统一的多民族国家，中华民族文学是由各民族共同创造的。在中华民族漫长的历史进程中，各民族通过经济、文化等层面的交往形成辉煌灿烂的中华文明。各民族的古代文学是中华文明不可分割的有机组成部分，开展少数民族古代文学的研究，对于深入理解中华民族多元一体格局的形成，铸牢中华民族命运共同体意识，具有深远的价值和意义。中华人民共和国成立以来的少数民族古代文学研究在文学观念、研究方法、研究角度、研究成果等方面都取得了长足的进展，对中华人民共和国成立70年以来少数民族古代文学的研究进行梳理，有助于今后少数民族古代文学研究工作的继续深入。

第一节 研究初始期（1949—1979年）

1949年中华人民共和国成立之后，对少数民族文学有了区别于其他历史时期的新视角，出现了一些有价值的研究成果。由于当时民族认定还在进行当中，对于民族文学的认知还比较模糊，这一时期总体上少数民族古代文学研究不甚活跃，部分时期其至处于停滞状态。整体而言1949—1979年这30年间各民族古代文学研究还处于一种萌芽的初始阶段，很多研究计划也由于时局变动未能顺利推展，但是基于社会主义统一多民族国家的确立，各兄弟民族的文学史编纂作为国家文学史编纂的一部分被提上研究议程，并为此后的深入研究积累了基础与经验。

基于各民族文学间口头与书写传统的不均衡性和各民族文学历史的内在差异性，以及学术研究本身对该问题重视的不足，导致作家文学研究的开展在该领域的研究中尚不够充分，造成了整体上作家文学与民间文学间研究侧重上的偏废，而"民间文学"如何"入史"的问题在文学史编纂中也出现理论和实践的困境，但该阶段少数民族古代文学研究领域仍取得了一些宝贵的探索成果；当然，其种种局限和不足也为民族文学研究学科后续发展埋下诸多伏笔。

这一时期少数民族古代文学的研究成果主要集中在如下几个方面：文学史编写、作家作品研究和文献整理与理论研究。

一、文学史编写

鉴于社会主义的统一多民族国家已经成为一种现实，其文学史作为一种国家知识的建构与表述亦由此提上议程。该阶段，有关部门先后两次召开"少数民族文学史编写工作座谈会"，并启动或完成了十几个文学史编纂及出版工作。

1958年7月17日，中共中央宣传部召集来京参加"全国民间文学工作者大会"的各自治区及有少数民族聚居省份的部分代表和北京有关单位，座谈了编写中国少数民族文学史或文学概况的问题。作为国家行为的中国少数民族文学史的编纂由此提上学术议程。① 会议原计划为首批的13个民族撰写文学史。会后各少数民族聚居的省、自治区在党委领导下积极开展工作，两年内写出少数民族文学史、文学概况初稿的共有15个民族，其中写出文学史的计有白、纳西、苗、壮、蒙古、藏、彝、傣、土家9个民族（原计划中回、维吾尔、哈萨克、锡伯、朝鲜5个民族的文学史未完成），其中，白族、纳西族文学史的初稿获得出版。②

1960年8月第三次全国文代会期间，中国科学院文学研究所召集了"第二次少数民族文学史编写工作座谈会"③。会议对此前的文学史编纂工作进行了总结，并对下一步工作进行了规划，决定召开少数民族文学史初稿讨论会以对白族、苗族、蒙古族的文学史进行讨论。

1961年3月25日—4月20日，中国科学院文学所召集的少数民族文学史讨论会在京召开，会议的任务是结合对于三部文学史（《内蒙古文学简史》《白族文学史》《苗族文学史》）的讨论，探讨编写少数民族文学史和文学概况的原则问题，并交流工作经验，制订今后的工作计划，以期有助于已写出的少数民族文学史的修改和推动还未写出的少数民族文学史或文学概况的早日完成。会议议题包括少数民族文学史的分期断代问题、古今比例问题、两种文化的问题、对作家作品的评价问题，以及口头文学的搜集、记录、翻译、整理等问题。④

到20世纪60年代初，在少数民族文学研究工作者的积极努力下，编写出版了纳西族、白族、藏族、壮族等民族文学史。

首次少数民族文学史编写工作座谈会后，云南省组织编写的《纳西族文学史》

---

① 《中共中央宣传部关于少数民族文学史编写工作座谈会纪要》，中国社会科学院少数民族文学研究所编：《中国少数民族文学史编写参考资料》，中国社会科学院少数民族文学研究所（内部资料），1984年，第1页。
② 中国科学院文学研究所：《第二次少数民族文学史编写工作座谈会纪要》，中国社会科学院少数民族文学研究所编：《中国少数民族文学史编写参考资料》，中国社会科学院少数民族文学研究所（内部资料），1984年，第4—5页。
③ 中国社会科学院少数民族文学研究所编：《中国少数民族文学史编写参考资料》，中国社会科学院少数民族文学研究所（内部资料），1984年，第4页。
④ 《民间文学》记者：《少数民族文学史讨论会旁听记》，载《民间文学》1961年第5期。

(初稿)①、《白族文学史》（修订版）②、《白族文学史》（初稿）③ 相继出版，使纳西族和白族成为该阶段中国少数民族中最早获得出版文学史的民族。

《纳西族文学史》（初稿）中涉及古代民族文学的部分，集中于第一编"早期的纳西族文学"及第二编中元、明、清时期的纳西族文学部分。两部《白族文学史》中涉及古代民族文学的部分，集中于第一编"南诏以前的白族文学"、第二编"南诏及大理国时代的白族文学"及第三编中的"元、明、清时期的白族文学"部分。从这三本文学史看，两个民族的文学均与宗教和民间信仰有密切关系，其古代文学中也均有作家文学部分，相对而言，白族古代作家文学发展更为充分。

《藏族文学史简编》（初稿）全书分三编，其首编为藏族古代文学，包括早期藏族及其文学、公元7世纪—13世纪的藏族文学、公元13世纪—17世纪的藏族文学、公元17世纪—19世纪的藏族文学四章，涵盖了藏族古代文学中神话、史诗、传说、故事、民歌等民间文学部分和贵族僧侣文学等内容。④

《广西壮族文学》（初稿）全书共五编，第一编为远古文学，第二编为古代文学，内容涵盖了壮族古代文学的神话、歌谣、传说、故事、戏剧及壮汉文学交流的情况。⑤

在"少数民族文学研究"的学科及"少数民族文学史编写"计划之外，伴随中华人民共和国成立后中国文学史的编写工作步入正轨，尚有一般意义的中国文学史在编纂。考虑到中华人民共和国对多民族现实的肯定、外国学者研究的影响及文学史研究的内在脉络，对古代少数民族作家作品，予以介绍和研究，如1964年游国恩等主编的《中国文学史》在部分章节中涉及了古代少数民族文学的内容，在评论辽代的诗歌创作时称"辽君臣也多能写汉诗，但只有少数反映宫廷内部矛盾的诗篇稍有可取"⑥，可见其已意识到辽代契丹族汉语诗歌的民族属性；也有学者有意识地在编写民族文学史或在中国文学史中为少数民族文学设立独立的古代文学章节，如1962年中科院文学研究所主编的《中国文学史》对北朝时期著名的作家作品进行了较为细致的介绍。这部文学史也关注到了元代女真族作家李直夫，指出了其作品所带有的女真民族文化特征："《虎头牌》中还描写了一些女真族的风俗习惯，并采用了不少女真乐曲，具有浓厚的民族色彩。"⑦ 1957年，由郑振铎编著的《插图本中国文学史》在"辽金文学"一章，对金代女真文学有所叙及，但仅限于一般性的介

---

① 云南省民族民间文学丽江调查队编写：《纳西族文学史》（初稿），昆明：云南人民出版社，1959年。
② 张文勋主编：《白族文学史》（修订版），昆明：云南人民出版社，1959年。
③ 云南省民族民间文学大理调查队编写：《白族文学史》（初版），昆明：云南人民出版社，1960年。
④ 青海民族学院中文专科编：《藏族文学史简编》（初稿），西宁：青海人民出版社，1960年。
⑤ 广西僮族文学史编辑室、广西师范学院中文系编：《广西僮族文学》（初稿），南宁：广西僮族自治区人民出版社，1961年。
⑥ 游国恩等编：《中国文学史》（三），北京：人民文学出版社，1964年，第727页。
⑦ 中国社会科学院文学研究所编：《中国文学史》，北京：人民文学出版社，1962年，第773页。

绍。刘大杰的《中国文学发展史》①，对于元代作家马祖常等作家略有提及，认为马祖常的诗反映了当时的阶级矛盾，并给予了较高的高评价。这部文学史中对北朝民歌也给予了较高的评价。

二、作家作品研究

这一时期的作家作品研究主要集中在古代文学史上具有民族身份的著名作家及其作品上，如元好问、耶律楚材、萨都剌、纳兰性德、曹雪芹等少数民族作家，这些研究主要局限在汉语文学的范畴内，研究者的研究重点主要集中在作家的生平和作品的文本分析，民族身份和民族文化尚未成为研究的重点。

（一）元好问及其作品研究

作为金代文坛的重要代表，元好问及其作品的研究一直是学界关注的重点。这一时期虽然是学术活动比较沉寂的时期，但有关元好问的研究还是出现一些相关成果。主要体现在两个方面：一是对于元好问的作品进行整理、选读、分析，二是对元好问的理论诗评《论诗三十首》进行分析。

这一时期的论著主要有如下几部有代表性的作品。1958 年，人民文学出版社出版印行了由麦朝枢校点的清人施国祁《元遗山诗集笺注》，1959 年又出版了郝树侯《元好问诗选》②。两部作品都属于作品选集推介性质的成果。其中郝树侯《元好问诗选》体制较为完备，不仅以创作先后为序，选录了元氏诗歌 226 首，各类体裁、题材、风格兼备，注释通俗简明，而该书的"后记"较全面地讨论了元氏生平、时代、诗歌与诗论的成就，可以看作是一篇元好问作品的专论。郭绍虞先生在 1949 之前就开始进行元好问研究，1978 年人民文学出版社出版的《杜甫戏为六绝句集解、元好问论诗三十首小笺》是研究元好问诗论最重要的著作。郭绍虞先生在《集解》序言开篇写道："杜甫戏为六绝句，开论诗绝句之端，亦后世诗话所宗。"他认为这六首绝句，是杜甫一生诗学造诣和诗论主旨，是有为而发。先生以众家对这六首诗的论述众说纷纭，便将各家笺释汇集，为后人学习认识此六绝句提供了"触类旁通，相互印证"的参考。而对于元好问的论诗三十首，郭先生认为是书生技痒，不甚经意之作，对于元好问的诗论，要从整体上去把握。

除了上述论著以外，这一时期的论文成果主要有：程千帆的《对于金代作家元好问的一二理解》③ 一文。郝树侯发表了《金元诗人元好问》，该文是其《元好问诗选》的"后记"，他认为元氏反映现实的诗篇，"已足够地把 13 世纪的我国社会现象鲜明地垂示在我们眼帘之前。假如我们承认杜甫的诗是唐代诗史，那么元好问

---

① 这部书最早在 1941~1949 年由中华书局出版，1957~1958 年由上海古典文学出版社出版了修订本上中下三册。1962~1963 年，《中国文学发展史》经修订后重印。
② 郝树侯：《元好问诗选》，北京：人民文学出版社，1959 年。
③ 程千帆：《对于金代作家元好问的一二理解》，载《文史哲》1957 年第 1 期。

的诗,也够得着称为金元之际的诗史了。因之可以说,元好问是继承我国现实主义传统的诗人,他的作品中渗透着高度的人民性"。之所以如此,是因为元氏继承了杜甫的现实主义与爱国主义的传统。并且该文甚至还认为元氏的山水诗,也不是单纯的摹写山水之作,而是"吐露出作者的胸襟的恢宏与想象的开朗",为山水诗"又开辟了一个新的境界",元好问在山水诗的发展中占有一席之地。

(二) 耶律楚材及其作品研究

耶律楚材,契丹人,是蒙古帝国时期重要政治家和作家,他的创作在文学史上有重要地位。有关他的研究这一时期成果较少,目前仅能找到的成果是余大钧《论耶律楚材对中原文化恢复发展的贡献》,论文较早地对耶律楚材在恢复发展中原文化(包括文学)方面所作的贡献加以探讨。作者认为,公元13世纪的耶律楚材曾对中国社会历史的发展在政治、经济、文化等方面起过积极的推进作用,同时指出:"从耶律楚材的诗文集《湛然居士集》来看,从他的诗文所反映出来的他的思想、人生观、生活方式以及交游的师友等方面来看,他实际是一个汉化得相当彻底的、掌握很高水平汉族封建文化的中原士大夫的代表人物。"[1]

(三) 萨都剌及其作品研究

萨都剌作为元代著名的少数民族诗人,他的作品一直为学术界所关注。萨都剌作品集版本问题十分复杂,"据学者考证,有六十三种之多,其中已佚或存疑者十二种,一种存佚不明,五种为日本刻本,六种为词集,现存三十八种诗集版本,分《雁门集》与《萨天锡诗集》两大系统"。[2] 中华人民共和国成立后的前30年中,对于萨都剌研究,在文献、文本等方面都取得了一定的成绩。

1964年出版的游国恩等主编《中国文学史》中,对萨都剌进行了介绍,说"他在当时以宫词、艳情乐府一类的诗著名。乐府名作如《芙蓉曲》《燕姬曲》等学晚唐温、李乐府,秾艳细腻之中,时得自然生动之趣"。又举《上京即事》中的两首,说萨氏"以婉丽之笔,写蒙古祭天礼俗和塞外风光,确有不同于唐代边塞诗的新鲜面目"。但批评说:"可惜他的诗往往只是流连光景,揣摹声色,虽有较高的艺术成就,却缺乏充实的思想内容。"[3] 此外,还有介绍萨都剌文学成就的单篇文章,谷苞《元代维吾尔族诗人萨都剌》比较有代表性。[4] 谷苞认为,萨都剌诗词成就是很高的,他揭露了战争的残酷和官吏的暴虐。其山水风景诗是热情洋溢的,其中对北国风光的描写是深刻而感人的。

---

[1] 余大钧:《论耶律楚材对中原文化恢复发展的贡献》,载《内蒙古大学学报》(社会科学版)1979年第2期。
[2] 查洪德主编:《中国古代诗文名著提要·金元卷》,石家庄:河北教育出版社,2009年版,第316页。
[3] 游国恩、王起、萧涤非等主编:《中国文学史》第三册,北京:人民文学出版社1964年,第318-319页。
[4] 谷苞:《元代维吾尔族诗人萨都剌》,载《新疆文学》1963年第11期。

（四）元代剧作家及散曲作家

1. 李直夫研究

20世纪50年代，孙楷第《元曲家考略》针对《录鬼簿》中的记载加以考补。其依据史志以及元明善《清河集》等，考证称：一是，李直夫为保安州人；二是，李直夫尝官湖南宪使；三是，李直夫为元代延祐间人。① 这种说法对后来的研究者影响很大。

外国学者相关研究的译介客观上推动了中国学界对相关认识的深化。日本学者青木正儿的旧作《元人杂剧序说》的汉译《元人杂剧概说》在1957年获得修订再版，其研究从民族身份的角度对李直夫的剧作做了评价："作者李直夫是女真人，故事是女真事，这也能动人好奇的兴味。曲辞在俚质之中，活跃着淳朴的女真人面目，有令人难以舍弃之感，是元曲中之一异味。如第二折里金柱马、银柱马兄弟酹酒饯行的一段曲辞，描写女真的风俗，颇有野趣可掬者。这不仅是异味的作品，就是把它从文学的见地来看，它的价值也很高。"②

2. 杨景贤研究

杨景贤为蒙古人，先辈已移居浙江钱塘。《录鬼簿续编》言杨氏"善琵琶，好戏谑，乐府出人头地。锦阵花营，悠悠乐志。与余交五十年。永乐初，与舜民一般遇宠。后卒于金陵"。在20世纪50年代，孙楷第对天一阁本《录鬼簿续编》与《太和正音谱》等书中有关杨景贤记载的矛盾之处进行考补。在孙楷第看来，首先，"景贤与景言，乃一人二字"。第二，杨讷为钱塘人。第三，杨讷受宠于明成祖朱棣，原因之一在于其善隐语，"其受宠以猜谜"。第四，杨景贤"大概生于元至正中，也许生于至正初"。第五，杨景贤在永乐初于南京做过官，与汤舜民是同僚。③ 孙楷第的这些观点深刻地影响了后来学者的研究。

3. 散曲作家研究

元代少数民族散曲家及其作品研究所受到的关注较少，仅限于一些介绍性文字。其中，最值得注意两点：一是孙楷第的《元曲家考略》等，其将元少数民族作家群体的考证研究推向新的高度。④ 二是总集式的文献整理方面，在中华人民共和国成立以后，隋树森《全元散曲》⑤ 的出版，标志着元代散曲的文献整理编撰工作的一个总结。

（五）纳兰性德及其作品研究

纳兰性德作为清代最重要的一位诗词大家，他的生平及作品一直是学术研究的

---

① 孙楷第编：《元曲家考略》，上海：上海古籍出版社，1981年，第18页。
② 青木正儿：《元人杂剧概说》，隋树森译，北京：中国戏剧出版，1957年，第78-79页。
③ 孙楷第：《元曲家考略》，上海：上杂出版社，1953年，第57-58页。
④ 孙楷第：《元曲家考略》，上海：上海杂志出版社，1953年，第13-98页。
⑤ 隋树森：《全元散曲》，北京：中华书局，1964。

热点，这一时期有关纳兰性德的研究虽然不是十分丰富，但相较其他作家已经属于成果较多的研究。

1949年之后的一段时期，纳兰性德及其作品并未进入文学史家的视野。20世纪60年代后这种情况稍稍有了改变。浦江清的《中国文学史讲义》将纳兰性德作了专节论述，对纳兰词也有较高的评价："词在五代两宋最发达，后来虽有作者，大多倚声缀句，没有什么内容。到了纳兰容若，才又放光芒"。这一时期，最有影响的是由游国恩主编、刘大杰改写、社科院集体编写的三部文学史，刘大杰的《中国文学发展史》在1962年改写中对纳兰性德的评价相对客观，一方面批评了纳兰词的过于感伤，另一方面也充分肯定了纳兰词在艺术上的自然："天然去雕饰，清淡朴素，写景咏物，情感真挚"[1]。

这一时期的一个重大成果是纳兰手简的发现及影印本的发行，为纳兰词的研究提供了新的资料。1962年上海图书馆将纳兰手简影印出版，共收纳兰性德致友人书简37件，这些资料对于纳兰性德研究有重要的史料价值。夏承焘认为："他手简里所自述关于他的政治处境与生活心情的：如为侍卫时，对'入直'与'从驾'两事，都视为很大的精神负担……这位淡于宦情的少年公子，目击权门钩心斗角的情势，能不产生一种微察忧危、警于满盈的消极思想吗？他的《花间》风格词，正是他'甚慕魏公子饮醇酒近妇人'的心情。……这若出于一般贵族官僚之口，可能会是虚伪的，我们了解了成德的政治处境，是可以相信他这时生活心情和创作动机的。"顾廷龙所写的后记则证实了手简的对象，重点突出了手简的信史价值。"书简对科学研究，有极大的参考价值，这样丰富多彩的资料，更应予以重视和保存。"[2]

（六）曹雪芹及《红楼梦》研究

这一时期有关曹雪芹及《红楼梦》的研究主要集中在《红楼梦》的写作背景和曹雪芹的族属问题考证。

1953年周汝昌发表《〈红楼梦〉新证》[3]，这部著作对《红楼梦》产生前后的一些具体的社会历史背景进行了详细的考证，提供了很多细致的考证材料，这些材料对于全面理解《红楼梦》的思想内容，有一定的帮助。同时，这部著作对曹雪芹的家世事迹进行详细的考证，提供了丰富的研究材料。这些材料对于了解《红楼梦》所描写的封建贵族大家庭的生活，包括作者个人的经历对他创作的影响是有重要参考价值的。

1964年周汝昌发表《曹雪芹》[4]一书。著作主要考证了曹雪芹的生平事迹，并

---

[1] 刘大杰主编：《中国文学史》第四册，北京：人民文学出版社，1964年版，第182页。
[2] 以上夏承焘《前言》、顾廷龙《后记》均见上海图书馆编《影印词人纳兰容若手简》，1961年。
[3] 周汝昌：《红楼梦新证》，上海：棠棣出版社，1953年。
[4] 周汝昌：《曹雪芹》，北京：作家出版社，1964年。

且对《〈红楼梦〉新证》中的一些材料重新进行了整理和阐释,对曹雪芹创作的时代背景、家庭环境进行了系统的评述。1980 年这部书以《曹雪芹小传》的名称再版①。这时期的研究还包括 1979 年陈毓罴、刘世德、邓绍基合著的《红楼梦论丛》②和王钟翰、李燕光等编著的《满族简史》。《满族简史》中将《红楼梦》描述为:"满族在文学领域内,人才辈出,著述丰富,获得了迅速发展和惊人的成就,其中最为著名的文学家是曹雪芹。"③ 这是红学研究史上首次直接以满族文学家身份描述曹雪芹的论断。

此外,这一时期少数民族作家作品研究还包括对纳西族《白狼歌》研究综述。陈宗祥、邓文峰《〈白狼歌〉研究述评》④ 一文从"歌词的校勘""地望的探讨"以及"本语的研究"三个方面比较详细地梳理了从清朝末年至 1979 年之前的有关研究成果。

这一时期作家作品的研究内容涉及范围总体来说较小,涉及作家主要集中在北方,以元代和清代为重点,研究内容主要集中在作品集的选校、作家的生平以及简单的作品分析上,总体来说,内容较为贫乏,研究的深度也显不足,但是在作品的搜集、选校上还是取得了一些成绩,为下一阶段的研究提供了资料。

三、文献整理

这一时期的文献整理获得了一些有重要意义的成果。如陈述先生在缪荃孙等人基础上,着力搜集各大图书馆收藏的辽代碑志拓本,校正了《辽文存》等书的一些讹误,又增添了部分新篇章,编成《辽文汇》,后改名为《全辽文》。此书成书于 1936 年,但由于战乱等缘故,直到 1953 年才由中国科学院出版局在北京印行。

总体来说,这一时期的文献整理工作进行得并不十分顺利,所取得的成果也是有限的,但在前人搜集整理的基础上,这一时期的研究者还是进行了大量的增补和校对,使得这些珍贵的资料得以保存下来,为下一阶段的研究打下了基础。

四、民族文学关系研究

1949 以后对于民族关系的认识有了质的变化,这种变化也影响到古代民族文学研究,出现了一些重新思考和定义古代民族文学关系的研究成果。这一阶段的各民族文学关系研究主要集中在《中国文学史》以及南北朝文学、辽金元文学研究中。这些通史或断代史在论述文学发展流变的过程中,提及或论述了各民族文学的关系。其中最具代表性、最有影响的是以下两种:

---

① 周汝昌:《曹雪芹小传》,天津:百花文艺出版社,1980 年。
② 陈毓罴、刘世德、邓绍基:《红楼梦论丛》,上海:上海古籍出版社,1979 年。
③ 满族简史编写组:《满族简史》,北京:中华书局,1979 年,第 95 页。
④ 陈宗祥、邓文峰:《〈白狼歌〉研究述评》,载《西南师范大学学报》1979 年第 4 期。

一是游国恩、王起、萧涤非、季镇淮、费振刚主编的《中国文学史》，论及各民族文学关系之处很多。如在《辽金文学》一章中指出："契丹贵族建国初期，崇尚武勇，连妇女都会骑射，对文学并不重视，跟中原地区的重文轻武，形成各自不同的习俗。但到了它在燕京建都时，疆域扩张到现在河北、山西的北部，跟早在这一带定居的汉族人民杂居，他们一面接受了汉族的封建文化，刻印、翻译唐、宋作家的一些诗文集；一面也给汉族的封建文化注入了新的血液。"① 将契丹族文学的发展放在一大的空间视角中来观照，论述了汉民族文化和文学对契丹文学的影响，同时也以平等的态度来思考契丹文化及文学给汉民族文学带来的新鲜活力，这种对待少数民族文学的态度是值得称道的。

二是中国社会科学院文学研究所编写的《中国文学史》也多有论述民族文学关系的文字。在《辽金文学》一章中写到金代文化、文学时讲到："在文化上，女真统治者也尽量效法汉唐、北宋和辽代。有'小尧舜'之称的金世宗完颜雍（1161—1189）被女真贵族完颜伟兀尤子批评为'自近年来多用辽、宋亡遗臣、以富贵文字坏我土俗'。这句话透露出汉族和契丹族文化在金朝的声势，也表明了金朝文学与辽宋文学，特别是北宋文学的渊源关系。"② 这里，既指出少数民族与汉文化的关系，也指出少数民族文学之间的关系。

综上所述，1949—1979 年是古代少数民族文学研究的初始期，这一时期由于种种原因，少数民族文学的研究并没有顺利展开，目前能找到的有关少数民族古代文学的研究成果相对有限；又由于时代的局限，目前所看到的专著和论文的研究方式和研究角度比较单一，大多数著作是以作家作品的选本为主，其中的理论成分含量较低；学者发表的研究论文数量有限，其中具有开拓性和学术价值的更是凤毛麟角，这是让人感到非常遗憾的。但这一时期还是为我们提供了一些不可多得的原始资料，这些珍贵的文本成为下一个时期学术研究的重要资料。

第二节　研究发展期（1980—1999 年）

自 1980 年始，学界对少数民族古代文学的研究进入一个新的时期，这一时期一个重要的成果是少数民族文学史的陆续出版。编写中国少数民族文学史和文学概况的工作 1958 年开始筹备，1966 年后，这项工作被迫暂停。1979 年以后，这项工作在原来的基础上，继续进行并陆续有成果问世。随着现代学科体系的建立与现代研究方法的运用，少数民族文学的研究范围逐步拓宽，研究程度逐渐深入，从微观到宏观都有了很大的突破，研究成果不断涌现。纵览本时期的研究，其成就主要体现

---

① 游国恩、王起、萧涤非、季镇淮、费振刚主编：《中国文学史》，北京：人民文学出版社，1964 年，第 156 页。

② 中国社会科学院文学研究所：《中国文学史》，北京：人民文学出版社，1962 年版，第 813-814 页。

在以下三个方面。

一、文学史对少数民族古代文学的书写

1984 年《中国少数民族文学史丛书》编写计划启动，中国少数民族文学史或文学概况的编写和出版工作在全国各地继续进行，这些著作，都以自己独有的内容和风格填补了中国文学史建设领域中的许多空白。马学良、梁庭望、张公瑾主编的《中国少数民族文学史》[1] 揭示了中国少数民族文学各阶段文学现象及其发展规律，是真正意义上的第一部少数民族文学史专著。这一时期出版的各个少数民族的文学史在某些方面更像是各民族文学文化概况的介绍，对于具体作品的分析相对比较简单。1981 年齐木道吉、梁一孺、赵永铣等编著的《蒙古族文学简史》，第一编为古代文学，主要包括神话、英雄史诗、传记文学等[2]。

邓绍基主编的《元代文学史》和顾建华著《中国元代文学史》，对以耶律楚材为代表的少数民族作家耶律楚材进行了专门的介绍和评论。对其诗歌评论："在蒙古王朝时代初期，耶律楚材几乎是在朝的独秀一枝的诗人，因此清顾嗣立《元诗选·耶律楚材小传》誉为'一代词臣'。"[3] "耶律楚材的诗文，与和他同时代由金入元的大文学家元好问相比，自然不如。但元好问在金代已有很高名声，而耶律楚材的政治业绩和文学成就主要在蒙古帝国。他的诗文本色，自然，在元代文学史上有着独特的风貌。"[4]

1989 年沈阳出版社出版了赵志辉主编的《满族文学史》第一卷[5]。全书共 36 万字，这一卷论述清前期满族先世文学。1994 年春风文艺出版社出版了董文成著的《清代文学论稿：〈金云翘传〉〈聊斋志异〉与满族文学》[6]，本书收录董文成的论文 12 篇，以清代小说和满族文学的论文为主。1994 年出版的张晶的《辽金诗史》[7]，对辽、金时期少数民族诗歌创作情况进行了一个综合整理。1994 年出版的祝注先的《中国少数民族诗歌史》[8] 按照古代少数民族政权的时序，分别论述了十六国时代、北朝鲜卑、辽代契丹、金代女真以及拓跋鲜卑后裔元好问、元代色目诗人、明代西南民族、清代满洲等少数民族的诗歌成就。1995 年人民出版社出版了马子富、刘丽红著的《中国清代文学史》[9]，第九章"晚清的小说"中的第二节"侠义公案小说"，介绍了《儿女英雄传》。1996 年，由孙望、常国武主编，周惠泉

---

[1] 马学良、梁庭望、张公瑾主编：《中国少数民族文学史》，北京：中央民族学院出版社，1992 年。
[2] 齐木道吉、梁一孺、赵永铣等编著：《蒙古族文学简史》，呼和浩特：内蒙古人民出版社，1981 年。
[3] 邓绍基主编：《元代文学史》，北京：人民文学出版社，1991 年，第 395 页。
[4] 顾建华：《中国元代文学史》，北京：人民出版社，1994 年，第 190 页。
[5] 赵志辉主编：《满族文学史》（第一卷），沈阳：沈阳出版社，1989 年。
[6] 董文成：《清代文学论稿：〈金云翘传〉〈聊斋志异〉与满族文学》，沈阳：春风文艺出版社，1994 年。
[7] 张晶：《辽金诗史》，长春：东北师范大学出版社，1994 年。
[8] 祝注先：《中国古代少数民族诗论》，南宁：广西人民出版社，1989 年。
[9] 马子富、刘丽红：《中国清代文学史》，北京：人民出版社，1994 年。

撰写的《宋代文学史》问世，金代的文学在文学史中占了四章的篇幅，分别从上中下三个时期概述金代文学的流变，且女真文学以独立章节进入文学史，得到了学术界的广泛认可。其中说"伴随着民族融合的进程，中原地区汉民族的农业文化与北方游猎民族的草原山林文化相互影响、相互吸收，形成了金代文学的新的特色、新的气象。"①

在断代文学史和族别文学史之外，少数民族文学研究历经 1949 年之后近五十年的整理、酝酿，于 1997 年出版张炯、邓绍基、樊骏主编的十卷本《中华文学通史》②该书由中国社科院文学研究所与少数民族文学研究所合作编订而成，编写人员中有许多少数民族文学专家或研究少数民族文学的专家。该书前四卷为古代文学部分，其中少数民族文学研究占有一定的比重。

作为一项可贵的学术尝试，虽然《中华文学通史》存在着各民族文学之间发展关系的梳理、衔接不足以至内容缺乏有机性整合③，部分作家作品的诠释不够贴近原初语境下的民族文化心理（如对曹雪芹及《红楼梦》的满族历史文化视角开掘不足）等问题，但其宝贵之处在于这是传统文学史第一次有意识把少数民族文学放在与汉族文学同等的地位去书写，是一部突破以往惯例、重新构建一套中华民族文学史体系的作品，"这既是对原有文学史观的重大的突破，也是对原有文学史写作范式的重大突破，其奠基性的开拓意义不言而喻。"④

二、作家作品研究

这个时期少数民族古代作家作品研究取得了一系列成果，我们在此选择其中有代表性的作家作品进行论述。

（一）有文字记载的古代少数民族民歌研究

在漫长的民族交往过程中，一些少数民族的民歌以不同的形式被记录下来，在以往的研究中，没有对这部分作品进行深入的分析，尤其没有将作品同民族身份联系起来进行分析，这一阶段在这方面的研究有所突破。这部分作品主要包括壮侗先民的《越人歌》、匈奴人的《匈奴歌》、彝族先民的《白狼歌》等。

《越人歌》最早收录于西汉刘向的《说苑》卷十一《善说》第十三则，用记音的方式记录下来的古越语发音。这一时期《越人歌》得到了学界的注意，研究成果主要体现在对原歌的译读与解析。虽然《越人歌》原歌与译歌都有保留，但因为语言是不断发展变化的，要读通原歌，却有很大的困难。经过两千多年的不断演化，

---

① 孙望、常国武主编：《宋代文学史》（下），北京：人民文学出版社，1996 年，第 449 页。
② 张炯、邓绍基、樊骏主编：《中华文学通史》，北京：华艺出版社，1997 年。
③ 张炯：《张炯文存》（第 10 卷），长沙：湖南大学出版社，2011 年，第 577 页。
④ 李晓峰：《被表述的文学：20 世纪中国文学史书写中的民族文学》，北京：中国社会科学出版社，2013 年，第 228 页。

古越语分化成现在的侗、壮等少数民族语言，它们之间存在着较大的区别。与此相关的论文主要有许友年的《试论〈越人歌〉的原文和译文》①，白耀天的《〈榜枻越人歌〉的译读及其有关问题》②；另外有关《越人歌》的族属问题，林河的《侗族民歌与〈越人歌〉的比较研究》③，祝注先的《说〈越人歌〉》④ 认同韦庆稳先生在《试论百越民族的语言》⑤ 中提出的观点："榜枻越人"是壮族的先民，《越人歌》是壮族先民的歌。

有关《匈奴歌》的研究。《匈奴歌》是汉代匈奴人创作的歌谣。汉武帝派卫青、霍去病将兵出击匈奴，夺取焉支山和祁连山，匈奴人悲伤作此歌。《匈奴歌》仅四句二十四个字，却以哀婉的语调，表达了匈奴人对故土、对生活的眷恋和热爱。陶克涛《〈匈奴歌〉别议》⑥ 一文根据语言、历史、地理等资料对《匈奴歌》的族属问题、词意与词句、是否有乐器伴奏等问题提出了新的看法。阿尔丁夫的《关于〈匈奴歌〉若干问题的考释》⑦ 和《关于〈匈奴歌〉若干问题的考释（续前）》⑧ 两篇文章对"关于祁连山、焉支山地望问题""关于产生时代问题""关于版本问题""关于祁连、焉支的含意及并列歌唱问题""关于《匈奴歌》的民族色彩问题""关于《匈奴歌》内容的途释问题"六个问题做了非常详细的考释。

有关《白狼歌》的研究这一时期的成果比较丰富。据《后汉书·西南夷列传》记载，东汉明帝永平年间，西南地区白狼部落的首领白狼王"慕化归义"，在明帝举行的宴会上唱了三首颂歌，即传诵千年的《白狼歌》三章：《远夷乐德歌》《远夷慕德歌》《远夷怀德歌》。本时期《白狼歌》的研究主要集中在两个方面：一是歌词的校勘与解析。邓文峰、陈宗祥《〈白狼歌〉歌辞校勘》⑨ 一文将《册府元龟》《四部备要》尊经书院本《后汉书》《通志》《东观汉纪》辑本、金陵本等不同文献中的《白狼歌》逐字逐句地进行了比对与互校，然后将校勘后的文本录于文末，并且得出"《册府元龟》所记录的《白狼歌》，尚保留着原来的记音汉字。除个别的是错字外，一般都是传抄的笔误。……唐人李贤注《白狼歌》时，可能发现原注汉字与唐音不合，进行改动"的结论。二是语言层面的研究。例如马学良、戴庆厦的《〈白狼歌〉研究》⑩，文章通过对《白狼歌》的汉字记音与藏缅语族语言的比较，探讨了三个问题：一是《白狼歌》是怎样产生的？"是先有汉文诗然后再译为白狼语，还是先有白狼语诗然后再译为汉语？"二是分析了《白狼歌》在语音、语法以

---

① 许友年：《试论〈越人歌〉的原文和译文》，载《福建师大学报》（哲学社会科学版）1983 年第 1 期。
② 白耀天：《〈榜枻越人歌〉的译读及其有关问题》，载《广西民族研究》1985 年第 1 期。
③ 林河：《侗族民歌与〈越人歌〉的比较研究》，载《贵州民族研究》1985 年第 4 期。
④ 祝注先：《说〈越人歌〉》，载《学术论坛》1987 年第 5 期。
⑤ 韦庆稳：《百越民族史论集》，北京：中国社会科学出版社，1982 年版。
⑥ 陶克涛：《〈匈奴歌〉别议》，载《民族研究》1983 年第 1 期。
⑦ 阿尔丁夫：《关于〈匈奴歌〉若干问题的考释》，载《内蒙古教育学院学报》（综合版）1989 年第 1 期。
⑧ 阿尔丁夫：《关于〈匈奴歌〉若干问题的考释（续前）》，载《内蒙古教育学院学报》1990 年第 1 期。
⑨ 邓文峰、陈宗祥：《〈白狼歌〉歌辞校勘》，载《西南师范大学学报》，1981 年第 1 期。
⑩ 马学良、戴庆厦：《〈白狼歌〉研究》，载《民族语文》1982 年第 5 期。

及词汇上的特点；三是探究了《白狼歌》语言的系属问题，即同藏缅语族语言的关系。

《木兰诗》的研究。《木兰诗》是北朝少数民族诗歌的重要代表。刘子骧的《北朝民歌〈木兰诗〉》[①]和陈子典的《形象典型 个性独特——读北朝叙事诗〈木兰诗〉》[②]、江山的《一卷绚美的历史图画——读北朝乐府民歌〈木兰诗〉》[③]，这三篇文章都是对北朝著名乐府叙事诗《木兰诗》的解读，对诗歌产生的社会背景进行分析，分析北朝底层人民对战乱纷飞的苦恼和无奈，以及对和平的渴求。

（二）作家作品研究

少数民族古代作家作品的研究成果丰富，我们选择其中有代表性的作家进行分析，透视本时期少数民族古代作家文学研究的方法与路径。

1. 元好问研究

这一阶段元好问研究进入一个繁荣时期。1990年8月中国元好问学会成立，并先后召开了四次学术会议，学术成果急剧增多，发表论文达四百余篇，出版专著二十余部。研究主要集中在元好问的生平研究、思想研究和作品研究三个大的方面。

元好问的生平研究中，年谱和传记的论著比较有代表性的有郝树侯、杨国勇《元好问传》[④]、朱东润《元好问传》[⑤]、刘明浩《腹心软，寇仇软：元好问传》[⑥]等成果。其中郝树侯、杨国勇《元好问传》是最早的一部元氏传记成果，全书十五章，以元好问生平经历为主线，以评论为主体，采用寓论于事的行文方法，清晰而完整地勾勒了元好问的一生。论文方面比较有代表性的是王玉声《关于元好问生平的几点订正》[⑦]，认为："近年的一些出版物关于金代诗人元好问的介绍中，存在不少错讹，有属因袭前人之误，有属编著者的粗心"，于是论文就一些基本问题，甚至是常识问题给予了订正。姚乃文《元好问在河南》[⑧]，论文详细地分析了元好问诗歌内容和思想与他的生活经历之间的关系。元氏生平研究中的另一热点问题是元好问在民族文学融合中所起的作用，以及他本人的文化立场问题。代表性的成果是辛一江《元好问在元初的文化活动》[⑨]，该文强调元好问《癸巳上耶律中书书》在客观上保存、推荐了中州名士（54人），并且这批人中有48人被忽必烈先后重用，他

---

① 刘子骧：《北朝民歌〈木兰诗〉》，载《语文函授》1978年第4期。
② 陈子典，《形象典型 个性独特——读北朝叙事诗〈木兰诗〉》，载《教与学》1980年第4期。
③ 江山：《一卷绚美的历史图画——读北朝乐府民歌〈木兰诗〉》，载《江汉大学学报》1990年第5期。
④ 郝树侯、杨国勇：《元好问传》，太原：山西人民出版社，1990年。
⑤ 朱东润：《元好问传》，《朱东润传记作品全集》（第三卷），上海：东方出版中心，1999年。
⑥ 刘明浩：《腹心软，寇仇软：元好问传》，北京：东方出版社，1999年。
⑦ 王玉声：《关于元好问生平的几点订正》，载《晋阳学刊》，1985年第1期。
⑧ 姚乃文：《元好问在河南》，载《中州学刊》1986年第1期。
⑨ 辛一江：《元好问在元初的文化活动》，载《文学遗产》1994年第5期。

们为元初的文治做出了巨大贡献。同时，这些人初步奠定了元初文坛的规模，"对元初文风的形成有直接影响"。

元好问思想的研究。这一时期学者们大体上认为元氏的思想以儒家为主导，张博泉的《元好问与史学》[①] 一文，从史学的角度讨论元氏思想，认为"元好问的史学思想带有北方学者的某些特点"，他的历史观是历朝封建传统的"明君贤相"的思想，其所记录的金代史事，也多是这种"明君贤相可传后世之事"。

元好问的作品研究是这一时期成果最多的研究方向。元好问作品包括诗、词、曲、小说多个方面，这一时期学者们一方面继续在前人资料的基础上对元好问作品进行整理补校，另一方面在具体作品进行文本分析。元好问的作品全集以 1990 年山西人民出版社出版的姚奠中主编的《元好问全集》最为翔实完备。诗歌研究方面，蔡厚示《论元好问诗风的衍变》[②]，提出元好问的诗，依其风格之变化，大致可分为早年、金亡前后和晚年三个时期。陈书龙《论元好问的"丧乱诗"》[③]、赵廷鹏《赋到沧桑句便工——论元遗山的纪乱诗》[④] 关注的作品是元好问的"丧乱诗"研究。元好问的词作研究主要代表性的成果有张晶《论遗山词》[⑤]、陈长义《遗山词辨微》[⑥]、陈刚《遗山词简论》[⑦]。其中，张晶《论遗山词》站在词学史的高度，对遗山词进行了讨论，这是一篇视野开阔、分析深入的成果。它首先指出元遗山是"金代词人之冠"，理由是"元好问是金代词坛上最为高产的词人"。其次，拈出"'亦浑雅、亦博大'的遗山壮词"，指词人更多地继承了两宋以来以苏、辛为代表的豪放词传统的历史感与以崇高为主要审美因素的美学风貌。再次，论文还看到了遗山词风格的多样性，所谓"柔婉之至而又沉雄之至"，"遗山词中有些篇什从题材到手法都近于婉约家数，抒写词人细腻感受，写得柔婉幽峭"。元好问的小说集《续夷坚志》在这一时期也引起了学者的注意。李正民在 1986 年发表了《试论元好问的〈续夷坚志〉》[⑧]，该论文是 20 世纪以来第一篇元氏小说专论，文章提出："《续夷坚志》是元好问写的史料性，杂记体小说集"。1999 年 12 月，李正民出版了《续夷坚志评注》[⑨]，刘达科在《民族文学研究》以《纵横捭阖融会贯通——读李正民〈续夷坚志评注〉》[⑩] 为题先后发表了关于该书的书评，认为该书是一部旨在"填补空白的力作，具有不可忽略的学术价值和意义"。

---

① 张博泉：《元好问与史学》，载《晋阳学刊》1985 年第 2 期。
② 蔡厚示：《论元好问诗风的衍变》，载《文学遗产》1990 年第 4 期。
③ 陈书龙：《论元好问的"丧乱诗"》，载《中南民族学院学报》1984 年第 4 期。
④ 赵廷鹏：《赋到沧桑句便工——论元遗山的纪乱诗》，载《文学遗产》1986 年第 6 期。
⑤ 张晶：《论遗山词》，载《文学遗产》1996 年第 3 期。
⑥ 陈长义：《遗山词辨微》，载《四川教育学院学报》1996 年第 2 期。
⑦ 陈刚：《遗山词简论》，载《固原师专学报》1996 年第 4 期。
⑧ 李正民：《试论元好问的〈续夷坚志〉》，载《晋阳学刊》1986 年第 1 期。
⑨ 李正民：《续夷坚志评注》，太原：山西古籍出版社，1999 年。
⑩ 刘达科：《纵横捭阖 融会贯通——读李正民〈续夷坚志评注〉》，载《民族文学研究》2000 年第 3 期。

2. 耶律楚材及其作品研究

耶律楚材及其作品的研究从 20 世纪 80 年代初开始也日渐丰富，主要的代表成果如下：孟光耀在 20 世纪 80 年代初期发表了一系列评论耶律楚材作品的文章，如《论耶律楚材的佛教思想》①《试探耶律楚材的几个主要称号》《契丹族杰出的诗人——耶律楚材》《苏东坡与耶律楚材家族的关系》等。这些论文对耶律楚材的文学创作予以极高的评价，全面论述了耶律楚材诗歌的思想内容和艺术成就，认为他的诗歌从多方面反映了当时的国事和民生，"在思想、艺术方面，楚材能继承唐宋以来的优良诗风，创造出许多脍炙人口的诗篇，填补蒙古汗国时代诗史的空白。而且，对元代的诗歌产生了巨大影响"。② 刑莉《耶律楚材诗歌中的政治理想与生活理想》一文则以耶律楚材的诗歌为例，指出耶律楚材政治理想与生活理想的核心是济世泽民。③ 李中耀的《耶律楚材和他的西域诗》提出"他的期盼统一诗，也能从美好的愿望出发，表现出一些具有进步意义的思想观点。他的风土诗，始终充盈着对西域斯土斯民的挚爱之情，歌颂各族人民的友好相处、学习交流，歌颂各族人民的美好生活、纯朴情操，具有重要的历史价值和现实意义。"④

（三）元代杂剧和散曲作家研究

这一时期元代三位影响力最大的少数民族杂剧作家石君宝、李直夫、杨景贤依然是学者们关注的重点，三位杂剧作家的主要作品都得到了关注。本时期研究较上一阶段，内容更丰富、角度更多样。其中最具代表性的是对石君宝的《秋胡戏妻》、李直夫的《虎头牌》和杨景贤的《西游记》的研究。20 世纪末期，骆玉明等人曾结合其他作品对《秋胡戏妻》做比较性研究。其《〈陌上桑〉与"秋胡戏妻"的故事》（《古典文学知识》1996 年第 1 期），从故事发生的地点、人物、情节等方面，对诗歌《陌上桑》与杂剧《秋胡戏妻》加以比照。

1. 李直夫与杨景贤研究

李直夫创作剧作中，仅有《便宜行事虎头牌》以全剧见存，学者对它的关注也最为集中。有关论文有卞兆明《李直夫的〈虎头牌〉谈片》、刘荫柏《李直夫及其戏剧初探》。进入 20 世纪 80 年代后，杨景贤的《西游记》杂剧被给予了更高的评价。赵相璧《杨景贤及其杂剧〈西游记〉》认为杨景贤的杂剧《西游记》不仅反映了当时的社会现实，而且集中表现了人民群众的愿望，有强烈的感染力，是一部较好的作品。⑤ 此外，周双利与王坤《杨景贤的生平、思想与创作》⑥ 也认为，杨景

---

① 孟光耀：《论耶律楚材的佛教思想》，载《内蒙古社会科学》1981 年 6 期。
② 孟广耀：《契丹族杰出的诗人耶律楚材》，《北方民族史研究》，郑州：中州古籍出版社，1994 年，第 106 页。
③ 刑莉：《耶律楚材诗歌中的政治理想与生活理想》，载《中央民族学院学报》1985 年第 2 期。
④ 李中耀：《耶律楚材和他的西域诗》，载《西域研究》1994 年第 4 期。
⑤ 赵相璧：《杨景贤及其杂剧〈西游记〉》，载《内蒙古社会科学》1981 年第 4 期。
⑥ 周双利、王坤：《杨景贤的生平、思想与创作》，载《文学评论》1982 年第 1 期。

贤杂剧《西游记》长期以来被认为是吴昌龄的作品，致使杨景贤被湮没无闻，并提出，其出现在吴承恩小说《西游记》之前，对小说的创作也起过推动作用，应在文学史上占有一定的地位。熊发恕《〈西游记杂剧〉作者及时代考辨》也评论道，《杨东来先生批评西游记》是现存时代最早的唯一整剧传世写唐僧取经故事的戏曲，在明代神魔小说百回本《西游记》的成书过程中有着重要意义。① 这一时期研究的一个特点除了对作品进行文本分析外，更重视从作家民族身份在作品的表现进行分析。

2. 纳兰性德及其作品研究

进入新时期，纳兰性德研究成为清词研究成果最丰硕的领域，先后出版有纳兰性德诗词文献整理和研究著作有十余种，比较有代表性的著作有黄天骥《纳兰性德和他的词》、寇宗基、邱建平合著《纳兰性德评传》、马乃骝《纳兰成德诗集诗论笺注》等。

黄天骥《纳兰性德和他的词》是第一部系统论述纳兰性德世系、生平、思想、交游和文学成就的大型专著，作者将重心放在对纳兰词各类题材的论述上，包括爱情、悼亡、友情、出塞等，并结合不同的题材分析了纳兰性德矛盾复杂的内心世界，特别是对他仕宦的苦闷、惴惴有临履之忧的分析尤具卓见，深刻地揭示了纳兰词的时代气息和风格特点。寇宗基、邱建平的《纳兰性德评传》则结合纳兰性德的一生行谊，叙述他的家世与出身、侍卫生涯、扈从出行、文论思想、诗词成就，是第一部关于全面论述纳兰性德生平、思想、文学成就的作家评传。徐征主编的《纳兰性德丛话》是论述纳兰性德及其家族问题的10篇专题论文的结集，包括从满汉民族融合角度论述纳兰性德历史贡献的，谈纳兰性德在诗歌方面的艺术成就的，谈纳兰家族祖茔发掘及发现经过的文物调查报告，考证纳兰性德生活场所桑榆墅、渌水亭、皂荚屯等历史地理论文，这些论文作者或是专业研究人员，或是海淀史地专家，涉及的内容比较庞杂，但这些论述都有重要的文物与史料依据，对理解纳兰性德生平思想有重要意义。

《承德师专学报》（1993年改名为《承德民族师专学报》）从1985年开始，每一年都有一期专栏来刊登有关纳兰性德的研究论文。从1985到1999年，共发表相关论文95篇。论文的内容几乎涵盖了纳兰性德生平和作品的各个方面。比较有代表性的有综述类研究、生平研究、作品研究、思想研究。综述类研究如齐敬之、别廷峰《建国以来纳兰性德研究情况综述》，对中华人民共和国成立一直到20世纪80年代中期有关纳兰性德的身世和生平、作品、艺术风格、民族特色的研究进行了全面总结并提出："三百年来，纳兰的艺术佳品仍被埋在迷雾之中，我们应拨开迷雾，从纳兰的词，纳兰的世界观、身世遭遇、作品的美学价值、在文学史上的地位，还纳兰以本来面貌，让'纳兰学'攀上满族文学史上的另一座高峰"。② 有关纳兰性

---

① 熊发恕：《〈西游记杂剧〉作者及时代考辨》，载《四川师范大学学报》1990年第2期。
② 齐敬之、别廷峰：《建国以来纳兰性德研究情况综述》，载《承德师专学报》1985第4期。

德的生平研究如：陈子彬的《〈纳兰性德年谱〉补遗》① 根据《康熙起居注》及有关史料，对纳兰性德的生平史料做了一定的补充。高亢的《张任政〈纳兰性德年谱〉补正》②，文章认为张任政在民国初年所做的《纳兰性德年谱》，有的地方还不够完善，根据新的资料补充了"张谱"的12处不足之处。有关纳兰的婚姻问题，姚崇实的《纳兰性德婚姻略考》③ 提出：与纳兰性德有密切关系的第一位女子大概就是入宫之女"，而沈宛则依据《众香词》所选的沈宛词5首及《众香词》中的沈宛小传等材料认定沈宛确有其人，"是纳兰成德之妾"。刘德鸿《康熙帝之惠妃与纳兰性德的婚前恋人》则认为纳兰婚前确有恋人，但不是入宫女子，而是"如同《红楼梦》中的晴雯、袭人一流人物，此女的归宿不是'入宫'作了嫔妃，而是入了道观寺庙作了女黄冠或沙门尼。"④ 对纳兰作品的研究包括对纳兰性德诗词的艺术特征的研究以及对《通志堂经解》的注释。魏东朝在《善制凄凉曲的圣手——试论纳兰性德词的表现艺术》⑤ 一文中，认为纳兰词情调凄凉哀婉，除了自身的生活经历以外，还在于他采取了比较有效的艺术手段，如通过景物和环境的描写，制造和渲染凄凉的气氛；直抒胸臆，坦率地表达自己的哀愁；通过形象的描绘或回忆对比的手法表现人物内心的哀痛；通过梦境的描写，抒发哀情等。宋培效从内容和形式两方面探讨了纳兰性德的悼亡词，认为纳兰性德的悼亡词在以下方面有了新的突破：第一，把悼亡作为文学创作重要的严肃的题材来对待；第二，在内容与形式的结合上达到了统一与和谐；第三，通过悼亡抒发了一种纯真而高尚的人情；第四，运用了多样化的艺术手法。⑥ 高亢的《纳兰成德〈咏史诗〉20首试释》一文，结合历史的背景和纳兰咏史"有意而不落议论"的特点，详细分析了纳兰性德的20首咏史诗，深入探讨了纳兰的历史观。⑦ 罗星明从1994到1999年连续发表了六篇《纳兰性德〈通志堂集·经解序〉注释》，通过注释的方式对纳兰性德的序跋类散文进行了全面的解读。有关纳兰性德的思想研究，刘德鸿的《论纳兰性德的思想轨迹》（上）一文中指出：纳兰性德思想的形成原因一方面是在理学陶冶的环境下长大⑧，二是拜汉族学者徐乾学为师。在《论纳兰性德的思想轨迹》（上续）一文中继续讨论纳兰性德受徐乾学影响而写成的《渌水亭杂识》，"可以看作满族青年纳兰性德学习汉文化的历史纪录，从中可以窥见他的思想轨迹"。⑨

这一时期《承德师专学报》（1993年后改为《承德民族师专学报》）成为纳兰

---

① 陈子彬：《〈纳兰性德年谱〉补遗》，载《承德师专学报》1986第4期。
② 高亢：《张任政〈纳兰性德年谱〉补正》，载《承德师专学报》1990第3期。
③ 姚崇实：《纳兰性德婚姻略考》，载《承德师专学报》1987第4期。
④ 刘德鸿：《康熙帝之惠妃与纳兰性德的婚前恋人》，载《承德民族师专学报》1997年第4期。
⑤ 魏东朝：《善制凄凉曲的圣手——试论纳兰性德词的表现艺术》，载《承德师专学报》1991年第4期。
⑥ 宋培效：《纳兰性德悼亡词试论》，载《承德民族师专学报》1994年第2期。
⑦ 高亢先生：《纳兰成德〈咏史诗〉20首试释》，载《承德民族师专学报》1995年第4期。
⑧ 刘德鸿：《论纳兰性德的思想轨迹》（上），载《承德民族师专学报》1995年第4期。
⑨ 刘德鸿：《论纳兰性德的思想轨迹》（上续），载《承德民族师专学报》1996年第4期。

性德研究的重要阵地，刊发大量相关的研究成果，丰富了纳兰性德的研究。1985 年 7 月河北承德纳兰性德研究会还成功地举办过"纳兰性德学术研讨会"，1997 年 8 月由台湾历史文学学会和承德纳兰性德研究会共同发起的"海峡两岸少数民族文学研讨会"再次在承德举行。纳兰性德研究是这一时期清词研究最热门的研究领域。

3. 萨都剌及其作品研究

如果说 20 世纪 80 年代以前，对于萨都剌文本的研究，多是概括式介绍的话；那么，80 年代以后，学者多注意研究萨都剌诗歌别开生面的艺术特色，单篇论文大幅增多。20 世纪 80 年代初出版了整理本《雁门集》和《萨都剌诗选》，而两书的前言，也可以看作是相关研究的专论。如《萨都剌诗选》序中说："萨都剌的诗词以娴熟的艺术手段，广泛而深刻地反映了元代的社会生活，绘成一轴生动的历史画卷。"对于萨都剌的诗歌内容，作者概括为"勇于写出民生疾苦"，"对封建统治阶级的各种丑恶行为给予无情的揭露和抨击"。对于萨诗的艺术特色，序言概括为："他的作品'诸体俱备，磊落激昂'，乐府诗真切而明快，律诗凝练而酣畅，绝句质朴而含蓄，怀古词尤为洒脱、奔放、气势磅礴。前人还评价萨都剌的诗词'婉而丽，切而畅'，'雄浑清雅，兴寄高远，读之令人自不能释手'。"①

20 世纪 80 年代后半期，周双利的《自是诗人有清气 出门千树雪花飞——萨都剌诗歌创作的艺术特色》一文，将其诗歌的艺术特色概括为"清新俊逸的艺术风格""情真意切的诗歌意境""优美的语言艺术"。②进入 20 世纪 90 年代，邓绍基先生主编的《元代文学史》，更明确地概括了"萨都剌的诗歌确实具有题材多样、风格多样的特色。而且诗歌佳作极多，他实是元代诗坛的重要人物。"③最早将文学与民族特征通融思考的，当属黄慧芳、王宜庭《萨都拉诗词的民族特征》④。文章指出："一个诗人，他只能是特定时代、特定民族、特定阶级的诗人，民族性格的烙印必定会在他的诗作中表现出来。"作者从民族性格的角度进行分析，认为："萨都拉的诗词，在题材上无论是针砭时弊还是写景抒情、凭吊古迹，在体制上无论是古体还是律绝，都禀赋一种雄健的气势和质直的品格。"中国古代少数民族文学研究，较多关注的是汉族文化如何影响少数民族作家，这篇论文的价值在于从少数民族作家对汉族文化的反向作用入手来分析，这也给中国多民族文学研究以有益的启示。

罗斯宁的《民族大融合中的萨都剌》⑤是从文化学角度阐释萨都剌的论作。文章指出："萨都剌的创作心态有三个来源：阿拉伯—伊斯兰文化、蒙古文化和汉文化。回族的性格使他的诗较少羁旅之愁和地域偏见，具有宽宏的观察角度，但缺乏整体感，难以与汉族的诗大家比肩。他对蒙古族文化采取欣赏接受的态度，但对

---

① 刘试骏、张迎胜、丁生骏：《〈萨都剌诗选〉序》，银川：宁夏人民出版社，1982 年，第 1—15 页。
② 周双利：《自是诗人有清气 出门千树雪花飞——萨都剌诗歌创作的艺术特色》，载《固原师专学报》1987 年第 1 期。
③ 邓绍基主编：《元代文学史》，北京：人民文学出版社，1991 年，第 478 页。
④ 黄慧芳、王宜庭：《萨都拉诗词的民族特征》，载《民族文学研究》1984 年第 2 期。
⑤ 罗斯宁：《民族大融合中的萨都剌》，载《中山大学学报》1993 年第 1 期。

其以征战为荣的思想不苟同。他与汉族文人、僧侣密切交往，潜移默化地接受了汉族的历史意识、哲学思想、文学传统，诗作风格兼有北方文学的阳刚之美和南方文学的阴柔之美。"

4. 尹湛纳希及其作品研究

尹湛纳希是清末蒙古族著名作家，有多部脍炙人口的小说及大量诗作行世，由于其初始用蒙古语进行创作，有关他的研究最初是从蒙古族学者开始的。这一时期主要代表作品有扎拉嘎的两篇论文《〈红云泪〉的思想内容和人物形象》[1]及《〈青史演义〉创作年代考》[2]，都是针对小说作品的研究，其中之一是对尹湛纳希第一部分有自传性质小说《红云泪》的思想内容和人物形象进行细致分析，肯定了尹湛纳希自由平等的思想和对女性命运的关注。另一篇则是对作品的创作年代进行考据式研究，根据尹湛纳希的生平和重大历史事件来确定《青史演义》的写作年代。道·德力格尔仓的《尹湛纳希——一位杰出的诗人》[3]对尹湛纳希的诗作进行全面的介绍。这一时期国外蒙古学界对尹湛纳希的研究也较为关注，著名的德国学者海西希发表了尹湛纳希研究成果的综述性论文《尹湛纳希研究新成果》[4]。

5. 《福乐智慧》的研究

《福乐智慧》是公元11世纪我国历史上喀拉汗朝时期维吾尔族人玉素甫·哈斯·哈吉甫用回鹘语写成的一部长诗。这部维吾尔族古典文学名著，19世纪以来即为研究中亚及我国新疆地区历史和文化的中外学者所注目，吸引了众多的研究者。这一时期有关《福乐智慧》的研究成果主要包括简介推介式的：郎樱的《一部杰出的维吾尔族古典诗剧》，从作者的生平到作品的结构、内容、思想意义等方面全方位介绍这部作品。有关作家的思想研究有买买提明·玉素甫的《〈福乐智慧〉与玉素甫·哈斯·哈吉甫的哲学社会学思想》，李陶的《〈福乐智慧〉的文学思想》，江河水、热依罕《〈福乐智慧〉的世界文化学术思想背景》。其中程适良的《〈福乐智慧〉中的萨满教痕迹》的观点比较有特点："《福乐智慧》是伊斯兰文化与维吾尔古老传统文化的合璧。萨满文化作为维吾尔历史文化的底层，多少世纪以来，都蕴含着强大的生命力，其在《福乐智慧》这部宏伟诗著中留下了深深的痕迹。"

（四）古代少数民族文学专题研究

这一时期还有一些古代少数民族文学专题研究，针对一个写作群体或是针对一个少数民族政权中的写作，这种研究旨趣说明这一时期学者们的研究眼界更为开阔，倾向于整体性研究。

张晶《金代女真词人创作的文化品格》，对女真词和宋词进行了深入的比较研

---

[1] 扎拉嘎：《〈红云泪〉的思想内容和人物形象》，载《民族文学研究》1993年第2期。
[2] 扎拉嘎：《〈青史演义〉创作年代考》，载《民族文学研究》1991年第3期。
[3] 道·德力格尔仓：《尹湛纳希——一位杰出的诗人》，载《民族文学研究》1988年第3期。
[4] 海西希：《尹湛纳希研究新成果》，载《民族文学研究》1987年第1期。

究，指出"金词虽然胎息于宋词，但它生长在北方大地，逐渐形成了自己的文派特点"。①

张菊玲、关纪新、李红雨《略论满族作家的诗词创作》以清初、清中叶、晚清的历史时期为序，既总结每一时期满族作家诗词创作的特点，又论述结合，选取代表性作家作品进行分析。在清初诗词创作中，指出满族作家汉语诗词创作的共同之处，"都能把北方风光写进诗词，并以自己特有的感受，从题材的开拓和意境的创造上，丰富汉诗的表现力"。②张佳生《清代满族诗词十论》③ 从十个方面分别论述了清代满族诗词的兴盛、特点、风格及理论。

杨镰《元西域诗人群体研究》把元代少数民族汉文创作作家的大量涌现，作为一种文学史现象看待，进行多方位的研究，堪为20世纪元代少数民族诗文研究的集大成之作。

郝浚、陈效简在《古代维吾尔作家及其文学创作》一文中详细地论述了古代维吾尔作家，认为"维吾尔文创作队伍出现，是维吾尔作家以自己的艺术劳动适应了对维吾尔历史、社会现实生活进行多方面反映的需要"，"维吾尔汉文创作队伍的出现，是维吾尔族人进入中原接受汉文化熏陶滋养的结果。"而在分析古代维吾尔作家的文学创作时，认为"一是要看本民族文学的创作如何接受民间文学的营养和影响；二是看本民族作家创作能力如何适应反映现实生活的需要而不断提高；三是要注重一个民族的文学现象和汉族的文学现象的比较研究"④。这是一篇较早但又较全面论述古代维吾尔族作家及其文学创作的论文，因而弥足珍贵，特别是文中较为细致地分析了维吾尔族与汉文学之间的关系，颇具启发性。

这一时期的专题研究还包括北方少数民族政权的宗室文学研究。南北朝时期开始，北方民族通过战争等途径进入中原地区，在民族融合过程中，北方民族开始接受汉族的文化并开始进行汉文创作，这些作品一方面是学习先进文化的成果，另一方面也体现不同于汉民族文化的本民族的文化特色。

禹克坤的《北朝鲜卑族宗室诗文述略》⑤，作者列举分析的例子有元宏（孝文帝）的《吊殷比干墓文》，元勰的《七步诗话》、元子攸的《绝命诗》和元顺的《蝇赋》等。在这些作品中，鲜卑族的贵族们运用自己的文学才能将所要表达的感情蕴含在这些文学作品中，虽然其中部分的叙述手法是仿照汉族文学的创作，但同样也体现了鲜卑族独特的文学风格。

辽代契丹贵族的文学创作研究主要集中在萧观音的创作上。萧观音是存世作品最多的辽代文学家，自然也最引人注目。张晶《论辽代契丹女诗人的创作成就及民

---

① 张晶：《金代女真词人创作的文化品格》，载《民族文学研究》1989年第3期。
② 张菊玲、关纪新、李红雨：《略论满族作家的诗词创作》，载《中央民族学院学报》1985年1期。
③ 张佳生：《清代满族诗词十论》，沈阳：辽宁民族出版社，1993年。
④ 郝浚、陈效简：《古代维吾尔作家及其文学创作》，载《文学遗产》1988年第5期。
⑤ 禹克坤：《北朝鲜卑族宗室诗文述略》，载《民族文学研究》1989年第3期。

族文化成因》认为："契丹女诗人中尤以萧观音最为杰出。"① 祝注先先生也认为："品评辽代文坛,萧观音的文学成就当时独占鳌头。"② 从女性文学的角度,张晶《论辽代契丹女诗人的创作成就及民族文化成因》认为："她们的诗作以豪犷雄健的北方民族性格为底蕴,又熔之以至情,成就一种刚柔相济的风格特征。"③ 与历代女性作家作品大多以缠绵婉约相比,萧观音"威风万里压南邦"的诗风确实带有北方民族特有的英气。

三、古代民族文学关系研究

此时期古代民族文学关系研究成为新的研究课题,代表性的观点主要有如下：扎拉嘎在《中国各民族文学关系研究》中提出,各民族间的文化影响是双向互动的,遵循着平行哲学,并认为,元代文学也是如此,原有的中原文学受到草原文化的影响,游牧民族也受到中原文化的影响。④ 杨义则针对"中原中心论"提出了"边缘活力说",认为,当中原的正统文化在精密的建构中趋于模式化,甚至僵化的时候,存在于边疆少数民族地区的边缘文化,就对之发起新的挑战,注入一种为教条模式难以约束的原始活力和新鲜思维,突破原有的僵局,使整个文明的动力学系统重新焕发生机,在新的历史台阶上出现新一轮的接纳、排斥、重组和融合的生命过程。并指出,我们研究的北方民族政权下的文学,就是中原文学与边缘文学碰撞融合的极好范例,是游牧文明与农业文明冲突、互补、重组、升华而得到的审美结晶体。⑤

刘亚虎编撰的《中华民族文学关系史》(南方卷)(人民文学出版社1997年版)一书对于民族文学关系问题进行了综合梳理,写作的主旨是"改变了以汉族为中心的叙述方式,以全新的视角,系统研究了自先秦至清末汉民族与南方少数民族文学之间相互学习、借鉴、影响与交流,提供了一部南方民族关系史与民族文化史"⑥。特别需要指出的是,书中把屈原、庄子等传统文学史中非常重要的作家作品也作为少数民族文学来论述,大大拓展了少数民族文学的历史范畴,有一定的积极意义。

四、古代少数民族文论研究

古代少数民族文学理论研究在整个文学理论研究中属于薄弱环节,由于文献的匮乏、语言的障碍等原因,中国古代文论并未给予古代少数民族文学理论充分的重视,作为中国古代文论不可分割的一部分,古代少数民族文学理论有着丰富的文化内涵,对其进行深入挖掘一方面可以丰富中国古代文论的内容,同时在比较研究中

---

① 张晶:《论辽代契丹女诗人的创作成就及其民族文化成因》,载《民族文学研究》1993年第4期。
② 祝注先:《辽代契丹族的诗人和诗作》,载《中南民族学院学报》(社会科学版)1987年第2期。
③ 张晶:《论辽代契丹女诗人的创作成就及其民族文化成因》,载《民族文学研究》1993年第4期。
④ 郎缨、扎拉嘎:《中国各民族文学关系研究》,贵阳:贵州人民出版社,2005年。
⑤ 杨义:《文学地理学会通》,北京:中国社会科学出版社,2013年。
⑥ 陈飞:《中国文学史专史书目提要》,北京:人民文学出版社,1997年,第1596页。

可以重新发现中国古代文论的新的学术研究方向。

这一时期主要研究成果有：专著类，买买提·祖农、王弋丁、王佑夫编选的新疆人民出版社出版的《中国历代少数民族文论选》①，是这一时期研究的代表作品。论文方面，王佑夫的《试论古代少数民族文论的价值与地位》，他认为"古代少数民族文论其有特殊的文化构成，是我们认识古代少数民族文化的一条重要途径"，同时提出少数民族文论的价值认为"古代少数民族文论在某些方面弥补了汉族文论的不足，换句话说，中国古代文论的某些领域，几乎完全是由少数民族文论占领的，比如叙事诗理论即是如此"。② 艾光辉的《古代少数民族与汉族文学本质论之比较》，从汉民族与各少数民族文论的同和异两个方面来进行分析，最后得出结论："古代少数民族和汉族文学本质论，既有共同点，又各有特色。它们相互印证，相互补充。将它们视为一个整体，我们才能真正看到中国古代文论对文学本质的全面而深刻的认识。"③ 由于少数民族文论的例证有限，文章主体还是以汉民族的文论为基础，兼及回、土家、傣族文论作品，覆盖范围有限。李沛的《古代少数民族文论家论文学创作》和哈斯朝鲁的《少数民族文论家论语言的本质特征》，这两篇论文分别从文学创作和语言特征两个方面来分析古代少数民族文学理论的内容和研究特点。此时期单一民族的文论研究成果也开始出现，如巴·苏和的《蒙古族古代文论研究概述》、刘淑欣的《彝族古代诗论历时性比较研究》、段莉萍的《从彝族诗文论看彝族诗歌的美学追求》、李正民的《元好问诗文理论的美学系统》等。

综上所述，这一时期的少数民族古代文学研究进入一个比较繁荣的时期，取得了较丰硕的成果。具体表现在研究的角度逐渐多元化、全面化，研究的层次逐渐深入化、系统化，从文学史编写的角度，将少数民族古代文学正式纳入中国古代文学史已经成为一种共识。在具体文本研究方面，更加重视理论的分析与阐释，开拓出了新的研究内容与方向，出现了一批高质量的学术成果，对后来的研究具有重要的借鉴价值与意义。不过，问题依然存在，比如研究方向还没有完全展开，对于作家作品的解读方法角度还比较单一，某些观点与论断尚存有不成熟的地方，因此，还需要继续研究与探讨。

第三节　研究深化期（2000—2019 年）

进入 21 世纪以来，伴随着社会的发展与思想的进步，学术界较上一个时期更加活跃与繁荣，随着新的研究工具与方法不断出现，学者的思路不断拓宽。在前一个时期积累了大量研究成果的基础上，这一时期少数民族古代文学的研究更加系统、

---

① 买买提·祖农、王弋丁主编：《中国少数民族文论选》，乌鲁木齐：新疆人民出版社，1987 年。
② 王佑夫：《试论古代少数民族文论的价值与地位》，载《民族文学研究》1992 年第 4 期。
③ 艾光辉：《古代少数民族与汉族文学本质论之比较》，载《民族文学研究》1992 年第 4 期。

方法更加全面、角度更加丰富、研究不断深入，出现了一些不同以往的新成果。

一、整体研究成果丰硕

21世纪以后的古代少数民族文学研究，由于有了1949年以来几十年的研究成果做基础，研究的视角更加开阔，表现之一就是整体性研究成果越来越多。首先，文学史论著类成果增多。2000年，胡传志的《金代文学研究》肯定了金代皇室在文化融合过程中所发挥的作用，"汉化最早和汉化最深的往往是那些上层决策性人物。金代也是如此，其少数民族文人多是皇室和贵族，政治地位很高，代表人物有金熙宗完颜亶、海陵王完颜亮、宣孝太子完颜允恭、金章宗完颜璟、王侯完颜璹、贵族术虎邃、石抹世勣等人"。① 2005年李陶等编《中国少数民族古代近代文学作品选》② 由民族出版社出版。20世纪80年代末，赵志辉出版《满族文学史》，该书于2012年修订再版，十分全面地研究了满族（女真族）文学。除此之外，"杨佐义主编的《辽金元文学史话》、张晶《金诗史论》和《辽金元诗歌史论》、刘锋焘《金代前期词研究》和陶然《金元词通论》等书都专设评介女真文学的章节"。③

2003年梁庭望、黄凤显的《中国少数民族文学》④ 在"作家文学"一编中，梳理了少数民族诗歌、小说、散文等。梁庭望的《中国诗歌通史·少数民族卷》⑤ 按照时间顺序，分为十三章："古歌谣及其演化""秦汉民族诗歌初发轫""两晋民族初谙汉文诗""十六国暮雨朝云多悲歌""南北朝民族诗奠基""唐诗激发民族诗勃兴""宋金辽夏汇诗雄""宗唐得古民族元诗盛""明代各族诗歌初繁荣""清代民族诗歌大繁荣""近代诗歌风韵转型""战斗风云孕育现代诗""神州诗潮引领当代民族诗"，对少数民族诗歌进行了一次宏观的总体概括与全面的梳理，使读者能够鸟瞰少数民族诗歌全貌。

2012年由张晶主编人民文学出版社出版的《中国诗歌通史·辽金元卷》以及梁庭望主编的《中国诗歌通史·少数民族卷》，作为中国诗歌史的一部分，对女真族文学给予了更大的关注和推进。

其次，学位论文方面的成果陆续出现。2005年，浙江大学胡淑慧的博士论文《辽金元文学构成的新主体——非汉族文人群体研究》对金代的女真文学进行研究，该文主要从女真族的口头文学及见于碑文的女真书面文学两方面进行论述。

2010年，河北大学于东新的博士学位论文《多民族背景下的金代词人群体研究》站在少数民族政权的立场上关照女真族文学，探讨了多民族文化背景下的汉族词人群体和少数民族词人群体。少数民族词人群体，由女真词人群、鲜卑后裔元好

---

① 胡传志：《金代文学研究》，合肥：安徽大学出版社，2000年，第38页。
② 李陶、钟进文、莫福山、徐建顺、魏强：《中国少数民族古代近代文学作品选》，北京：民族出版社，2005年。
③ 刘达科：《女真族文字研究百年掠影》，载《民族文学研究》2002年第1期。
④ 梁庭望、黄凤显：《中国少数民族文学》，太原：山西教育出版社，2003年。
⑤ 梁庭望：《中国诗歌通史·少数民族卷》，北京：人民文学出版社，2012年。

问、渤海词人王庭筠，以及契丹词人四个部分组成。女真族词人研究，探讨了女真"本曲"对金词的影响和完颜皇族词人群体的创作，其价值在该文后文"单篇专论论文"章节中进行探讨。2010年，中央民族大学尹晓琳博士学位论文《辽金元时期北方民族汉文创作研究》，探讨了辽金元时期北方民族汉文创作的发展态势，将辽金元三代少数民族政权放在一起对比，总结了这一时期的文学规律。

2010年由贺元秀主编的《锡伯族文学简史》① 中编为古代书面文学。由于作者主张锡伯族为鲜卑后裔说，因此书中的锡伯族古代文学部分由鲜卑族文学和清代锡伯文学两大部分构成。高人雄所著的《北朝民族文学叙论》② 是直接以北朝少数民族文学为研究对象的专著作品。该书最重要的价值在于针对中国北方这一时期的各个少数民族文学的系统整理以及归纳总结。曹道衡的《南朝文学与北朝文学研究》③，主要切入点为南朝文学与北朝文学的比较，探讨了南北朝文学各自的特点。该书为南北朝文学比较研究的权威作品，有极高的参考价值。

契丹文学研究在这一时期也有新进展，周惠泉的《辽代契丹文文学发微》在考察契丹文字创制历史的基础上提出："契丹文字在文学上的应用，主要是创作与翻译。"④ 黄震云《论辽代散文》分别讨论了辽代散文的数量及分类、历史建构、与佛教的关系及艺术风格等问题，可以说涉及了辽代散文的方方面面，比较全面。⑤

二、作家作品研究继续深入

随着古代文学研究理论在新时期的发展，《越人歌》《白狼歌》的研究主要在语言学方面继续深入。吴安其《〈越人歌〉解读》⑥ 一文从读音出发，将古汉语和古侗语的语音相对照，得出《越人歌》是"古越人寻找女情人为主题的情歌"的结论。黄懿陆《东汉〈白狼歌〉是越人歌谣》⑦，作者以当代云南壮族沙支系的语言与《白狼歌》歌辞相比较，发现两者语音极为一致；意思上相同或相近；词汇上，《白狼歌》全文四十四句与壮语的基本词汇一致；语法上，《白狼歌》词句符合壮语用法，所以，作者认为《白狼歌》"是地地道道的越人歌谣"。

（一）元好问及其作品研究

元好问作品的文本研究在这一时期进一步深入。吴梅《词学通论》第八章集中讨论金词，共评述了16位金代词家，最后一位讨论的是元好问，他以元氏名作《迈陂塘·雁邱》为例推许遗山词的成绩："余谓遗山竟是东坡后身，其高处酷似

---

① 贺元秀主编：《锡伯文学简史》，北京：中央民族大学出版社，2010年。
② 高人雄：《北朝民族文学叙论》，北京：中华书局，2011年。
③ 曹道衡：《南朝文学与北朝文学研究》，北京：商务印书馆，2015年。
④ 周惠泉：《辽代契丹文文学发微》，载《文史知识》2007年第4期。
⑤ 黄震云：《论辽代散文》，载《社会科学战线》2001年第5期。
⑥ 吴安其：《〈越人歌〉解读》，载《南开语言学刊》2008年第2期。
⑦ 黄懿陆：《东汉〈白狼歌〉是越人歌谣》，载《广西民族研究》2001年第1期。

之，非稼轩所可及也。"并肯定金末覆亡之际元好问为保存金代文献体现出的文化担当，以为遗山词"多故国之思"，是词家心志的表现。① 论文方面，有关元好问作品的各个方面都得到学者的关注。张静的《元好问〈中州集〉示范效应撅析》②，针对元好问诗集的影响方面进行研究，高度评价了元好问对后世文坛的示范作用："元好问《中州集》所开创的新体例，自元至清一直影响了很多人。从编集系以作者小传、十天干排序、附录父兄诗到无姑息、存公论的批评态度，所有这些不仅为后人编纂诗文集提供了模仿的范本，而且在诗歌品评等方面都具有很好的示范效应"。詹杭伦的《论元好问七言律诗的审美结构》③ 借用前人解读杜诗的方法解读元好问的律诗，文章从"情景结构、意脉结构、声律结构、句法结构"四个方面对元好问的律诗进行分析。

21世纪初期，学界开始从民族或地域的视角来审视元好问，这就有了民族文化视域下的元好问研究。虽然此种研究起步较晚，但在"中华文化多元一体"学术思想的深刻影响下，却取得了重要的成绩。胡传志的《论元好问的跨民族交往》④ 认为"元好问借助其文坛地位与汉语文学创作，与金王朝的女真贵族文人完颜璹、女真将领完颜斜烈兄弟、契丹将领移剌瑗、蒙古新政权官员耶律楚材、耶律铸等人多有交往，显示出跨民族交往的具体情形。这些交往从不同角度推动民族融合的进程，其间汉语文学始终发挥着积极的媒介作用。"袁志成的《论元代北方少数民族词人群体特征》⑤，以元好问的作品及收藏为例分析，得出了"元代北方少数民族词人群有着共同的地理文化背景，在文学创作上表现出较多的群体特征，如隐逸幽微的主题、宗苏辛的词学取向以及较明显的曲化倾向，反映了元代北方社会生活的某些文化内蕴，同时对于民族文化的融合与构建有着一定的积极意义"的结论。

（二）完颜亮诗词研究

完颜亮的诗词研究在这一时期的成果较多，完颜亮既是诗人也是一位政治家，他的诗词创作开金代之先，其诗风个性鲜明也特别引人关注。2005年，邱阳《完颜亮〈念奴娇·天丁震怒〉与毛泽东〈沁园春·雪〉比较》，从跨时代的比较视域展开研究，研究方法与论点十分新颖。2007年，胡传志《完颜亮诗词命运的启示——对因人废文的典型个案的观察》将完颜亮诗词的命运与时代背景相联系，总结出"金代中后期，单纯地以人废文，完颜亮的作品几乎绝迹；南宋人记载其作品，反感而好奇，还兼有宽容，没有完全因人废文；元明清三代学者，渐渐摆脱因人废文的惯性，给予完颜亮作品以相对客观的评价"的特点。2003年李成的《完颜亮诗词

---

① 吴梅：《词学通论》，上海：复旦大学出版社，2005年，第95页。
② 张静：《元好问〈中州集〉示范效应撅析》，载《民族文学研究》2013年第6期。
③ 詹杭伦：《论元好问七言律诗的审美结构》，载《民族文学研究》2011年第3期。
④ 胡传志：《论元好问的跨民族交往》，载《民族文学研究》2011年第5期。
⑤ 袁志成：《论元代北方少数民族词人群体特征》，载《民族文学研究》2012年第1期。

艺术成就及影响》、2004年李成《论女真帝王海陵完颜亮的诗词艺术》、2016年，刘肃勇《完颜亮生平与其述志诗词》等十几篇文章都在探讨完颜亮的诗词艺术特色，风格宏阔高远，大气磅礴，是北方古代少数民族文学的特色，同时也提到了由于政治因素的影响，他的作品一直未得到充分重视。

（三）耶律楚材及其作品的研究

耶律楚材及其作品的研究在这一时期仍受到学界的关注，成果比上一阶段有所扩展和深入。一方面，继续进行文本的分析，孙玉锋的《耶律楚材及其诗歌简论》，对耶律楚材的诗歌分门别类地进行研究，主要分为"禅家与禅诗论""儒家及儒诗论""道家论""西域边塞诗论"四部分，着眼于诗歌研究的细节方面，并从艺术特色的角度对耶律楚材诗歌的艺术特色进行了分析，总结出"简易自然""纯古典雅""清新雄奇"三大艺术特色。[1] 胡蓉《元代少数民族诗人耶律楚材、萨都剌诗歌用韵研究》，该文主要特色是列出了《耶律楚材近体诗韵简表》，对耶律楚材诗歌研究做出了一定贡献[2]。霍彤彤《不妨终老在天涯——耶律楚材风土诗的价值》以风土诗作为鉴赏西域诗的视角，论述了耶律楚材风土诗的价值。该文指出"他的风土诗形象地描写了西域的民族风情，不但改变了元代以前西域诗凄楚之情，而且也影响了后代西域诗的创作。"[3] 傅秋爽《耶律楚材诗中的陶渊明情结》指出耶律楚材将陶渊明引为"知己"，"耶律楚材的亲陶之作几乎继承了陶诗创新主题全部内容：归隐主题一以贯之，饮酒主题偶尔为之，安贫乐道的内容随处可见，对生老病死、富贵功名更有着深刻审视与沉思。"另一方面对耶律楚材在文学史上的贡献给予了充分的肯定[4]。2003年12月，宋晓云的《边声四起唱大风——耶律楚材与元代丝绸之路文学》发表在《新疆大学学报》（社会科学版），该文对耶律楚材扈从西征、居河中多年创作的反映丝绸之路的文学进行论述，主要涉及耶律楚材丝绸之路文学的自然现象、风土民情、生产生活及其对丝绸之路文学发展的重要贡献。2003年《论耶律楚材对元初文化的历史贡献》分析了耶律楚材在元初引导蒙古走向"汉化"方面的历史贡献。[5]

21世纪以来，对重要的满族文人作家作品的研究，主要集中在纳兰性德、曹寅、铁保、奕绘、志锐、英和，以及和邦额《夜谭随录》、文康《儿女英雄传》等长篇小说，并取得一定成绩，下面主要分析纳兰性德及其作品研究在本阶段的进展。

---

[1] 孙玉锋：《耶律楚材及其诗歌简论》，硕士学位论文，西北大学，2004年。
[2] 胡蓉：《元代少数民族诗人耶律楚材、萨都剌诗歌用韵研究》，硕士学位论文，重庆师范大学，2005年。
[3] 霍彤彤：《不妨终老在天涯——耶律楚材风土诗的价值》，载《新疆教育学院学报》2005年第4期。
[4] 傅秋爽：《耶律楚材诗中的陶渊明情结》，载《民族文学研究》2015年第2期。
[5] 张林、许洪波：《论耶律楚材对元初文化的历史贡献》，载《东疆学刊》2003年第4期。

(四) 纳兰性德及其作品的研究

纳兰性德及其作品的研究仍是这一时期的热点，主要聚焦在纳兰性德对汉族文学的接受及对满汉文化兼容的研究。据这一时期研究者的成果看，纳兰性德不仅在创作思想上深受儒、释、道等中国传统文化的影响，还对中国汉文学中的文学典故运用、前人诗词化用、前人词风影响等汉族文学有深刻的接受。① 具体论文有：李倩的《纳兰词反映的南方文化心理及其成因研究》②、孙艳红、李昊的《纳兰词中的儒释道文化现象》③、刘伟《试论汉儒文化对纳兰词风的影响》④、孙燕《儒家文化与纳兰性德诗学思想》⑤ 等。

关纪新在《马迹蛛丝辨纳兰——成容若民族文化心态管窥》中指出："纳兰性德身处在满族传统文化涅的时代，是清初满族上层人士向汉文化迅猛冲击过程中间涌现出来的一员文苑骁将。他的一生，'惴惴有临履之忧'，并非源自于其祖上与爱新觉罗先人之间的仇隙，亦非出于对乃父行径与家族前途的忌惮，而主要是因为他'脚踩在两片文化上'。这位满族出身的青年词人，愈是领民族文化交流风气之先，便愈是难以排解身陷异质文化撕扯的两难境地。彼时彼境中纳兰性德的民族文化心态，有必要认真辨析和深入理解。"

其中李昊《纳兰词与满汉文化研究》从纳兰性德作品对满族活动地区风光景物的描绘、满族人民生活风俗的展现、满族性格特征的揭示、满族祖先历史的追怀、满族萨满信仰的流露五个方面，阐述了纳兰性德虽然汲取汉族文学的营养，却仍然留存有满族文化的因子，并借此来促进满族文学的发展。此外薛柏成等《纳兰性德"关东题材"诗词的文化学意义》⑥ 等，不论是从富有满族特色的题材内容角度，还是以萨满等民俗文化角度切入，都深入细致地揭示了纳兰性德文学创作必定根植于满族文化，满族的精神气质，文化心理影响了纳兰词创作个性的形成。

由于纳兰性德在清代文学史上的地位和影响，他在民族文学交融中的作用也是一个研究的方向。有的学者从清初民族文化政策来解释纳兰等满族文人吸收汉族文学的取向，如陶玮《浅论纳兰词与清初文化政策之关系》⑦；有的学者从纳兰容若的交游来论述他对民族文学交流的贡献，如罗艳《试论纳兰性德的文化交游活动》⑧。研究者均肯定纳兰性德的民族文学融合的特征及其对民族间文学交流的贡献，

---

① 李昊：《纳兰词与满汉文化研究》，硕士学位论文，吉林师范大学，2014年。
② 李倩：《纳兰词反映的南方文化心理及其成因研究》，硕士学位论文，安徽大学，2012。
③ 孙艳红、李昊：《纳兰词中的儒释道文化现象》，载《吉林师范大学学报》2014年第5期。
④ 刘伟：《试论汉儒文化对纳兰词风的影响》，载《宁波广播电视大学学报》2006年第1期。
⑤ 孙燕：《儒家文化与纳兰性德诗学思想》，载《黑龙江民族丛刊》2016年第2期。
⑥ 薛柏成、高超：《纳兰性德"关东题材"诗词的文化学意义》，载《吉林师范大学学报》2013年第3期。
⑦ 陶玮：《浅论纳兰词与清初文化政策之关系》，载《北京社会科学》2007年第2期。
⑧ 罗艳：《试论纳兰性德的文化交游活动》，载《新疆财经大学学报》2009年第3期。

《文学遗产》2015 年第 4 期专门开辟了"中华文学研究的理论与实践"笔谈栏目。此栏目的主旨是"中华文学是中华文化的重要组成部分，是中华民族历史上各民族之间文学交流与融合的产物。"如元好问、萨都剌、纳兰性德等出身、人生经历、文学交往、文学创作活动等处于多民族文化圈下的作家本身在汲取汉族文学传统的同时，也以不同民族的文化因素为汉族传统文学注入了新鲜的血液和得以不竭的动力。

三、新的研究方法的广泛运用

21 世纪以来，随着信息技术的发展，文学研究的方法更加多样化，一方面新的学科开始进入古代文学研究的领域，如传播学研究方法应用于文学作品的传播和接受分析；另一方面新的研究方法大大拓展了此时期少数民族古代文学研究的空间，如使用女性主义批评的方法分析古代少数民族女作家的创作，又如将空间维度的视角引入古代文学创作的分析中，将少数民族古代文学放入中国文学中的空间中进行观照。纵观此时期研究方法，主要分析如下两种方法。

（一）传播学研究方法的引入

少数民族古代文学作品在漫长的历史中，通过经商、战争、文化交流等方式不断向外传播，这个过程中对不同民族、国家的文化产生重要的影响。进入 21 世纪后，传播学视角和研究方法在少数民族古代文学的研究中被越来越多地运用。吴奕璇《辽代的文学传播研究》采用传播学的角度考察辽代文学，分析其传播模式及影响因素，认为辽代佛教的兴盛以及辽宋之间的经济贸易对辽代文学的传播有重要影响。[①] 吴真的《贯云石〈孝经直解〉在日本的传播与影响》，论文详细介绍了《孝经直解》在日本从被发现到成为重要参考资料的过程，肯定了其在日本的传播对于日本学界研究的意义。由于原本在中国已经佚失，所以在日本发现的孤本对于中国学者的研究，以及中日学者的交流亦有重要价值。"1933 年，久佚于中国的贯云石《孝经直解》元刊孤本在日本被发现。作为珍贵的元代白话文献，《孝经直解》被京都的'元曲研究会'引为重要参考资料，被视为解开'元杂剧兴起'学术难题的钥匙，之后元史研究、汉语研究也从该书之中发现新的研究路径。经过日本学界的推动，英语世界对此书的思想与文学也有较多研究。贯云石《孝经直解》孤本的发现与影印出版，在海外中国学研究产生了深远影响，体现了 20 世纪中日学者的密切互动与学术交流。"[②] 朱春洁在《〈妆台百咏〉对〈玉台新咏〉的接受及其在越南的传播》一文中指出，"越南汉喃研究院藏越南文人吟咏女性的诗集——范廷煜的《百战妆台》（又一版本名《妆台百咏》）和阮盎庄的《增补妆台百咏》受徐陵《玉台

[①] 吴奕璇：《辽代的文学传播研究》，沈阳师范大学，硕士学位论文，2012 年。
[②] 吴真：《贯云石〈孝经直解〉在日本的传播与影响》，载《民族文学研究》2019 年第 6 期。

新咏》的影响，但它们并非直接源于《玉台新咏》，而是来自对晚清壮族诗人黎申产《妆台百咏》的模仿。考索发现，黎申产仿《玉台新咏》而作《妆台百咏》，并通过与越使的积极交往，实现了《玉台新咏》在越南的传播。"①潘建国的《"老獭稚"故事的中国渊源及其东亚流播——以清初〈莽男儿〉小说、〈绣衣郎〉传奇为新资料》，论文介绍了新发现的清初小说《莽男儿》和清初传奇《绣衣郎》，确认它们是目前所知东亚老獭稚故事中问世时间最早的例证，不仅为钟敬文的"中国发生说"提供了文献铁证，也将东亚老獭稚故事文本的形成时间提前到了清代初期。文章还结合传世文献与口传资料，对老獭稚故事在东亚地区的流播及其演化，进行了较为深细的学术考察。②

（二）空间维度概念的引入

中国人民大学文学院和《文学遗产》编辑部在 2015 年 11 月联合举办了以"空间维度的中华文学史研究"为题的研讨会。研讨会的目的就是在中国古代文学史的研究中使用"空间维度"作为一种新的视角和方法，使得中国文学史的空间由汉族扩展到所有民族文学。以往中国古代文学史的叙述基本上是依据"时间维度"，很少关注到"空间维度"，这种叙述模式遮蔽了文学史的丰富性。长期以来，中国文学的研究对象和重心都在汉民族文学，很少将视野延伸到汉民族以外其他的民族文学。要突破中国文学的现有研究格局，应该建立起"空间维度"，确立中国文学是中国各民族文学共生、交融、发展的观念，从而建构起"中华文学"研究的大格局。

朱万曙的《空间维度与中华文学史的研究》，论文认为"用'中华文学'的视野审视，'中国文学史'的空间就不能限于汉民族居住的物理空间，而必须将其展延到更为广阔的空间"。郑杰文的《空间维度与古代文学研究》将"空间维度"分为宏观和微观两个方面来探讨："中国古代文学研究中的'空间维度'概念，可以理解为文学生成中与地域文化相关联的宏观空间维度、文学研究中的微观空间维度；'宏观空间维度'论指导我们在中国古代文学研究的大思路方面关注地域文化对中国古代文学作品生成的多维影响；'微观空间维度'论指导我们在中国古代文学研究的具体方法方面注重'四维时空考辨'。"该文在具体研究方法上做了有益的探索，同时从地域文化的角度说明了部族文化对文学作品生成的影响，强调古代文学的多元性特征。"地域文化对中国古代文学作品生成的多维影响，包括早期中国古代文学作品生成时的部族文化对文学作品生成的多维影响，如文学样式的产生文学风格的多样、文学革新的萌发、文学流派的活跃等的影响，和后来中国古代文学作

---

① 朱春洁：《〈妆台百咏〉对〈玉台新咏〉的接受及其在越南的传播》，载《民族文学研究》2018 年第 5 期。
② 潘建国：《"老獭稚"故事的中国渊源及其东亚流播——以清初〈莽男儿〉小说、〈绣衣郎〉传奇为新资料》，载《民族文学研究》2017 年第 3 期。

品生成时的因地域风俗等对文学作品生成的多维影响,如题材、内容、形式、风格等方面。"①

这一时期已有学者将空间维度的视角引入到具体的少数民族古代文学文本研究方面,如延保全、王琳的《试论文学"流动空间"的建构——以金宋文学为例》,论文认为"通过不同地域、民族文学间发生联系构建起来的文学'流动空间'在弱化个体空间边界话语权的同时,为双方的互动交流与融合提供了一个对话平台。以金宋文学为例,在交聘制度(空间情境)与使者(创作与接受主体)的主导下通过双方书籍传递、使者交游唱和及出使文学创作、相互的文学批评与接受活动以及异域文学融合构建起具有特殊对话性质的不平衡文学流动空间。"②

除了以上所述新的研究方法之外,女性主义批评、生态批评也开始进入到少数民族古代文学研究领域,这些新的方法和视角为少数民族古代文学研究开拓了新研究方向,丰富了学科的内容。

四、各民族文学关系研究

21世纪以来,中华民族共同体的观念越来越成为各民族的共同认知,在少数民族古代文学关系研究上,出现了一系列从宏观角度、历时性、共时性等大视野、大角度把握民族文学关系的论著、论文。

中国社会科学院民族文学研究所郎樱、扎拉嘎先生主编的《中国各民族文学关系研究》"先秦至唐宋卷""元明清卷"对于民族文学关系这一问题进行了全面研究和深入探索,把中国各民族文学在历史交往过程中不断互相影响、不断融合的现象进行了细致的分析,论证了汉民族文学和少数民族文学互相渗透、共同构建了中国古代文学史。这部专著包纳民族最多,涉及作家作品也最多。

扎拉嘎的专著《比较文学:文学平行本质的比较研究——清代蒙汉文学关系论稿》③,在论证分析蒙古族古代长篇小说和说唱文学的基础上,研究了清朝蒙古族和汉族的文学关系,揭示出汉族文学作品翻译成蒙古文的规律和本质关系。关纪新主编的《20世纪中华各民族文学关系研究》④则汇集少数民族文学研究领域的诸多名家,以丰富的史料和典型性的作家及其代表作为线索,追述了20世纪中国文学的发展历程,梳理了民族文学交流发展的路径及走向世界的前景,是该时期的重要研究成果。

这一时期还有很多专题性质的有关古代民族文学关系的论文出现。如郭文庭、周伟洲《唐代文学视野中的西北民族关系研究之意义与局限》,是一篇关于唐代

---

① 郑杰文:《空间维度与古代文学研究》,载《民族文学研究》2016年第4期。
② 延保全、王琳:《试论文学"流动空间"的建构———以金宋文学为例》,载《民族文学研究》2016年第4期。
③ 扎拉嘎:《比较文学:文学平行本质的比较研究——清代蒙汉文学关系论稿》,呼和浩特:内蒙古教育出版社,2002年。
④ 关纪新主编:《20世纪中华各民族文学关系研究》,北京:民族出版社,2006年。

文学中西北民族关系研究的文献综述；胡传志《辽金文学与民族关系》指出辽金复杂的民族关系对中国古代汉语文学的发展产生了新的影响。一方面，少数民族加速汉化，"涌现出一批少数民族汉语作家，有的作家水平已经不逊于一般汉族文人"①；另一方面，汉文化也得到充实和改造，北曲得以兴起和发展，并且辽金文学雄健朴实、粗犷豪迈的风格也与北方游牧民族强悍勇武的民族个性密切相关。龙昭宝《试论各民族文学的相互关系——以汉族和侗族为例》②以《孟姜女》《祝英台和梁山伯》等古代传说以及《三国演义》《杨家将》等历史小说在侗族地区传播与改造，说明汉族文学在题材上一定程度上丰富了侗族文学的内容。在形式方面，汉族的诗歌和戏剧对侗族文学也产生影响；反之，侗族文学在一定程度上也丰富了汉族文学的思想内容和表现形式。论文举例翔实，极具说服力地论证了汉族文学和侗族文学积极交流、相互借鉴的关系。

综上所述，21世纪以来的少数民族古代文学研究，在前两个时期研究的基础上继续发展和丰富，整体研究和专题研究的成果不断涌现。这一时期作家作品研究方面，少数民族古代的重点知名作家依然得到了学术界的关注，同时，更多的少数民族古代作家进入研究者的视野，研究也取得了一定的成果。另一方面伴随着现代学科体系的建立、研究工具和方法的创新以及学术观念的转变，这一时期的少数民族古代文学的研究者敢于尝试、运用新的理论方法者进行研究，出现了一些高质量的研究成果。

纵观1949年至2019年中华人民共和国成立70年少数民族古代文学研究的学术发展史，从最开始的成果寥寥到今天的丰硕成果，无数研究者为此付出了异常艰辛的努力，使这个边缘学科发展得越来越好，从学术队伍建设到学术研究的规范再到学术视野的不断拓展，研究正朝着越来越宽阔的道路行进。尤其是20世纪80年代以来的40年，发展更为迅速。对于中国这样一个自古以来就是一个统一的多民族国家而言，各个民族通过经济文化等层面的交往，共同创造和发展了中国古代文学。在21世纪中华民族共同体的理念下，少数古代文学研究将走向新的学术台阶。

---

① 胡传志：《辽金文学与民族关系》，载《光明日报》2003年1月29日。
② 龙昭宝：《试论各民族文学的相互关系——以汉族和侗族为例》，载《凯里学院学报》2011年第1期。

第五章　少数民族文学翻译与研究

少数民族文学翻译是中国文学史上绚烂而独特的篇章，中华人民共和国成立70年以来取得了显著成绩。55个少数民族有着自己独特的语言，其方言更为丰富，达几百种之多；但55个少数民族中有本民族文字的只有二十几个民族，大多数民族有本民族语言无本民族文字。二十多个有文字的民族用本民族文字书写、记录了丰富多彩的书面文学，同时各民族用本民族语言口头传承了史诗、神话、传说、故事、民歌等多种题材、文类的口头文学。从书面文学到口头文学，多文字多语言的民族记载了各民族悠久而独特的历史文化与审美追求，蕴含开采不尽的民族文学富矿。而翻译这些丰富的民族文学是中国文学史上的一项重要任务。民族文学翻译不仅能够促进民族文学的传承与传播，推动少数民族文学融合其他民族文化精华，提高文学质量，同时也是各民族间相互交流和展示各自文学风采的途径。各国各民族读者能够通过译介的作品欣赏到不同民族独特的文学与文化，因此说，少数民族文学翻译在中国文学史上是一个十分重要、有生命力的组成部分。

中华人民共和国成立70年来，少数民族文学翻译事业从萌芽到蓬勃发展呈现了逐步繁荣的态势，主要体现在翻译实践与翻译研究两大领域。就翻译实践的整体而言，主要有民译、汉译和外译三种情况。"民译主要指少数民族语言之间互译和古民族语今译；汉译主要指少数民族语言译成汉语、国际音标转写和外语译本回译；外译主要指少数民族语言直接译成外语、少数民族语言经由汉语译成外语和外语译本之间的互译。"[①] 少数民族文学翻译涉及的翻译对象包括少数民族民间文学（含口头文学与书面转写等不同形式）和作家文学（含少数民族作家民族语创作和汉文创作）等。就翻译机构和专业人才的培养建设来说，既有国家级的中国民族语文翻译中心（局）、中国作家协会等专业机构，也有地方性的翻译机构、团体和期刊，兼之有相应的翻译奖项和翻译协会等，形成了从中央到地方的民族文学翻译体系。翻译人员构成从业余翻译人员与专业人员交织，逐步向专业翻译人员为主过渡。在具体的少数民族翻译实践与研究中，一方面有国家层面的政策方针指引；另一方面也有相关的项目、活动，如中国作家协会定期举办的翻译家培训班、实施的"优秀少数民族文学作品翻译扶持"和"少数民族文学对外翻译"项目等。

随着少数民族文学翻译实践活动的逐步发展，相关的翻译研究也日趋丰富。纵

---

① 李正栓、王心：《民族典籍翻译70年》，载《民族翻译》2019年第3期。

观中国少数民族文学翻译研究，既有对整体少数民族文学翻译的宏观理论探索，也有对某一民族、某一语种、某一阶段的研究分析，更有对某一文本的翻译个案研究，形成了综合性的研究格局。在翻译研究领域，既有专业的翻译人才亲身投入研究的学者，即翻译者身份与研究者身份合二为一，也有高校等机构培养出来的专门的翻译研究人才，他们共同推进少数民族文学翻译研究事业稳步前进，并取得了丰硕的成果。如 2013 年西南民族大学成立的"中国少数民族文库翻译研究中心"，国家社科基金立项 2009 年"《蒙古秘史》的多维翻译研究——民族典籍的复原、转译与异域传播"和 2014 年"土家族主要典籍英译及研究"等。

在中国少数民族文学 70 年发展历程中，少数民族文学翻译具有独特的轨迹和特点。本章将中华人民共和国成立后的少数民族文学翻译事业发展划分为三个阶段，即 1949—1979 年的起步期、1980—1999 年的发展期、2000—2019 年的收获期，并以时间为序展开论述。

第一节　起步期（1949—1979 年）

从中华人民共和国成立到 1979 年的 30 年间，少数民族文学翻译事业处于起步阶段，这一阶段的翻译工作以国家民族识别等工作为基础，重点对一批民族语传承的民间文学进行翻译。党和国家始终重视少数民族民间文学，在 1958 年召开的第一届全国民间文学工作者代表大会上号召搜集和整理民间文学，提出"全面收集，重点整理，加强研究，大力推广"方针，及"全面搜集，忠实记录，慎重整理，适当加工"的具体采录工作要求。同年，中共中央宣传部提出要编写"三选一史"（民间故事选、民间叙事长诗选、民间歌谣选、少数民族文学史）。本阶段的调查规模之大，调查搜集到的材料之丰富，在中国是空前的。这一时期取得的成果至今仍然具有强大的生命力。面对如此丰富的少数民族民间文学成果，老舍 1956 年在中国作家协会第二届代表大会上所作的《关于兄弟民族文学工作的报告》中强调指出："翻译是个关键问题，没有翻译，就没有各民族、各国之间的文化交流。"同时，如何将这些丰富的民族文化遗产让更多的世人认知和欣赏，翻译在少数民族文学研究中至关重要。1961 年 4 月 17 日，中国科学院文学研究所召开了少数民族文学史编写工作讨论会，会议制定了《中国各民族文学作品整理、翻译、编选和出版计划（草案）》。

基于上述情况，本阶段的少数民族文学翻译事业主要集中在民间文学领域，成果主要为译作的出版或发表以及人才队伍的初步建设；翻译研究主要体现在翻译原则的讨论，对作品本身的介绍或探讨，对翻译理论的研究相对较少。

一、翻译实践

中国 55 个少数民族中大多数民族都有自己的语言，有语言又有文字的民族达二十多个，因此，少数民族民间文学翻译在民族文学领域占有很大的比重。本阶段大量少数民族的代表性作品被翻译成汉语或外译成其他语言，也有部分汉语的优秀作品被翻译成民族语。

民译汉和外译的成果颇丰，出版的译作涉及了满、蒙古、藏、维吾尔、哈萨克、柯尔克孜、彝、纳西、苗、瑶、壮、汉、英、日、俄、法、土耳其等语言。在民间文学范畴内，史诗一直是关注的重点，党和国家历来就非常重视少数民族史诗的搜集、整理、翻译和研究，先后将相关科研工作列入国家社会科学"六五""七五""八五"重点规划项目。1996年以来，中国社会科学院又将中国少数民族史诗研究列为"九五""十五""十一五""十二五""十三五"规划的重点管理项目。本阶段"三大史诗"的整理翻译也取得了不俗的成就，其中《江格尔》既有汉译本、俄译本，还有托忒蒙古文本和回鹘式蒙古文本，具体来说，1950年，边垣编译的《洪古尔》是第一个《江格尔》部分内容的汉译改写本，1958年铁木耳杜希等人将《江格尔》部分内容由托忒蒙古文转写为回鹘式蒙古文，同年，斯·依·里布金的俄文诗体《江格尔》在莫斯科出版。另有卡尔梅克文转写成新蒙古文的诗体《江格尔》在乌兰巴托出版（1963），以及哈·哈斯克巴等人参照新疆手抄本将《江格尔传》转写成托忒蒙古文并做修正补充（1964）。

《格萨尔》①的笔译成果有蒙译本、汉译本和法译本。1948—1949年，刘立千把三部王光璧珍藏的林葱土司家藏木刻本译成汉语，即《天界会商》《英雄诞生》和《赛马登位》。1956年，石泰安翻译的《岭地喇嘛教版藏族〈格萨尔王传〉译本》出版；1958年，蒙古文节译本《岭·格斯尔》（俗称蒙古文稀世珍本）在蒙古国出版；1962年，青海省民间文学研究会翻译整理的《格萨尔·霍岭大战上部》由上海文艺出版社出版。

《玛纳斯》被译为汉文、哈萨克文、乌孜别克文和塔吉克文等多种文字。举例来说，"1958—1960年，苏联出版的吉尔吉斯文《玛纳斯》四卷本被译成哈萨克文、乌孜别克文和塔吉克文"②。1960年，新疆文联工作人员在中央民族学院师生的协助下，采录《玛纳斯》部分篇章，译成汉文，并于1961年发表在《天山》第1期和第2期上。从1961年起，中央和新疆有关部门组织了《玛纳斯》工作组，对史诗《玛纳斯》传承人居素甫·玛玛依进行采录，历时3个月采录近12万字，并将汉语译文，分别刊载于《新疆日报》和《民间文学》上，还先后用维吾尔文和哈萨克文发表了某些片段。

除"三大史诗"外，其他少数民族的作品也被翻译出版，如苏联满学家M.沃尔科娃据A.B.戈列宾尼西科夫在符拉迪沃斯托克搜集到的满文手写本《尼山萨满

---

① 《格萨尔》：又称《格萨尔王传》，是藏族人民集体创作的一部伟大的英雄史诗，本书在非具体译作或书名时，借用《格萨尔》来指称该史诗。
② 李正栓、王心：《民族典籍翻译70年》，载《民族翻译》2019年第3期。

的传说》一书转写和俄译，1961年该书在莫斯科东方文学出版社出版①，引起满学界震动。1974年韩文版《尼山萨满》以《满洲萨满神歌》② 为题在韩国出版，后于2008年再版③。1975年，德文版《满洲女萨满的故事》④ 和意大利文版《满洲女萨满的故事》⑤ 分别于1975年和1977年出版。1977年，英文版《尼山萨满的故事——满洲民间史诗》⑥ 译本面世。汉文本最早为1977年台湾学者庄吉发翻译的《尼山萨蛮传》⑦。

此外，蒙古族大量的文学作品和典籍被翻译出来，其中《蒙古秘史》⑧ 最具代表性。先是1951年，谢再善根据清观古堂所刻《元朝秘史》汉文音译本译写成蒙古文，再译成汉语，后来陆续有策·达木丁苏隆在乌兰巴托出版《蒙古秘史》斯拉夫蒙古文译本（1976），伯希和的法语译本（1949），希林的波斯语译本（1950），波·普华的捷克语译本（1956），印度孙维贵（1957）、英国的韦利（1963）、美国的鲍国义（乌恩斯钦，1965）和澳大利亚的罗依果的英译本（1971—1985），山口修（1961）、岩村忍（1963）、村上正二（1970—1976）等人的日译本，李盖提的匈牙利语译本（1962、1971），卡鲁任斯基的波兰语译本（1970），阿合马·帖木儿的土耳其语译本（1949）和马嘎维亚的哈萨克语译本（1979），等等。这些《蒙古秘史》的外译版本有蒙语直接外译，还有根据外译本之间的互译情况出现。《格斯尔汗传》的汉译本与俄译本、《蒙古源流》的英译本、哈佛版《罗·黄金史》影印本的斯拉夫蒙古文本和沙斯季娜的俄译本也在这一阶段出版。

藏族文学与典籍的翻译在本阶段取得了非凡成果，除史诗《格萨尔》之外，藏族的格言诗《格丹格言》《水树格言》和《国王修身论》均有汉译本，其中《萨迦格言》除有汉译本外，还有詹姆斯·艾佛特·薄森和塔尚·塔尔库的两种英译本、苏联藏学家戴利科娃的俄译本、李盖提以《名句宝藏：索纳木·嘎啦所译萨迦格言》为名的匈牙利语译本以及格奥尔·卡拉的德译本。藏族的道歌诗作则有英译的《米拉日巴道歌选集》《密勒日巴十万道歌》和汉译的《密勒日巴大师全集》。至于广为人知的仓央嘉措诗歌则有众多汉译本，此处仅举1956年10月号《人民文学》杂志选载的汉译《仓央嘉措情歌选》和1961年马里恩·邓肯英译的《西藏情歌谚

---

① М. П. Волкова. *Нишань самана битхэ* (Предание о нишанской шаманке). Восточная литература, 1961.
② 成百仁 譯註，《滿洲샤만神歌》(1974)，名知大學出版部.
③ 성백인 譯註，《滿文니샨 巫人傳》(2008)，제이앤씨.
④ [德] W. 索伯尔里希：《满洲女萨满的故事》，载《海尼什纪念文集》，第197–240页，马尔堡，1975年。
⑤ [意] G. 斯达里：《满洲女萨满的故事》(*Viaggio nell' Oltretomba di una scinama mancese*)，佛罗伦萨，1977年。
⑥ Margaret Nowak. *The Tale of the Nisan Shamaness.* Seattle: University of Washington Press, 1977.
⑦ 庄吉发译：《尼山萨蛮传》，台北：文史哲出版社，1977年。
⑧ 《蒙古秘史》原名为《忙豁仑·仑·纽察·脱察安》，乌兰认为，"该书除'元朝秘史'外，还有'元秘史''蒙古秘史'两种名称。有线索显示'元秘史'是明初汉字加工本最初的书名。"参见乌兰：《〈元朝秘史〉版本流传考》，载《民族研究》2012年第1期。

语》（*Love Songs and Proverbs of Tibet*）为例。同时，藏族史传文学也是藏族文学的重要组成部分，其中《西藏王统记》有汉译本、俄译本和英译本，《米拉日巴传》有汉译本和英译本等。

维吾尔族的《福乐智慧》被翻译为土耳其语，《突厥语大词典》则不仅有土耳其语译本，还有乌兹别克语译本。"阿凡提的故事"译本较为丰富，有汉译的《维吾尔族民间故事·阿凡提的故事》《阿凡提的故事（维吾尔族民间故事）》《纳斯尔丁阿凡提的故事》和《阿凡提的故事》等多种版本。

彝族的代表性民间文学作品《阿诗玛》也被整理、翻译出版，仅汉译本就有《圭山撒尼人的叙事诗阿斯玛》《美丽的阿斯玛——云南圭山彝族传说叙事诗》《阿诗玛——撒尼人叙事诗》和《阿诗玛——彝族民间叙事诗》4个版本。《阿诗玛》的外译本也较丰富，如1957年戴乃迭的英译本（*Ahsima*），松枝茂夫的日译本《应山歌姑娘阿诗玛》，千田九一的日译《阿诗玛》（アシマ），20世纪50年代，外文出版社出版的俄译本（《ACMA》）和法语译本（*Ashma*），更有1964年，国际世界语研究院院士李士俊将《阿诗玛》译成世界语（*Aŝma*），由全国世界语协会出版。

与《阿诗玛》类似，壮族的《刘三姐》也被广泛翻译出版。一方面，《刘三姐》被翻译、改编成彩调剧、桂剧、歌舞剧、电影等，并有相应的汉译剧本出版；另一方面，也被整理、汉译成叙事长诗《歌仙刘三姐》出版。还有1962年，杨宪益、戴乃迭夫妇根据歌舞剧英译《刘三姐》（*Third Sister Liu: An Opera in Eight Scenes*）出版。

西南地区的其他少数民族作品也分别被整理、翻译，如纳西族的《创世纪》《鲁般鲁饶》，傈僳族的古歌《生产调》，拉祜族的长篇叙事诗《扎努扎别》，布依族的古歌《安王和祖王》（又译《罕温与索温》）、《苗族古歌》（亦称《苗族史诗》）和瑶族创世史诗《密洛陀》等都有汉译本出版。

尽管民间文学民译汉占据了本阶段民族文学翻译的主流，但仍有部分优秀的少数民族作家文学的作品被翻译成汉语，尤其以新疆地区为典型代表。此时期不仅翻译出版了新疆和平解放后的第一部新疆少数民族短篇小说选集——《新疆兄弟民族短篇小说选》，更有中华人民共和国成立后由维吾尔文译成汉文发表的第一部短篇小说《若得帕依》（祖农·哈德尔著，阿不都卡德尔、蒋杰译）问世。汉译本《血染的大地》（买买提明·托乎提阿尤甫著，克里木·霍加译，1951年）是翻译后连载的第一部维吾尔文长篇小说。哈萨克族作家郝斯力汗的短篇小说《牧村纪事》是这个时期发表的第一篇汉译短篇小说。同时，大量的少数民族原创诗歌和短篇小说被译成汉文发表，"如维吾尔族爱国诗人黎·穆特里夫的《黎·穆特里夫诗选》（克里木·赫捷耶夫译，1959年），维吾尔族诗人铁依甫江·艾里耶夫的《唱不完的歌》、抒情诗《祖国，我生命的土壤》，克里木·霍加的叙事长诗《阿依汗》《柔巴依》，艾勒坎木·艾合坦木的诗集《斗争的浪涛》，尼木希依提的诗歌《无尽的思念》，哈萨克族诗人库尔班阿里的诗集《从小毡房走向全世界》等。"①

在汉语文学经典翻译成民族语的成果中，不少汉语的经典名著翻译出版，如1974年，《红楼梦》经过新疆各族翻译家们一年多的辛勤努力，最终于1975年至1976年相继出版了维吾尔文版和哈萨克文版，1993年推出了锡伯文版；《屈原》（古装话剧，郭沫若著，热合木吐拉译）也首次由汉文译成维吾尔文。蒙文版《春》《秋》《子夜》《骆驼祥子》和《四世同堂》等的翻译工作也相继完成。另外，富有时代特色的农村题材和革命历史题材作品被翻译成民族语，如"蒙古文翻译的赵树理小说有8部（篇），其中20世纪40年代的作品有《小二黑结婚》《李有才板话》《福贵》《传家宝》；50年代的作品有《登记》《三里湾》《锻炼锻炼》等。20世纪五六十年代，蒙译出版的汉文革命历史题材小说有27部（篇），其中短篇小说12篇，中、长篇小说15部。如《青春之歌》《林海雪原》《平原烈火》《新儿女英雄传》等。"②"从20世纪50年代初至60年代，新疆各族翻译工作者除了译介大量苏联文学作品以外，还系统地将鲁迅、魏巍、杨沫、贺敬之等名家的大量优秀作品译成维吾尔、哈萨克等文字出版。如《谁是最可爱的人》（维、哈文）、《鹿走的路》（托忒蒙古文）、《小二黑结婚》（锡伯文）。"③ 1966—1976这十年期间则以样板戏的汉译民活动为主，如《智取威虎山》和《红灯记》被翻译成了不同民族语。

在展开相关翻译工作过程中，党和国家也十分重视翻译人才的培养，1956年为改革和创造民族文字，中央人民政府民族事务委员会和中国科学院又组织了由七百多人组成的7个语言调查工作队，分赴全国民族地区调查。由于不少语言材料来自文学作品，各调查队都带回了一批文学材料，可作语言、文学研究两用。调查结束后，这批青年力量几乎遍及各民族地区相关研究机构和院校，引领民族语文发展工作。同年，党的第八次全国代表大会明确指出发展少数民族地区的文化工作。各地的党政文化部门积极开展民族文化工作，一面收集各民族的传统文学、一面培养各民族的歌手、故事员及民族文化工作者。另外，"在党的领导和关怀下，少数民族语文得到空前的发展，各地民族学院和有关学校已培养出一部分民族语文专业人才，就以中央民族学院语文系来说，已先后开设了22种民族语文专业，毕业学生近千人。不但专业的人才都能掌握一种或两种民族语文，在民族地区工作的干部，遵照毛主席的教导'在少数民族地区工作的汉族干部，必须学当地民族的语言，少数民族的干部也应当学习汉语'。因此，有很多干部通过种种方法勤学苦练也能掌握民族语言或汉语。"④

具体而言，以新疆为例，1955年10月，新疆维吾尔自治区成立以后，新疆的

---

① 铁来克·依布拉音：《新疆多民族语文翻译的回顾与"一带一路"》，载《民族翻译》2016年第4期。
② 唐吉思：《中华人民共和国成立以来汉文学作品蒙古文翻译综述》，载《民族翻译》2020年第2期。
③ 铁来克·依布拉音：《新疆多民族语文翻译的回顾与"一带一路"》，载《民族翻译》2016年第4期。
④ 马学良：《谈少数民族民间文学的翻译》，中央民族大学中国少数民族语言文学学院编：《马学良文集》下卷，北京：中央民族大学出版社，2009年，第72页。

民族语文翻译事业迈入了前所未有的蓬勃发展时期。"1956年通过的《新疆维吾尔自治区各级人民代表大会和各级人民委员会组织条例》第49条，以法律形式确定了翻译工作的地位。仅1950年初至1956年，新疆干部学校语文部举办了13期培训班，共培养各族翻译人员达两千多人。据1958年不完全统计，全疆各类翻译约达一万人（包括基层兼职口头翻译人员）。"[①] 与此同时，高校也开设了相关专业，如1951年，中央民族学院开办彝文专业本科班。西南民族学院（今西南民族大学）于1951年秋增设彝文推广干部班，1952年办彝文专修班，同年西昌民干校开设彝文课。这期间相继培养了彝文翻译、教学和推广人员两千多人，为后来彝语翻译教育事业的发展提供了彝语翻译人才。

国家层面也成立了专门的翻译机构。1955年9月24日，中华人民共和国民族事务委员会起草了《建立民族语文翻译机构的初步方案》，建议成立"中华人民共和国民族事务委员会翻译局"，受国家民委直接领导。同年12月6日，习仲勋同志批示："拟同意在民委会成立翻译局，担任少数民族语文翻译工作。开始人数可少而精，后再培养，请总理核批。"1955年12月12日，周恩来总理批准了这一请示。1956年11月，中华人民共和国民族事务委员会翻译局顺利完成机构筹建工作，翻译经典著作是其主要任务之一。1966—1976年期间，翻译局一度与其他部门合署办公，1974年翻译局正式恢复成立。除中央的民族语文翻译机构外，地方也相应成立了专门的翻译机构，培养翻译人才，如贵州省从20世纪50年代初期开展民族语文翻译工作，由贵州省民族语文工作指导委员会及其相关部门负责管理和具体承担翻译任务，毕节地区（今毕节市）彝文翻译组于1955年成立，1966—1976年期间中断后，于1977年恢复。

此外，民族出版社等出版机构也在民族文学翻译工作中起到重要作用。民族出版社是国家民委所属国家出版机构，1953年1月15日成立，前身为中央民委参事室。民族出版社是中国第一个专门以少数民族母语出版的出版社，翻译、出版少数民族文学作品是出版社工作的重要组成部分。建社之初，老一辈出版家把苏联、蒙古、朝鲜等国的优秀作品翻译为少数民族语言，把少数民族作品介绍到国外。1961年，民族出版社与苏联、越南、朝鲜等国家的相关机构直接交换部分书刊。1966年，民族出版社选送了13种蒙古、藏、维吾尔、哈萨克、朝文图书参加日本亚细亚文化交流出版会。

综上，上述翻译机构的成立和工作的开展，为少数民族文学翻译事业提供了重要支撑，为翻译人才的培养做出了重大贡献。

二、翻译研究

1949—1979年，即中华人民共和国成立后的头30年，关于少数民族文学翻译

---

① 铁来克·依布拉音：《新疆多民族语文翻译的回顾与"一带一路"》，载《民族翻译》2016年第4期。

的研究主要集中在翻译依据与原则、态度等方面。

此时期，有关翻译的依据与原则，中国学者纷纷提出不同观点。由钟敬文先生所代表的学派坚信，为了研究的目的，有必要在书面转录过程中，尽可能地保持口头传承资料的原初面目。贾芝先生倡导对民间文学的彻底更新，要在记录转写民间文学的过程中进行大幅度的改变，以达到教育人民的目的。此外，在苏联学习的第二代和第三代知识分子，也把苏联民间文学研究的影响带回中国。

关于如何翻译少数民族民间文学，马学良先生写道："少数民族口头文学的翻译，比一般的文字翻译更困难。文字翻译大都有原文可循，并且有各种词典作为辅助工具。而口头文学用文字记录下来的是极少数的。必须先通过文字记录下来，作为整理翻译的依据。所以，忠实的记录是少数民族文学翻译的重要步骤。"[1]

过去人们分不清民间文学的集体创作和作家个人创作的区别，以为记录民间文学就像作家创作一样，自己爱怎么写就怎么写，有的添枝加叶，有的胡编乱造。20世纪30年代，周作人就曾说过："集录歌谣，因为是韵语的关系，不能随便改写，还得保留原来的形状，若是散文故事，那就很有了问题，减缩还要算是好的，拉长即是文饰之一了。若是收集笔录的人不能够如实的记述，却凭了自己的才气去加以修饰，既失去了科学的精严，又未能达到文艺的独创，反是很可惜的么。"[2]

中华人民共和国建立以后，虽强调忠实记录民间文学，但人们对翻译、记录、整理、改编、创作的界限分不清楚，不了解民间文学的集体性，认为自己也是集体的一分子，也有权改动，认为民间文学的"艺术性不高""没有文采"，于是作了许多文学加工。也有人愿意忠实翻译记录，但不会速记，当场记不下来，只好据回忆去补充，这必然漏去了许多宝贵的东西。

改革开放以来，录音机普及了，翻译记录的科学性有了较大的提高。但由于思想认识的问题，对民间文学的口头性、集体性缺少理论知识，对民间口头文学缺少尊重，在记录、整理中还是有不少的人为主观加工与随意改造。

这个时期有关民族民间文学翻译、记录、整理的方法，学者们有不同观点，综合起来，主要集中在如下几个方面：民间故事家虽然是一个个体，但是他讲的故事、唱的民歌却是集体创作、世代传承的，并不是他一个人的创作，而是千百年来人们口头传承的结果。他在讲述、演唱中，可以随机有所改动，但改动的只是枝叶而已，其主体则是不变的，所以翻译记录者必须尊重演唱者的原生态，绝不能随意修改，这是科学记录的要求。记录稿（源自录音、笔记、录像）是以科学性为唯一目的的，完全对照录音一字不差地原样记录，哪怕重复啰唆甚至口误，都在所不避，宁愿在适当地方加注说明（主要针对口误）。这个工作是所有工作中最繁重的。但这种科学精神和认真态度是保持民间文学记录整理的科学质量的根本保证。如果在翻

---

[1] 马学良：《谈少数民族民间文学的翻译》，载《民间文学论丛》，北京：中国民间文艺出版社，1981年，第111—119页。

[2] 周作人：《夜读抄》，石家庄：河北教育出版社，2002年，第53—54页。

译记录时任意改动，对科学研究是极为不利的。特别是语言研究（包括方言研究和文学语言及文体研究），如果把方言改成了普通话，就根本无法研究方言了。另外，对于少数民族语言讲述的故事进行记录时，若不是本民族的，最好用国际音标记音的方法，用国际音标记音比用汉字记音要准确。

整理稿则不同，它不是"科学版本"而是"文学版本"，整理稿是为了扩大故事的受众面，为不熟悉方言的读者提供一个可读文本，使读者不看注释也能看懂，但在整理时也要慎重，"尽量使用原文语言和顺序，以少改换为好，保持明显的口语色彩"，一些外地人能明白的方言词，也尽可能保存下来。

翻译的过程主要是从直译与意译到直译中有意译、意译中有直译。关于如何翻译少数民族口头传承的民间文学作品，自20世纪50年代以来，一直存在激烈的讨论和争执，不同学派在此问题上各持己见。有的学者提出翻译少数民族民间文学一定要直译，照字直译，不能添加任何主观要素，可以在适当的地方加译注，译注不详，读起来令人费解。有的学者提出，翻译少数民族民间文学可以脱离原文，根据翻译者的理解任意加减，结果扭曲了原有作品的思想特色和艺术风格。特别是，有些人不懂所翻译的民族文学的语言，以转述注译代替按原文翻译，这很难保持作品的原貌。20世纪50年代末期以后，严格遵照原初资料的搜集整理方法受到批评，受极"左"思潮影响的"改旧编新"方法在20世纪60年代初期占据了上风。

关于少数民族民间文学翻译问题，马学良先生曾多次撰写论文就此问题发表看法。他认为："翻译是从一种语言译成另一种语言，必须准确而完全地表达原作的内容与形式。这与重述与改编不同。原作是表现，翻译是再现，不论采取直译或意译，主要看能否不失原意，真实地再现原作。翻译少数民族口头文学不但要忠实原意，还要忠实于语言。只有在忠实语言的前提下，翻译才能做到忠实原意。"同时，他还明确指出："各种语言都有各自的语法结构、基本词汇和语言表达形式，翻译是要把原作的语言转译成译者习惯的语言，在忠实原作的情况下，按照原作的语言直译，既可颠倒语序，变化句型，又可增减原文词句，使原来意译更为明确。很多民族语言的语序和汉语不同，属藏缅语族的一些民族，如彝、纳西、傈僳等民族语言的语序跟汉语不同，如汉语说：'我买一尺红布'，他们说'我红布一尺买'，汉语说'他唱了一支山歌'，他们说'他山歌一支唱了'。还有一些词的构造次序也跟汉语的构词不同，如汉语说'夫妻'，彝语说'妻夫'。由此可见，直译就失去原意，不言而喻地要意译。因此说，翻译民族文学直译中含有意译，意译中含有直译。"[①]

翻译界曾经将翻译的基本原则归纳为"信、达、雅"，但要达到"信、达、雅"，必须对所翻译的民族文学的语言有较深入的研究。口头文学的要素是语言，每个少数民族的语言都有各自的语法结构、基本词汇和表达形式，翻译既要忠实于

---

① 马学良：《谈少数民族民间文学的翻译》，中央民族大学中国少数民族语言文学学院编：《马学良文集》下卷，北京：中央民族大学出版社，2009年，第61页。

原作的"文情",又要符合翻译者的语言习惯,在忠实原意的情况下,可以颠倒语序、变化句型,也可以审慎地增字减字,但不能超出原文任意加减。语言的活动范围很广,它包括生产领域,也包括经济关系领域、文化领域、社会生活领域等。而要了解一个民族的语言必须联系民族历史,同样,翻译少数民族口头文学也必须了解这个民族的语言、历史和社会生活。

总之,"对少数民族口头文学的翻译,不管是直译还是意译,既要忠实原作,又要表现原作者的思想感情和风格。译出的话让人看懂,否则就不是好翻译。为了完整地介绍我国少数民族民间文学,提高翻译质量,必须改变过去脱离原文的注释方法,那就如信手折花,不过是当作应景的瓶花而已。其实看不到花枝的全貌,这不但不能使少数民族的民间文学在祖国的花园中得到繁荣发展,相反的还会使之遭受摧残"。[①]

纵观1949—1979这30年,少数民族文学翻译事业无论在翻译实践还是翻译研究中都取得了开创性的成绩,却也存在着一些问题。在民间文学翻译领域,受制于客观条件与外部环境,民间文学翻译在采录、搜集、整理的过程中已经部分"失真",口译或转写后翻译过程中的科学性有待提升,致使最后的译文有"创译"或"改译"的成分。作家文学的翻译则存在"失衡"现象,一方面,汉译民作品多于民译汉作品,另一方面,各语种译作数量不均衡,新疆、内蒙古等地译作数量相对丰富。这既归因于当时少数民族作家及母语创作作品数量较少,也受翻译人才不足的影响。翻译研究方面的重心多在翻译原则的提出,专业性、科学性、系统性的少数民族文学翻译理论与学科都亟待建立。这些问题均在下一阶段的发展中被解决或有所改善。

第二节 发展期(1980—1999年)

改革开放后,少数民族翻译事业迎来了新的发展机遇。一方面,民间文学作为一门学科得以恢复,在很短的时间内,中国民间文学研究者确立了新的方向,再次实施搜集、翻译少数民族民间文学资料的计划,是一项不可回避的现实任务;另一方面,各少数民族作家创作的短篇小说、中篇小说和长篇小说如雨后春笋般涌现。面对少数民族文学发展的新局面,少数民族文学翻译也步入了发展期,在上一阶段的基础上,翻译人才队伍扩大,翻译原则更加科学化,翻译成果更加多样化。

一、翻译实践

本阶段少数民族民间文学与作家文学的翻译均获得了新的发展机遇,取得了长

---

① 马学良:《谈少数民族民间文学的翻译》,中央民族大学中国少数民族语言文学学院编:《马学良文集》下卷,北京:中央民族大学出版社,2009年,第60页。

足的进步。少数民族民间文学翻译工作仍主要伴随民间文学的搜集与整理活动展开。

1984年5月28日,原文化部、国家民族事务委员会、中国民间文艺研究会联合发布了开展搜集整理民间文学"三套集成"的正式文件。该文件指出,中国丰富的口头传承是一笔巨大的财富,该项工作的目的是"让民间文学更好地为人民服务,在社会主义物质文明和精神文明建设中更好地发挥作用。"在正式宣布开始"民间文学三套集成"工作的同时,该文件也对当时的民间文学工作进行了总结:肯定了20世纪50年代和60年代的工作,批评了1966—1976年期间对民间文艺资料的破坏和对艺术家及搜集整理者的迫害。为便于实施计划,一个全国性的机构"三套集成办公室"宣告成立,钟敬文、贾芝担任主编。中国民间文艺研究会此时改称为"中国民间文艺家协会",具体主抓该项计划的实施。

1985年,搜集工作在所有行政区划单位展开。在准备阶段,搜集者都明确了他们在即将开始的工作中所应遵循的规则和方法:他们应当做"充满敬意的听众",尽可能准确地做笔录,以便日后在书面转录时得以再现"语言和内容的完美"。组织者们制定和印行了一些非常详细的指导性文字,以便使搜集者学会如何做符合学术规范的笔录,其中关于少数民族民间文学的记录与翻译同汉族民间文学统一在一起,并有具体、明确论述:要求对讲述者、搜集者的个人背景以及资料搜集的情形应该有所记录,以便保证学术上的准确性和可靠性;对相关资料和照片也要做附录;对少数民族民间文学作品要求用本民族语言做记录,然后译成汉语。

由于"民间文学三套集成"工作的开展,本阶段少数民族民间文学的翻译成果仍以民译汉为主,将民族文学译为外文或汉文作品译为少数民族语言的相对较少,但涵盖更多民族、语种。在数量与质量方面,更多的作品被翻译出来,对一些作品的翻译深度与科学性有所提升。

以藏族《格萨尔》、蒙古族《江格尔》、柯尔克孜族《玛纳斯》为例,20世纪80年代,学界整理三卷70章文学读本《江格尔》,"其中第1、2卷(托忒蒙古文)于1985和1987年由新疆人民出版社出版,在转写为胡都木蒙古文后,于1988和1989年由内蒙古人民出版社出版;第3卷(胡都木蒙古文)于1996年由内蒙古科学技术出版社出版"①。1982年,宝音贺希格从托忒蒙古文《江格尔》转译成了回鹘蒙古文《江格尔》。次年,色道尔吉汉译的《江格尔》由人民文学出版社出版。

20世纪80年代,王沂暖由藏文翻译或参与合译的汉文版《格萨尔》相继出版,如《格萨尔王传降伏妖魔之部》(1980)、《格萨尔王传贵德分章本》(1981年,与华甲合译)、《格萨尔王传世界公桑之部》(1983)、《格萨尔王传卡切玉宗之部》(1984年,与官剑壁合译)、《格萨尔王传花岭诞生之部》(1985年,与何天慧合译)、《格萨尔王本事》(1985年,与上官剑壁合译)、《格萨尔王传》(1986年,含门岭大战之部、分大食牛之部、安定三界之部)、《格萨尔王传木古骡宗之部》

---

① 李正栓、王心:《民族典籍翻译70年》,载《民族翻译》2019年第3期。

(1988年，与何天慧合译)、《格萨尔王传香香药物宗之部》(1989年，与何天慧合译)、《格萨尔王传赛马七宝之部》(1989年，与唐景福合译)。此外，还有一些汉文版的《格萨尔》相继出版，如1984年青海人民出版社出版的中国民间文艺研究会青海分会编的《霍岭大战》（上、下册），1986年罗润苍译的《格萨尔王传打开阿里金窟》，1987年降边嘉措、吴伟编写的《格萨尔王全传》（上、中、下三册），1989年意西泽珠、许珍妮译的《格萨尔王传取雪山水晶国》，1991年徐国琼、王晓松翻译整理的《格萨尔王传姜岭大战》（上、下册），甘肃民族出版社和内蒙古人民出版社出版的《格萨尔文库》藏族卷、蒙古族卷、土族卷的汉译本。汉译本外，《格萨尔》的外译版本也接续出版。1980年，德文本土族《格萨尔史诗》由德国学者多米尼克·施罗德翻译出版，1987年，日文本的《格萨尔王传》由君岛久子翻译出版，两个英译本《格萨尔！格萨尔王的奇遇》和《格萨尔王的战歌》分别于1991年和1996年问世。

这一阶段的《玛纳斯》翻译则以外译为主。1990年，英国学者亚瑟·哈图以《威廉姆·拉德洛夫的〈玛纳斯〉》为题的散体英译本在德国威斯巴登出版，1995年瓦尔特·梅依又以韵体诗形式将《玛纳斯》的俄译本转译为英文。同年，土耳其文的《玛纳斯》也在安卡拉翻译出版。另有1949—1979年时期的译作直到这一时期才与读者见面，如1964年，郎樱和玉赛因阿吉把《玛纳斯》第一部译成汉语；1965—1966年，居素甫·玛玛依的补录唱本20万行被全部译成汉语，但这两个译本直到改革开放后才得以部分或全部出版发行。

除"三大史诗"外，其他少数民族的民间文学作品也被大量翻译。满族《尼山萨满》由满语翻译成汉语，分别是1981年，收录于《满族的历史与生活——三家子屯调查报告》的《女丹萨满的故事》汉语本，1985年齐车山以《尼山萨满》为题在《新疆师范大学学报（社会科学版）》发表的汉译文，1987年爱新觉罗·乌拉熙春在《满族古神话》一书中收录翻译的《尼山萨满》传说，1988年赵展的《尼山萨满传》[①]问世，1994年季永海、赵志忠以《三部〈尼山萨满〉手稿译注》为题，翻译意大利学者乔瓦尼·斯达里1985年转写、影印的三部手抄本。匈牙利文版也于1987年问世[②]，另有日本学者河内良弘翻译的《尼山萨满传译注》[③]，与寺村政男翻译的《满文〈尼山萨满〉的研究》[④]在日本出版，且后者是将自己先后翻译的两个版本收录于该书之中。

20世纪80年代末到90年代初，伊玛堪抢救小组成员先后多次深入赫哲族渔村，采录葛德胜等老人说唱的"伊玛堪"。1992年尤志贤根据赫哲语编译成汉文版

---

① 《尼山萨满传》，赵展译，罗丽达校，沈阳：辽宁民族出版社，1988年。
② Melles Kornélia. *Nisan sámánnő: mandzsu vajákos szövegek.* Budapest: Helikon Kiadó, 1987.
③ 河内良弘（1987）「ニシャン・サマン傳　訳注」『京都大学文学部研究紀要』26，141-230頁。
④ 寺村政男（1989—1991）「満文「尼山薩蛮」の研究・満和対訳注篇（1-3）」『大東文化大学紀要（人文科学）』27-29頁。

的《赫哲族伊玛堪选》，由黑龙江省民族研究所出版。1997—1998 年黑龙江人民出版社出版汉文版《伊玛堪》（上、下卷）。鄂伦春族的古老说唱文学"摩苏昆"也被搜集、整理、翻译，1986 年，《英雄格帕欠》《娃都堪与雅都堪——姊妹山的传说》等由孟淑珍搜集整理并翻译成汉文，收于《黑龙江民间文学》第 17 集。

《蒙古秘史》的翻译热潮与上一阶段相比，有增无减，新的译本层出不穷。在国内，1980 年和 1985 年蒙译本的《蒙古秘史》分别由巴雅尔和泰亦·满昌翻译出版，1987 年亦邻真的畏兀体蒙古文复原本由内蒙古大学出版社出版。在国外，欧美和日韩都有不同版本的译作问世。海西希（W. Heissig）分别于 1981 年和 1985 年对海涅士的德译本进行修订。陶博（M. Taube）出版了《蒙古秘史·成吉思汗的起源、生活和兴起》（1989 年）。法译本《蒙古秘史，13 世纪蒙古编年史》则由埃文和鲍伯于 1994 年在巴黎翻译出版。英译本中既有柯立夫《蒙古秘史》（1982 年），又有保罗·卡恩的《蒙古秘史：成吉思汗源流》（1984 年）。澳大利亚的罗依果翻译的《蒙古秘史》则是从 1971 年到 1985 年间连载于《远东历史研究》上。20 世纪 90 年代，鄂嫩英译的《成吉思汗的生平（蒙古秘史）》和《成吉思汗，蒙古的黄金史》分别于 1990 年和 1993 年相继出版。西班牙语译本和保加利亚语译本也于 1985 年和 1991 年问世。本阶段的日语译本首推小泽重男的《元朝秘史全释》和《元朝秘史全释续考》。韩译本则有柳元秀译与崔起镐、南相亘合译的两个版本。另外，在蒙文和蒙古语转译、还原方面出现了一些译本，尤其是一些卡尔梅克蒙古文、布里亚特蒙古文等转写版本的问世。如俄国纳木济格夫的布里亚特蒙古文版《蒙古秘史》和达尔瓦耶夫、齐米托夫的多语言版《蒙古秘史，1240 年蒙古编年史》①。

蒙古族的其他作品也有新译本出现，如 20 世纪 80 至 90 年代，一些《格斯尔》史诗的译作问世。1985 年，内蒙古自治区《格斯尔》工作领导小组办公室、内蒙古自治区社会科学院文学研究所编印汉译本《青海蒙古族〈格斯尔传奇〉》。汉译本《格斯尔》还有《巴林格斯尔》（布和巴雅尔译，1984 年）、《卫拉特格斯尔》（毕力贡译，1984 年）和《格斯尔的故事》（纳日苏译，1989 年）。外译本则有 1991 年华莱斯·扎拉的英译本和 1993 年若宽松的日译本。

该阶段新疆的民族文学翻译工作也更上一层楼，1984 年，民族出版社出版了新疆维吾尔自治区社会科学院民族文学研究所集体完成的《福乐智慧》的拉丁字母标音转写和现代维吾尔语诗体今译本。1986 年，郝关中等的《福乐智慧》汉文全译本在民族出版社出版。这两个译本的出现均体现了翻译工作向着更科学化的方向发展。另有哈萨克文、现代维吾尔文和柯尔克孜译文版本在新疆出版。此外，苏联学者 C. H. 伊万诺夫根据阿拉特校勘的诗歌体俄译本（1983 年）和瓦尔特·梅依的诗歌体英译本（1998 年）也在苏联与俄罗斯出版。《突厥语大词典》（三卷本）的现代维

---

① [俄]达尔瓦耶夫、齐米托夫：《蒙古秘史，1240 年蒙古编年史》，埃莉斯塔，1990 年。该书先拉丁转写，另有卡尔梅克语译文、俄译文、布里亚特蒙古语译文。

吾尔语译本也在新疆出版（1981—1983年），同期的英译本也由哈佛大学出版社出版。1980年耿世民汉译的《乌古斯可汗的传说》（维吾尔族古代史诗）由新疆人民出版社出版。"阿凡提的故事"汉译本有《阿凡提的故事》（戈宝权主编，1981年）、《新译阿凡提故事》（张世荣译，1982年），还有1986年唐国信的藏译本、1991年海努拉的哈萨克译本。

藏族的格言诗也在这一阶段有许多翻译成果，《萨迦格言》不仅出现了不同的汉译本，还出现了匈牙利语译本（1984年）。另有《水树格言》和《格丹格言》的完整汉译本（1986年），《火喻格言》《铁喻格言》和《宝喻格言》各出现一本汉语选译本问世。1997年，还在日本出版了正木晃日译的《智慧的语言—萨迦班智达的教诲》。仓央嘉措的诗歌也被王沂暖、庄晶等人汉译出版（1980年、1981年）。这一阶段的仓央嘉措诗歌的外译及海外研究热潮不减，如《六世达赖喇嘛诗歌》（1981年，66首）、《白鹤之翼：仓央嘉措诗歌》（1982年，53首）、《神性世俗化：对六世达赖喇嘛诗歌性质和形式的探讨》（1990年，66首），《冰湖上的牡马：六世达赖喇嘛情歌》（1993年，60首），以及《松石蜂：六世达赖喇嘛情歌》（1994年，67首）等被译成不同文字在海外出版。

20世纪80至90年代，西南地区少数民族文学翻译也有丰硕成果。1979年，贵州人民出版社出版了贵州省民间文学组整理、田兵编选的《苗族古歌》。1983年，马学良、今旦译注的《苗族史诗》在中国民间文艺出版社出版。1991年，天津古籍出版社出版了由石宗仁收集翻译整理的《中国苗族古歌》。1993年，贵州民族出版社出版了由贵州省少数民族古籍整理出版规划小组办公室编撰、燕宝整理译注的《苗族古歌》。1991年广西人民出版社出版了由张声震主编的壮族《布洛陀经诗译注》（含原文注释、标音、汉语直译、汉语意译）。瑶族创世史诗《密洛陀》第二个汉译本由潘泉脉、蒙冠雄、蓝克宽搜集整理翻译，1986年收入广西壮族自治区编辑组编《广西瑶族社会历史调查》第7册。由学桑布朗、仙布瑶、蒙东元等唱述，蓝怀昌、蓝京书、蒙通顺搜集翻译整理的《密洛陀：布努瑶创世史诗》于1988年由中国民间文艺出版社出版。1999年，由蒙冠雄、蒙海清、蒙松毅搜集翻译整理的《密洛陀：瑶族创世史诗》出版。

彝族的《阿诗玛》出现了更完善的译本，如1985年，马学良、罗希吾戈、金国库、范慧娟译《阿诗玛》（彝文、国际音标、直译、音译四行对照）由中国民间文艺出版社出版。1999年，黄建明、普卫华汉译，曾国品英译，西协隆夫日译的彝、汉、英、日对照本《阿诗玛》由中国文学出版社出版。

20世纪80至90年代，少数民族民间文学的翻译取得丰硕成果的同时，少数民族作家文学翻译也取得了不俗的成绩，这一方面与我国当代文学整体的思潮与发展有关，另一方面也与中国文学整体上对外国文学，尤其是西方文学的译介有关。这也导致了某种程度上"翻译失衡"局面的形成，即将外文作品翻译成汉文和民族文字的作品较多，而民族语作品译成外语的译作相对较少。我们不妨选取内蒙古和新疆等省区的翻译实践为例进行回顾与梳理。

从译作的范畴来说，既包含了国内外的经典名著，也包括了富有时代特色的作品，如新疆各族优秀翻译人员在20世纪90年代完成了《水浒传》《三国演义》《西游记》《李自成》《杜甫诗选》《李清照诗词选译》等古典名著的维吾尔、哈萨克、蒙古、锡伯等民族文字的翻译工作，而且还将《红与黑》《简·爱》《浮士德》《悲惨世界》《荷马史诗》《百年孤独》《堂吉诃德》《牛虻》《钢铁是怎样炼成的》《复活》《莎士比亚剧本选》《外国中篇小说精选》《外国优秀诗歌选》等外国文学名著译成维吾尔、哈萨克、蒙古、柯尔克孜等语种出版。又如20世纪80年代蒙古族优秀译者们翻译了《李自成》与《义和拳》这两部长篇小说，并继续翻译完成了蒙古文的《烈火金刚》《敌后武工队》《红岩》《东方》《高山下的花环》等具有时代特色的革命题材作品。另外，"贾平凹的《浮躁》（1993年），张炜的《古船》（1996年），陈忠实的《白鹿原》（1994年），张扬的《第二次握手》（1981年），这些译本或发表在《潮洛濛》杂志或由民族出版社出版"①。

尽管数量不多，这个时期，还出现了直接由外文译成民族语或民族语直接外译的作品。"如《战争与和平》《静静的顿河》《斯巴达克》《叶尔绍夫兄弟》《基度山伯爵》《布格·雅加尔》等直接由俄文译成维吾尔文；土耳其中长篇小说《瘦子麦麦德》《鹧鸪》《穿皮袄的女人》等直接从土耳其文译成了维吾尔文；维吾尔文长篇历史小说《苏图克·布格拉汗》（赛福鼎·艾则孜著）译成土耳其文出版；波斯名著《蔷薇园》由波斯文译成维吾尔文；《穆罕默德传》由阿拉伯文译成维吾尔文，等等。"②

此外，1999年，为庆祝中华人民共和国成立50周年，由新疆维吾尔自治区党委宣传部组织编辑的《新疆新时期少数民族文学作品选》丛书由作家出版社出版。在这套百余万字的文学作品里，选入了1979—1999年由新疆少数民族作家用母语创作后被翻译成汉文的大量中短篇小说、诗歌、散文、报告文学等。

无论是少数民族民间文学还是作家文学的翻译都离不开优秀的翻译人才，这一阶段的翻译人才主要集中在相关的翻译机构与专门的期刊、杂志等部门。

首先从中央层面而言，中央民族语文翻译局在壮大发展中仍然承担着重要的民族语文翻译任务，彝文翻译室1984年在成都市恢复建立，壮文翻译室1985年在南宁市成立。1991年中央民族语文翻译局更名为"中国民族语文翻译中心"。

中国翻译协会民族语文翻译委员会成立于1985年，是全国学术性、行业性非营利性社会团体分支机构，委员会由中国民族语文翻译中心（局）、民族出版社、中国藏学研究中心、中央人民广播电台民族广播中心、民族团结杂志社、中国第一历史档案馆满文部、中央民族大学少数民族语言文学学院、民族画报社、中国藏语系

---

① 唐吉思：《中华人民共和国成立以来汉文文学作品蒙古文翻译综述》，载《民族翻译》2020年第2期。
② 铁来克·依布拉音：《新疆多民族语文翻译的回顾与"一带一路"》，载《民族翻译》2016年第4期。

高级佛学院等中央在京单位组成。中国译协民族语文翻译委员会各成员单位担负的主要任务之一便是用蒙古、藏、维吾尔、哈萨克、朝鲜、彝、壮7种少数民族语文翻译出版马列经典著作、老一辈无产阶级革命家的著作、党和国家的重要文献、法律汇编及全国党代会、人代会、政协会议文件及大会同声传译等。

其次，地方的翻译机构也纷纷建立。1981年8月，新疆维吾尔自治区翻译工作者协会成立，同时成立了自治区"民族语文翻译干部业务职称评定委员会"。1993年9月25日，自治区人大常委会通过并付诸实施了地方法规《新疆维吾尔自治区民族语言文字工作条例》。"1982年至1992年，仅乌鲁木齐市的专业翻译人员就达500名（包括企事业单位的翻译）。1987年，全疆在册翻译人员达5000多人。"[①] 另据统计，在1981年至1989年，除新疆译协以外，伊犁州、博尔塔拉州、乌鲁木齐、阿克苏地区、克州、疏勒、叶城等州县市也先后成立了译协，各地州也通过各种形式对翻译人员进行了培训。中国民间文艺研究会还与云南分会合作在德宏举办了翻译训练班等。

再次，相关的期刊与出版社也在译介、发表许多民族文学译作过程中培养了许多翻译人才。1981年《民族文学》作为全国唯一的国家级少数民族文学刊物创刊。刊物在"民族风格、中华气派、世界眼光、百姓情怀"的办刊方针指引下，培养了一大批在国内外颇具影响的少数民族作家、翻译家，许多作品已被翻译介绍到国内外。20世纪80年代初，蒙古文《世界文学译丛》和蒙古文《潮洛濛》杂志几乎同时创办。《潮洛濛》杂志为季刊，宗旨是刊载蒙古族作家用蒙古文创作的中、长篇小说和译介兄弟民族特别是汉文现当代优秀的中、长篇小说为主，同时也适当地刊载外国小说的翻译作品。该刊物从20世纪80年代以来就成为汉文中、长篇小说蒙译刊载的主要阵地。1981年创刊的《民族作家》则是新疆维吾尔自治区文联、作协主办的专门翻译介绍新疆少数民族作家作品的汉语文学期刊，原名《新疆民族文学》，1986年改现名，1998年复刊并改由新疆民间文艺家协会主办。出版社方面，内蒙古人民出版社也出版了相当一部分长篇、中篇小说和短篇小说集译文。这些报刊、出版社等出版机构在翻译的过程中也培养了大量的专业翻译人才。

翻译人才的培养与成长，翻译机构的有组织翻译都为20世纪80至90年代少数民族文学翻译事业的发展起到了巨大的推动作用，也为翻译研究提供了丰富的养料。

二、翻译研究

本阶段的翻译研究，首先是翻译依据的设立。与上一个30年比较，少数民族民间文学翻译要建立在立体记录的基础之上。1978年以后，随着科学技术的进步，少数民族民间文学调查的手段和方式也得到改善。像录音机这种调查工具得到广泛使用，录音效果也得到极大的改善，因而调查少数民族民间文学过程中对于讲述者的

[①] 铁来克·依布拉音：《新疆多民族语文翻译的回顾与"一带一路"》，载《民族翻译》2016年第4期。

叙事记录的科学性有了较大的提高。但一些调查者由于不懂民族语言，更为重要的是对少数民族民间文学的科学记录、翻译的认识不足，在记录、翻译、整理中还是有不少的人为加工与随意改造倾向。民间故事集成，本应是"科学版本"，但实际上，真正符合科学版本要求的记录本还是很少的，大多数还是"基本忠实"的文学版本，有的则改动较大。

1985年北京大学段宝林先生在《论民间文学的立体性特征》一文中，提出了立体描写记录法，文中写道："如果把忠实记录只理解为忠实记录歌词，就过于狭窄而不全面了。全面地理解'忠实记录'一定要把民间文学的立体性原封不动地忠实地记录下来。只是录音就不够了，还需要录像，这种录像不只是录表演，而是要录'水中之鱼'，录原生态的活动情景。立体描写要保存民间文学立体性的原生态，要保存好'水中的活鱼'——民间文学活态的艺术生命，只靠录像，哪怕是原生态的现场录像，也还是不够的。我们所说的立体，是六维的，所以立体描写也应该是六维的。除静态的立体（三维，长宽高）多角度、多侧面地描写民间文学的各个方面之外，还要描写第四维时间——活态的立体，包括传承人、口述者的历史和民间文学作品的历史（创作、流传、变异的过程）等，这必将大大有利于对书中作品的理解"①。

立体性记录法还表现在民间文学的表演性上，在讲述故事时讲述者有表情、动作，在演唱民歌时歌手有表情、舞蹈动作、劳动动作、游戏动作、仪式动作等表演，这是对语言艺术的必要补充，也是民间文学艺术表现力超过书面文人作品的优越性之一。这些表演是艺术感染力的重要来源与动力，科学的做法应该进行立体描写，把表演性与本文结合在一起同时记录下来。

当时对翻译者也提出了一些条件，翻译者不但对所翻译民族文学的语言应有精深的研究，而且必须了解该民族的社会生活和历史，深入到该民族生活的实践中，不能采取硬译死译的方法，否则会使读者不知所云。翻译少数民族口头文学还必须注意古今文学语言的不同，因为语言是随着社会的发展而发展的，"语言的词汇对于各种变化是最敏感的，它几乎处在经常变动中。翻译工作者必须随时调查采集这些词汇，掌握各民族语言的变化，更好地翻译出原作的意蕴。从少数民族语言翻译成汉语是两种语言的翻译，除了语言上的隔阂，反映在语言上的生活制度、事物名称，也会使读者感到生疏，所以翻译者不仅要做两种语言的桥梁，还要介绍该民族的生活习俗，帮助读者更容易理解原作的思想内容，所以译文的注解就特别重要了。尤其是翻译少数民族文学，其中名物制度，不但没有字典可查，就是知其名若不是亲身体验也很难理解其本质。翻译少数民族文学是一件十分重要的工作，作为翻译者既要精通少数民族语文，又要精通汉语文，同时熟悉相关民俗，了解某一民族的

---

① 马学良：《谈少数民族民间文学的翻译》，中央民族大学中国少数民族语言文学学院编：《马学良文集》下卷，北京：中央民族大学出版社，2009年，第70—71页。

表达习惯。提高翻译工作的质量,必须改变过去有些人采取转述文学大意加以注译的方法,要学习民族语言,直接从原文翻译。"① 本阶段伴随"民间文学三套集成"工作展开的少数民间文学翻译工作正是建立在这样的翻译依据与原则之上。

其次,相关的翻译研究专业期刊创建,翻译专著出版。民族语文翻译委员会于1985年创办了内部刊物《民族译坛》(现已更名为《民族翻译》并于2008年8月正式面向国内公开发行),同年,第一届全国民族语文翻译学术讨论会在新疆维吾尔自治区乌鲁木齐市举行,会议主要探讨民族语文翻译问题,交流翻译经验,发展民族语文翻译事业,之后讨论会每两年举办一次。1985年,《语言与翻译》创刊,该刊物是全国唯一以汉、维吾尔、哈萨克、柯尔克孜、蒙古5种语言文字出版的翻译专业学术期刊,为各民族翻译工作者展开学术交流和研究提供了平台。

就翻译研究专著而言,《民族语文翻译研究论文集》第1集、第2集分别于1987年和1990年先后由民族出版社出版。这两本论文集均受中国翻译工作者协会委托编辑,按翻译史、翻译通论和翻译专论的内容编入了少数民族文学翻译的相关论文。赵国栋与牙生·哈提甫主编的《新疆民族语文翻译研究》1991年由新疆人民出版社出版,以探讨翻译理论、总结翻译实践为主要内容。"这是新中国成立以来,新疆第一部汉文版翻译研究论文集。这部研究论文集收选了近年来新疆研究民汉翻译的论文46篇,代表着新疆民族翻译研究在20世纪90年代左右的水平。"② 1994年,由云南省少数民族语文指导工作委员会编的《民族语文翻译研究》出版,该书选编了云南省民族语文工作者的34篇翻译研究论文,包括翻译理论与技巧、翻译史、新词术语翻译、民族古籍翻译、广播翻译、翻译评介等方面的文章,涉及纳西、傈僳、彝、哈尼、苗、拉祜、佤、傣、独龙、景颇、白等11个文种。这批论文有汉、纳西、哈尼、彝、满、傈僳、傣、苗、拉祜、佤、白、景颇、独龙等13个民族的作者,反映了一批出身于少数民族的民族语文翻译研究人员正在成长。

除论文集外,专门的翻译研究著作《西域翻译史》和《新疆现代翻译史》分别于1994年和1999年在新疆出版,前者对历史上西域地区翻译情况进行了细致考证、梳理,后者作为前书的续编,不仅在时间上与之相衔接,更对新疆现代翻译史进行了开拓性研究。《新疆现代翻译史》分为上、下两编,上编论述了民国时期的翻译活动,下编论述了当代新疆的翻译活动,包含了翻译理论的研究和发展以及翻译名家简介等内容。

20世纪80至90年代还有大量的民汉互译翻译教材问世,这些教材大多以翻译理论与翻译技巧相结合的内容为主,涉及翻译史、翻译方法,既有宏观翻译原则,也有字、词、句的具体译法,并通过实例对翻译实践进行教学指导。具体教材如下:《汉藏翻译教材》(1990年)、《藏汉翻译教程》(1995年)、《汉藏翻译理论与实践》

---

① 段宝林:《兼谈一些新理论的创造与论争》,载《广西师范学院学报》(哲学社会科学版)2008年第3期。
② 童湘屏:《新疆改革开放以来汉维翻译研究回顾与展望》,硕士学位论文,新疆大学,2005年,第7页。

(1998年)、《藏汉互译教程》(1999年)、《汉蒙翻译基础》(1991年)、《朝、汉诗词翻译技巧》(1991年)、《朝汉翻译教程》(1994年)、《汉哈翻译教程（哈文）》(1999年)、《高等院校教材汉哈翻译教程（哈文）》(1999年)、《汉壮翻译概论》(1992年)、《汉彝翻译技巧探微》(1989年)、《汉彝翻译教材》(1984年)、《汉彝翻译理论与实践》(1993年)、《汉彝语翻译基础知识》(1993年)、《汉维翻译教程》(1989年)和《汉维互译实用教程》(1999年)等。

本阶段的少数民族文学翻译研究文献关注点各有侧重。对译作、翻译家进行评介的文章，如《从翻译整理看壮族长诗〈七姑〉》[1]一文通过将译作与原作进行对照，指出译作从形式到内容，从主要情节到主要人物，甚至主题思想都做了一些改动，并在此基础上对翻译原则进行了反思。《哈萨克人民伟大诗人阿拜的作品在中国——评介锡伯族学者哈拜的翻译及研究成果》[2]一文对哈萨克语翻译家哈拜的翻译成就进行述评，尤其指出其对中国学界了解哈萨克诗人阿拜打下了良好的基础。《苗族诗歌汉译研究》[3]从苗、汉诗歌韵律的特点入手，提出了苗族诗歌汉译的原则与方法。

着重整体翻译理论与问题探讨的论文有以下诸篇，《关于少数民族民间文学的翻译问题》一文根据少数民族民间文学的特点明确指出民间文学的翻译要比一般翻译要求更高，"它不仅要求把原文的精神原原本本地表达出来，而且要把作品的风格以及少数民族的独特艺术形式、表现方法都要再现出来"。[4]该文章还提出了坚持"信、达、雅"的翻译标准，坚持"三道工序"的译法，即先以民族文字原文记录为基础，再直译汉文，然后意译汉文。《民族文化背景与翻译——汉藏比喻语翻译随笔》[5]强调翻译者既要有较高的语言文学知识修养，也要掌握有关民族历史、文化、社会生活、民风民俗、宗教信仰以及社会心理学等方面的知识，以使得译文更加符合原文的风格，起到传神与达意的语言转换作用。《文化形态"十字架"跨越的民间文学翻译》[6]一文提出了文化形态的"十字架"概念，即原体文化自身的文化断层跨越与两种文化跨越的思考，这是翻译实施的主导思维。民间文学翻译要注意历时的文化断层的跨越，也要注意让作品从一种文化形态跨越到另一种文化形态。在翻译实践过程中，要做到宏观把握作品的结构、文化特性、语言节奏，同时留存自然状态与生活特性。《当代新疆翻译理论研究观点综述》[7]总结了20世纪80至90

---

[1] 依易天：《从翻译整理看壮族长诗〈七姑〉》，载《广西民族学院学报》（哲学社会科学版）1984年第1期。
[2] 佟中明：《哈萨克人民伟大诗人阿拜的作品在中国——评介锡伯族学者哈拜的翻译及研究成果》，载《民族文学研究》1995年第4期。
[3] 王秀盈：《苗族诗歌汉译研究》，载《贵州民族研究》1996年第3期。
[4] 彭继宽：《关于少数民族民间文学的翻译问题》，载《民族论坛》1985年第4期。
[5] 张生民：《民族文化背景与翻译——汉藏比喻语翻译随笔》，载《青海民族研究》1993年第3期。
[6] 巴伦：《文化形态"十字架"跨越的民间文学翻译》，载《布依学研究》1989年。
[7] 陈世明：《当代新疆翻译理论研究观点综述》，载《语言与翻译》1999年第2期。

年代新疆翻译理论界的各种观点,在"关于文学翻译"的内容中指出了翻译理论滞后于翻译实践的现状,回顾了不同学者关于翻译原则与方法的诸多观点与讨论,为后继学者的研究提供了线索。《达斡尔族翻译传统一瞥》[①] 结合达斡尔族历史上受蒙古文、满文与汉文影响的特点分析了达斡尔族翻译传统。《维吾尔族翻译文学古今素描》[②] 一文则回顾了维吾尔族文学翻译史。

本阶段的少数民族文学翻译实践与研究均打开了新局面并取得了长足的进步,但有些方面也需进一步改善。民间文学翻译实践在"三套集成"工作指定的翻译细则下规范性、科学性有所提升,但仍难免有无法完全落实的情况。上一阶段作家文学翻译在民汉互译间的"失衡"有很大改善,但随着大量外国文学作品的引进,许多外文作品通过汉译—民译的途径涌入少数民族文学的空间之中,某种程度上形成了新的翻译"失衡",这就呼吁提升少数民族文学汉译与外译的数量、质量和影响力。翻译研究较上一个 30 年有所突破,但仍集中于翻译原则、标准与方法的讨论,侧重于翻译实践的应用,而缺少理论探索,少数的译作分析也显露出了理论视域单一或狭窄的问题。正是带着这样的成就与问题,少数民族文学翻译事业进入了 21 世纪。

第三节　收获期(2000—2019 年)

21 世纪以来,少数民族文学翻译事业也迎来了崭新的发展机遇,国家"走出去"战略、"一带一路"倡议以及铸牢中华民族共同体意识的提出,均为民族文学翻译事业发展提供了强有力的支撑。为响应国家号召,积极发展少数民族文学翻译事业,从中央到地方的多层级、多种类翻译出版项目相继开展,少数民族文学翻译作品集与丛书陆续问世,并走出国门。少数民族作家的创作与翻译也有所创新与突破。与之相应,翻译人才队伍也愈发专业化、多元化,中国作家协会、高校与翻译机构等多方联动培养了大量的翻译人才。翻译研究领域理论视野更宽广,多维研究视角、多层次研究成果打开了翻译研究的新局面。不同层级与门类的科研基金与项目纷纷落地,成果喜人。

一、翻译实践

本阶段少数民族民间文学的经典作品大量翻译出版,一部分是接续"民间文学三套集成"的成果,另一部分则是新译本的问世。

"三大史诗"的译本仍在完善与更新,如《江格尔》的新译本有包含托忒蒙古文、拉丁文转写、汉译文和英文介绍的《史诗〈江格尔〉校勘新译》(2005 年)、

---

① 吴依桑:《达斡尔族翻译传统一瞥》,载《满语研究》1998 年第 2 期。
② 伊明·阿布拉:《维吾尔族翻译文学古今素描》,载《中国翻译》1996 年第 6 期。

托忒蒙古文、汉、英对照本的《江格尔》（2010年）、小说体的《江格尔传奇》（2011年）与韵文体的《江格尔汉英对照》（2012年）等。

《格萨尔王》的汉译本主要有《格萨尔王传天界篇》（2000年）、《格萨尔王》（2008年）、《〈格萨尔王传〉汉译本系列丛书》（套装共8册，2011年）与《土族〈格萨尔〉说唱系列丛书·翻译系列》（2013年）等。外译本为2009年，王国振、朱咏梅、汉佳英译的《格萨尔王》（英文版）。

《玛纳斯》的新译本则出现了维吾尔文、汉文、英文等不同译本。如《民族英魂玛纳斯》（2005年，维吾尔文）、《肯尼叶·卡拉的〈赛麦台依〉——留声机录下的柯尔克孜史诗表演》（2006年，英文）、《玛纳斯》（2009年，首部汉文本，四卷）、《玛纳斯故事》（2011年，英文）、《歌唱柯尔克孜〈玛纳斯〉》（2011年，英文）与《玛纳斯·第二部赛麦台依》（2012年，汉文）等。

其他民族民间文学的译作在本阶段大量出版，就东北地区而言，2007年台湾出版了汉译本《尼山萨满全传》①，而赵志忠译注的《〈尼山萨满〉全译》（2014年）一书对《尼山萨满》的6种手抄本加以整理译注，主要形式是原文影印、拉丁转写、满汉对译和汉译4种形式，至此首部《尼山萨满》全译本完成。张志刚、常芳等人的《少郎和岱夫》英译本于2012年出版。汉译本《黑龙江伊玛堪》（2011年）与《伊玛堪集成》（2014年）相继出版，英译本《中国赫哲族史诗伊玛堪》2013年由辽宁人民出版社出版。

蒙古族的《蒙古秘史》汉译本和外译本依旧不断更新。汉译本有《蒙古秘史》（2001年）、《新译集注〈蒙古秘史〉》（2005年）和《蒙古秘史》（2007年）等。外译本则有罗依果的英译本《蒙古秘史：13世纪的蒙古史诗编年史》（2004年）与蒙古国立大学组建由道尔基和额仁道负责的翻译队伍，完成的《蒙古秘史》英译本（2006年）。

藏族格言诗翻译成果主要体现在外译，如出版了日语版《萨迦格言》（2002年）、汉英译《萨迦格言藏汉英对照本》（2009年）、英译《水木圣典》（2012年）、英译《萨迦格言》《水树格言》和《格丹格言》（2013年）及汉英藏三语版的《格丹格言》（2019年）等。仓央嘉措的情诗在21世纪也广受欢迎，本阶段的英译本就有7种之多。

西南地区的少数民族译作成果数量也不可小觑。苗族史诗的翻译既有汉译又有多语种对照版本。2008年第一批国家级非物质文化遗产项目代表性传承人王安江著汉文版《王安江版苗族古歌》，在贵州大学出版社出版；2006年英译本《蝴蝶妈妈——来自中国贵州的苗族创世史诗》（马克·本德尔译）出版；2012年由吴一文、今旦汉译，马克·本德尔、吴一方、葛融英译注的《苗族史诗》苗文、汉文、英文对照版在贵州民族出版社出版；2011年，另一部苗族长篇英雄史诗《亚鲁王》经国

---

① 德克登额：《尼山萨满全传》，张华克译、广定远审定，台北：映玉文化出版社，2007年。

务院批准列入第三批国家级非物质文化遗产名录，同年，中国民间文艺家协会主编，杨正江·紫云苗族布依族自治县《亚鲁王》工作室搜集整理翻译的《亚鲁王》（汉苗对照）在中华书局出版。

本阶段壮族民间文学翻译也取得了新突破，《壮族麽经布洛陀影印译注》（汉译）于2004年出版，同年，贺大卫英译《回招亡魂》由泰国白莲出版社出版。2017年，广西人民出版社出版了《壮族麽经布洛陀遗本影印译注》（上中下三卷）；2018年，"壮族典籍译丛"由广西人民出版社出版发行。"该书将广西人民社已出版的《布洛陀史诗》，用印尼语、老挝语、缅甸语、泰国语、越南语与壮语、汉语对照翻译出版，共5册，面向东南亚国家译介传播，是国家少数民族语言文字出版规划重点出版物。"①

瑶族的创世史诗《密洛陀》不仅在2002年出版汉译本，还在2011年被马克·本德尔译为英文，并收录于《哥伦比亚中国民间与通俗文学选集》。此外，彭清英译《盘王大歌》也在2015年出版。彝族的英雄史诗《支格阿鲁王》（2010年）被西昌学院的杨正勇等多位老师共同转译为规范彝文。由日中彝族经典抢救保护小组整理翻译的《滇南彝族指路经》（2009年）"采用古彝语扫描、国际音标记音、汉语字译、汉语句译及整体意译等四行体对照翻译"②，并最终由云南民族出版社出版发行。

除少数民族民间文学翻译赢得丰收外，作家文学翻译更是得益于相关期刊的发展以及多个项目工程的扶持，取得了巨大成就。

《民族文学》自1985年创刊以来一直以刊发少数民族文学为主要任务，面对日益发展的少数民族文学，该刊于2009创办了蒙古、藏、维吾尔文版，又于2012年增添了哈萨克文和朝鲜文版，这无疑为少数民族作家的母语创作与翻译提供了更广阔的舞台。2017年，《民族文学》与中译出版公司策划出版了《文学翻译双语读本》（5册），精选由《民族文学》少数民族文字版发表过的六十多篇优秀翻译作品（蒙古、藏、维吾尔、哈萨克、朝鲜文），并与汉文原作一起出版，获得"2017年中国文艺原创精品出版工程奖"。《民族文学》不但将中国作家的作品介绍到海外，也重视将外国文学作品介绍给少数民族读者。

21世纪以来，多个项目的启动都对民族文学翻译事业起到了促进作用，如2004年发起的"中国图书对外推广计划"、2006年启动的"中国当代文学百部精品对外译介工程""经典中国出版工程"、2009年启动的"中国文化著作翻译出版工程"和2010年启动的"中国文学海外传播工程"等。2004—2015年间，受"中国图书对外推广计划"资助的当代少数民族文学作品近50部，包括老舍、阿来、吉狄马加、叶广芩、叶梅等作家的作品，涉及英、日、意、俄、德、法、阿拉伯等语言。

2008年，中国作家协会主办了"少数民族文学翻译工程"，计划每年编辑出版

---

① 李正栓、王心：《民族典籍翻译70年》，载《民族翻译》2019年第3期。
② 余华：《彝语翻译史概述》，载《民族翻译》2005年第4期。

《中国少数民族文学翻译作品选》，如 2009 年就由作家出版社出版了作品选的诗歌卷、散文·报告文学卷、短篇小说卷和中篇小说卷。从 2013 年起，中国作协组织实施"中国少数民族文学发展工程"，该工程是为贯彻落实党的十八大精神、进一步繁荣发展少数民族文学事业，在中宣部、财政部支持下展开的 5 年期项目，内容主要包括重点作品创作扶持、优秀少数民族文字作品翻译扶持、优秀作品出版扶持、理论批评建设扶持、少数民族文学对外翻译、少数民族作家培训等。在该项目下的汉译民专项中，每年从上年度中国公开发表的中短篇小说、诗歌、散文、报告文学等文学作品中，精选出约 450 万字汉语作品，翻译成蒙古、藏、维吾尔、哈萨克、朝鲜 5 种民族文字，编成《中国当代少数民族文学翻译作品选粹》[①] 等，这一专项至今已翻译作品 2700 万字，出版作品集 150 卷；民译汉专项作为"中国少数民族文学发展工程"的另一个专项，共出版少数民族文学翻译作品 64 部，有力地推动了各民族文学的交流互鉴。

少数民族文学对外翻译工程也取得了显著成效。截至 2019 年，中国当代少数民族文学作品对外翻译工程已资助 130 个项目，已出版 97 部作品。这些项目包括 65 位作家的 89 部作品，涉及 18 个少数民族和 26 个语种。此外，五洲出版社也出版了"聆听史诗系列"丛书，用三种文字（藏、汉、英；蒙古、汉、英；柯尔克孜、汉、英）出版"三大史诗"，一共是 3 套 9 本。

2016 年，中国国际广播出版社推出国家文化产业发展专项资金资助项目"《中华大国学》文库及多媒体在线教育平台"，一期出版项目《中华大国学经典文库·少数民族卷》中涵盖了《蒙古源流》《福乐智慧》《格萨尔王传》等作品。同年，中国少数民族当代文学论坛在新疆库尔勒举行，主题为"审美天堑五彩桥—多民族文学翻译"，旨在加深对中国少数民族文学翻译事业重要性及价值意义的认识。

2017 年，在"第 27 届阿布扎比国际书展"上，由中国出版集团所属中译出版社与埃及希克迈特文化投资出版公司合作出版的中国少数民族作家丛书第一辑 5 本阿语版图书（叶梅的《歌棒》、叶尔克西的《远离严寒》、金仁顺的《僧舞》、娜夜的《睡前书》、赵玫的《叙述者说》）亮相。这也标志着原国家新闻出版广电总局组织的"少数民族作家海外推广计划"正式启动。该项目的实施主体方由埃及希克迈特文化投资出版公司负责，中方由中译出版社负责。在总局的指导下，中译出版社先行开展了"少数民族作家海外推广计划"，该计划以每年一辑 5 本的规模选择当代文坛优秀的少数民族作家的作品推荐给"一带一路"沿线各国出版商，双方合作将这些作品翻译成多语种版在海外出版发行。截至目前，该系列图书已经签约输出的语种达 19 种，签约总数达到七十多部。该计划已陆续翻译了英文版图书 30 种，目前已经出版了 20 种。这些作品的多语种版权已输出至美国、法国、俄罗斯、埃

[①] 该丛书由中国作家协会编写，已于 2013—2014 年出版了哈萨克族卷、蒙古族卷（上中下）、藏族卷（上下）、朝鲜族卷和维吾尔族卷（上中下）。

及、黎巴嫩、约旦、印度、斯里兰卡、孟加拉国、越南、罗马尼亚、匈牙利、保加利亚、尼日利亚等国家。

2018年中国当代少数民族文学论坛于北京召开，与会者围绕"改革开放40年来的中国少数民族文学"展开研讨，少数民族"走出去"的策略与母语文学创作与翻译问题是会议探讨的主要内容之一。

2019年，《云南少数民族经典作品英译文库》系列图书正式发行，该系列图书是国家出版基金项目，共10册，分别为《十二奴局》《查姆》《梅葛》《金笛》《白国因由》《召树屯》《支撒·甲布》《古歌》《目瑙斋瓦》和《帕米查哩》。主要涉及少数民族中云南少数民间文学资源，如阿昌族、白族、傣族、德昂族、哈尼族、景颇族、拉祜族、苗族、纳西族、普米族、彝族11个少数民族。

为响应国家号召，地方也积极开展了民族文学翻译工程。2005年，为庆祝新疆维吾尔自治区成立50周年，自治区党委宣传部和自治区文联编辑出版了新疆少数民族文学新品佳作选——《老榆树下的风景》，书中收集了大量的少数民族翻译作品，为出版少数民族作家翻译作品专辑开了先河。为扶持鼓励以新疆少数民族作家原创作品为主的各民族作家作品的创作，加强各民族作家、作品之间的翻译和交流，推出更多思想性、知识性、艺术性、观赏性相统一的精品力作，新疆2011年实施"新疆民族文学原创和民、汉互译作品工程"，每年拿出1000万元扶持民族文学原创作品出版和民汉互译工作。该项目首批扶持出版作品就有50部、约一千二百万字，其中文学原创作品25部（维吾尔文11部、汉文6部、哈萨克文5部、蒙古文2部、柯尔克孜文1部）；民汉互译作品25部（汉文译维吾尔文15部、汉文译哈萨克文3部、维吾尔文、蒙古文等译汉文7部）。截至2015年项目已累计出版作品223部，其中，民汉互译作品超过百部。2013年，30卷本的《中国新疆少数民族原创文学精品译丛》是新疆人民出版总社的国家"十二五"时期重点图书出版项目，同时又是国家出版基金资助的重大出版工程项目。收录有维吾尔族、哈萨克族、柯尔克孜族、蒙古族、塔吉克族、乌孜别克族、俄罗斯族等民族的母语翻译作品。这是第一部囊括了新疆十几个少数民族的文学作品集。整套丛书包括长篇小说、中短篇小说、诗歌、散文、报告文学等，展示了中华人民共和国成立尤其是改革开放以来新疆少数民族文学创作和翻译的主要成就。

2011年由内蒙古自治区党委宣传部、内蒙古文联、内蒙古文学翻译家协会启动"优秀蒙古文文学作品翻译出版工程"，该工程历时5年，翻译出版的作品为内蒙古籍作家用蒙古文创作的优秀作品，包括小说、诗歌、散文、报告文学、儿童文学、文学评论等。每年翻译（汉译）出版8至10部优秀蒙古文文学作品，已出版了《短篇小说卷》《中篇小说卷》以及《满巴扎仓》等长篇小说。

同时，为了保障少数民族外译工作制度的完善，中国作协创研部制订了《中国当代少数民族文学作品对外翻译工程申请办法》，并在2014年和2017年两次修订完善，使其更完备、更具操作性、更符合实际需要。2017年，中国作协创研部修订翻译工程的评审原则，专门制订《中国作家协会少数民族文学作品对外译介资助工作实施细则》，并将从原先的定向征集改为通过《文艺报》和中国作家网发布通知公开征集，传播力度、覆盖人群明显增加。

就具体作家作品而言，越来越多的少数民族作家被外国读者所关注，彝族诗人吉狄马加的作品已经有六十多种语言和版本被翻译推介，诗作被译成意大利文、马其顿文、塞尔维亚文、德文、法文、英文、西班牙文等。著名回族作家霍达的《穆斯林葬礼》被译成英、法、土耳其、阿拉伯、韩、马来西亚、塞尔维亚等文字；藏族作家阿来的小说《尘埃落定》被译成英文、僧伽罗语，《格萨尔王》被译成英文；满族作家叶广芩长篇小说《采桑子》《青木川》等被译成日文、英文、蒙古国文和俄罗斯文；土家族作家叶梅的小说被译成英文、阿文、韩文；满族作家赵大年的小说被译成韩文、日文、英文、法文；广西作家群的田耳（土家族）、鬼子（仫佬族）、黄佩华（壮族）、李约热（壮族）、凡一平（壮族）、黄土路（壮族）等作家的作品都被译成外文；藏族作家达真长篇小说《康巴》《命定》译成英文、韩文；藏族作家格绒追美长篇小说《隐蔽的脸》译成英文，短篇小说《我是一只正在老去的藏獒》译成了韩文；鄂温克族作家乌热尔图、庆胜的小说《七叉犄角的公鹿》《杰雅泰》译成韩文、日文、英文等多种文字。

值得一提的是，哈尼族作家存文学的长篇小说《碧罗雪山》和回族作家叶多多的非虚构文学《澜沧拉祜女子日常生活》，于2015年被中国五洲传播出版社作为《中国当代文学精品丛书》译为西班牙语出版，在拉美地区引起了强烈的反响，两位作家受邀到墨西哥国立自治大学、哥斯达黎加大学、布宜诺斯艾利斯大学、拉普拉塔大学以及孔子学院举办讲座和文学交流，受到了读者和作家们的热烈欢迎。他们两次访问墨西哥，接受了多家新闻媒体的采访。2016年这对夫妻作家出席了阿根廷具有国际影响力的"第21届世界读书节"，受邀在大会上作了重点发言，介绍了中国文学特别是中国少数民族文学繁荣发展的现状。

尽管少数民族文学翻译外译取得了卓越的成就，但此前却长期处于单译的局面，"即由单一的译出语（汉语）向译入语（多语种）——维吾尔语、蒙古语、哈萨克语、朝鲜语等的单边译入。与这种单边译入相对应的却是各民族母语文学译出的艰难。虽然中国作协每年都出版《中国当代少数民族文学翻译作品选》，但能够被'选'入作品集的各民族母语文学作品却凤毛麟角"[①]。在这种局面下，许多少数民族文学翻译走出了与"民译汉—汉译外"不同的翻译路径。一种方式是，他们直接将自己的原生母语文学输出到世界其他文化区域，如被誉为"招魂诗人"的彝族双语诗人、学者阿库乌雾（罗庆春），他的诗集《虎迹》由俄亥俄州立大学出版社以英彝文对照的双语形式出版。另一种方式则是通过主动汉译而实现母语书写跨语际、跨文化传播，如蒙古

---

① 李晓峰：《多民族母语文学跨语际传播的困境与新路》，载《云南民族大学学报》（哲学社会科学版）2010年第7期。

族母语作家满都麦,他主动邀请郭语桥、金海、哈达奇·刚等翻译家翻译自己已经发表的作品。满都麦不满足于"母语书写—母语出版—汉译母语—汉译出版"这一传统模式采用了类似"同声传译"的方式建构了"母语书写—汉译—母语与汉译本同时发表"的模式,先后发表了四十多篇母语汉译小说,从而在中国当代文坛产生了强烈反响。他所创作的《碧野深处》还被翻译成斯拉夫蒙古文在蒙古国发行。

综上,此阶段民族文学翻译取得丰硕成果和可喜成绩,但这些业绩均局限于中国文学翻译内部机制,而国外出版机构对中国民族文学翻译则较为稀少。这是值得我们深思的理论问题和翻译现实。

21世纪以来的少数民族文学翻译成果离不开专业的翻译人才,本阶段翻译人才的发展既有赖于中国作家协会的有力统筹与培训,也依托于高等院校与翻译机构的系统性培养。

2008年底中国作家协会鲁迅文学院举办了第十届中青年作家高级研讨班(其中包括少数民族文学翻译家班)。少数民族文学翻译家班为期两个月,来自新疆、内蒙古、广西等地12个民族的47名学员参加了此次研讨班。这些在本民族文学翻译领域有突出业绩的中青年翻译家,分别从事着十几种少数民族语言的汉译工作。自此,中国作家协会几乎每年都会举行《民族文学》作家、翻译家培训班或改稿班,主要涉及蒙古、藏、维吾尔、哈萨克、朝鲜、壮等语言。

地方也积极开展少数民族翻译培训工作,如为加强对文学翻译工作的指导、协调,新疆维吾尔自治区文联于2007年9月5日,成立了以民译汉为主的新疆作协翻译家分会,为扩大翻译家队伍,分会集中了各行各业的翻译人员,专门从事文学翻译工作。分会成立以后,先后组织近50名各族青年举办了两期文学翻译培训班。同时,从2008年开始至2009年,挑选数十名各族青年参加了全国少数民族作家高级研讨班学习。在翻译家分会的积极努力下,组织形成了由一批老中青翻译人员组成的民译汉文学翻译队伍,并呈现了良好的发展和繁荣势头。2009年为庆祝中华人民共和国成立60周年,翻译新疆多民族文学作品近150万字(共20本)。近10年来,仅在《民族文学》《西部》《阿克苏文艺》等文学刊物上,组织翻译的小说、诗歌、散文、报告文学等各种体裁的少数民族作品就达二百多万字。

从2000年至2009年底的10年期间,经有关部门组织和协作,由新疆青少年出版社出版了专门由翻译作品编辑而成的《羊皮鼓丛书》。其中,2001至2003年出版了由梁学忠、苏永成、叶尔凯西、哈依夏等翻译家翻译的《有棱的玻璃杯》《古丽莎拉,再见》《城里没有牛》《天狼》《蓝血》等维吾尔、哈萨克族作家用母语创作的四部中短篇小说集。同时,哈萨克族翻译家哈依夏翻译成汉文的历史长篇小说《猎骄昆弥》也是这个时期代表性作品。

此外,在编写《中国新疆少数民族原创文学精品译丛》的过程中,为了遴选少数民族优秀文学作品,自治区文联、自治区作家协会、自治区翻译家协会和自治区《民族文汇》杂志联合,筛选出近20位各民族作家的个人优秀作品和上百位作家的各民族多人作品合集，并集中了一批优秀的翻译队伍。

2013年，西南民族大学外国语学院于2013年11月成立了"中国少数民族文库翻译研究中心"，其目的是为服务于国家文化战略，繁荣中国少数民族文学、典籍、文献对外译介事业，积极促进中国少数民族文学、典籍、文献走向世界，增强中国少数民族文化的国际影响力。中心现已形成了以羌族文化翻译研究、彝族文化翻译研究、藏族文化翻译研究、当代少数民族文学翻译研究为主的研究特色，涉及英、日、韩、法四个语种。该中心既承担了中国少数民族文学翻译的研究工作，又为专业翻译人才的培养做出了重要贡献。

二、翻译研究

与前两个阶段相比，21世纪以来的民族文学翻译研究成果的数量和质量都有大幅提升，许多相关的国家社科基金项目、教育部人文（哲学）社会科学项目、国家民委民族研究项目立项与发布成果①，专业的科研机构在本阶段成立，翻译界的专业学术会议也纷纷召开，这些既是民族文学翻译研究学术生态的重要组成部分，也为翻译研究的蓬勃发展提供了强大动力。

西南民族大学2013年成立的"中国少数民族文库翻译研究中心"现已形成了以羌族文化翻译研究、彝族文化翻译研究、藏族文化翻译研究、当代少数民族文学翻译研究为主的研究特色。中心与美国学术出版社建立了较稳定的合作关系。中心与中国民族语文翻译局签订了合作协议，双方将在"中国少数民族典籍外译研究"方面开展深度合作。中心与四川省汶川县文学艺术界联合会建立了稳定的合作关系，汶川县文学艺术界联合会定期向中心赠送羌族作家创作的优秀文学作品，中心有选择地将羌族作家的作品翻译为外语并在国外出版。

2008年，全国少数民族文学翻译会议在云南省西双版纳州召开，来自全国的六十余名少数民族文学翻译家、作家出席会议，深入学习贯彻党的十七大精神和全国宣传思想工作会议精神，研究加强少数民族文学翻译交流工作，促进少数民族文学繁荣发展。中国作协党组书记、副主席金炳华在会上做了题为《加强少数民族文学翻译交流工作，促进我国少数民族文学繁荣发展》的讲话，提出了加强少数民族文学创作和翻译工作的10项举措。2019年，"中国少数民族文库外译学术研讨会"在西南民族大学召开，会议由中国民族语文翻译局、西南民族大学和四川省翻译协会联合主办，西南民族大学外国语学院、中国少数民族文库翻译研究中心承办，《民族翻译》编辑部协办。来自全国四十余所高校和研究机构的专家学者一百余人参加了会议。与会者围绕"讲好中国故事、传播好中国声音：策略与方法""构建融通中外的话语体系：自觉与自信""少数民族文库外译：选题与译介""少数民族文库

---

① 详细统计可参见李正栓、王心：《民族典籍翻译70年》，载《民族翻译》2019年第3期和马晶晶、穆雷：《我国少数民族翻译研究的现状与展望——基于国家社科基金项目的立项分析（1997—2019）》，载《民族翻译》2019年第4期。

对外传播：路径与方式""少数民族文化域外接受：交流与互鉴""高素质民族翻译人才培养：机遇与挑战"等议题展开了充分研讨。

本阶段翻译研究著作主要有民族典籍翻译研究丛书和翻译理论教材等。前者有《〈玛纳斯〉翻译传播研究》（2015年）、《〈福乐智慧〉英译研究》（2010年）、《集体记忆的千年传唱〈格萨尔〉翻译与传播研究》（2017年）和《〈阿诗玛〉英译研究》（2013年）；后一类则有《汉蒙翻译教程》（2004年）、《翻译学基础研究（蒙古文）》（2009年）、《蒙古族翻译史研究》（2019年）、《藏语言文学翻译理论与实践（藏文）》（2005年）、《汉藏翻译教程》（2006年）、《实用汉藏翻译教程（藏文版）》（2012年）、《汉维翻译教程》（2012年）、《汉维—维汉翻译理论与技巧》（2004年）、《汉哈翻译理论与技巧（哈文）》（2016年）、《汉朝朝汉翻译基础》（2008年）、《汉壮翻译基础教程》（2014年）、《汉彝翻译理论与实践教程》（2018年）和《汉彝翻译教程》（2004年）等。

具体而言，本阶段翻译研究的议题从民族文学翻译的整体、宏观探讨，到特定译作、译者的评介、分析，从翻译理论与原则的讨论到细微译法的推敲等等。

首先，对翻译的整体研究延续了前期的学术传统，也融合了新时代、新局面的特色。一方面，许多研究成果均以中国"走出去"战略和"一带一路"倡议为宏观背景，就整体性的翻译原则、策略与方法提出因时制宜的发展建议，比如《关于构建中华多民族文学翻译史观的思考与探索》[①]《中国翻译史书写的民族文学之维—朝向建构中华多民族翻译史观的思考》[②]《蒙古文文学翻译的两个问题》[③]《论中国少数民族文学经典外译的类型、目的与策略》[④]《多民族母语文学跨语际传播的困境与新路》[⑤]《跨学科、多视角、多元化的民族典籍对外译介与传播研究的新启示——"民族典籍外译"专栏主持人导语》[⑥]《"一带一路"背景下的中国文学翻译出版》[⑦]《中国少数民族文学"走出去"—机遇、现状、问题及对策》[⑧]《中国少数民族文学新的发展机遇—〈民族文学〉主编、编审石一宁访谈录》[⑨]与《"一带一路"视域下

[①] 王治国：《关于构建中华多民族文学翻译史观的思考与探索》，载《中国翻译学学科建设高层论坛摘要》，2013年。

[②] 王治国：《中国翻译史书写的民族文学之维——朝向建构中华多民族翻译史观的思考》，载《广西民族大学学报》（哲学社会科学版）2014年第6期。

[③] 陈岗龙：《蒙古文文学翻译的两个问题》，载《文艺报》2013年9月4日。

[④] 刘雪芹：《论中国少数民族文学经典外译的类型、目的与策略》，载《广西民族大学学报》（哲学社会科学版）2014年第4期。

[⑤] 李晓峰：《多民族母语文学跨语际传播的困境与新路》，载《云南民族大学学报》（哲学社会科学版）2010年第7期。

[⑥] 周艳鲜：《跨学科、多视角、多元化的民族典籍对外译介与传播研究的新启示——"民族典籍外译"专栏主持人导语》，载《民族翻译》2019年第1期。

[⑦] 钱庆斌：《一带一路背景下的中国文学翻译出版》，载《文学教育（上）》2019年第1期。

[⑧] 魏清光、曾路：《中国少数民族文学"走出去"——机遇、现状、问题及对策》，载《当代文坛》2016年第2期。

[⑨] 石一宁、钟世华：《中国少数民族文学新的发展机遇——〈民族文学〉主编、编审石一宁访谈录》，载《广西师范学院学报》（哲学社会科学版）2017年第4期。

翻译出版"走出去"路径探析——基于民族出版社与哈萨克斯坦出版界的交流合作》① 等。

另一方面，有些整体研究侧重对某民族、某类型或某阶段翻译研究的回顾与综述，如《方兴未艾的贵州民族语文翻译事业》②《新疆当代中外诗歌翻译的基本成果》③《民族典籍翻译70年》④《彝语翻译史概述》⑤《新疆多民族语文翻译的回顾与"一带一路"》⑥《新疆改革开放以来汉维翻译研究回顾与展望》⑦《维吾尔文学翻译及其发展兴起探微》⑧《我国当代少数民族文学作品海外出版的现状与思考》⑨《中国民族典籍英译研究三十五年（1979—2014）——基于文献计量学的分析》⑩ 与《当代少数民族文学对外译介：成效与不足》⑪ 等。这些研究以前期大量民族文学翻译实践与研究成果为基础，学者们在回顾与总结中既肯定了翻译事业取得的辉煌成就，也指出了存在的问题并提出建设性意见。

其次，个案研究领域主要关注对具体译作的研究，如对同一原作的不同译本进行比较研究，或某一原作的某语种译本研究与评价等。如《蒙古族英雄史诗〈格斯尔传〉翻译的多维研究》⑫《〈布洛陀〉文本汉译研究》⑬《藏族典籍〈萨迦格言〉英译研究评述》⑭《瑶族典籍〈盘王大歌〉翻译与研究》⑮《葛浩文版〈格萨尔王〉英译本特点研究》⑯《〈尘埃落定〉中"陌生化"成分的英译研究》⑰ 与《彝族撒尼民间叙事长诗〈阿诗玛〉在日本的译介与研究》⑱ 等。这与前期对译作的简单罗列式比较有本质区别，研究的理论深度与广度都得到了大大加强。

再次，本阶段翻译理论与方法研究也在承袭前期研究传统的基础上有所突破，主要体现在学术视野更宽广、研究角度更多元、涉及学科更丰富等方面。如《民族

---

① 曾晓武：《"一带一路"视域下翻译出版"走出去"路径探析——基于民族出版社与哈萨克斯坦出版界的交流合作》，载《民族翻译》2018年第2期。
② 张和平：《方兴未艾的贵州民族语文翻译事业》，载《贵州省科学技术优秀学术论文集》，2004年。
③ 铁来提·易卜拉欣：《新疆当代中外诗歌翻译的基本成果》，载《民族文学研究》2005年第4期。
④ 李正栓、王心：《民族典籍翻译70年》，载《民族翻译》2019年第3期。
⑤ 余华：《彝语翻译史概述》，载《民族翻译》2015年第4期。
⑥ 铁来克·依布拉音：《新疆多民族语文翻译的回顾与"一带一路"》，载《民族翻译》2016年第4期。
⑦ 童湘屏：《新疆改革开放以来汉维翻译研究回顾与展望》，硕士学位论文，新疆大学，2005年。
⑧ 阿布都外力·克热木：《维吾尔文学翻译及其发展兴起探微》，载《民族翻译》2016年第1期。
⑨ 黄立：《我国当代少数民族文学作品海外出版的现状与思考》，载《中国出版》2016年第21期。
⑩ 荣立宇：《中国民族典籍英译研究三十五年（1979—2014）——基于文献计量学的分析》，载《民族翻译》2015年第3期。
⑪ 魏清光、曾路：《当代少数民族文学对外译介：成效与不足》，载《西南民族大学学报》（人文社科版）2017年第3期。
⑫ 王治国：《蒙古族英雄史诗〈格斯尔传〉翻译的多维研究》，载《民族翻译》2014年第2期。
⑬ 覃壁清：《〈布洛陀〉文本汉译研究》，硕士学位论文，广西大学，2015年。
⑭ 黄信：《藏族典籍〈萨迦格言〉英译研究评述》，载《四川民族学院学报》2017年第5期。
⑮ 彭清：《瑶族典籍〈盘王大歌〉翻译与研究》，博士学位论文，湖南师范大学，2015年。
⑯ 弋睿仙：《葛浩文版〈格萨尔王〉英译本特点研究》，载《民族翻译》2018年第3期。
⑰ 蒋霞：《〈尘埃落定〉中"陌生化"成分的英译研究》，载《西藏研究》2017年第5期。
⑱ 赵蕤：《彝族撒尼民间叙事长诗〈阿诗玛〉在日本的译介与研究》，载《当代文坛》2016年第2期。

文学翻译的主要理论及文化翻译特征研究》①《文化翻译观下的锡伯族史诗〈西迁之歌〉英译探讨》②《民族志翻译与少数民族文学对外译介——以羌族文学为例》③《民族学"自观"与异化策略：民族史诗英译的选择——以赫哲族英雄史诗伊玛堪为例》④《少数民族文库翻译的赫尔墨斯困境——以羌族民间口传文学英译为例》⑤《少数民族文学翻译的文化填补、过滤与想象——以彝族文学翻译为例》⑥《少数民族母语文学的翻译与接受——以蒙古族作家阿云嘎的小说〈满巴扎仓〉汉译为例》⑦ 与《生态翻译学视角下阿昌族创世史诗〈遮帕麻与遮米麻〉中文化特色词的翻译》⑧ 等。上述研究充分体现了本阶段翻译研究的跨学科特点，涉及了民族志研究、民族学、生态学等领域。值得注意的是，《作为表演的翻译——表演理论视域下的我国少数民族口头文学对外翻译》⑨《少数民族口头文学翻译中的"表演观"问题研究》⑩ 和《中国少数民族口头文学的翻译》⑪ 等文献将民间文学、比较文学与翻译研究有机融合，既在理论上探索跨学科翻译的合理性与可能性，又从实践层面给翻译工作以启发与指导，帮助解决现实翻译过程中存在的问题。

本阶段的少数民族文学翻译成就，无论是翻译实践还是翻译研究都比前两个阶段丰硕数倍，但仍有一些问题需要后继者解决。民间文学，尤其是口传文学的翻译要注意现场性、口头性和表演性等"文本"之外的因素，这样才能使得译文更具科学性。作家文学翻译在"走出去"方面颇有成效，但外译作品的数量、质量与影响力仍有待提升，当然，这也离不开对专业翻译人才的持续高质量培养。翻译研究领域要继续打开视野，学习和借鉴西方翻译理论中的优秀部分，运用跨学科的方法使翻译研究更上一层楼，更要提出属于中国少数民族文学翻译自己的理论，发出属于我们自己的声音。

---

① 史传龙：《民族文学翻译的主要理论及文化翻译特征研究》，载《贵州民族研究》2016年第3期。
② 苏畅：《文化翻译观下的锡伯族史诗〈西迁之歌〉英译探讨》，载《外语学刊》2014年第4期。
③ 段峰：《民族志翻译与少数民族文学对外译介——以羌族文学为例》，载《西华大学学报》（哲学社会科学版）2014年第2期。
④ 王维波、陈吉荣：《民族学"自观"与异化策略：民族史诗英译的选择——以赫哲族英雄史诗"伊玛堪"为例》，载《民族翻译》2016年第4期。
⑤ 陈玉堂、曾路：《少数民族文库翻译的赫尔墨斯困境——以羌族民间口传文学英译为例》，载《当代文坛》2014年第4期。
⑥ 贾军红：《少数民族文学翻译的文化填补、过滤与想象——以彝族文学翻译为例》，载《贵州民族研究》2015年第11期。
⑦ 阿荣：《少数民族母语文学的翻译与接受——以蒙古族作家阿云嘎的小说〈满巴扎仓〉汉译为例》，载《内蒙古农业大学学报（社会科学版）》2016年第3期。
⑧ 段聪丽、段丽芳：《生态翻译学视角下阿昌族创世史诗〈遮帕麻与遮米麻〉中文化特色词的翻译》，载《考试与评价（大学英语教研版）》2017年第4期。
⑨ 段峰：《作为表演的翻译——表演理论视域下的我国少数民族口头文学对外翻译》，载《当代文坛》2012年第4期。
⑩ 樊辉：《少数民族口头文学翻译中的"表演观"问题研究》，载《贵州民族研究》2018年第12期。
⑪ 马克·本德尔、吴姗、巴莫曲布嫫：《中国少数民族口头文学的翻译》，载《文学研究》2005年第2期。

中国少数民族文学翻译事业一步一个脚印地从萌芽、发展走到收获的今天。通过回顾中华人民共和国成立 70 年以来的少数民族文学翻译事业，可以发现，建立在民间文学、作家文学与翻译理论基础上的民译、汉译和外译对民族文学传播极为重要，而外译又直接关系到译本传播的情况，这与中国文化"走出去"战略和"一带一路"倡议息息相关。民译与汉译则有利于保持中国少数民族文学的多样性，有利于增进各民族之间的交流、交往与交融，有利于铸牢中华民族共同体意识。相信中国少数民族文学翻译事业在未来会取得更加辉煌的成就。

第六章　少数民族比较文学

中国文学是56个民族共同创造的文学共同体，各民族文学在历史长河中交流与互动，形成了中国文学图景中的多元一体格局，同时又兼具独特的民族文化特性。中华民族文学的历史文化底蕴与多元一体格局为中国民族文学比较研究、多民族文学关系研究提供了坚实的理论基础。各民族文学之间的比较研究就成为其内在研究的组成部分，是中国比较文学及中国文学的重要组成部分，在研究内容与研究范式等方面具有广阔的研究图景与生长空间。

第一节　研究酝酿期（1949—1979年）

中华人民共和国成立之后，我国文学事业步入建设与发展阶段。20世纪80年代源于西方比较文学理论的中国比较文学，其实在我国近现代文学史上已经具有实际研究个案，只是没有命名"比较文学"这一学术概念，学者们潜意识地注意到比较文学这一学科范式的学术意义，并且开始探索跨地域跨民族等多元化的文学比较，为我国少数民族比较文学研究积淀学理意蕴和理论经验。鉴于中国文学浩如烟海，我们在此选择个案加以分析说明。

一、20世纪30年代跨民族、跨地域的民间说唱文学比较

20世纪30年代，我国著名民族学家凌纯声先生到赫哲族聚居地区进行实地考察，历时3个月，搜集到19篇民间故事，称之为"伊玛堪"[①]。19篇"伊玛堪"故事的名录为汉文书写的赫哲语音译，具体包括：木竹林、什而大如、阿尔奇五、杜不秀、木杜里（龙）、香草、萨里比五、沙日奇五、亚热沟、西热沟、莫土格格、满斗、武步奇五、葛门主格格、土如高、达南布、查占（纯白）哈特儿（姑娘）、一新萨满、那翁巴尔君萨满。从19篇故事内容来看，除了一新萨满之外，均是讲述英雄学武、出征、复仇、战争、部落、城池、婚姻等内容。

难能可贵的是，凌纯生先生不仅提出"伊玛堪"这一学术术语，而且还从比较的视野对伊玛堪的演唱形式、演唱内容、演唱手段等，与我国北方说唱文学"大

---

① 凌纯生：《松花江下游的赫哲族》，国立中央研究院历史语言研究所南京出版，1935年，第182页。

鼓"和南方的说唱文学"苏弹"进行比较，得出赫哲族的"伊玛堪"近似"中国北方的大鼓、南方的苏弹"的结论，但强调赫哲族"伊玛堪"具有自己独有的特点。19 篇故事，不论长短，也不论讲唱形式，全部宏观统称为故事，至于故事如何讲唱，则有详细的考察。"所讲的故事很长，一个故事当分做好几天讲。讲的时候，讲一段唱一段，但都是空口唱，无乐器伴奏。他们的故事不是人人能讲，讲得最多的一个人也只有五六个故事。"关于当时讲述故事的赫哲语现状，凌纯声先生将其与周边民族语言进行比较，在该书序言中写道："他们的语言和文化一样，受到邻族的影响颇多。今日的赫哲语，实以本来赫哲语为主干，而加入满洲语、蒙古语、古亚洲语及一小部分的汉语，另成为一种混合语"。

由此可见，凌纯生先生在 20 世纪 30 年已经将今天的比较文学研究理论中的影响研究、平行研究方法运用到民族文学比较研究领域，为少数民族比较文学研究积淀了实践经验与理论范式。时至今日，"伊玛堪"这一学术概念出现在民族文学、民族音乐、说唱艺术、民族学等多学科视野。

二、20 世纪 40—70 年代少数民族神话比较研究[①]

20 世纪 40—60 年代，著名语言学家马学良教授从语言学的角度对云南彝族神话进行收集整理与研究，先后发表《云南土民的神话》《云南倮族（白夷）之神话》《垦边人员应多识当地的民俗与神话》《倮族的巫师"呗耄"和"天书"》《从倮㑩氏族名称中所见的图腾制度》[②]等文章。《云南倮族（白夷）之神话》是关于云南彝族神话的总汇，分别记载了《洪水》《八卦》《山神》《尖刀草》《吸烟》《神马》《大石头》《围腰布》《结发夫妻》九个神话，其中《洪水》故事梗概是：洪水淹没了大地，天也翻下来，天的边缘和地的边缘连接在一起，地受影响就摇晃起来，地面就像一只大船似的，在水里逐波漂流。恰巧龙英秀才跑来，他用一只金鸡和一只鳖鱼的头对着撑立在天之边缘，天就高了，地面也就安稳了，人们也安居乐业了。马学良在分析这篇神话的时候，还引证了汉文古籍《天问》《淮南子·览冥训》及北欧神话关于天地有东西撑住的想象叙事进行比较。最后他得出结论："夷边神话，更把金鸡拉出来撑天，而且增加地震的原因，比较过去所知道的这类神话，更觉有趣。总之，都是从一个故事演变出来的。"[③]

由此可见，马学良教授对古今中外洪水神话中关于"撑天地"母题进行了宏观平行比较研究，使得我们后辈学者看出这一比较背后蕴含比较文学的意蕴：其一，这类相似的母题叙事是世界各民族神话的共性，由同一个神话原型演变而成，记载

---

① 本部分资料由中央民族大学比较文学与世界文学专业 2018 级刘建波博士提供。
② 参见中央民族大学中国少数民族语言文学学院编：《马学良文集》（下），北京：中央民族大学出版社，2009 年。
③ 李文海主编：《民国时期社会调查丛编二编·少数民族卷（中）》，福州：福建教育出版社，2014 年，第 935 页。

了人类文明进化发展的阶段性和共同性；其二，彝族金鸡和鳌鱼撑天地的幻想故事独具特色，尤其是增加了金鸡参与拉天撑地的情节。追溯根源，金鸡在彝族人的信仰体系中占有重要位置，金鸡被神化为带来福气之神，从而形成彝族人的金鸡崇拜，金鸡在漫长的历史过程中也就逐渐演变成为神话中的重要母题；其三，作者记载这则彝族洪水神话，与云南彝族地方广泛流传的洪水人类再生神话母题有较大差异，这对丰富云南彝族洪水神话的材料，为后来学人研究提供了重要参考。

类似上述平行研究、影响研究方法，马学良也同样使用在彝族其他神话分析中，如《八卦》讲道：那亚神算到洪水要来的消息，一家人避开了洪水之祸。洪水退后，那亚作了世界的主人。后来那亚造了八卦图，象征他家的人口，作为纪念他家在洪水以后的记载，以他自己夫妻为主。"乾"表示男，代表天；"坤"表示女，代表"地"。马学良指出，"这个神话是《旧约·创世界》，上帝命那亚造方舟的故事演变而成。……增加上本地色彩。"① 由此可见，马学良在彝族地区调查语言，看到西方传教士传入的基督教对当地彝族信仰的客观影响。他们常常以创世神话中具有彝族地方色彩的形式让彝族人去认同和接受，这也是类似《八卦》等神话与"诺亚方舟"等洪水神话母题相似的缘故之一。马学良对彝族神话《山神》进行分析时，也是将希腊奥林匹斯山神、《山海经》《楚辞》记载进行比较，通过跨国家、跨民族的比较研究方法，得出彝族人山神崇拜思想也受原始的神仙思想影响的结论。

马学良研究云南彝族神话，能够通过实地调查和平行研究、影响研究来进行分析，他通过古今中外神话的对比，分析了神话原型、神话与民俗的关系、神话功能等问题；既有比较神话学的思想，也有神话民俗学的分析，对学人研究云南彝族神话具有重要参考价值。这些研究方法对后来我国少数民族比较文学研究具有启发价值和意义。

综上，20世纪40—70年代，我国文学界虽然没有出现比较文学、少数民族比较文学之名，但已经开展相关个案研究，具备了跨国家、跨民族、跨文化、跨地域的少数民族比较文学研究之实，为我国比较文学、少数民族比较文学积蓄了实践经验和理论基础。

第二节 研究初始期（1980—1999年）

20世纪80年代到90年代末是中国少数民族比较文学研究的初始阶段，在这一阶段中，从"少数民族比较文学研究"的首次提出到被纳入中国比较文学的研究视域，从中国比较文学研究范畴的论争到进入比较文学的研究领域，从理论与方法论

---

① 李文海主编：《民国时期社会调查丛编二编·少数民族卷（中）》，福州：福建教育出版社，2014年，第936页。

的探讨到少数民族比较文学的学科建设发展，以及在 20 世纪末少数民族比较文学研究的学术史转向，少数民族比较文学研究形成了独具特色的学术发展路径。

一、"少数民族比较文学"的提出

在 1985 年 12 月 29 日于深圳召开的中国比较文学学会第一届比较文学学术讨论会上，来自民族院校的参会代表就已经关注到了中国各民族文学与外国文学比较这一议题。

中央民族学院（今中央民族大学）汉语言文学系庹修宏先生在《中国民族文学与外国文学比较的意义》一文中提出少数民族文学比较研究的议题，认为我们所面临的时代是一个多元、综合、联系、交流的时代，我们的认识也随之正朝着综合化、整体化方向发展，孤立封闭的文学研究正在被突破，一个世界文学时代即将到来。中国少数民族文学在这个大背景下，主要是作家文学的发展也出现了飞跃的质变，作家队伍壮大，作品数量增多。1978 年后，十一届三中全会民族政策落实，少数民族在社会主义建设中的作用也越来越大，改革开放政策使中国和世界各国的联系紧密，交往互动频繁。其中各国各民族文学之间的交流成为重要内容之一，这就需要"我们多多介绍外国文学作品给我国各族读者，也需要将我国各民族文学介绍给外国读者，并将它们做比较研究"。通过对各国各民族文学之间比较研究，一方面可以了解世界上的各国人民过去与现在的生活传统，还可以吸取外国文学的优点，学习借鉴外国文学的成功经验，以促进我国各族文学的发展；另一方面，通过比较，"提高我们民族的自尊心与自信心，更好地发挥我国各民族的优良传统，创造出更新更美的文学，提高我国文学在世界文坛上的地位。一个民族文学的特点，只有将其他民族文学为参照，才能真正辉映出来"。[①] 从事民族文学比较研究，可以打破欧洲中心主义所框定的国与国之间的文学比较，创造出具有中国特色的比较文学。所以在这一研究确立伊始，中国少数民族比较文学研究的一个面向就是在中华民族文学与世界文学视野下进行中国民族文学与外国文学的比较、中国各民族文学之间的比较，发现人类共同的文学审美价值。

1988 年 3 月，季羡林为论文集《中国民族文学与外国文学比较》撰写序言[②]，阐释了中国民族文学比较的重要性和独特性。季羡林关注到中国少数民族文学对于中国比较文学发展的意义，指出中国是一个多民族国家，不但要把中国少数民族文学纳入比较文学的轨道，还要在我国各民族之间进行比较文学研究活动。"对少数民族文学不但要进行同国外的对比研究，而且也应该进行中国国内各民族之间的文

[①] 庹修宏：《我国民族文学与外国文学比较的意义》，陈守成、庹修宏、陈世荣主编：《中国民族文学与外国文学比较》，北京：中央民族学院出版社，1989 年，第 8 页。

[②] 该文后以《少数民族文学应纳入比较文学研究的轨道》为题收录在季羡林《比较文学与民间文学》（北京大学出版社，1991）论文集中。

学的对比研究。"① 这就为中国少数民族文学比较研究的基本路线指明了方向。与此同时，季羡林也肯定了这种比较研究的价值，"这样的研究能够丰富中国文学史的内容，加强国内各民族之间的理解，提高对中华民族文学发展规律的认识，大大有助于全民族的团结。"②

庹修宏、陈守成主编《中国民族文学与外国文学比较》③ 是中国少数民族文学比较研究的先导篇，正是这部论文集的发声，使得少数民族文学比较研究有了正名。也可以这样说，20世纪80年代，随着中国比较文学的兴起，少数民族比较文学研究也进入了学术史的初始建设阶段。

《民族文学研究》作为少数民族文学研究领域的国家级重点期刊，从1986年开始有意识地倡导各民族文学的比较研究，持续刊发了关于"少数民族文学比较研究"的众多文章。如，郎樱《比较文学及少数民族文学的比较研究》（1986），罗汉田《民族民间文学的影响比较研究》（1986），乐黛云《中国比较文学的现状与前景》（1986），叶绪民《原始思维在英雄神话中的制约作用——英雄神话与外国英雄神话的比较探讨》（1986），姚宝瑄《〈召树屯〉〈格拉斯青〉与〈牛郎织女〉之渊源关系——兼谈中国鸟衣仙女型传说对古代印度的影响》（1987）、《中国三大史诗结构之比较》（1989），邢莉《中国少数民族神话与汉族神话比较之管窥》（1990）等。

郎樱《比较文学及少数民族文学的比较研究》一文，梳理了比较文学这门学科的发展脉络以及研究方法，针对中国少数民族文学比较研究所取得的成果和存在的问题提出了建议，认为比较是手段，不是目的，"比较文学要求人们对两种或多种文学进行比较的过程中能从民族文化、民族精神及民族审美观念等诸方面探求和判断出相同、相异的原因及其规律。就目前，从作品的情节、内容、人物形象、表现手法方面进行比较的较多，而从作品的母题、结构、文类、美学思想、文艺思潮与流派等方面所进行比较的，相比相对薄弱"④。

罗汉田《民族民间文学的影响比较研究》一文为少数民族文学比较研究的理论方法提出自己看法，"我国各少数民族民间文学在其流传过程中都是互相影响、相互渗透、互相吸收、互相丰富的"⑤，所以民族民间文学的影响比较研究是少数民族民间文学研究领域的实践运用，意义重大。他认为民族民间文学影响研究，可以从同一类型、主题、母题等作品进行不同国家、不同民族和同一民族不同居住地的比较。这一理论范式的出现，为少数民族民间文学的影响研究提供了一定的方法论支持。乐黛云在《中国比较文学的现状与前景》中写道："比较文学的定义、范围、

---

① 李羡林：《中国民族文学与外国文学比较》序，陈守成、庹修宏、陈世荣主编：《中国民族文学与外国文学比较》，北京：中央民族学院出版社，1989年，序第2页。
② 季羡林：《中国民族文学与外国文学比较》序，陈守成、庹修宏、陈世荣主编：《中国民族文学与外国文学比较》，北京：中央民族学院出版社，1989年，序第3页。
③ 陈守成、庹修宏、陈世荣主编：《中国民族文学与外国文学比较》，北京：中央民族学院出版社，1989年。
④ 郎樱：《比较文学及少数民族文学的比较研究》，载《民族文学研究》1986年第1期。
⑤ 罗汉田：《民族民间文学的影响比较研究》，载《民族文学研究》1986年第2期。

方法等问题过去众说纷纭，目前的一致看法是：'比较'是研究文学理论、文学批评、文学史都经常用到的方法，不能用它区别一个学科。用国家这个政治概念划定比较文学也不妥当，特别是对中国这样一个多民族的大国来说更是如此。有人提出应在中国建立两个比较研究体系：国内比较研究体系，包括汉族文学与其他民族文学的比较研究，文人文学与民间文学的比较研究以及地方文学之间的比较研究，中外比较研究体系则包括中国文学与世界各国文学的比较研究。在方法论上面，影响研究、平行研究和阐发研究作为比较文学研究的三种基本方法。"[1] 叶绪民《原始思维在英雄神话中的制约作用》[2] 从中外故事中选取了四则英雄神话进行综合比较分析，回答了原始思维在构成各种英雄神话基本母题中的作用，原始思维在英雄神话整体结构中的功能，从中探寻了某些原始思维类型和思维规律对神话的形成所起到的客观制约作用。姚宝瑄《〈召树屯〉〈格拉斯青〉与〈牛郎织女〉之渊源关系——兼谈中国鸟衣仙女型传说对古代印度的影响》[3] 一文，就三则叙事长诗内容、情节等方面进行比较研究，并通过史实论证得出了三者的渊源关系，即鸟衣仙女型传说源于中国，流传到印度后对古代印度产生深远的影响。

这些文章涉及跨国比较、国内不同民族之间的比较、不同语系民族间的比较、不同地域民族间的比较、同一语系内不同民族间的比较、同一地域不同民族间的比较及同一民族内部的比较等论题，开启了少数民族比较文学研究学术视野与论题。

二、多民族民间文学比较研究

1993年，中国少数民族比较文学研究会成立，标志着中国少数民族比较文学的正式发端。作为中国比较文学学科组成部分的中国少数民族比较文学正式兴起，是在中国比较文学兴起后的大背景下发生的。中国少数民族比较文学的建立与发展可以丰富中国比较文学和世界比较文学的研究内容，加强各民族团结，增进世界各国人民之间的了解与友谊。

在1993年3月举办的第一届少数民族比较文学研究会上，与会学者就少数民族比较文学的发展提出了五点建设性意见：一是中国少数民族比较文学史的建设问题；二是中国各民族之间神话、史诗、故事、民歌的比较研究；三是中国少数民族文学与外国文学之间影响关系的研究；四是各民族作家文学之间的比较研究；五是媒介学方面的理论探讨。可以看到，该次会议为少数民族比较文学的发展描绘了清晰的轮廓，为少数民族比较文学研究提供了清晰的学术发展走向。从研究范围到研究目的与方法问题，繁荣各民族文学创作的关系问题，到观照中国少数民族比较文学研

---

[1] 乐黛云：《中国比较文学的现状与前景》，载《民族文学研究》1986年第4期。节摘自《中国社会科学》，1986年第2期。

[2] 叶绪民：《原始思维在英雄神话中的制约作用——中国少数民族英雄神话与外国英雄神话的比较探讨》，载《民族文学研究》1986年第5期。

[3] 姚宝瑄：《〈召树屯〉〈格拉斯青〉与〈牛郎织女〉之渊源关系——兼谈中国鸟衣仙女型传说对古代印度的影响》，载《民族文学研究》1987年5期。

究的现状及走向等问题，其意图通过少数民族比较文学建立起具有中国特色的比较文学体系。少数民族比较文学研究者沿袭了这样的发展路线进行学术研究的耕耘。20世纪八九十年代各民族文学史的编写、出版为摸清各少数民族文学基本事实，也为各民族文学比较及关系研究打下了坚实基础。如，邓敏文《中国比较文学史建设问题》[1]关注到了我国各民族文学比较及关系研究问题。陈岗龙、色音《蒙藏尸语故事比较研究》(《民族文学研究》1994年第1期)、邢莉《北方少数民族女神神话的萨满文化特征与中原区域女神神话的比较》(《民族文学研究》1993年第4期)、汪立珍《日本阿依努人的说唱叙事文学尤卡拉浅析——兼论与鄂伦春族"摩苏昆"之内在联系》(《满语研究》2000年第4期)、高荷红《东北亚的五种长篇叙事传统比较研究》(《黑龙江社会科学》2012年第3期)、杨佳荣《〈亚鲁王〉与〈伊玛堪〉英雄形象比较研究》(中央民族大学2016年硕士论文) 等一系列文章、学位论文通过民间文学领域论题，进行跨国家、跨民族、跨地区比较研究，探讨不同区域、族际之间的文学在文化上的关联性与差异性，为少数民族比较文学研究树立了个案研究的蓝本。关于中国少数民族文学与外国文学之间影响关系的研究方面，郎樱《〈玛纳斯〉与希腊史诗之比较》(《民族文学研究》1995年第1期)、谢后芳《佛经故事在藏族文学作品中的演变》[《中央民族大学学报（哲学社会科学版）》2007年第4期]、荣四华《比较文学视野下的〈伊利亚特〉与〈玛纳斯〉的英雄母题研究》(中央民族大学2016年博士论文) 等论文进行了学理上探索。但在20世纪后20年这一时期，各民族作家文学之间的比较研究与媒介学等方面研究的理论探讨较少。

与此同时，《民族文学研究》在1993年开设了"少数民族文学比较研究"专栏，针对少数民族文学比较研究进行了理论与方法的推进。有《〈尸语故事〉在满族中的流传》[2]《北方少数民族女神神话的萨满文化特征与中原区域女神神话的比较》[3]《蒙藏〈尸语故事〉比较研究》[4]《〈玛纳斯〉与希腊史诗之比较》[5]《略论〈玛纳斯〉与〈江格尔〉的共性》[6] 等文章，围绕北方少数民族的史诗、神话、民间故事进行比较研究，为北方诸民族的民间文学研究提供了珍贵的学术积累与研究基础。

20世纪80年代，少数民族文学比较研究沿袭"十七年"时期的文艺批评传统，就民间文学来说，不同文类，如史诗、民歌、神话、传说等文艺思想的分析，重视对作品文艺思想的分析、艺术特点的总结，以及不同民族之间传说、民歌等思想内

---

[1] 邓敏文：《中国比较文学史建设问题》，载《中央民族学院学报》1993年第5期。
[2] 季永海：《〈尸语故事〉在满族中的流传》，载《民族文学研究》1993年第4期。
[3] 邢莉：《北方少数民族女神神话的萨满文化特征与中原区域女神神话的比较》，载《民族文学研究》1993年4期。
[4] 陈岗龙、色音：《蒙藏〈尸语故事〉比较研究》，载《民族文学研究》1994年第1期。
[5] 郎樱：《〈玛纳斯〉与希腊史诗之比较》，载《民族文学研究》1995年第1期。
[6] 仁钦道尔吉：《略论〈玛纳斯〉与〈江格尔〉的共性》，载《民族文学研究》1995年第1期。

容与艺术特点的宏观比较,而内在的研究规律与细节分析较少关注。

少数民族比较文学研究,在20世纪八九十年代,最初研究重点在神话、史诗、叙事诗方面,尤其是中外神话、史诗的比较研究。以仁钦道尔吉、郎樱为代表的史诗比较研究,以邢莉、孟慧英为代表的神话比较研究,开拓了少数民族比较文学研究专题,呈现出中国少数民族文学与外国文学比较研究的学术前沿意识,尤其在《中国民族文学与外国文学比较》论文集的若干文章中体现明显。早期的少数民族文学比较研究,从影响研究来看,主要是各国各民族文学之间进行渊源上的事实联系研究;从平行研究来看,更多探讨各国各民族文学之间的共性与相似性。

三、综合性文学比较研究

20世纪80年代中期以来,学术界开始有意识地尝试将多民族文学纳入中华文学发展史的整体框架。20世纪90年代末,随着综合性民族文学史出版,少数民族比较文学研究也发生了学理探讨的转向,从民族民间文学单方面比较研究走向到多民族整体文学关系探讨。20世纪80年代初,国家重视少数民族文学史的编纂工作,集合学术力量编写《中国少数民族文学史、文学概况丛书》,截至1999年末,共计出版了46个民族的82种文学史。这套丛书的编纂对构建中华民族共同体意识具有重要意义。这一时期,编写委员会对民族文学史、文学概况的编写提出"希望在各民族之间的双边或多边文学交往方面做出探索"的要求,具体提出了研究各民族之间及各少数民族与邻国之间的民族文学交流与关系研究方向。从20世纪50年代后期的单一族别文学史编写到20世纪80年代中期综合性少数民族文学史的编撰,意味着中国民族文学研究从单质的族别文学走向多元一体综合文学研究发展。文学史与文学概况的编写,为后面的少数民族比较文学研究提供了材料支持与学理支撑。梁庭望在《中华人民共和国少数民族文学研究之发展》一文中指出,这一时期是少数民族文学研究的一个综合性民族文学史和文学概况的书写阶段。"从1984年起,我国先后出版了《中国当代民族文学简史》(1984)、《中国少数民族文学》(1985)、《中国当代民族文学史稿》(1986)、《中国少数民族文学概况》(1986)、《中国民族民间文学》(1987)、《中国少数民族现代文学》(1989)、《中国少数民族文学》(1991)、《中国少数民族文学史》(1992)、《中国现代少数民族文学概论》(1993)、《中国少数民族当代文学史》(1993)、《少数民族文学》(1994)、《中国少数民族文学比较研究》(1997)、《中国少数民族民间文学概论》(1997)、《中国少数民族文学概论》(1998)等"[1]综合性民族文学史。如马学良、梁庭望、张公瑾主编的《中国少数民族文学史》[2]既是首部综合性少数民族文学史,也是少数民族民间文学领域的研究成果。该书对中国少数民族文学的特点、成就、规律做了全面系

---

[1] 梁庭望:《中华人民共和国少数民族文学研究之发展》,载《民族文学研究》2000年第4期。
[2] 马学良、梁庭望、张公瑾主编:《中国少数民族文学史》,北京:中央民族学院出版社,1992年版。

统的总结，推动了中国少数民族文学史观念的转变，对此后编撰中华文学史有重要参考意义。

20世纪90年代综合比较研究成果出现，马学良、梁庭望、李云忠主编的《中国少数民族文学比较研究》① 可以说是中国少数民族比较文学研究的奠基之作。这本专著的贡献在于运用比较文学的方法，根据中国多民族文学的特点和历史上各民族文学相互交流交融的事实，提出了具有中国特色的少数民族文学比较研究方法、理论与实践，即按照中国少数民族文学分布的地域特点、语言语系、语族所属关系进行纵向与横向比较。值得强调的是，在这部少数民族文学比较研究专著的编写过程中，所应用的文学比较材料，主要是来自用各民族语言记录的民族文学第一手材料，或是经过翻译的材料。该专著将中国少数民族文学比较研究分为五个部分，具体为少数民族神话、民歌、民间传说与故事、民间叙事长诗以及现代作家文学的比较研究，是以民间文学、作家文学构成的整体少数民族文学为研究对象的比较文学理论著作。相较于上一个十年的研究成果多是单一族别与另一民族或单一民族文学与外国文学的比较研究，本阶段的少数民族比较文学更多是综合性、整体性研究，已经呈现出以中华民族"共同体"意识为导向的研究发展态势。

20世纪90年代，我国文学史领域进入了中华文学史全面编撰阶段，邓敏文的《中国多民族文学史论》② 详细论述多民族文学史写作的理论体系，分为总论、内容论、体例论、关系论、专题论、著者论及别论，涉及了少数民族文学史与文学概况书写的诸多问题。由中国社会科学院文学研究所、少数民族文学研究所张炯、邓绍基、樊骏主编的《中华文学通史》③ 全书共10卷，550多万字，281章，其中少数民族文学专门章节54章，该书对少数民族文学史的梳理，具有里程碑式的意义，标志着真正的中国文学史的出现。正是因为这些十分珍贵的学术成果在20世纪末集中出现，促成了中国少数民族比较文学研究中多民族文学史观的形成。可以说，少数民族文学史与概况丛书的编纂，开启了我国多民族文学关系研究的探讨。

关于民族文学关系研究，早已引起学者的关注，在1983年刘宾曾撰文《少数民族文学研究四题》一文，关注到少数民族文学同汉族文学的关系问题，他认为中国少数民族文学同汉族文学的关系是一种平行和交叉发展相结合，互相影响，互相渗透，有分有合，浑然一体的关系。作者指出比较研究应当成为少数民族文学史研究中一个重要组成部分，他主张采用历史比较研究方法，对各民族文学的不同联系进行比较研究，以实现"在各有区别的同类现象的对比中，确定中国汉语文学同民族语种文学之间，以及各个民族文学之间的历史联系。"④ 作者认为，在中国文学内部，存在着可以堪比欧洲任何地区的多语种文学并存的情况，也存

---

① 马学良、梁庭望、李云忠主编：《中国少数民族文学比较研究》，北京：中央民族大学出版社，1997年。
② 邓敏文：《中国多民族文学史论》，北京：社会科学文献出版社，1995年。
③ 张炯、邓绍基、樊骏主编：《中华文学通史》，北京：华艺出版社，1997年。
④ 刘宾：《少数民族文学研究四题》，载《民族文学研究》1983年。

在东西方不同文化系统的影响互相接触、交叉与融合的情况。基于这样的情况，"我们完全可以进行多民族语种文学同汉语文学以及它们相互之间多种类型联系的比较研究。"① 梁庭望提到 20 世纪八九十年代，民族文学工作者也十分关注民族文学关系研究，他认为关系研究"包括不同少数民族之间的文学关系、少数民族文学与汉文学关系、少数民族文学与外国文学（主要是周边国家文学）之间关系三个层次，而以少数民族文学与汉文学关系为主。"② 近些年，学者更关注少数民族文学与汉族文学之间的互动影响，及与周边民族文学关系研究，探讨民族间的文学交往、迁徙与融合。

20 世纪八九十年代，作为少数民族比较文学研究的初始阶段，这一时期学术力量的焦点主要在于三个方面：一是"少数民族比较文学研究"的提出，并集中性讨论这一论题的研究方法与价值；二是"少数民族比较文学"的研究实践，主要是围绕单一族别文学而进行比较的平行研究范式；三是少数民族比较文学研究的问题转向，即从单一族别文学比较走向区域、语系语族等整体文学观照的综合比较研究。少数民族文学比较研究初始阶段的历时性发展，为后辈学人勾勒出清晰的学术发展脉络，也提出了一些未来前进之路上亟待解决的难点与问题。在这一时期，少数民族比较文学研究更多是依托单一族别文学进行简单的比附，以"发现—对照—比较—归纳—总结"为研究分析阐释路径，有机械性比较之嫌，综合性研究与专题性研究还未得到应有的重视与发现，相关学术理论的应用有一定局限，并且问题的阐释力不够，需要加强。可喜的是，经过前辈学者们的努力，这一时期，初步形成了具有中国特色的少数民族比较文学研究基础理论范式与体系。

第三节　研究发展期（2000—2019 年）

进入 21 世纪以来，随着全球对话与跨学科研究的兴起，学术界也在积极倡导进行广泛的跨文化、跨地区、跨语言对话，"比较视野"下的诸多领域相关研究也随之兴起。聚焦到少数民族文学与中国比较文学的交叉领域——"少数民族比较文学"，从 20 世纪八九十年代的宏观比较研究走向纵深的民族文学关系研究。我们看到，21 世纪初期，伴随民族文学史的大量出版面世，少数民族比较文学界也开始积极关注文学史观。21 世纪第一个十年，民族文学研究界提出了"多民族文学史观"的学术理念，在本土化进程中逐步实现了研究范式的多重转换，这一思潮同样也对少数民族比较文学研究的范式产生重大影响，学术界纷纷提出"多民族文学关系研究"，这一学术观念丰富并深化了少数民族比较文学研究的学术价值取向与研究内

---

① 刘宾：《少数民族文学研究四题》，载《民族文学研究》1983 年。
② 梁庭望：《20 世纪的中国少数民族文学研究》，载《中南民族学院学报》（人文社会科学版）2001 年第 1 期。

涵。本节主要针对这个时期出现的如下三个方面的专题进行详细论述。

一、民族文学关系研究

随着中国多民族文学论坛的连续举办及民族文学史论著的相继刊发，少数民族文学界在 2000 年后集中讨论"中国多民族文学史观"问题。这一讨论主要是延续少数民族文学史与文学概况书写之后所形成的少数民族史观说。少数民族比较文学研究的范式转向了"多民族文学史观"研究。"多民族文学史观"可以概括为多民族（语言、地方、文化、心理、信仰、传统）、多文学（体裁、文类、美学）、多叙述（历史的不同书写方式）的多元共生。近年文学界提出的"中华民族文学史观"，即站在中国多民族共同发展的历史与中国作为多民族国家的现实情况上，阐述中华民族文学多元一体的历史地位与学术价值；辨析中国各民族文学多向影响、交流与交融的关系；回溯中国文学多民族共同创造的历史轨迹与发展路径。这就与少数民族比较文学研究的多年实践旨向不谋而合。少数民族比较文学研究多年致力于中国各民族文学关系研究，通过影响研究与平行研究的理论方法与研究范式，在 21 世纪初少数民族文学比较研究的理论与实践等方面取得相当丰富的成绩。少数民族比较文学研究在开始创立之初，就是通过多民族文学的比较研究，寻找出各民族间的一种内在联系与共同审美价值，进而促进彼此了解与认识，丰富中国文学乃至中国文学史的建设。"各民族文学关系研究"的提出为少数民族比较文学研究在 21 世纪后的学术道路奠定了一个基础方向。

"民族文学关系"研究是立足于中华民族文学多元一体文学格局背景下展开的。各民族文学关系研究包含了不同少数民族之间的文学关系，少数民族文学与汉族文学关系、少数民族文学与外国文学关系。研究者们在探讨某一个历史时期、某一个地区、某一个民族、某一种文学现象的时候，都是将其作为中华民族文学整体的有机组成部分，着重在于彼此之间的内在联系与相互交织、影响与融合，但同时也描述了各民族文学的发展状况和个性。强调处理好少数民族文学和汉语文学的发展、各少数民族之间文学发展的关系。在中华民族多元一体的文化格局中，各民族之间的文化交流与文学发展，呈现出互动交流的趋势。这与少数民族文学比较研究的范畴是一致的。中国各民族文学关系研究将各民族的优秀文学遗产作为中华民族文学的有机组成部分。研究中华民族文学的关系，能够深化对中华文明多元一体格局的认识，对于当代中国文化多元一体格局建设也具有现实意义。

这一时期，随着全球化的推进，世界各国各民族在经济、文化等方面相互交流与合作态势的加强，也实现了从"族别民族文学比较研究"到"各民族文学关系研究"的转向。20 世纪 90 年代后，学术研究重点放在了"民族文学关系研究"领域上，中国社会科学院民族文学研究所的邓敏文、关纪新、朝戈金等人出版了一系列多民族文学关系理论的著作，为少数民族比较文学研究提供了理论性与实践性指引。到 21 世纪初，各民族文学关系研究继续深化，新型方法与比较视角的渐次进入，使得本领域的研究更为深入。梁庭望《中华文化板块结构与中国文学关系研究》① 一书，将中华文化划分为北方森林草原狩猎游牧文化圈、西南高原农牧文化圈、中原旱地农业文化圈、江南稻作文化圈四大板块，认为各民族之间经济相依，政治相从，文化相融，血缘相通，其民族文学关系形成了"从区域共生到中华趋同"的风貌。这为少数民族比较文学研究提供了基础的学理依据与研究空间。

"民族文学关系研究"在21世纪第一个十年，推动了少数民族比较文学研究在理论与实践上的进程，拓展了少数民族比较文学的学科发展路径。其实，回顾少数民族比较文学的学科建立过程，我们会发现在"少数民族比较文学"最先提出的发展建设意见中，前人就已然关注到"各民族文学关系研究"议题。随着20世纪末大量的民族文学史出版，在21世纪初少数民族文学关系研究史也陆续面世，专著方面有《中国南方民族文学关系史》（2001）、《比较文学：文学平行本质的比较研究——清代蒙汉文学关系论稿》（2002）、《中国各民族文学关系研究》（2005）、《20世纪中华各民族文学关系研究》（2006）等论著。

郎樱、扎拉嘎主编的《中国各民族文学关系研究》②，刘亚虎、邓敏文、罗汉田的《中国南方民族文学关系研究》③，均从不同角度以专题形式，对少数民族文学关系进行深入研究。其中，郎樱、扎拉嘎主编的《中国各民族文学关系研究》（先秦至唐宋卷和元明清卷）④ 以各民族有关文学的文本、文献、文化为基础，系统论述中华各民族从先秦到清末数千年文学发展交流的历史，从民族融合、民族文化交流、碰撞与整合的角度出发，将中华民族文学的发展看成一个有机整体，由先秦至唐宋再到明清的文学史发展过程之中，各民族以不同方式参与其中，通过对各民族文学关系史的研究，全面准确描绘中国文学各种现象背后映射的文化内涵，解释文学发展的规律，为中华民族文学的发展史做出了自己的贡献。

关纪新主编的《20世纪中华各民族文学关系研究》⑤，理清中国各少数民族文学发展的特点，指出少数民族文学与汉族文学在彼此的接触与交流过程中，始终清晰地表现出双向互动的特征和情状。少数民族文学整体演进的态势，存在着两种相辅相成的作用力，一是内聚力、整合力，即一种趋同性质的力量，通过各民族文学的彼此交流互动，促进了不同民族文学的相互融合；二是少数民族文学自身个性特质的力量，这种作用力主要是个性化的追求，是在"趋同"大环境下的"存异"。20世纪中华各民族文学既有相互交流整合的必然，又有不同民族作家们在大交流的局面里显现个性风采的努力，最终汇成中华民族文学共同体格局。

2010年以后，少数民族比较文学研究中的"各民族文学关系研究"这一议题得

---

① 梁庭望：《中华文化板块结构与中国文学关系研究》，北京：民族出版社，2011年。
② 郎樱、扎拉嘎主编：《中国各民族文学关系研究》，贵阳：贵州人民出版社，2015年。
③ 刘亚虎、邓敏文、罗汉田：《中国南方民族文学关系研究》，北京：民族出版社，2001年。
④ 郎樱、扎拉嘎主编：《中国各民族文学关系研究》，贵阳：贵州人民出版社，2005年。
⑤ 关纪新主编：《20世纪中华各民族文学关系研究》，北京：民族出版社，2006年。

到了中国比较文学主流研究界的关注,将核心焦点"各民族文学关系研究"转为"多民族文学关系研究"。2011 年开始,《中国比较文学》增加了一个"中华多民族文学关系研究"专栏,陆续在 2011 年第 2 期、第 3 期、第 4 期,2013 年第 2 期,2016 年第 3 期,以及 2017 年第 2 期相继刊发了相关研究成果。如,《比较文学视野下的中国少数民族文学研究:回顾与瞻望》[①]《心理时间的绵延——试论中外比较视域下的当代西藏意识流小说》[②]《跨族群对话:中国比较文学的双重路径》[③]《从民族文学走向世界文学》[④]《"内部的构造":从少数民族文学到多民族文学》[⑤] 等,为少数民族比较文学研究提供了前沿性学术话语,也为中国比较文学学科建设增添新的活力与理论话语。

二、研究范式的突破与创新

学者们经过 20 世纪八九十年代少数民族比较文学研究理论与方法的探索,21 世纪初期,少数民族比较文学研究开始进行真正意义上的学科范式与研究理论实践。伴随着少数民族文学研究的发展,中国各民族文学关系研究的地位日益凸显。法国学派的影响研究、美国学派的平行研究及中国比较文学学派的阐释学研究理论,在我国少数民族比较文学领域得到实践和创新运用,我国各民族文学之间的跨民族、跨语言、跨文化的比较研究与关系研究,得到学者们的广泛关注和充分论证,研究论题主要包括各民族文学之间关系、少数民族文学与汉族文学关系、少数民族文学与外国文学之间关系等整体研究,以及神话、史诗、故事等专题比较研究,具体研究情况如下:

(一)整体研究的突破与创新

从整体研究上看,更多呈现的是对过去 30 年少数民族比较文学研究的反思与未来方法论建设等的思考。比较有代表性的成果有,姑丽娜尔·吾甫力的《比较文学视野下的中国少数民族文学研究:回顾与瞻望》[⑥]。该文首先以"少数民族比较文学"这一概念来论述比较文学在少数民族文学研究中的运用及其成果;其次对中国各民族文学关系研究成果进行梳理,得出"汉族文学是在民族融合过程中形成的,不仅少数民族文学受过汉族文学的影响,汉族文学同样受到少数民族文学的影响的

---

① 姑丽娜尔·吾甫力:《比较文学视野下的中国少数民族文学研究:回顾与瞻望》,载《中国比较文学》2011 年第 2 期。
② 卓玛:《心理时间的绵延——试论中外比较视域下的当代西藏意识流小说》,载《中国比较文学》2011 第 3 期。
③ 徐新建:《跨族群对话:中国比较文学的双重路径》,载《中国比较文学》2011 年第 4 期。
④ 孟昭毅:《从民族文学走向世界文学》,载《中国比较文学》2012 年第 4 期。
⑤ 汪荣:《"内部的构造":从少数民族文学到多民族文学》,载《中国比较文学》2017 年第 2 期。
⑥ 姑丽娜尔·吾甫力:《比较文学视野下的中国少数民族文学研究:回顾与瞻望》,载《中国比较文学》2011 年第 2 期。

结论";再次,指出当前少数民族比较文学存在三点问题与不足,即对比较文学认识的简单化与模式化,翻译文学的迅猛发展与翻译研究的严重滞后,少数民族文学理论探索出现一边倒的局面。文章希望确立少数民族比较文学在中国比较文学中的地位,两者是包含关系,而不是对立存在,"加强各民族文学研究之间的交流对话,相互包容"。于宏的《多民族文学研究的新视角——论文学平行本质兼及扎拉嘎的学术研究》[1]对致力于清代蒙汉文学关系研究的扎拉嘎的"文学平行本质"论的诞生背景、意涵范围、意义价值等进行了论述,在回顾扎拉嘎先生对清代蒙汉文学关系长期实践的基础上,再次明晰了扎拉嘎对比较文学的定义[2],并强调突出了"平行本质"[3]。杨荣的《民族文学研究与比较文学联姻及意义》[4],首先对中国比较文学的发展历程进行了回顾,阐述了在文学性、跨越性、自成体系性等方面民族文学与比较文学具有联姻意义。其意义在于,一方面拓宽了民族文学研究的视野,更新了民族文学研究的方法,从而提高了民族文学理论及民族文学研究的学术质量;同时,启发比较文学理论批评家提出新的理论、新的观点和新的方法,从而丰富比较文学理论等广阔前景,并指出应当坚持比较文学和民族文学进行联姻。朱斌、张瑜的《对我国少数民族文学比较研究的反思》[5]一文,对少数民族文学比较研究进行了深刻反思。论文重申了中国各民族文学关系研究,均属于比较文学的范围。文章还在对我国少数民族文学比较研究中平行研究和影响研究进行盘点举隅的基础上,着重指出其明显的偏颇和不足,将问题产生的原因归结于对"可比性""文学性"的淡漠和对"民族性"的过激以及根本上缺乏自觉性的理论探讨。论文指出,比较文学研究者都应该是超越国别界限、民族界限和文化界限的自由主体,以宏大的全球胸襟和世界文学理想,客观公正地放眼全球语境中的各民族文学,才能真正、深入进行比较文学研究。徐新建的《跨族群对话:中国比较文学的双重路径》[6],从跨

---

[1] 于宏:《多民族文学研究的新视角——论文学平行本质兼及扎拉嘎的学术研究》,载《西藏民族大学学报》(哲学社会科学版)2010年第3期。

[2] 扎拉嘎认为,比较文学是研究文学平行本质相互关系及其发展规律的一门学科。比较文学包括不同民族文学关系研究、不同语种文学关系研究、不同文化的文学关系研究、不同国别文学关系研究等文学内部关系研究,以及在艺术领域中文学与艺术其他门类之间关系研究,在人类思维领域中文学与艺术之外人类思维其他门类之间关系研究等几个部分。不同民族文学关系研究是比较文学概念的基石。

[3] "文学平行本质论"既是对文学统一性的重视,也强调了在平等的比较意识下对不同民族文学影响关系进行客观研究,其最重要的意义就在于,在比较研究中注重从每个民族独特的历史和现实环境出发,研究每个民族的文学个性,在比较文学中用平行的双评价尺度,在对各民族文学独特个性的发掘中追求文学的统一性。

[4] 杨荣:《民族文学研究与比较文学联姻及意义》,载《西华师范大学学报》(哲学社会科学版)2011年第6期。

[5] 朱斌、张瑜:《对我国少数民族文学比较研究的反思》,载《北方民族大学学报》(哲学社会科学版)2011年第2期。

[6] 徐新建:《跨族群对话:中国比较文学的双重路径》,载《中国比较文学》2011年第4期。

族群对话角度,力图阐释和凸显比较文学在中国的"双重路径"①。

这一时期,也出版了一系列专著,如《多元文化和民族文学:中国西南少数民族文学的比较研究》②《蒙古民间文学比较研究》③《中国北方民族文学比较研究》④ 等。

《中国北方民族文学比较研究》是一部专门以北方民族民间文学比较研究为主要内容的论文集。该书由"史诗比较研究""维吾尔文学比较研究""东西方民间文学比较研究""萨满文化比较研究""田野工作与非物质文化遗产保护"五个部分组成。作者关注到了北方民间文学的集大成研究成果——史诗,将自己近些年史诗比较研究成果汇集成对当代史诗研究的回顾。另外,作者选取富有北方民族特色的维吾尔族民间文学研究成果,从单一族群比较文学研究方向进行考察,并进行东西方民间文学比较研究的回眸,从民间文学上升到民间文学与宗教文化的联系,开展探讨萨满文化的比较研究。最后,着眼当下,探讨民间文学的传承与保护,民间文学在田野作业中以及非遗保护中实际操作的经验与展望。

综上,该书对北方民族文学进行综合比较研究,既有宏观的平行研究,也有微观的影响研究与实证探讨,在研究方法与路径等方面,整体上呈现了21世纪我国少数民族比较文学研究取得的突破与创新。这个时期的研究成果还有很多,由于篇幅限制,在此不一一赘述。

(二)专题比较研究的突破与创新

21世纪,少数民族比较文学研究在地域、族群等整体研究取得突破性成果的同时,在神话、史诗、故事等专题比较研究领域也取得精进与突破。学者们立足中华民族民间文学整体格局,既掌握世界民间文学理论,又熟悉多民族民间文学,理论方法上不局限于法国、美国等西方比较文学理论束缚,经过数十年的研究,形成中国比较文学自己研究的特色,尤其在神话、史诗、民间故事等专题比较研究上,进行了学术研究与理论思辨,取得一系列研究成果。

1. 神话比较研究

本阶段神话比较研究主要以类型(学)和母题(学)为分析研究方法,对我国多民族神话之间、我国神话与国外神话之间进行比较研究,系统地阐释了我国神话学中的学理问题,主要代表成果有:《中国阿尔泰语系诸民族神话比较研究》《蒙古族和满族天鹅仙女神话比较研究》《蒙古族与阿尔泰语系诸民族星辰神话比较研究》《神话与宗教的同质性:马林诺夫斯基的神话观》等论著。

---

① 徐新建教授所提的"双重路径"是中国比较文学的一条别具特色的双向道路,即同时既"向外跨国",又"向内跨族"。长期以来由于受到中原汉文化中心观念的束缚,国内学者大多忽视了作为多民族共同体之中国的内部文学与文化多样性,因而也忽略了从现实与学理两个方面内在于中国比较文学的双向路径。
② 李子贤编:《多元文化和民族文学:中国西南少数民族文学的比较研究》,昆明:云南教育出版社,2001年。
③ 陈岗龙:《蒙古民间文学比较研究》,北京:北京大学出版社,2001年。
④ 郎樱:《中国北方民族文学比较研究》,北京:民族出版社,2011年。

《中国阿尔泰语系诸民族神话比较研究》[①]一书，运用母题学研究方法，分别从开天辟地、熊图腾、狼图腾、日月星辰、腾格里信仰、人类起源、洪水、物种起源、火、文化起源共计十个类型神话，进行纵向与横向比较研究，探讨阿尔泰语系诸民族神话共有特征与独有特色，揭开阿尔泰语系诸民族在神话学上的历史渊源关系。《蒙古族和满族天鹅仙女神话比较研究》[②]一文作者指出，蒙古族和满族的天鹅仙女神话都强调了祖先与天神之间的关系，从神话的类型来看，蒙古族神话更接近于世界范围内广泛传播的天鹅处女故事类型，满族神话则属于皇权受于天命的建国神话类型，从而形成两者之间较大的差异。相同的故事母题和接近的主题在两个民族中有不同的用途和发展倾向，天鹅仙女神话在两个民族中得到了不尽相同的发展演化。《蒙古族与阿尔泰语系诸民族星辰神话比较研究》[③]论文中，作者把流传在蒙古族和阿尔泰语系诸民族中的星辰神话分布情况画在地图上，同时概括出星辰神话流传分布不均匀、故事形成时间不同、流传方式不同等特征，进而对蒙古族北斗七星神话文本演变进行了形象母题和情节母题分析，同时与阿尔泰语系各民族里流传的北斗七星神话文本相互比较研究，而得出了这些民族的不同思维特点，并探究了星辰神话所呈现出的世界性、民族性、地方性等特征。

此外，跨学科研究也带来了不一样的研究取向，如《神话与宗教的同质性：马林诺夫斯基的神话观》[④]一文，作者将神话学与宗教学相结合，围绕马林诺夫斯基的神话观进行讨论。马林诺夫斯基认为教义、仪式和道德性是构成宗教的三大因素，三因素皆与神话密切相关。文章主要就神话与宗教教义的关系、与宗教仪式的关系，神话、信仰与宗教之间的关系三个方面讨论二者之间的关系，并提出马林诺夫斯基的神话观可为我们从另一向度理解神话的本质提供宝贵的启示。

2. 史诗比较研究

在史诗比较研究方面，在20世纪80年代，学界开始关注少数民族史诗，广泛搜集少数民族史诗资料，同时引进西方史诗学、民俗学的理论和研究方法，这极大地推动与促进了中国史诗研究。这一时期，少数民族比较文学研究更多集中在跨民族、跨文化的史诗主题与程式结构等方面的研究，研究视角十分新颖，有的从语族的角度展开比较，有的从地域层面展开共性与个性探讨，还有的从跨国、跨文化的视角进行比较研究。

跨境民族柯尔克孜族英雄史诗《玛纳斯》情节结构类型研究，在中国史诗学研究中成绩突出。在探讨英雄史诗《玛纳斯》结构类型、母题等问题方面，阿地里·

---

① 那木吉拉：《中国阿尔泰语系诸民族神话比较研究》，北京：学习出版社，2010年版。
② 包哈斯：《蒙古族和满族天鹅仙女神话比较研究》，载《内蒙古师范大学学报》（哲学社会科学版）2012年第4期。
③ 李华：《蒙古族与阿尔泰语系诸民族星辰神话比较研究》，博士学位论文，内蒙古大学，2013年。
④ 惠嘉：《神话与宗教的同质性：马林诺夫斯基的神话观》，载《民族文学研究》2016年第6期。

居吐尔地主编《世界〈玛纳斯〉学读本》①《中国〈玛纳斯〉学读本》② 等研究成果，对史诗《玛纳斯》进行跨国家、跨文化的深入研究与系统阐释。仁钦道尔吉对蒙古、柯尔克孜等民族英雄史诗情节结构之共性的研究值得借鉴。根据他们的研究，不仅新疆各民族英雄史诗在结构上遵循基本相同的叙事模式，蒙古英雄史诗和新疆各民族英雄史诗在题材、情节、结构、母题、人物、表现手法和口头程式句法方面都有一定的共性，具有共同的形成与发展规律。

中国的蒙古、维吾尔、哈萨克、柯尔克孜等民族的英雄史诗数量众多，内容丰富。彼此关联的历史文化背景，长期交融互动并且各具特色的口头传统和民间文化，使这些民族口头史诗的研究始终成为中国史诗研究领域中最引人入胜的课题，尤其是对其结构与母题等共同性、交融性研究已经成为亟待拓展的学术空间。有学者撰写文章，通过对新疆各民族史诗十多个典型情节母题的分析，试图总结新疆各民族英雄史诗的结构模式和母题特征，为中国学者提供一个新的研究视野。③ 作者透过比较分析，得出结论，即在具体的作品中，各个母题或母题系列的排列顺序都有所不同，呈现出各自的独特性和多样性。每一个民族的史诗歌手在演唱具体传统史诗时，虽然遵循一定的程式化叙事模式，但却都要根据自己所属传统的特点精心编排情节，突出特定民族口头传统的叙事范式和人文特色，尽量保持各民族传统的个性。《蒙古族〈青蛙儿子〉故事与蒙古族史诗传统》④ 一文中，作者对汉族及其他民族"青蛙丈夫"故事与蒙古族《青蛙儿子》故事的研究状况进行了梳理，在前人研究成果的基础上，对目前所掌握的蒙古族《青蛙儿子》故事的16个文本进行整理、分类，将蒙古族《青蛙儿子》故事划分为以下四个亚型：死而复生型加考验型、威胁型、青蛙姑娘型、主动型，并从故事情节的角度，对《青蛙儿子》故事中出现的史诗和英雄故事母题进行提炼和解析，并就其所反映的文化内涵进行阐述。作者认为，该母题的文化内涵在于英雄的身份转换，集中体现了蒙古族的民族文化特征。

《西北民族研究》杂志在2017年也开设了"中国史诗学·《格斯尔》研究"专栏，刊发了一些研究论文，其中不乏一些从比较文学研究视角探讨渊源影响的高质量文章，如《〈格斯尔〉降妖救妻故事变体与佛教关系考述》⑤《〈格萨尔〉史诗的集体记忆及其现代性阐释》⑥《〈格萨尔〉史诗的当代传承及其文化表现形式的多样性》⑦ 等论文。

除了北方民族英雄史诗在研究中得到极大关注，南方民族迁徙史诗也在这一时

---

① 阿地里·居吐尔地主编：《世界〈玛纳斯〉学读本》，北京：中央民族大学出版社，2018年。
② 阿地里·居吐尔地主编：《中国〈玛纳斯〉学读本》，北京：中央民族大学出版社，2018年。
③ 阿地里·居玛吐尔地：《突厥语民族英雄史诗结构模式分析》，载《民族文学研究》2014年第4期。
④ 乌日古木勒：《蒙古族〈青蛙儿子〉故事与蒙古族史诗传统》，载《民族文学研究》2016年第6期。
⑤ 斯钦巴图：《〈格斯尔〉降妖救妻故事变体与佛教关系考述》，载《西北民族研究》2017年第4期。
⑥ 诺布旺丹：《〈格萨尔〉史诗的集体记忆及其现代性阐释》，载《西北民族研究》2017年第3期。
⑦ 丹珍草：《〈格萨尔〉史诗的当代传承及其文化表现形式的多样性》，载《西北民族研究》2017年第3期。

期进入学术界的研究视野。云南有很多少数民族都拥有类型丰富、数量繁多的迁徙史诗。这些史诗通过口头演述或经籍文献留存下来，形成了南方民族的"迁徙史诗群"。有关南方民族迁徙史诗比较研究取得新的拓展，研究者不仅局限在跨文化研究，而且还突破地域限制，进行南北方民族史诗比较研究，如硕士学位论文《苗族史诗亚鲁王与赫哲族伊马堪比较研究》①便是典型案例。该论文突破西方比较文学国与国之间比较研究的框架，对我国境内的南北方民族史诗进行跨民族、跨文化的平行研究，提炼出两个民族共有的英雄形象与母题类型。《云南少数民族迁徙史诗的叙事程式》②一文，从母题、程式、故事范型及文化传统等方面对迁徙史诗文本进行分析，指出不同时空存在着的任何一种迁徙史诗文本都不是封闭性的独立存在。迁徙史诗文本只有在有着浓重的漂泊感，"寻根意识"与"家园情结"的文化传统中才能实现与迁徙有关的母题、叙事范型、祭祀仪式、音乐舞蹈等其他文化形式跨越时空的交流，实现对文本历史、文本所承载的族群记忆与族群文化的无限延伸。

除此之外，针对史诗变异与流变的现实性问题也有学者做了相关研究。口头文学研究，尤其是口传史诗和故事研究，都会面对异文问题。目前，学术界用"异文"这个概念宽泛地指称那些由不同艺人演述的同一主题史诗或故事的不同文本，或者同一艺人在不同时间演唱的同一主题史诗或故事的不同文本。口传史诗的不同唱本之间，按变异程度上的差异，互相成为异文与变体关系。这种异文与变体是比较文学关注的话题。《人物角色转换与史诗变体的生成——以〈汗青格勒〉史诗中蒙异文为例》③一文，作者以《汗青格勒》史诗中蒙两国异文为例，探讨在蒙古史诗传统中存在的英雄的妻子/妹妹、结义兄弟/对手两组可转换角色对史诗变体的生成所起的作用，认为角色的转换带来叙述套路的调整，虽然异文之间表层故事上有较大差异，但在故事结构上，仍然维持着较为清晰的一致性，从而在两国异文之间形成变体关系。

这一时期中外史诗比较研究取得内涵与外延拓展，在此主要分析代表性的研究成果，如《〈伊利亚特〉与〈玛纳斯〉的英雄母题研究》④《比较视野下的〈玛纳斯〉研究与口头诗学》⑤《俄罗斯人口较少民族埃文基史诗研究》⑥等论著。

《〈伊利亚特〉与〈玛纳斯〉的英雄母题研究》⑦一文，将《伊利亚特》与《玛纳斯》置于比较诗学的视域下，综合运用母题学、叙事学、口头诗学以及历史学等研究方法，将两部史诗进行整体性研究，从英雄与神、英雄与征战以及英雄与美女

---

① 杨佳荣：《苗族史诗亚鲁王与赫哲族伊马堪比较研究》，硕士学位论文，中央民族大学，2016年。
② 王淑英：《云南少数民族迁徙史诗的叙事程式》，载《民族文学研究》2016年第6期。
③ 斯钦巴图：《人物角色转换与史诗变体的生成——以〈汗青格勒〉史诗中蒙异文为例》，载《民族文学研究》2016年第4期。
④ 荣四华：《〈伊利亚特〉与〈玛纳斯〉的英雄母题研究》，博士学位论文，中央民族大学，2017年。
⑤ 荣四华：《比较视野下的〈玛纳斯〉研究与口头诗学》，载《民族文学研究》2018年第5期。
⑥ 李颖：《俄罗斯人口较少民族埃文基史诗研究》，博士学位论文，中央民族大学，2019年。
⑦ 荣四华：《〈伊利亚特〉与〈玛纳斯〉的英雄母题研究》，博士学位论文，中央民族大学，2017年。

三个维度，对两部史诗中的英雄母题进行双向阐发和研究。该研究的意义在于，将文本细读与田野调查的成果相结合，在口头"活形态"文本与书面文本的互动关联中进行史诗研究，对中国学界提出的"活形态"史诗观进行了学理上的探讨与研究实践。论文《比较视野下的〈玛纳斯〉研究与口头诗学》① 一文，作者提出史诗研究的第三种研究路径，即借助比较诗学的理论亲和力，整合跨学科与跨文化的比较研究，结合"口头文本"与"书面文本"研究路向，进行多角度融合的整体性研究。强调在史诗研究中不仅需要关注田野研究的重要性，更要关注文本研究的互文性与基础性，进而得出新的成果与启示。李颖的博士论文《俄罗斯人口较少民族埃文基史诗研究》②，以俄罗斯人口较少民族埃文基史诗为研究对象，对俄罗斯埃文基英雄史诗的母题、形象、艺术特色以及史诗中蕴含的民族文化底蕴等方面进行研究，系统地厘清了埃文基史诗这一种民间叙事体裁类型，并提出了埃文基史诗与中国东北人口较少民族鄂温克族、鄂伦春族史诗有亲缘关系等一系列的学术观点，为中国北方民族英雄史诗研究拓展了研究外延。

综上，这一时期史诗学比较研究立足中国史诗学丰富土壤，富有创造性地突破西方比较文学理论观念，创造性地形成具有中国特色的史诗比较研究理论与研究路径。上述研究论著为建构具有中国特色的史诗研究体系做了一定的贡献。

3. 民间故事比较研究

在少数民族民间故事比较研究方面，有基于世界故事类型的母题研究，基于故事形态学的故事形态研究，也有基于情节单元的互动与流变而进行的比较分析。除此之外，民间故事的比较研究也同时展开，强调其历史文化层面的族群记忆与认同。此外，在近十年的民间故事研究中，学界也关注到了民间文学的变形性研究，即同一母题之下的类型学研究中异文的形成过程问题。还有从渊源学角度出发，关注民间故事与宗教的联系。总体而言，少数民族民间故事比较研究呈现跨国家、跨民族、跨文化等多元化的阐释，丰富了以往民间故事学的研究范式。

在《中国满—通古斯语族诸民族动物报恩故事研究》③ 中，作者介绍了满—通古斯语族诸民族动物报恩故事得以流传的文化生境，列举了满族、赫哲族、鄂温克族、鄂伦春族、锡伯族的族源历史、渔猎等生计方式特点、山林文化的区域特色以及口头传统特征，为深入研究诸民族动物报恩故事提供知识背景和时代语境。接着，作者对满—通古斯语族诸民族动物报恩故事进行了类型学研究，归纳概括了动物报恩基本型与神奇动物报恩型两类故事类型，分析了动物生理属性、渔猎生计方式、异族文化影响、宗教信仰等促使不同类型故事生成的现实文化因素。进而，作者探讨了民族文化交流视域中满—通古斯语族诸民族动物报恩故事的建构过程。最后，作者提出了满—通古斯语族诸民族动物报恩故事文化内涵与意义，对报恩故事的类

---

① 荣四华：《比较视野下的〈玛纳斯〉研究与口头诗学》，载《民族文学研究》2018 年第 5 期。
② 李颖：《俄罗斯人口较少民族埃文基史诗研究》，博士学位论文，中央民族大学，2019 年。
③ 陈曲：《中国满—通古斯语族诸民族动物报恩故事研究》，博士学位论文，中央民族大学，2013 年。

型与内容进行了整体性的提炼与总结。

论文《中国和斯里兰卡的"异类婚"故事比较研究》[1]，作者把中国和斯里兰卡"异类婚"故事作为研究对象，进行民族民间故事的比较研究。首先，作者对异类婚进行简单定义，接着确定了异类婚的概念在世界民间文学的发展，讨论了中国和斯里兰卡异类婚故事的叙事元素，运用平行研究和影响研究的方法对中国和斯里兰卡异类婚故事的情节、叙事元素等做了比较，最后在社会学、人类学和心理学的基础上讨论了异类婚故事的科学观点。《从文学叙事到文化记忆：中越跨境族群宋珍故事的互文性阐释》[2]一文，通过京族喃字叙事长诗《宋珍歌》、越南六八体喃诗传《宋珍菊花》与越南汉文《宋珍新传》三个文本的比较分析，以文化记忆为理论视域，结合中越宋珍故事的口头传说、字喃文本、仪式展演、民族运动、民间信仰等文化文本进行互文性的阐释。《巍山彝族民间故事〈丁郎刻木〉的文化内涵及其佛教渊源》[3]一文指出，《丁郎刻木》在哈尼族、纳西族等民间故事中有同类型的异文，它不仅具有浓郁的民族和地域特色，更值得注意的是《丁郎刻木》中杂糅了佛教"目连故事"，部分情节直接来自目连变文。通过佛典文献的梳理，亦可以窥见彝族"刻木接祖"这一仪式的佛教渊源。

综上所述，21世纪，我国少数民族比较文学在史诗、神话、故事等民间文学专题方面的研究，形成中国自己特有的比较文学理论范式与学术体系，研究成果既有西方比较文学视野下的跨国家、跨民族、跨文化、跨语言研究，也有我国各民族史诗、神话、故事等跨区域、跨民族之间展开的比较研究，极大限度地夯实了中华民族文学共同体格局。

（三）作家文学比较专题研究

在少数民族作家文学比较研究方面，具体分为少数民族作家文学与国外作家文学比较、少数民族古代作家文学比较、少数民族现当代作家文学比较这几个方面。具体研究情况如下。

从少数民族现当代作家文学与国外作家文学比较的角度而言，比较有代表性的研究成果有下面两篇学位论文：博士学位论文《中国少数民族汉文创作与美国华裔英文创作比较研究（1978—2010）》[4]，该文立足比较文学与世界文学学科视角，对1978年至2010年间的中国少数民族作家的汉文创作和美国华裔作家的英文创作进

---

[1] 赛罗：《中国和斯里兰卡的"异类婚"故事比较研究》，博士学位论文，华中师范大学，2013年。
[2] 黄玲：《从文学叙事到文化记忆：中越跨境族群宋珍故事的互文性阐释》，载《民族文学研究》2014年第6期。
[3] 茶志高：《巍山彝族民间故事〈丁郎刻木〉的文化内涵及其佛教渊源》，载《民族文学研究》2014年第5期。
[4] 朱华：《中国少数民族汉文创作与美国华裔英文创作比较研究（1978—2010）》，博士学位论文，中央民族大学，2011年。

行了比较研究。硕士学位论文《中国朝鲜族文学与苏联高丽人文学比较研究》① 对中国朝鲜族文学与苏联高丽人文学进行了比较，主要对 1949 年至 1978 年间我国朝鲜族小说与 20 世纪 80 年代的苏联高丽人小说的共性和异性进行了探究。这两篇论文体现出少数民族比较文学青年研究者的锐利眼光和学术高度。

少数民族古代作家文学比较研究，其对象范畴为各民族古代作家文学之间、少数民族古代作家文学与汉族作家文学，及少数民族古代作家文学与国外作家文学之间比较等等。这些研究成果以影响研究为主要研究方法进行文本分析，如《〈四侠传〉在维吾尔文学中的流变与影响》② 一文通过对《四侠传》一书的不同维吾尔文版本和文人再创作的介绍和比较，探讨了该作品在维吾尔文学和文化史上的地位与研究价值，既促进维吾尔古典文学的研究，也将帮助我们加深对维吾尔文化的了解。从各民族古代作家文学之间比较而言，博士论文《乌兰巴托版蒙古文译本〈今古奇观〉研究》③ 运用比较文学中平行研究的方法，对乌兰巴托版蒙古文译本《今古奇观》与作为中国古代著名话本小说集的汉文原著进行了比较研究，借此对清代蒙汉文学关系进行了进一步的研究。

少数民族现当代作家作品比较研究中，研究对象范畴为各民族现当代作家文学之间及少数民族现当代作家文学与国外作家文学之间比较等。这一时期，少数民族作家文学的比较研究多集中在国内各民族作家之间及作品之间的相互比较。其中，主要的研究对象为老舍和沈从文等人。关于老舍的研究主要集中在他和外国文学的关系比较研究。此外，还有分析老舍的个性气质、语言风格及其作品接受等研究。这些研究多结合老舍的海外经历和创作特点展开，运用了平行研究的方法，也涉及流传学和渊源学、译介学、变异学等领域。论文主要有《老舍与蔡万植小说中女性形象的比较研究》④《老舍与狄更斯在早期创作中的"幽默"艺术比较研究》⑤《比较文学变异学视角下伊万·金〈骆驼祥子〉英译研究》⑥《老舍小说中的外国人形象及其文化思考》⑦《老舍在 20 世纪世界文学史上的位置》⑧《变异学视角下老舍早期小说与狄更斯小说比较研究》⑨《康拉德与老舍笔下中英形象的比较》⑩《中国与

---

① 郑英：《中国朝鲜族文学与苏联高丽人文学比较研究》（朝鲜文），硕士学位论文，中央民族大学，2011 年。
② 艾尼玩尔·买提赛地、张海燕：《〈四侠传〉在维吾尔文学中的流变与影响》，载《民族文学研究》2014 年第 5 期。
③ 莎日娜：《乌兰巴托版蒙古文译本〈今古奇观〉研究》，博士学位论文，中国社会科学院，2010 年。
④ 韩玉：《老舍与蔡万植小说中女性形象的比较研究》，硕士学位论文，山东大学，2012 年。
⑤ 时雯钰：《老舍与狄更斯在早期创作中的"幽默"艺术比较研究》，硕士学位论文，辽宁大学，2019 年。
⑥ 赵彤：《比较文学变异学视角下伊万·金〈骆驼祥子〉英译研究》，硕士学位论文，河南师范大学，2019 年。
⑦ 张惠媛：《老舍小说中的外国人形象及其文化思考》，硕士学位论文，河北大学，2017 年。
⑧ 王卫平、张英：《老舍在 20 世纪世界文学史上的位置》，载《民族文学研究》2015 年第 1 期。
⑨ 敬姣姣：《变异学视角下老舍早期小说与狄更斯小说比较研究》，硕士学位论文，海南大学，2019 年。
⑩ 胡婷婷：《康拉德与老舍笔下中英形象的比较》，硕士学位论文，长沙理工大学，2018 年。

苏联老舍批评研究的历史检讨》①，等等。20世纪五六十年代是老舍创作的重要时段，也是老舍批评研究的重要时段。究其原因，与中苏老舍批评研究有密切关系。老舍是中国作家，但在当时中国的老舍研究却受苏联文学创作和批评理论影响很大，与苏联的老舍作品翻译和研究一样表现出鲜明的意识形态特点。

在《少数民族视野下的沈从文与老舍比较研究》②中，作者将沈从文与老舍新中国成立前的文学创作加以比较，主要基于族裔身份、文学史的序列位置，以及不同的社会价值，并从深层次上看出少数民族文学与世界文学的关系。围绕沈从文的比较研究主要集中关注其作品中的自然书写、生态意识、创作风格等方面，被比较的对象主要是哈代、卢梭、梭罗、鲁迅、汪曾祺等作家作品，这些都属于对沈从文主流定位基础上的比较研究，仍然在"京派""乡土文学""女性形象""诗化小说"和"田园牧歌"等标签话语下进行相对精细化的讨论。相较之下，从民族身份视角分析沈从文的研究非常少，仅见少数几篇，如《〈边城〉与〈雪国〉比较研究》③一文指出《边城》与《雪国》分别是沈从文与川端康成的代表作，两者有许多相似之处，两人在本国文坛上的地位可以说是大致相当，都描写了发生在偏僻地区的一个虽忧伤却极美丽的故事。这使得两部作品之间的比较有了可行性。文章通过文本背景、人物形象、艺术风格三个方面对两部作品进行了平行比较。《民族的隐忧——沈从文与阿来文学创作比较谈》④从文学创作的总体倾向、自然与现代性的关系、民族文化认同及文学创作思想等方面来比较沈从文和阿来文学创作的异同，进而指出阿来文学创作存在的缺陷以及需要突破的困境。《边地的歌者——阿来与沈从文创作之比较》⑤则指出两位作家的身上都流淌着中国少数民族的血液，故乡在偏僻的边地，作品题材多以故乡为蓝本，具有浓郁的地方风情、丰厚的文化意蕴，想象奇特，情感丰富，语言轻巧而富有魅力、充满灵动的诗意，他们都注意到现代工业文明所带来的缺憾，思考现代社会人性异化的现象，同时，两位作家毕竟生活在不同的时代，因而两人的知识结构、文学观点、审美情趣也不甚一样。

至于其他作家的比较研究则不多见，有对阿来和玛拉沁夫的比较研究，关于阿来，除了上文中提到的与沈从文的比较研究外，还有与福克纳的比较，如《〈喧哗与骚动〉与〈尘埃落定〉家族叙事之比较》⑥一文将两者结合起来，通过阿来和福克纳的家族叙事，比较其家族悲剧以及变迁过后的融合，从而比较两部小说的家族悲剧以及背后的文化反思。

---

① 石兴泽、石小寒：《中国与苏联老舍批评研究的历史检讨》，载《民族文学研究》2015年第1期。
② 魏巍：《少数民族视野下的沈从文与老舍比较研究》，博士学位论文，陕西师范大学2012年。
③ 张建伟：《〈边城〉与〈雪国〉比较研究》，硕士学位论文，西南大学，2013年。
④ 卢顽梅：《民族的隐忧——沈从文与阿来文学创作比较谈》，载《西藏民族大学学报》（哲学社会科学版）2018年第4期。
⑤ 肖佩华：《边地的歌者——阿来与沈从文创作之比较》，载《广西社会科学》2017年第8期。
⑥ 秦东方：《〈喧哗与骚动〉与〈尘埃落定〉家族叙事之比较》，载《华北水利水电大学学报》（社会科学版）2018年第2期。

从各民族现当代作家文学比较的角度而言,《当代少数民族女性诗歌创作中的女性主义影响研究——以 20 世纪 90 年代为例》[①] 论文在比较文学视野下,以法国学派的"影响研究"为主要研究方法,以 20 世纪 90 年代为例,对处于批评弱势的当代少数民族女性诗歌创作中关于女性主义影响的研究进行了探索。此外,在现当代作家文学之中,也有阐释学研究方法的尝试,但更多是基于阐释理解之下的价值与功能的探讨。《成长进向、献祭仪式及导师隐喻功能——"十七年"少数民族成长小说的社会主义民族国家认同》[②] 一文指出,成长叙事固有的教育功能为少数民族小说塑造国族认同提供了先天便利。"十七年"间,较之主流汉族成长小说,少数民族成长小说更为明确地标示了国族认同的成长进向,也更加鲜明地显现了阶级叙事与国族叙事的同构关系。

21 世纪的前 20 年（2000—2019）,作为少数民族文学比较研究的发展阶段,这一时期学术力量的焦点主要围绕三个方面：一是在"多民族文学史观"学术理念提出下应运而逐渐生成的"中华民族文学关系研究",其作为适应全球化背景与中国学术理论话语的新兴研究领域,成为当代少数民族文学比较研究的前沿理论与热点话题;二是少数民族文学比较研究的整体研究;三是少数民族文学比较研究的专题研究。整体研究与专题研究,作为少数民族文学比较研究传统领域的继承与创新,形成了少数民族比较文学这一学科研究范式的学术体系与研究传统。在 21 世纪的前 20 年,学者们延续了 20 世纪末的发展方向,并扎实解决在少数民族文学比较研究初始阶段时期学理研究不深入、不系统的一系列重难点问题,与此同时,也拓宽了比较的研究视域,丰富了内涵与外延,并在研究理论与方法等方面积极进行尝试与探索,在民族文学各项领域里开拓了少数民族文学比较研究新的学术生长点,为后继学人提供了新的学术对话空间。

通过少数民族文学比较研究 70 年的发展历程（1949—2019）回顾与总结,我们会发现,少数民族比较文学研究在初始阶段处于研究领域的边缘,到近二十年得到比较文学主流学界的重视,从最开始的少数民族文学比较研究作为中国比较文学研究的外延,到后来成为比较文学学科的重要组成部分与文学研究者的共识,并在民族文学研究中与比较文学领域里占重要位置,形成了特色鲜明的中国比较文学学科体系中的重要组成部分,连接了民族文学研究与中国比较文学研究并形成了双向互动的学术关照,可以这样说,当今的少数民族比较文学研究走出了一条中国特色的研究道路与学术范式。我们也可以清楚地认识到,比较文学中国学派的建立少不了少数民族比较文学,民族文学研究的范式转型与自我革新也少不了少数民族比较文学的研究。纵观 21 世纪以来的少数民族比较文学研究 20 年,新领域的出现与传

---

① 倪秀维:《当代少数民族女性诗歌创作中的女性主义影响研究——以 20 世纪 90 年代为例》,硕士学位论文,西南民族大学,2010 年。
② 谢刚、李硕嘉:《成长进向、献祭仪式及导师隐喻功能——"十七年"少数民族成长小说的社会主义民族国家认同》,载《民族文学研究》2014 年第 5 期。

统领域的继承,理论与方法的多学科整合性研究,持续性地为这一研究领域带来了创造性活力。

中国少数民族文学比较研究的 70 年,呈现了"你中有我,我中有你"互动交融的图景,也深化与推动了中华民族多元一体的文学格局,在学术队伍、研究成果、学科建设、学术影响等诸多方面逐渐精进,也呈现出持续发展的趋势。我们回顾学术史会发现,我国少数民族比较文学研究不仅是中国少数民族文学史和中国比较文学建设不可或缺的重要组成部分,也日趋成为一个具有稳定学科特征、多元共生学术体系、交流交融学术思想的重要学术领域。在信息技术迅速发展的大背景下,无论是学术领域还是社会各界将会更加关注中国少数民族比较文学研究,而少数民族比较文学将为铸牢中华民族共同体意识发挥重要作用。

第七章　民族文学史建设

中国民族文学史的编写是中华人民共和国成立后一项巨大的文学工程，也是一项开天辟地的壮举。民族文学史的编写，经历了三个阶段：即单一民族文学史阶段；专题性民族文学史阶段；整体性文学史阶段。

第一节　族别民族文学史编写

1958年7月17日，中共中央宣传部召集来京参加"全国民间文学工作者大会"的各自治区和有少数民族聚居的省份部分代表，座谈编写我国少数民族文学史或文学概况问题，北京市有关单位也派代表参加。

座谈纪要确定首先编写《蒙古族文学史》《回族文学史》《藏族文学史》《维吾尔族文学史》《苗族文学史》《彝族文学史》《壮族文学史》《朝鲜族文学史》《哈萨克族文学史》《锡伯族文学史》《白族文学史》《傣族文学史》《纳西族文学史》。《中共中央宣传部关于少数民族文学史编写工作座谈会纪要》指出："各少数民族文学史的部分，决定由各民族自治区和有少数民族聚居的省份负责编写，或由有关省、区协作完成。各省、自治区党委应指定专人，组织当地力量分头编写，最后交文学研究所汇编定稿。凡不能写出文学发展史的民族，均写'文学概况'。"可见重视程度。上述所列各民族文学史应由哪些省区负责，会上都做了规定。但藏族文学史由中央民委（今国家民委，后同）负责，西藏、四川、青海等省区协助（后来落实到中央民族学院主持编写）；苗族文学史由贵州省负责，湖南、四川、广西协助；彝族文学史由四川省负责，云南、贵州协助。新疆负责维吾尔族、哈萨克族、锡伯族三个民族文学史的编写。其他还应写哪些民族文学史，由各省自治区确定。当时在"大跃进"的氛围下，急于求成，要求"全部于一年以内完成，争取在明年（1959）中华人民共和国成立十周年以前交稿出版，作为国庆节的献礼"。1959年仅有比较粗浅的两部出版。但这工作对后来的推动，意义是很大的，毕竟开创了一项事业。

1960年8月，第三次全国文代会期间，中国科学院文学研究所召集了第二次少数民族文学史编写工作座谈会，出席会议的有内蒙古、新疆、西藏、广西、宁夏、云南、贵州、四川、湖南、青海、甘肃、吉林、黑龙江、湖北、福建15个省自治区的代表,广东缺席,中央民族事务委员会、中央民族学院和中国民间文艺研究会也派代表列席。座谈会回顾了前段工作,有 15 个民族的文学史已经写出初稿,有 6 个民族写出文学概况,有 5 个民族没有完成。另外,原不曾列入而由有关省区完成初稿的有土家族、哈尼族、土族、赫哲族、侗族、畲族等 7 个民族的文学史或文学概况。虽然没有完成原来的计划,但这一成果也令人振奋。尚未启动的民族的文学史,也在积极搜集材料之中。座谈会对下一段的编写工作提出了要求,要"各省、区发扬共产主义大协作的精神,全国一盘棋,互相帮助,互相支援",完成繁重的编写任务。[①] 这说明,即使在三年困难时期,少数民族文学史的编写工作也没有中断。

1961 年 3 月 25—4 月 20 日,中国科学院文学研究所为总结过去的经验,在北京召开了少数民族文学史编写工作讨论会,这既是一次工作会议,也是一次学术会议。到会的有云南、内蒙古、贵州、新疆、青海、甘肃、宁夏、广西、湖南、湖北、福建、吉林、黑龙江等各民族文学史编写负责人和部分编者,以及在京有关单位代表,共五十多人与会。会议由何其芳、贾芝主持,中共中央宣传部副部长周扬、原文化部副部长徐平羽到会做了报告。会上制定了《中国各少数民族文学史和文学概况编写出版计划(草案)》(以下简称《草案》)。《草案》对文学史和文学概况的编写提出了基本要求、共同体例、分批编写和出版计划、工作方法、具体措施。基本要求是:

    1. 材料比较丰富,叙述力求客观、准确。
    2. 对各种文学现象的说明和论断力求符合马克思主义。
    3. 论述作家、作品以在本民族文学发展史上应占有地位者为范围,并突出重点。
    4. 经过调查研究,社会历史和文学历史的发展脉络均比较清楚,写文学史条件不具备者,以写文学概况为宜。
    5. 根据党的民族政策,既写出各民族文学之间的互相影响和融合的情况,又写出本民族文学的特点。
    6. 体例统一,文字精练。

这 6 条"基本要求"从现在来看不很完整,也比较笼统,但基本原则还是可以的,当时是起到了指导作用的。体例部分包括"内容范围""今古比例""分期原则""叙述方法""材料鉴别""引文"6 个方面,比较完整。例如"内容范围"的 5 方面如下:

    (1) 叙述各民族的文学现象时,需要适当介绍本民族的社会历史、一般文

---

① 《第二次少数民族文学史编写工作座谈会纪要》,中国科学院文学研究所,1960 年 9 月 10 日。中国社会科学院少数民族文学研究所编:《中国少数民族文学史编写参考资料》(内部资料),1984 年。

化艺术和民族风俗习惯；分析这些文学现象时，不仅要指出他们和经济基础的关系，还应说明他们和其他上层建筑（政治、哲学和宗教）的相互作用；这均以说明本民族的文学发展情况为目的，不宜喧宾夺主或离开文学而过多地谈社会历史和全体方面。

（2）写入文学史和文学概况的作家，必须是对本民族的文学发展有一定贡献或者有比较显著社会影响的作家、作品。但应根据各民族文学发展的具体情况确定。标准可以有所不同。

（3）各民族的文学史和文学概况一般写到1959年，但根据具体情况也可有所不同。

（4）判断作品所属民族，应以作者的民族成分为依据。作者无法考查的作品，以在本民族中流传并有本民族文学特色的作品为限。同一作品在两个以上的民族中流传，无法判断所属民族者，可作为几个民族的共同的文学来叙述。

（5）同一口头文学作品在中国和邻国同一民族中都流传，可作为两国人民共同的文学，但叙述时应以在中国流传者为依据。我国和邻国如曾有共同的历史阶段，在这一阶段产生的作品，也应作为两国人民共同的文学遗产来叙述。但从邻国移居我国成为我国民族大家庭一员的民族，应以叙述在我国产生的文学为限。

这5条现在看来是相当完整的，尤其在处理民族关系和与邻国文学关系上，是比较冷静和周全的，到现在也依然有指导意义。关于"今古比重"，《草案》指出："许多民族都是过去的文学历史较长或很长，现代的文学历史较短，而现代的，特别是社会主义文学历史又是应该重视的，因此各民族的文学史难免详于今而略于古。然而文学史要求写出文学发展的全貌，并且应给予过去的重要作家、作品应有的地位，古今的比重仍应比较适当、比较平衡，根据各民族文学的实际情况决定，不宜详略过分，也不宜做统一的规定。"这段话是比较恰当的也是比较冷静的。《草案》还指出，要"有计划地继续大力开展各民族文学的普查工作，并首先编印资料。重要资料和重要作品，尽快组织力量整理、编选并译为汉文。"还强调"培养干部和建立机构"。与此同时，工作会上还制定了《中国各民族文学作品整理、翻译、编选和出版计划（草案）》和《〈中国各民族文学资料汇编〉编辑出版计划（草案）》。这三个文件，对指导当时各民族文学史的编写，起到了重要的作用。

少数民族文学史的编写工作在1966—1976期间全部停止了，一停止就是十多年，直到1979年才得以恢复。1979年2月，由中国社会科学院文学研究所主持，在昆明召开了全国少数民族文学史编写工作座谈会，到会的有云南、贵州、四川、西藏、新疆、青海、甘肃、宁夏、内蒙古、黑龙江、吉林、广西、广东、湖南、福建15省自治区代表和国家民族事务委员会、中国民间文艺家协会、中央民族学院、人民文学出版社、上海文艺出版社、中国青年出版社等单位代表。这次会完成了7项任务：一是拨乱反正；二是落实规划，解放思想，迅速恢复和促进少数民族文学史的编写工作；三是强烈要求中央和地方各级组织重视组织恢复工作，尽快把少数民族文学机构或各民间文学组织恢复和健全起来；四是抢救民族民间文学，进行全面搜集；五是重新审查和修订1961年制定的《中国各少数民族文学史和文学概况编写出版计划（草案）》等三个文件；六是为满足当前社会的需要，向广大读者介绍我国丰富多彩的少数民族文学，尽快编写一部《中国少数民族文学概况》；七是各省区要依照本地区的实际情况，组织编写少数民族文学史或文学概况的班子，制定本地区编写具体规划，报中国社会科学院文学研究所和中国民间文艺家协会各一份。有关调查报告、经验总结、编选计划、编印的资料等，也各送一份。

1979年6月，一级学会中国少数民族文学学会成立，从此少数民族文学有了自己的最高的群众性组织机构。同年9月，中国社会科学院少数民族文学研究所成立，从此少数民族文学有了最高的研究机构。1983年2月5日，中国社会科学院文学研究所向中共中央宣传部递交了一份重要的请示报告，内容如下：

中共中央宣传部：

1958年7月，在全国民间文学工作者大会期间，中宣部召集各有关省区的部分代表和北京的有关单位座谈编写我国少数民族文学史、文学概况的问题。会上确定以后有关的编写工作由文学所负责。现在，少数民族文学所已经成立，我所决定把上述编写少数民族文学史、文学概况的任务交给少数民族文学研究所，当否，请批示。

中国社会科学院文学研究所1983年2月5日

1983年3月7日，中宣部在"发函（83）40号"文件中批复如下：

中国社会科学院文学研究所：

来函收悉。同意你们的意见。少数民族文学所已经成立，编写少数民族文学史、文学概况的任务，可移交给少数民族文学研究所。

此复。

中国共产党中央委员会宣传部
1983年3月7日

从此，少数民族文学史、文学概况的编写工作，由中国社会科学院的少数民族文学研究所组织承担。该所随即拟就了《关于〈中国少数民族文学史、文学概况〉丛书编写工作的说明》，着手推动这项工作，并迅速建立了编审委员会，主任委员刘魁立，委员有马学良、王平凡、贾芝、毛星、邓绍基、邓敏文（兼学术秘书）、田兵、关纪新等17人。

1983年4月18日，在中国少数民族文学学会第二届年会期间，由王平凡主持，邀集五十多人举行少数民族文学史、文学概论座谈会。会上首先回顾过去少数民族文学史、文学概况编写情况，然后内蒙古大学巴·布林贝赫、内蒙古社会科学院文学所齐木道吉、广西师范大学欧阳若修、云南少数民族文学研究所王松、新疆社会科学院刘宾、辽宁大学邓伟等汇报了所承担的少数民族文学史、文学概况的编写情况和经验。会上着重就作家文学与民间文学的关系、汉文创作与民族文字创作的关系、共性和个性的关系等问题展开了讨论，达成了共识。例如，与会者一致认为，过去有的人误解，以为少数民族文学等于民间文学，诚然，有不少的少数民族当下还没有作家文学，但从整体上看，少数民族的作家文学还是很丰富的，必须正确处理两者关系，使少数民族文学史成为"名副其实的文学史"。又如过去对用民族文字创作的作品重视不够，今后必须改变。历史分期也不能够简单地套用汉族文学史，"各民族文学发展的历史不尽相同，历史发展进程和文学发展的过程也并非一致。一定要抓住本民族文学发展的特殊性，才能搞好少数民族文学史的编写工作"。[①] 座谈会上提了5条建议：一是在中国社会科学院少数民族文学研究所的统一组织和协调下，加强领导，统一规划，分工合作，加强联系；二是希望各有关部门在人力和经费上给予帮助和支持；三是征集材料，充分利用，改变一些部门封锁资料的状况；四是解决出版问题；五是解决比较复杂的跨界民族文学问题，领导部门要给予指示。这次座谈会后，少数民族文学史、文学概况的编写工作得以正常地迅速开展。

1984年11月，少数民族文学研究所主持召开了第四次少数民族文学史编写工作座谈会，进一步落实此项工作。1985年，中共中央宣传部、国家民族事务委员会、原文化部、中国社会科学院联合签发文件，批转座谈会纪要，指示认真做好民族文学史的编写工作。1986年10月，全国哲学科学规划会议确定将《中国少数民族文学史丛书》列为"七五"期间国家重点项目。1988年1月，中国社会科学院少数民族文学研究所制订了《〈中国少数民族文学史〉编辑出版说明》，说明中指出：

> 我国是一个统一的多民族的国家。居住在辽阔富饶国土上的各族人民，共同缔造了我们的伟大祖国，共同创造了祖国的悠久历史和灿烂文化。
>
> 中国文学，是包括汉民族和各个少数民族在内的中国所有民族的文学的总汇。每一个民族的文学，都以其丰富多彩的内容和形式以及深厚的文化底蕴，显示出它独有的优长和特色。
>
> 各民族的文学在长期的共同发展过程中，互相影响、互相渗透、互相借鉴、互相推动。各民族文学异彩交辉、相融并进，使得中国文学具有历史悠远的、多元化的民族蕴涵和极为深厚、极为丰富的民族特色。
>
> 为整理各民族的宝贵文化遗产，继承和发扬各民族的优秀文学传统，促进

---

① 《中国少数民族文学学会第二届年会简报》。

民族文学的繁荣发展，进一步加强民族团结，共同建设社会主义祖国，我们决定编辑出版这一套《中国少数民族文学史丛书》。

上述说明，将编辑出版《中国少数民族文学史丛书》编写的目的和意义说得很清楚。

经过几十年的努力，中国亘古未有的各少数民族的文学史或文学概况，终于以新颖的面目呈现在国人和世界各国人民的面前，这是中国文学史上值得大书特书的盛事。这套包括55个少数民族的文学史、文学简史列表如下：

（一）东北文化区

序号	民族	书名	作者	出版机构	时间
1	朝鲜族	《中国朝鲜族文学史》	赵成日等	延边人民出版社	1990
2	满族	《满族文学史》（一）	赵志辉	沈阳出版社	1989
3	满族	《满族文学史》（全四卷）	赵志辉、马清福、邓伟	辽宁大学出版社	2012
4	赫哲族	《赫哲族文学》	徐昌翰、黄任远	北方文艺出版社	1991
5	鄂伦春族	《鄂伦春族文学》	徐昌翰等	北方文艺出版社	1993
6	鄂温克族	《鄂温克族文学》	黄任远等	北方文艺出版社	1993

（二）内蒙古高原文化区

序号	民族	书名	作者	出版机构	时间
1	蒙古族	《蒙古族文学史》	荣苏赫等	内蒙古人民出版社	2000
2	蒙古族	《蒙古族文学史》	齐木道吉等	内蒙古人民出版社	1981
3	达斡尔族	《达斡尔族文学史略》	赛音塔娜、托娅	内蒙古大学出版社	1997
4	东乡族	《东乡族文学史》	马自祥	甘肃人民出版社	1994
5	土族	《土族文学史》	马光星	青海民族出版社	1999
6	保安族	《保安族文学史》	马克勋	甘肃人民出版社	1994

（三）西北文化区

序号	民族	书名	作者	出版机构	时间
1	维吾尔族	《维吾尔族文学史》	阿布都克里木·热合曼等	新疆大学出版社	1998
2	哈萨克族	《中国哈萨克文学史》（哈萨克文）	新疆维吾尔自治区社会科学院民族文学研究所组织编写	新疆人民出版社	2005
3	柯尔克孜族	《柯尔克孜文学史》（柯尔克孜文）	新疆维吾尔自治区社科院民族文学研究所组织编写 马克来克·玉买尔拜·哈尔米什底根著	新疆人民出版社	2005
4	回族	《回族古代文学史》	张迎胜等	宁夏人民出版社	1988
5	乌孜别克族	《乌孜别克族文学史》	别克苏里坦等	新疆社会科学出版社	1987
6	锡伯族	《锡伯族文学史》	贺元秀	中央民族大学出版社	2010

（四）青藏高原文化区

序号	民族	书名	作者	出版机构	时间
1	藏族	《藏族文学史》	马学良等	四川民族出版社	1985
2	珞巴族	《珞巴族文学史》	于乃昌	江苏教育出版社 西藏人民出版社	2001

（五）四川盆地文化区

序号	民族	书名	作者	出版机构	时间
1	彝族	《彝族文学史》	李力等	四川民族出版社	1994
2	羌族	《羌族文学史》	李明等	四川民族出版社	1994

（六）云贵高原文化区

序号	民族	书名	作者	出版机构	时间
1	白族	《白族文学史》	张文勋等	云南人民出版社	1983
2	纳西族	《纳西族文学史》	文学丽江调查队	云南人民出版社	1960
3	傣族	《傣族文学史》	王松等	云南民族出版社	1988
4	哈尼族	《哈尼族文学史》	史军超	云南民族出版社	1998
5	苗族	《苗族文学史》	田兵等	贵州人民出版社	1981
6	傈僳族	《傈僳族文学简史》	左玉堂	云南民族出版社	1999
7	拉祜族	《拉祜族文学简史》	雷波等	云南民族出版社	1995
8	普米族	《普米族文学简史》	杨照辉等	云南民族出版社	1996
9	布朗族	《布朗族文学简史》	王国祥等	云南民族出版社	1995
10	阿昌族	《阿昌族文学简史》	攸延春等	云南民族出版社	1995
11	基诺族	《基诺族文学简史》	杜玉亭等	云南民族出版社	1996
12	佤族	《佤族文学简史》	郭思九、尚仲豪	云南民族出版社	1999
13	德昂族	《德昂族文学简史》	云南省社会科学院民族文学研究所编	云南民族出版社	2002
14	仡佬族	《仡佬族文学史》	已完成初稿		

（七）长江中游文化区

序号	民族	书名	作者	出版机构	时间
1	土家族	《土家族文学史》	彭继宽等	湖南文艺出版社	1989

（八）长江下游文化区

序号	民族	书名	作者	出版机构	时间
1	高山族	《高山族语言文学》	曾思奇	中央民族大学出版社	1988

（九）华南文化区

序号	民族	书名	作者	出版机构	时间
1	壮族	《壮族文学史》	周作秋等	广西人民出版社	2008
2	瑶族	《瑶族文学史》	农学冠等	广西人民出版社	2005

续表

序号	民族	书名	作者	出版机构	时间
3	布依族	《布依族文学史》	王世清等	贵州人民出版社	1993
4	侗族	《侗族文学史》	王人位等	贵州民族出版社	1987
5	仫佬族	《仫佬族文学史》	龙殿宝等	广西教育出版社	1993
6	毛南族	《毛南族文学史》	蒙国荣等	广西人民出版社	1992
7	水族	《水族文学史》	范禹等	贵州人民出版社	1987
8	京族	《京族文学史》	苏维光等	广西教育出版社	1993

这套拟涵盖55个少数民族文学的《中国少数民族文学丛书》，已完成大部分，是少数民族文学史编写的第一阶段的成果。这些文学史的编写经过了几十年的艰难历程，期间遇到了很多难题。由于我国多数少数民族没有自己的民族文字，他们的文学主要是民间文学作品，口耳相传，断代特别艰难。而文学史是要依据作品的断代排列的，没有断代就无法写史。各民族学者经过艰苦的努力，一一突破难关，取得了丰硕的成果，填补了我国各民族文学史的空白。虽然其中还有不尽如人意的地方，但毕竟有了一套丛书，显示出我国各民族文学的丰厚和多姿多彩。

第二节　专题性民族文学史编写

族别文学史的成功是值得庆贺的，但是，我们不能够以此为满足。这是因为我国的民族关系密切，你中有我，我中有你，政治纽带、经济纽带、文化纽带和血缘纽带将各民族紧密地联系在一起，很难决然分开。正如《〈中国少数民族文学史〉编辑出版说明》中所说的："各民族的文学在长期的共同发展过程中，互相影响、互相渗透、互相借鉴、互相推动。各民族文学异彩交辉、相融并进，使得中国文学具有历史悠远的、多元化的民族蕴涵和极为深厚、极为丰富的民族特色。"[①] 各民族的文学之间无法分开，因此，在编写各单一民族文学史之后，综合性的专题民族文学史自然提到日程。20世纪80年代初，便进入综合性的中国少数民族文学史文学概况编写阶段，先后出版了八九种著作，其中属于少数民族文学概论性质的有《中国现代少数民族文学概论》《中国当代少数民族文学概观》《中国少数民族文学概论》《中国少数民族现代文学》《中国少数民族文学》《中国少数民族民间文学概论》《中国少数民族古代近代作家文学概论》等，属于少数民族文学史的有《中国少数民族当代文学史》《中国当代少数民族文学史论》《中国少数民族文学编年史》

---

① 《中国少数民族文学史丛书·编辑出版说明》，载李明主编《羌族文学史》，成都：四川民族出版社，1994年版，第1页。

《中国少数民族文学史》《中国少数民族诗歌史》《中国少数民族诗歌通史》等。下面详细介绍几部文学史的具体内容：

一、《中国少数民族文学》

该书作者是梁庭望、黄凤显，山西教育出版社2003年版，是普通高等学校教育国家民委重点教材。本书既可以作为委属高校相关专业教材，也可以作为民族地区和全国其他高校的教材或辅助教材。全书是按整体综合研究的构思安排的。"总论"部分阐述了少数民族文学的概念和范围，论述了少数民族文学与汉文学的关系及其地位，归纳了少数民族文学的特点。上编民间文学包括民歌（上下两章）、民间长诗、神话、民间传说、民间故事、说唱文学、民间戏剧八章，各章的结构首先是综述，简介该体裁的大致状况、演化历史、基本内容等；而后是内容分节，例如神话就分为开辟神话、推原神话、日月星辰神话、洪水神话、动植物神话、远古社会生活神话六节，每节的作品用暗线方式大致上按中华文化板块结构排列，每章的最后一节都归纳该体裁的特色。这便于读者对某类少数民族文学体裁的总体把握，培养学生的宏观思维。下编为作家文学，诗歌分为上下两章，小说和散文各一章，是按照古代和现当代的纵向分节的，每节的前后格局与上编同，都有综合介绍和特色归纳，最后两章即戏剧文学和影视文学属于现当代的文学题材，故不按历史顺序而按内容形式分类立章节。本书的特点是在整体综合研究的理念指导下，将55个少数民族的文学按体裁概括归纳其基本内容、形式和特点，力求给读者一个总体的印象。同时又在微观上重点介绍代表作，使读者在宏观上有总体印象的同时，在微观上得以补偿，得到比较具体的感性认识。在少数民族文学的概念和范围上，本书阐述得比较完整，例如关于少数民族文学的范围，上述各书都提为55个少数民族的文学，这是不完整的。本书的提法是"凡是少数民族作者所创作的文学，都属于少数民族文学。这包括群体创作的民间口头文学、民间书面文学和作家、作者个人的创作；包括远古文学、古代文学、近现代文学和当代文学；既包括55个少数民族的文学，也包括历史上曾活跃于历史舞台，后来融入其他民族的匈奴、鲜卑、丁零、党项、契丹、东南越族等古代民族的文学，同时还应当包括目前还没有识别的被称为'某某人'的族群的文学；既包括用民族语文创作的作品，也包括用汉语文、其他民族语文或外文创作的作品；既包括本民族的题材，也包括来自汉族、其他民族或外国的题材的作品"。这段话所概括的"少数民族文学"定义和范围，就比较完整了。

以上这些少数民族文学概论，在整体综合研究上都实现了不同程度的综合归纳。由于我国民族众多，民族间的分化、组合和融合也比较复杂，各民族的历史又很悠久，在漫长的历史上创造了浩如烟海的文学作品，而且始终处于活态之中，加上用的是几百种民族语言的方言土语创作，很多作品还来不及翻译为汉语文。这无疑给综合研究带来许多困难，甚至使一些学者望而生畏，这就是综合研究起步比较晚的原因之一。上述概论的突破纵深还有限，但已经迈出了可喜的一步，超越了单一民族文学研究的格局。

二、少数民族文学史论著

少数民族文学史论著主要有：《中国少数民族当代文学史》《中国当代少数民族文学史论》《中国少数民族文学编年史》《中国少数民族文学史》《中国少数民族诗歌史》《中国少数民族诗歌通史》等，其中《中国少数民族文学史》是比较全面的少数民族文学史，其他都是断代（当代）史或体裁（诗歌）史。

（一）《中国少数民族文学史》

由马学良、梁庭望、张公瑾主编，梁庭望负责组织编写并统稿。1992年面世，2000年再版。曾先后获北京市社科优秀成果一等奖，国家民委优秀教材一等奖、国家教委社科优秀成果二等奖（代表国家级）。该书是迄今国内唯一的一部全方位的民族文学史，纵向包括从原始社会文学到20世纪末；横向包括所有的文体。全书分上中下三册，正文前有马学良写的序和张公瑾写的导言，对少数民族文学的历史、内涵、特征、价值及其在中华文学中的地位进行阐述，代表了本书的主导思想。该书的构架上文已述及，这里主要阐述其主要论点和所解决的问题。关于主导思想，从历史的角度来看，过去少数民族文学只有现当代断代史，不能完整地反映少数民族文学的演化历程，因此，作为首部的《中国少数民族文学史》，必须纵贯古今，全程反映少数民族文学的发展史。从文学结构的角度看，既要充分反映少数民族民间文学的浩如烟海，又要反映少数民族作家文学的丰富多彩，两者不可偏废。既要克服认为少数民族只有民间文学的偏颇，也要克服不重视少数民族民间文学的局限。在各民族文学的取舍上，既要反映其中的佼佼者，又要顾及各文化板块的平衡，尽量让所有少数民族都有作品入选。这是因为各民族不分大小，都有自己精彩的文学作品，都应当得到反映，也体现了民族平等团结的原则。

过去的《中国文学史》，基本都是按照朝代来排列的。但这些《中国文学史》基本上是汉文学史、书面文学史，作家诗人的作品都有据可查，作品比较容易断代。少数民族文学就没有那么简单了，一方面，少数民族的民间文学比重很大，少数民族文学史不能没有民间文学，而民间文学的断代是比较困难的，要将浩如烟海的民间文学和各朝代对接，绝大部分是不可能的，因此，按各朝代排列作品，大部分都没有可能；另一方面，各少数民族的社会进程都不大相同，或前或后，很难对齐，因此，与各朝代简单对接的方案一时难以实现。但在对作品的分析中，发现其内容往往有明显的时代色彩，无论是反映奴隶社会的，还是反映领主社会的、封建社会的，都有那个社会发展阶段的特点。即便是动植物故事，也能够大致分析出其产生的社会阶段。各民族的某个社会阶段可能有先后之别，但在相同的社会阶段，却有近似的文学内容和特点。有的作品甚至是相当明显的。例如机智人物故事，其产生的时代，只要看其嘲讽对象就明白了。但要确定其产生的朝代，就非常困难了。基于此，编写组便采取了以社会发展史为演化的纵线，将《中国少数民族文学史》的纵向结构定为"原始社会时期民族文学""奴隶社会时期民族文学""封建社会时期民族文学""半殖民地半封建时期民族文学""新民主主义和社会主义时期民族文学"。每个时期的第一章为该时期社会概况和文学概况，概括该时期的少数民族社会情状和文学状况，使读者对该时期有一个总体的认识。以下按文体分章，如封建社会时期的文学从第二章起，包括民间歌谣、民间长诗、民间传说、民间故事、说唱文学、戏剧文学、诗歌、小说、历史、宗教文学、散文、文艺理论十章。每章之下按北方地区、西北地区、西南地区、华南地区、中东南地区五个板块评介。每章每节的开头都有简要的综述，以便使读者对该文体和该板块有一个总体的印象。由于五个板块基本是按照语族分布划分的，其文学的渊源和传统比较接近，因此在板块内将其各民族的文学融为一体，选择具有代表性的作家和作品进行分析评介。有的板块（节）的文学还要按内容分类。例如第三章"神话"，第一节为"北方地区神话"，其下就分为"创世神话""解释自然现象神话""征服自然神话""远古社会生活神话"四部分。这样，本书就形成了以历史为经、以文体为纬的纵横网络结构。此书有史有论，但以史为主，也就是理论比较简要，把篇幅留给作家和作品，以便弥补大多数青年学生很少接触到少数民族文学作品的缺陷，因而《中国少数民族文学史》有比较大的容量，像赫哲族、门巴族、珞巴族、怒族、独龙族、俄罗斯族、基诺族、毛南族等这些人口比较少的民族，都有作品入选。

（二）《中国少数民族诗歌史》

中南民族大学祝注先主编的第一部少数民族诗歌史，是国家民委"85"计划的一个项目，1994 年由中央民族大学出版社出版。该书上启先秦，下迄清代，跨度两千多年。全书分第一编"文人书面诗歌"；第二编"诗歌理论批评"。主要部分在第一编，按先秦、两汉、魏晋十六国、南北朝—隋唐五代十国、宋辽夏金、元、明、清分列九章。第一章到第七章的内部结构，基本按历史顺序，附当朝重要的地方政权，例如唐五代十国设立了"初唐诗歌""盛唐诗歌""中晚唐诗歌""五代十国诗歌"，后附"渤海诗歌""回纥诗歌""南诏诗歌""吐蕃诗歌"，后面四节属于地方政权诗歌。理论部分按时代分为南北朝—隋唐、宋辽金元、明清—近代三章，各章之下按民族分节。本书的特点首先是历史的跨度比较大，按中央王朝更替的历史连续性安排章节，大体上能够反映出少数民族诗歌发展的历史及其与中原历史演变的联系。每章的第一节为"概述"，简要地归纳该朝代的历史进程和少数民族诗歌状况，使读者了解该章所反映的朝代的历史背景，便于对作家和作品进行探讨。再就是所选入的诗人及其作品，比较有代表性，通过对诗人的经历及其作品的评介，使读者得到比较具体的认识，有助于对作品的欣赏和剖析。不足的是按中央王朝更替分章，反映不出少数民族诗歌独特的演化历史。又由于仅反映文人书面诗歌，下限止于清末，致使三十多个没有文字的少数民族无人入选，故而本书只是少数民族文人书面诗歌史。

（三）《中国当代少数民族文学史论》（以下简称《史论》）

李鸿然所著《史论》，分上、下册，云南教育出版社，2004 年出版，是近年重要的民族文学断代史论。全书分为上下卷，上卷"通论"共分为八章，包括"'民族文学'的概念与划分标准""民族文学与当代政治变革""民族文学与当代经济变革""民族文学与当代文化变革""民族文学的写作资源和文学关系""民族作家的心态和艺术追求""民族文学的辉煌成就与价值评估"等，从多角度、多层面地对少数民族文学进行论述，对若干重大问题作了精辟的阐明，对当代少数民族文学的创作和研究无疑是一次有力的推动。其中涉及若干比较重要的问题，书中指出，"少数民族文学"概念的确定应当是 1949 年，而不是像西协隆夫所说的"中国人到 60 年代以后，逐渐确定了'少数民族文学'这一概念"。[①] 关于"民族文学"的划分标准，李鸿然认为"正确的标准只能是作者的民族成分"。并分析了不能根据题材和作品内容确定其民族归属的理由，论述是充分的。在"民族文学与当代政治变革""民族文学与当代经济变革""民族文学与当代文化变革"等章节中，探讨了在市场经济条件下民族文学的状态和未来走向，强调西部大开发将对民族文学的格局、结构、运作方式产生重大影响，给人以启迪。

《史论》的下卷第一编为诗歌，第二编为小说，第三编为散文、民间戏剧和影视文学。著者从五千多位少数民族作家中精选出具有代表性的作家诗人二百多人，对他们的创作史和代表作品做了评介，总体上使读者得到少数民族文学丰富多彩的明晰印象。《史论》在章节的安排上，每一编的第一章为"史"，分为十七年、改革开放等三个阶段，以下按民族分章，每章的开头有个简单的综述，这样就能够做到有史有论，史论结合，论中有史，史中有论。一般在评介作家作品时，给人以强烈的印象是，著者搜集作家的作品和相关资料费尽心力，大到作家成长的时代背景，小到诗人出生的村庄，有不少材料是第一次面对读者的。在比较充分掌握材料的基础上，以严谨的态度进行评介，正负公允，玛拉沁夫在序一中称之为"兄弟式评论"。张炯在序二中指出："他的批评价值取向兼顾审美的历史的标准，又参以文化的民族的视角和社会公众接受影响的大小，因此他对作家作品的阐释和评价，不但富于独到的见解，而且切中肯綮，饶有分寸，比较公允恰当。"

（四）《中国少数民族诗歌通史》（以下简称《通史》）

梁庭望著，90 万字，中国诗歌研究中心项目，2010 年版。中国少数民族文学是

---

① 西协隆夫著：《中国少数民族文学论·序言》，何鸣雁译，载《民族文学》1985 年第 3 期。

历代少数民族人民创造的语言艺术，少数民族诗歌是少数民族文学重要的组成部分，其范畴的界定从属于少数民族文学的界定。本书的少数民族诗歌主要是作家诗，艺术造诣很高的民歌和民间长诗，蕴藏量很大，限于篇幅，仅能作重点介绍。

"两千多年来，少数民族人民以自己的审美理想为先导，用自己的聪明才智，创作了大量的诗歌，篇章繁富，灿若群星。它们是少数民族文学园地的智慧之花，后起之秀，虽然晚于原始歌谣和神话，但却有旺盛的生命力，越往后越纯熟强势，发展到现当代，已经成为少数民族韵体文学的主流。少数民族的诗人们已能舒卷自如，吟咏之间，吐纳珠玉之声；眉睫之前，卷舒风云之色。诗人感物，联类不穷。灼灼山花，浩浩林海，杲杲日出，瀌瀌雨声，茫茫草原，皑皑雪山，喈喈黄鸟，喓喓虫鸣，皆可成韵入诗，于是佳作迭出，美韵频传，积为诗的瀚海，为中华诗坛添色增辉"。① 为了尽可能反映少数民族诗歌的全貌，《通史》采用"中华文化板块结构"来建构其章节，目录如下：

绪论
第一章　古歌谣的演化
　　第一节　走进先人古歌谣
　　第二节　歌谣演化作家诗
第二章　秦汉诗歌
　　第一节　北方地区诗歌
　　第二节　西北地区诗歌
　　第三节　西南地区诗歌
　　第四节　南方地区诗歌
第三章　三国两晋诗歌
　　第一节　中原地区诗歌
　　第二节　西北地区诗歌
　　第三节　西南地区诗歌
　　第四节　南方地区诗歌
第四章　十六国诗歌
　　第一节　中原地区诗歌
　　第二节　北方地区诗歌
第五章　南北朝隋诗歌
　　第一节　中原地区诗歌
　　第二节　《木兰辞》
　　第三节　华南地区诗歌
第六章　唐五代十国诗歌

---

① 梁庭望：《〈中国少数民族诗歌史〉绪论》，载《中国当代文学研究》2006 年，第 265 页。

第一节　中原地区诗歌

第二节　北方地区诗歌

第三节　西北地区诗歌

第四节　西南地区诗歌

第五节　南方地区诗歌

第七章　宋金夏诗歌

第一节　中原地区诗歌

第二节　北方地区诗歌

第三节　西北地区诗歌

第四节　西南地区诗歌

第五节　南方地区诗歌

第八章　元代诗歌

第一节　中原地区诗歌

第二节　北方地区诗歌

第三节　西北地区诗歌

第四节　西南地区诗歌

第九章　明代诗歌

第一节　中原地区诗歌

第二节　北方地区诗歌

第三节　西北地区诗歌

第四节　西南地区诗歌

第五节　南方地区诗歌

第十章　清代诗歌

第一节　中原地区诗歌

第二节　北方地区诗歌

第三节　西北地区诗歌

第四节　西南地区诗歌

第五节　南方地区诗歌

第十一章　近代诗歌

第一节　中原地区诗歌

第二节　北方地区诗歌

第三节　西北地区诗歌

第四节　西南地区诗歌

第五节　南方地区诗歌

第十二章　现代诗歌

第一节　中原地区诗歌

第二节　北方地区诗歌
第三节　西北地区诗歌
第四节　西南地区诗歌
第五节　南方地区诗歌

第十三章　当代诗歌
第一节　中原地区诗歌
第二节　北方地区诗歌
第三节　西北地区诗歌
第四节　西南地区诗歌
第五节　南方地区诗歌

这个结构的特点是探索了少数民族诗歌发展的历程，大抵分为四个阶段：

第一阶段：古代诗歌奠基期。古代诗歌是少数民族诗歌真正的产生和发展时期，从萌发到高峰，经历了奠基期、发展期、繁荣期三个阶段。奠基期从秦汉到隋。这时期的特点是，原始歌谣向民间歌谣演化，格式开始形成，民间长诗萌发，有的民族（如彝族）甚至出现了比较系统的民间诗歌理论。最重要的变化是产生了汉文诗歌，东晋时期，氐羌人、鲜卑人、匈奴后裔、东胡人相继挺进中原，建立政权，十六国里有十三国是他们建立的，这就是氐羌羯人建立的汉、后秦、后赵、前秦、后凉；鲜卑人所建的前燕、后燕、南凉、南燕、西燕、西秦；匈奴人所建的北凉、前赵等。后鲜卑人还建立了北魏和北齐，东胡人建立了北周。这些少数民族上层入主中原以后，学习汉语汉文，渐谙汉文化，一些人掌握了汉文诗歌的格式，创作了不少反映政权频繁更替、宫廷内部钩心斗角的诗歌，为少数民族的作家诗歌发展奠定了基础。

第二阶段：古代诗歌发展期：从唐到元。唐宋元时期，朝廷开始在部分少数民族地区设立府州县学，以科举选拔人才，汉文教育得以发展。与此同时，藏族、维吾尔族、蒙古族等创造了自己的民族文字，开始用于诗歌创作。党项、壮等民族还借用汉字的偏旁部首，创造了属于汉字文化圈的民族文字，同时相应的也产生了民族文字诗歌。虽然古壮字、彝文、纳西族东巴文还不是通用的民族文字，主要用于原生型民间宗教经书的记录或创作，但这些韵文经书也是各族诗歌的重要组成部分。有了文字的条件，外加达到高峰的汉文诗歌的强烈辐射，使少数民族诗歌进入了它的发展期，产生了一批著名的诗人和相当数量的作品。与此同时，民间长诗也有了长足的发展，产生了《乌古斯汗的传说》《鲁般鲁饶》《召树屯》《兰嘎西贺》《艾尔托什吐克》等长诗。

第三阶段：古代诗歌繁荣期：从明到清（1840年）。明清时期，汉族诗词走向衰落，中华文学的主航道以小说为劲流，古典小说、言情小说、公案小说崛起，佳作迭出，中华主体文学进入了它辉煌的新阶段。但少数民族文学并没有简单地跟随主流文学运动，而是按自己的运动轨迹，从发展期诗歌的平台上再上新台阶，达到古代诗歌的繁荣期。诗是诗人智慧的光环，心潮澎湃的浪花，没有诗人便没有诗。在府州县学所铺设的科举道上，出现了一大批民族诗人，形成了庞大的队伍，据不完全统计，仅壮侗语族各族就有一百多人。入主中原的满族上层，从皇帝到大臣及地方各级官员，无不能诗。在这个队伍里，有一家祖孙几代诗人，更有家族诗人群体，并出现了类乎诗社的组织。诗作大量涌现，据云仅乾隆一人就有 10 万首之多，虽则大多是奉旨代笔，但也够惊人的了。在这个基础上，汇成了许多诗集，这是过去少有的景象。从实质上看，这些诗歌作品在技艺上有了长足的进步，无论是民族文字作品抑或汉文作品，都直逼中州，像纳兰性德这样"北宋以来，一人而已"的大家，不是孤例。民间诗歌也达到历史上的顶峰，其标志是各民族歌海形成，歌场蜂起，歌手、歌师、歌王辈出，民歌像灿烂的山花，开遍边陲。长诗大量涌现，一个民族几百部、上千部不在少数，其中包括以汉族题材创作的大量民族民间长诗。从分类上看，这些长诗包括创世史诗、英雄史诗、叙事长诗、抒情长诗、伦理道德长诗、宗教经诗、信体长诗、历史长诗、文论长诗和套歌十大类，弥补了汉文学民间长诗偏少的缺憾。

第四阶段：近代诗歌演化期。这是一个从古代诗歌到现当代诗歌的过渡阶段，一方面，本阶段的前期古代诗歌的势头仍有所延续，但后期递减；另一方面，后期白话文诗歌开始产生，预示着少数民族诗歌的新时期即将到来。19 世纪晚期，诗歌改革的先行者黄遵宪（1848—1905）艰难地探索"别创诗歌"的道路，其"新派诗"开拓了中国诗歌的新境界，其后谭嗣同等尝试新学诗，将诗歌改革又推进了一步；到康有为、丘逢甲，开创了"诗界革命"，使康有为成为诗歌改革的旗手。由"诗界革命"的推进，出现了"革命诗潮"，南社在其中起了重要的作用。而后"诗界革命"沉寂，代之以更广泛、更深刻的"文界革命"。经过"五四"运动，完成了中国近代文学民族使命。中国文学界的这一系列革命，不能不对少数民族文学产生巨大的影响，促使少数民族文学从古代文学过渡到现当代文学。这一过渡涉及的范围十分广泛，在文学思想内容上，反帝反封建成了主旋律，形成了爱国诗潮，其语言的激烈乃是客观现实的反照，也就是说，文学完成了向反帝反封建的资产阶级民主革命的过渡。在文学形式上，由古典律诗向白话文自由诗过渡；在文学结构上，由以民间文学为主向以作家文学为主过渡；在创作主体上，由民间向作家转移，再由上层文人向平民诗人转移。这一过渡的完成，对推动现代民族文学的发展有着重要的意义。

第五阶段：现当代民族文学形成期。这是少数民族文学一个新时期的开始，是在中国共产党领导下的新文学。这时期又分为新民主主义革命和社会主义革命与建设两个阶段，前者从1919年的"五四"运动到1949年10月1日中华人民共和国成立，后阶段从中华人民共和国成立至今。这时期的最大特点是诗人队伍进一步扩大，到20世纪末，55个少数民族作家文学的空白全部填补，实现了满堂红，标志部分民族无作家文学的历史得以终结，这是一个了不起的成就。文学的内容、形式和运作方式全面更新，少数民族诗人基本掌握了白话文诗歌的特点，现代诗歌全面领衔，汉文格律诗基本退出诗坛。同时，民间诗歌无论是民歌或民间长诗，都处于萎缩状态，教育的发展尤其是"普九"的推行，越来越多的少数民族青年掌握了书面文学的创作技巧，作家文学勃兴，逐步取代了民间文学的创作，历史上少数民族文学以民间文学创作为主的局面正在让位于作家文学的创作，民间诗歌正在让位于作家诗歌。这是历史的必然，也是历史的进步。而且，20世纪初正在兴起的网络文学，又正在打破民间文学和作家文学的界限，民族文学正从边缘角色转换为主流文学的一部分，与中华文学和世界文学接轨。

从以上结构看，《通史》在每阶段之下是按朝代分章的。每章之下按板块（地区）分节，每节有综述，而后对该地区少数民族的诗人诗歌逐一评介。凡是能够确定的稍有成就的少数民族诗人，均予评介，以便显示少数民族诗歌的总体面貌。

少数民族诗歌有着广阔复杂的历史文化背景，地区自然环境的差异，各族历史演化不同的轨迹，多姿多彩的民族风情，异彩纷呈的方言土语，长期孕育的审美情趣，与汉文学的互动，与周边国家民族的频繁交流，都对民族诗歌产生多角度、多层次的影响。首先是题材的空前广泛和主题的多元。几千年来，民族地区在社会演进中经历了前资本主义的所有社会形态，而同是一种社会形态，又往往表现出不同的特质。游牧民族的社会生活和稻作民族的很不一样，所有这些，都使民族诗歌有很大的社会容量，表现出不同时代、不同境遇的不同是非、爱憎、理想和愿望。对生存环境的艰苦开发，对民族生存的顽强拼搏，对幸福生活的憧憬，对自由的向往和追求，对爱情的热烈和坚贞，对丑恶的抨击和鞭挞，对国家统一和民族团结的赞颂，成了民族诗歌强劲的主旋律。以汉文创作的作品，则反映了中原的历史风云和边疆与中原腹地的关系。

第三节　整体性民族文学史编写

在专题性民族文学史的编写到一定的阶段，必然要考虑到少数民族文学与汉文学的关系问题。毕竟少数民族文学研究的最终目的，是反映中国各民族文学的血肉相连，你中有我、我中有你的交往交流交融的历史。20世纪90年代开始，汉文学与少数民族文学的关系提上日程。首先启动的是中国社会科学院文学研究所的《中华文学通史》，随后是中国社会科学院少数民族文学研究所的院级"九五"重点项目《中国南方民族文学关系史》，跟着是该所的《中国各民族文学关系研究》。三部著作将中华文学关系史的研究向前推进了一大步。

一、《中华文学通史》

由张炯、邓绍基、樊骏主编，1994年启动，1997年由华艺出版社出版。全书分10卷，五百多万字，是中华人民共和国成立以来规模最大、涵盖最全的一部中国文学史。全书分为三编："古代文学编"包括"先秦秦汉文学"16章，"魏晋南北朝文学"14章，"隋唐以前的少数民族文学"两章，"唐五代时期文学"21章，"宋辽金文学"21章，"元代文学"21章，明代文学32章，清代文学29章，总共156章。"近现代文学编"包括"近代文学"26章，现代文学27章，共53章。"当代文学编"按文体分，包括儿童文学4章，诗歌17章，小说29章，戏剧8章，电影文学4章，散文11章，文学理论批评10章，总共83章。全书292章。这部长达10卷本的《中华文学通史》，其特点首先是有比较明确的指导思想。由张炯执笔的导言，注意到了中华文学结构的多元性和完整性，给这部大著作定下了如下的基调："我国是世界上具有几千年连绵不断的丰富多彩文学传统的少数国家之一，历代我国文学的出色成就，都是构成中华民族的各兄弟民族所共同创造的。"① 他进一步指出："在漫长的历史过程中，生存于今天中华大地的古代各民族既互相征战，也互相交融，政治、经济、文化都不断有密切的来往，随着子孙的繁衍，有些民族迁移了，有些民族出现了分支，于是便逐步形成了构成今天中华民族的汉、满、蒙古、回、壮、藏、维吾尔、哈萨克、朝鲜等56个兄弟民族。在漫长的历史过程中，各民族都对中华文化的发展做出自己的贡献，也都为辉煌的中华文学不断增添耀目的光辉。"② "进入近现代，各民族文坛人才辈出，特别是中华人民共和国成立后的社会主义时期，随着民族平等、民族团结的真正实现和各民族经济、文化的迅速发展，迄今56个民族差不多都拥有自己相当数量的作家群。他们以各具民族风采的文学创作，为丰富和发展我国文学做出新的贡献。"③ 从这段话看，主编的指导思想是清楚的，与过去一般《中国文学史》相比，在认识上跨度是很大的。其次，根据当时掌握的材料，在布局上尽量关照少数民族文学。少数民族文学单独安排了四十多章，还有几章是将汉文学和少数民族文学融合在一起的。隋唐以前的少数民族文学安排了"十六国与北朝文学"上下各1章，仍以汉文学为主；南方少数民族文学安排了两章。唐五代安排3章，即"《巴协》与吐蕃时期的藏族文学""突厥碑铭文学""南方少数民族文学"。宋辽金7章，即"辽和西夏文学""金代文学""早期蒙古族诗歌""维吾尔族古典名著《福乐智慧》""南方少数民族文学"（上中下3章）。元代也是7章，即"《蒙古秘史》""蒙古族叙事诗""藏族英雄史诗《格萨尔》"

---

① 张炯、邓绍基、樊骏：《中国文学通史》，北京：华艺出版社，1997年版，第1页。
② 张炯、邓绍基、樊骏：《中国文学通史》，北京：华艺出版社，1997年版，第2页。
③ 张炯、邓绍基、樊骏：《中国文学通史》，北京：华艺出版社，1997年版，第3页。

"《萨迦格言》与藏族格言诗""早期突厥语民族的英雄史诗""南方少数民族文学""傣族贝叶文学的繁荣",另在"元代诗文"(上中下)3 章里介绍了五位少数民族诗人。明代 8 章,即"蒙古族英雄史诗《江格尔》""藏族史传文学与诗歌""维吾尔察哈台文学""柯尔克孜族英雄史诗《玛纳斯》""哈萨克族史诗与民间叙事诗""南方少数民族民间文学""南方少数民族经籍文学""南方少数民族文人文学"等。清代 12 章,即"翟黎里与维吾尔文学""藏族传记文学《颇罗鼐传》""藏族作家文学""满通古斯民族神话""满族传说《尼山萨满传》""赫哲族说唱文学'伊玛堪'""藏戏""南方少数民族文学"(上中下),《红楼梦》一节虽然承认曹雪芹祖上加入满族,但对作品中的满族文化没有提及。古代部分有的章节评介的是少数民族诗人,如介绍陶潜、刘禹锡和蒲松龄的专章,但都不标他们是少数民族。近代 5 章,即"蒙古族文学""尹湛纳希""满族文学""维吾尔族文学""南方少数民族文学"。现代很少,只有两章,即"北方少数民族的现代小说""南方少数民族的现代文学",但在第十五章的第一节中,以少数民族作家身份介绍了沈从文。当代只有几章,即"当代少数民族诗人的成长""少数民族小说家""反映兄弟民族生活的剧作家",在其他章节中,也有介绍个别少数民族作家的。从所安排的章节来看,编者是在努力扭转过去的《中国文学史》不重视或根本忽视少数民族文学存在的缺憾,凡是掌握了的少数民族文学材料,都尽量安排章节。表明本书的编委在写作过程中,已经在对待少数民族文学上有了的共识。最后,所设立的少数民族文学各章节,材料都比较扎实,分析也比较稳妥,大多能够抓住核心,即体现其作为少数民族文学的民族特点和文化氛围。例如在介绍沈从文时,对他的家庭中的苗族、土家族血缘没有回避,而且比较详细地分析他在成长过程中地域民族文化的熏染,为他后来多倾心于边隅乡土题材铺垫了扎实的背景。也让读者比较容易理解他的心声:到城市几年仍然"苦苦怀念我家乡那条沅水和水边的人们,我感情同他们不可分。虽然也写城市生活,写城市各阶层人,但对我自己的作品,我比较喜爱的还是那些描写我家乡水边人的哀乐故事"。①

当然,作为第一部这样的大部头,不可能一下子完美。总体上看,汉文学与少数民族文学如何才能够融为一体,许多问题尚待研究。所收入的少数民族作家及其作品,还不平衡、不完整。由于对少数民族作家诗人过于谨慎,不少达到入选的汉族作家水平的少数民族作家仍被排除在外。

二、《南方民族文学关系史》

《南方民族文学关系史》(刘亚虎、邓敏文、罗汉田)是中国社会科学院重点课题,1995 年启动,2001 年由民族出版社出版。本书的特点首先是按南方民族文学与汉文学关系演化的历史排列,全书凡三卷,上卷《先秦秦汉魏晋南北朝卷》(刘亚

---

① 沈从文:《自我评述》,载《沈从文别集·凤凰集》,长沙:岳麓书社,1992 年,第 78 页。

虎著),中卷《隋唐十国两宋卷》(邓敏文著),下卷《元明清卷》(罗汉田著),互相衔接,很有次序地展示南方文学关系的历史进程,时间跨度长达两千多年。其章节的设置,既体现文学关系自身演化的规律,又大体上与中央王朝的更替相吻合,故而史的阶段性和连续性得以显示。其次,各卷章节的设置,选择了重点的作品或文学现象,具有一定的代表性。上卷包括"文学艺术的起源与原始歌谣""《山海经》等古籍中的神话""《诗经》""屈原与楚辞""《庄子》""与自然斗争神话""汉赋与其他诗歌""汉代文献与画像中的神话""魏晋南北朝史籍与志怪小说""南方民族原始性史诗与英雄史诗雏形""魏晋南北朝诗文与诗论"十一章,都是文学关系当中不能回避的问题。如研究楚辞,如果不研究其与当时江汉、五溪、零陵少数民族风俗的关系,许多问题是说不清的。中卷"隋唐十国两宋卷",设置了"南方民族文学交流的使者""南方各族的汉文创作""南方民族与南国诗风""宋词寻根""南诏大理国多民族文学关系""歌谣体系""史诗杂糅""传说的相互借鉴"八章。从宋开始,南方少数民族的汉文诗词开始发展起来,其根源在于中原名士将汉文化传播到南方各族当中;词是宋代代表性的文学样式,故词的来源非常值得探讨;南诏大理国存在数百年,与中央王朝关系在文学上多有表现……这些在南方文学的关系里都是比较重要的问题,值得研究。下卷"元明清卷"包括"傣族民间文学与佛经文学的交流""南戏传奇在南方少数民族地区的流传""四大传说在南方少数民族地区的变异""南方少数民族民间文学对明清小说的接受""中原文化与南方少数民族书面文学的关系""地方戏曲对南方史诗和戏曲的影响"六章,抓住了这两个朝代汉文化对南方地区少数民族强烈辐射产生的效应,找到了南方少数民族文学的面貌发生了很大变化的根源,这对研究当时南方少数民族与中原和汉族的关系,很有意义。再就是分析研究有创见,因为要揭示文学关系,就必须深入解剖文学的深层结构,寻找其内部发生演化的根源。所谓文学关系主要是指少数民族文学与汉文学的关系,也就是汉文学对少数民族文学的影响和少数民族文学对汉文学的影响,少数民族之间文学的互相影响涉及较少。关于汉文学对少数民族文学的影响即强烈辐射,这是已经公认的,并且也作了比较充分的探讨。《南方民族文学关系史》对此也作了比较深入的阐述。中卷的"南方民族文学交流的使者""南方各族的汉文创作""南方民族与南国诗风""传说的相互借鉴"章节,下卷的"南戏传奇在南方少数民族地区的流传""四大传说在南方少数民族地区的变异""南方少数民族民间文学对明清小说的接受""中原文化与南方少数民族书面文学的关系""地方戏曲对南方史诗和戏曲的影响"等章节,都是阐述汉文学对少数民族文学的影响的。"南诏大理国多民族文学关系""歌谣体系""史诗杂糅""傣族民间文学与佛经文学的交流"等章节主要阐述少数民族之间的文学关系。三卷书最有价值的部分是对汉文学对少数民族文化和少数民族文学的吸收作了比较集中的阐述,其中有不少独到的见解。例如上卷,分别从《山海经》《诗经》《楚辞》《庄子》《汉赋》《桃花源记》《八阕》、汉代文献、魏晋南北朝志怪小说等古典著作中,找到了少数民族文化和文学的影响，具有开拓性的意义。作者指出：《山海经》中的《海内南经》《大荒南经》《海外南经》《海内北经》《海外北经》《大荒北经》《海外东经》《西山经》《北山经》等，实际反映的主要是周边少数民族的图腾神话。《大荒南经》云："南海渚中有神，人面，践两赤蛇。"《说文·虫部》释"蛮"："南蛮，蛇种。"著者引了南方越人、三苗集团和西南民族的习俗和图腾神话，说明此条乃来自他们的祖先崇拜蛇的习俗，这是有依据的。壮族就有著名的短尾蛇传说，通称龙母传说，《三月三歌节》就来源于广西大明山下壮族蛇部落的祭祀短尾蛇（图腾节日）习俗，这条短尾蛇在陶渊明的《搜神后记》中称为"特掘"，正是壮语短尾蛇daeggud（tak^{8}kut^8）的汉字音译。《海外南经》载："羽民国……其为人长头，身生羽。"著者指出："羽民国当以为以鸟为图腾、以羽为装饰的民族。"这包括南方越人和西南民族。越人最早崇鸟，壮族人文始祖布洛陀的壮语意思是"鸟部首领"或"鸟部头人"，也就是鸟部的酋长。在壮族古代的铜鼓上，就常常有众多羽人的文饰。关于《诗经》，著者指出："《诗经》基本上是北方地区的诗歌，但也与南方民族相关。"如《诗经·大雅·绵》诗云："爰及姜女，聿来胥宇。"说明周人曾与姜人联姻，其诗风受到姜人影响。又如，《诗经·国风》里描绘的一些习俗，与苗民相近，其复沓手法，至今仍可以在苗族的民歌中找到其根。著者举《诗经·陈逢·东门之杨》例，其复沓手法与苗族民歌《有歌我俩积情唱》何其相似。著者经过比较之后，指出："'溱洧之风'与南方少数民族的歌节歌圩当有相同的历史文化背景，以致共同的源头。"其共同的源头应为古代上巳节风俗。虽在汉族中已经消失或发生变异，但在南方民族中依然盛行，"并孕育出许许多多优美动人的民间诗歌"。"屈原与楚辞"一章首先对楚地的南方民族文化做了比较详细的探讨，而后引出楚地巫风对屈原的影响，最后用较多的篇幅论述《九歌》《招魂》《天问》《离骚》与南方各族的祭歌、巫舞、古歌和巫术的关系，论证了楚辞上述诗篇所受的深刻影响，探讨了这些作品的文化根源，指出："楚辞所开创的中国诗歌浪漫主义在楚这块蛮夷之地形成，具有某种必然性和深远意义。它是中原地区已兴起的理性精神与楚地巫风相结合的产物，其中楚地诸民族的原始思维机制、原始文化氛围、原始艺术形式起了重要的作用"。[①] 这个结论是正确的。

中原古籍与南方少数民族神话的关系，书中有不少精彩的论述。例如盘古神话，其记载的顺序是：三国徐整的《三五历纪》，南朝任昉的《述异记》，明董斯张的《广博志》，清马马肃的《绎史》（引《五运历年记》）。《述异记》明确指出盘古神话最早流传方位："今南海有盘古氏庙，亘三百里，俗云后人追葬盘古之魂也。桂林有盘古氏庙，今人祝祀。南海中有盘古国，今人皆以盘古为姓。"著者指出，徐整以前，中原未见有盘古神话的记载。而时至今日，古越人的后裔壮侗语族诸族中仍有活态的盘古神话和相关祭祀活动，桂中至今仍有不少以盘古命名的山峦、洞穴

[①] 邓敏文：《南方民族文学关系史·中卷：隋唐十国两宋卷》，北京：民族出版社，2001年，第192页。

和庙宇。这说明,盘古当是壮侗语族民族的神话,扩大来说,是古代越人的神话。有学者认为,徐整活动于越人地区,后来将其带到中原的,有这种可能,但也可能还有别的渠道。因为在汉武帝时期,曾经有三次民族迁徙,即三次将越人迁入中原,同时将中原人对调到越人地区。迁入中原的越人把盘古神话带到中原是很自然的。

关于词的母胎,上文在唐初十部乐里已指出主要是北方民族的民间舞乐,词的结构源于北方少数民族民间长短句曲词。《南方民族文学关系史》中卷的第四章,则从词与南方少数民族的关系论证"词根生南国",这使我们对词的产生又有了更全面的了解。本章从词牌名称、南方少数民族音乐的北传、南方诗人对词的特殊贡献、词为"艳科"所反映的南方民族风情等方面,论证南方少数民族对词的贡献,理可服人。从词的母胎及其成长过程可以看出,在中国历史上,不只是汉文学对少数民族文学的单向辐射,少数民族文学对汉文学也同样产生影响。这种影响是双向的,多层次融合的,它反映了中国"你中有我,我中有你"的民族关系。

三、《中国各民族文学关系研究》

这是中国社会科学院少数民族文学研究所的"国家社科基金重大项目",全称是"中国各民族文学的贡献及其相互关系研究",成书后名为《中国各民族文学关系研究》(以下简称《关系研究》),分为"先秦至唐宋卷"和"元明清卷",郎樱、扎拉嘎主编,贵州人民出版社,2005年版。关于中国各民族文学关系研究,国内已经有若干成果,除上面所举,还有《蒙汉文学关系史》《民族融合与中国古代文学》等,都有一定的成就。但是,就包括民族之多,涉及作家和作品之全,理论探索之深来说,当数本书。全书是用比较文学理论贯穿起来的,不过这是中国化了的比较文学理论,不是法国的影响研究或美国的平行研究,而主要是国内不同民族之间的文学比较研究。但在实际操作上,与美法各学派并没有太大的差异。本书虽然按朝代排列,但不是史,而是选取具有代表性的个案进行研究,是一部旨在深入到文学关系的深层结构进行重点突破的著作。其所选择的突破点,都是中国文学关系史上比较重要的问题,需要深入进行探索的。例如"先秦至唐宋卷",选择的是"夏商周族群神话与华夏文化圈的形成""少数民族口头神话与汉文文献神话的比较""魏晋南北朝的民族融合与北方文学的发展""唐代民族融合及其对唐诗创作的影响""南诏大理国多民族文学关系""辽金时期各民族文学及其互相影响""唐宋时期西域各民族文学关系""少数民族音乐对词乐的贡献"等九大问题,每一个问题都是唐宋及其以前中国文学史上无法回避的。例如,唐诗将中国的诗歌推到高峰,其发展过程是否受到少数民族文化的影响,历来极少有人去探索。又如,唐宋时期,伊斯兰教经过20年的强力传播,取代了佛教,这一过程对西域的民族文学关系产生怎样的影响,亟须揭示。"元明清卷"选择的是"(元代)接受群体之结构变化与文学的发展""民族文化交融中的《蒙古秘史》""北方少数民族汉文创作群体的崛起""多元文化背景中的回族文学批评家李贽""《赤雅》——南方少数民族文学魅力的生动写照""南方少数民族汉族题材民间叙事长诗的兴起与发展""满汉文化交融的结晶——《红楼梦》""清代满族汉语文学创作""汉文小说满文古旧译本书目述略""文学传播中的主题选择与创新""蒙藏《格斯(萨)尔》关系探略""汉族文学影响下南方少数民族戏剧文学的发展""刘三姐传说在南方多民族中的流传与变异""清代南方少数民族的汉文诗词创作"14 个方面,也都是亟须廓清的大题目。例如,历史上对《赤雅》褒贬各异,甚至贬多于褒,到底是怎么一回事,需要澄清。总之,《中国各民族文学关系研究》所选择的题目,对揭示中国文学的关系,极有价值。

  从所选择的切入点来看,《关系研究》涉及三个层面的问题:第一个层面是少数民族文学之间的关系;第二个层面是少数民族文学与汉文学关系;第三个层面是中国少数民族文学与周边国家民族文学的关系。三个层次都需要通过比较文学的方法寻求揭示它们之间关系的历史和内涵。三个层面当中,以少数民族文学与汉文学关系为重心。三个层面并非决然分开,而是交织在一起,形成内外混融的状态。这么多的民族共居一隅,彼此文化频繁交流,使西南文学呈现出少有的多元现象,从而造成了民间文学的五彩缤纷。南诏大理时代,上层已经学会了创作汉文诗,第一首七律便是由南诏王隆舜的清平官杨奇肱所作。《关系研究》指出:"南诏大理各族文人的汉文创作,为大理地区汉文创作的繁荣发展奠定了基础。"[①] 但汉文创作毕竟还是少数,仍然是民族民间文学领衔。各族民间文学互相吸收,互相渗透,互相融合,加上佛教的传入,与佛教相关的宗教文学又给这一地区的民间文学增加了异域色彩。作为文学思维中枢的意识形态,在南诏时代是多元的,因而"在南诏时代的文学作品之中,其中包括了原始宗教、道教、佛教、儒教对南诏各民族风物传说的影响"。[②] 再如白族的本主崇拜,其本主神来源是多元的,"有的来自自然之神,如苍山神、水泉神、龙王等;有的来自为民除害的英雄人物,如杜朝选、段赤城、孟优等;有的来自受人尊敬的忠孝节烈,如阿南、慈善夫人等;有的来自帝王将相等历史人物,如细奴逻、世隆、赵善政、段宗榜、段思平、杜光庭、郑回、李宓父子、傅友德等。这些'本主',都有与之相关的故事,通称'本主'故事"。[③] 这些本主神多数来自本民族文化,部分来自彝族等其他少数民族,也有的来自汉族,如曾率军攻南诏招致全军覆没的唐将李宓,他的儿子也被供为"本主"。因此,本主故事也就成了白族、彝族、纳西族等多民族故事的汇集。

  关于汉族文学对少数民族文学的影响,"北方少数民族汉文创作群体的崛起""南方少数民族汉族题材民间叙事长诗的兴起与发展""清代满族汉语文学创作"

[①] 郎樱、扎拉嘎主编;邓敏文(等)撰稿:《中国各民族文学关系研究·先秦至唐宋卷》,贵阳:贵州人民出版社,2005 年,第 301 页。
[②] 郎樱、扎拉嘎主编;邓敏文(等)撰稿:《中国各民族文学关系研究·先秦至唐宋卷》,贵阳:贵州人民出版社,2005 年,第 305 页。
[③] 郎樱、扎拉嘎主编;邓敏文(等)撰稿:《中国各民族文学关系研究·先秦至唐宋卷》,贵阳:贵州人民出版社,2005 年,第 308 页。

"汉文小说满文古旧译本书目述略"等章节都做了深入的阐述。但在《关系研究》中比较多的篇幅，是研究少数民族文学对汉文学的影响。"唐代民族融合及其对唐诗创作的影响"一章，论证了唐诗所受的少数民族文化的影响，使人为之惊愕，也为之一振。唐诗是汉族文学史上诗歌发展的高峰，很少有人想到这与少数民族有什么关系，这章猛然提出这个问题，会促使人探个究竟。此章首先探讨了"隋唐制度的渊源及李唐皇室的血统"，指出其制度有三个来源，即"一曰（北）魏、（北）齐；二曰梁、陈；三曰（西）魏"。① 此三源全部是鲜卑与汉文化的混合，特别是（北）魏、（北）齐、（西）魏，是以鲜卑人为主造就的制度。至于血统，朱熹曾有"唐源流出于夷狄"②的说法。李渊祖上本为汉族，但他的母亲独孤氏是鲜卑人，后来又娶鲜卑女子窦氏为妻。李世民的身上有一半是少数民族血统，而他又娶鲜卑女子长孙氏为妻。制度的混合和血统的混合对唐朝产生了五大影响：一是对少数民族的政策比较开放，比较正确。如不强迫同化，不掠其人为奴，不排斥其宗教等；二是对各族贵族不分彼此，同样信任，中唐以后少数民族为相很普遍；三是政治思想比较宽松，在融合南北文化、各民族文化方面比较积极，亦比较通达；四是突破传统礼教，保留鲜卑母权制遗风，且"闺门失礼之事不以为异"③，父皇可以把小妾转赠皇儿；五是世俗民风转移，衣食住行都受北方少数民族影响。如长孙无忌"以乌羊毛为浑脱毡帽，人多效之"。④ 由此而引起唐代诗人的诸多变化：(1) 许多著名诗人出身于少数民族，白居易是龟兹人后裔，元结、元稹、独孤出于鲜卑，刘禹锡出于匈奴。甚至李白的民族成分也发生争论，胡怀琛认为是突厥化的中国人，陈寅恪认为"本为西域胡人，绝无疑义兮"。⑤ 詹锳说是胡商之后。裴斐认为，在唐代连皇帝都有一半血统是少数民族，一个诗人出身于少数民族又有什么奇怪，也不会影响其伟大。到是今人耿耿于怀。不管李白出身于何族，他出生的那块土地当时是中国的土地，他周围尽是胡人，小时受那里的少数民族文化深刻影响是必然的，其豪放的性格不似儒学之后。(2) 唐代诗人胸襟宽广，不那么讲究华夷之辨。诗人对边塞的向往和歌颂甚于前代。(4) 多染夷风，行为放纵。诗风因之发生很多变化，李白的超群脱俗不说，就是杜甫也深受民族文化的影响：①杜诗中出现了许多西域地名、族名和国名。②杜诗涉及许多西域风物。③多涉及西域音乐舞蹈。④涉及西域神话和典故。⑤多涉及西域胡人习俗及性格。⑥多涉及边塞战争。李杜尚且如此，其他诗人受少数民族文化的影响，自不待言。又刘禹锡所改编的《竹枝词》，风靡全唐。对唐诗所受的少数民族文学和文化的影响，一般而言，人们或许并不否认；但是，

---

① 郎樱、扎拉嘎主编；邓敏文（等）撰稿：《中国各民族文学关系研究·先秦至唐宋卷》，贵阳：贵州人民出版社，2005年，第227页。
② 郎樱、扎拉嘎主编；邓敏文（等）撰稿：《中国各民族文学关系研究·先秦至唐宋卷》，贵阳：贵州人民出版社，2005年，第228页。
③ 《朱子语类》卷一百一十六。
④ 《新唐书》卷三十四《五行志》。
⑤ 陈寅恪：《李太白氏族之疑问》，《清华学报》10卷1期，1935年1月。

像《关系研究》中所阐述的影响达到如此广泛和深刻的程度,恐怕是人们始料不及的。但事实就是如此,在少数民族文学和汉文学的双向渗透中,彼此交融。

《关系研究》中精彩的一笔,是用一种全新的思维和角度探讨《红楼梦》。《红楼梦》太有名,谁不想自个儿占有她,但就是难以做到。究其原因,首先"八旗制度最重要的成果之一,是北京特色满族文化的形成"。这种文化既有别于入关以前的满族文化,也有别于满族入主中原之前的北京汉族文化。而北京满族文化的主要内容,是当时的贵族生活。这种生活体现为"有闲性",它源于满族文化的传统,即将狩猎生产活动和充满游戏趣味性,以及通过狩猎发展人的体能、协作精神巧妙地融合在一起。北京满族文化的基本特征是兼容,也就是兼容满汉文化。一方面,八旗制度使入京的满族保存自己的生活圈,例如蓝靛厂的满族火器营,就是这样的生活圈,在这里,努力保存满族的语言、文化、礼仪和生活习俗;另一方面,满族贵族既要做统治者,因此他们不得不学习汉文化,熟悉汉文化,吸收汉文化,这样才能够服人,代表中国皇权的正统。正是这样的历史文化背景,为《红楼梦》提供了丰富的社会生活和文学资源。但也并非人人都能够利用这种资源,这还得看个人成长的环境和天赋,曹雪芹正是具备了这样的家世和个人的天赋。曹雪芹是经过十年以泪碾墨的痛苦,才写成这部巨著的前 80 回的,书未写完,泪尽而逝。那么,《红楼梦》是属于满族文学还是汉族文学呢?作者是满族还是汉族呢?《关系研究》提出了与众不同的观点,从族源上来说,曹雪芹是汉族;从数代是皇族"包衣"来说,他是满族。文中指出:"曹雪芹的家世与生平说明,无论他属于满族还是属于汉族,他所受的文化影响都是双重的。说他属于满族,并不能减少他所受到的汉族文化的影响。说他是汉族,也丝毫不能否认他所受到的满族文化的影响。没有汉族悠久的历史与文化传统,从固有的满族文化根基上是不会诞生《红楼梦》这样作品的。没有清代满族八旗那个特殊生活环境,没有曹雪芹那特殊的身世,以及回到北京后的那段生活,同样不会诞生《红楼梦》这样的作品。既然曹雪芹在生活中兼有满汉两个民族的文化基因;既然在他的现实生活中,特别是在他与人们的实际交往中,已经很难分清在汉族和满族之间他究竟离谁更近一些,那么,承认他是一位同时属于满汉两个民族的作家,他的作品《红楼梦》是一部同属于满汉两个民族的文学作品,是满汉两个民族文化交融的结晶,也就是最合理的结论了。"[①] 这一"双重身份"论,既符合作者及其作品的实际,也避免了无谓的争论。这个办法,对于解决中国文学和中国少数民族文学中类似的难题,提供了一种新的视角和解决办法。

《关系研究》精彩的章节还很多,如"唐宋时期西域各民族文学关系"一章对西域文化的多元特征、西域各民族史诗的形成和发展、西域戏剧对中原戏剧的贡献等,都做了深入而全面的阐述。《赤雅》所搜集的广西民族民间文学对汉文学的影

---

① 郎樱、扎拉嘎主编:《中国各民族文学关系研究·元明清卷》,贵阳:贵州人民出版社,2005 年,第 208 页。

响,刘三姐传说在桂、粤、湘、滇、琼、赣、闽、台的传播和变异等章节,都生动地论述了少数民族文学对汉文学的辐射和渗透。限于篇幅,兹不赘述。

以上是文学史编撰的三个阶段,即族别民族文学史阶段、专题性民族文学史阶段、少数民族文学与汉文学史融合统一的整体性民族文学史阶段。三个阶段基本打破了传统的中国文学史构架,将中华各族的文学史融为一体。在熔铸浑然一体的中华民族文学史的道路上,我们还要不断提供研究理论与实践案例。

第八章　民族文学改编与创作

搜集整理和改编创作是 20 世纪五六十年代中国少数民族文学领域的重要文学话语。搜集整理并不只是文学资料的简单获取和汇总，而是民间文学知识生产的一种方式，它融入了民间文学工作者的学术思考和问题意识，有助于进一步提高了民间文学的学科意识、学科地位及社会作用。改编创作是基于搜集整理基础上，对文学资料的再利用，属于文学知识的再生产，是一个植入了改编和创作主体的主观思考、遵循国家文艺政策规约和受特定社会历史话语制约的文学生产过程。

第一节　少数民族文学的改编创作（1949—1979 年）

从 1949 年到 1979 年，中华人民共和国走过了不平凡的 30 年。其中，又可以分为两个阶段：1949—1966 的"十七年时期"，中国民族文学迎来了春天，民族民间文学和各民族作家文学创作开始登上历史舞台，尤其是民间文学的搜集整理和改编创作取得了可喜的成绩，极大地丰富了人民群众的精神文化需求；1966 年以后，由于社会政治运动，作为学术研究和文艺服务的民族文学亦停滞不前，甚至受到了较大破坏。有鉴于此，本节重点论述 1949—1966 年间中国少数民族民间文学改编创作的文化现象。

中华人民共和国成立以后，在中国共产党的坚强领导下，人民当家作主，各民族在政治、经济、文化等各方面实现了平等，团结进取，积极投身社会主义统一多民族国家的各项事业建设之中。党和国家高度重视民族文化与文艺事业发展，在文化政策上，接续延安解放区的文艺政策，坚持以人民为中心，加强民间文学和文化工作的领导；在文化实践上，在民间文学领域开展了规模浩大的搜集整理工作，通过派出相关工作组，深入全国各少数民族地区，加强搜集、记录和整理民间口头文学资料，有力保护和传承了各少数民族的文学艺术。正如贾芝所言："我们发掘这宗民族文化遗产，同时注重采录新的民间创作，清理和研究它的发展过程，目的无非是：一为发展民族新文化；二为提高民族自信心。"[①] 具体而言，一方面发掘和培养了一大批各民族的歌手和故事家，提高了民间文学的地位，增加民族的自信心和自豪感；另一方面，党和国家有关文化部门，各省区市文联和民间文艺家协会等团

---

① 贾芝：《谈各民族民间文学搜集整理问题》，载《文学评论》1961 年第 4 期。

体获得了较为珍贵的少数民族民间文学的第一手资料，有利于丰富和发展少数民族文学事业，为日后的中国民族文学发展与研究奠定了坚实基础。

1949年中华人民共和国成立以后，在国家文化政策的统一规划下，自上而下的民间文学搜集整理工作拉开了序幕。随着各民族社会历史情况调查、民族识别、1958年的新民歌运动、"三选一史"（民间故事选、民间叙事长诗选、民间歌谣选、少数民族文学史）编写，经过中国社科院和国家民委系统的搜集整理，西南地区云南、贵州、广西等多民族聚居省份的民间文学搜集整理，中南地区湖南、湖北等民族地区的搜集整理，西北地区三大史诗及东北三省民间文学搜集整理，均取得了显著成绩。限于篇幅限制，本节仅以云南民间文学搜集整理为例，略做介绍。

一、民间文学改编创作的基础

20世纪50年代，云南省主要开展了3次大规模的民族民间文学搜集整理工作，打开了云南民族民间文学资源宝藏，也为民族文学改编创作提供了雄厚的资源。这一时期，中共云南省委宣传部组织中国作协昆明分会、云南省文化局、云南大学、昆明师范学院、云南省文工团等组成若干民族民间文学调查队，深入全省各地发掘民族民间文学。例如，1953年，以云南省文工团为主力的圭山工作组赴路南（今石林县）彝族撒尼人地区搜集整理叙事长诗《阿诗玛》，美丽、善良的"阿诗玛"形象从此深入人心。《阿诗玛》的成功搜集整理，让闪烁着"人民性"特征的民族民间文学走进了人们的视野，走向了世界，也极大地推动了民间文学搜集整理工作。1956年，又组织3个调查组赴红河、大理、思茅、丽江等地区，并初步形成哈尼、白、彝、傣、纳西等民族的民间文学情况报告，为后来撰写各民族文学史打下坚实基础。1958年，"新民歌运动"拉开序幕。云南省组织云南大学和昆明师范学院1955级学生、部分文艺干部和基层文化工作者组成一百余人的7个调查队，分赴楚雄、大理、丽江、德宏、西双版纳、红河、文山等地，按照"全面搜集、重点整理、大力推广、加强研究"的"十六字方针"，对各民族民间文学做了全面调查。彝族创世史诗《梅葛》《查姆》《阿细的先基》，纳西族史诗《创世纪》，傣族叙事长诗《娥并与桑洛》，白族故事《火烧松明楼》等一大批民间文学作品被发掘整理，成为中国民间文学史上的经典。此后，云南省又曾几次组织调查组对拉祜、傈僳、独龙等民族的民间文学作品进行调查，更加深入、全面、系统地了解各民族民间文学情况。在全面搜集整理期间，云南民族民间文学的巨大宝藏从首次发现到资源发掘，从一个民族的文学搜集整理到多民族全面翻译整理，从民间文学搜集整理到民间文学与宗教关系话题讨论，都引起了巨大反响，呈现了云南民间文学百花争妍的图景。①

---

① 刘建波：《呈现民间文学百花争妍的图景——回望云南民族民间文学搜集整理工作》，载《文艺报》2020年7月3日第5版。

与此同时，中国民间文学界开展了以《牛郎织女》整理改编为焦点的搜集整理问题讨论，即"李岳南肯定和赞赏《牛郎织女》整理编写的成功，而刘守华则批评故事中对人物心理细致入微的刻画以及对幻想色彩的去除，不符合民间作品的艺术风格"①。民间文学搜集整理讨论的核心就是民间文学整理改编与再创作问题，这个争论可以视为中国少数民族民间文学改编与创作的最早文化事件之一。

20世纪五六十年代，国家在文化领域开展了民间文学作品戏剧、电影等改编创作工作，旨在加强多民族国家认同的建构，促使各民族从文化认同上升到国家认同。其中，南方少数民族的民间文学改编创作极具特色。如云南大理白族"望夫云"神话，经过作家诗人的改编，创作了优美的同名长诗《望夫云》；云南彝族撒尼人叙事长诗《阿诗玛》，则经历了民间文学文本整理、戏剧改编、同名电影拍摄等历程；广西壮族"刘三姐"传说，则改编为彩调剧《刘三姐》。在西北各民族中广泛流传的"阿凡提"故事，也得到了进一步的搜集整理，呈现出民间故事、传说、笑话等多种文类和形态。这些具有各民族文化底蕴的民间文学资料，通过文化工作者的搜集整理和改编创作，呈现出形式多样的文艺作品形式，彰显出民间文学独具特色的文化效果，并一举闻名海内外，成为中国民间文学经典。本节简要介绍部分代表性改编创作的作品及情况。

二、民族文学的戏剧电影改编

"刘三姐"是流传于我国西南地区，尤其是广西壮族地区的一个著名民间传说。经过20世纪五六十年代文艺工作者的整理改编，先后推出了彩调剧、歌舞剧和电影等艺术形式。刘三姐以山歌为武器，揭穿地主霸占茶山的阴谋，并粉碎占有自己的企图。刘三姐与地主雇用的秀才对歌，秀才被驳得哑口无言，狼狈而逃，地主最终以失败告终。在改编创作的文艺形式中，加入了阶级话语叙事，与时代话语"共名"，刘三姐从一个"歌仙"形象，变成了反抗斗争和压迫的女性英雄。至此，"刘三姐"成为家喻户晓的人物和文化符号，人们一提起壮族文化或广西，脑海中便呈现出"刘三姐"这张亮丽的名片。

本节重点以云南彝族叙事长诗《阿诗玛》为个案，讨论和研究中国少数民族民间文学改编创作（1949—1966）的普遍情况及这类文化事件背后隐含的文化内涵。②

在中国民间文学史上具有世界性影响的《阿诗玛》，最早是在云南彝族支系撒尼人中世代传唱的民歌，随着20世纪50年代初民间文学搜集整理、京剧改编、叙事长诗出版，以及1960年《阿诗玛》电影叙事传播等一系列重要文学事件推动而

---

① 毛巧晖：《民间文学搜集整理七十年》，载《民间文化论坛》2019年第6期。
② 本节关于"阿诗玛"的相关论述内容，参见刘建波：《论彝族叙事长诗阿诗玛的经典建构（1949—1966）》，载《民族文学研究》2020年第5期。

闻名海内外。《阿诗玛》在传承发展过程中生成诸多形态的异文①，不仅体现撒尼人深厚的文化积淀，也是彝族审美理想的象征，逐渐成为民间和官方公认的民间文学经典。20世纪五六十年代《阿诗玛》翻译、搜集整理、跨传播符号与传播媒介改编，经历了从民歌到叙事诗，从搜集整理本到国庆献礼作品，再到"我们民族的歌"②。具体而言，可分为如下阶段。

1949年秋，作为中国人民解放军滇桂黔边区纵队政治部队员的杨放在路南圭山地区调查，借助于村民的彝语翻译，经个人整理后以《圭山撒尼人的民歌和叙事诗〈阿斯玛〉——献给撒尼族的兄弟姊妹们》③ 为题目，首次以汉文形式在《诗歌与散文》1950年9月号发表，共计170余行。民歌以第一人称"我"来叙述，讲述阿诗玛出生、成长、出嫁、婚后不幸和思念亲人的故事，出现"我""我爹""我妈""阿哥""阿嫂""婆婆""公公""丈夫"等人物，故事单线发展，情节单一，阿诗玛形象刻画并不突出。全文各部分均以"妈的女儿呵"开头，且反复出现，呈现彝族民歌一叹三咏的结构特征。民歌表达撒尼女性婚姻不自由、婚后受虐待、人生不幸福等传统叙事主题，隐含着阿诗玛对父母包小婚姻的无奈。

后来，朱德普到路南地区调查搜集民间文学资料，其整理本以《美丽的阿斯玛——云南圭山彝族传说叙事诗》为题发表在《西南文艺》1953年10月号。相较而言，杨放整理的《阿斯玛》是献给撒尼人的兄弟姐妹们的一曲哭嫁悲歌，朱德普整理的《美丽阿斯玛》是献给所有曾在封建社会受苦受剥削的劳动人民的一部勇于反抗、推翻压迫制度的英雄史诗。总之，朱德普整理本在《阿诗玛》搜集整理史上有承前启后的意义，其所塑造的阿诗玛形象符合当时社会主流话语及文艺体制，更加凸显《阿诗玛》作为叙述民间文艺力量的叙事策略，回应当时人民内部矛盾问题，有力助推了《阿诗玛》的经典建构。

1953年初，原云南军区政治部京剧团的京剧表演艺术家金素秋、吴枫夫妇将《阿斯玛》改编成京剧《阿黑和阿诗玛》。全剧分为惜别、抢亲、追赶、诱惑、打虎、回声等六幕。相比朱德普整理的叙事诗《阿斯玛》，京剧中人物关系出现新变化：官员海热作为媒人帮助恶霸热布拜抢走阿诗玛，强化官霸勾结欺负人民，并将矛盾从彝族内部扩展到彝汉之间。更重要的是情节发生了巨大转折，阿诗玛与阿黑的关系从原来的兄妹变成恋人，形成人为建构的"陌生化"叙事。该剧最后，彩虹出现，阿黑与阿诗玛含笑站立，让撒尼人民心向往之，整个结尾形成巨

---

① 《阿诗玛原始资料汇编》收入《阿诗玛》古彝文翻译稿八种、汉文口头记录稿十八种、故事传说七种、音乐记录稿七种。参见赵德光主编：《阿诗玛原始资料汇编》，昆明：云南民族出版社，2002年。

② "我们民族的歌"一说，最初是经云南民族学院撒尼学员讨论《阿诗玛》初稿之后提出的。参见刘绮：《撒尼人民与长诗〈阿诗玛〉——谈谈我参加整理〈阿诗玛〉的体会》，载《思想战线》1978年第1期。本文援引"我们民族的歌"，意指彝族叙事长诗《阿诗玛》由撒尼人的民间文学成为整个彝族的文化认同，并在社会主义多民族国家建设中由文化认同上升到国家文学经典。

③ 刊发原文为"阿斯玛"者，不予改动。除直接引用外，本节其余各处均用当前通用的"阿诗玛"，名称不同，但意义同一。

大张力。从特定时期观众期待视野看，很可能是编导改编中吸引眼球的关键之笔。

1953年，云南人民文工团圭山工作组在中共云南省委直接领导下，以团队方式组织《阿诗玛》的继续发掘、搜集、整理和出版工作，由云南人民文工团圭山工作组搜集整理，黄铁、杨知勇、刘琦执笔，公刘润色的《阿诗玛（撒尼族叙事诗）》。1960年4月，云南人民出版社出版《阿诗玛（撒尼族民间叙事长诗）》。通过重新整理，旨在以中华人民共和国成立十周年的成绩和经验来不断修正、完善和丰富本文内容，使《阿诗玛》成为中华民族大家庭的"我们民族的歌"。1959年，正好是中华人民共和国成立十周年，从全国范围来看，《嘎达梅林》《刘三姐》等一批反映人民反抗恶霸势力压迫和斗争主题的民间文学作品也被列为建国十周年文艺献礼作品。李广田的重新整理，让《阿诗玛》既回到彝族撒尼人中间，又能走出云南石林地区，进而走向经典化的世界。从这个意义上来说，民族民间文学因集体性特征，表现出人民大众的集体智慧、集体力量、集体贡献，具有成为国家话语表达的天然优势，重新整理本正是最大限度发挥这种优势作用并助推《阿诗玛》经典建构。

总之，在《阿诗玛》整理过程中，阿诗玛人物形象如何做到既反映撒尼人传统，体现撒尼人审美诉求，又遵循时代精神，符合当时的文艺规范，是摆在工作组和搜集整理者面前的一个现实问题。使长诗主题思想突出，更好地反映阿诗玛的人民性和斗争性，将中华人民共和国文艺体制中提倡的现实主义与浪漫主义相结合，并将原始资料中宿命论、封建迷信等倾向性材料给予排除，用"人民性"的原则主线串联起关于《阿诗玛》的故事情节，最终通过整理改编将主人公塑造为社会主义新人形象：阿诗玛是美丽、智慧、勇敢的完美化身，阿黑成为正义、强大、胜利的英雄形象。

根据同名长诗改编的电影《阿诗玛》，由李广田任文学顾问，葛炎、刘琼改编，罗宗贤、葛炎作曲，陈忠豪制片，刘琼导演，上海海燕电影制片厂摄制，并由云南人民艺术剧院歌舞团演出。该剧本在1954年创作完成，1964年完成拍摄，还没来得及公开上映就被封存长达十余年之久，直到1979年才得以面向观众公开上映。作为中华人民共和国电影史上第一部彩色宽银幕立体声音歌舞片，《阿诗玛》于1982年荣获在西班牙桑坦德举行的第三届国际音乐舞蹈电影节最佳舞蹈片奖，1995年获得首届全国少数民族题材电影"腾龙奖"故事片纪念奖。该影片将原长诗中阿诗玛和阿黑哥的人物关系由兄妹改换为恋人。地主家强行抢走阿诗玛，但处于社会底层的穷苦劳动人民不畏强权、勇于反抗阶级压迫，推翻黑暗统治的主题思想更加凸显，爱情故事和悲剧结局使电影叙事愈加成功。女主演杨丽坤扮演的阿诗玛、包斯尔扮演的阿黑两位经典人物形象从此家喻户晓。由此可见，电影以其综合的艺术形式和独特的传播效果为《阿诗玛》的经典化做出极大贡献。《阿诗玛》赢得观众的高度赞誉，取得了巨大成功，成为20世纪中国民间文学改编创作最成功的经典之一。

将《阿诗玛》的翻译、整理、改编等文化事件回放到1949—1966年的文学长河中看，民间文学与现代多民族国家建构的逻辑关系更加清晰，二者通过转换等方式实现镶嵌互动、同步发展。一方面，社会主义多民族国家体制的建立，通过把阶级叙事和新人形象植入各民族民间文学，从而出现自上而下的民间文学搜集整理运动，"可以看到中华人民共和国成立初期阶级话语与民族话语之间的缝合努力，及中国形象与人民形象的多元一体性质。"① 《阿诗玛》是中华人民共和国文艺政策指引和规范下，个人和集体参与搜集整理而生产的民间文学经典。另一方面，建构《阿诗玛》经典的过程"也体现出民间文学的包容性和开放性，具有天然接近民众的属性，因此容易被改编和创造，它还具有讲述中国故事的价值和文化统战的意义。"② 从这个意义来讲，《阿诗玛》对"十七年"文学的贡献不容小觑。当然，《阿诗玛》文学审美经典与他者建构经典之间相互作用，"在文学性的背后，总是政治性，或者说政治性本身就构成了文学性"。③

总之，20世纪50年代彝族叙事长诗《阿诗玛》参与了社会主义多民族国家的建设历程。《阿诗玛》从撒尼民歌到"我们民族的歌"的演变和形塑过程，是国家主导性意识形态对民间文学的创造性转换，从而让各民族由民族文化认同上升为多民族国家认同。《阿诗玛》经典化过程，既是塑造国家形象，又是塑造彝族形象的过程。

表格8—1　彝族叙事长诗《阿诗玛》文学艺术形式改编表

时间	名称	艺术形式	主要信息	获奖情况
1957年	《黄永玉阿诗玛插画》	绘画	10幅木刻版画，朝花美术出版社出版	
1958年	《阿诗玛》	彝剧	由圭山文化馆李纯庸和报社金云改编创作为撒尼剧	1959年参加云南省艺术节，引起巨大反响
1963年	《阿诗玛》	歌剧	周星华导演、刘炽作曲，俞德秀指挥，顾企兰、赵新主演，在辽宁歌剧院上演	

---

① 刘大先：《积极的多样性——文化多元主义的超越与少数民族文学的愿景》，载《南京社会科学》2019年第5期。
② 源自2019年6月25日中央民族大学文学与新闻传播学院主办的"现实主义的流变与精神"讲座上主讲人刘大先研究员对笔者提问的回应。
③ 蔡翔：《革命/叙述：中国社会主义文学——文化想象（1956—1966）》，北京：北京大学出版社，2018年，第15页。

续表

时间	名称	艺术形式	主要信息	获奖情况
1964 年	《阿诗玛》	电影	上海海燕电影制片厂出品，罗宗贤、葛炎作曲，陈忠豪制片，刘琼导演，杨丽坤、包斯尔主演	我国第一部彩色宽银幕立体声音乐歌舞片，1979 年 1 月 1 日，电影《阿诗玛》在全国公映
1991 年	《阿诗玛》	舞剧	云南省歌舞团演出，赵惠和等编导，万里、黄天作曲，依苏拉罕、马蕊红主演	1992 年获全国舞剧观摩演出第一名，获优秀剧目演出奖、优秀作曲奖、舞美设计奖、灯光设计奖、服装设计奖，依苏拉罕、钱东凡、陶春获最佳表演奖。1993 年获原文化部第三届文华大奖和编导、作曲、舞美、演员等单项奖；同年获中宣部"五个一工程"奖。1994 年获"中华民族 20 世纪舞蹈经典"作品金奖
2005 年	《阿诗玛新传》	电视剧	杨铸剑导演，韩雪等主演	

三、民族文学的文学创作转化

1949—1979 年期间，经过作家文人的改编，将民族民间文学再创作为作家文学作品。一大批著名作家在参与民间文学搜集整理工作中，也曾主动以民间文学资料为素材，改编创作了诸多作家文学作品，并取得了不俗的反响。较为成功的代表性作品有《望夫云》《百鸟衣》《一幅壮锦》《王贵与李香香》《孔雀公主》《嘎达梅林》，等等，现逐一简述如下。

《望夫云》是一个流传在大理苍山洱海地区的白族神话，最早文字记载见于明嘉靖年间李元阳《大理府志》卷二"古迹"之"无渡云"条："在玉局峰上，此云现出，海浪泊空，人不可见。"综合前贤研究和文献资料来看，关于"望夫云"的代表性神话有："劝丰佑女被摄""南诏公主望夫化云""白狐仙子失风瓶"等。其中，白族民间以"南诏公主望夫化云"的神话传说影响最大，其故事梗概为：南诏公主与苍山猎人相恋受阻，公主与南诏王和罗荃法师反抗斗争，恋人飞向玉局峰。后来罗荃法师施法打死猎人沉于洱海，变为石螺，公主含恨而死，怒气化为一朵望夫白云，屹立于苍山之巅，常狂风大作，直至吹开海水见到情人，云方消逝。1954年，徐嘉瑞、公刘、徐迟、鲁凝分别创作了同名长诗《望夫云》，其中公刘的《望夫云》长诗影响最大。这个文化现象，实现了民间文学资源与作家文学创作的相互利用和转换，从而实现了民间文学的文学性和审美性在作家文人笔下的再创作、再利用，形成了不同于民间文学特质的作家文学作品，供读者阅读，从而实现民族民间文学与作家创作有机融合，进一步升华文学审美的教育功能。

《百鸟衣》是广西壮族地区广泛流传的民间故事，讲述了农民古卡的妻子依娌被土司抢掠，古卡制弓箭射百鸟，并用羽毛制成神衣，借献衣之机杀死土司，最终夫妻二人驰骋离去的壮美故事。故事深刻地反映了壮族人民反抗强暴、争取自由的坚强意志。20 世纪 50 年代壮族诗人韦其麟将其作为诗歌创作资源，在《长江文艺》发表同名长诗《百鸟衣》，一经发表就被《人民文学》《新华月报》转载，成就其当代著名壮族诗人及其代表作的地位。作者自己说道："百鸟衣的故事并没有以诗歌的形式在壮族民间流传。壮族民间文学经过几十年的发掘搜集，至今也未发现诗歌体裁的这个故事。这部作品是根据民间故事而创作的长诗，而不是经过壮族民间原有的长诗整理出来的产物。"[①]

《一幅壮锦》最早是肖甘牛搜集整理，曾刊发在《民间文学》创刊号，后被改编为电影剧本。"因为《一幅壮锦》的主题贴合 20 世纪五六十年代文学的主题，即为民众塑造'美好生活'世界，当然在民间文学中增加了'民间'的想象。作家创作中的民众美好生活是通过劳动创造的，而民间文学中这一美好生活的实现多借助'仙'力，《一幅壮锦》就是通过织女完成的。"[②]

《王贵与李香香》是作家李季根据陕北"花儿"《马五哥与尕豆妹》改编而成，被称为是第一首以信天游形式写成的民歌体叙事长诗。作品以土地革命时期王贵与李香香这对农村男女青年的爱情故事为主要内容，反映了劳动人民的幸福生活与革命的内在联系。"作家很好地吸收和提升了民间文学的文化价值，它将民间文学刚健质朴的创作风格进行了完美吸收，同时又在民间文学基础上提升了自己作品的思想价值，即展示了革命对民众的必要性，奏出了时代的强音。"[③] 因此，作品成为"阳春白雪"和"下里巴人"完美结合的新作品，受到读者喜欢。后来又根据同名叙事诗改编为淮剧现代戏，实现其改编创作的多样化，并在戏剧界产生较大影响。

云南傣族地区和东南亚等国广泛流传着王子召树屯与孔雀神女婻婼娜的爱情故事。据考证，这则故事来源傣族佛教典籍《贝叶经·召树屯》，属于一部佛教世俗典籍故事，因此流传过程中产生的异文较多。西双版纳地区的傣族称为"召树屯"或"召树屯与婻吾婼娜"或"孔雀公主"，德宏傣族地区称为"婻倪罕"。经过民间文学工作者岩叠、陈贵培等的搜集整理后，于 1956 年汉译成叙事长诗《召树

[①] 钟世华编著：《文学桂军研究资料丛书·韦其麟研究》，昆明：云南大学出版社，2019 年，第 109 页。
[②] 毛巧晖：《民间文学的通俗化实践——兼论肖甘牛民间文学搜集整理研究》，载《赣南师范大学学报》2020 年第 4 期。
[③] 毛巧晖：《民间文学与作家文学——以〈马五哥与尕豆妹〉和〈王贵与李香香〉的对比分析为例》，载《民族文学研究》2008 年第 3 期。

屯》，并由作家出版社正式出版，后被译成俄文等外文在国外出版，同时还被改编为木偶戏、舞剧、电影等。由唐国强、李秀明主演的同名电影《孔雀公主》在我国电影界影响极大。该影片表现了召树屯与婻婼娜的忠贞爱情主题，反映了傣族人民的社会历史、文化生活及思想感情。由故事改编而成的木偶剧《孔雀公主》于1963年正式上映，并受到观众的喜欢。如今，国内外游客纷纷到西双版纳傣族自治州旅游观光，一旦说到西双版纳，人们就想起了"孔雀公主"。"孔雀公主"自然而然成了当地旅游文化和现代城市的一张有力名片。

《嘎达梅林》是一个关于内蒙古科尔沁旗农民起义的故事。1893年，嘎达梅林出生在内蒙古哲里木盟（今通宁市）达尔罕旗，16岁到达尔罕旗卫队当兵，曾任梅林等官职，掌管全旗骑兵卫队，后因反对达尔罕王爷和军阀开垦草原而被捕入狱。嘎达梅林在妻子牡丹的营救下越狱成功，并于1929年冬至1931年春率众起义，举行武装反垦暴动，最终战死在乌力吉木红河，终年38岁。从某种意义而言，嘎达梅林带领人民掀起反军阀、反封建的这场武装斗争，唤起了科尔沁草原人民与封建蒙古王公和东北军阀斗争的勇气，他的英雄壮举赢得了人民的称赞。从此，嘎达梅林的英雄事迹汇聚成蒙古草原的一部悲壮史诗。1950年，经内蒙古文工团陈清漳、鹏飞、孟和巴特、达木林等人搜集整理和翻译，以蒙古族叙事诗《嘎达梅林》为题在《人民文学》1950年第1期发表。"在民歌记忆的影响下，20世纪50、60年代在歌剧、京剧、电影文学、交响诗、木刻连环画等艺术作品中，嘎达梅林和嘎达梅林起义事件的记忆继续拓展。"① 至此，"嘎达梅林"成了蒙古族文化的象征符号。

从历史纵向来看，由延安时期歌剧《白毛女》到20世纪50年代京剧《阿诗玛》和彩调剧《刘三姐》，以及后来《阿诗玛》《刘三姐》的电影改编，乃至20世纪50年代《阿凡提的故事》的出版及对其木偶动画电影改编，阶级斗争主题在改编创作策略中一脉相承，通过行政力量开展"对人民的教育"并形塑认同；从汉族叙事到彝、壮诸民族的"多元发声"，政治上的多民族主体得以获得"文学共和"的确认。而从传播符号和传播媒介的变迁看，由长诗《阿诗玛》为代表的经典作品衍生的戏剧形式和美术创作，使其从文字文本衍生出舞台形象和视觉图像，"少数民族"以"可视化"形式进入公共传媒，进而实现推动统一多民族国家内部诸民族主体间的体认，借以完成"共同体"内的"想象"连接。创造性影视改编成为《阿诗玛》等民间文学经典建构的重要一环。

综上所论，1949—1979年期间的中国民族文学，"以革命的理论为指导，通过文艺批判，改造旧文艺，建立新文艺，是当时文化建设的中心任务"。② 尤其是20世纪五六十年代，在中华人民共和国民族政策和自上而下的文艺规范引导下，中国少数民族民间文学的搜集整理，戏剧、电影、文学作品等改编创作，经历了跨传播

---

① 姜迎春：《叙事民歌〈嘎达梅林〉历史记忆研究》，载《民族文学研究》2010年第2期。
② 张江：《当代中国文学批判观念史·总序》，高建平等著《当代中国文学批判观念史》，北京：中国社会科学出版社，2019年，第2页。

符号和传播媒介改编的多形态历程，这种翻译、整理、改编和创作的演替过程，体现了新型国家话语对民族文学的创造性转换，由此这些经典作品亦参与了建设社会主义多民族国家的认同形塑。这种形态转变与认同形塑过程，也正是少数民族文学经典的建构过程。1966年开始，由于特殊的社会运动，民族文学学科和其他人文学科一样也受到了较大破坏，停滞不前。这种现象一直到1976年以后才有所好转。诚然，1949—1979年的30年，是民族文学发展第一个重要阶段，具有开拓性质的意义，为今后中国民族文学的繁荣发展起到了奠基作用。

第二节　民族文学资源的多元转化（1980—1999年）

1978年，中国社会进入了新的发展阶段。"1978年，在共和国开启改革开放新征程的沸腾日子里，少数民族文学迅速摆脱'极左'思潮的束缚，迎来了灿烂的春天。""在政策、制度、组织、机构、平台、学科等方面，为少数民族文学的发展奠定了坚实基础。"① 可以说，20世纪80年代以来，民族文学进入了创造性改编和发展的繁荣时期。具体表现在以下两个方面。

一方面，"80年代中期开始，民间文学研究发生了文化学转向，它正逐步被纳入民俗学之民间文学研究中心。"② 民间文学与作家文学以及通俗文学视为是总体文学的组成部分，它们之间的关系更加紧密。因此，在民族文学作为文化资源创造转化的同时，中国民族文学的研究扩大了研究范围，更多地与民俗学和文化学相联系在一起，出现了文化学研究的重大转型，即从过去以文本研究为中心的内部研究向外部研究转变，更多关照与民族文学相关的文化领域。随着20世纪90年代中国民族文学，尤其是民间文学学科设置调整，由传统的中国文学下设划归到社会学下设，带来了民间文学学科的地位和研究的式微，当然，这也与当时的研究热潮以及研究群体有一定关系。这个社会现象，也预示和代表了中国民族文学在20世纪90年代后期资源转化的困境。当然，这并不只是民族文学面临的问题，也是一个人文学科共同的境遇。电视、电影、戏剧等这些更多带有文化公益属性的文化产品也遇到了不同程度的困难。随着国有企业的改制，使民族文学的转化，尤其是影视产业发展较为缓慢。但这些挑战也为21世纪中国民族文学创

---

① 李晓峰：《中华人民共和国70年少数民族文学：在全面发展中走向辉煌》，载《文艺报》2019年9月6日第5版。他还在文中总结道："1979年，中国少数民族文学学会成立；1980年，中国社会科学院少数民族文学研究所成立；同年，恢复不久的中国作协成立了民族文学委员会，中华人民共和国成立以来第一次全国少数民族文学创作会议召开；1981年，中国作协与国家民委成功举办了第一届全国少数民族文学评奖；同年，《民族文学》创刊，中国作协文学讲习所（1984年定名为鲁迅文学院）开设了少数民族作家班；1983年，《民族文学研究》创刊。"他将这些称为改革开放之初的事件与民族文学发展相关的大事。

② 毛巧晖：《新中国民间文学研究70年》，载《东方论坛—青岛大学学报》（社会科学版）2019年第4期。

造性转换迎来了发展机遇。

另一方面，新时期以来，随着改革开放力度的不断加大，开放程度的不断扩大，过去的计划经济逐步转变为市场经济，人们逐渐认识到文学艺术作品与文化商品之间的密切联系，民族文学和文化作为一种特殊的文化资源，越来越受到人们的重视和利用，中国作为统一多民族国家，56 个民族的文化源远流长、底蕴深厚、丰富多彩，共同构成中华优秀文化。在市场经济不断发展的时代背景下，中国各民族的文化和文学成为巨大文化资源和市场，通过现代文化商品经济的转化过程，走向了市场化道路。

本节笔者将选取几个较为典型的案例进行分析研究，呈现中国多民族文学在 20 世纪 80 年代至 21 世纪之交中国多民族文学资源转换范式，并归纳总结出一些带有规律性的结论。换言之，通过典型个案，将一些代表性的成功案例回放到当时的历史语境，从中透视中国民族文学资源转化之演进历程。

一、民间文学资源的电影转化

"阿凡提"是中国维吾尔族机智人物的系列民间故事。"阿凡提"并非人名或姓氏，而是一个尊称，意为"老师"或"先生"，是人们对有知识、有学问人的一种尊称，有时也称"毛拉"。在 20 世纪 50 年代的民间文学搜集整理中，"阿凡提"故事得以系统、全面地搜集整理。国内最早介绍阿凡提故事的材料见于李元枚选译的《纳斯尔丁·阿凡提的故事》（10 则），发表在 1955 年 7 月号的《民间文学》杂志上。1958 年由上海文化出版社公开出版发行赵世杰先生编译的《阿凡提的故事》单行本。戈宝权主编《阿凡提的故事》，1981 年由中国民间文艺出版社出版，共收录 393 则故事，是迄今为止较为全面的一个版本，具有较高的学术参考价值。[①]"阿凡提的故事"不仅在国内新疆流传，在中亚、西亚各国均有流传，中国学者先后用汉、维吾尔、蒙古、哈萨克、藏 5 种文字翻译出版了 14 种版本的《阿凡提的故事》。他头戴一顶民族花帽，背朝前脸朝后地骑着一头小毛驴的阿凡提形象早已深入人心。《阿凡提的故事》被誉为是最出色的民间创作之一，因而被列入"世界民间艺术形象"之列。

"阿凡提"作为民族民间机智人物的典型，是智慧的象征，他疾恶如仇、爱憎分明，幽默风趣。巴依老爷等剥削阶级对他望而生畏，穷苦百姓则信赖、欢迎他。他机智勇敢，善于和地主老爷等斗智斗勇，并把这些统治阶级羞辱得无地自容，为穷苦的广大劳动人民解决实际困难，赢得了人民群众的拍手称赞，代表了广大人民的心声。阿凡提的笑话和故事系列，体现了劳动人民勤劳乐观、豁达向上、富于智慧和正义，勇于向邪恶和非正义斗争精神品格，这是中华人民共和国成立以后国内掀起"阿凡提"热潮的重要原因。

---

① 可进一步参看柴剑虹：《听戈宝权谈〈阿凡提的故事〉》，载《中华读书报》2018 年 5 月 16 日第 13 版。

1980年上海美术电影制片厂以阿凡提故事为素材，制作发行了木偶动画电影《阿凡提的故事》，在中华人民共和国动画和电影发展史上产生了重要影响。这部木偶剧版电影曾荣获1979年原文化部优秀美术片奖、1980年第三届中国电影"百花奖"最佳美术片奖、全国少数民族题材电影"腾龙奖"美术片一等奖、1991年美国芝加哥国际儿童电影节一等奖等众多殊荣。影片成为20世纪80年代中国民族文学资源转换的典型代表。

木偶剧《阿凡提的故事》共有14集，分别为"卖树荫""兔送信""神医""比智慧""偷东西的驴""吝啬鬼""巧断案""驴说话""狩猎记""寻开心""宝驴""奇婚记""真假阿凡提""种金子"。每集的剧情梗概如下[①]：

《卖树荫》：财迷巴依老爷要求每一个在他家门口的树荫下乘凉的人都必须付钱。阿凡提用一袋金币买下巴依老爷家门前的树荫。阿凡提利用买来的树荫以牙还牙地教训了巴依老爷。巴依老爷只得答应阿凡提的要求，免除了穷人们的高利贷。《兔送信》：阿凡提在一个地方官手下做事，地方官对他十分苛刻。几个被阿凡提捉弄过的有钱人要报复阿凡提。他们把阿凡提送到地方官那里要治他的罪。聪明的阿凡提告诉他们自己有一只会报信的兔子。用这只兔子，阿凡提摆脱了困境，还让那个地方官受到了惩罚。《神医》：阿凡提在集市上，跟人们说他的驴子是神医。各种各样的人来找阿凡提治病。阿凡提利用他的智慧，帮助了那些有困难、有烦恼的人，也教训了那些自命不凡、傲慢无礼的人。《比智慧》：国王自以为自己是最聪明的人。他让每个村子选出一个最聪明的人，来回答他出的三个问题，答不出来的人就要杀头。阿凡提巧妙地解答了国王给出的难题，并且让愚蠢的国王自作自受。《偷东西的驴》：一个小偷偷了大家的东西，阿凡提发现小偷就是附近城市里的一个大官。阿凡提找到这位大官，不仅帮助大家找到丢失的东西，还好好地教训了一下这个无恶不作的大官。《吝啬鬼》：有一个人非常吝啬，尤其是对穷人们，他甚至不肯借给穷人钱去修房子。阿凡提见到后，装作剃头匠，捉弄了这个吝啬鬼，又用计谋让他拿出钱来帮穷人盖房子。《巧断案》：国王的财务大臣偷了国库里的金子，国王命人找出小偷。财务大臣嫁祸给两个倒霉的小偷。阿凡提利用自己的聪明才智，查出了盗窃案的真相，发现财务大臣才是真正的小偷，并把财务大臣绳之以法。《驴说话》：阿凡提和一个爱拍马屁的人打赌，一个月之内教会丞相的驴子读书。一个月之后，阿凡提做到了。之后，丞相又让阿凡提在一个月之内让这头驴子学会说人话。最后，聪明的阿凡提成功地捉弄了丞相和那个爱拍马屁的人。《狩猎记》：王子为了捉弄阿凡提，便带着他一起去打猎。一路上，王子和他的手下总是找机会侮辱捉弄阿凡提，可是每次阿凡提都巧妙地运用自己的智慧，让王子和他的手下们自作自受。《寻开心》：一位国王因为吃腻了山珍海味、看腻了歌舞表演，总是闷闷不乐。他看到阿凡提每天都能开心地唱歌，非常不高兴。于是国王三番五次给阿凡提

[①] 阿凡提的故事，360百科，https://baike.so.com/doc/1421224-1502286.html，2020-09-25/2020-11-8。

制造麻烦。最后，阿凡提和百姓们一起，用智慧把国王赶下了台。《宝驴》：苛刻的税务官总是变本加厉地向百姓征收各种各样的税。阿凡提骗税务官说自己的驴子是一头可以变金币的宝驴。贪婪的税务官受骗上当，受到了惩罚。《奇婚记》：阿凡提遇到了一位勇敢善良的年轻人。这位年轻人喜欢上了一位富人家的独生女儿。可是富人家嫌弃这位年轻人没有钱。阿凡提想出了办法，最终帮助这位年轻人达成了心愿。《真假阿凡提》：残暴的国王派人到处去抓阿凡提，可是怎么也找不到。国王派人假扮阿凡提，在百姓中破坏阿凡提的形象。这时，阿凡提出现了。他在比赛中揭穿了假阿凡提，并且让国王的阴谋落空。《种金子》：阿凡提在土里种金子，贪婪的国王看到后也想让阿凡提帮种金子扩大财富。过了一段时间，阿凡提告诉国王由于干旱，金子晒死了，没法种出来，气得国王无话可说。

在一系列故事影片中，阿凡提的角色各不相同，可能是佣人、路人、官员，等等，但他待人和善、疾恶如仇、爱憎分明、幽默风趣、充满智慧，巴依老爷等地主人物往往对他望而生畏，远而避之。影片采用漫画式手法，使影片主题突出，阿凡提的人物形象鲜明，"蓄山羊胡子、鹰钩鼻子、小圆眼睛配上小叶图案的眉毛，头戴花帽，手拿弹拨乐器，骑着小毛驴游走四方"形象，跃然于纸上，在影片中往往形成强烈的丑美、善恶对比，引起观众的共鸣，深受广大观众的喜爱。此外，还加入了惟妙惟肖的配音，烘托了阿凡提幽默形象。"木偶剧版电影《阿凡提的故事》主要从形象设定、叙事安排以及价值评判三方面呈现了'阶级叙事'并在三方面体现了好莱坞西部片式的元素：其一就是阶级的冲突与对立。其二是对于社会生活的反映。其三是讲求趣味性。"[①]

首先，木偶电影将阿凡提塑造为智者益智、勇者益勇的形象，以及为穷人打抱不平的斗争形象，从而赢得观众的喜欢。其次，在国家话语建构之外，《阿凡提的故事》的独特性还在于幽默的民间话语表达，较好地体现民间文学的口头性特征，反映了民众的集体智慧。再次，《阿凡提的故事》还反映了新疆等地少数民族的民俗风情和文化习俗，又成为民族电影题材的佳作。"它指向的不光有对于具体民族的自然地理、民俗事项、风情传统的影音重现，更多是昭彰一种文化的记忆、精神的历史和心灵的倒影。"[②] 在20世纪80年代初，交通和通讯还不太发达，国内的大部分观众是通过电视荧幕直观地看到了新疆少数民族民俗和西域风情，这是一种新的体验和收获，建构了人们对新疆各民族的认知，也为下一阶段的动漫电影打下了基础。从这个意义上而言，《阿凡提的故事》承载了文化记忆和民族历史记忆的特殊功能，而这正是21世纪以后中国民族文学转化以及民族电影题材的主要表现内容和时代使命。

1999年上海美术电影制品厂上映的《宝莲灯》，是当时观众较为看好的动画片，

---

① 刘健、宋奇：《从"阶级话语"到"情感话语"——探析木偶剧版电影〈阿凡提的故事〉到动画电影〈阿凡提之奇缘历险〉的叙事话语演变》，载《电影文学》2020年第10期。
② 刘大先：《时光的木乃伊：影像笔记》，合肥：安徽教育出版社，2012年，第101页。

在国内引起较大反响。此外，20 世纪 80 年代，西南地区的彝族叙事长诗《阿诗玛》、白族神话《望夫云》，还被改编成了白剧、滇剧、歌剧、电影等多种艺术形式，影响深远。

表格 8—2　《阿凡提故事》电影电视绘画作品改编表

时间	名称	艺术形式	出版信息
1980	《阿凡提的故事》	木偶动画电影	上海美术电影制片厂发行，曲建方导演
1980	《阿凡提画报》	画报	新疆《阿凡提》编辑部，乌鲁木齐文化局主办
1981	《阿凡提》	连环画	索立改编，中国电影出版社出版
2002	《阿凡提》	电视连续剧	21 集，艾克拜尔·吾拉木编剧和制片，人民日报社、新疆电视台合作拍摄
2012	《少年阿凡提》	3D 动画片	104 集，中科院物理研究所和浙江民和集团合作，根据艾克拜尔·吾拉木作品改编，朱军制片人兼编导
2015	《爆笑阿凡提》	漫画	夏烈、郭冶著，新时代出版社
2017	《阿凡提的故事》	绘画	赵世杰编译，云南美术出版社
2018	《阿凡提之奇缘历险》	喜剧动画片	刘炜导演、编剧
2019	《阿凡提的故事》	儿童绘本	上海美术电影制片厂著，南方出版社
备注：著名维吾尔作家、翻译家作家艾克拜尔·吾拉木搜集翻译和创作研究阿凡提故事多年，现已出版《阿凡提故事大全》（新疆青少年出版社），《阿凡提笑话的人生智慧》（昆仑出版社），《世界阿凡提笑话大全》（知识出版社），《毛驴上的智者》《阿凡提故事荟萃》（湖北少儿出版社），《阿凡提的故事·智慧篇》《阿凡提的故事·幽默篇》（北京教育出版社），《阿凡提故事集》（4 本，旅游教育出版社）等多部作品。			

二、民族文学资源的文学创作转化

民间文学和作家文学之间有着密切的关系，民间文学是作家文学创作的资源和养分，"而且作家创作的作品可以回到民间，成为新的民间文学的组成部分。这同时意味着，'民间文学—文人文学—民间文学' 不是简单的循环，而是一种螺旋式的上升，民间文学与文人文学相结合，能够不断推动当代文学的新发展。"[①] 中国民族文学除了民族民间文学资源的转换，20 世纪 80 年代以来，当代作家以民间文学资源为创作素材，进行了具有时代特征、民族特质的作家文学创作，其中以藏族作家阿来及其作品最具代表性。

阿来，四川省阿坝州马尔康市人，藏族，当代著名作家，现任四川省作协主席，

---

① 陈学璞：《民间文学到文人文学再到民间文学》，载《广西社会科学》2020 年第 7 期。

全国人大代表，兼任中国作协第八届全国委员会副主席。1994年，阿来完成首部长篇小说《尘埃落定》，1998年，《尘埃落定》由人民文学出版社出版。2000年，《尘埃落定》荣获第五届茅盾文学奖。2009年，出版长篇小说《空山》。2014年，出版长篇非虚构作品《瞻对》。2018年，《蘑菇圈》获第七届鲁迅文学奖中篇小说奖。2019年，长篇小说《云中记》出版，《尘埃落定》入选"新中国70年70部长篇小说典藏"。

小说《尘埃落定》描写一个声势显赫的康巴藏族土司麦其，在酒后和汉族太太生了一个傻瓜二少爷。傻子与现实生活格格不入，但却有超时代的预感和言行举止，进而成为土司制度兴衰的见证人。小说展现了独特的藏族风情及土司制度的神秘浪漫。文本故事以在解放军进剿国民党残部的隆隆炮声中，麦其家的官寨坍塌为结尾，一个旧世界终于尘埃落定。长篇小说聚焦于藏族嘉绒部落的历史文化书写，揭示了土司、傻子等主要人物的荒诞人生主题。第五届茅盾文学奖评委会授予的颁奖词是："尘埃落定这部小说视角独特，有丰厚的藏族文化意蕴，轻淡的一层魔幻色彩增强了艺术表现开合的力度，语言轻巧而富有魅力、充满灵动的诗意，显示了作者出色的艺术才华。"作为在汉、藏、羌等多民族聚居成长起来的阿来，其文学创作深受民族民间文学、民族文化和传统文化的影响。作品中关于神话、传说和民间故事的叙事，藏族民俗文化的书写以及藏人心理世界的想象，均是民族民间文学资源转化为民族作家文学的较好典范之一。作者阿来本身就是一位深深热爱母族文化，并对人类学、民俗学有自己独特理解的学者，曾有学者称赞他的文学作品是最好的人类学著作之一。此外，《尘埃落定》还被拍摄成为25集同名电视连续剧。

徐兆寿在《论西部民间文学的当代再创作》中总结道："民间文学自进入现代以来，遭到现代性的去魅，但新时期以来文学中出现了对其不同程度的复魅，尤其在西部民间文学的当代再创作上得以彰显。作家们在挖掘这些民间文化时，对现代性产生了深刻的质疑、反思，有意为民间精神与信仰进行复魅，对西部民间神话进行了当代重述，同时表现出一种浓烈的魔幻气质。"[①] 笔者以为，20世纪80年代以来民族民间文学的资源利用转换，以及民族作家文学的创作，正是在这样的文化逻辑和时代话语之下进行的文学书写，形成了中国民族文学发展道路上独特而绚丽的风景。

总之，本节将时间段聚焦于1978—1999年之间，主要讨论了20世纪80年代以来中国民族文学的创造性转换问题。一方面，以《阿凡提的故事》为例，分析了将民间文学资源转化为影视作品情况，笔者发现这种转换延续了20世纪五六十年代的阶级话语叙述，同时也出现了一些新变化，比如有意识地加入民众喜闻乐见的幽默风趣，一定意义上消减了阶级话语叙事的严肃性，却保持了民间文学的口头性，增加了民众的集体智慧，深受观众喜欢。这些文学事件和文化现象已经出现的转变，

---

① 徐兆寿：《论西部民间文学的当代再创作》，载《中国现代文学研究丛刊》2015年第4期。

并不只是民族文学外在形式的简单变化,而是时代话语和文学叙事话语的巨大转变之体现。另一方面,随着改革开放的深入,市场经济兴起,文学资源与经济商品的关系更加紧密,一些优秀的民族作家纷纷以丰厚的民间文学为创作资源和素材,书写民族文化、地方风土和民俗风情,展现中国少数民族历史文化和地域人文,成为中国当代文学中一道亮丽的风景线。当然,相比21世纪以来的民族文学创作转化取得的成绩,20世纪80年代的民族文学创作才刚刚起步,正在聚集新能量,蓄势待发。

第三节 民族文学的创造性转化与创新性发展(2000—2019年)

进入21世纪以来,在党和国家的高度重视和支持下,中国民族文学创作和研究迎来了新机遇,进入了新的发展阶段。2000—2019年的20年间,民族文学发展大致可分为两个阶段:2000—2011年的21世纪发展与2012—2019年的新时代发展。具体从以下两个方面来阐释:

一方面,进入21世纪以来,尤其是随着2006年"中国多民族文学论坛"和"多民族文学"概念的正式提出,中国民族文学的时代环境、舞台空间和发展前景出现了新的变化,从文学创作群体、文学研究群体到文学理论队伍均呈现出可喜变化,从人数到规模再到数量和质量均取得了更大的成绩。在此期间,随着文化体制改革的不断推进,文化产业在国民经济中的地位越加突出,以国产动漫为代表的文化产业和文创产品得到国人的喜欢,成为重要的精神食粮。很多国产动漫作品正是以民族民间文学以及民族文学资源创造性转化而构成中华多民族优秀传统文化创新发展的重要内容。

另一方面,2012年中国共产党第十八次全国代表大会召开,大会报告明确提出:"坚定不移走中国特色社会主义文化发展道路。"2014年,习近平总书记在《文艺工作座谈会上的讲话》中指出:"中华文化既坚守本根又不断与时俱进,使中华民族保持了坚定的民族自信和强大的修复能力,培养了共同的情感、价值和共同的理想和精神。"2017年党的十九大召开,以习近平同志为核心的党中央明确提出:"要坚持中国特色社会主义文化发展道路,激发全民族文化创新创造活力,建设社会主义文化强国。"中华民族多元一体文化和中国多民族文学迎来新的历史发展机遇。在新时代、新机遇、新挑战的历史时刻,习近平总书记又强调指出:"要加强对中华优秀传统文化的挖掘和阐发,努力实现中华传统美德的创造性转化、创新性发展,把跨越时空、超越国度、富有永恒魅力、具有当代价值的文化精神弘扬起来,把继承优秀传统文化又弘扬时代精神、立足本国又面向世界的当代中国文化创新成果传播出去。"从"百花齐放、百家争鸣"(以下简称"双百"方针)到"文艺为人民服务、为社会主义服务"（以下简称"二为"方向）再到"推动中华优秀传统文化的创造性转化、创新性发展"（以下简称"两创"方针），都是马克思主义文艺理论中国化的最新发展，始终坚持了马克思文艺思想的指导地位，是马克思文艺思想的中国化的具体实践内容，他们是一脉相承而又不断发展的。"'二为'方向深刻回答了文化发展的目标方向问题，'双百''两创'方针深刻回答了文化发展的路径方法问题，三者都是管根本、管长远的，集中体现了我们党对文化建设规律认识的不断深化。"① 因此，"两创"方针是新时代中华优秀传统文化及中国多民族文学的创造性转化和创新性发展的根本遵循。

一、从文学资源到文化产业的转化

就笔者目力所及，从中国知网 CNKI 搜索到的研究资料看，关于民族民间文学从资源到文化产业转化的典型案例和学术研究，较早见于 2004 年左右。陈建宪以湖北土家族"廪君神话"为案例，撰写了《民间文学资源的创造性转换——关于长阳廪君神话复活的理论思考》一文②，提出神话具有历史和现实的双重属性，并认为民间文学能够实现现代化转换的观点。作者的观点和论证个案引起了学界关注。黄永林指出："我们不能只守着一座金灿灿的文化资源宝库，而应有把文化资源'变现'的意识、勇气和能力，即把传统文化资源转化为现代产业资本，把文化需求转化为市场机制。"③ 文章将民族民间文学资源地位上升到中华传统文化资源的高度，并指出产业资本与市场机制有机联系，明确了民族民间文学资源与文化产业及文化市场的内在逻辑。作者在另一篇文章《民间文学与国产动漫的不解之缘》中又进一步指出："民间文学从原型形象到故事、情节、结构为动漫艺术贡献了丰富的内容与形式要素。"④ 由此可见，21 世纪新阶段，民族民间文学作为一种文化资源，可以转变实现为文化产业，尤其是动漫产业的创新发展为民族民间文学的文化产业转换提供了可能。从国外看，美国动漫作品以中国传统文化资源为素材，加以先进技术改编创造，先后推出《花木兰》《功夫熊猫》，并在中国内地赢得了较高的票房，引起了观众的广泛评价和极大的社会反响。

2004 年被称作国产动漫元年，党和政府先后相继出台一系列政策支持动漫产业发展。比如 2004 年国家新闻出版广电总局公布《关于发展我国影视动画产业的若干意见》，2005 年原文化部、信息产业部联合发布《关于网络游戏发展和管理的若干意见》，2006 年国务院办公厅转发《关于推动中国动漫产业发展的若干意见》，2006 年 9 月，中办、国办印发《国家"十一五"时期文化发展规划纲要》以及 2009 年

---

① 刘奇葆：《坚定文化自信 传承中华文脉》，载《求是》2017 年第 8 期。
② 陈建宪：《民间文学资源的创造性转换——关于长阳廪君神话复活的理论思考》，载《湖北民族学院学报》（哲学社会科学版），2004 年第 2 期。
③ 黄永林：《论民间文化资源与发展文化产业的主要关系》，载《华中师范大学学报》（人文社会科学版），2008 年第 2 期。
④ 黄永林、徐金龙：《民间文学与国产动漫的不解之缘》，载《民族艺术研究》2011 年第 6 期。

国务院出台我国第一个文化产业专项规划《文化产业振兴规划》，等等①。这系列的政策规划和意见，有力扭转了中国动漫产业从"失语"到"失忆"的病症，并助力中国动漫产业走向了复兴之路。

从电影学角度看，微动漫一般可分为电视动漫和电影动漫两种。21世纪前10年，在中国动漫产业发展过程中，以民族文化产业资源进行文化产业转换较为成功的个案有《喜洋洋与灰太狼》《熊出没》《蓝猫淘气三千问》《超级飞侠》等电视动漫作品。2010年至今短短几年时间里，《大圣归来》《哪吒之魔童降世》《姜子牙》等优秀的电影动漫作品先后制作推出，并在国内市场取得了不俗的票房，受到观众的好评。

2002年，由著名导演冯小宁执导的电影《嘎达梅林》率先将蒙古草原的悲壮史诗"嘎达梅林"故事展现在全国观众面前。影片情节如下：故事大约发生在20世纪早期的内蒙古科尔沁草原，当地的人们过着幸福的生活，姑娘牡丹喜欢王爷身边的嘎达。嘎达曾挺身追杀刺客，救过王爷性命，从而被提拔为骑兵统领梅林的职位。后来军阀收买王爷割让草原，嘎达梅林奉王爷之命逐走牧民，看到大批牧民流离失所的惨状，让自己心痛不已。嘎达梅林暗下决心，保护牧民，却被王爷投进大狱。恋人牡丹劫狱救人，却失手被抓。后来，嘎达率众起义，王爷暗中勾结军阀，最终起义军惨遭失败，嘎达梅林也不幸中弹身亡。

2011年，同名电视剧《嘎达梅林》也在中央电视台电视剧频道热播。该片由内蒙古自治区党委宣传部、大中华集团北京蓝色故乡影业有限责任公司、通辽市委宣传部联合出品，陈家林执导，巴音、宋国锋、王亚梅、安和尼玛等主演，阵容强大，共有20集。该剧讲述了嘎达梅林为保护草原与牧民而武装起义最终献出年轻生命的感人故事。可以说，《嘎达梅林》的电影、电视、交响曲、音乐会等多种形式演绎的多样态艺术形式，将《嘎达梅林》这首草原英雄之歌再次广为流传，嘎达梅林精神得以世代传诵。

2003年，根据阿来长篇小说《尘埃落定》改编的同名战争爱情类电视剧上映，由著名导演阎建钢执导，刘威、范冰冰、宋佳、李解、韩再芬等众多影星主演。讲述的故事发生在20世纪40年代的四川阿坝藏族地区。麦琪土司是当地的统治势力之一，有两个儿子。大少爷为藏族太太所生，彪悍聪明，被视为土司继承人；二少爷是土司与抢来的汉族太太酒后所生，愚钝憨痴，混迹于丫环娃子的队伍之中，自幼耳闻目睹下层人的悲惨生活。麦琪土司种罂粟，贩卖鸦片，一夜暴富，并组建强大的武装力量，成为藏区土司霸主。其余各家土司也广种罂粟，但鸦片供过于求，价格大跌。傻子二少爷却改种麦子，时年大旱，颗粒无收，大批饥民投奔麦琪麾下，傻子少爷也得到了女土司茸贡的女儿塔娜。最后，二少爷开仓卖粮，各地土司云集二少爷府上，举杯相庆、铸剑为犁。

---

① 可进一步参看徐金龙：《传统文化资源向现代产业资本的创造性转化——论民间文学与汉产动漫的整合创新》，载《湖北民族学院学报》（哲学社会科学版）2016年第3期。

二、新时代中国多民族文学创造性转化和创新性发展的理论阐释

党的十八大以来,习近平总书记就弘扬和继承中华优秀传统文化提出了"创造性转化、创新性发展"的"两创"方针。回顾"两创"方针的历程,能更加清晰地看到社会主义文化强国建设的历程。2013 年,习近平同志在十八届中央政治局第十二次集体学习时的讲话中首次提出:"努力实现中华传统美德的创造性转化、创新性发展。"2017 年,习近平总书记在党的十九大报告中指出:"推动中华优秀传统文化创造性转化、创新性发展",这句话是关于"创造性转化和创新性发展"的正式提法,为中国未来文化的发展道路指明了方向,体现了党和国家领导人对中华优秀文化继承和发展等核心问题的重视和关心。习近平总书记指出:"要加强对中华优秀传统文化的挖掘和阐发,努力实现中华传统美德的创造性转化、创新性发展,把跨越时空、超越国度、富有永恒魅力、具有当代价值的文化精神弘扬起来,把继承优秀传统文化又弘扬时代精神、立足本国又面向世界的当代中国文化创新成果传播出去。"由此可见,习近平总书记从推进国家治理体系和治理能力现代化的高度提出"两创"方针,为中华优秀传统文化的挖掘和阐发提供根本遵循。

"两创"包括两个层面的内容:"创造性转化,就是要按照时代特点和要求,对那些至今仍有借鉴价值的内涵和陈旧的表现形式加以改造,赋予其新的时代内涵和现代表达形式,激活其生命力。创新性发展,就是按照时代的新进展、新进步,对中华优秀传统文化的具体内涵加以补充、拓展和完善,并发展出符合时代特点的表达形式进行传播,从而增强优秀传统文化的影响力和感召力。"[①] 可见,创造性转化和创新性发展均以继承和发展中华优秀传统文化为共同目标,其中,创造性转化强调现代转型,突出时代性和现代化特征;创新性发展侧重超越发展,突出创新性和技术性特点。"当我们说'中华优秀传统文化'时,指的是中国各个民族所创造和传承的优秀文化。从范围上说,包括精神文化、物质文化和制度文化等;从民族属性上说,包括汉族和各少数民族;从阶层属性上说,包括上层文化和底层文化、精英文化和草根文化;从传播形态上说,有书面文化和口传文化等。"[②] 中华各民族文学是中华传统文化的重要组成部分。关于中国民族文学的创造性转化和创新性发展问题,需要我们从历时性角度审思:一方面,在现代化进程中,将中国多民族文学经典视为中华优秀传统文化的重要载体;另一方面,深刻认识创造性转化目的在于发挥优秀文化的教育作用,最终实现人类和社会文明进步。

---

① 中共中央宣传部组织编著:《习近平总书记系列重要讲话读本(2016 年版)》,北京:学习出版社、人民出版社,2016 年,第 203 页。

② 朝戈金:《创造性转化 创新性发展》,载《光明日报》2018 年 3 月 29 日第 2 版。

文化是民族的血脉，是人民的精神家园；文学是时代前进的号角。进入新时代，中国多民族文学的创造性转化和创新性发展沿着中华优秀传统文化的传承、发展和创新的方向，在微动漫、电影等方面取得了突出成绩。"在动漫文化产业扶持政策和非物质文化遗产保护工程等机遇面前，国产动漫应以内容为主，重塑民间文学传统，彰显民族文化特色，打造中国文化品牌，达到文化创意制胜，实现民间文学资源向现代动漫产业资本的创造性转化，从而自立于世界动漫艺术之林。"[①] 由此可见，民族民间文学资源转化利用有学理基础支撑、实践经验保障，必然成为新时代中国民族文学创造性转化和创新性发展的重要实践内容。

总之，民间文学是各民族集体口头创造的文化遗产，承载着丰富的民族文化内容，是民族集体记忆和历史记忆的表现形式。神话、史诗、传说、民间故事、歌谣、谚语等组成的民间文学，蕴含中华文化的思想和精神。在推动中华优秀传统文化创造性转化和创新性发展的当下，民间文学经典不仅具有提升中华优秀传统文化和铸牢中华民族共同体意识的作用，也可更好地发挥民间文学经典和优秀传统文化的教育功能。

三、民族文学创造性转化和创新性发展案例分析

国内关于民族文学创造性转化和创新性发展的成功作品较多，限于篇幅，本节重点以《中国彝族古训微动漫作品》和"尼山萨满手游"游戏为个案，分析民族文学创造性转化和创新性发展何以可能，试图以点代面，深入剖析，得出具有代表性的结论。

（一）《中国彝族古训微动漫作品》

彝族是中国西南地区一个历史悠久，文化灿烂，人口较多的少数民族。《梅葛》《查姆》《阿细的先基》《勒俄特依》四大创世史诗为代表的民间文学，以大量神话、传说、故事、谚语、格言等形式，记载和传承了彝族人的生产知识、生活经验、生存智慧、为人处世以及从政为民的要义，成为彝族优秀文化经典。2018年以来，云南省楚雄彝族自治州制作推出三季《中国彝族古训文化微动漫作品》（见表8-3）。作品自正式推送上线以来，被中央纪委国家监委网站、人民日报融媒体平台、新华网等主流媒体报道宣传，受到社会各界的关注和好评。如《光明日报》客户端报道："它使用彝族人物形象与彝族生产生活场景阐述彝族古训，通过现代传媒手段公开发布、广泛宣传。……又展示和传承了楚雄地方及彝族文化特色，达到寓学于乐、寓教于乐的目的。"

---

① 徐金龙、黄永林：《民间文学资源向动漫产业资本的创造性转化》，载《民俗研究》2016年第4期。

表格 8—3　《中国彝族古训文化微动漫作品》篇目表

第一季	创世篇	创业篇	家风篇	廉洁篇	惩戒篇	知耻篇	欲望篇	诱惑篇	公正篇	规矩篇	自律篇	清白篇
第二季	立德篇	初心篇	修本篇	知足篇	敬畏篇	戒恶篇	明察篇	用人篇	补救篇	自强篇	同心篇	感恩篇
第三季	祖训篇	家道篇	循规篇	济世篇	民心篇	除恶篇	信念篇	专注篇	笃行篇	境界篇	美德篇	和美篇

　　文本是作品创作的资源，民间文学转化需要文学经典做支撑。民间文学经典文本越多，文化内涵越丰富，民间文学经典创造性转化越成功。《中国彝族古训文化微动漫作品》的文本取材广泛、内涵丰富、寓意深刻、主题鲜明、效果显著。具体而言，第一季文本取材于《梅葛》《彝族毕摩经典译注》《爱佐与爱莎》等民间文学经典；第二季文本素材来源于彝族克哲、谚语等民间文学文类；第三季文本取材源于史诗《查姆》、格言、民谣等文类。作品就地取材，并与当下现实结合，既做到古为今用，又突出地方文化特色。如《中国彝族古训文化微动漫作品》第一季第一篇《创世篇》："远古没有天，五男来造天；远古没有地，四女来造地。"（节选自《梅葛》）创世史诗讲述世间万物处于混沌状态，格兹天神派人来造天造地，因造出的人类太懒，并决定发洪水毁灭一切，重新造人。遗民葫芦兄妹按天意结婚，汉、彝、傣、傈僳、藏、白等诸民族从此诞生。作品通过史诗的生动情节阐释了彝族人勤劳的劳动观、艰苦的创业观和民族团结观。作品寓意了中华各民族同源的历史源流和多元一体的文化格局。第二篇《创业篇》："人勤庄稼好，人懒地生草。"（选自《彝族格言谚语》）作品通过举例《三个懒汉兄弟》故事，讲述彝族人的劳动观和幸福观，告诉人们劳动创造幸福，幸福生活是靠奋斗出来的，奋斗的过程也是幸福的。第二季第三篇《修本篇》："藤子爬到高处，不能忘了大树。小溪混入泥沙，失去清澈本源。"（出自彝族格言）。树高千丈不忘根，人若发达要感恩。古训警示后人做人懂感恩，做官守廉洁。第四篇《知足篇》："喂不饱的饿豺狗，填不满的欲望坑。仗势把人踩，死后无人埋。"（出自彝族谚语）欲壑难填，咎由自取。古训告诫为官者要常怀一颗平淡之心，知足常乐，不仗势欺人，方能幸福长久。第三季第三篇《循规篇》："牛羊不循道，虎豹会跟随。人类不守规，祸事会降临。"（出自彝族格言）。国有国法，家有家规。训语警示后人要遵守法律和规矩，按章办事。第十一篇《美德篇》："世间什么最亮？眼睛最亮。没有眼睛什么都看不见。世间什么最咸？舌头最咸。没有舌头什么味道都没有。"（选自彝族民谣）作品通过彝族姑娘李阿召牧牛寻得盐井而成就黑井美誉的故事，启示后人要崇德向善，以德化人，从而实现各美其美、美人之美、美美与共、天下大同的理想境界。

经过彝族民间文学经典创造性转化而成的《中国彝族古训文化微动漫作品》，由季、篇目、训语、故事、释义五部分组成，结构完整、逻辑缜密，既引经据典，寓教于乐，又结合现实，寓警于行，可谓特点显著、亮点众多。如作品制作推出的字数、篇数充满彝族哲学智慧；所有篇目提纲挈领、每每两字，字数简洁，易记易传，让人过目难忘，给人印象深刻；每句训语都来源于彝族民间文学，有章可循，古训经典、词句精美，属于经典中的精句；所举例的故事情节生动曲折，往往通过一个短小简洁而精彩绝伦的故事将训语与释义串联起来，上下文衔接较好，结构完整；释义贴近现实，通俗易懂，释义洗练，语意精深，寓意深刻，起到强烈的警示教育作用；作品人物鲜活、动作传神、构图精巧、画面精美，具有较强的视觉冲击力，能够吸引观众眼球，凸显了微动漫的诸多特性；作品音乐旋律优美大方，背景音乐应景贴切，配音字正腔圆，具有强烈的听觉冲击力。创作团队特意为 36 篇作品量身定制原创曲目，特别是片头片尾的主题音乐，形象鲜明、个性突出、过耳难忘。每篇作品用时控制在 5 分钟，情节相扣，细节传神，整体体现紧凑、有序的特点，起到了微言大义的传播效果。创作团队秉承"挖掘彝族古训，传承民族文化，弘扬时代精神，倡导化风成俗"的理念，将彝族先民的智慧和文化贯穿作品编创的全过程，做到既贯通古今，又古为今用，呈现民族风格和中华气派。导演阐述立意高远、用意深远。导演坚持"古老的就是现实的，传统的就是时尚的，民族的就是世界的"精品意识，从立意、结构、风格、镜头语汇、叙事手法、语境等方面对三季的作品进行了独特构思，贯彻落实习总书记"不忘本来，吸收外来，面向未来"重要讲话精神，充分彰显了以人民为中心的民族民间文学经典创造性转化导向。

总之，《中国彝族古训文化微动漫作品》创作团队深入发掘彝族民间文学资源，全面阐释训语的文化含义，通过新媒体技术，将彝族民间文学经典蕴含的优秀文化融入新媒体传播，创造性转化出观众喜闻乐见的廉政主题微动漫作品，既突出新时代纪检监察行业特点，又彰显新媒体声、像、图、文融合特征，较好地体现了大数据时代民间文学经典创造性转化范式。

（二）"尼山萨满"手游

2018 年，由 NEXT Studio 开发，腾讯游戏（中国）运营推出《尼山萨满》游戏，是一款轻度叙事节奏类游戏，属于"角色扮演"类型手游。关于尼山萨满的神话故事广泛流传在我国东北满、鄂温克、鄂伦春、赫哲、达斡尔等少数民族中，主要反映北方原生性宗教萨满教的仪式、信仰等内容，同时也记录有大量的反映古代满族民间社会生活、生产习俗的资料，其变体和异文较多，影响较大，曾被誉为满族文化"百科全书"。《尼山萨满》讲述的是一位名叫尼山的女萨满为无辜孩童去阴间找回灵魂的神奇故事。"尼山萨满"手游改编于《尼山萨满传》，玩家通过扮演尼山，敲击萨满神鼓穿行诸界、降服妖灵，经历了一段奇幻神秘的冒险旅程。在这款游戏中，还加入中国传统剪纸美术、神秘的萨满音乐，让游戏者在娱乐之时，还能领略北方少数民族文化的独特魅力。因此，这款手游被称为具有传承和保护少数民族文化意义的功能游戏，在年轻人中影响较大。

通过"尼山萨满"手游情况介绍，我们认为该款游戏的成功在于将满族的百科全书《尼山萨满》通过新技术实现美术、音乐与游戏的有机融合，同时又迎合了当下"互联网+"背景下"90后""00后"青年人的心理，这是将民族文学资源创造性转化为网络游戏，从而实现北方民族优秀文化创造性发展的成功案例。

（三）中国民族文学经典"两创"的实现路径

民间文学经典作为千百年来人们不断创作、传承和发展的文学结晶和文化精华，是民族思维方式、民族性格和民族精神的综合反映。新时代民间文学经典的传承发展、创造性转化和创新性发展等问题关系密切。处理好民间文学经典创造性转化和创新性发展问题，也就解决了民间文学经典的继承和发展的关键问题。我们认为，应该通过以下四个路径实现中国多民族文学经典"两创"。①

1. 资源与技术结合，加强搜集整理各民族民间文学资源，建立民族文学经典大数据库。加强整理研究力度，不断形成中华民族文学经典。要通过民间口头传统和古籍文献的搜集整理、研究阐释，不断推出民间文学经典。要结合"互联网+文化"的特征，突出民族文学的跨界融合发展、创新驱动发展，更加尊重人性，将历史社会中人与人、人与自然和人与社会领域的优秀传统文化挖掘整理，按照新媒体时代的大数据"量大、多样化、快速化、价值高"等特征，建立起民族文学经典数据库。

2. 内容与形式结合，实现民族文学经典的思想性、艺术性与新媒体属性融合。一方面，民族文学经典的创造性转化，需要谙熟文本内容、文化含义以及主要特色。如通过动漫、微电影、3D等手段技术，在形式和内容上均实现精准融合，将民族文学经典的魅力立体地呈现出来，从而达到民族文化的创造性转化。

3. 历史与现实结合，突出民族文学的现实意义和当下作用。之所以对民族文学进行创造性转化，就是要摒弃过于关注过去而忽视当下的弊病，让民族文学适应当下社会，发挥其应有的价值，对社会发展起到积极作用。这就要求在民族文学经典转化过程中，一方面继承与发展相结合，要把优秀传统文化继承和发扬好；另一方面，现实意义与当下社会相结合，要在创造性转化过程中不断突出当下意义，体现时代性，发挥现实作用。如《中国彝族古训文化微动漫作品》之《创业篇》提倡"幸福观"，契合"新时代是奋斗者的时代"之时代主题和主流价值观，达到了彝族文学基因与中国当代文化相适应、与现代社会相协调的效果。

4. 吸收外来与面向未来相结合，将当代中国文化创新成果传播出去。民间文学

---

① 本节关于"四个结合"路径和"四个特性"的相关内容，参见刘建波：《彝族民间文学经典的现代性转换研究——以〈中国彝族古训文化微动漫作品〉为例》，载《楚雄师范学院学报》2019年第5期。

是观照现实，面向未来的人民文学。民间文学经典的创造性转化，一方面要有益吸收各民族交往、交流、交融形成的多民族文化，不断丰富发展中华民族优秀传统文化；另一方面也要将当代中华文化创新成果传播出去，凸显各民族和人类文化的相似性、共有性，努力共建人类命运共同体。如《梅葛》《查姆》《阿细的先基》《勒俄特依》《阿鲁举热》等史诗，通过创造性转化形成创新性的文化成果，体现团结、友谊、和平、发展主题，凸显人类文明的价值观和理念，从而发挥中国文化对人类精神文明的贡献。

诚然，在推动民族文学创造性转化和创新性发展时，我们还要注重把握好转化过程的四个特性：

1. 突出民族性。民族性是民族文学和民族文化最鲜明的特征。如民族文学在大数据背景下创造性转化和创新性发展要凸显民族特色，要将优秀民族文学作品中民俗特色、民族性格、民族风格的文化元素充分展示出来。引起巨大反响的大型彝族神话舞剧《支格阿鲁》，就通过现代舞剧的艺术形式表现了史诗中的英雄人物支格阿鲁的民族性。其半人半神的英雄形象及行为象征了彝族勇敢、开拓、正义的民族精神。因此，在民族文学创造性转化中，要将蕴含于民族文化中起到培根铸魂作用的内核转化出来，才会实现创造性转化的最终目标。

2. 注重时代性。文学和文化的生命力在于与时俱进。民族文学需要重新审视并抓住机遇，走出困境。这就要求民间文学经典抓住创造性转化的机会，主动作为，发挥大数据和"互联网+"优势，整合优秀传统文化资源，获得新的文化创造活力，创造创新出新的文化产品。换言之，在民间文学经典的创造性转化中，将过去民间文学关注历史，更多反思过去转向反映现实，观照现实，回答现实。比如，《中国彝族古训文化微动漫作品》通过挖掘《梅葛》《查姆》等民间文学经典中至今仍具有深远现实意义的主题，"幸福观""廉洁观""奋斗观""民族观"等，与新时代的主流价值观、主旋律相呼应。因此，要通过不断激发从古至今仍鲜活存在于中华优秀传统文化中的因子，让其与时代接轨，从而确保民间文学经典的现实意义、审美价值提质增效，真正达到传承民族文化，弘扬时代精神的最终理想。

3. 关注人文性。文学要具有较高的审美价值，给予人美的享受，让人愿意接受，从而才能更好地发挥其教化功能。在民族文学经典创造性转化过程中要更加注重人文性特征，以文化人、以文育人、以文培元，感染人、教化人、鼓舞人、激励人，引导和培养人们的高尚道德情操。如《中国彝族古训文化微动漫作品》关注到《彝族毕摩经典译注》中文化生态保护、人与自然和谐相处等主题，一改以往对毕摩祭祀仪式的过多解读，既受到人们的喜欢，同时也使转化产品更具有人文理念和文化内涵。

4. 表现科技性。新时代是以大数据为标志，以"互联网+"为特征的信息技术社会。互联网、微信、微电影、3D等新科技产品日新月异，这就要求民间文学经典在创造性转化中既要善于把握和利用时代带来的资源，并不断将时代资源转化为创新产品。当然，我们也要注意到创造性转化产品的接受者和消费者，考虑"80后""90后""00后"等群体在信息技术迅猛发展的环境下成长和生活等客观实际，要符合消费者群体特征和心理需求，把握好转化产品的科技含量，才能实现互利共赢。

几十年来，根据民族文学作品改编或创作的长诗、舞台剧作、中长篇小说、电影、电视连续剧层出不穷。如20世纪根据民间传说创作的长诗《百鸟衣》，南永前的《图腾诗》，栗原小狄的诗剧《血虹》；舞台剧《文成公主》《松赞干布》《成吉思汗》《也兰公主》《蕴倩姆》，彩调《刘三姐》；电影和电视连续剧《刘三姐》《阿诗玛》《瓦氏夫人》《边城》《五朵金花》《草原上的人们》等。在这些作品中，以电影《刘三姐》的艺术生命最长。

中国南隅广西自古有丰富的民族民间文学资源。其中以"刘三姐"及其代表的山歌文化为典型。在民间，唐代以来就流传着有关刘三姐的传说故事，刘三姐是祖祖辈辈世居于此的壮族人心中的"歌仙"，她体现了民众的生存智慧和心中的向往，是广西的文化品牌。从"刘三姐"文化元素诞生的那刻起，民众智慧就一直给予"刘三姐"不断的生存营养，随着"刘三姐"在广大民众间的广泛流传发展传承，彩调剧、电影、歌舞剧等多种形式促使"刘三姐"以更多的方式走出广西走向了更为宽广的舞台。"印象·刘三姐"正是在广西地区大力发展旅游的背景下滋生的结果。在市场经济条件下的旅游活动中的语境对传统的民族民间文学又带来完全不同的发展思考，并且很可能对传统民族民间文学的传承机制带来巨大的改变。

在广西地区，刘三姐从传说到今天成为广西地区民族文化的代名词，体现了"刘三姐"文化品牌形成发展的过程。但是，这个文化品牌的形成经过了一次又一次现实的检验和升华。从古代传说到近现代彩调、歌舞剧和电影，再到当代的"印象·刘三姐"以及电视剧、新编歌舞剧，甚至小提琴"刘三姐"，同时还形成了其他的衍生形式，如刘三姐VCD、DVD，刘三姐香烟，刘三姐山庄等。在现代化的背景下它显示出了少数民族民间文学不同的文化展现形式。广西是刘三姐的故乡，刘三姐最初是广西壮族民间传说中的歌仙。关于"刘三姐"文化元素最早出现的形式是壮族民间传说，其文字记载最早见于南宋王象之的《舆地纪胜》，根据记载，刘三姐的传说始于唐中宗年间，至今已经有一千多年的历史了。

中华人民共和国成立以后，少数民族的民间文学艺术得到了重视。从实际意义上说，"刘三姐"文化品牌在这个时期内开始形成。20世纪50年代末60年代初的彩调剧、歌舞剧、电影等不同改编样式让"刘三姐"走出了广西，走向全国，为更广泛的民众所了解。1959年在举行刘三姐会演以后，以柳州第三稿本为基础，黄刹勇等人创作并由广西歌舞团演出了民间歌舞剧《刘三姐》。1960年7月歌舞剧《刘三姐》赴北京演出，从此四进中南海。前后又到了其他十三省，二十多个城市巡回演出，深受人民群众喜爱。紧接着，著名剧作家乔羽、电影导演苏里、作曲家雷振邦和音乐家贺绿汀等艺术家到宜州采风，将彩调剧《刘三姐》改编为电影剧本，并于1961年成功拍摄电影《刘三姐》，剧中叙述的正是广西壮族民间广泛流传的一个优美的刘三姐民间传说。1962年改编后的电影《刘三姐》搬上了荧幕。由于这部被称为"山歌片子"的电影拍摄地在今广西桂林阳朔县境内，桂林山水风景独特秀美，积淀下了深厚的山水文化底蕴，电影中的山歌和山水的画面映衬着那些在民间依旧传唱的经典山歌，更加增添了《刘三姐》的艺术境界。从此歌仙"刘三姐"名扬四海，也使得刘三姐的扮演者黄婉秋名声大振。通过电影，更多的民族同胞和原本不了解山歌的普通民众认识并喜爱上了广西民歌。电影《刘三姐》使"刘三姐"山歌蜚声中外，风靡东南亚、港澳地区。同时，歌仙"刘三姐"历经千年的民间传说以及彩调剧、歌舞剧以及电影《刘三姐》等的形式变化，从最初的民间形式中转变出了更符合时代民众文艺需求的新形式。之后，开始出现以"刘三姐"三个字为品牌的各种产品，如刘三姐集团、刘三姐香烟，有关刘三姐的产品、项目不断出现，"刘三姐"同时开始衍生出产品的旗号。"刘三姐"文化品牌在这样的形势下正式形成，并在电影《刘三姐》之后的近二十年里的20世纪六七十年代得到巩固。全国人民知道壮妹刘三姐来自广西，会唱山歌。一提起刘三姐，脑海中形成了一片山水中传来的阵阵山歌。

20世纪70年代末后，中国开始改革开放，文化的市场化趋势不可避免，文化产业开始形成。这个过程中，"刘三姐"文化品牌进入发展成熟期，得到市场推动和催化下的发展和传承。在这种以市场为主导的情况下，一方面，人心转变，旅游业的发展在这个过程中逐渐深入到这些朴实的、"无污染"的民间文化元素，并把它们作为观赏的对象，文化商业化的趋势越来越严重。在20世纪五六十年代人们心目中建立起来的刘三姐形象面临解构重组。另一方面，民间的刘三姐文化在广大民众中顽强生长，人们依旧对记忆中的"刘三姐"至亲至爱，却又试图把"刘三姐"拉回到离现实更近的地方。在这两方面的共同作用下，以20世纪90年代中后期开始的"刘三姐文化热"为起点，出现了"南宁国际民歌艺术节""印象·刘三姐"等成功典型。

"刘三姐"文化品牌的形成，是一个地区的文化形象形成的过程。中华人民共和国成立初期的歌舞剧《刘三姐》，电影《刘三姐》和改革开放后的新编舞蹈剧《刘三姐》，电视剧《刘三姐》，近年的"印象·刘三姐"，都无法脱离少数民族民歌的内容，正是山歌形成了聚合壮族人民诗性的思维。新时代下，刘三姐文化品牌应该以此得到增强。

但是，相对于丰富的少数民族民间文学，许多经典的民族文学作品有待开发，已搜集和翻译的民族民间文学很多依旧躺在书斋里，而活生生的民族民间文学处于一个相对游离的状态。资源的丰富和认识的贫乏导致资源利用观念的歪曲，民族民间文学面临了发展传承和戏说的"瓶颈"。然而，20世纪末期，特别是当今进入产业成熟期的旅游业，需要注入不同的特色文化元素来深化拓展其内涵。

综上所述，新时代中国多民族文学创造性转化和创新性发展取得的成绩是多方面的，从微动漫作品到电影电视艺术的多形态转化，从形式到内容，从思想内涵到人文价值都实现了新突破，较好地彰显了大数据和融媒体的时代特征。上述的个案仅是笔者拙见，还有诸多典型的成功案例。

　　回望中国民族文学创造性转化和发展70年，我们看到中国民族文学作为中国文学的不可或缺与特色鲜明的部分，始终参与了社会主义统一多民族国家建设的文化实践，民族文学发展离不开党和国家的重视和支持，民族文学繁荣发展有力促进了社会主义文化强国建设。70年一路走来，中国民族文学从资料搜集整理到文学资源利用，从文化产业转化到优秀文化传承创新，均在不断转化和发展过程之中。中国多民族文学以其悠久的历史、深厚的内涵及鲜明的特色，始终屹立在中国文学和文化的最前沿。我们有理由坚信，在铸牢中华民族共同体意识视域下，中华民族文学的创造性转化和创新性发展将在新时代绽放出更多绚丽多彩的花朵，在中华文学的百花园中结出累累硕果。

第九章　民族文学教学与人才培养

中华人民共和国成立70年，民族文学教学与人才培养经历从无到有，从单一到多元的发展历程，并且随着时代的发展而逐步调整，形成了有自己的特色和优势的教学体系、教学机制、教学方法。本章主要从大学民族文学教学历史、教学规模、人才培养等层面，总结与分析1949—2019年中华人民共和国成立70年民族文学教学与人才培养的成果和经验。

第一节　国家级民族高校民族文学教学与人才培养

民族文学教学、人才培养、学科建设在民族院校具有特殊的地位和作用。民族院校是指专门培养少数民族各级各类人才的高等学校，它包括三级：（1）中央级，即中央民族大学，它是民族院校的最高学府。（2）地区级民族大学，包括西北民族大学、西南民族大学、中南民族大学、大连民族大学、北方民族大学这5所高等学校。以上两个层次的民族院校属于国家民族事务委员会管理，通常称为国家民族事务委员会系统高校。（3）省区级高等学校，包括内蒙古民族大学、广西民族大学、青海民族大学、西藏民族学院、贵州民族学院、云南民族大学、湖北民族学院、四川民族学院。民族院校是特色非常鲜明的高等院校，是整个国家实施"科教兴国"战略、发展教育事业中情况特殊、特点鲜明的组成部分，在世界大专院校体系里也是独特的。它们以培养民族专业人才和为民族地区社会经济发展服务的人才见长，在长期的办学过程中形成了明确的定位，即民族高层次人才培养基地，民族文化传承和科学研究基地，民族干部培训和其他社会服务基地。

中华人民共和国成立70年，随着中国高等教育的迅猛发展，民族院校迅速壮大，逐步发展成为学科门类齐全、具有民族区域特色的现代高等院校。在此基础上，民族文学教学、人才培养、学科建设在各民族院校也逐渐发展和成熟起来。但由于各民族院校所处地域不同，经济结构和发展水平各异，政治、历史、文化背景不一，语言环境、文化心理不同，各民族院校在民族文学教学、人才培养、学科建设等方面呈现出共性与个性并存的局面。下面，我们对这些有代表性的民族院校在民族文学教学、人才培养、学科建设等工作中取得的成绩和经验进行总结和分析。

一、综合性民族文学教学与学科建设

1949年，党中央和国务院任命乌兰夫为中央民族学院（中央民族大学前身）院长。是年9月，学校开办了藏语文班，这是一个短训班，目的是培养翻译人才。经过一年的筹备，学校于1951年6月1日正式开学。作为民族院校的最高学府，中央民族大学汇聚了各个民族的高级人才，在综合性民族文学的学科建设及人才培养方面有比较雄厚的优势和悠久的历史。

（一）民族文学学科创立：1952—1976年

中央民族大学中国少数民族语言文学学科创建于20世纪50年代，经过马学良、于道泉、耿世民、张公瑾、胡振华、戴庆厦、梁庭望、满都呼等专家、学者几代人的共同努力，现已发展成为建立最早、专业多、语言覆盖面大的综合性民族文学教学科研基地，为我国民族地区的社会进步与现代化建设做出了重要贡献。该学科涉及蒙古、维吾尔、哈萨克、朝鲜、藏、满、壮、彝等南北方少数民族文学，不少领域已处于国内领先地位。总的来说，中央民族大学民族文学学科建设分为两个阶段：从1952年语文系成立到1966年前为第一阶段——民族文学学科专业萌芽和奠基阶段；1978年到现在为第二阶段——民族文学学科专业发展壮大阶段。

1952年10月，中央民族学院（中央民族大学前身）少数民族语言文学系（简称语文系）成立，这是少数民族文学学科专业的起点。该系的构成一部分是为和平解放西藏于1950年9月开办的第一个藏语班，一部分是次年9月开办的语文班，再一部分是从北京大学东方语言文学系划过来的藏语班和维吾尔班。语文班不久又划分为壮、苗等10个班。1966年，语文系先后开办了藏语、彝语、纳西语、景颇语、傈僳语、拉祜语、哈尼语、壮语、布依语、傣语、侗语、水语、黎语、苗语、瑶语、蒙古语、维吾尔语、哈萨克语、柯尔克孜语、满语、朝鲜语、佤语、高山语等24个语言专业班。当时，语文系师生的重要任务是作为主力参与民族文字的创制或改进工作，先后为壮族、布依族、侗族、苗族、瑶族、哈尼族等十多个民族创造了文字，对多种老文字进行了改进。作为新时代的仓颉，当时全系师生都很兴奋，很投入。1950年11月24日，政务院第60次会议通过的《筹办中央民族学院试行方案》中，根据当时国家的需要，定了三条办学任务："一、为国内各少数民族实行区域自治以及发展政治、经济、文化建设培养高级和中级干部。二、研究中国少数民族问题，以及各少数民族的语言文字、历史文化、社会经济，宣传并介绍各民族的优良历史文化。三、组织和领导关于少数民族方面的编辑和翻译工作。"在这种情况下，语文系各专业的培养目标自然是以培养语言文字人才为主，即"培养教授民族语文、改进或创制民族文字、参加语言调查、从事翻译工作所急需的教学、科研、翻译人才"。① 教学安排偏重语言教学，但作为语言文学学科的组成部分，少数民族文学也有一定的地位，到1966年前，在如下五个方面初步奠定了基础：

第一，搜集了相当丰厚的民族文学材料。这个时期对各语言调查队和各班实习队都有一个硬性的要求，要从民间特别是谙熟民间文学的老民间诗人、故事家、说唱家那里，搜集、抢救民族民间长诗、民歌、神话、故事、传说。按马学良先生的要求，要用国际音标或民族文字原原本本地记录，并且当场做必要的技术处理，如偏僻词汇、特殊表达法、事件、地名、人名、特殊民俗、历史背景等，都应当当场注解，还要做好对译意译，这样的文学材料才能长期利用。这些宝贵的材料，经过历年的积累，各教研室都存有一批，有的已经成为绝本，非常宝贵，是中央民族大学民族文学学科发展的根基，也是语言学、历史学、民族学、人类学、民族文化学、民俗学、宗教学共用的宝贵材料。

第二，编写民族文学的讲义教材。20世纪50年代后期到60年代，各教研室相继编写单一民族的文学讲义或教材，原来没有民族文字的民族，因为作家少或者一时无法确定其民族成分，主要编写民间文学讲义；民族文字历史悠久的则开始着手编写教材。这些讲义和教材虽然当时大部分未能正式出版，但在培养人才中曾发挥重要的作用。

第三，开设民族文学课程。部分语文班开设民间文学课，作家文学材料比较丰富的则开设作家文学课程。这些课当时都是单一民族的，如蒙古族文学、维吾尔族文学、藏族文学、壮族民间文学等。作为公共课，各班都开设"中国文学""中国文学史""历代作家文选"等，教师用国家通用汉语言授课，教材为汉语文版教材。

第四，培养了一批从事少数民族文学教学科研人才。虽然当时主要是培养语文人才，但他们大多语言文学兼通，有的主要从事民族文学教学研究工作，有的已经成为国内外著名的学者。就本校而言，耿世民、王尧、张公瑾、胡振华、哈米提·铁木尔、徐盛、戴庆厦、耿予方、佟锦华、张元生、杨权、梁庭望、满都呼、王伟、曹翠云、刘保元、曾思奇、贺希格陶克陶、季永海、杨敏悦、毕桪等，都是20世纪五六十年代语文系培养出来的专家教授，他们均在民族文学方面有自己的贡献。从北京大学等高校来的李森、白荫泰、吴重阳、陶立璠、李云忠、刑莉等教授，在这种氛围的影响下，也对民族文学发生兴趣，做出了贡献。校友中也有相当一批人从事少数民族文学的教学、研究、文学作品翻译工作，如北京的民族出版社、《民族团结》杂志社、《民族文学》杂志社、少数民族文学研究所，都有中央民族大学的校友；在民族地区的高校、文艺刊物、文学研究所、文艺团体创编组中，活跃着中央民族大学的一大批校友。"三大史诗"中的翻译人员中都有中央民族大学的校友做骨干，特别是《玛纳斯》的翻译整理，主要是中央民族大学的校友郎樱、李宗海、尚锡静等同志完成的。中国社会科学院民族文学研究所原副所长郎樱、邓敏文、杨恩洪、罗汉田

---

① 荣仕星：《中央民族大学五十年》，北京：中央民族大学出版社，2001年，第4页。

等研究员，硕果累累，是中央民族大学校友中研究民族文学的佼佼者。

第五，开展民族文学研究。当时工作的重点，一是对民间文学名篇进行整理翻译；二是对少数民族作家的身份进行辨析；三是参与中宣部组织的单一民族文学史的编写工作。这些研究都取得了一定的成果，如马学良先生1955年整理翻译的《蝴蝶歌》（与邰昌厚、今旦合作），1956年整理翻译的《金银歌》（与邰昌厚、今旦合作），同年发表的《关于苗族古歌》，1959年发表的《更多更好地翻译少数民族民间文学》，1962年发表的《谈少数民族民间文学的翻译问题》等，都从实践和理论上归纳出了民族民间文学翻译整理的基本原则和方法。

但毋庸讳言，1966年前民族文学学科的状况不尽如人意。在少数民族语言文学学科当中，它的分量偏轻，比重偏小；许多基本的理论问题尚未得到深入探讨；在民间文学与作家文学的关系上，偏重于民间文学；在研究与创作的关系上，创作人才培养未受重视；单一民族文学教学、研究各自为政，缺乏总体的宏观研究；在民族文学作品价值的挖掘上，未能深挖其语言学、历史学、民族学、人类学、宗教学、民俗学的多方面价值，从而影响了其他学科对民族文学价值的理解和对其资料的运用；比较文学未能提到日程；学历层次仅达到大专和本科。所有这些，都影响了民族文学学科专业的发展。

（二）民族文学教学与学科发展：1977—1999年

1977年以来，少数民族文学沐浴改革开放的春风，以思想解放为前导，连上几个台阶，不仅成为真正的学科，而且能以重点学科的面目通过网络传播，吸引硕士生和博士生，达到了人才培养的最高层次。目前，少数民族语言文学学院的单一民族文学方向与民族文学综合研究方向的研究生已达到一定规模。70年民族文学学科的发展壮大表现在以下几方面：

第一，设置相应机构。任何新生事物的产生和发展，都必须有相应的依托。为推动少数民族文学学科发展壮大，学校于1980年建立了少数民族文学艺术研究所。随后不久，马学良先生在语文系建立了少数民族文学教研室。1985年年底，语文系划分为少数民族语言文学一系、二系、三系，在系的名称上首次明确语言与文学并重，民族文学教研室归到少数民族语言文学三系。各系都有了专门从事少数民族文学教学、研究的老师。1995年4月，中央民族大学少数民族语言文学学院成立，下辖蒙朝语言文学一系及二系、维哈柯语言文化系、少数民族文学系和语言学系5个系，这是我国建立的第一个民族文学系。2000年学校进行院系调整，撤销少数民族文学艺术研究所，教员回到教学单位。少数民族文学系与语言学系合并为少数民族语言文学系，系内设少数民族文学教研室。这样，少数民族语言文学学院下属共有少数民族语言文学系、蒙古语言文学系、朝鲜语言文学系、维吾尔语言文学系和哈萨克语言文学系5个系，各系语言文学并重。2019年上述五个系合并成少数民族语言文学学院。

第二,建立民族文学师资梯队。70多年来的最大成果,是少数民族文学梯队的形成,这支队伍的成员分布在少数民族语言文学学院、藏学研究院、文学与新闻传播学院和出版社等单位,相当庞大。除上面列举的20世纪五六十年代培养的正副教授,80年代以来又增加了一批中青年学者,如丹珠昂奔、黄凤显、文日焕、李岩、赵志忠、邢莉、云峰、吴相顺、金春仙、钟进文、莫福山、黄建民、朱崇先、汪立珍、杨春、乌力吉、王满特嘎、胡格吉夫、萨仁格日勒、伍月、那木吉拉、拉斯格玛、穆合塔尔、梁沙沙、衣马木、岗措、扎巴等。这支队伍的特点是知识结构比较完整,学历层次搭配合理,研究生学历占相当比例,还有一部分到过国外留过学或当访问学者,视野开阔。最主要的是他们有比较强的事业心,愿意把毕生的精力献给少数民族文学事业,这是我们的事业不断向前推进的保证。

第三,学历达到制高点。在相关本科专业恢复的基础上,1981年,少数民族语言文学学科建立了语言学、藏缅语族语言文学、壮侗语族语言文学、苗瑶语族语言文学、蒙古语族语言文学、突厥语族语言文学6个硕士点,从此可以招收民族文学硕士生。

1983年,藏缅语族语言文学博士点诞生,民族文学可以招博士生,达到学历制高点。但还只限在一个语族之内。

1986年,增加了其他语言文学硕士点,至此,原则上各少数民族都可以招文学方向的硕士生。同年,少数民族语言文学学科被确定为部委级重点学科。

1995年,中央民族大学少数民族语言文学学院成立,藏缅语族语言文学博士点升格为少数民族语言文学博士点。这样,原则上各民族都可以招文学博士生。同年,少数民族语言文学学科被批准为"国家文科基础学科科学研究与人才培养基地",从此开始招少数民族文学基地班,至今已经招了多届。

同年,经全国博士后管委会批准,学校设立博士后流动站,设站学科(一级学科)为民族学学科,设站学科所含专业(二级学科)为民族学专业、中国少数民族语言文学专业、中国少数民族史专业。至此,学历达到最高层次,布局完成,为少数民族文学的发展铺平了道路,意义深远。2005年,少数民族文学学科提升为国家级重点学科。

第四,从单一民族文学研究到综合研究。随着学科点的建立,理论研究也相应得以重视。1966年之前,我们的研究对象是单一民族的文学,如蒙古族文学、藏族文学、维吾尔族文学、壮族民间文学、侗族民间文学等。20世纪70年代末到80年代初,我校部分老师开始思考综合研究问题,在《光明日报》等报刊上争论"有没有少数民族文学?""什么叫少数民族文学?"对前者,部分人认为少数民族分布在四面八方,其文学捏不到一块,无"少数民族文学"可言,只有某一民族文学。多数学者认为"少数民族文学"是客观存在,它是与汉文学相对而言的,由于边缘文化有某种共性,在漫长历史上各民族文化交流的催动下,使55个少数民族的文学在保持自己个性的同时,客观上存在着共性,应当对其进行整体的把握。至于"少数民族文学"的定义和内涵，有艺术形式决定论、作品内容决定论、创作主体决定论、三者综合决定论以及广义民族文学和狭义民族文学等观点。大多数学者认同"创作主体决定论"，在此前提下可细分为广义民族文学和狭义民族文学。目前对少数民族文学的性质、定义、范围、特点、发展史、体裁研究、民间文学特点、作家文学特色、与汉文学互动、与周边国家文学的交流、民族文学比较研究、多层面多角度研究方法等方面，理论框架已经基本形成，为进一步探索打下了基础。

在科研的基础上，出版了系列相关著作和教材。主要有：《中国少数民族文学概论》《中国少数民族文学史》《中国少数民族文学比较研究》《中国少数民族文学》《少数民族文学》《中国少数民族民间文学概论》《中国民族民间文学》《中国现代少数民族文学概论》《中国当代少数民族文学概观》《中国少数民族古代近代作家文学概论》《中国少数民族现代当代作家文学概论》等十多部著作或教材。另有《中国少数民族民间文学作品选》《中国少数民族古代近代文学作品选》《中国少数民族现代当代文学作品选》《20世纪中国少数民族文学百家评论》与之配套。这些著作、教材和作品选，为少数民族文学的综合研究打下了坚实的基础。

第五，设置比较完整的课程体系。课程体系实际上是人才培养蓝图，它是根据培养目标确定的。总的说来，课程设置是参照一般中文系的，其结构中与专业有关的课程包括三部分：即基础理论部分、专业基础课部分、专业课部分。基础课部分与一般中文系没有多大差别，如"文学理论""美学原理""中国文学史""中国古代文学史""中国现当代文学史""比较文学概论""中国古代文论""外国文学"等，差别是在专业基础课和专业课、选修课部分，形成少数民族文学自己的体系。这一体系内部分为三个层次：即本科课程设置、硕士生课程设置和博士生课程设置，有的课程可能三个层次都开设，但分量和内容都有所差别。对基地班和其他班本科生，开设了"少数民族民间文学""少数民族作家文学""中国少数民族比较文学""中国少数民族文学史""中国少数民族现当代文学""少数民族文学作品选讲"等系列课程。各系针对不同的情况，则开设与某一民族有关的课程，如朝鲜语言文学系开设了"朝鲜古典文学史""朝鲜民间文学概论""中国朝鲜族文学史""朝鲜现代文学史""朝鲜当代文学史""朝鲜诗歌研究""朝鲜小说研究""朝鲜戏剧研究""朝鲜文学今论""朝鲜作家作者论""中朝文学关系研究""朝鲜语小说诗歌创作与实践""文艺审美心理学""影视文学创作与实践""东方文学史""现代西方文学思潮概论""当代文学论文讲解""文学批评方法论"等课程，形成了比较完整的体系。语言文学系的少数民族文学综合研究方向博士生的培养方案中，必修课的学位核心课程为"少数民族文学理论与方法""中国少数民族文学史""中国少数民族韵体文学""中国少数民族散体文学"。选修课中的专业选修课为"少数民族戏剧文学""少数民族比较文学""原著选读"，又在公共必修课中设计了"学术前沿研究"作为公选课系统课程。另外，还根据学生专业方向分别开设"壮族文学史""壮族文学概论""壮族文学艺术概论""壮侗语族各族文学概论""侗族文学""侗族民间文学""苗族文学""瑶族文学""彝族文学""彝族古籍文献""高山族文学""白族文学""哈尼族文学""布依族文学""傣族文学""景颇族文学",等等。蒙古族语言文学系开设了"蒙古文写作""蒙古族古代文学史""蒙古族近代文学史""蒙古族现当代文学史""蒙古民间文学""蒙古国现代文学史""蒙古文献""蒙古史诗研究"等课程,也比较完备。维吾尔语言文学系开设了"民间文学概论""察哈台语维吾尔文学""古代突厥语文献""维吾尔文学概论""维吾尔文学史""当代维吾尔作家评论""福乐智慧学""维吾尔民间文学""作品欣赏与创作""纳瓦依作品研究概况"等课程。哈萨克语言文学系开设了"民间文学概论""哈萨克语文学写作""克鲁恰克文献选读""察哈台哈萨克文献""古代突厥语文献及文献选读""哈萨克文学概论""哈萨克文学史""哈萨克现代文学""哈萨克民间文学""突厥语民族叙事文学""突厥语族文献学""阿拜研究""唐加勒克作品研究概况"等课程。藏学研究院开设有"藏族文学史""藏族当代文学""藏族诗歌""藏族历史文献选读""藏族文学赏析"等课程。38年来,各专业先后开设的少数民族文学课程在100门左右,其中有一批部委级精品课程。

第六,扩大校内外学术交流。信息网络使文学已无法囿于自己营造的圈子,中央民族大学学科建设需要不断获得学科前沿的信息,内外互动,扩大校内外学术交流,才能获得新的推动力。学校利用首都信息中心这一优势,不断与各方交流,让师生参加各种学术活动,听各种讲座,从而使学科内涵不断得以延伸、更新和扩展,获得新的生命力。特别是和社科院少数民族文学研究所等学术单位的交流,使学校科研发展获益匪浅。

(三)民族文学教学与学科成熟期:2000年至2019年

2002年1月18日,中央民族大学"中国少数民族语言文学"学科被教育部批准为国家级重点学科,这是民族文学学科建设的一件大事。这时,中央民族大学的少数民族文学学科隶属于少数民族语言文学学院,学院设有中国少数民族语言文学系、蒙古语言文学系、维吾尔语言文学系、哈萨克语言文学系以及朝鲜语言文学系。除此之外,藏学研究院担负着藏族语言文学的研究工作。

1. 少数民族语言文学系是我国唯一综合研究全国少数民族语言文学的教学科研机构,以其办学特色和精良学术享誉国内外。1952年中央民族学院(中央民族大学前身)成立伊始,从北京大学抽调相关专业师生组建了"语文系",是本校第一个学历教育单位,后改为"民语系"。1986年划分民语一系、二系、三系,1995年成立"中国少数民族语言文学学院",在原民语三系基础上设"语言学系""民族文学系",2000年随着本科专业合并,"语言学系"和"民族文学系"合并为"少数民族语言文学系"。该系设少数民族语言文学、古典文献学两个本科专业,设中国少数民族语言文学、语言学与应用语言学、古典文献学、比较文学与世界文学四个研究生专业,是"国家文科基础学科人才培养与科学研究基地"和"中国语言文学"

一级学科分布点，设博士后科研流动站，同时也是"211"和"985工程"建设单位。

20世纪50年代初以来，在已故著名民族语言学家马学良教授等几代学者的努力下，少数民族语言文学事业得到发展。少数民族语言文学系始终以"奠定专业基础、拓宽知识领域、提高语言技能、增强竞争实力"为办学指导思想，以"培养掌握一门少数民族语言及境外相关语言的有特色的中国语言文学人才"为培养目标，注重培养精通汉语的少数民族人才和掌握民族语的汉族人才，为国家和社会输送能胜任与少数民族语言文学相关的文化和教育人才。教师梯队合理，既有从教多年、教学科研硕果累累的老教授，亦有专业基础扎实、极具潜力的中青年教师。很多教师在民族文学领域做出了重要贡献。

2. 维吾尔语言文学系是在原维哈柯语言文学系一分为二的基础上于2004年4月15日正式成立的。这是全国唯一的也是国际上唯一的以维吾尔语言文学命名的教学单位。维吾尔语言文学专业是中央民族大学（原中央民族学院）建立最早的几个专业之一，设立于1951年。1952年北京大学东语系维吾尔语专业的全体师生并入，隶属于中央民族学院少数民族语言文学系。1986年2月与哈萨克、柯尔克孜语言文学等专业一起独立建系，曾被称为"少数民族语言文学二系""维哈柯语言文学系"等。维吾尔语言文学系自从2004年4月15日正式成立之后，标志着该专业经过五十多年的发展壮大，已经到了比较成熟的阶段，它的成立预示着维吾尔语言文学学科今后将得到更广的发展空间和更多的发展机遇。经过半个世纪教学科研活动的锤炼，维吾尔语言文学专业形成了一支具有较高素质的师资队伍，科研水平在国内一直处于领先地位，有的方面已接近或达到国际水平，科研成果令世人瞩目。该系国际学术交流活动活跃，2008年成功举办了"纪念麻赫穆德·喀什噶里诞辰1000周年"的国际学术研讨会。半个多世纪以来，先后有18人曾经或正在美国、德国、日本、土耳其、奥地利、荷兰、埃及、伊拉克、俄罗斯、乌兹别克斯坦、哈萨克斯坦、吉尔吉斯斯坦、土库曼斯坦、阿塞拜疆等国家工作、讲学、访问、研究、进修、参加学术会议；同时邀请这些国家的学者来系进行学术访问或讲学十多人次，为提高专业水平、加强国际合作、扩大该系在国内外学界的影响，起到了重要作用。

维吾尔语言文学专业作为全国首批获国务院批准的硕士学位授予资格的专业，以及作为国家保护和扶持的国家级重点学科，已于1979年起招收硕士学位研究生，1993年起招收博士生。目前该系的教学活动覆盖博士研究生、硕士研究生、研修生、本科生等各个层面。

3. 哈萨克语言文学系是目前国内高校中唯一以"哈萨克语言文学"命名的学科专业，属国家级重点学科、教育部基础学科人才培养基地所在单位，是"211工程"和"985工程"重点建设学科单位，是全国首批由国务院批准的硕士学位授予点，同时也是博士学位授予点、博士后流动站。1979年起招收硕士学位研究生，1993年起招收我国高校首批突厥语言文学专业的博士生，2006年博士后开始进站，是国内哈萨克语言文学专门人才培养基地和科学研究基地。主要面向新疆地区招生，培养精通哈汉双语从事哈萨克语言文学教学、研究、编译等工作的专门人才。该系设有哈萨克文学教研室，师资队伍的学术方向覆盖哈萨克文学理论、哈萨克文学史、哈萨克民间文学等方面。

4. 朝鲜语言文学系（简称朝文系）是在1972年创办的中央民族学院朝鲜语言文学专业的基础上建立起来的，经过二十多年的艰苦创业与建设，于1992年1月升格为朝鲜语言文学系。朝鲜语言文学专业是国家重点学科之一，也是全国基础科学人才培养和科学研究基地之一，现设有朝鲜语言文学的本科方向；朝鲜古典文学研究、朝鲜—韩国当代文学研究、中国朝鲜族文学研究这三个硕士研究方向以及朝鲜古典文学研究的博士研究方向。朝文系民族文学学科的专业特色主要体现在对朝鲜古典文学史、朝鲜现代文学、中国朝鲜族文学等方面的学术研究。

5. 蒙古语言文学系的前身是1952年建立的蒙古语言文学专业。该专业是中华人民共和国成立后国内开办最早的面向全国招生的少数民族语言文学专业之一，当时隶属于中央民族学院语文系。1986年原语文系被分为少数民族语言文学一系、少数民族语言文学二系和少数民族语言文学三系，蒙古语言文学专业与朝鲜语言文学专业、藏语言文学专业同属于少数民族语言文学一系。1995年1月正式成立蒙古语言文学系。蒙古语言文学专业是国家民委重点学科之一，设有博士学位点和硕士学位点。该专业开办六十多年来，培养本、硕、博数千人。生源来自内蒙古、青海、新疆、辽宁、吉林、黑龙江、河北、北京、天津、上海等省、市、自治区的蒙古族、汉族、满族、达斡尔族、鄂温克族、锡伯族等民族的优秀生。

6. 藏学研究院的前身——中央民族学院藏语文教研室，创建于1951年。当时中央民族学院为适应和平解放西藏的需要，在党中央和毛主席的亲切关怀下，由我国藏学的奠基人、已故著名藏学家于道泉教授创办，成为当时中央民族学院的"半壁江山"（建院初期学院建有藏语文专业和军政干部训练班两个专业），当年招了藏语文训练班，学生37人。

1952年中央民族学院建立了少数民族语文系，藏语文专业成为第一教研室，开始招本科生，学制为四年、五年。从1960年开始招研究生班，形成多层次人才培养，为国家培养了一大批藏学高级专门人才，其中的很多人现已成为国内外知名的藏学家和高级领导干部，他们为祖国的统一、民族的团结和建设的发展，做出了突出贡献。

因国内学术研究和国际形势的需要，于1981年成立了中央民族大学藏学研究所，这在当时是全国首家藏学研究所。二十多年来该所用汉文和藏文撰写了一大批具有开创性、高质量和填补空白的学术论著，如《历辈达赖和班禅年谱》《西藏地方是中国不可分割的一部分》《中国西藏地方藏文历史资料选编》等，这些研究成果有些获得了国家级图书奖，有些荣获省、部级科研成果一等奖；承担并完成了一批国家及省部级重点科研项目；参与了党和国家关于西藏问题的讨论和咨询，为高层领导的决策做出了贡献。

为适应藏区改革开放、建立社会主义市场经济体制的需要，1993年原有中央民族大学语文系藏文教研室和藏学研究会合并成立了中央民族大学藏学系，藏学所仍然保留，保持两块牌子、一班人马的格局。从此，中央民族大学的藏学形成了以科研拉动教学、培养人才，以教学促进科研，产出高质量的科研成果，是全国高校中唯一的藏学系。根据西部大开发和国内外藏学研究的发展趋势，于2000年6月在中央民族大学教学、科研机构的改革中，在原藏学系和藏学研究所的基础上成立了中央民族大学藏学研究院，下设藏学系和藏学研究所。藏学研究院的诞生，标志着我国藏学的研究和教育事业又进入了一个新的阶段，以藏语言文学专业为主，培养精通藏、汉两种语言的藏学应用型人才，同时瞄准国内外藏学研究的前沿，对藏族历史、政治、文化、艺术、哲学、宗教、经济、教育等领域进行全方位的挖掘、整理和研究。

经过半个多世纪的发展，今天的藏学研究院已经成为一个以本科教育为主，同时大量培养本科生、硕士研究生、博士研究生等多层次、多规格的高级藏学人才的培养基地和藏学研究基地。藏学研究院现已形成了丰厚的人文资源和强劲的学科优势，其藏学研究整体水平在全国高校中居于领先位置。其中的藏族史、藏语言文学、藏族文化史、藏传佛教思想史、敦煌学等，历史悠久，力量雄厚，成果卓著，影响广泛。王尧教授的历史学、敦煌学研究在国际藏学界处于无可置疑的前沿地位，他的一系列论著成为中央民族大学的标志产品，在国内外学术界产生了很大的影响。佟锦华、耿予方教授的藏族文学研究，赵康教授的藏族诗镜和音乐研究，陈践践教授的敦煌学和古藏文研究都饮誉藏学界。其间所形成的藏学教学与科研的体制、方法、内容、体系、思路等，对全国的藏学教学与研究产生了重大的辐射作用，奠定了中国藏学的现代学术规范。

目前少数民族语言文学学院设有中国语言文学一级学科博士学位授权点（2005年）和中国语言文学博士后流动站（2002年），教育部文科基础学科人才培养和科学研究（中国少数民族语言文学）基地（1986年）、国家级和北京市级特色专业（2008年）、教育部人才培养模式创新实验区（2008年）、国家民委人文社会科学重点研究基地——中国少数民族语言研究基地（2014年），具有雄厚的学科建设基础。中国少数民族语言文学学科是中国语言文学一级学科下的二级学科，是我校两个国家级重点学科之一，是"双一流"重点建设学科。

学院教学与研究领域涉及中国少数民族语言文学、语言学及应用语言学、中国古典文献学、比较文学与世界文学等4个二级学科，覆盖汉藏、阿尔泰、南岛、南亚、印欧等5大语系、一百多种语言、三十多种民族文字、五十多个民族的文学与文献，具有良好的学术传统优势和综合比较研究优势。学院曾开设四十余种少数民族语言专业，以少数民族语言文学单一民族与综合性教学研究见长，在国内有很强的辐射性。

2019年7月,中央民族大学民族文学教学、课程体系、人才培养等方面根据时代发展,做出相应的调整,学校党委研究决定对中国语言文学学科资源进行梳理整合调整,并成立了中央民族大学首个学部——"中国语言文学学部"。新组建的中国语言文学学部下设3个学院和1个独立科研平台,即中国少数民族语言文学学院、文学院、国际教育学院和中国少数民族语言研究院。学部成立后,负责统筹中国语言文学一级学科建设工作,整合相关资源,搭建学科综合交叉平台,统筹重大科研项目,推进跨学院科研平台建设。

中华人民共和国成立70年,中央民族大学培养了大批既懂民族语又掌握国家通用语言的优秀毕业生,他们分布于祖国各地,从事教学、科研、翻译、新闻出版、广播电视、行政、司法、文学创作等工作,以扎实的功底、朴实的作风和勤奋的工作赢得各方好评,为我国民族地区的社会发展和文化建设事业做出了巨大贡献。

二、中央民族大学民族文学学科建设的贡献

中央民族大学是中国少数民族文学学科的最早生长点和成长基地,中国最早的少数民族文学学科在这里诞生。

(一)奠基少数民族文学学科

20世纪50—60年代,中央民族学院语文系先后开办了蒙古族、藏族、维吾尔族、壮族、侗族、布依族、哈萨克族、苗族、瑶族、水族、彝族、纳西族、景颇族、哈尼族、傈僳族、拉祜族、黎族、满族、朝鲜族、高山族、傣族、佤族、柯尔克孜族等24个民族语言文学专业,马学良先生称少数民族语言文学专业为"社会科学的一个崭新的学科"。中华人民共和国成立初期,由于当时有改进和创制少数民族文字的重任,各专业以语言为主,但也有搜集整理民族文学(主要是民间文学)和培养人才的责任,因而各班都得开设文学课程,包括中国文学和中国文学史(内容主要是汉文学),同时也要开设本民族的文学课程。要培养学生,"有一条而且是重要的一条经验,就是要重视教材、读物的编译工作"。但由于中华人民共和国成立前没有少数民族文学课程,根本没有教材,读物也非常之少,不用说教材,由于各民族文学材料奇缺,连编写简单的讲义都非常困难;为此,当时马学良特别布置各语言调查队和各实习队,注意搜集民族文学作品。由于大部分少数民族当时还没有作家文学,其作品都是民间文学,必须现场记录,马先生特别强调所有师生都必须熟练掌握国际音标,学会听音、辨音、发音和记音,能够用国际音标准确地记录语言文学材料。当时没有录音条件,调查只能够手工操作。记音能力后来就形成了语文系学生的传统基本功。

通过调查,各教研组掌握了大批材料。1954年全系有七个教研组,即:第一教研组:藏语言文学;第二教研组:彝、纳西、傈僳、拉祜、哈尼、白等民族语言文学;第三教研组:维吾尔、哈萨克、柯尔克孜语言文学;第四教研组:苗、瑶语言

文学；第五教研组：景颇、佤语言文学；第六教研组：壮、傣、布依、侗、水、黎语言文学；第七教研组：蒙古、达斡尔、鄂伦春语言文学。后来又增加了朝鲜、高山等教研组。各组得来的大批材料，无论是民间文学还是作家文学，都面临一个鉴别问题。一篇作品是哪个民族的，一般从其所用语言文字就可以断定。但也有分歧的。例如藏族的长诗《格萨尔王传》，流传在藏族、蒙古族、土族、裕固族、纳西族、白族、傈僳族中，国外也有争议，尼泊尔、锡金、巴基斯坦、伊朗等都有说法。作品的年代也有不同的看法。民歌中也常有用别的民族的语言演唱的，到底是哪个民族，也需要追本溯源。例如清代乾隆年间的《粤风》，其中的汉语民歌就有少半是壮人唱的。满族的"子弟书"虽然有满文创作、汉文创作、满汉合璧三种，但都是满族子弟创作的。民间文学的这种复杂状况，给鉴定带来困难。经过多年的探索，总结出五种属性：（1）语言属性。看作品是用哪个民族的语言创作的。如果是古代民族语言，往往涉及同语族或语支，就必须参照独特的属性。（2）内容属性。看作品反映的社会生活是属于哪个民族的，其中的细节往往能够提供比较确凿的标志。（3）形式属性。一般而言，作品的形式所传导的民族属性是比较易于鉴别的，用不同民族的语文创作的作品，有明显的差异。特别是用民族语言创作的民歌，不同民族形式迥然有别。（4）空间属性。即作品的演唱主体是谁，它是流传在哪个民族地区的。（5）时间属性。也就是源与流的鉴别，先与后的区别。我们说《格萨尔王传》是属于藏族的长诗，经追本溯源，它的发源地在昌都地区（今昌都市），其格式是当地的藏族民歌，句子结构是：

```
六音节：xx   x   x  xx；xx      x    xx    x
七音节：x    xx    xx x；xx         xx xx    x
八音节：x    xx    xx xxx；xx    xx xx    xx
```

这特有的音节结构，就证明这部长诗是属于昌都地区（今昌都市）的藏族作品。这说明，有的作品一个属性就可以断定，有的则需要若干方面互相比照。

作家文学作品的民族属性，重点在对作家民族成分的鉴别。北方草原文化圈阿尔泰语系的民族，由于人名比较特殊，一般比较好鉴别。南方民族姓名与汉族没有多大区别，较难鉴定。特别是古代作家诗人，一般都不标族属，需要从生长地区、家谱、言行、古籍记载、作品特色等多方面来综合研究。由于在南方古代少数民族作家、诗人中存在攀附中原大姓的情形，单靠一方面是难以断定的。

（二）培育学术梯队和教材建设

70年的征程，中央民族大学形成了少数民族文学教学研究学术梯队。梯队的领头人是马学良，他培养出来的老一辈学者主要有耿世民、张公瑾、胡振华、徐盛、耿予方、佟锦华、白萌泰、杨权、郑国乔、赵康、谢后芳等，是为第一梯队。第二梯队主要有满都呼、梁庭望、吐尔逊·吾守尔、贺希格陶克陶、文日焕、李岩、曾思奇、张菊玲、安柯钦夫、毕桪、李德君、李云忠、吴重阳、李佩伦、陶立璠、刘保元、刘一沾、李耀宗、杨敏悦、邢莉、王妙文、麻树兰等，大部分为本校培养，少部分来自兄弟院校。较年轻的和更年轻的第三梯队主要有赵志忠、那木吉拉、王满特嘎、云峰、覃录辉、莫福山、钟进文、汪立珍、吴相顺、金春仙、阿布力克木、穆合塔尔、杨春、梁沙沙、黄鸣、徐建顺、扎巴、岗措等。

对作品和作家的个案研究，有很多突破和创新。下面介绍几位教授的学术成果：

张公瑾（1933—2017），汉族，中央民族大学少数民族语言文学学院语言文学系教授，博士生导师，壮侗学研究所所长，中国民族古文字研究会会长。他探讨了傣族文学的历史分期，归纳出萌芽期、发展期、成熟期、新生期四个阶段，对每一个阶段的内涵都做了挖掘和简要的归纳。例如对萌芽期，他指出："萌芽期始于原始社会直至阶级社会逐步形成时期，也就是傣族传说中所说没有官家、没有佛寺、没有负担的'橄榄时期'和有官家、有佛寺、没有负担的'食米时期'。"以《傣族古歌谣》及神话《布桑盖与亚桑盖》《因帕雅普》《混撒》为代表。"发展期与农奴制的形成相适应"大约相当于唐、宋、元、明，傣族的"专业歌手已经产生，小乘佛教已在傣族地区广泛流传，为傣族文学开阔了新的思想来源"。文学内容大大丰富起来，产生了《召树屯》《兰戛西贺》等具有代表性的长篇叙事诗以及《谷魂婆婆》那样的民间故事。"在这些作品中浪漫主义是主流，神话色彩和现实内容常常交织在一起。这在傣族文学发展史上是一个生机勃勃的时期。""成熟期与傣族封建领主统治的进一步深化、部分地区进入地主经济时期相适应。"《娥并与桑洛》和《月罕佐与冒弄养》的产生说明阶级矛盾尖锐化。新生期指中华人民共和国成立后的文学，以《傣家人之歌》和《流沙河之歌》等为代表。这个分期和对其特征的构拟，是完全符合傣族文学发展轨迹的。傣族的叙事长诗特别繁荣，计有五百多部，在中国各民族当中，数量名列前茅。张公瑾对傣族叙事诗繁荣的原因做了深入的研究，归纳出五大原因：其一是社会相对稳定。唐宋以来，傣族社会虽然也有战争，但都是局部性的，加上农村公社的长期存在，"其自身独立生存的能力十分顽强"，造就了叙事诗繁荣的土壤。由此得出一个带有一定普遍性的结论：战争、变革造成的社会大动荡，人民的精神普遍紧张，"两者都会妨碍长篇叙事诗的产生"。其二是经济生活比较富裕。"在傣族居住的云南边陲那些山清水秀的小盆地里，气候炎热，土地肥沃，雨量充足，物产丰富"，人们虽然在生活上没有很高的奢望，但"基本生活还是自给有余"。这是长诗繁荣的前提条件。其三是有"从事演唱的专业艺人"。张公瑾指出："没有大批行吟诗人，也就不可能有中世纪欧洲的骑士文学。傣族长篇叙事诗之所以特别丰富，正是由于在傣族群众中有无数半职业的民间歌手常年从事创作和演唱活动。"据他研究，傣族的民间歌手赞哈早在公元6世纪就已经产生。其四是"有悠久的民族文字"。西双版纳的傣仂文公元13世纪就开始使用；德宏傣哪文的使用也不晚于14世纪。有了比较发达的文字，就可以用于创作和加工，并且便于流传，在流传当中进一步充实和琢磨，使之日益完美。其五是"有本民族丰富的社会实践"。他指出："长篇叙事诗必须有'事'可'叙'，这里有一个题材的广度和深度问题。"傣族正是有"事"可"叙"的民族，两千年来，他们在西南的一隅，"在历史舞台上演出了绚丽夺目的精彩场面"，为长诗提供了丰富的资源。在云南，除了彝族和白族，就是傣族建立过景龙金殿国等地方政权。所归纳的这五条，不仅对傣族，对壮侗语族民族也同样是适用的。张公瑾对傣族的民间诗人赞哈的产生历史、特点及其在社会生活中的功能也做了全面的探索，富于启迪。

耿世民（1929—2012），汉族，中央民族大学少数民族语言文学学院维吾尔语言文学系教授，博士生导师，中国突厥语研究会副会长，美国哈佛大学《突厥学报》顾问，土耳其语文科学院名誉院士。他在维吾尔古代文献的研究方面取得了突破性的成就。维吾尔古代文献特别是碑文，既是历史文献，也是少数民族文学中特殊的文学作品，被称为碑铭文学，具有语言学、历史学、民族学、文学等多方面的价值。但这些文献都用回鹘文等古代文字写成，破解实属不易。耿世民在破解这些文献方面，做出了很大的贡献。维吾尔族的古代碑铭文学，主要产生于东突厥汗国和鄂尔浑回纥汗国时代。在这些碑铭中，东突厥汗国有代表性的主要有《暾欲谷碑》（约建于712—716年）、《阙特勤碑》和《毗伽可汗碑》（约作于734年），鄂尔浑回纥汗国时期（744—845年）的碑铭主要有《磨延啜碑》《磨延啜二碑》《牟羽可汗碑》《九姓回鹘可汗碑》等。这些碑文是用古代的突厥文、粟特文或回鹘文写的，要破解它们不容易。耿世民经过艰苦辨认，将它们一一破解，用拉丁字母转写，并翻译成汉语文，为研究这些文献扫除了障碍。这些译文准确而流畅，如《磨延啜碑》的第14行，反映的是磨延啜功绩："打了仗。上天及大地（神）保佑了我的奴婢、人民。我在那里刺杀了，（把）有罪的首领……上天捉给了（我）。（但）我没有消灭普通的人民。我没有抢掠其住房和马群。我惩罚（他们），（但）让他们（如以前一样地）生活。"耿世民对这些古碑进行了深入的研究，连续发表了考释文章。在《回鹘文〈大元肃州路也可达鲁花赤世袭之碑〉译释》一文中，他准确地考释了该碑的价值、历史背景和基本内容，指出现存的回鹘文碑刻不多，仅有《乌兰浩木碑》《土都木萨里修寺碑》《亦都护高昌王世勋碑》《造塔功德碑》《元重修文殊寺碑》和本文所考释的《大元肃州路也可达鲁花赤世袭之碑》，足见其重要性。他经考证后指出："此碑记录了一个党项族家族自西夏灭亡后，至元朝末年一百五十多年间6代13人的官职世袭及其仕事元朝情况，为我们了解元代河西走廊地区党项族的活动提供了珍贵史料。"[①] 论文从三个方面来探讨《大元肃州路也可达鲁花赤世袭之碑》的价值。首先是文化史价值。虽然碑文反映的是元代肃州党项族门阀世家的活动，但从碑文用回鹘文而不用西夏文来看，显然回鹘西迁后在河西走廊有强大的势力。这印证了公元840年回鹘汗国亡国分三支逃散后，有一支在今甘肃建立

---

① 耿世民：《维吾尔古代文献研究》，北京：中央民族大学出版社，2003年，第408页。

甘州回鹘王国的史实。其次是语文学价值。他发现其中有若干现当代很少见到的古代回鹘词语，其中的汉语借词反映了汉文化的影响；第三是史料学价值。碑文订正了汉文记载中的若干失误，包括人名的正确拼音。文后有碑文的拉丁字母转写、汉译文和注释，为研究该碑文提供了方便。

耿世民的又一大贡献是对《弥勒会见记》的研究和翻译。《弥勒会见记》（Maitrisimit）是古代回鹘文的最重要佛教文献之一。1916年，德国学者缪勒和泽格（E. Sieg）一起发表了《弥勒会见记和吐火罗语》（Mai-trisimit and Tokharisch, SPAW）一文，引起世界的注意，但该文本没有得到破译。1959年，在我国新疆发现了哈密本《弥勒会见记》，在数量上远远超过德国考古队19世纪初在吐鲁番发现的残卷。1981—1983年夏，耿世民到德国做访问学者，与德国波恩大学比较宗教学研究所所长H·-J·Klimkeit教授合作，对该文本进行研究，于1988年作为《亚洲研究丛刊》第103卷，将其前五品以《弥勒会见记前五章研究》由西德Ot-to-Harrassowitz出版，以后又多次与德国H·-J·Klimkeit和P. Laut教授合作发表其他章节的研究。由于他对突厥学研究的贡献，1992年获得德国洪堡基金会授予的"世界知名学者奖"。2000年9月，国际阿尔泰学常设委员会（PIAC）在比利时召开年会，耿世民没有出席，但大会却把金质奖章给了他，这是中国学者第一次获得此项大奖。耿世民对破解、翻译、研究哈密本《弥勒会见记》花了很大心血。他首先读通回鹘文原文，破解原文每个词的意义，然后将原文用拉丁字母转写，译为德文，后来又译为汉文。译文准确而又流畅。将一千多年前的回鹘文文献译得流畅，实属不易，何况是宗教经典。《弥勒会见记》是要在宗教仪式上表演的。耿世民在破译之后，对《弥勒会见记》做了深入的研究，有多方面的突破。首先是《弥勒会见记》的文体问题，向来都有争论。德国学者K. Roehrborn于1994年发表的《〈弥勒会见记〉是剧本吗?》一文中，不认为《弥勒会见记》是剧本。美国学者V. Mair在1988出版的《绘画与表演》一书中认为：《弥勒会见记》是指图说故事。耿世民对此进行研究，发现"吐火罗语"文本书名就叫做戏剧（nataka），其中还有"全体退场""幕间曲终""曲调名"等戏曲术语。而回鹘文本虽然没有这些术语，却在每章之前都有演出地点。综合来看，耿世民在1981年《文史》第12辑上发表的《古代维吾尔佛教原始剧本〈弥勒会见记〉研究》中下了定论：《弥勒会见记》是剧本，在后来的文章中，耿先生认为至少是戏剧的雏形。总之《弥勒会见记》属于早期戏剧类，是无疑问的。

关于《弥勒会见记》内容的来源，既是研究中的难点，也是亮点。耿世民指出："哈密本《弥勒会见记》提出一个重要的思想（这一点在第十品中也已提到），即成道必须在人间完成，而不是在兜率天。"成佛前必须投胎，诞生在人间，经过艰苦的修炼，才能成佛。耿世民认为："这一点无疑是受到印度关于救世主曾生在人间并在将来重新现世的思想的影响。该思想只能来自摩尼教或祆教或基督教的救世主思想。"① 而众所周知,摩尼教是古代伊朗的一种宗教,基督教产生于阿拉伯和西方,说明佛教也吸收了异国的文化营养。这里强调了佛的人性,但不排除其超人和超自然性。在哈密本《弥勒会见记》第十一品"菩萨降生"的研究中,耿世民进一步指出:"至于对弥勒降生的描述,自然离不开印度佛教传统对大人物诞生时的描写。这时候天地充满了喜悦,天空响起了天乐,鲜花纷纷从天而降等等。"这说明,任何对未来佛的诞生的夸张描绘,都来自印度固有的文化传统。对大人物的这种行藏铺垫,在中国文学中也屡屡出现。

胡振华(1931—),回族,中央民族大学少数民族语言文学学院维吾尔语言文学系教授,博士生导师,吉尔吉斯共和国国家科学院名誉院士。1953年冬,他刚任教就接受国家给予的调查柯尔克孜语和创制柯尔克孜文的任务,只身前往新疆柯尔克孜族地区调查,从此与柯尔克孜族人民结下了深厚的友谊。他除了从事语言教学,对柯尔克孜族文学的调查、翻译、整理工作也做出了重要贡献。1962年,他翻译的《柯尔克孜谚语》由新疆人民出版社出版。他对我国三大史诗之一的《玛纳斯》的搜集、翻译、整理做出了突出的贡献。1957年他招收了第一个柯尔克孜语言文学专业本科班,培养了我国第一代柯尔克孜语言文学专业本科生,带领他们到柯尔克孜族地区调查,记录《玛纳斯》,这批学生后来成为记录、整理、翻译《玛纳斯》的主力。胡振华在向国内外介绍《玛纳斯》方面做了大量的工作,先后发表了几十篇介绍文章,影响很大。他发表的《论〈玛纳斯〉产生的年代》一文,由于在观点上有突破,获中国少数民族文学研究成果优秀论文奖。他曾与日本学者西肋隆夫合作,将《玛纳斯》演唱大师居素普·玛玛依演唱的《玛纳斯》第一部的一部分译为日文在日本出版。辅导日本留学生乾寻学习《玛纳斯》,并帮助她将"玛纳斯奇"铁米尔演唱的《玛纳斯》第二部《赛麦泰》的一部分译为日文在日本发表。他还先后到吉尔吉斯共和国、法国、土耳其、日本等国家的国际学术会上介绍《玛纳斯》,扩大了这部英雄史诗在国际上的影响,受到与会学者的赞誉。由于他在研究柯尔克孜语言文学上的贡献,1999年荣获新疆维吾尔自治区民族语言文字工作委员会、新疆克孜勒苏柯尔克孜自治州党委和政府的突出贡献奖。2002年5月7日,吉尔吉斯共和国总统阿斯卡尔·阿卡耶夫特为他颁发"玛纳斯"三级勋章。

对《玛纳斯》的研究,胡振华有多方面的理论成就。关于《玛纳斯》的主题,他在《柯尔克孜族英雄史诗(玛纳斯)及其研究》(打印稿)中指出:"《玛纳斯》是一部具有深刻的人民性和思想性的典型的英雄史诗。它从头至尾贯穿着这样的一个主题思想:团结起来反对异族的统治者的掠夺和奴役,为争取自由和幸福的生活进行不懈的斗争。它表现了被奴役的人民不可战胜的精神面貌,歌颂了柯尔克孜人民对掠夺、奴役他们的异族统治者的反抗精神和斗争意志。"他在研究中很精彩的一笔是从史诗中探讨出古代柯尔克孜族的活动轨迹,指出:"史诗中还几次提到柯

---

① 耿世民:《维吾尔古代文献研究》,北京:中央民族大学出版社,2003年,第120页。

尔克孜人过去住在叶尼塞河一带，后来由于不堪卡勒玛克、克塔依人的奴役、侵扰，而逐渐移到天山地区。从史诗中还可以看出柯尔克孜人的活动地区和迁移路线：叶尼塞—新源—巴里坤—阿勒泰—天山—阿赖山—阿特巴什—纳仁—撒马尔罕—塔拉斯。""史诗中提到的古代柯尔克孜族人民的活动地区和迁移路线，与历史的记载基本也是一致的，有些资料还可以补充和印证文字史料。"其他方面的建树还很多。

佟锦华、耿予芳对藏族文学的研究卓有成效。他们的研究集中表现在《藏族文学史》中。《藏族文学史》主编是马学良、恰白·次旦平措和佟锦华，马学良、恰白·次旦平措主持编写工作和审阅全书。佟锦华（汉族，1928—1989）是主要执笔人，参加部分章节写作的还有耿予芳、徐盛、降边嘉措、谢后芳、赵康等。本书的汉译藏由徐盛和降边嘉措承担。全书分为上下册，1985年由四川民族出版社出版。本书的突破首先是藏族文学史的历史分期，历史上，藏族文学主要是诗歌、历史文学、传记文学、格言，民间文学中以《格萨尔》为最有名。《米拉日巴道歌》《萨迦格言》《仓洋嘉措情歌》《巴协》《西藏王统记》《贤者喜宴》《西藏王臣史》等，都是藏族文学史上的名篇。有人认为，藏族古代文学实属于宗教文学或佛教文学，这或许过分，但藏族历史上的这些名篇，大都出于藏传佛教的活佛高僧之手，也是不容置疑的。《米拉日巴道歌》的作者米拉日巴（1040—1123），俗名米拉·脱巴嘎，法名协巴多吉，他是藏传佛教噶举派的创始人之一，与其弟子日琼巴、塔布拉杰形成了噶举派的修行派。《萨迦格言》的作者贡噶坚赞（1182—1251），原名白登顿珠，执掌昆氏家族和萨迦教派大权。蒙古贵族执掌西北大权的首领阔端进军西藏，贡噶坚赞与各地首领协调，于1247年亲赴凉州与阔端相会，从此西藏正式加入中国的版图，他对安定西藏社会和祖国统一是有功的。《仓央嘉措情歌》的作者仓央嘉措（1683—1706），法名罗桑仁钦仓央嘉措，1697年坐床，成为六世达赖喇嘛。《西藏王统记》的作者是第七世萨迦法王喇嘛当巴索纳坚赞（1312—1375），他是八思巴的侄孙。小说《勋努达美》作者朵喀夏仲·才仁旺阶（1697—1764）也是《颇罗鼐传》的作者，曾经任西藏地方政权的噶伦，他的小说是通过勋努达美的修行得道来宣扬佛法的。另一部小说的作者达普巴·罗桑登白坚赞，是西藏达普寺的第四代活佛。由于他们大都是宗教上层，创作目的又是为宣扬教旨，加上在内容上现实与神话互相交汇，历史与宗教故事互相融合，使他们的作品有浓浓的藏传佛教氛围，充溢着浓郁的浪漫色彩，这给一向以纯文学为对象的文学史的编写带来难度。特别是文学史要有历史分期，而藏族文学的历史分期首先要弄清代表作的历史背景、创作目的、基本内涵、思想倾向和产生年代。"前言"指出："关于藏族文学史的分期问题。我们考察了藏族社会发展和藏族文学发展的历史，首先看到两个事实：一个是在相当长的历史阶段，藏族中心地带有一个相对独立的地方政权，其社会制度和文化传统同祖国其他民族有明显的不同……另一个是藏族作为祖国各民族大家庭的一个成员，总是与历代中央政权有着各种各样的密切关系。总是与周边各兄弟民族有着各种各样的往来和影响。""因而在确定藏族文学史的分期时，也就很自然地考虑到中央政权的兴衰与更迭对藏族社会和藏族文学的重要影响"。经过艰苦的鉴别、研究和反复讨论，特别是听取藏族学者的指教，《藏族文学史》编写组一一突破了这些难点，对历史分期做了合乎实际的划分。全书分为四编：第一编"原始社会和奴隶社会时期的藏族文学"（远古—公元842年）；第二编"分裂时期的藏族文学"（公元843—公元1264年）；第三编"封建农奴制社会前期的藏族文学"（公元1265—公元1644年）；第四编"封建农奴制社会后期的藏族文学"（公元1645—公元1949年）。这个构建是符合藏族文学发展历程的。

《藏族文学史》的前言中指出，当代藏族文学是"藏族文学史上一个划时代的大飞跃"，标志是"一部分翻身农奴出身的中青年，第一次走进了藏族作家的队伍，第一次登上了藏族文坛和中国文坛，成为藏族文学的主力军"，所以值得"大大庆贺"。由耿予方根据编写组研究成果撰写的前言，还在理论上解决了"关于藏族民间文学和作家文学的评价问题"，"关于文史哲不分问题的处理原则"，"关于藏族文学和宗教的关系问题"，"关于作家、作品入史的标准问题"，"关于藏族同各民族文化交流问题"，"关于藏族文学作品的翻译问题"以及"关于藏族文学史上值得探索的几个问题"（包括民间文学的地位、曲折反映现实、借鉴其他民族文学的创作经验等）。可以说，《藏族文学史》在演绎史的同时，也突破了藏族文学发展史上的若干重要理论问题。在藏族民间文学的评价上，编者指出，和其他民族的文学发展不同，在作家文学蓬勃发展之后，藏族民间文学并没有萎缩，而是继续发展，与作家文学一起形成两股劲流。

当代以前的藏族文学与宗教的关系问题是一个比较难于处理的问题，也是一个无法回避的问题。编者指出："长期以来，宗教在藏族社会和藏族生活中占有不同寻常的地位，宗教对藏族政治、经济、文化、思想、艺术、风俗习惯、伦理道德、精神追求各方面产生了相当深远的影响。同样，宗教同藏族文学的主题思想、人物塑造、心理描写、故事情节、结尾处理等等，也是相当密切的。这是藏族文学的一个重要特点。"首先，作家文学的"许多人本身就是笃信佛教、对佛学有很深造诣的宗教理论家"。其次，"不仅许多文学作品取材于佛经故事，而且有些佛经的内容本身就是有艺术魅力的文学作品"。再就是创作思想"同佛教教义有着切不断割不开的关系"。但这"并不能说藏族作家文学就是宗教文学，只能说藏族文学与宗教有千丝万缕的密切联系"。因为"大部分藏族作家都是与世俗社会有联系、比较熟悉群众生活，他们对世界上形形色色的纷繁事物既有唯心、也有唯物的描述，对社会上广大众生也有同情其疾苦说出他们的心中话，也总结了一些比较好的有用的经验教训，也讲了一些有助于推动社会进步的道理，这些都应该充分肯定其历史贡献"。因此，其作家文学不能简单地等同于宗教文学。民间文学不同，虽然有不少篇目"掺杂着相当明显的宗教思想内容，有意无意地宣扬神权高于人权的世界观，但确实有一部分民间文学作品冲破了宗教的清规戒律的思想牢笼，大胆地理直气壮地喊出了人民积在心头多年的声音"。"反映了藏族社会也不是宗教的一统天下。"

这些作品"表现了藏族一部分群众面对现实生活、勇于探索、敢于抗争的正义力量，值得重视"。前言的这种分析，无疑是比较稳妥和实事求是的，有助于人们对藏族文学有一个全面的了解。

写文学史的另一个难点是对作家和作品的筛选，这是写史的必要前提。对藏族文学史来说，其难点又异乎寻常。原因在于，历史上藏族很少有专门的文学家，他们的文化名流统统被尊称为学者，"没有明确地分别冠以历史学家、哲学家、语言学家、文学家等头衔，因而就出现了一个问题，有些名气很大的藏族学者……恰恰在文学上没有专门著作"。相反，有些名气不怎么大的藏族学者，"独独在文学上有传世之作"。在写文学史的时候，编委会决定选择后者。因为"文学史和文化史不是一回事，既有联系又有区别"。文化史可以宽一些，文学史只是文化史的一部分，因而在写文学史的时候，"只能写那些有文学著作的作者，不可能写在藏学领域有造诣的所有学者"。这样处理，并不是各方意见都完全统一，但却是合乎实际的。作品的筛选也困难重重，原因是藏族历史上的著作常常文、史、哲不分，不易取舍。经过研究，编委会决定将敦煌的吐蕃赞普传略、历史著作、传记著作和格言诗著作写入文学史。历史著作主要有《巴协》《玛尼全集》《五部遗教》《西藏王统记》《西藏王臣史》《贤者喜宴》等。传记著作主要有《米拉日巴传》《马尔巴传》《日琼巴传》《汤东结布传》《颇罗鼐传》等。格言诗著作主要有《萨迦格言》《格丹格言》《水树格言》《国王修身论》等，皆可入史。根据是："首先，这些著作的大部分至少是一部分内容具有生动的故事情节和相当优美的文字，群众公认是当时著作中最富于文采的著作，这是一个大前提。"其次是某个时期文学著作很少，群众把史传著作当文学著作来欣赏。再就是"有些历史、哲学、宗教著作，把大量民歌、谚语、民间故事传说写进书中，作为说明问题的例证，或者在叙述过程中写有一些朗朗上口的诗歌，这是藏族著作中常见的散韵合体，往往给读者以生动活泼之感"，可作为文学著作，只有具备上述条件中的任何一条，才能够入史。

此外，在藏族文学反映现实的方式方法（曲折反映现实）、藏族文学对其他民族艺术手法的借鉴、藏族文学的翻译问题等方面，也都有独到的见解。

1994 年，《藏族当代文学》一书出版，使藏族文学史趋于完整。作者耿予方认为，当代文学虽然继承了藏族文学的传统手法，但文学的整个面貌焕然一新，脱离了宗教的制约，走上了真正的文学轨道，其作者已经不是宗教领袖人物，而是在中国当代文学中独领风骚的纯粹的作家诗人了。洛桑在《藏族当代文学》的序中，用"大突破、大发展、欣欣向荣、初步丰收"来归纳，是合乎实际的。《藏族当代文学》分别从社会背景、文学背景、发展历程、崭新拓展等角度阐述了藏族当代文学，而后分别评介当代藏族诗歌、小说、散文、戏剧与电影、民间曲艺和新民歌。本书最有价值的是对藏族文学崭新拓展的归纳。"第一，改变了历史上僧俗上层独占藏族文坛的局面，翻身农奴出身的一代文学新人成了当代文学的主力军，这是一个划时代的变革。""第二，藏族当代文学的主题思想，有了新的开掘。歌颂民族团结合作、当家作主，歌颂社会主义新人新事新思想新气象，成为主旋律；典型形象不再是国王、仙女，而是建设和保卫祖国的工农兵学商各界涌现出来的先进人物。""第三，一部分藏族作家主动采用通俗易懂、生动活泼、新鲜有趣的现代藏文进行创作，赢得了广大读者的赞许和欢迎。""第四，藏族原有的格言诗、古典格律诗、寓言小说、说唱文学等文学品种，都得到了继承、创新和发展，赋予了生机和朝气。""第五，当代藏族文坛，在大力发展文学创作的同时，一直重视开展文学评论工作和文学翻译工作。""第六，藏族当代创作，自然形成了藏文和汉文双管齐下的格局，这是有别于藏族古代文学清一色藏文创作的一个重要变化。""第七，藏族当代文学的名家名作，已经受到中外高度重视，荣获当之无愧的许多荣誉。"这七点归纳，很清晰地展现了当代藏族文学的崭新面貌。

满都呼（1935—2019），蒙古族，中央民族大学少数民族语言文学学院蒙古语言文学系教授，博士生导师。在中央民族大学对蒙古族文学进行研究的学者当中，满都呼是"我国从事蒙古民间文学研究多年并取得丰硕成果的学者之一"，他于1981年出版的《蒙古民间文学简论》，是我国出版的第一部蒙古族民间文学学术著作。巴·苏和在《解读：蒙古文学发展史》一书中指出："《蒙古民间文学简论》的价值及意义：一是该书具有系统性。虽然蒙古民间文学研究起步较早，但是多为零散的研究，而《蒙古民间文学简论》中，对蒙古民间文学各体裁进行了系统论述，具有较高的学术价值。它的学术价值在于学术性，它的学术性在于摆脱当时（20世纪70年代）文学研究的社会—历史研究方法的局限，从民间文学理论角度，对蒙古民间文学各体裁进行审美艺术学阐释，解读蒙古民间文学的范围、种类、独具特性、价值功能等。三是该书为蒙古民间文学学科第一部教科书。1981年出版以后，在高校蒙古语言文学专业第一次被使用为《蒙古民间文学》课程教材。四是带动和影响了以后蒙古民间文学理论的系统研究工作。"1992年，满都呼将《蒙古民间文学简论》进行加工，提高其理论水准，成为一部理论比较完善的著作——《民间文学理论》。2005年，由满都呼主编的《中国阿尔泰语系民族民间文学概论》出版，其中对三个语族的18个民族的民间文学一一进行评介，使读者可以集中地看到中国阿尔泰语系的丰富的民间文学概况，在学术史上有重要意义。此外，白荫泰、贺希格陶克陶对蒙古族文学的研究也卓有成效。贺希格陶克陶和云峰参加了荣苏赫主编的四卷本《蒙古族文学史》的编写工作，并担任副主编，在编写过程中发挥了自己的作用。

毕桪（1941—），中央民族大学中国少数民族语言文学学院。1960年入原中央民族学院哈萨克语言文学专业学习，受业于耿世民、李增祥先生。1965年大学毕业后从事新闻工作。1980年正式调入原中央民族学院任教，主要从事哈萨克语言文学教学与研究，先后开始的主要课程有哈萨克民间文学、哈萨克文化、民间文学概论、民俗学、民间文学研究方法与方法论。研究方向以哈萨克民间文学为主，涉及民间文学理论、民俗学、民间信仰、非遗保护诸方面。独立出版专著有《民间文学概论》(北京市高等教育精品教材立项项目,民族出版社 2004 年)、《民间文学教程》(普通高等教育"十一五"国家级教材规划选题,中央民族大学出版社 2009 年)、《哈萨克民间文学概论》(中央民族大学出版社 2006 年版,获北京哲学社会科学评选优秀研究成果二等奖。)、《哈萨克民间文学探微》(中央民族大学出版社 2012 年)、《哈萨克动物故事探析》(民族出版社 2014 年)、《哈萨克魔法故事探幽》(民族出版社,2016 年)等。参与编著:《中国阿尔泰语系民族神话故事》(满都呼主编,民族出版社,1997 年)、《中国阿尔泰语系民族民间文学概论》(满都呼主编,内蒙古教育出版社,2005 年)、《中国少数民族文学基础教程》(钟进文主编,中央民族大学出版社 2011 年)等。

发表论文主要有《萨满教信仰与哈萨克民间文学》(本文原载仁钦道尔吉、郎樱主编《叙事文学与萨满文化》,内蒙古大学出版社,1990 年;又见《中央民族大学学报》,1989 年)、《独眼巨人的故事及其流变》(本文原载《中国民族语言文学论集》(1),民族出版社,2001 年;又见专著《哈萨克民间文学探微》,中央民族大学出版社,2012 年)、《哈萨克神话传说里的波斯成分》(本文原载《民族文学研究》,2001 年第 1 期;曾收入贺元秀主编《哈萨克文学研究》,新疆人民出版社,2006 年)、《哈萨克民间故事的印度成分》(原文载《中国民族语言文学论集》(3),民族出版社,2002 年)、《一千零一夜》与哈萨克民间故事(本文原载陈守成、庹修宏、陈世荣主编《中国民族文学与外国文学比较》,中央民族学院出版社,1989 年)、《霍加·纳斯尔和印度故事》(本文原载《民族文学研究》,2003 年第 1 期)、《浅论哈萨克族英雄史诗的构成及其萨满教文化》(本文原载《西北民族大学学报》,2012 年第 5 期)等数十篇。

文日焕(1951—),朝鲜族,原中央民族大学少数民族语言文学学院院长,博士生导师,国际高丽学学会文学部部长,中国少数民族文学学会副会长,国务院学位委员会(中国语言文学)评议组成员。出版有《朝鲜古典作家文学与民间文学的相互关系及其发展规律》《朝鲜古代神话研究》《朝鲜古典文学研究》等多部专著,论文 60 多篇。文日焕对朝鲜神话进行了多角度多层面的研究,在朝鲜古代神话批评与方法论、朝鲜古代神话分类基准、朝鲜古代神话的起源与象征体系等方面进行了系统的理论阐述。对朝鲜古典文学的背景提出了"四大关系",即宗教与朝鲜古典文学的关系、民间文学与作家文学的关系、中国文学与朝鲜文学的关系、美学思想的发展与朝鲜古典文学体裁的关系,为进一步揭示朝鲜古典文学的自身发展规律及民族特色提供了有力的理论依据和方法论。他进一步阐明了朝鲜汉文学在朝鲜古典文学中应有的地位和作用,全面系统地阐述了中国文学对朝鲜文学的影响,并对一些因种种原因而未能得到正确评价的作家和作品进行补充,克服了国外相关研究的局限,使朝鲜文学研究更客观、更全面、更趋完善。

中央民族大学少数民族文学学科的发展在 70 年间逐步形成了一定规模的发展模式,开拓了少数民族文学综合研究的先河,不少族别民族文学的研究也在国内占有领先地位，为兄弟院校的学科建设起到了示范作用。

（三）马学良教授的文学理论奠基

少数民族文学理论的奠基，是马学良先生的重大贡献。要了解这一理论的产生过程，必须先了解马学良先生创建少数民族语言文学学科的历史。马学良（1913—1999），汉族，山东荣成人。1934年考入北京大学中文系，1939年应试录取为北京大学文科研究所研究生，先后师从罗常培、李方桂、丁树声等中国语言学界名家。1940年，马学良随李方桂到云南省路南县圭山调查彝语，从此与少数民族语言文学结下了不解之缘，中华人民共和国成立前就有《撒尼彝语研究》等多种少数民族语言研究的著作出版。1949年，经罗常培力荐，马学良从原中央研究院历史语言研究所调到北京大学东语系任副教授。1951年，调到中央民族学院（中央民族大学前身）筹建少数民族语文系，先后任副主任、主任、教授。这是中国历史上第一个少数民族语言文学系，当时既无师资，也无资料，更无学生，筚路蓝缕，倍加艰难。马学良立即着手从其他高校调来一批教师和高年级学生，从国际音标开始对他们进行严格的训练，后来就成为传统，语文系的学生必须熟练掌握国际音标和田野调查的记音方法。这些人才后来都参加了民族语言调查队，参与了民族识别的工作，记下了大批的语言文学材料。在马学良的组织下，语文系先后开办了朝鲜、满、蒙古、维吾尔、哈萨克、柯尔克孜、藏、彝、纳西、景颇、傈僳、傣、哈尼、布依、水、侗、壮、黎、高山、苗、瑶、佤等民族的语言文学班，这些班都开设了民族文学和中国文学课程，培养了大批从事少数民族语言文学教学、科研、翻译的人才。

马学良非常重视学生的实习调查，规定每届学生起码实习半年以上，藏语言文学和维吾尔语言文学专业班要实习一年以上。给实习队的任务中，都有调查民间文学的内容。每届实习，都带回了一批宝贵的材料。马学良曾经兴奋地说："通过实习熟练和丰富了所学语言，提高了听和说的能力……搜集整理了研究和学习民族语文的材料，如故事、传说、歌谣、谜语、格言、谚语等。这些材料也都给实习回来后研究民族语文和写论文报告提供了很好的材料。"① 搜集回来的文学材料必须先进行科学整理。马学良躬身实践，重新译注彝文经典——《爨文丛刻》，并总结民族语文学术界的实践经验，归纳出了一套科学的整理方法——"四行对译法"。其前提首先是要保持原文，不得任意加减。然后以原文为第一行，第二行是国际音标，第三行是汉文对译，第四行是汉文意译，必要的地方还要加注释，"并于每篇句译之后，附该篇汉译全文"。马学良把这种本子称之为"科学本"。目前我们对民族古籍的译注，用的就是这种方法。

为了推进少数民族文学的教学和研究，马学良做了大量的工作。1979年他和民族民间文学理论界同仁一起，筹备成立了中国少数民族文学学会。这是国家一级学

---

① 马学良：《民族语言教学文集》，成都：四川民族出版社，1988年，第281页。

会，它把研究少数民族文学的国内专家、学者团结在一起，使少数民族文学界形成了一支庞大的队伍。随后不久，又筹划成立了中国社会科学院少数民族文学研究所，并担任首任副所长。从此，少数民族文学有了专门的国家级的研究机构。在校内，他于20世纪80年代初组建了少数民族文学教研室，为少数民族文学的整体综合研究落实了组织机构，为后来的少数民族文学系的建立打下基础。该系后来并入少数民族语言文学学院的民族语言文学系。

马学良对少数民族文学有许多精辟的论述，概括起来主要有如下几方面：

1. 民族文学的价值

马学良认为，少数民族文学有巨大的价值，由于多数少数民族过去都没有文字，因而他们的文化都包含在文学尤其是民间文学里，其价值是全方位的，包括历史学、文艺学、语言学、民族学、民俗学、文化学、宗教学、文献学，有的作品甚至有经济学、政治学和军事学的价值。在中国学术界，过去常常有一些偏颇的见解，比如学历史的，通常只承认24史或记载在什么正史上的才算史，野史是不算的。至于民间文学，什么刑天之狐怪之类，就更不算数了。大抵是"子不语怪力乱神"的延伸。于是在《儿女英雄传》书首有雍正甲寅观鉴我斋序，谓为"格致之书"，反《西游（记）》等之"怪力乱神"而正之。既如此，我国众多无文字的少数民族似乎就无法写史了，更无法写文学史了。对此，马学良先生不以为然。他在研究《中国少数民族文学史》大纲讨论会上指出，从某种意义上讲，文学即史，包括民间文学史。从文学本质的概念来分析，文学乃形象化了的历史。正史与野史、编年史与文学史、史事与文学演绎的形象运动历程，并无绝对的界限，也无绝对的真伪。"被皇家精心粉饰过的正史，有时并不比野史真，倒是野史记下了宫闱的秘事、御屏后的冤痛之声，使后人透过迷雾看穿了圣驾后宫之难堪和糜烂。"马学良进一步指出，文学入史，"司马迁便是做得极高明的第一人，没有他，或许三皇五帝至今仍可能是游魂"。马学良后来在《中国少数民族文学史》的序里有更明晰的表述："过去写史拘泥于文献资料的框框，认为只有根据文字记载的史料才是信史，除此都是荒诞无稽的野史。照此看来……原来没有文字的民族，将永远成为没有历史的民族了。然而事实并非如此，没有文字的民族主要史料应来自民间的口头文学。"他还指出："文学是反映生活的镜子，社会发展的各个阶段，自必有其与社会生活相适应的文学，而且有其民族特点和民族风格。随着社会的发展，文学上的这种特点和风格也不断发展变化，口头文学在这方面表现得更为真切确实。这是划分民族文学发展阶段的主要依据。"

马学良不仅看重民族民间文学的史料价值，而且非常看重其语言学上的价值。他曾不止一次对笔者说过，在我校语言文学各系，语言与文学互相依存，互为前提，犹如一鸟双翼，一车双轮，缺一而不能发轫。光研究语言而不懂得民族文学、语言学史、比较语言学、历史语言学、社会语言学就无法进行。关于语言与文学的关系，他指出，要对一篇作品进行断代，千万不可"忽略了作为文学第一要素的语言。语言有一定的稳固性，但它也随着社会的发展而发展，不断反映社会各个时期的词语，可以保存千百万年"，"我们借助语言可以看出文学的时代信息"。他进一步指出，由于我国民族之间是大杂居小聚居，加上语言的亲属关系，在语言上互相影响，在文学上互相渗透，因而可以通过文学中的词语及其表达法，分析各民族文学的源与流，这对比较文学至关重要。他在总结这一理论的意义时指出："近年来，越来越多的人知道民间文学的资料，不仅是研究文学的源泉，而且在研究人文科学，研究人类文化史以及人类的科学知识方面，可以提供大量的宝贵资料，这是它的科学价值，这就要求我们搜集材料要有忠实的记录。"①

2. 文学与宗教的关系

曾一度被视为禁区，似乎文学与生俱来就那么纯粹和高尚，与神没有任何瓜葛。马学良认为不能苟同，他在《民间文学与宗教》一文中引用了马克思在《〈黑格尔哲学批判〉导言》的一段话："宗教里的苦难既是现实的苦难的表现，又是对这种现实的苦难的抗议。宗教是被压迫生灵的叹息，是无情世界的感情，正像它是没有精神的制度的精神一样。宗教是人民的鸦片烟。"马学良在引文之后严肃地指出："请看：马克思对宗教中所反映的苦难以及宗教跟被压迫人民之间的关系是怎样理解的。他明明认为宗教中'表现出人间现实苦难'，明明认为'是对现实苦难的抗议'（但是那是被歪曲了的表现），怎么能单挑出当中的一句话来概括全意呢？"他认为在原始社会里，由于人们的思维尚处于原始思维的阶段，生活中笼罩着原始宗教的氛围，出猎要祈祷，作战要占卜，生活有禁忌，从生产到日常生活无不受原始宗教的制约，文学也不例外。"以'图腾崇拜'为主题的各式各样的神话占据了民间创作的显要地位。""许多神话既是宗教观念的基础，也是民间文学推广的源泉，二者表里杂糅，难分难解。我们很难在原始社会里找到毫不受宗教沾染的所谓'十分健康'的民间文学作品。"即便在阶级社会，"进步的民间文学开始与宗教分道扬镳。但两者依然有千丝万缕的联系"②。在马学良的这一理论指导下，我们在《中国少数民族文学史》中首次为宗教文学设有专门的章节。

3. 少数民族文学在中华文学中的地位和价值

马学良在《素园集》的前言中指出："在我们这个多民族的国家里，丰富多彩的民族民间文学，是我们伟大的中华民族文化的重要组成部分。"他认为，第一，民间文学填补了汉民族文学的不足和空白。如神话、史诗、古歌谣等，在汉文学中已经消失，而在民族文学中却得以完整地保存和继承。第二，少数民族文学内容丰富多彩，容量极大，内涵和外延均堪称宏富。在纵向上，自远古迄今的社会演化，都在民族文学中得到形象的反映；在横向上，每一个时代的生产、生活、意识、风俗、宗教、战争、迁徙、史事和民族关系等等，都得到了不同程度的艺术反映。

---

① 马学良：《民族语言教学文集》，成都：四川民族出版社，1988年，第226页。
② 马学良：《民族语言教学文集》，成都：四川民族出版社，1988年，第226页。

"加诸我国民族众多,居住边陲,分布广袤,生活部类不同,经济模式不同,居住环境不同,民族关系和生活习俗不同,各地区各民族的历史兴衰和各个时代的横断面呈现出错综复杂和五光十色的情态,反映在各自的文学作品中,便呈现出令人目不暇接的生活波澜,大大地扩展了我国民族文学的内涵。"第三,少数民族文学在艺术形式上可以说是千姿百态,珠玑随手可得。在文学的结构、语言、表现手法上,都有独到的风格。这是对民族文学特点和价值的准确概括。后来在他和张公瑾共同撰写的《中国少数民族文学史》的导言中,重申了这一观点:"少数民族文学在中国文学中占据重要的地位,道理很明显,因为我们伟大的祖国是各民族共同缔造的。中国文化也是各族人民共同缔造的。在长期的历史过程中,汉族由于人口多,地处中原,文化比较发达,其所创造的文学作品由于数量大,质量高,影响深远而在中华民族共同的文化宝库中占有突出的地位。但是,汉族之外的其他少数民族,也都有悠久而光辉的历史,他们创造的文学作品,同样在数量、质量诸方面可以与汉族文学并驾齐驱,尤其是少数民族文学以其特殊的民族风格和民族气息所体现出来的民族特点,显示了特有的艺术魅力,丰富了祖国的文学宝库。正因为有这样的多样性,才使中国的文学宝库呈现出百花争妍、丰富多彩的绚丽风姿。"这是对民族文学价值判断的精确概括。

三、其他民族院校民族文学人才培养与教育

除中央民族大学外,国家民委下属的其他五所民族高校也开设了相应的民族文学课程、编写民族文学教材、招收民族文学专业硕士、博士。从地理区域看,这五所民族高校分别是北方地区的西北民族大学、大连民族大学和北方民族大学三所;南方地区的西南民族大学和中南民族大学两所。两个地区的民族高校根据其地理位置、民族优势和民族文化资源开设了相应的民族文学课程,教育和培养了一批又一批的民族文学人才。下面我们对这一情况进行具体分析。

(一)北方地区民族高校民族文学人才培养与教育

北方地区国家民委下属的民族高校有西北民族大学、大连民族大学和北方民族大学三所,这三所民族高校分布在我国的西北和东北地区,根据其民族文化资源,主要开设了蒙古族、维吾尔族、藏族、回族、满族文学相关课程。在此主要回顾与总结西北民族大学的民族文学教学与人才培养情况:

西北民族大学是中华人民共和国成立后创建的第一所民族高等院校,直属国家民族事务委员会。学校前身是西北人民革命大学兰州分校第三部,1950年2月在其基础上开始筹建,是年8月,西北民族学院正式成立。2003年4月,经教育部和国家民委批准,更名为西北民族大学。该校的民族文学学科建设历史悠久,侧重在蒙古族语言文学、维吾尔族语言文学、藏族语言文学,其中中国少数民族语言文学、格萨尔学为甘肃省重点学科。西北民族大学在蒙古族文学、维吾尔族文学、藏族文

学教学与人才培养方面取得丰硕成果。

蒙古语言文化学院的前身是1951年设立的语文系蒙文专业，是西北民族大学最早设立的特色专业之一。1979年建立少数民族语言文学系蒙古语言文学专业，1993年成立了蒙古语言文学系，2004年6月更名为蒙古语言文化学院。该院是西北民族大学首批硕士、博士学位授权单位之一。学院面向内蒙古、青海、新疆、甘肃等省区招生。蒙古语言文化学院现已发展成为以研究生教育为龙头、本科生教育为主体、成人教育为补充的多层次办学格局，成为西北蒙古族地区培养蒙汉兼通高素质专门人才的摇篮。中国少数民族（蒙古）语言文学是蒙古语言文化学院的省级重点学科。中国少数民族（蒙古）语言文学硕士、博士研究生培养点和比较文学与世界文学硕士研究生培养点，招收蒙古族作家文学、蒙古族民间文学和世界文学与民族文学等5个研究方向的硕士研究生、蒙古语族西部诸民族民间文学研究1个方向的博士研究生。目前与蒙古国科学院、蒙古国国立大学、人文大学、乌兰巴托大学，美国印第安纳大学以及俄罗斯科学院西伯利亚分院蒙藏佛教研究所和联合国教科文组织游牧文化国际研究院等高校和科研机构建立了学术协作与交流关系，互派研究生和访问学者，进行科研合作。

该院在西北地区蒙古语族语言文化以及与蒙藏文化关系研究方面，具有一定优势。注重研究卫拉特语言文化，取得了显著成果，出版了《卫拉特〈格斯尔〉研究》《〈格斯尔〉西蒙古变异体研究》《阿拉善喀尔喀民歌研究》《莫尔根特门传说研究》《卫拉特蒙古民歌研究》等十余部专著。

藏语言文学专业是西北民族大学最早设置的特色专业之一，从20世纪50年代开始招收本科生。藏语言文化学院现有本科、硕士和博士三个办学层次。藏语言文学硕士研究生点设立于1979年，这是国家在该校设立的第一个硕士研究生点，设有藏族文学研究、古藏文文献研究、藏族民间文学与民俗研究、格萨尔史诗研究等研究方向。中国少数民族艺术硕士点设立于2002年，设有中国少数民族艺术和宗教艺术两个研究方向，当年开始招生。藏语言文学博士点设立于2003年，设有藏语言文学、古藏文文献、格萨尔学研究三个研究方向，

西北民族大学自1954年开始调查、搜集《格萨尔》史诗，1981年成立"西北民族研究所格萨尔研究室"，1994年成立"西北民族学院格萨尔研究所"，2002年更名为"格萨尔研究院"。研究院始终坚持研究与抢救搜集相结合、研究与整理翻译相结合、研究与学术活动相结合、研究与培养人才相结合、研究与学科建设相结合、研究与建立《格萨尔》文化基地相结合的方针，力图突出自身的学科优势和特色。研究院立足于我国西部，除了藏族《格萨尔》，还广泛研究西北、西南地区的蒙古族、土族、裕固族、撒拉族、普米族、白族、纳西族、傈僳族等民族中流传的《格萨尔》，积极挖掘各相关民族的《格萨尔》文化资源，以"格萨尔学"研究和与《格萨尔》有关的中国少数民族历史文献学研究两大方向为重点突破口，取得了丰硕的研究成果。

2001年以来，学校研发的《藏文视窗平台、字处理软件和藏文网站》荣获2001年国家科技进步二等奖，学校编辑出版的《法藏敦煌藏文文献》《英藏敦煌藏文文献》，被誉为敦煌文献整理中的又一个里程碑。在学校三代科研人员的不懈努力下，多民族、多语种的三卷30册约两千五百万字的学术著作《格萨尔文库》于2018年11月出版面世。[①]

除西北民族大学以外，大连民族大学、北方民族大学也开设相关课程。如大连民族大学开设满、朝鲜、蒙古语言文化公共选修课程，并承担研究生相关课程的教学工作，北方民族大学开设回族、西夏等民族文学文献学选修课程。在此不一一赘述。

(二) 南方地区民族高校民族文学人才培养与教育

南方地区国家民委下属的民族高校有西南民族大学和中南民族大学两所，这两所民族高校分别坐落在我国南方地区的四川省和湖北省，根据其地区民族文化资源，主要围绕藏族、彝族、壮族、苗族、瑶族和土家族的语言文化展开民族文学学科建设和人才教育培养。

中南民族大学是一所直属国家民委的综合性普通高等院校，学校始终坚持"面向少数民族和少数民族地区，为少数民族和民族地区的经济与社会发展服务"的办学宗旨，培养少数民族学术人才。在土家族文学搜集整理与文学史撰写方面取得显著成绩。

早在1958年12月，中南民族学院师生67人就与武汉大学中文系师生12人，组成"土家族文艺调查队"，到湘西土家族地区进行大规模搜集工作，三个月内搜集民间文学资料十多万件。1959年7月编写出40万字的《土家族文学艺术史》初稿，编辑出版了《哭嫁歌》《土家族歌谣选》《土家族传说故事选》。还在《湖北日报》组织编辑了土家族文学艺术专页，为上海《民间文艺集刊》编辑了专辑，扩大了土家族民间文学的影响。该校目前招收民族文学与文化方向的硕士研究生，另外还设有南方少数民族文化研究中心和中国少数民族审美文化研究基地。其中中国少数民族审美文化研究基地是以"中国少数民族审美文化研究中心"为主体，整合了"少数民族艺术研究所""少数民族作家研究所""少数民族美术研究所""女书研究所""美学研究所"的学术力量而搭建的多学科综合研究学术平台。该研究基地现有"东方美学与中国少数民族审美文化研究室""中国少数民族作家与文学史研究室""少数民族语言文化研究室""少数民族艺术研究室""少数民族民俗研究室""女书研究室""《中国少数民族审美文化》编辑部"和"田野调查与文献编辑室"8个机构。

在少数民族文学研究方面，主要以比较文学为切入点，重点对南方土家族、壮

---

① 参考西北民族大学网站。

族、苗族、瑶族等民族的文学进行研究。比较文学研究一度相当活跃，中国少数民族比较文学学会曾经设在这里。在研究方面也有许多成果，特别是祝注先教授，在几十年的教学活动中，参加了少数民族文学史的编撰工程，出版了多部著作，发表了上百万字学术论文，如专著《中国少数民族诗歌史》等。

近年来，学院共承担国家级、省部级科研项目近百项，出版专著数十部，在《民族研究》《历史研究》等权威期刊和核心期刊上发表论文百余篇，学院先后与美国哈佛大学、杜克大学、英国剑桥大学等世界名校进行了广泛的交流与合作。①

西南民族大学创建于 1950 年 7 月，于 1951 年 6 月 1 日正式成立，是中华人民共和国最早建立的民族院校之一。该校的民族文学学科建设系属于该校的民族研究院。学校 1951 年创立伊始，为了服务于解放西藏、稳定云南边疆和推动四川藏、彝族地区建设和发展，在校内建立了"民族研究室"，1978 年，学校在原民族研究室的基础上成立了"民族研究所"。1985 年，成立了"四川省少数民族语言文学研究所"。2002 年该校整合民族学科资源，以相关研究机构为主体，成立西南民族研究院；当年 5 月，西南民族研究院正式运行，主要设置彝族、羌族等西南民族语言文学本科、硕士及博士教学与人才培养专业。

总之，中华人民共和国成立 70 年来，随着中国高等教育的迅猛发展，民族院校逐步发展成为学科门类齐全的现代高等院校。在此基础上，民族文学学科建设在各地区民族高校逐渐发展和成熟起来。除了上述六所国家民委下属的民族高校开设了相应的民族文学学科课程外，一些地方民族院校也根据自身特点开设了民族文学学科建设。下面，我们对这些地方民族院校的民族文学学科的建设情况进行分析。

第二节　地方级民族高校民族文学教学与人才培养

随着民族文学学科建设范围的拓宽，除了上述六所国家民委下属的民族高校开设了相应的民族文学课程、编写民族文学教材、招收民族文学专业硕士、博士外，地方院校也开始成立民族文学院系、专业，并在本科生、硕士生开设民族文学课程，招收民族文学专业硕士。下面，我们在此介绍部分院校开设民族文教学与人才培养情况。

一、北方地区地方民族高校民族文学人才培养与教育

北方地区地方民族高校有内蒙古民族大学、青海民族大学、甘肃民族师范学院、呼和浩特民族学院 4 所。内蒙古民族大学和呼和浩特民族学院位于我国内蒙古自治区呼和浩特市，青海民族大学坐落于青海省西宁市，甘肃民族师范学院位于甘肃省，

---

① 参考中南民族大学网站。

根据其地方民族文化资源，这三所大学主要是围绕蒙古族语言文学、藏族语言文学为主开设了相关民族文学课程，招收民族文学本科、硕士人才。具体情况如下：

(一) 内蒙古民族大学文学教学与人才培养

内蒙古民族大学1972年在原中国语言文学系设置了蒙古语言文学专业。同年开始招收本科生，至今已招收了五十多届本科生。1998年获得硕士学位授予权，1999年开始招收硕士研究生，至2009年已招收培养11届硕士研究生。目前该硕士学位授权点研究方向扩展为蒙古文学、蒙古文论等研究方向。2006年被评为自治区品牌专业，同年列入学校拟建博士点建设规划，2008年被评为自治区重点培育学科。该学科于1979年建立蒙古语言文学研究室，把民间文学及民俗研究确定为主要研究方向。1992年经教育厅批准在原蒙古语言文学研究室基础上成立科尔沁文化研究所。经过几十年的不懈努力，该学科已成为特色突出、优势明显、队伍精良、学术水平较高的蒙古学研究基地。学术队伍结构合理，整体实力较强。该校民族文学学科从内蒙古东部地区的文化、教育发展及社会进步需求出发，把科尔沁地域文化作为重点研究方向，通过多学科交叉，尤其是运用语言学理论、文学理论、文化学理论与人文地理学理论相结合的多学科综合研究方式，开展科尔沁萨满教文学、科尔沁变异英雄史诗、科尔沁安代艺术文化、科尔沁乌力格尔、科尔沁叙事民歌、科尔沁当代乡土文学研究等，积极参与蒙古族科尔沁地区或内蒙古东部地区蒙古族非物质文化遗产保护与研究工作，在蒙古学研究领域形成了自己独特的学术特色和优势，处于国内领先地位。2008年9月，成功举办了首届科尔沁历史文化研究全国性学术研讨会。加强对外学术交流，与蒙古国国立大学建立了学术合作关系，先后邀请多名蒙古国国立大学和蒙古国师范大学知名专家来学校访问讲学。经过多年的建设，使该学科特色和优势更加明显，具备培养博士研究生的条件，特色研究领域科研成果达到国际先进水平。[①]

呼和浩特民族学院蒙古语言文学系中国少数民族语言文学（蒙古语言文学方向）专业是在2000年创建的专业学科，同年开始招收蒙古语言文学专业专科生。该专业着重培养全国八省区中小学蒙古语文教师和科研人员的同时，还培养出文化、文学、新闻出版等方面的许多优秀人才，2011年起开始招收本科生。目前，中国少数民族语言文学（蒙古语言文学方向），主要以蒙古语言学科、蒙古文学学科和蒙古文书法学科为自己重点培养人才的重要学科，继续发挥中国少数民族语言文学（蒙古语言文学）专业自身优势，为蒙古语言文学、文化、艺术的发展培养高素质的专业人才。[②]

---

① 参考内蒙古民族大学网站。
② 参考呼和浩特民族学院网站。

（二）青海民族大学民族文学教学与人才培养

青海民族大学的民族文学建设起步较早，主要侧重于藏族文学，20世纪70年代之后，蒙古族文学也逐渐得到重视。藏语言文学专业1956年正式开设本科教育，迄今培养各类人才近万名，为青海民族地区的文化教育发展和社会进步做出了重要贡献。经过六十余年的发展，现已形成集大专、本科、研究生教育为一体的多层次、多种办学规格的藏族高等教育体系。师资结构合理，教学力量雄厚，在藏语言文学的教学方面积累了丰富的经验，在省内外有较高知名度。1981年被国务院学位委员会批准为全国首批硕士学位授予单位；1995年被列为省级重点学科；1997年被教育部批准为全国自学考试藏语言文学专业主考单位；2002年获得培养博士生资格；2003年获得宗教学硕士学位授予权；2004年"藏族古典文学"课程获得"国家级精品课程"称号；2008年"藏语言文学教学团队"获得"国家级教学团队"称号。

藏学院一贯重视师资队伍建设，拥有一批治学严谨、富于创新精神的学科带头人、中青年学术骨干。经改革和发展，现设有藏语言文学的本科专业和硕士点，设有藏族古典文学、藏族现当代文学、藏族民间文学、格萨尔研究、藏文文献整理与研究、古藏文文献研究等研究方向。开设藏族古典文学、藏族文学史、佛学概论、教派源流、藏族近现代文学作品等课程。其中，藏族古典文学是青海民族大学藏学系自1956年成立以来最早开设的藏语言文学专业主干课程，也是全国高校藏学专业中开设时间最长的专业长线课程。1981年在全国首次获得藏语言文学专业藏族古典文学方向硕士学位授予权；1995年该专业被列为省级重点学科，2002年评估验收结果优秀；部分本科生和研究生被中国藏学研究中心、中央民族大学、国家翻译局等单位优先录用。它是藏学专业课时量最多、知识含量最高、学生受益面最广、最具有学科特色和专业优势的精品课程。"藏族古典文学教学的创新与实践"项目于1993年获国家级优秀教学成果一等奖。

蒙古语言文学专业设立于1974年9月。2001年9月建立了蒙古语言文学系，该系蒙古语言文学专业是青海省高等院校特色专业之一，1978年开始招收本科生。目前，蒙古语言文学系获中国少数民族语言文学（蒙古语言文学）硕士授予权，现已设立蒙古族文学、蒙古族古典文学与文献学等硕士研究方向。另外，文学院的文艺学专业还设有少数民族审美文化、少数民族文艺理论和比较诗学三个研究方向。

2019年蒙古语言文学系正式并入民族学与社会学学院，中国少数民族语言文学（蒙古语言文学方向）本科专业也并入该学院。学院现有中国少数民族语言文学（蒙古语言文学方向）、社会工作、社会学三个本科专业。现有民族学教研室、历史学教研室、宗教学教研室、社会学教研室、民俗学教研室、马克思主义民族理论与政策教研室、语言与翻译教研室、文史教研室、社会工作教研室等9个教研室。

该院重视和加强科研工作，自学院成立以来，出版专著一百余部，总共承担国家社科基金数十项，包括国家社科基金重大项目，教育部哲学社会科学重大课题，国家社科基金"冷门绝学"和国别区域研究等项目。①

甘肃民族师范学院的民族文学建设主要侧重于藏族语言文学。藏语系是该校最早设立的系部之一，承担着甘肃及周边藏区中小学藏汉双语师资及各类专门人才培养的重任。2009年招收首届藏语言文学专业本科学生，为甘肃民族地区及周边藏区的文化教育发展和社会进步培养一批优秀人才。藏语系现设有中国少数民族言语文学（藏语）、应用语言学（汉藏翻译）、应用语言学（英藏翻译）、戏剧影视文学（藏语）等四个专业，其中中国少数民族言语文学（藏语）专业是该系优势专业，该专业2010年8月被省教育厅确定为省级特色专业，2010年10月被教育部确定为国家级特色专业，2019年被省教育厅确定为省级一流本科专业建设点。②

二、南方地区地方民族高校民族文学人才培养与教育

南方地区地方民族高校有广西民族大学、云南民族大学、贵州民族大学、四川民族学院和甘肃民族师范学院，分别坐落于我国南方地区的广西南宁市、云南省昆明市、贵州省贵阳市、四川省康定市和甘南藏族自治州合作市，根据其地方民族文化资源，主要开设壮族、瑶族、傣族、景颇族、傈僳族、佤族、拉祜族、苗族、布依族、侗族、彝族、水族、仡佬族等民族语言文学课程，教育和培养一批民族文学人才。

（一）广西民族大学文学教学与人才培养

广西民族大学学校（原广西民族学院）创办于1952年3月，原为中央民族学院（今中央民族大学）广西分院，1953年改称广西省民族学院，1958年更名为广西民族学院，2006年2月14日教育部批准更名为广西民族大学。学校的民族文学专业主要是以壮侗语族民族和苗瑶语族民族的民间文学文化研究为主，并招收这些方向的硕士研究生。同时，学校还设有广西少数民族语言文学研究中心、非物质文化遗产研究中心和瑶学研究中心。

1. 广西少数民族语言文学研究中心

该中心是中央与地方共建的广西高校重点学术研究机构，是广西民族大学少数民族语言文学学科重点建设的学术机构之一。现有一支高学历、高素质且强有力的学术研究队伍。这支队伍年龄结构合理，学术方向分工明确，承担有国家社会科学基金重点项目"广西濒危语言个案研究"、国家社会科学基金西部项目"广西环北部湾地区少数民族民间文艺的生态研究""中国当代少数民族女性文学研究"等多项国家级、省部级科研项目，发表了一批研究论文和学术专著。广西少数民族语言文学研究中心与地方政府相关部门建立了良好的合作关系，本学科的教学科研人员

---

① 参考青海民族大学网站。
② 参考甘肃民族师范学院网站。

利用自身的民族语言文学研究优势，为地方政府有关部门和单位提供学术服务。此外，广西少数民族语言文学研究中心还主办或承办了"世界华文文学国际学术研讨会""第一届侗台语国际学术研讨会"等有较大影响的学术会议。2009 年 7 月还主持"国际人类学与民族学第十六届世界大会"的壮侗（侗台）语族民族历史文化组的研讨。中心现有"民族民间文学与作家文学""民俗文化"等研究方向，采取"机构开放、人员流动、内引外联、创新创优"的运作机制，促进少数民族语言文学学科的建设，为中国少数民族地区的文化教育事业发展和中国与东盟国家的文化交流合作提供强有力的学术支持。

2. 广西非物质文化遗产研究中心

广西非物质文化遗产研究中心是中央与地方共建的广西高校重点学术研究机构，与相关地方政府建立了良好的合作互动关系，合作建立了"刘三姐歌谣文化""壮剧艺术保护"等一批特色文化考察研究基地；参与主办了"壮剧艺术与非物质文化遗产保护"等多个学术会议。广西非物质文化遗产研究中心设有"非物质文化遗产考察研究与保护对策""民族艺术与非物质文化遗产研究""非物质文化遗产与文化产业发展研究"和"中国—东盟非物质文化遗产比较研究"四个研究方向，培养了一批少数民族非物质文化遗产的传承者和研究者，促进了中国—东盟文化交流与合作。

3. 广西民族大学瑶学研究中心

该中心成立于 2004 年 11 月，是广西壮族自治区级人文社会科学重点研究基地。中心下设瑶族历史文化与民族关系研究所、瑶族经济社会发展与现代化研究所、瑶族文化艺术保护与开发研究所、瑶族与东南亚相关民族研究所。中心目前主要承担自治区政府重大课题"瑶学丛书"的编辑出版工作。瑶族文学研究是该中心涉猎的课题之一，主要包括密洛陀、盘王大歌、瑶族当代作家文学、瑶族歌谣文化、瑶族神话研究 5 个研究方向。

（二）云南民族大学民族文学教学与人才培养

云南民族大学的民族文学学科隶属于民族文化学院。该院是在原云南民族学院中国少数民族语言文学系的基础上建立的，是云南省高等学校中唯一设置少数民族语言文学专业的具有鲜明办学特色的重要教学科研部门，也是全国少数民族语言文学教学和研究的重要基地之一。

学院开设有"中国少数民族语言文学"（为国家特色专业及省级重点专业）本科专业以及中国少数民族语言文学的硕士学位点。培养民族文学、民族文化、民族古籍与传统文化研究、民族古典文献资源的开发与管理等多个方向的硕士研究生。学院下设有云南少数民族语言文学研究所。

1991 年，"云南民族语言文学"被云南省教育委员会批准列为云南省高等学校重点学科；1996 年，"民族古籍"被云南省教育委员会批准列为云南省高等学校重点学科。2000年,"中国少数民族语言文学"被云南省教育委员会批准列为云南省普通高校本科重点建设专业。云南民族大学的民族文学学科具有其独特的优势,首先傣、景颇、傈僳、佤、拉祜等民族的语言文学本科专业白手起家,在无参照经验,无资料的情况下,建立起了科学的课程体系和教材体系,自编数部教材,曾获国家教委优秀教学成果奖。其次,硕士点培养了佤、拉祜、景颇、傈僳、独龙、普米等民族的第一代硕士研究生。另外,学院与南开大学合作的项目"云南民族语言文学研究和教学基地"的建设,提高了云南少数民族语言文学研究、教学基地的能力。

多年来,教师公开出版《拉祜族民间文学概论》《傈僳族民间文学概论》《傣族文学研究》《景颇族文化习俗论》《尔比》《路南彝族密枝节仪式歌译疏》《佤族生活方式》等著作(包括译著)达八十余部;在国内外学术刊物上发表论文三百余篇;承担并完成了国家级和省部级研究课题数十项,有多项科研成果获奖。

目前该院科研涉及汉藏、南亚语系,藏缅、壮侗、苗瑶、汉语语族的四十余种语言文字以及相关的文学、文献、文化等方面,主要包括少数民族语言、文学、古籍文献研究,少数民族语言应用研究等,部分领域的研究处于国内领先地位。该学院近年来获得国家级项目、省部级项目数十项。[①]

除上述民族院校之外,贵州民族大学、四川民族学院、湖北民族大学等院校开设有民族影视学、藏族语言文学、藏汉翻译、少数民族文艺学方向的课程。由此可见,各学校分别利用各自的地缘及语言优势,开设相应的民族文学课程,培养掌握国家通用语的民族文学教学、研究等方面人才。

第三节 非民族类高校民族文学教学与人才培养

随着民族文学学科教学、人才培养、学科建设的日益成熟,教学院校范围逐渐拓宽,除了民族院校开设相应的民族文学课程、培养民族文学人才之外,这一学科已经深入到民族地区及非民族地区的其他院校。从地理区域位置看,开设了民族文学课程、培养民族人才的非民族类高校主要有东北地区的延边大学、黑龙江大学、沈阳师范大学、吉林师范大学、长春师范大学、呼伦贝尔学院;西南地区的广西师范大学和西昌大学;西北地区的内蒙古大学、内蒙古师范大学、西藏大学、赤峰学院、青海师范大学、新疆大学、新疆师范大学、伊犁师范大学、宁夏大学、喀什大学、昌吉学院、河套学院、集宁师范学院。以上三个地区的非民族类高校根据其地理位置、民族文化资源也开设了相应的民族文学课程,培养了一批民族文学人才。

---

① 参考云南民族大学网站。

一、东北地区非民族类高校民族文学人才培养与教育

东北地区开设了民族文学课程、培养民族文学人才的非民族类高校主要有延边大学、黑龙江大学、沈阳师范大学、吉林师范大学和长春师范大学，这五所高校根据其地区民族文化资源，主要开设了朝鲜族语言文学、满族语言文学和蒙古族语言文学等相关课程。

（一）黑龙江大学的民族文学教学

1983年经黑龙江省政府批准，成立了国内外唯一专门研究满—通古斯语言文化的科研机构——黑龙江省满语研究所。1999年，黑龙江省满语研究所整建制迁入黑龙江大学，并在此基础上组建了黑龙江大学满族语言文化研究中心。2019年6月28日更名为黑龙江大学满学研究院。该研究院设有三个专业教研室：满—通古斯语言教研室、满—通古斯文化教研室、满文文献教研室。《满语研究》是国内外唯一专门研究满—通古斯语言文化的学术期刊。研究院现有1个二级学科博士点中国少数民族语言文学（满—通古斯语族）、1个二级学科硕士点中国少数民族语言文学（满语）。研究院拥有独立的专业资料室，藏书两万多册，其中包括部分满文文献资料，并藏有大量珍贵的满语口语、满—通古斯语言文化田野调查录音、录像资料及数据处理光盘资料。

目前，黑龙江大学拥有全国唯一从本科、硕士到博士最为完整的满语文专业高等教育体系。自2005年首次以"满文与历史文化"专业统招本科生14人，2007年、2009年、2011年均隔年招生。2015年开始，以"汉语言文字学（满语）"专业连续统招2015、2016、2017、2018、2019级本科生。2000年获国务院学位委员会批准，设立中国少数民族语言文学（满语文化学）硕士学位点，2002年开始招生，共招收18届研究生。2012年起设立中国少数民族语言文学（满语）博士点，并招收博士生。[①]

（二）沈阳师范大学的民族文学教学

沈阳师范大学的中国少数民族语言文学学科是文学院中国语言文学一级学科下属二级学科。由沈阳师范大学的文学院和中国北方民族文化研究中心共建。

该校的中国少数民族语言文学学科研究始建于20世纪50年代，曾经产生了东北文学史，主要从事北方少数民族文学传播、满族语言文学、锡伯族语言文学和蒙古族语言文学的教学与研究。2011年，沈阳师范大学文学院获得中国语言文学一级学科硕士学位授予权，在此背景下，中国少数民族语言文学作为二级学科，获得了新的发展机遇。学科专业发展确定为三个研究方向：满族、锡伯族语言文学研究、中国北方少数民族文学传播研究以及草原文化与蒙古族语言文学研究，2012年开始

---

① 参考黑龙江大学网站。

招收硕士生。

沈阳师范大学中国少数民族语言文学学科建设主要是以中国北方世居少数民族语言文学与文化为主要研究对象，同时针对相关的民族理论与民族文化政策、民族文化产业、民族区域文化规划、民族历史、民族宗教等主题进行描述、分析和研究。近年来，教师在《民族研究》《世界宗教研究》《红楼梦学刊》《明清小说研究》《民族教育研究》《世界民族》《世界宗教文化》《满族研究》等重要学术刊物上共发表相关学术论文数十篇，承担国家级、省部级科研项目二十余项。①

（三）吉林师范大学的民族文学教学

吉林师范大学的少数民族文学学科主要是满族语言文学方向。"满族历史与文化"是该校现有的唯一1个博士学位授权学科。吉林师范大学满族文化研究所成立于2000年，其前身可上溯到20世纪80年代的四平师范学院满族历史语言研究所，是东北地区较早成立的满学研究专门机构。2001年被吉林省哲学社会科学规划办公室确立为吉林省哲学社会科学满族文化重点研究基地。2012年，吉林师范大学以满族文化研究为依托，成功获批"满族语言文化"专业博士点，现已开始培养博士研究生。

该研究所先后主持国家级课题《东北民间满族家谱收集、抢救、整理与研究》《长白山地区满语地名研究》《清代满族萨满教演变及影响研究》《满族民俗流变史料辑录》等十多项；出版《满文形体学》《满族石姓家族全书》《满族杨姓萨满祭祀神歌比较研究》等满族文化系列丛书二十余部。②

（四）长春师范大学的民族文学教学

长春师范大学的中国少数民族语言文学学科以满语方向为主，设立在该校的历史学院，并成立了满族文化研究所。该所建立于2008年12月，以挖掘、整理、研究满族文化为宗旨，重点在吉林省，以历史学科专门史硕士点为依托，设立了满学研究方向，目前已招收了两届硕士研究生，开设了"满语文""民族学""萨满艺术论""满族文化专题研究""满族民俗研究"等课程。共出版学术著作十多部，如《萨满艺术论》《满族萨满文化遗存调查》《达斡尔族萨满文化传承》《满语文教程》《图像中国满族风俗叙录》《中国满学》《中国正史中的边疆思想资料选辑》等。历史文化学院现有历史教育、人文教育、旅游管理、酒店管理、中国少数民族语言（满语）五个专业，设有东北亚历史文化研究所、萨满文化研究所、满族文化研究所、东北文献研究所、东北抗战史研究所等五个研究机构。教师在《历史研究》

---

① 曹萌：《沈阳师范大学中国少数民族语言文学学科》，载《沈阳师范大学学报（社会科学版）》2011年第3期。

② 参考吉林师范大学网站。

《民族研究》《中国边疆史地研究》《历史档案》等刊物发表论文数十篇。①

（五）呼伦贝尔学院的三少民族语言文学教学

蒙古学学院是呼伦贝尔学院最早成立的具有民族特色和地区特色的院系之一。始建于1977年12月（原海拉尔蒙师大专班），至今有41年的历史。中国少数民族语言文学（蒙古语言文学）专业为呼伦贝尔学院重点建设学科，鄂温克、达斡尔、鄂伦春三少民族语言文化研究为特色研究学科。蒙古学学院具有呼伦贝尔市"三少民族"和巴尔虎、布里亚特、厄鲁特蒙古族特色的学术优势。近年来本院教师主持和参加国家级、省部级和自治区教育厅的10余项科研项目。"三少民族"语言文化研究所加强与国内外有关科研机构的交流合作，研究人员先后参加、主持了第一、第二届国际通古斯语言文化学术研讨会（海拉尔）、第八届国际蒙古学大会（乌兰巴托）、国际游牧文化研讨会（乌兰乌德）研究成果先后荣获内蒙古自治区第一、第二届哲学社会科学优秀成果政府奖二、三等奖和全区民族教育研究成果奖。②

（六）延边大学民族文学教学与人才培养

朝鲜语言文学是延边大学的支柱性学科，它有着自身独特的地缘优势，是建校以来就诞生的专业。1949年设置的朝鲜语言文学系于2005年4月并入朝鲜—韩国学学院。作为具有鲜明民族特色的综合大学，自延边大学成立之日起，朝鲜语言文学专业就成为延边大学的重要学科、基础学科。建立初期，朝鲜语言文学专业主要以朝鲜民主主义人民共和国金日成综合大学的学科体系为基础，加以适当地改进。改革开放以后，朝鲜语言文学学科广泛吸取国内语言文学学科和韩国等国外相关学科的建设经验，重新调整学科体系和内容。经过七十余年的建设，朝鲜语言文学专业已成为中国国内培养朝鲜语言文学、文化艺术等领域专门高级人才的重要基地。1979年获得亚非语言文学专业硕士学位授予权；1986年获得亚非语言文学专业博士学位授予权；1998年获得比较文学与世界文学专业硕士学位授权点。2002年亚非语言文学（朝鲜语言文学）学科被评为国家级重点学科。该专业主要开设了"朝鲜古典文学史""朝鲜现代文学史""朝鲜—韩国当代文学""朝鲜文学作品讲读""朝鲜古典文论""中国朝鲜族文学史""朝鲜民俗学概论""文学教育论"等课程。其中，"朝鲜—韩国当代文学"在2004年被评为国家级精品课程。该系承担国家级、省部级科研课题数十项③。

---

① 参考长春师范大学网站。
② 参考呼伦贝尔学院网站。
③ 参考延边大学网站。

二、西北地区非民族类高校民族文学人才培养与教育

西北地区开设了民族文学课程、培养民族人才的非民族类高校主要有内蒙古大学、内蒙古师范大学、赤峰学院、河套学院、集宁师范学院，青海师范大学，新疆大学、新疆师范大学、伊犁师范大学、喀什大学、昌吉学院，西藏大学，宁夏大学等院校。这些高校利用其地区民族文化资源，主要开设蒙古族、藏族、维吾尔族、哈萨克族、锡伯族和回族等相关的语言文学课程，并培养了一批从事民族文学教学、科研等相关领域人才。

（一）内蒙古自治区高校民族文学教学与人才培养

1. 内蒙古大学民族文学教学与人才培养

内蒙古大学蒙古学学院成立于 1995 年 12 月 12 日，除招收民族文学的本科生、硕士生之外，还设有中国少数民族语言文学的博士点以及中国语言文学博士后流动站，侧重于蒙古族现当代文学、蒙古族民间文学、蒙古族文学理论以及民族比较文学的方向进行研究。蒙古学学院与蒙古国、俄罗斯、日本、韩国、美国、英国、德国、法国、意大利、土耳其、匈牙利、波兰、捷克、芬兰、澳大利亚、乌克兰等国家的大学和科研机构建立了学术交流关系。

内蒙古大学蒙古文学研究始于 20 世纪 50 年代末，文学学科迄今已有 60 年的历程。"十二五"期间，蒙古学学院成立了"《江格尔》研究中心""北方民族古文字研究中心""蒙古史档案文献研究中心""蒙藏文化研究中心"等学术研究平台。2015 年 12 月，内蒙古大学组建了"蒙古族及北方民族文化传承与发展协同创新中心"培育体。该中心以传承和发展蒙古民族以及北方三少民族——达斡尔、鄂温克、鄂伦春文化为目标，创建了蒙古语言信息化云工程协同创新平台、蒙古文学与口头传承研究协同创新平台等四个协同创新平台。该院的《江格尔》研究是内蒙古大学最具特色的学科建设方向。口承文学研究在建校初期就已开始并一直保持良好的发展势头，在几十年的发展中《江格尔》研究脱颖而出，已成为具有国际影响的优势学科。总之，七十多年来，学院积极致力于民族高等教育的发展，建立起覆盖本科生、硕士生、博士生教育及博士后科研流动站的完整的民族高等教育教学体系，为国家和内蒙古自治区培养了一大批杰出人才。[①]

2. 内蒙古师范大学蒙古语言文学教学与人才培养

内蒙古师范大学的少数民族文学学科侧重于蒙古语言文学方向。蒙古语言文学系始建于 1952 年，属专科，1959 年由专科升为本科。1978 年开始招收研究生，1981 年，中国少数民族语言文学学科首批获得硕士学位授予权。中国少数民族语言文学（蒙古语言文学）学科，在 1986 年被批准为首批内蒙古自治区重点建设学科。

[①] 参考内蒙古大学网站。

蒙古文学研究方面的代表性成果有：《古代蒙古作家汉文创作考》《蒙古秘史文献版本研究》《蒙古秘史跨学科文化研究》等。

该学科目前设有西方文论与蒙古族文学、蒙古文学文献学、中国少数民族现当代文学、蒙古族现当代文学、蒙古民间文学等研究方向。2005 年，该校成立了"中国少数民族作家研究中心"，由赛音巴雅尔任中心主任，中心 2009 年还建有民族文学馆。这是我国省区的首家涵盖所有少数民族作家文学的研究机构，对推动少数民族作家文学的发展做出了贡献。2018 年中国少数民族文学馆、中国少数民族作家研究中心并入该校的蒙古学学院。2018 年蒙古学学院获博士学位授权资格。2019 年蒙古学学院获批（首批）国家级一流本科专业建设点。2015—2019 年承担的省部级以上项目 45 项。①

除了上述两所大学以外，开设蒙古族语言文学专业课程的院校还有赤峰学院、河套学院、集宁师范学院。在此不加以赘述。

（二）西藏大学民族文学教学与人才培养

西藏大学原名西藏地方干部学校、西藏行政干部学校、西藏师范学校、西藏师范学院，1985 年 7 月学校正式更名为西藏大学。该校的中国少数民族语言文学（藏语言方向）是国家级重点学科，1998 年获得藏语言文学和藏族历史两个学科的硕士学位授权，于 1999 年开始招收硕士研究生。2013 年 7 月获得博士学位授予，开始正式招收博士研究生，培养了一批批具有从事藏语文教学、科研、社会工作的专门人才。

该校的"格萨尔"研究所最初以"西藏大学《格萨尔》抢救小组"为名，成立于 1979 年，是针对著名《格萨尔》说唱艺人扎巴的口头说唱录音的进行文字记录并进一步编辑、整理、出版而组建的专门机构。2001 年又正式更名为"西藏大学'格萨尔'研究所"，现隶属于西藏大学中国藏学研究所，以抢救著名《格萨尔》说唱艺人扎巴的口头说唱录音为主，对录音的文字记录、编整成书、进行出版、录音带的复制保存、光盘制作等方面做了大量工作。从 1979 年研究所成立到 1986 年艺人过世期间，抢救出版了十七部《格萨尔》部本，其中《天岭占卜九藏》《英雄降生史》《征服北方魔王》《门岭大战》《松巴犏牛宗》《霍尔齐巴山羊宗》《索岭之战》《汉岭传奇》《霸嘎拉神奇王》等九部已正式出版面世。

建校近七十余年来，学校已探索出一条在特殊高原民族地区兴办现代高等教育的成功之路，累计培养近 7 万名各级各类专门人才，为西藏和中国西南地区经济建设和社会发展提供重要智力支撑，成为西藏创新人才培养、科学研究和成果转化、高层次决策咨询和民族文化传承创新的重要基地，对外开放与交流的重要窗口。②

---

① 参考内蒙古师范大学网站。
② 参考西藏大学网站。

(三) 青海师范大学民族文学教学与人才培养

青海师范大学的少数民族文学学科——藏语言文学，是该校的国家级特色专业，藏语言文学系设立藏族文化史博士研究方向、中国少数民族语言文学硕士学位授权点，全院开设藏族语言文学、藏语语言文字学、藏族文艺学、藏族民间文学研究、藏族文学与佛教文化、古典藏语文研究、藏族现当代文学、汉藏翻译理论与科技翻译、藏族古典文献研究、藏传佛教哲学思想研究、佛教哲学与藏传因明、藏族哲学思想与宗教文化、民族社会学、民间文学等17个研究方向。

学院拥有两个国家级特色专业建设点（藏语言文学、数学与应用数学）、1个国家级教学团队（藏汉双语基础教学团队）、1个国家级科研创新团队（藏语言文学科研团队）、1门国家级精品课程（藏族古代文学史）；1个省级优秀教学团队（藏语言文学教学团队）、1个省级重点学科（藏语言文学学科）。

近年来学院实施"藏汉双语百部教材"建设工程，现已编译完成37部教材并已由民族出版社出版，同时实施"藏族大学生汉语教学改革及教材建设"计划，编译出版9部藏族大学生汉语系列教材，形成了较为完备的教材体系。近年来成功举办"全国藏汉双语教学高层论坛""全国首届藏文古籍文献整理与研究高层论坛""全国藏汉双语教学模式研讨会"等重要学术会议。

学院为国家各级各类学校藏汉双语教材建设做出了重要贡献，长期担任各类双语教材的编纂、审查任务。学院支持青海省国家开放大学建设藏语言文学等专业，开发完成藏汉双语"藏文修辞学""藏族历代文选"等系列网络视听课程；为青海省藏语电视台制作多种藏汉双语教学节目。[1]

（四）新疆地区高校民族文学教学与人才培养

1. 新疆大学民族文学教学与人才培养

新疆大学的民族文学学科建设突出的方向是维吾尔语言文学和哈萨克语言文学，而且历史悠久，至今已有七十多年，现属于该校的人文学院。早在1924年建校时，新疆俄文法政专门学校就设有中文专业，并在此基础上不断发展壮大。学院现有汉语言文学、中国少数民族语言文学、历史学、民族学、考古学、编辑出版学等6个本科专业。现有中国语言文学一级学科博士点，中国语言文学一级学科硕士点，历史学一级学科硕士点，民族学一级学科硕士点。

2017年，中国语言文学学科在全国第四轮学科评估中获得B-，进入该学科全国前40%行列。中国语言文学学科拥有自学士到博士的多层次人才培养和学位授予权。2006年，中国少数民族语言文学入选国家重点学科，2016年，中国语言文学入选自治区"十三五"重点学科高峰学科，中国少数民族语言文学（维吾尔语言文

---

[1] 参考青海师范大学网站。

学）入选自治区普通高校重点专业特色品牌专业。

该校还有历史学院（西北少数民族研究中心）和新疆民汉语文翻译两个致力于研究民族语言文学的研究中心。新疆民汉语文翻译研究中心于2011年11月被批准为新疆维吾尔自治区普通高校人文社科重点研究基地。中心设置三个研究方向：一是汉语与少数民族语言翻译理论及实践研究；二是少数民族语言名词术语审定与翻译评价体系研究；三是第二语言学习及国家通用语使用评价体系研究。历史学院（西北少数民族研究中心）成立于2020年4月24日，由原人文学院历史学系和教育部人文社科重点研究基地"西北少数民族研究中心"组成，拥有两个一级学科硕士点：中国史和民族学。[1]

2. 新疆师范大学民族文学教学与人才培养

新疆师范大学的少数民族文学学科是该校的优先发展学科，其主要侧重在维吾尔语言文学和蒙古语言文学两个大方向，系属于该校的中国语言文学学院。中国语言文学学院其前身是1978年成立的新疆师范大学中文系和中语系，所设专业、学科均为新疆师范大学最早设立传统专业及新疆发展所需的基础学科。2001年，学校在原中文系、中语系和历史系的基础上成立了人文学院；2009年7月，学校为适时推进专业精深化建设，将人文学院中文系和中语系分别设立为文学院和语言学院；2018年12月，为进一步发挥相近专业教研之整合优势，经校党委批准，学校将文学院和语言学院合并重组为新疆师范大学中国语言文学学院。

中国少数民族语言文学（维吾尔文学）主要研究维吾尔民间口头文学和作家书面文学的现状及历史，探讨其发展规律，着重于理论和实际应用的结合。中国少数民族语言文学（蒙古文学）主要研究卫拉特蒙古文学的现状及历史，探讨其发展规律。卫拉特蒙古文学是蒙古文学的重要组成部分，它不仅具有蒙古文学的民族共性，而且还保持着非常鲜明的地域特色，著名史诗《江格尔》就产生于卫拉特蒙古。学院注重专业和学科建设，"汉语言文学"为国家级一流专业建设专业；拥有国家级特色专业"维吾尔语"；自治区高等学校人文社科重点研究基地"西域文史研究中心""新疆国家通用语言教育研究中心"；校级重点学科"中国语言文学""中国少数民族语言文学""文艺学"等。学院还设有"卫拉特学研究中心"等学术机构。

学院现有一级学科"中国语言文学"博士学位和硕士学位授权学科；博士学位设5个招生方向，硕士学位开设7个二级学科。学院现有汉语言文学和中国少数民族语言文学（包含维吾尔语言文学、维吾尔语、蒙古语言文学和柯尔克孜语言文学4个专业方向）两个本科招生专业。[2]

3. 伊犁师范大学民族文学教学与人才培养

新疆伊犁师范大学的民族文学囊括得比较广泛，包括有哈萨克语言文学、维吾

---

[1] 参考新疆大学网站。
[2] 参考新疆师范大学网站。

尔语言文学和锡伯语言文学三个大的方向，其中锡伯语言文学方向应该是全国独有的，填补了锡伯族文学研究的空白。中国少数民族语言文学（哈萨克语言文学）是伊犁师范大学的传统学科、特色学科、优势学科，已经有 30 年的发展历史，2005年被确定为伊犁师范大学重点学科，2006 年 1 月获得硕士学位授予权，2010 年 11月获批自治区重点学科。

中国少数民族语言文学（哈萨克语言文学）在学术研究方面文学与语言并重、文学与文化并重，既着力于哈萨克语言文学的本体研究，又注重哈萨克语言文学发展历程中与多种社会元素包括民俗、历史、社会等复杂交互关系的研究，以及哈萨克语言文学与异质文化的比较研究。在长期的建设中，凭借地处哈萨克族聚居地及中哈边境的地缘优势和文化资源优势，形成了哈萨克语言、哈萨克文学、哈汉文学关系、哈汉双语教育与双语对比等在学术界有重要影响的研究方向，取得了一批在国内外有一定影响的成果，培养了一批有较强学术实力的学科带头人和学术带头人。

中国少数民族语言文学（维吾尔语言文学）专业从 20 世纪 60 年代初初创开始招收专科学生，2001 年开始招收本科学生，2011 年 9 月，维吾尔语言专业纳入自治区民汉双语翻译人才培养计划，开始加大翻译人才的培养。该专业除为高校和科研机构输送继续深造的研究型人才外，毕业生能胜任党政机关、教育文化部门、相关行业翻译、文秘、维汉双语教学与研究工作以及文化、宣传方面等工作，尤其是从事与国家安全工作相关的行业复合应用型人才。

中国少数民族语言文学（锡伯语言文学）是伊犁师范大学人文学院的特色学科专业，已有二十多年的发展历史。1986 年 9 月，伊犁师范学院中文系招收了一个以锡伯族学生为主的汉语言文学专业班，除了学习本专业课程外，还系统地学习锡伯语，这可以说是锡伯语言文学学科建设的开端。2015 年起，招收中国少数民族语言文学专业锡伯语言文学方向的硕士研究生。[①]

新疆地区除了上述几所大学以外，还有喀什大学、昌吉大学设有维吾尔、哈萨克语言文学课程，招收本科专业学生。在此不一一赘述。

三、西南地区非民族类高校民族文学人才培养与教育

西南地区开设了民族文学课程、培养民族人才的非民族类高校主要有广西师范大学和西昌学院两所。这两所高校分别坐落于我国西南地区的广西壮族自治区桂林市和四川省西昌市，壮族语言文化和彝族语言文化是这两个地区的主要民族文化资源，这两所高校主要开设了壮族语言文学和彝语语言文学相关课程、培养相关人才。

1. 广西师范大学民族文学教学与人才培养

广西师范大学的民族文学学科建设起步较早，隶属于文学院的民族民间文学研究始自 20 世纪 50 年代。当时，根据中共中央宣传部和中国科学院文学研究所关于

[①] 参考伊犁师范大学网站。

编写全国少数民族文学史和文学概况的要求，广西师范大学中文系（现文学院）抽调苗延秀、刘介、贺祥麟等十多人组成壮族文学史编辑室。同年 10 月，中文系五十多名师生组成壮族文学史调查队，历时两个多月深入到广西壮族地区 32 个县、市进行调查，并于 1961 年由广西人民出版社出版《广西壮族文学》。1986 年获批中国少数民族语言文学专业硕士点，2001 年获批民俗学硕士点。1989 年，在中国语言文学研究所壮族文学研究室基础上正式成立民族民间文学教研室。

进入 21 世纪，该校民族民间文学学科在壮族文学、壮族文化特征、壮族信仰文化、民俗旅游、壮族族群认同、非物质文化遗产保护等方面的研究取得新的进展。先后出版的主要论著有：《壮族文学发展史》《审美人类学的理论与实践》《中国文化概论》《天人和谐与人文重建——漓江流域人文底蕴与社会发展的审美人类学调查与研究》《壮族文学现代化的历程》等论著。①

2. 西昌学院民族文学教学与人才培养

西昌学院彝语言文化学院已有 30 年的办学历史，其前身是 1989 年原西昌师范高等专科学校单独成立的彝文系。2004 年，四校合并升本时，西昌学院继续单独成立彝文系。2010 年，彝文系正式更名为彝语言文化学院。彝语言文化学院现开设有中国少数民族语言文学等 12 个本、专科专业及专业方向，彝语言文化学院中国少数民族语言文学专业是国家级特色专业、四川省一流专业、四川省特色专业、四川省综合改革试点专业、四川省卓越教育培养计划改革试点专业。彝汉双语系列课程教学团队是四川省优秀教学团队，先后建成"彝族民间文学概论""现代彝语"和"当代彝文文选"三门省级精品课程。

在 30 年的办学历程中，先后培养了通晓彝汉双语或彝、汉、英三语的各类专业毕业生四千余人。这些人才已经在西南彝族地区党、政、军各部门及文化教育、新闻媒体，以及相关事业单位中成为工作骨干和领导干部，有的已经成为各行各业中的杰出代表。②

此外，民族文学学科建设的拓展不仅仅局限在高等院校，中央及地方的研究机构也同样根据自身的实际情况，展开相关的研究与人才培养。有部分研究机构已经取得了招收研究生的资格，在民族文学的人才培养方面做出了成绩。目前在培养研究生方面，中国社会科学院民族文学研究所已经取得了显著的成绩，始建于 1980 年的中国社会科学院研究生院（现改为中国社会科学大学）少数民族文学系设在该所，1984 年开始招生，在中国少数民族语言文学、民俗学等专业拥有博士和硕士学位授予权，并设有博士后流动站。

综上所述，地方综合院校的民族文学学科建设除了上述举出的东北地区、西南地区和西北地区的 23 所院校之外，还有四川师范大学的中国少数民族文学硕士点、

---

① 参考广西师范大学网站。
② 参考西昌学院网站。

四川大学中国少数民族语言文学硕士点和博士点、西南交通大学艺术与传播学院中国少数民族语言文学硕士点、陕西师范大学的中国少数民族文学比较研究的硕士点和博士点、暨南大学的中国现当代多民族文学及文化关系研究和中国南方少数民族语言研究以及中国古代多民族文学及文化关系研究的硕士研究方向、云南师范大学的民族文学研究和民族文化研究以及民族文献的硕士研究方向、苏州大学的中国少数民族文学研究的硕士点和博士点。

总之，中华人民共和国成立 70 年来，各高等院校、中央及地方的研究机构都根据自身的实际情况，积极投身于民族文学学科的建设发展中，展开了相关的研究与人才培养，取得了显著的成绩。民族文学学科的建设以及民族文学人才的培养也不仅仅局限在各高等院校，目前，在民族文学人才培养方面，鲁迅文学院作家培训班已取得了显著的成绩。下面我们就对鲁迅文学院作家培训班在民族文学人才培养方面的情况进行分析。

第四节　鲁迅文学院作家培训班

民族文学教学、人才培养及学科建设的拓展不仅仅局限在高等院校，鲁迅文学研究院也为少数民族文学人才培养做出了巨大贡献，取得了显著的成绩。

鲁迅文学院成立于 1950 年，时称中央文学研究所，1953 年改称中国作家协会文学讲习所，1957 年因故停办，1980 年恢复，1984 年更今名。鲁迅文学院是中国作家协会的直属单位，是以培养作家、文学评论家、文学编辑家等各类文学工作者为主要任务的国家级文学培训机构。20 世纪 50 年代，郭沫若、茅盾、老舍、曹禺、郑振铎、胡乔木、周扬、叶圣陶、艾青、何其芳、张天翼、田间等一批卓越的文学家、理论家、戏剧家、教育家莅临授课，一批来自解放区的作家在这里学习深造后，以更坚实的步伐步入中华人民共和国文坛。改革开放以后，鲁迅文学院开拓进取，举办了各种类型的作家班、进修班、研究生班。

近年来，我国少数民族文学发展取得了崭新成果，涌现出一批优秀的少数民族中青年作家，这得益于鲁迅文学院所开办的少数民族文学创作培训班。鲁迅文学院少数民族文学创作培训班是中国作协和鲁迅文学院认真贯彻落实党的民族政策、进一步加强少数民族文学人才培养的重要举措，是适应新形势新任务、积极探索作家培养渠道、提高少数民族作家综合素养和创作水平的成功实践，对于少数民族作家更好地把握时代脉搏，坚持正确的创作导向，开阔眼界、增长见识、夯实基础，推动少数民族作家队伍建设，有着重要意义和作用。自 2013 年至今，鲁迅文学院已经成功举办少数民族作家培训班 34 期，共培训来自全国各地的少数民族作家 1496 人次。其中，在少数民族聚居地区举办或者单招某个少数民族聚居地区学员的班次共 11 期，总计培训学员 457 人次，包括云南两期，内蒙古两期，广西、贵州、西藏、新疆、宁夏、青海、四川各1期。综合班共举办23期,分为专题班和常规综合班两大类。专题班举办了4期,包括理论评论家班、诗歌班、编辑班、与《民族文学》合办班各1期,共培训172人次;常规综合班举办了19期,共培训867人次。在23期综合班中,有20期在北京举办,在河北北戴河、上海、广东珠海三地各举办1期。

为办好每一期少数民族文学创作培训班,鲁迅文学院都会汲取往届培训班的成功经验,根据培训班的具体情况和不同需求,设计具有针对性的课程。培训班邀请知名作家、评论家为学员们授课,对大家提高学养、深化思考给予积极启发。培训班还为学员们搭建了深入交流的平台,通过富有实效的文学对话,使大家解开了文学创作过程中长期存在的困惑,突破了思想和创作的瓶颈,起到了启发互补、交流共进的效果。此外,培训班还安排了小组研讨、教学观摩等活动,力求使学员们获得全方位的提高与深化。通过培训,少数民族作家们不仅收获了文学知识,提升了创作水平,而且建立起深厚的师生同学情谊,留下了难忘的文学记忆。

站在新时代的新起点上,我国少数民族文学事业也迎来了新的发展机遇。随着少数民族作家培训工作的不断深入,相信会有更多优秀的少数民族作家牢记自身肩负的使命和责任,用独树一帜的文学创作体现出少数民族文化丰富独特的艺术风格和美学气度,为我国少数民族文学百花园增添新的芬芳和色彩。[①]

附　录

一、鲁迅文学院历届高研班学员名单（截止到2019年）[②]

（一）首届青年作家高研班

刘曾哲、丁丽英、刘向阳、王松、冉冉、杨海蒂、谈歌、关仁山、张行健、萨娜、孙惠芬、胡卓识、葛均义、荆歌、周诚、竹雄伟、吴祥生、许春樵、林岚、凌翼、凌可新、刘玉栋、戴来、邵丽、刘继明、薛媛媛、张梅、麦家、谢挺、潘灵、马丽华、杨宏科、夏坚德、陈开红、陈继明、时培华、李金瓯、刘北野、王玲、金成浩、于卓、荆永鸣、柳建伟、欧阳黔森、巴音博罗、衣向东、李西岳、陶纯、徐坤。

（二）第二届高研班（主编班）

王志刚、王爱英、张春燕、巴毅、刘阳、贾兴安、鲁顺民、王剑冰、杨晓敏、

[①] 参考鲁迅文学院网址。
[②] 参考:刘业伟:《中华人民共和国文学新人培养机制研究》,上海大学博士论文,2015年。

黄　强、许晨、马宝山、金红兰、刁铁军、刘元举、杨莹、刘宏伟、姜琍敏、傅晓红、王怀宇、梁琴、张懿翎、胡翔、施晓宇、王静怡、温远辉、王雁翎、张庆国、曹　雷、白拉、禄琴、张艳茜、马青山、董立勃、郭文斌、唐涓、任向春、刘俊、盛丹隽、唐韵、王曼玲、王玉芳、陈宝红、王山、方文、张新芝、程绍武、徐红。

（三）第三届高研班

邱华栋、武歆、张旻、胡学文、马明高、马力、李巧艳、王黎明、王方晨、孙丽萌、薛涛、张宏杰、钟求是、杨利红、全勇先、徐岩、庞余亮、朱日亮、杨剑敏、程维、曹多勇、潘小平、余述平、赖妙宽、邓宏顺、袁雅琴、鲍玉学、黄佩华、胡彬、雷平阳、夏天敏、邓毅、唐亚平、寇辉、平措扎西、倮伍拉且、娜夜、刘亮程、赵光鸣、张根粹、李成虎、梅卓、徐剑、张慧敏、文清丽、徐迅、郑欣力、杜丽、央珍、薛燕平、祝勇、程青。

（四）第四届高研班（少数民族中青年作家班）

尔克西·胡尔曼别克娃（哈萨克族）、铁穆尔（裕固族）、陈雪鸿（汉族）、巴根（蒙古族）、昳岚（达斡尔族）、纳·乌力吉巴图（蒙古族）、空特勒（鄂伦春族）、刘晓平（土家族）、向启军（苗族）、何炬学（苗族）、赵振王（族）、唐樱（壮族）、檀丽（土家族）、白玛娜珍（藏族）、江洋才让（藏族）、阿力木江·不都克力木（柯尔克孜族）、于晓威（满族）、周建新（满族）、戴雁军（回族）、胡冬林（满族）、韦俊海（壮族）、何发昌（拉祜族）、王延辉（回族）、雪静（满族）、杨打铁（布依族）、且巴亚尔杰（藏族）、扎西班典（藏族）、陈铁军（锡伯族）、格致（满族）、马丽华（回族）、次仁罗布（藏族）、亚森江·沙地克·超狼（维吾尔族）、白金声（蒙古族）、阿拉旦·淖尔（裕固族）、平原（回族）、纪尘（瑶族）、沙戈（回族）、哥布（哈尼族）、李成飞（朝鲜族）、马丁（撒拉族）、王晓霞（满族）、李骞（彝族）、狄力木拉提·泰来提（维吾尔族）、米切若张（彝族）、才旺瑙乳（藏族）、霁虹（彝族）、讴阳北方（回族）、包铁军（蒙古族）、罗勇（彝族）。

（五）第五届高研班

谭旭东、黄桂元、葛红兵、段崇轩、王春林、何弘、赵月斌、荣毅、莫·策登巴尔、林超然、高景森、金森、高海涛、秦朝晖、王双龙、任林举、郭友钊、张风奇、李健彪、常智奇、石华鹏、杨宏海、黄伟林、王晖、冉隆中、宋家宏、杨光祖、曹有云、刘川鄂、丁友星、彭惊宇、刘忠、宋丹、张浩文、牛学智、王晓莉、何英、孔海蓉、梁凤莲、胡安娜、任雪梅、赵朔、谭竹、杨青、胡颖峰、张鹰、李东华、周玉宁、金赫楠、刘海燕。

（六）第六届高研班

陆刚夫、杨绍军、杨永超、刘乃亭、肖勇、孙卫卫、赵易平、郭威、李学斌、张玉清、于立极、刘东、张弛、李志伟、谢华良、崔东日、赫东军、聂萧袤、林彦、曾晓春、高凯、赵华、韩青辰、金容、汤素兰、安心、贾秀莉、蒋瑞明、张怀存、王丽莹、汤萍、余雷、蒲灵娟、李晋西、吴梦川、阮梅、王勇英、伍美珍、李岫青、保冬妮、张晓楠、刘颋、胡巧玲、葛竞、张洁、萧萍、袁秀兰、胡兰兰、赵霞、王立春、毛芳美、谢玲、李珊。

(七) 第七届高研班

周瑾、张建媒、周嘉宁、欧阳斌、曹明霞、李骏虎、傅爱毛、刘玉诚、刘志成、梁永哲、宋晓杰、陈集益、马天牧、鲁敏、高君、范晓波、余同友、郭海燕、傅其祥、谢宗玉、盛琼、黄焕光、林森、杨鸿雁、罗勇、罗布次仁、王华、李亚明、叶舟、王族、单永珍、刘士忠、郁笛、李志强、祝雅丽、叶文军、刘芳晓、喻红、黄春华、马利军、黄雪蕻、王进康、刘园园、张悦然、霍艳、辛晓娟、李莹、马中才、戴月行、蒋峰、杨学会、李海洋、毕亮。

(八) 第八届高研班

鲍尔金娜、邹楠、张静、韩莉华、热孜玩古丽·玉苏甫、李立、何彦杰、景奉明、张哲、范宗胜、李浩、张锐强、马端刚、杨勇、王旗军、具豪俊、南飞雁、李民、张振平、张九鹏、郭明辉、钟兆云、戴冰、王世孝、陈大明、魏远峰、李小军、李晋瑞、徐国方、温学军、郑晓泉、胡坚、马笑泉、穆肃、闫桂花、李美皆、卓慧、辛娟、饶雪漫、尼玛潘多、薛舒、王芸、南子、高安侠、强雯、和晓梅、任洋、张莉、朱婧、顾天蓝、赵剑云、黄菲。

(九) 第九届中青年作家高研班

倪学礼、兴安、臧策、王雪瑛、万书辉、李子、司敬雪、王辉、郭海荣、刘宏志、戚慧贞、满全、金贞玉、李霞、周景雷、夏烈、丛坤、刘猛、马季、王德林、曾清生、施晓静、韦丽华、李鲁平、李建华、黄莱笙、刘绪义、周仁政、林世斌、何述强、叶海声、郑千山、缪开和、向荣、凌仕江、冉正万、冯希哲、唐翰存、白晓霞、张浩、傅查新昌、郎伟、毕艳君、刘涛、刘荣哲、张国志、鲁永岗、窦贤、吕益都、朱航满、岳雯、吕先富。

(十) 第十届中青年作家高研班(少数民族文学翻译家班)

安茹娜、道·斯琴巴雅尔、额尔敦哈达、朵日娜、哈森、海风、格日勒巴特尔、杭福柱、青格勒、照日格图、青巴图、包玉文、孙文赫、金莲华、陈兰玉、靳煜、蒙飞、覃祥周、左金惠、阿苏越尔、巴久乌嘎、德庆多吉、洛桑顿珠、普桑占堆、王鹏翔、嘎代才让、向阳、万玛才旦、邓汉平、哈那提古丽、努尔兰·波拉提、达吾列提江·帕提克、巴燕·穆尔汗、阿不列孜·乌买尔、古丽巴哈尔·艾海提、多力昆·依克木、达吾提·阿迪力、巴吾东·艾散、雪赫来提穆罕默德·祖力菲娅、古丽莎·依布拉英、吾买尔江·阿木提、图拉汗·托合提、巴格特·阿曼别克、艾布、白新菊、才朗东主。

(十一) 第十一届高研班

丁天、金鸿梅、狄青、孙未、张渝、粟光华、魏增军、葛水平、镕畅、陈麦启、王相勤、周翠华、丁玉龙、李学江、朴长吉、韩雪、陈昌平、王妍丁、鲍优娟、澜涛、顾坚、陈论水、刘楚仁、刘小平、欧逸舟、徐小燕、卢卫平、吴彪华、许雪萍、谢凌洁、韩芍夷、范稳、冯小涓、敖超、彭澎、吴文莉、梦野、李学辉、张存学、王亚楠、韩银梅、赵元文、秦安江、李小重、张玉国、高万红、毛竹、洪玲、周蓬桦、陈涌、康桥、李骏、姜莉莉、凌伟清。

(十二) 第十二届中青年作家高研班（少数民族作家班）

李金荣（怒族）、苏凯（京族）、张旪胜（白族）、潘国会（水族）、东永学（土族）、纳张元（彝族）、潘红日（瑶族）、杨国庆（羌族）、李艳杰（满族）、乔丽（傣族）、李荣国（黎族）、韦文扬（苗族）、唐洁（德昂族）、冯岩（东乡族）、罗荣芬（独龙族）、孙玉民（赫哲族）、多布杰（门巴族）、韦昌国（布依族）、刘玉红（佤族）、谭自安（毛南族）、陶玉明（布朗族）、曹文彬（普米族）、张云（基诺族）、亚伊（珞巴族）、金清华（朝鲜族）、孙宝廷（阿昌族）、严风华（壮族）、玖合生（傈僳族）、马学武（保安族）、治进海（回族）、钟一林（畲族）、谢根秋（土家族）、肖勤（仡佬族）、李梦薇（拉祜族）、马毅（撒拉族）、次仁罗布（藏族）、许安举（哈尼族）、杨秀刚（侗族）、蔡晓玲（纳西族）、闵建岚（景颇族）、林华（高山族）、赵康林（锡伯族）、杨衍瑶（仫佬族）、德纯燕（鄂温克族）、张雁（俄罗斯族）、孟代红（鄂伦春族）、贺西格图（蒙古族）、达隆东智（裕固族）、娜恩达拉（达斡尔族）、帕依祖拉（乌孜别克族）、阿拉提阿斯木（维吾尔族）、萨黛特·加马（柯尔克孜族）、阿衣努热·杜拉提（塔塔尔族）、马旦尼亚提·木哈太（哈萨克族）、吐尔地白克买买提白克（塔吉克族）。

(十三) 第十三届高研班

宁民庆、郭丽梅、于田、刘辰希、李绵星、王保忠、计文君、李辉、宗利华、肖睿、李丽萍、杨怡芬、王鸿达、肖慧敏、李洁冰、王秀白、韩子龙、杨帆、许冬林、曹军庆、林秀美、沈念、曹志辉、盛可以、黄金明、杨丽达、赵瑜、王必昆、贺小晴、何长安、刘一澜、刘照进、周瑄璞、任红、萧云、郭个、李进祥、李明华、刘亮、黄丽荣、卢金地、林权宏、尹德朝、付秀莹、陈军、伍梅、顾飞、曾剑、戴守莲、金锦姬、杨则纬、方丽娜。

（十四）第十四届高研班（中青年作家班）

周晓枫、石松茂、孙辉、何小燕、刘建东、韩思中、尉然、王秀梅、王宗坤、张渺、黄灵香、孙学丽、应湘平、赵福成、黄孝阳、李凤群、丁利、欧阳娟、苗秀侠、王玲儿、练建安、毛娟、彭晓玲、魏微、潘莹宇、蔡葩、胡性能、郭严隶、次旦央宗、龙志敏、高鸿、邹弋舟、熊红久、戴江南、张毅静、曹宏波、刘永涛、才凡、张玉成、杜文娟、朱玉华、秦锦丽、郭金龙、尹顺国、辛茹、卢一萍、阮德胜、马娜、周迅、汪洋。

（十五）第十五届高研班

刘浪、曹永、朱子青、李刚、阿舍、王新军、杨遥、李炜、郭晓琦、雨馨、徐峙、季晓娟、吕翼、曹潇、李新勇、张楚、刘亮、斯继东、杨树、王晖、冯啸然、郑朋、赵雁、徐则臣、符力、王凯、朱文颖、吕铮、鲍捷、叶丽隽、鬼金、傲登、邹元辉、哈达、姚摩、李金桃、王甜、邰匡、肖江虹、洪英、赵蓉、樊健军、常芳、哨兵、忻尚龙、余思、李兰、陶丽群、宋燕、怡霖、丁小村。

（十六）第十六届中青年作家高研班（新疆民族文学翻译班）

艾斯克尔·艾合买提、甫拉提·阿不力米提、艾尔肯·热外都拉、伊力亚·阿巴索夫、依布拉依·尼亚孜、帕尔哈提·加马力、阿不都艾海提·阿不都热西提、狄力木拉提·泰来提、热沙来提·买尔旦、伊里达娜·阿不都热依木、布沙热木·依明、努尔亚·艾哈满提江、铁来克·依不拉音、巴赫提亚·巴吾东、艾力亚尔·肉孜买买提、凯沙尔·克尤木、阿曼古力·努尔、亚森江·吐逊、玉苏甫·艾沙、色依提·提力瓦迪、迪力夏提·克依木、依明江·塔吉、木合塔尔·库尔班、克然木·依沙克、阿依加玛丽·买买提、多力坤·艾力、扎克尔江·米吉提、加依尔别克·木合买提汗、阿依努尔·毛吾力提、哈那提古丽·木哈什、江娥·阿布勒哈米提、库拉西汉·木哈买提汉、丽娜·夏侃、玛力古丽·巴拉汗、朱帕尔·阿比里哈孜、郭永瑛、郭小平、巴格特·阿玛别克、萨黛特·加马力、韩阿利、苏德新、索苏尔、古丽莎·依布拉英、阿尼拉·阿依丁。

（十七）第十七届中青年作家高研班

付文顺、王震海、蒋信琳、蔡楠、董俊英、陈春兰、马素芳、柏祥伟、祝红蕾、王樵夫、张艳荣、吴文君、何凯旋、申赋渔、朱杏芳、纪洪平、陈蔚文、赵宏兴、陈旭红、钟红英、聂元松、韦君、龙琨、李孟伦、陈鹏、孟学祥、李钢音、王晓云、侯波、严英秀、陈漠、马占祥、杨秀珍、高春阳、董志远、郝炜华、张开平、洪梅、郭志凌、周飞飞、崔美兰、刘广雄、蒋彩虹、钱玉贵、齐帆、逯海田、裴志海、王龙、刘春凤、格绒追美、多吉卓嘎。

（十八）第十八届中青年作家高研班

邓晓燕、冯昱、傅泽刚、葛芳、郭金达、郭金梅、郭美艺、韩丽敏、韩小英、何贵同、何红霞、黄华、黄陆军、冀海莲、贾文清、李成恩、李金荣、李向荣、李晓敏、李燕蓉、李颖超、林莉、刘丽、刘克中、刘紫剑、茜吉尔、沈钰、沈明珠、宋庆莲、孙桂丽、孙世群、孙志保、汤红英、王君、王晓旭、王雪珍、阎强国、杨卫东、杨鍫莹、尹守国、曾秀华、张功林、张海芹、张雅琴、张祖文、郑小霞、周春生、朱继红、邹蓉。

（十九）第十九届高研班

孟飞、崔健、李海慧、曾维惠、唐慧琴、常聪慧、曹向荣、王国伟、奚同发、李发成、王萌萌、赵耀东、安美英、苏玲、李建新、苏沧桑、梁帅、葛芳、李松花、喻虹、郭明辉、朱朝敏、黄江嫔、赵燕飞、于爱成、杨仕芳、乐冰、马艳琳、杨虎、周文琴、史映红、徐必常、祝雪侠、王姝英、李满强、刘慧敏、曹海英、郭守先、毕亮、董立涛、李伟、邹彩芹、杨秀玲、付久江、郭瑞雪、陈桥、王毅、胡松夏、侯健飞、胡金岚。

（二十）第二十届高研班

石一枫、张建云、杨康、王梅芳、杨凤喜、尚攀、孙瑜、王夫刚、许烟华、郭广泉、迟静辉、张鲁镭、黄哲贵、张建祺、刘凤莺、曹景常、杜青、李春红、宋春芳、王永盛、张幸福、刘绍英、纪红建、吴君、谢友义、胡红一、吕小丹、毕增堂、张历、赵卫峰、霍林楠、马包强、毕然、刘汉斌、龙仁青、刘涛、刘向莲、彭文瑾、尹航、王玮、赵莽、王洪刚、周鸿、周承强、温青、王凤英、李新文、陈艾阳、徐向群。

（二十一）第二十一届研讨班

张瑞江、霍君、张冠仁、杜雅熙、于忠辉、张乐朋、孙青瑜、邢庆杰、郭岩君、贺颖、高鹏程、薛喜君、杜怀超、于德北、土彦山、项丽敏、郭晶晶、蔡伟璇、余红、林汉筠、潘小楼、王海雪、黎明泰、姜东霞、张芳、赵殷、程静、牛宏岐、杨鹏、黄文生、刘雯、葛瑞英、李云、吕天林、孙大顺、任海青、李蚌、严荣、杨献平、钟法权、赞歌、孙学军、蔡晓航、罗英、李庆和、向娟、曹毅、聂勒希顾、尼玛次仁、扎西东主。

二、鲁迅文学院办班名录（1950年—2019年）（含中央文学研究所、中央文学讲习所、中国作家协会讲习所办学班级）

（一）1950年至1957年

1. 中央文学研究所举办第一期一班（研究员班）
2. 中央文学研究所举办第一期二班（研究生班）
3. 中国作家协会文学讲习所举办第二期（文学创作班）
4. 中国作家协会文学讲习所举办第三期（文学创作班）
5. 中国作家协会文学讲习所举办第四期（文艺编辑班）
6. 1957年11月，中国作家协会文学讲习所停办

（二）1978年至1999年

1. 中国作家协会文学讲习所举办第五期（小说创作班）
2. 中国作家协会文学讲习所举办第六期（少数民族文学创作班）
3. 中国作家协会文学讲习所举办第七期（编辑评论班）
4. 中国作家协会文学讲习所举办第八期（作家班）
5. 鲁迅文学院举办第一届（期）进修班
6. 鲁迅文学院举办第二届（期）进修班
7. 鲁迅文学院举办第三届（期）进修班
8. 鲁迅文学院举办第四届（期）进修班和全国石油系统职工文学创作培训班
9. 北京师范大学和鲁迅文学院联合举办"文艺学·文学创作"研究生班
10. 华中师范大学和鲁迅文学院联合举办"文艺学·文学评论"研究生班（88级）
11. 鲁迅文学院举办第五届（期）进修班
12. 鲁迅文学院普及部与首都师范学院培训中心联合举办"汉语言文学专业"大专班
13. 鲁迅文学院举办少数民族文学汉译班
14. 华中师范大学与鲁迅文学院联合举办"文艺学·文学评论"研究生班（90级）
15. 鲁迅文学院举办第六期文学创作进修班
16. 鲁迅文学院普及部举办首届文学创作研修班
17. 鲁迅文学院举办第七期进修班和地矿系统文学创作进修班
18. 鲁迅文学院举办第八期进修班和创作研究班（第七期延长班）
19. 鲁迅文学院举办创作研究班延长班（第七、八期进修班延长班）

20. 鲁迅文学院举办文学创作培训班
21. 鲁迅文学院举办第九期进修班（1993年度文学创作培训班）
22. 鲁迅文学院与北京师范大学联合举办在职委培"文艺学·文学创作"研究生班
23. 鲁迅文学院举办第十期文学创作进修班
24. 鲁迅文学院举办第十一期文学创作进修班
25. 鲁迅文学院普及部举办第二届文学创作研修班
26. 鲁迅文学院举办96级文学创作专业班
27. 鲁迅文学院举办97级文学创作专业班
28. 鲁迅文学院举办97级影视文学专业班
29. 鲁迅文学院在中国作协举办第一期文学创作研究班
30. 鲁迅文学院举办98级（秋季）文学创作专业班
31. 鲁迅文学院举办98级影视文学创作专业班
32. 鲁迅文学院举办99级（春季）文学创作专业班
33. 鲁迅文学院举办99级（秋季）文学创作专业班
34. 鲁迅文学院举办99级影视文学专业班
35. 鲁迅文学院举办公安系统作家培训班

（三）2000年至2019年

1. 鲁迅文学院举办21世纪首期作家班（2000年春季）
2. 鲁迅文学院举办2000年（秋季）作家创作、影视编剧班
3. 鲁迅文学院举办2001年（春季）作家班
4. 武警部队与鲁迅文学院联合举办武警部队文学创作班
5. 鲁迅文学院举办首届中青年作家高级研讨班
6. 鲁迅文学院举办第二届中青年作家高级研讨班（主编班）
7. 鲁迅文学院举办第三届中青年作家高级研讨班
8. 鲁院第四届中青年作家高研班（少数民族作家班）
9. 鲁迅文学院举办第五届中青年作家高级研讨班（文学理论评论家班）
10. 第六届中青年作家高级研讨班（儿童文学作家班）
11. 第七届中青年作家高级研讨班（青年作家班）
12. 第八届中青年作家高级研讨班（青年作家班）
13. 第九届中青年作家高级研讨班（理论评论家班）
14. 第十届中青年作家高级研讨班（少数民族翻译家班）
15. 第十一届中青年作家高级研讨班
16. 第十二届中青年作家高级研讨班
17. 第十三届中青年作家高级研讨班（青年作家班）

18. 第十四届中青年作家高级研讨班（青年作家班）
19. 第十五届中青年作家高级研讨班（青年作家班）
20. 第十六届中青年作家高级研讨班（新疆少数民族翻译家班）
21. 第十七届中青年作家高级研讨班
22. 第十八届中青年作家高级研讨班
23. 第十九届中青年作家高级研讨班（作家的责任与使命班）
24. 第二十届中青年作家高级研讨班（作家的责任与使命班）
25. 第二十一届中青年作家高级研讨班
26. 第二十二届中青年作家高级研讨班
27. 第1—8期网络作家班

（四）2009年至2019年

1. 第二十三届中少数民族文学创作培训班
2. 第二十四届中少数民族文学创作培训班
3. 第二十五届中少数民族文学创作培训班
4. 第二十六届中少数民族文学创作培训班
5. 第二十七届中少数民族文学创作培训班
6. 第二十八届中少数民族文学创作培训班
7. 第二十九届中少数民族文学创作培训班
8. 第三十届中少数民族文学创作培训班
9. 第三十一届中少数民族文学创作培训班
10. 第三十二届中少数民族文学创作培训班
11. 第三十三届中少数民族文学创作培训班
12. 第三十四届中少数民族文学创作培训班

综上所述，中华人民共和国成立70年，民族文学教学、人才培养及学科建设已经渐渐成为社会各界共识，而且独具本学科的特色和优势，培养一大批掌握国家通用语言和民族语言的优秀民族文学人才，学术积淀深厚，著述宏富，发展前景广阔。目前的民族文学教学、学科建设已经逐渐形成一定的规模，从中央到地方，从高等院校到研究机构，从民族院校到综合性院校，均搭建民族文学研究的平台，形成了互补的态势。综合上述所列可以看出，在这70年间，无论是高校还是研究机构的民族文学教学、人才培养、学科建设都在不断发展变化，研究范围、视角和深度都有了质的飞跃。首先，民族文学教学、学科建设不仅仅局限在民族高校，地方的综合性院校同样也逐渐重视民族文学；而且除了民族地区的综合院校之外，诸如苏州大学这样地处长江下游的高等院校也设有中国少数民族文学的博士点。其次，各个院校充分利用自身的民族文化资源，使相关学科得以深入研究。诸如内蒙古大学的蒙古族文学、新疆师范大学的维吾尔族文学、青海民族大学的格萨尔研究等都已达到国内领先水平，甚至已与国际接轨，成为在国际学术界有一定影响力的学科。还有一些院校所开设的专业是国内独一无二的，诸如宁夏大学的回族文学研究、伊犁师范大学的锡伯族文学研究、贵州民族学院的水族文学研究、云南民族大学的傣、景颇、傈僳、佤、拉祜等民族的文学研究，都填补了以往的学术空白，成为具有地方特色的学科专业。各高校、学科之间相互交流、借鉴、交融，构成你中有我、我中有你、多元一体的中华民族文学整体格局。

第十章　少数民族文学学术研究机构

中华人民共和国成立70年来，全国民族文学已经形成了从中央到地方的专业研究机构、群众性学术团体、期刊及媒体网络等多种机构，构成少数民族文学研究、教学、出版与宣传系统。它们在全国文学舞台上对少数民族文学事业的建设发挥重要作用。本章对少数民族文学专业学术研究团体及活动进行详细论述。

第一节　专业学术研究机构及活动

从1949年至今，全国各省、自治区、直辖市均设有社会科学研究专门机构"社会科学院"。其中，国家级社会科学院从事少数民族文学研究的专门机构是中国社会科学院民族文学研究所（前身是中国社会科学院少数民族文学研究所）。在全国省级社会科学院系统中，设有少数民族文学研究所或从事少数民族文学研究的主要有内蒙古社会科学院、广西社会科学院、西藏社会科学院、新疆社会科学院、宁夏社会科学院、云南社会科学院、贵州社会科学院、青海社会科学院、黑龙江社会科学院等。上述这些社科院从不同的角度对少数民族民间文学、作家文学及其研究理论进行系统研究，取得了可喜的成果。其具体情况如下：

一、国家级少数民族文学研究机构

国家级少数民族文学研究机构是中国社会科学院民族文学研究所。该所成立于1979年9月25日，原名中国社会科学院少数民族文学研究所，2002年更名为中国社会科学院民族文学研究所，现设有南方民族文学研究室、北方民族文学研究室、蒙古族文学研究室、藏族文学研究室、民族文学理论与作家文学研究室、民族文学数据网7个研究室，《民族文学研究》编辑部1个、办公室1个。

民族文学研究所自其创立之日起以研究中国各民族的文学传统、文化传承及其在现、当代文化语境中的文学创造力为主要使命，并力图为中国各民族文学的发展规律和中国民族文学的理论研究提供学理性的总结、反思与分析，探索并建立自身的学术研究基础和学术机制。为了实现这一宗旨，该所汇集了来自不同民族地区的少数民族学者和汉族学者，以期达成学术视界的"自观"（emic）与"他观"（etic）的两相融合。该所从成立之日起至今，着力藏族《格萨尔王传》、蒙古族《江格尔》、柯尔克孜族《玛纳斯》我国少数民族三大史诗的搜索整理与研究。截至2020年8月，全所在职人员45人，包括蒙古、汉、藏、壮、苗、彝、白、维吾尔、柯尔克孜、满、达斡尔、朝鲜等十余个民族成分，通晓一门或一门以上民族语言的专业人员约占4/5，已形成一支具有相当实力和特长的少数民族文学研究的科研队伍。

自建所以来，民族文学研究所先后承担了"中国少数民族史诗研究""《格萨尔》的搜集、整理与研究""《格萨尔》艺人演唱本""中国各民族文学关系研究"及组织"中国少数民族文学史（文学概况）丛书"编写，中国少数民族口头传统专题数据库建设、中国少数民族神话数据库建设等国家社科基金重大课题。目前，该所在中国少数民族史诗、中国各民族文学关系史、中国少数民族经籍文学、中国少数民族神话、民族文学批评理论、非物质文化遗产、民俗文化以及部分少数民族的汉语古典文学研究方面，处于国内领先地位，在国际学术界也有较大影响。此外，在少数民族民间文学、口头传统、民俗文化等方面的研究，也取得了显著的成绩。目前该所的"中国少数民族文学研究资料库""中国少数民族文学数据库""中国民族文学网""中国少数民族口头传统田野研究基地"等项目取得实质性成绩。

少数民族文学资料研究库在民族文学研究所的创建，是少数民族文学学科的基础性工程，也是少数民族文学学科发展的重要标志。资料库中，口传史诗的音像资料，史诗歌手档案，田野调查报告，史诗文本和史诗研究著述，国内外与史诗相关的译著，史诗文本与著作论文索引及相关的实物等，资料相当丰富。创刊于1983年的《民族文学研究》是中国少数民族文学研究领域中唯一的国家级学术刊物，由中国社会科学院主管，中国社会科学院民族学研究所主办，面向国内外发行。始创于1980年的中国社会科学研究生院少数民族语言文学系设在该所，1984年开始招生，在中国少数民族语言文学、民俗学等专业拥有博士、硕士学位授予权，并设有博士后流动站。

二、省级社会科学院民族文学研究机构

省级社会科学院民族文学研究机构从地理分布来看，遍及全国各省。在此我们分为北方与南方两个层面进行总结和分析。

（一）北方各省社会科学院民族文学研究所机构

北方省区社会科学院均设有民族文学研究机构，他们研究对象主要是地域民族文学。在此主要介绍如下研究机构的研究特色与成果：

1. 东北各省自治区社会科学院民族文学研究所

内蒙古社会科学院民族文学所成立于1979年2月的内蒙古社会科学院，设有文学研究所等11个研究所。蒙古族文学研究是其优势学科，如《蒙古族文学史》已成为蒙古族文学学科的奠基之作。《内蒙古社会科学》蒙、汉文版和《中国蒙古学》

（蒙古文版）为内蒙古社会科学院主办的综合性学术理论刊物，上面刊登蒙古族、达斡尔族、鄂温克族等民族文学研究论文。为进一步激发民族民间文化的活力和传承性，推进自治区民族文化大区建设，文学所承担的自治区民族文化大区建设项目"内蒙古民族民间文化遗产数据库"于2004年10月启动，于2009年正式开始投入使用，其宗旨是，抢救和保护濒临消失的宝贵的民族民间文化遗产，使之能够为民族文化大区建设发挥重要的基础作用。近十年来，参与"数据库"建设的各级领导、学者专家，在全区范围内开展大规模的民族民间文化遗产田野调查和资料搜集，整合大量珍贵的文字、图片和音像资料，并利用现代计算机技术，数字化处理蒙古族、达斡尔族、鄂温克族、鄂伦春族丰富多彩的民间文化遗产，其内容分类为民俗、民间文学、民间艺术、民间文化杰出传承人等。该"数据库"具有存储、演示、提取功能和开放、互动式特点，能够不断扩充新的内容。同时设计运用具有自身特点的软件平台，努力实现"数据库"的系统性、科学性、完整性和权威性。目前该"数据库"已经达到文字数据1亿字、图片数据3000幅、视频数据480部、音频数据1060部的设计规模。

截至2017年，该所主持完成或正在主持国家社科基金项目、自治区项目、"草原文化研究工程"项目、"内蒙古民族文化建设研究工程"项目、自治区抢救保护格斯尔课题等三十余项，参与国家级和自治区级课题二十余项。出版《蒙古族藏文文论体系研究》《蒙古族文学批评现象研究》《蒙古民间动物故事研究》《蒙古文学文体转化研究——〈青史演义〉与蒙汉文历史著作的比较研究》《箭与镜：新时期蒙古族作家性别心理研究》《社会转型期蒙古文学思潮研究》《诗镜"病论"综合研究》等专著。

黑龙江省社会科学院文学所1985年成立，重点学科是东北地方文学、文化史研究，旨在以较宽阔的文化视野为区域性文化与文学艺术建设提供发展战略。

该所推出一批"地方文化与文学"研究课题，如黑龙江地方文学史、黑龙江少数民族文学研究、萧红研究、东北现代作家研究等。20世纪80年代末，在所长徐昌汉、副所长张碧波的共同努力下，同时申请到两项国家社会科学基金课题：国家"七五"规划社科重点项目"中国古代北方民族文化史"和"中国少数民族文学史"子课题——"赫哲族文学""鄂伦春族文学""鄂温克族文学"。之后又承担了国家社科基金课题"满—通古斯神话比较研究"，省重点项目"北大荒文学艺术""黑龙江古代文学"。"七五""八五"期间，由徐昌翰、黄任远、黄定天等人承担并完成的全国哲学社会科学重点项目《中国少数民族文学丛书》（3部）《赫哲族文学》《鄂温克族文学》《鄂伦春族文学》以及《中国古代北方民族文化史（民族文化卷）》《中国古代北方民族文化史（专题文化卷）》《通古斯满语神话比较研究》等，在学术界产生了重大影响。近年，黄任远、郭淑梅等教授出版一系列东北少数民族文学研究论著，如《赫哲族"伊玛堪"》《达斡尔族"乌钦"》《鄂伦春族"摩苏昆"》等。

成立于1978年的吉林省社会科学院语言文学研究所，其前身是1958年成立的东北文史研究所。文学所曾设有古代文学研究室、现当代文学研究室、少数民族文学研究室。目前文学所研究的主攻方向和任务是"东北文学文化研究"，并于2008年建立"东北文学文化研究基地"。文学所先后承担并完成国家和省部级以上社科项目三十余项，包括3项"八五"、1项"九五"国家规划课题；6项省规划"八五"和"九五"课题；先后有二十余项成果获省市以上社科优秀成果奖。2016年，杨春风国家一般课题"满族说部中的神话与史诗研究"的前期成果——《满族说部英雄主题研究》出版。同年，吉林省重大社科基金项目成果《东北文学通史》完成组稿。该所出版专著六十余部，发表论文数百篇，包括李春燕主编的东北文学文化研究系列成果：《东北文学综论》《东北文学史论》《东北文学新论》《19—20世纪东北文学的历史变迁》；何青志独著的《东北当代小说研究》和《当代东北小说论纲》，何青志主编，文学所成员为主要撰写力量的文集《吉林文学通史》《东北文学五十年》《东北文学六十年》，杨春风、苏静合著的《满族说部与东北历史文化》、庞淑华独著的《东北民间文学六十年》等，这些论著均涉及东北少数民族文学。

2. 西北各省自治区社会科学院民族文学研究所

新疆社会科学院民族文学研究所组建于1980年12月，设有两个研究室和一个信息资料室。第一个研究室主要负责维吾尔、乌孜别克、塔吉克、塔塔尔等民族文学研究；第二个研究室主要负责哈萨克、蒙古、柯尔克孜、锡伯等民族文学研究。该所深入探讨古今新疆各民族作家及文学作品、各民族民间文学、神话传说、音乐文化、民俗文化以及各民族之间的文学关系与文化交流。民族文学研究所至今已完成的国家级课题主要有《阿拉伯—波斯文学阿鲁孜格律理论与我国突厥语古典文学的关系》《哈萨克族阿肯弹唱研究》《新疆当代少数民族文学研究》《卫拉特蒙古民俗与民间文学关系研究》等。到目前为止，民族文学研究所各族科研人员用汉、维吾尔、哈萨克、蒙古、柯尔克孜等5种语文正式出版《福乐智慧》《哈萨克族文学史》《柯尔克孜文学史》《维吾尔族文学史》《塔吉克族文学史》《锡伯族文学史》等多部学术专著、译著、论文集、作品集。

宁夏社会科学院其前身是1962年10月成立的宁夏民族历史研究室，1964年3月改建为宁夏哲学社会科学研究所，1979年9月恢复重建，主要研究领域是：民族学、历史学、哲学、经济学、社会学、法学、书法美学、宁夏地方史志等。现已形成具有地方、民族特色的优秀学科和重点学科，如回族历史与文化研究、西夏历史和语言文字研究、区域经济研究、宁夏地方史志研究、书法美学等。此外还有为数不少的古籍整理、学术资料、工具书、译文、普及读物等成果。地方历史文化学科在自治区历史文化研究领域具有明显优势，代表性著作有：《宁夏通史》《宁夏历史地理考》《宁夏近代历史纪年》《宁夏史话》《西北五马》《董福祥传》《宁夏志笺证》《固原历史地理文化》《历史名人与宁夏》《宁夏历史文化地理》等研究成果奠定了宁夏历史文化研究重点学科建设的基础。《二十六史宁夏历史资料辑录整理与研究》《宁夏通志·人物卷》《宁夏通志·艺文卷》《宁夏通志·社会科学卷》也已陆续出版。在回族和西夏的文化研究中，文学研究是其重要的内容之一，特别是中国回族文学研究取得一定的成绩。

青海省社会科学院文学所成立于1986年3月，2000年3月文学研究所与原历史研究所合并而成文史研究所。该所文学研究的主要方向是：青海地方民族民间文学研究，如藏族史诗《格萨尔》和土族文学研究，兼顾文学评论。长期以来，该所以青海民族民间文学、青海地方历史为重点研究对象，推出了一批具有较高质量的科研成果。《格萨尔学集成》《青海史话》等在省内外有较大影响。

（二）南方各省社会科学院民族文学研究所

南方各省社会科学院民族文学研究所主要研究南方的各民族文学，我们在此主要介绍如下有代表性的研究机构：

南方各省自治区社会科学院民族文学研究所主要集中在西南地区。

广西社会科学院文学艺术研究所成立于1984年8月，下设桂林抗战文艺研究室、少数民族文艺研究室、文艺理论古典文学研究室。2000年7月院内机构调整时文学艺术研究所和历史研究所两所合并成立文史研究所。该所成立迄今，已出版各类学术著作（含资料集）70多部，主要著作有：《壮族神话研究》《桂林抗战文学史》《壮族图腾考》《三国演义纵横谈》《桂林抗战文艺概观》《大地之子的眷恋身影——论端木蕻良的小说艺术》《广西各族民间文艺研究丛书》等。目前正在进行的课题有："新中国50年广西文学""经济欠发达地区一个重要作家群体的崛起及意义——文学桂军论""壮族麽经布洛陀影印译注""壮族师公经诗译注""壮族伦理道德长诗传扬歌译注""壮族神话资料集成""粤风—壮歌译注"等数十部。

西藏社会科学院1985年正式成立，下设"西藏藏学研究中心""西藏《格萨尔》研究中心"、自治区藏文古籍工作领导小组办公室等机构。《格萨尔》抢救办公室、贝叶经抢救领导小组办公室、六省区市藏文古籍工作协作领导小组办公室也设在该院。西藏社会科学院充分发挥学科强项特色，主要从事藏族（包括西藏境内门巴、珞巴等其他少数民族）的文学、民俗等以及《格萨尔》史诗的抢救和研究工作。自20世纪80年代初，仅西藏社会科学院民族研究所《格萨尔》抢救办公室即先后寻访民间说唱艺人56名，录制艺人说唱本近百部，整理50多部，收集旧版本、手抄本近百部。正式出版的《桑珠艺人说唱本》已突破世界最长史诗的诗行记录。先后整理出版《格萨尔》艺人说唱本20部20本（约800万字），取得了丰硕的成果。建院以来，西藏社会科学院与国际学术界广泛联系，对外学术交流与合作日益频繁、活跃，先后接待来自美国、加拿大、澳大利亚、日本、韩国、法国、英国、德国、挪威、奥地利、新西兰、意大利、匈牙利、瑞士、泰国、尼泊尔等多个国家和地区的一百多个团体的学术交流考察和访问活动,并与美国、奥地利、挪威、法国等国家的学术机构开展广泛的学术合作。

云南省社会科学院民族文学所是专门研究云南省少数民族文学和文化的研究机构,是云南省社会科学院民族学(文化人类学)、民俗学、文化学方面的重点学科科研基地之一。建所之初,民族文学所曾按语种划分学科并设立藏缅语族语言文学研究室、孟高棉语族语言文学研究室、壮侗语族语言文学研究室、《格萨尔》研究室及当代民族文学研究室,注重云南少数民族民间文学的普查、收集、整理,创办《山茶》杂志,在其杂志上发表大量各民族的民间文学作品和文学评论文章;后调整为少数民族语言文学研究室、格萨尔史诗及藏学研究室、文化理论研究室、民俗文化研究室、民间艺术研究室、社区文化与社会发展研究室,从事少数民族民间文学、格萨尔史诗、民族文化理论、民俗、民间艺术、社区发展等方面的研究。近年,在原设置的学科基础上调整,重点设置国家一级学科"文化人类学"之下的民族文化研究室,注重民族文化、民族生态文化等相关领域的研究,研究领域将逐步转向民族文化,将涉及社会文化人类学、生态学、生态人类学、民族文化与生态等学科。研究思路从单一的民族文学研究,转向民族文化、民族宗教、民族经济、民族现实问题、民族艺术、民族生态等领域的研究。

在少数民族民间文学研究方面:收集整理云南少数民族民间文学作品 26 部。这些作品中,在国内学术界引起轰动的有傣族古代诗论《论傣族诗歌》《傣族古歌谣》《召树屯》《相勐》《嫡波冠》《宛娜帕丽》《云南彝族歌谣集成》《云南少数民族机智人物故事选》《阿诗玛原始资料集》《中国民族神话精编》等。

在少数民族文学史研究方面,该研究所推出"拳头"产品,即国家"六五""七五""八五'哲学社会科学重点课题'中国少数民族文学史(简史)丛书·云南卷",包括《傣族文学史》《哈尼族文学史》《纳西族文学史》《基诺族文学简史》《拉祜族文学简史》《布朗族文学简史》《普米族文学简史》《阿昌族文学简史》《德昂族文学简史》《佤族文学简史》《傈僳族文学简史》《独龙族文学简史》《怒族文学简史》《彝族文学史》《白族文学史》《景颇族文学简史》。

在藏族《格萨尔》史诗研究方面,成立《格萨尔》研究室,收集 21 部《格萨尔》的手抄本和大量的其他资料,出版《格萨尔·霍岭大战之部》《格萨尔·加岭传奇》,汉藏文本《姜岭大战》,汉文本《格萨尔考察纪实》《格萨尔论谭》等。另外,还曾主办《山茶》杂志,该刊发表大量各族民间文学作品,这些作品为后续研究提供极为珍贵的第一手资料。

贵州省社会科学院文化研究所是 2003 年在原文学研究所和民族文化研究所的基础上整合成立的,是专门从事贵州本土文化、民族文化、夜郎文化、妇女研究、文学批评和文学理论的研究机构。该所民族文学研究成果有:《贵州当代文学概观》《布依族文学史》《民族文学探索》《贵州少数民族作家笔耕录》《苗族巫辞》《彝族古代文艺理论丛书》《布依族民间文学丛书》《洪水纪》《彝族古歌》等。

研究所在立足贵州的同时，还发挥科研人员的专长，出版《六朝乐府民歌》《中国古代铭文选》《中国新诗大辞典》等研究成果。

四川省民族研究所前身是1956年组成的全国人民代表大会民族委员会四川少数民族社会历史调查组和1959年组建的中国科学院四川分院民族研究所。1964年1月正式建所，为隶属四川省委民族工作委员会的科研机构。四川省民族研究所坚持基础研究与应用研究并举，先后出版《四川省苗族傈僳族白族满族社会历史调查》《藏族英雄史诗与神歌——格萨尔研究》《藏族原始宗教》等八十余部学术著作（报告）。四川省民族研究所现有馆藏资料丰富，藏书二十余万册，专业图书十余万册，还包括大量的20世纪50年代对西南民族地区的调查资料原始件和电影复制件，对于研究西南地区少数民族传统文化弥足珍贵。其彝族、藏族等民族文学研究，尤其是《藏族英雄史诗与神歌——格萨尔研究》，成果丰硕。

海南省民族研究所成立于1988年，专门从事海南省少数民族社会历史、经济、文化、宗教、卫生教育、习俗、织锦等综合性理论研究。2003年4月，海南省民族研究所与海南省民族织锦工艺研究所合并重组为现今的海南省民族研究所。主要工作任务与职责范围包括：民族理论与政策、民族历史文化、语言文学、民族古籍的抢救、挖掘、整理、研究与出版等工作。

海南省民族研究所自成立以来，承担过省级、国家级和国际课题等一系列科研项目，取得显著的科研成果。先后参与、编写、出版的项目有《黎族传统文化》（大型画册）、《中国黎族》《海南民族研究论文集》《中国少数民族大辞典·黎族卷》《中国民族民间舞蹈集成·海南卷》《海南旅游文化彩绘故事丛书》《中国少数民族古籍总目提要·苗族卷》《中国少数民族古籍总目提要·回族卷》《海南省民族民间工艺作品选》《海南民族民间美术专集》《海南民族研究》（第1—3集）等等。近年来，海南省民族研究所还涌现出一批民族研究专家学者，他们的主要成果有：《海南伊斯兰文化》《海南黎族研究》《海南苗族研究》《祭祀与避邪——黎族民间信仰文化初探》等。这些论著中包含一些民间文学作品。

此外，北京社会科学院的满学研究所，是全国社科院系统中唯一的专门研究满学的机构，以满学理论、语言文学为主要研究方向。

从中华人民共和国成立至今，全国社科院系统少数民族文学研究经过几十年的发展，取得一些成绩，同时也面临一些不可回避的问题，尤其是地方社科院民族文学研究出现诸如人员流失、经费不足等十分尖锐的问题。如上所述，几个省的社科院的文学所已改为文史所，有的省市则改成了文化研究所。如广西社科院文学所，近年来面临的困难首先是人才流失严重，后继力量匮乏。地方社科院文学所人才外流的一个大的流向是高校。

第二节　民族文学研究学会及活动

上一节我们主要分析国家级、省级社会科学院民族文学研究机构与研究业绩、研究专长。本节有代表性地着重讨论国家级、省级各类民族文学学会相关学术活动。以此回顾和总结民族文学研究 70 年的发展历程。

一、民族文学研究学会

自中华人民共和国成立至今，全国成立少数民族文学学会团体多种，这些学会对促进中国民族文学事业的发展做出重要贡献。下面详细阐述一些重点学会：

（一）中国少数民族文学学会

该研究会是研究少数民族文学的群众性学术团体，属于国家一级学会，1979 年 6 月在成都成立，办事机构设在中国社会科学院少数民族文学研究所。学会的宗旨是团结中国少数民族文学研究工作者，开展科学研究，进行学术交流，促进少数民族文学的发展和繁荣。学会主持召开学术年会和有关少数民族文学的专题学术讨论会，探讨少数民族文学发展的历史、现状和趋势。编辑出版有《中国少数民族文学研究通讯》和理论丛书《少数民族文学论集》等。少数民族文学学会成立至今已经召开多届学术代表大会：

第一届，1979 年 6 月，四川成都；第二届，1983 年 4 月 14 日到 22 日，广西壮族自治区武鸣县；第三届，1987 年 5 月 20 日到 25 日，辽宁丹东；第四届，1996 年 5 月 29 日到 31 日，中南民族学院，"迈向 21 世纪的民族文学研究学术讨论会"；第五届，2003 年 8 月 2 日到 4 日，云南昆明，"中国少数民族文学的 21 世纪建设"；第六届，2005 年 10 月 29 日到 30 日，中央民族大学，"中国少数民族文学学科建设研讨会"。第七届，2010 年 10 月在广西南宁召开；第八届，2015 年在宁夏召开；第九届，2020 年 12 月 12—14 日在内蒙古呼和浩特内蒙古大学召开。

其中第七届代表大会暨学术研讨会在广西南宁召开，主要议题包括民族文学研究反思、民族文学发展的趋势和走向、民族文学个案研究、民族文学学科建设与人才培养和民族文学与自然生态研究。本次学术研讨会共收到论文七十余篇，内容涉及民族文学、少数民族作家文学、社会发展与民族文化关系、民族文学与民族作家文学关系等方面。

第八次会议由中国少数民族文学学会与北方民族大学主办。会议议题主要有少数民族文学与口头诗学、大百科全书少数民族文学卷修订、少数民族文学与国家珍贵古籍名录、少数民族族别文学研究、少数民族作家研究、少数民族典籍研究，以及其他与少数民族文学相关的问题。

除了上述学术代表大会外，该学会还召开学术年会。

1985年8月10至15日，中国少数民族文学学会第三届年会在乌鲁木齐市召开。来自17个省（区）、市的汉、满、蒙古、藏、回、维吾尔、壮、土、土家、柯尔克孜、哈萨克、乌孜别克、锡伯族、朝鲜、白、塔塔尔、彝、纳西、傣、塔吉克等民族的115名老、中、青专家、学者参与会议。这届年会共选用110篇论文，其中四分之一是用本民族文字撰写的；三分之一的论文是青年研究人员和教师写的；有四分之一的论文是用比较研究方法写成的。乌孜别克、塔吉克、塔塔尔三个民族的研究人员第一次在全国性学术年会上介绍过去不为人们了解或了解不多的民族文学情况。这届年会的论文中，有一些根据少数民族的特殊生活环境和文学的构成，提出"边境文学""西部文学"及"妇女文学"的概念。探索用新的方法研究少数民族文学在这届年会的学术交流中占有重要位置。期间，学会还召开了工作会议，广泛征求有关改进和改革学会工作的意见，这些意见主要是：关于建立少数民族文学体系和文学史体系问题；关于挖掘、整理少数民族古代文论遗产并加强理论研究问题；关于加强当代少数民族作家文学的评论和研究问题；关于筹办少数民族文学资料中心和筹建基金会等。

2009年8月15至17日，中国少数民族文学学会等单位联合主办，由内蒙古民族大学文学院承办的"中国民族文学60年学术研讨会"在内蒙古通辽市内蒙古民族大学召开。中国社会科学院民族文学研究所所长朝戈金与中央民族大学原副校长梁庭望做了论文主题发言。朝戈金研究员首先论述中国社会科学院民族研究所、中国少数民族文学学会等相关机构的成立及《民族文学研究》《民族文学》等杂志的创刊对民族文学建设的意义，分析本学科在人文社会学科的重要地位，在此基础上提出本学科应该有新的话题，新的问题意识。梁庭望教授的发言详细回顾中国民族文学60年的发展历程，从1976年前的工作重心、热门问题，到1978年后一些机构的成立、学科的确立、"民族文学"概念的厘清，最后展望民族文学研究的方向，指出将从个案研究进入到整体研究阶段。专家学者们就民族文学的诸多问题做了比较深入的讨论，总结了60年来的成就与不足，并展望了民族文学的未来。

2011年8月26至27日，由中国少数民族文学学会主办、贵州民族学院文学院和贵州省平坝县协办的"民族文学的多重视域与理论构建学术研讨会暨中国少数民族文学学会2011年年会"在贵阳花溪及平坝县举行。来自全国各地约七十名学者参加了会议，围绕民族文学的多重视域和理论构建的中心议题，四十多位学者从民俗学、古代文学、现当代文学、文艺学等多个角度切入，发表了论文。

2012年6月15至19日，由中国少数民族文学学会、西北民族大学、甘肃民族师范学院、中国社会科学院民族文学研究所、《民族文学研究》编辑部主办，西北民族大学文学院、蒙古语言文化学院、藏语言文化学院、维吾尔文学学院、格萨尔研究院、少数民族汉文学典籍研究所、甘肃民族师范学院汉语系、藏语系协办的

2012 年中国少数民族文学学会年会暨学术研讨会在甘肃兰州召开，来自全国各地高校、科研机构的一百余人少数民族文学研究专家、学者参加了会议。

2013 年 7 月 12 至 16 日，为了加强中国少数民族文学研究，促进少数民族文学理论与学科建设，中国少数民族文学学会 2013 年年会在新疆伊宁市举行。此次会议由中国少数民族文学学会主办，伊犁师范学院承办。会议议题：包括全球化时代西北多民族文化的交流互动研究、中国少数民族民间文学的整理与研究、中国少数民族作家文学研究、中国少数民族文学个案研究、中国少数民族文学学科建设，以及其他相关研究。

2014 年 10 月 17 至 19 日，中国少数民族文学学会 2014 年年会在湖北武汉中南民族大学举行。此次会议由中国少数民族文学学会主办，中南民族大学文学与新闻传播学院承办。会议议题包括民族文学理论建设、民族文学的个案研究、民族文学的跨学科研究、民族文学与非物质文化遗产、民族文学与民族记忆，以及其他相关研究。

2016 年 9 月，中国少数民族文学学会 2016 年年会在云南省昆明市云南民族大学召开。会议议题包括少数民族文学与口头诗学、《大百科全书·少数民族文学卷》修订、中国少数民族文学学科建设、民族文学理论与方法、少数民族文学的影视改编、地域写作与少数民族作家文学、世界文学与中国少数民族文学创作，以及其他与少数民族文学相关的问题。

2017 年 11 月 11 至 12 日，中国少数民族文学 2017 年年会在湖南大学召开。会议按照学者论文主题分为"少数民族文学与口头诗学""地域写作与少数民族作家文学""中国少数民族文学学科建设、民族文学理论与方法""世界文学与中国少数民族文学创作、少数民族文学的影视改编"四个小组，每个小组分别进行 4 场热烈的讨论。

2018 年 11 月 9 至 11 日，中国少数民族文学学会 2018 年年会在广西师范大学文学院、新闻与传播学院举办。此次年会收到的学术论文有 234 篇，从提交的论文看，涉及的单个民族有蒙古族、藏族、壮族、苗族、瑶族、彝族、满族、维吾尔族、白族、纳西族、土家族等 25 个民族，尤其是蒙古族和藏族文学方面的论文多达 28 篇；从内容上看，涉及古代少数民族文学研究的论文 20 多篇、现当代文学方面的论文有 110 篇，民间文学与口头传统方面的论文有 77 篇，涉及少数民族文学学科建设的学术论文有 20 多篇。通过与会专家学者的交流发言，反映出在新的形势下，研究者们对中国少数民族文学的深入研究。

2019 年 11 月 9 日至 10 日，中国少数民族文学学会 2019 年年会在广州广东技术师范大学举行。本次年会收到的学术论文达 220 余篇，论文来源广泛，内容丰富。议题涉及中国少数民族文学 70 年回顾与展望、少数民族文学制度研究、创业与起源神话、史诗学研究、多民族神话与民间文学、多民族作家文学与跨学科研究、多民族文学史观与民族影视艺术。

综上，中国少数民族文学学会对我国少数民族文学学科体系建设、理论探索和人才培养，做出了积极贡献。

（二）中国少数民族作家学会

中国少数民族作家学会成立于1985年，是我国少数民族作家的群众性学术团体，是民政部较早批准注册的全国性社团组织之一，也是中国作家协会所主管的业务社团。2008年11月，中国少数民族作家学会在京召开了代表会议。会议选举产生了新一届学会领导，会长由青海省副省长、著名诗人、作家吉狄马加担任，常务副会长由《民族文学》杂志主编叶梅担任，阿来等14人被选为副会长，全国人大常委会原副委员长铁木尔·达瓦买提和中国少数民族作家学会原会长玛拉沁夫被推举为名誉会长。2020年9月，中国少数民族作家学会在京召开了代表会议。会议选举产生了中国少数民族作家学会第四届会长、常务副会长、副会长、秘书长，扎西达娃为会长，李霄明为常务副会长，马金莲、石一宁、叶尔克西·胡尔曼别克、陈川、金仁顺、特·官布扎布、倮伍拉且、景宜、鲁若迪基为副会长，尹汉胤为秘书长。

少数民族作家学会在组织少数民族作家交流、采访、创作、评奖活动方面，做了大量的工作，对少数民族作家的成长起到了促进的作用。它把分散在全国各地的少数民族作家、诗人团结起来，共同为促进少数民族文学的繁荣努力工作。

（三）中国少数民族比较文学学会

1993年3月在中央民族大学召开成立大会及学术讨论会，著名学者季羡林、马学良、乐黛云、刘魁立等出席大会。2009年6月6至7日，由中国少数民族语言文学学院举办、少数民族语言文学系承办的中国少数民族比较文学专题研讨会在中央民族大学文华楼举行。中国比较文学学会会长乐黛云、中国比较文学学会副会长陈惇、陈跃红，中国少数民族文学学会会长朝戈金、中国社会科学院民族文学研究所副所长郎樱、汤晓青等三十余名国内比较文学界和少数民族文学界的著名学者参加了研讨会。中央民族大学副校长郭卫平出席了会议并致辞。本次研讨会的议题是少数民族比较文学的理论与方法，以及少数民族比较文学的学科建设。与会学者对少数民族比较文学学科的重要地位和广阔的前景都给予了积极的肯定。

乐黛云指出，在目前全球化和文化转型的大背景下，如何应对挑战和传承发展自己的民族文化成为一个重要的课题，而少数民族比较文学作为中国比较文学的组成部分，拥有独特而重要的学术地位。中国文化是多元一体的，多民族的文学的互相交流才是中国文学的基本特征，少数民族比较文学将为我们了解自己的文化文学，及其与世界文化文学的关系提供独特的视角。与会学者们一致认为，少数民族比较文学对中国比较文学的发展至关重要，将是中国比较文学对世界比较文学的重要贡献，将为世界文学研究的发展提供新的思路。中央民族大学是中国少数民族文学的研究中心，应该是少数民族比较文学的研究前沿阵地，希望这个新兴的学科从这里开始带动全国，得到迅速而充分的发展。

2009 年 6 月 7 日，少数民族比较文学的青年论坛举行，26 位来自北京师范大学等院校和中央民族大学的博士生、硕士生展示了自己的研究成果，充分体现出比较文学跨语言、跨文化、跨民族的特色。

2014 年 11 月 14 至 15 日，由中央民族大学中国少数民族语言文学学院主办、中央民族大学比较文学与世界文学学科承办的"多元文化视域下的中国少数民族比较文学"学术会议在北京召开。来自全国十余所高校和研究所的六十余名专家与青年学者参会。

(四) 中国《江格尔》研究会

中国《江格尔》研究会于 1991 年正式成立，业务主管单位为中国社会科学院民族文学所。布赫、铁木耳·达瓦买提任名誉会长，新疆维吾尔自治区政协主席巴岱任会长。会员主要分布在新疆、内蒙古、青海、甘肃、北京等地，由蒙古、汉、维吾尔、哈萨克、锡伯族学者共同组成。1982 年在新疆乌鲁木齐召开第一次学术讨论会，1988 年在新疆乌鲁木齐召开国际江格尔学术讨论会，获得圆满成功，在国内外产生积极的影响。2006 年中国社会科学院民族文学研究所与和布克赛尔蒙古自治县共同建立《江格尔》田野调查研究基地，同年双方在和布克赛尔县合作举办了国际《江格尔》研讨会。在此后的十年里，双方一直在围绕《江格尔》的抢救、保护、研究进行密切合作，为《江格尔》史诗的抢救与保护做出了重要贡献。

2016 年 7 月 30 至 31 日，"中国《江格尔》研究会 2016 年学术研讨会"在新疆和布克赛尔蒙古自治县召开。来自中国社会科学院民族文学研究所、内蒙古大学、新疆社会科学院、新疆文学艺术界联合会、新疆大学、新疆师范大学、博乐市文体局等十余所学术机构的五十多位学者出席了本次会议。本次会议的主题是回顾总结《江格尔》史诗资料搜集出版研究历程和经验，探讨《江格尔》保护与研究前沿问题，为将来《江格尔》研究留下宝贵的文史资料。

(五) 中国少数民族文学学会侗族文学分会

1987 年 10 月 14 日成立，简称"侗族文学学会"。第一届理事会推选杨志一为会长，邓星煌为秘书长。1995 年 10 月 31 至 11 月 2 日，侗族文学学会在贵州省玉屏侗族自治县开会，选出第二届理事会，推选邓敏文为会长，杨进铨、邓星煌为秘书长。本会工作安排如下：每年 8 月在贵州黎平岩洞侗人文化家园举办侗族中青年作家作者笔会，交流创作经验，修改作品，一次三天；组织出版第二辑侗族作家丛书；继续与广西三江文联协办《风雨桥》文学刊物；积极协助贵州、湖南、广西二省区侗学会编撰《侗族通史》。

2014 年 10 月 20 日，"中国少数民族文学学会侗族文学分会 2014 年年会"在广西壮族自治区龙胜侗族自治县召开。与会人员一百多人，是分别来自北京、湖南、贵州、广西、湖北等省市的侗族作家和侗族文学爱好者。这次会议的主要任务是总结 2006 年以来 8 年间学会的工作情况，举行学会换届，开展学术研讨。

2016 年 6 月 5 至 6 日，由《民族文学》杂志社、中国少数民族作家学会和中国少数民族文学学会侗族文学分会共同举办的"侗族文学研讨会"在北京举行。中国作协副主席白庚胜，中国少数民族作家学会常务副会长叶梅，《民族文学》主编、中国少数民族作家学会副会长石一宁等参加研讨。此次研讨会对老中青三代侗族作家代表袁仁琮的三卷本长篇小说《破荒》、潘年英的长篇非虚构作品《河畔老屋》和杨仕芳的长篇小说《白天黑夜》展开研讨。专家们认为三位作家的作品展示了不同年龄段、不同时代的作家的创作特征。

2017 年 9 月 23 日，"芷江侗族自治县成立 30 周年暨中国侗族文学学会成立 30 周年侗族文化论坛"开幕。来自北京、广西、贵州、湖北、湖南等全国各地从事侗族文化研究的专家学者共 80 人出席开幕式。会议回顾总结在党的民族政策大政方针指引下，芷江侗族自治县成立 30 周年以来经济社会发展各个方面取得的成绩，并对全国侗族文学学会 30 年来致力于发掘整理侗族文化瑰宝所做出的积极努力表示充分肯定。

该学会成立多年来，编撰和整理出了《侗族百年实录》《侗族通史》、侗族小说选、侗族散文选等优秀文艺成果，在本民族文学事业的发展中逐步培养和形成一支创作骨干队伍，为传承侗族文化，振兴侗民族文学打下较为坚实的基础。

少数民族文学学术团体除上述之外，还有中国当代少数民族作家文学学会、中国蒙古文学学会、国际格萨尔研究学会等，限于篇幅在此不赘述。

以上国家级与省级少数民族文学学会及其相关学术活动，相互映照，美美与共，构成中华民族文学共同体格局，助力中国少数民族文学事业建设，推动中国少数民族文学研究走向新的学术台阶。

二、少数民族文学学术论坛及学术会议

中华人民共和国成立 70 年，尤其是 21 世纪以来，围绕少数民族文学主题全国各地学术单位及学术团体召开少数民族文学学术论坛、学术会议多次，会议主题有综合性与单一性，会议规模有百人以上、百人以下，会议地点从北方到南方，形式多元，问题讨论集中，彰显少数民族文学研究日益走向新的学术台阶。在此，我们从众多学术会议中选择有代表性的学术论坛及会议加以总结，以便推进我国少数民族文学研究事业在 21 世纪取得更好的研究成果。

（一）大型全国性民族文学论坛

全国性民族文学论坛，我们在此主要分析和探讨中国多民族文学论坛与中国少数民族当代文学论坛的议题与内容。

1. 中国多民族文学论坛

中国多民族文学论坛自 2004 年至今已举办多次，论坛围绕中国多民族文学主题开展。

2007 年 11 月 3 日，"第四届中国多民族文学论坛"在西南民族大学举办。来自全国各地的少数民族专家学者们将针对"中华多民族文学史观的理论建构""文化多样性守望与少数民族文学功能""西南各民族的文化生态与书写"，及"'藏彝走廊'文学叙事研究"等论题作专题讨论。这次论坛的人员来自不同学科，除了传统的现当代文学、古代文学学者外，还有人类学、社会学、民俗学、民族学、文化学学者的参与，这充分显示出了多民族文学发展的巨大潜力和空间。

2008 年 9 月 21 至 24 日，"第五届中国多民族文学论坛"在乌鲁木齐召开。近八十位学者、研究生参加了会议，与会者从文学、民族学、人类学及民间文学和文艺学等多学科角度展开讨论。

2009 年 11 月 13 至 16 日，"第六届中国多民族文学论坛"在昆明举行。来自国内外四十多所高校与研究机构的专家学者、作家代表二百余人参加会议。本届论坛围绕中国文学多元一体格局、中华多民族文学史观、多民族文学创作现状与目标、母语写作与文学翻译、文学创作的民间资源等论题展开了深入而热烈的讨论。与会者认为，多民族文学写作是中国文学的现实存在，21 世纪少数民族作家出现了新的崛起，文学的时代内涵、少数民族作家的责任意识与危机感等都是值得研究和引人注目的课题。

2010 年 4 月 17 至 18 日，"第七届中国多民族文学论坛"在广西师范大学举办。与会人员深入探讨了多民族文学史观的理念以及怎样在综合性高校中建立多民族文学教学体系等问题。讨论中，来自各个高校的专家学者们分别从课程设置、教学理念、教学实践、学科建设、教材编写等方面各抒己见，对多民族文学的现状问题、理论问题以及实践等问题表述了自己的看法。热烈的发言和提问营造了良好的讨论氛围，使多民族文学论坛得以顺利开展并成功举行。

2012 年 10 月 19 至 20 日，由中国社会科学院民族文学研究所《民族文学研究》编辑部，喀什师范学院人文系共同主办，新疆大学人文学院、新疆作家协会协办的"第九届中国多民族文学论坛"在喀什师范学院成功举办。大会围绕民族政策与民族文学、多民族国家的文学表述问题、"民族书写、如何看待作家文学与民间传统""新疆多民族文学研究及评论"等议题开展论述。

2013 年 10 月 16 至 17 日，"第十届中国多民族文学论坛暨中国辽金文学学会第七届年会"在太原召开，来自全国各地十余个民族的专家、学者围绕着"古今中西之争与中国多民族文学的历史线索""中国多民族文学研究的比较性议题与个案研究""辽宋金元各族群文学的互动交流"等主题展开了深入的交流。

2014 年 7 月 20 至 21 日，该论坛在大连举办，围绕马克思主义视野下的民族文学研究，21 世纪少数民族文学批评的动态、趋势与理论总结，少数民族文学研究的回顾,多民族文学论坛的学术反思等话题开展论述。2015年9月4至9月6日,中国多民族文学论坛在贵州举行,围绕"回顾与前瞻"的主题展开论述。

2. 中国少数民族当代文学论坛

中国当代少数民族文学论坛自2013年以来已分别在北京、银川、兰州、库尔勒、呼伦贝尔、北京等地成功举办,对加强少数民族文学理论批评建设、增强少数民族文学理论批评力量、促进少数民族文学创作的创新发展起到积极推进作用。中国少数民族当代文学论坛是中国作协"少数民族文学发展工程"中的重要环节。中国作协在中宣部、财政部、国家民委的大力支持下,在2013年全面开展的中国少数民族文学发展工程为方兴未艾中的少数民族当代文学注入了新的活力。少数民族作家重点作品扶持、少数民族文学人才培训、少数民族文学优秀作品翻译出版扶持项目等项目依次启动。本次论坛是该工程在理论批评建设上的重要着力点,旨在研讨少数民族文学发展规律性问题,加强理论研究对少数民族文学创作的指导作用,促进少数民族文学的繁荣发展,提升少数民族作家的创作自觉。期间,围绕少数民族文学的生态意识与生命气象、社会转型背景下的少数民族文学与国家文化安全、中国当代多民族文学共同体发展格局、少数民族文学与全球视野等主题做了精彩的理论阐释。

2013年11月12日,由中国作家协会创联部、中国作家协会少数民族文学委员会和中国社会科学院民族文学研究所联合举办的"'中国梦'的多民族文学书写——2013·中国少数民族当代文学论坛"在北京圆满落幕。期间,来自北京、新疆、内蒙古、云南、海南、辽宁、广东、广西、湖北、贵州、宁夏、甘肃等省区的全国四十余位作家、评论家、学者分别以主题发言、大会发言、小组发言等多种形式在论坛上分享了研究成果和学术观点。论坛嘉宾们在"'中国梦'的多民族文学书写"的主题下,集中围绕社会转型背景下的少数民族文学,少数民族文学创作的国家、民族、社会责任,少数民族文学与全球视野,少数民族文学的生态意识与生命气象,少数民族文学创作的历史、文化追寻,少数民族文学创作的精神坚守与形式创新等六个议题展开论述。

2014年,该论坛围绕"中国梦的多民族影视文学呈现"主题在宁夏银川举行,旨在研究讨论少数民族文学与影视互动的理论与实践问题,加强对少数民族影视文学创作的指导作用,促进少数民族影视文学的繁荣与发展。2015年,第三届中国少数民族当代文学论坛以"丝路文学语境下的多民族文学审美"为主题,在千古丝路的重要驿站甘肃兰州举行,旨在加强少数民族文学理论批评建设,发现和挖掘少数民族在古丝绸之路上的文学实践和成就,探讨和拓展少数民族文学对新时期"一带一路"建设的现实作用和历史担当,深化少数民族文学对丝路文学书写的参与,加强少数民族文学对中华民族文化复兴及人类进步事业的贡献。

2016年,主题为"审美无垠五彩桥——多民族文学翻译"的第四届中国少数民族当代文学论坛8月16至17日在新疆巴音郭楞蒙古自治州首府库尔勒举行。少数民族文学翻译是诗意的重建，是精神的对话，也是各民族平等交流的重要途径，有利于促进当代文学的审美书写和表达，有利于促进丰富多元文化格局的形成，有利于各民族间的互动互补互促互助。少数民族文学翻译工作者要增强责任感和使命感，从文学、美学、历史学、民族学、文化学、人类学、社会学和宗教学等多方面提升自身素养，拥有更广阔的视野、更丰厚的民族语言资源、更高超的鉴赏能力和翻译技巧，为人民奉献更多精准精妙精美的优质作品。

2017年8月24至27日，由中国作家协会、内蒙古自治区党委宣传部主办的"中国少数民族网络文学会议——2017中国少数民族当代文学论坛"在呼伦贝尔举行。论坛探讨了中国少数民族文学如何适应网络文学异军突起这种迅猛发展的形势，面对这场文学浪潮的冲击并进行突围，如何在坚持传统创作的前提下建设自己的网络文学园地，在网络时代获得更大发展空间，创新文学观念及样式，壮大中国少数民族网络文学队伍，提高少数民族网络文学的审美水平，建立独具特色的中国少数民族网络文学传播、交流、评价体系等话题。

2018年12月19日，与会作家、评论家围绕"改革开放40年来的中国少数民族文学"的主题展开研讨，回顾40年来少数民族文学取得的辉煌成绩，深入探讨少数民族文学创作的民族性追求和多样性发展、少数民族文学发展的机遇与挑战、少数民族文学理论批评现状与发展对策、少数民族走出去的策略、母语文学创作与翻译问题、少数民族女性文学与人口较少民族文学创作等具体话题。大家认为，"民族"带有个性的文化呈现和表达，只有成为人类共同的审美需求，才具有世界性。不应该把少数民族文学局限在民族风情、文化传统及宗教传统的表达上，它应与时代共振，要以发展的眼光来看少数民族文学，实现少数民族文学的现代化转换。有专家提出，被翻译出来的少数民族母语作品只是冰山一角，还须加强母语文学的翻译队伍建设，鼓励和发掘少数民族评论人才。广大少数民族作家和文学工作者深入学习贯彻习近平新时代中国特色社会主义思想，牢记文学工作者的使命，从中华民族伟大复兴的高度认识文学事业的价值和意义，通过文学创作和文学批评搭建各民族心灵沟通的文化桥梁，传达"中华民族一家亲，同心共筑中国梦"思想。

2020年9月1日，以"文学的中华民族共同体意识"为主题的2020年中国少数民族文学论坛在阿尔山市召开。邱华栋表示，鼓励和引导广大作家评论家立足于中华民族文化根脉，探究我国少数民族文学的文化共性，研讨少数民族文学创作如何在铸牢中华民族共同体意识上发挥独特作用，为繁荣我国少数民族文学创作提供更科学的理论支撑。通过此次论坛，搭建起内蒙古同全国文学界、全国少数民族文学界交流互鉴平台，在学习实践习近平总书记关于文艺工作的重要论述、加强"草原文学"基础理论研究和草原文学作品评论、推进重大主题文学创作等方面强化合作，聚焦伟大时代，共同书写中华民族新史诗。

（二）小型全国性民族文学论坛与会议

中华人民共和国成立70年全国各地举办的小型民族文学论坛与学术会议相当丰

富，在此选择有代表性的学术论坛与会议加以介绍，综合考察少数民族文学从单一族别文学研究走向多民族共同体研究的发展路径。

1. 满族说部学术研讨会

2011年8月9日，"吉林省满族说部学会成立暨首届满族说部学术研讨会"在吉林省社会科学院隆重举行。此次大会由中国社会科学院民族文学研究所、吉林省社会科学院、吉林省民族宗教研究中心3家单位主办，长春师范学院、通化师范学院（今长白山大学）、伊通满族自治县县委宣传部3家单位协办，吉林省有关领导以及来自北京、上海、吉林、辽宁、黑龙江及我国台湾等地区的专家学者一百五十多人出席了此次盛会。2013年4月17日，中国社会科学院民族文学研究所、中央民族大学少数民族语言文学系、吉林省满族说部学会共同举办的"多元文化视野下的满族说部"学术研讨会在中央民族大学召开。2018年7月23日至24日，"满族说部"艺术展现与评议学术研讨会在长春师范大学举办，中国社会科学院、中央民族大学、复旦大学、吉林省社会科学院、大连民族大学等六十余名高校、研究机构的专家、学者参会，围绕会议主题进行了广泛交流。

"满族说部"作为国家级非物质文化遗产深受社会各界关注，近年来，其传承、保护、文本研究及艺术发展取得了显著成果，一批具有表现性的展现"满族说部"文化精髓的说唱、剪纸、雕刻等艺术作品也相继问世。为了更好地推动"满族说部"的科学研究、传承保护与艺术创作，此次会议由著名学者富育光发起，围绕"'满族说部'艺术创作与传承""'满族说部'与历史记忆""'满族说部'中的中华文化元素"以及"'满族说部'的神话学内容"四个方面展开。著名文化学者曹保明，复旦大学教授纳日碧力戈，中央民族大学教授汪立珍，吉林省社会科学院研究员朱立春，中国社会科学院副研究员高荷红，长春师范大学萨满文化研究所所长薛刚，在会上分别做了主题发言。满族歌手八音赫赫、"满族说部"传承人安紫波进行了表演，现场还展示了微雕艺术、绘画艺术、剪纸艺术等"满族说部"相关艺术作品。

2. 赫哲族"伊玛堪"学术研讨

2012年首届赫哲族"伊玛堪"学术研讨会6月14日在哈尔滨举行。来自俄罗斯、日本、北京及东北三省的知名专家学者在会上共同探讨了"伊玛堪"的保护与研究。"伊玛堪"以独特的艺术形式忠实而传神地记录了赫哲人的渔猎生活、风土人情和爱情故事。2011年，联合国教科文组织将"赫哲族伊玛堪说唱"列入《急需保护的非物质文化遗产名录》，伊玛堪由此成为中国第七个、黑龙江省首个入选该名录的项目。首届伊玛堪学术研讨会由省社会科学院与黑龙江伊玛堪研究中心共同主办。会议以"传承与合作"为主题，交流民族文化研究成果，探讨伊玛堪文化内涵，围绕如何建立有效的非物质文化遗产保护机制、构建相应的支撑体系进行深入的探讨。

2013年黑龙江省文化厅主办、黑龙江省非物质文化遗产保护中心承办的赫哲族伊玛堪说唱保护工作会议暨学术研讨会在哈尔滨市召开。赫哲族伊玛堪说唱保护工作领导小组、专家顾问组、项目保护组成员和国家级、省级代表性传承人参加会议。在以"抢救·保护"为主题的赫哲族伊玛堪说唱学术研讨会上，全国专事赫哲族伊玛堪研究的专家宣读了论文。会议强调，要重视赫哲族伊玛堪说唱保护的理论总结和学术建设，整合研究机构、高等院校和文化艺术单位的学术力量，推动理论研究与保护实践密切结合，同时，利用学术研究成果为赫哲族伊玛堪说唱的保护提供重要的决策参考和智力支持。会议期间，赫哲族伊玛堪说唱国家级、省级代表性传承人及学员进行了传习成果汇报展示。

3. 民族文学研究博士后论坛

2014年9月18至19日，以"当代社会口头传统的再认识"为主题的首届民族文学研究博士后论坛在京举行。论坛由中国社会科学院、全国博士后管理委员会、中国博士后科学基金会主办，中国社会科学院博士后管理委员会、中国社会科学院民族文学研究所承办。此次论坛共收到论文39篇，有29名学者作为正式代表参加论坛并发言。与会者分别来自中国社会科学院、北京大学、北京师范大学、中央民族大学、南开大学、中山大学、华东师范大学、甘肃省社会科学院等十余所高校和科研机构，涵盖汉族、满族、蒙古族、回族、达斡尔族、傣族、土家族、瑶族等8个民族。

本次论坛的主题是"当代社会口头传统的再认识"。论坛试图从宏观上把握中国民族民间文学研究的新趋向，围绕民间文学研究的基本问题探讨相关理论，重视前瞻性研究。随着学术范式的转换，民间文学研究的理论与方法出现了拓展趋势。当代社会中的民俗利用与非物质文化遗产保护，已经成为民间文学研究涉及的新领域；口头传统与数字化传播成为新课题；民族志研究对口头文学的再发现成为新方法。随着对国外民间文学理论、方法的译介、反思与再建构，中国民族民间文学研究理论与方法的全球化导向逐渐增强。

4. 中国南方少数民族文学首届陵水论坛

2014年12月26至28日，中国南方少数民族文学首届陵水论坛在海南陵水黎族自治县展开。近几年来，随着中国少数民族文学发展工程的实施，少数民族文学创作和评论都进入十分活跃的黄金机遇期。此次论坛旨在促进南方地区多民族文学生态良性、均衡发展，特别是为海南多民族文学事业注入新的活力和更多智力支持。

这次会议由中国少数民族作家学会，海南省文联、作协主办，民族文学杂志社、中共陵水县委宣传部协办。中国作协主席团委员、广西作协名誉主席冯艺，海南省作协秘书长梅国云等讲话。来自全国各地的各民族作家、评论家就我国南方少数民族文学创作现状及发展趋向、全球化与中国少数民族文学、少数民族文学理论与评论现状及新的学术生长点、少数民族新生代作家创作透视、海南黎族文学研究等议题进行了深入研讨。

会议的另一重要议程是，中国少数民族作家学会和《民族文学》陵水创作基地正式成立。目前民族文学创作基地已有 15 家，分布在全国各个地区。陵水创作基地成立后将经常组织多民族作家在陵水及海南地区深入生活、采访创作，认真贯彻落实中国作协党组提出的"深入生活、扎根人民"的指示精神，把基地办实、办活、办好，为繁荣黎族及中华多民族文学搭建更好的平台，努力实现以文学拉动民族地区经济、文化、生态建设的美好愿景。

5. "民族文学繁荣发展与文化多样性"高层论坛

2015 年 10 月 31 日，首届"民族文学繁荣发展与文化多样性"高层论坛由云南民族大学主办，民族文化学院承办，主题包括少数民族作家文学与文化多样性，少数民族口传文学与文化多样性和民族文学跨文化研究。本次论坛是实践中国多民族文学新型关系的重要举措，也是促进中国少数民族文化发展和构建和谐社会的强力助推。众多专家学者围绕"民族文学繁荣发展与文化多样性"的主题，探索适应新时期民族文学理论研究与创作实践的新路向。为民族文学、文化的学术争鸣和理论建设提供了良好平台，为保障我国文化的多样性、多向度共同发展提供了丰富资源，为中国民族文学在全球文化多元一体的挑战下更具优势竞争力提供了有效依据。

6. 中国少数民族电影高层论坛

2016 年 10 月 29 日至 30 日，中国少数民族电影高层论坛在中央民族大学举行。本次论坛以"行走与思考——少数民族电影与民族文化"为主题，包括学术研讨、民族题材电影及纪录片展映和导演工作坊三个单元。

中国文艺评论家协会副主席、中国高校影视学会副会长尹鸿教授认为这是一次"具有里程碑价值和意义"的高层论坛，用"学术性、现实性和前瞻性"对本次会议予以了高度评价。本次论坛体现了多学科交叉，来自美学、电影学、民族学、人类学、文学、新闻传播学的学者与会提供了多学科的理论视角，又极具现实关切，直面并关注当下的民族电影创作困境，并提出了很多前瞻性的思想与观点。三个分论坛的专题为"少数民族电影：影像叙事与主题表现""少数民族电影：功能、认同与建构""少数民族影视：问题、发展与创新"，分别对他者与主体的身份认同与寻找、历史与现实的叙述与呈现、人的民族与民族的人、全球化话语下少数民族影视面对的现代与传统的冲突、矛盾与困惑等进行了深入的分析与坦诚的交流。

7. 全国民族典籍翻译与西南边疆民族文化交流与传播高层论坛

2017 年 12 月 23 日，全国民族典籍翻译与西南少数民族文化研究高层论坛在百色举行。此次论坛由桂滇黔的三所地方高校百色学院、文山学院、凯里学院跨省跨校联合举办，来自上海外国语大学、南开大学、上海财经大学、广西大学等国内三十多所院校、机构的专家、教师与研究生，以及越南社科院的专家共计八十多人参加论坛。此次论坛以"'一带一路'倡议背景下的少数民族文化对外传播和西南少数民族文化研究"为主题，邀请国内外著名的专家学者共同交流、探讨。大会发言涉及我国文学、文化"走出去"，民族典籍翻译研究以及学科建设，西南少数民族和跨国民族文学文化与民俗研究等内容。在论坛的分会场，学者、教师与研究生则围绕民族典籍翻译研究、西南边疆民族文化研究和西南少数民族文化研究等进行交流和讨论。来自越南社科院的教授在论坛上做了题为《关于七月节的差异》的学术报告。论坛参与者提交论文四十多篇，既有理论研究，也有个案研究，涉及语言、文学、民俗学、人类文化学等多个层面。

8. 全国网络民族文学论坛

2017 年 7 月 24 至 25 日，首届大数据背景下全国少数民族网络文学高层论坛在贵州财经大学举行。论坛围绕少数民族网络文学发展的顶层设计、少数民族网络文学研究的基本理论及全国少数民族网络文学发展态势、规律及前景等方面展开研讨。在"少数民族文学相关问题"分论坛中，共收到 16 篇论文，分别探讨了网络文学的贵州模式、文学生态、战略管理、受众现状及商业介入等问题，同时关注大数据与少数民族网络文学发展等目前少数民族网络文化发展中的热点及焦点问题。少数民族网络文学是中国网络文学的重要组成部分，是中国现当代文学的重要组成部分，重视少数民族网络文学，具有重要的文学意义、文化意义和政治意义。我们要注意少数民族网络文学的特点和规律，树立正确的民族观、历史观、文化观，加强对少数民族网络文学的扶持。

9. 恩施少数民族文学高峰论坛

2017 年 11 月 3 至 5 日，首届恩施少数民族文学高峰论坛在利川市丽森农业生态园举行。中国作协党组成员、书记处书记吴义勤，省作协党组成员、副主席高晓晖，著名作家李传锋等出席论坛并讲话。中国现代文学馆、省文联、省作协、湖北大学、中南民大、三峡大学、湖北民院、恩施职院等单位专家学者及恩施本土作家、研究者一百多人出席高峰论坛。会议就少数民族文学主题展开讨论。

10. 西北花儿与高原民俗文化高峰论坛

2020 年 7 月 16 至 18 日，"西北花儿与高原民俗文化高峰论坛"在高原古城西宁成功举办。论坛由开幕式、主旨报告、五场专题研讨及"花儿"艺术展演等有机部分组成。来自中国社会科学院、中央民族大学、中国音乐学院、广东海洋大学、贵州民族大学、西北民族大学、西北师范大学、甘肃省社会科学院、西北民族大学、青海省社会科学院、青海省文联、青海民族大学、青海大学、青海师范大学等高校、科研院所和艺术研究机构，共 60 余名专家学者，通过现场参与、网络直播、以文交流等多种形式，在民俗学视野下共同研究探讨西北花儿与高原民俗文化的丰富内涵。来自美国和日本的有关"花儿"研究专家，对此次高峰论坛的召开予以了关注，对论坛的研究成果表示期待。论坛共收录高质量论文 40 多篇，论文既有对于花儿研究学术史的回顾，也有区域个案的深度调研与思考，还涉及非物质文化遗产保护和"一带一路"背景下花儿的继承与发展问题。

11.《喀左·东蒙民间故事》学术研讨会

2020 年 9 月 12 日，《喀左·东蒙民间故事》学术研讨会在内蒙古自治区喀左县举行。喀左县历史悠久，文化底蕴深厚，农耕文明和游牧文明的交融碰撞，形成了蒙汉文化相互渗透、相互影响的独特人文环境，塑造了古朴厚重的民俗风情，产生了丰富的文化遗产。此次学术研讨会的召开，对保护、传承、发展非遗文化具有深远的意义。《喀左·东蒙民间故事》通过故事见证了民族融合、学习借鉴的过程，是民族交流、民族交往、民族交融的生动事例，对其进行研究，能很好地梳理中华民族共同体意识的建构过程，具有重要现实意义。

此次研讨会由中国少数民族文学学会、喀左县人民政府共同举办。《喀左·东蒙民间故事》于2006年入选首批国家级非物质文化遗产项目，2008年到2018年间，喀左县编辑出版《喀左·东蒙民间故事》蒙汉双语对照文本24卷、850余万字，其中前12卷荣获第九届中国民间文学最高政府奖"山花奖"。

综上所述，中华人民共和国成立70年，多元化的少数民族文学论坛和学术会议持续关注与探讨少数民族文学现状、多民族文学关系及地方文学等主题，涉及民族文学历史发展轨迹、当代民族文学焦点问题与未来发展空间，为筑牢中华民族文学共同体建设提供实践经验与理论支撑。

第三节　少数民族文学刊物

中华人民共和国成立70年，少数民族文学事业在资料整理、理论研究、教育教学、传承传播等方面取得齐头并进的发展。与此同时，发表民族文学的刊物（汉语与少数民族语言）在全国各地纷纷创立。纵观全国民族文学刊物类型，主要包括国家级与省市级两类。在此论述和分析如下具有代表性的文学刊物：

一、国家级民族文学刊物

国家级民族文学刊物主要包括《民族文学》《民族文学研究》两种。《民族文学》刊物隶属纯文学性质，主要发表少数民族作家创作的文学作品。《民族文学研究》主要发表专家学者研究少数民族古代、现当代、民间及文学理论等方面研究性质的学术论文。下面详细介绍这两类刊物的主要历史成绩。

（一）《民族文学》

《民族文学》（汉文版）创刊于1981年，由中国作协主办。当时，中国作家协会和国家民委不仅联合创办了这份弥足珍贵的少数民族文学刊物，还同时召开全国少数民族作家代表大会，并常设了"全国少数民族文学骏马奖"。《民族文学》的创办承载了多民族作家的文学诉求，也承载了中国开放的强烈信息，因而一直受到社会各界的关注。《民族文学》创刊以来坚守宗旨，精心酿造，出版各个不同民族的诗歌、散文、小说、报告文学等作品。这些作品从民族作家的视角，记载了不同民族的历史文化，表现了民族地区的变迁，见证了中华人民共和国建国70年来的历程。2008年《民族文学》第11—12期合刊编辑了《民族文学改革开放30年作品回顾展》，有玛拉沁夫、吉狄马加、阿来、丹增、金哲、扎西达娃、张承志、乌热尔图、铁衣甫江、阿尔泰、买买提明·吾守尔、库尔班·阿里、冯艺等一大批广泛影响的作家、诗人、评论家、散文家、翻译家的精彩之作，展示了《民族文学》的辉煌成果和中国少数民族文学队伍的强劲实力。

时至今日，我国55个少数民族都有了自己的作家，他们的作品相继在《民族文学》上发表，这不仅丰富了我国的文学画廊，而且彻底告别了千百年来大部分少数民族没有作家文学的历史。作为全国唯一国家级的少数民族文学杂志，几十年来还大量刊载了蒙古、藏、维吾尔、哈萨克等民族作家的翻译作品，对于保护传承多民族的文化发挥了积极的作用。新时期以来，在全国22个10万人以下的人口较少民族中，不断出现新的人才。中国作协及《民族文学》近年曾多次举办"全国人口较少民族作家改稿班"，特意出版了《人口较少民族作品专刊》及《翻译作品专刊》，文艺报和中国作家网站也对他们的作品做了专门介绍。2009年9月初，《民族文学》杂志蒙古文、藏文、维吾尔文三种少数民族文字版本正式创刊，这意味着《民族文学》实现了重要的转型。

（二）《民族文学研究》

《民族文学研究》于1983年创刊，由中国社会科学院民族文学研究所主办。主要刊登中国各少数民族民间文学、古典文学、当代文学及少数民族文学理论、民俗学及相关学科的研究成果，刊载研究资料和世界研究中国少数民族文学动态，是我国民族文学研究最重要的学术阵地。

《民族文学研究》面向少数民族文学专业或业余研究工作者、文科大专院校师生、民族工作者、民族文学爱好者。《民族文学研究》的宗旨是：以马克思主义、毛泽东思想为指导，贯彻党的"双百"方针和民族政策，刊登有关我国各少数民族文学的各种专题论文、调查报告和重要文学资料等。设有民间文学论坛、理论探索与方法论思考、当代作家作品评论、古代文学研究、少数民族文学史研究、各民族文学关系、文学批评与反思、国外研究之窗等。多年来，刊物力求在继承中国文化传统的同时吸收国外文艺学、民俗学的理论和方法，在理论探索的同时注重应用的研究，兼顾古今中外以及不同领域之间的贯通，注重各少数民族文化遗产的搜集整理，关注当代少数民族文学发展现状，提倡文化创新，着力推出国内最新、最具代表性的研究成果，影响力与日俱增。

二、地方级民族文学刊物

全国地方性民族文学刊物（汉语、民族语）有数十家，发表少数民族、汉族作家描写民族地区生活的小说、散文、诗歌、报告文学等作品，讴歌日新月异的时代，丰富了我国当代文学创作，培养一批年轻作家。在此，我们把数十家文学刊物归为北方地区民族文学刊物与南方地区民族文学刊物两类，进行回顾与总结。

（一）北方地区民族文学刊物

北方地区民族文学刊物主要有《花的原野》《金钥匙》《满族文学》《骏马》《长白山》《塔里木》《文学译丛》《回族文学》等。

1. 内蒙古蒙古族自治区民族文学刊物

《草原》是内蒙古文联主办的内蒙古自治区唯一一家省级汉文文学月刊，中国五个少数民族自治区中最早创办的文学杂志，也是全国省市中最早创刊的文学刊物之一，创刊于1950年10月，16开本，刊名由郭沫若题写，主要发表蒙古族作家的作品，选登部分国内外优秀文学作品，设置"讴歌""古韵新声""小说在线""楷模""和谐之声""文谭前沿""美术"等主要栏目。

从最初创刊到蓬勃发展，《草原》聚集文艺战线上的一大批优秀作家，许多文学前辈、著名作家如韩燕如、陈清漳、孟和博彦、玛拉沁夫、安柯钦夫、敖德斯尔、张长弓、扎拉嘎胡等都在《草原》发表过作品，并从《草原》走向全国。20世纪80年代初期，《草原》创办以先锋性著称并具有极大影响力的诗歌专号——《北中国诗卷》，成为《诗刊》《星星诗刊》《诗歌报》之外中国的又一个诗歌中心，北岛、顾城、杨炼、江河、海子、韩东、韩作荣、于坚、邹静之、叶延滨等中国诗坛最具实力与影响力的诗人都曾在此发表作品。

《草原》以多种活动探索发展路径，与媒体、企业联手举办"笔会"；建设《草原》俱乐部，为作者提供互相学习、互相交流的创作基地；设立"《草原》文学奖"，扩大刊物的知名度，提高刊物质量。《草原》也以突出的成就和贡献，获得首届、第二届内蒙古出版（期刊）奖，北方十省区"中国北方优秀期刊"奖，2009年获中国期刊协会颁发的"新中国60年有影响力的期刊"称号。

《花的原野》（蒙古语读作"乌尼尔其其格"）为内蒙古自治区乃至全国蒙古语文学最早创刊、最具权威性的综合性纯文学期刊，由内蒙古自治区文联主办，创刊于1955年1月。自创刊以来在《花的原野》上发表作品的作者有3000余人，已选登10部长篇小说、近200部中篇小说、2600多篇短篇小说和散文、6000余首诗歌、1200多篇评论及其他内容的3000多篇文章，总字数达7000多万字，此外还刊登2700多帧美术、影视作品。其中，21部作品获全国少数民族文学"骏马奖"，130余篇作品获"朵日纳"文学奖和自治区"索龙嘎"文学奖。

《花的原野》以其辉煌的成就多次获得国家和自治区奖励。2005年荣获第三届"国家期刊二等奖"，北方八省区首届"十佳期刊奖"和"内蒙古自治区期刊奖"。《花的原野》文学期刊重点栏目有"小说""散文""诗歌""文学评论""名作欣赏""高原风""美丽的蒙古高原""茶余饭后""报春花""美术作品"等。《花的原野》期刊大16开本、96页，每月1日定期出版，目前已出刊453期。她除面向国内蒙古族读者发行以外，还在蒙古、俄罗斯、美国、日本、德国等十几个国家和地区发行。目前，发行数量稳步上行，读者和创作队伍不断壮大。

《金钥匙》（蒙古文）为内蒙古自治区唯一的蒙古文文学理论批评刊物，创刊于1981年，发行至全国八省区，16开本，2020年扩版增加页码至120页，由内蒙古文联和中国蒙古文学学会联合主办，全国发行。该刊全力推荐有关当代蒙古文学艺术理论研究的学术论文和评论文章，以及蒙古学诸方面的研究成果，积极培养和扶持蒙古文学理论批评人才，为促进蒙古民族文学理论的建设与发展，推动蒙古文学创作与蒙古学研究的繁荣和发展做出诸多贡献。

几十年来，该刊发表大量的有关蒙古文文学创作评论及理论研究文章，拥有近百名老中青相结合的多层次、多梯队的理论批评队伍。同时，该刊与自治区文学界和社会各界广泛联系和合作，团结和组织区内外蒙文作者及批评界同人，采取一系列积极措施，举办各种形式的学术活动，如1987年和1988年两次国际蒙古学学术会议、"蒙古族当代四十年文学研讨会""新时期蒙文诗歌研讨会"等，取得良好的学术效果和社会效果。

《金钥匙》受到国外学者的关注和评价，不仅在该刊物上刊登一些学术论文，还有日本、德国、美国、苏联、蒙古人民共和国等国家的学术团体、研究机构的专家学者给编辑部来信联系，要求学术交流或订购《金钥匙》。一些国外学者向编辑部投稿，要求通过刊物与自治区蒙古学界开展学术成果交流。1990年《金钥匙》曾获得中国当代文学学会少数民族文学期刊"园丁"奖。

《骏马》杂志创刊于1980年，由呼伦贝尔市文联主管、主办，自创刊以来，《骏马》以新观点、新方法、新材料为主题，坚持"期期精彩、篇篇可读"的理念，设置众多的栏目，内容翔实、观点新颖、文章可读性强、信息量大，被誉为"具有业内影响力的杂志"之一，获中国优秀期刊奖，现被中国期刊网数据库全文收录。《骏马》奉行"时代画卷、民族风格、文学精华"的办刊宗旨，始终坚持"二为"方向，体现"双百"方针，讴歌时代主旋律，贴近民族跳动的脉搏，发现和扶掖了以鄂温克族作家乌热尔图为首的少数民族作家队伍，包括鄂伦春族作家敖长福、空特乐等和达斡尔族女作家群，填补新时期我国少数民族文学史上的空白，并形成老中青多民族文学创作作家群体，为繁荣我国文学事业做出重要贡献。

2. 新疆维吾尔族自治区民族文学刊物

《塔里木》（维吾尔文）是新中国初期创刊的维吾尔文文学杂志，是新中国少数民族文学期刊的先驱之一，创刊于1951年，前身刊名为《新疆文艺》，由新疆维吾尔自治区文学艺术界联合会主管、主办。它不仅是新疆境内最早出版也是全国少数民族民间刊物中最早出版和发行、历史最长、发行范围广、影响较大的刊物之一，在近70年的历程中重视汉语文学和国外文学的翻译和研究工作，造就了一批世界知名的少数民族作家和评论家。

该刊始终坚持党的"百花齐放、百家争鸣"方针和"文艺为人民服务，为社会主义服务"的"二为"方向，把一大批风格多样、体裁广泛、深刻反映社会生活和人民群众精神面貌的优秀文学作品奉献给广大读者,在推动维吾尔文学艺术创作方面发挥重要作用,也为新疆维吾尔文学走向全国、走向世界搭起桥梁。

《文学译丛》(维吾尔文)杂志创刊于1960年,1966年停刊,20世纪80年代初复刊,曾一度更名为《桥》。由新疆维吾尔自治区文学艺术界联合会主管、主办,是我国唯一一本将中国现当代优秀文学作品译成维吾尔文公开出版发行的文学翻译刊物。该刊旨在向维吾尔族作者和读者翻译介绍中外古典名著和现当代优秀的中外文学作品,促进新疆少数民族文学的繁荣与发展。翻译发表的作品包括中短篇小说、诗歌、散文、报告文学、文艺随笔等,同时还译介文学评论、中外著名作家介绍等方面的文章。

70年来,该刊发表我国无数作家的有影响的优秀文学作品,为弘扬中华文化,促进维汉文学交流、文化交流,促进维吾尔文学创作,造就翻译家队伍,增进各民族之间的团结与友谊做出不可磨灭的贡献。该刊在文联党组的大力支持下,召开著名文学翻译家托乎提·巴克先生翻译作品研讨会,著名文学翻译家霍加·艾合买提优努斯先生翻译作品研讨会,自治区第一、第二届维吾尔翻译文学研讨会,第一、第二届新疆中青年文学翻译家培训班。这些活动的开展,对促进新疆翻译事业的科学发展,培养文学新人产生积极的推动作用。

《西部》创刊于1956年,前身刊名为《天山》,先后更名为《新疆文学》(1961)、《中国西部文学》(1985),由新疆维吾尔自治区文学艺术界联合会主管、主办。2001年,为响应中央提出的"西部大开发"的号召刊物改名为《西部》,定位于文学、文化刊物,高举起"展现西部开发,揭示西部魅力,弘扬西部精神"的旗帜,以发展和繁荣西部文学事业为己任。半个世纪以来,《西部》始终是培养和扶植文学新人的摇篮,杂志连续多年刊发"90后小说"小辑、"90后诗歌"小辑、"90后散文"小辑等,大力度地关注、支持90后这一新生代的文体写作。除了以上三种民族文学刊物外,还有《回族文学》等其他刊物,在此不一一赘述。

3. 延边朝鲜族民族文学刊物

《长白山》创刊于1980年5月,是吉林日报报业集团主管、主办的朝鲜文期刊中唯一的省级大型文学双月刊,原隶属通化地区文联,2005年起又隶属吉林日报报业集团。杂志被评为吉林省十佳期刊、北方地区优秀期刊、全国少数民族文学研究"园丁奖"期刊、中国期刊方阵双效期刊、国家百种重点期刊,成为我国少数民族文学期刊中的名牌期刊。

《长白山》设立文学奖,每年组织一次评奖活动,被国内外文坛所注目。奖项类别有长篇小说奖、微型小说奖和微型散文奖等,获奖的作品结集出版,为风格各异的老中青作者提供发表好作品的园地。如朝鲜族文坛最有影响的作家抗日斗士金学铁;教育家、学者、原延边大学副校长郑判龙教授;农民作家朴善锡都在《长白山》留下了印记,为朝鲜族文坛增添了耀眼的光彩。同时,为鼓励朝鲜族评论队伍,2004年起《长白山》杂志社设立"中国朝鲜族评论奖",每年评选两位,一位是评论业绩突出并已退休者，颁给终身荣誉评论奖；另一位是评论业绩突出的现职作者，颁给贡献评论奖。奖项的设立为活跃朝鲜族文坛的评论起到了积极的推动作用。

《延边文学》（朝鲜文）创刊于1951年，是延边作家协会会刊，是朝鲜语文学创作者的园地和摇篮。目前，该刊已发展成为集诗歌、小说、戏剧、评论、散文等创作体裁于一体的综合性文学月刊。《延边文学》于1980年设立文学奖，该奖项曾被命名为"天池文学奖""尹东柱文学奖"，每年颁发一次，并且设立"延边文学奖"旨在鼓励朝鲜族文学创作者出精品，推动整个文坛创作质量的提高。《延边文学》总第700期出刊纪念会暨第三十八届《延边文学》文学奖颁奖典礼于2019年7月在延吉举行。2020年11月，《延边文学》在延边成功召开第39届《延边文学》文学奖颁奖典礼，并于2021年迎来延边文学创刊70周年。

4. 宁夏回族自治区民族文学刊物

《朔方》系宁夏文联主办的省级文学月刊，是具有地域特点和民族特色的综合性文艺杂志，创刊于1959年，后几经更名，从《群众文艺》《宁夏文艺》再到现在的《朔方》。创刊以来，《朔方》认真贯彻党的文艺方针政策，立足宁夏，面向全国，推出一批批优秀的作家和脍炙人口的力作。如著名作家张贤亮的作品。《朔方》作为宁夏唯一的省级文学期刊，其定位、发展和调整都见证新时期宁夏文学的发展轨迹。此外，刊物突出"西部"和"回族"特色在刊物中的重要地位。从1979年到1984年，《朔方》发表回族作家的作品三百余件。在来稿内容和题材的择取上，《朔方》既注重作品细致描绘民族、民间的风土人情，又能强调开掘回族民众的新生活，将地域的民族的精神内涵审美性加以呈现。《朔方》是宁夏作家成长的摇篮，对于推动宁夏文学的发展和宁夏文学事业的繁荣做出显著贡献。

5. 辽宁省民族文学刊物

《满族文学》（双月刊）创刊于1980年，辽宁省作家协会丹东市文学艺术世界联合会主办，是一本公开发行的综合性双月刊。坚持文学性、当代性、民族性、可读性的办刊宗旨，立足辽宁及全国满族聚居地区，面向全国。主要刊登有关小说方阵、生命河、鸭绿江诗会、当代风采、八旗风、民间语林、索伦杆、文学圆桌等，杂志与时俱进，开拓进取，刊发的多篇首发作品获得辽宁文学奖等奖项。

（二）南方民族文学刊物

1. 云南省民族文学刊物

《边疆文艺》是云南省第一家文学期刊，于1956年1月创刊，1966年6月停刊，1978年4月复刊，1985年1月，改名《大西南文学》。1990年8月，改名《边疆文学》，沿用至今。创刊号的封面是著名画家黄永玉来云南采风时，根据石林阿诗玛优美的民间传说而创作的一幅撒尼姑娘清新、淳朴、美丽、传神的版画头像。《边疆文艺》这4个字是由鲁迅的手稿中汇集而来的。当时的《边疆文艺》，内容上着重表现边疆各族人民的现实生活，艺术形式丰富多彩，一开始就显示本刊浓郁的民族特色和强烈的时代精神。《边疆文艺》被期刊界誉为一朵"绚丽的山茶花"，《人民文学》还专门发表了一篇题为《云南的一枝山茶花》的文章予以赞扬。该刊最初的办刊宗旨是为繁荣云南省边疆地区少数民族的文学创作，培养少数民族作家作者队伍，弘扬少数民族文学事业，培养出的一批各民族作家，特别是人口较少的少数民族第一代作家，为丰富云南省的文学百花园做出卓越贡献。

《山茶》（双月刊）杂志创办于 1980 年 6 月，由云南社会科学院民族文学研究所主办，初期主要是刊登云南各民族民间神话、传说、故事、歌谣和相关文艺评论。创办以来，刊发大量富有学术价值和阅读价值的少数民族民间文学作品（发稿数约为 800 万字），培养一批民族民间文学收集者和整理者，期刊发行量最高时达到 35 万份，发行到 11 个国家和地区，对云南民族民间文学的发掘保护和发展，起到巨大作用。《山茶》刊发的作品和论文有多篇获省文艺创作基金奖和全国民间文学评奖优秀作品奖，因而荣获全国期刊"园丁奖"及省优秀期刊奖。1984 年云南民族文学所被原文化部评为"全国民族文化搜集、整理、研究先进单位"。《山茶》于 1994 年改版，改为民俗文化实录，加大图片量，增强实录感，1998 年再度改版，更名为《山茶·人文地理》。这一富于活力的策划和制作，获得国内外读者的一致赞许，期刊发行量也从改版时的两三千册跃升到一万册，影响范围开始向海内外辐射，并深受国内权威机构及媒体的好评，被推荐参加全国优秀期刊及"全国百佳刊物"的评选。2000 年第 3 期起，经国家新闻出版署正式发文批准，正式改名为《华夏人文地理》。

《勇罕》（傣文）创刊于 1981 年 4 月，由德宏州文联主办。主要设置小说、散文、诗歌、快板、民歌、颂词、故事、戏曲、长知识等栏目。《文蚌》（景颇文）创刊于 1981 年 8 月，由德宏州文联主办。主要设置小说、诗歌、散文、纪实文学、文学评论、口头文学、民风习俗、译文、美术、书法摄影、卫生科技常识等栏目。《勇罕》（傣文）、《文蚌》（景颇文）均为国家批准的公开发行期刊，是云南省 3 个国家批准公开发行民文刊物中的两个，每年发行 4 期（属季刊）。截至目前，《勇罕》（傣文）、《文蚌》（景颇文）各出版 149 期、154 期。长期以来，两刊立足于本地实际，以习近平新时代特色社会主义思想为指导，以弘扬和发展本民族文化为目标，依据思想与艺术兼优的原则，在办刊理念、栏目设置、内容选择上不断创新，做到每期有重点、栏目有亮点、页面有看点，使刊物更贴近新时代读者的脉搏，整体办刊水平不断提升，影响力呈纵深延展的态势。《勇罕》（傣文）、《文蚌》（景颇文）两个民文期刊除在州内外少数民族群众中发行外，还通过口岸、外事、商务等渠道赠阅到缅甸、泰国、印度、美国、英国等国家及我国港澳台地区，扩大中华文化的影响力，促进中外文化交流和沟通，为中华文化"走出去"做出积极的努力。

《怒江》创办于 1982 年，是云南怒江傈僳族自治州文联的机关刊物，发表州内外作者的大量文艺作品，推出一大批文艺新人。《怒江》从 2004 年第一期起改版为人文地理杂志，改进版式设计，加印彩色版，并设置"高黎彩虹""石月印痕""绿色宝库""峡谷群星""走遍四山""文化翡翠""时政点击""三江响箭""雏鹰展翅""大河之舞""金色童年"11个栏目，将展示怒江的古朴性、原生态文化作为己任，深受州内外读者作者的喜爱。

2. 广西壮族自治区民族文学刊物

《三月三》由广西壮族自治区民委、民语委主办，分为汉文版（创刊于1983年）和壮文版（创刊于1987年）。该刊既是广西少数民族文学的阵地，也是培养壮族等少数民族作家的平台。创刊以来，刊登大量的壮族、瑶族、仫佬族等少数民族作家的诗歌、小说、民间故事、民歌、民间戏剧和文艺评论，对广西少数民族文学的发展起到促进作用。该刊的壮文版名为《Sam Nyied Sam》，是全国唯一的壮文刊物。设有壮人小说、壮乡美文、壮族精英、乡间戏台、三月三歌圩、文化教育、评论、美术、摄影等栏目，刊登了大量壮文诗歌、小说、散文、报告文学和介绍壮族历史文化的文章。该刊与《广西民族报》壮文版互相配合，刊登壮文作品，包括它们的前身《壮文报》在内，迄今已经刊登长、短篇壮文文学作品两万多篇。"三月三歌圩"栏目每期都刊登壮族民歌，对壮族歌海的传承起重要的作用。

3. 西藏自治区民族文学刊物

《西藏文学》原名《西藏文艺》于1965年创刊，1966年停刊，1977年复刊。创刊以来，《西藏文艺》发表一百多位藏族、汉族等知名作家的作品，发表小说、诗歌、散文、评论等文学作品近三千三百万字。从1977年到1987年的第一个10年里，《西藏文学》发生从量到质的变化。1982年第6期，《西藏文学》刊发扎西达娃的小说《白杨林，花环，梦》和金志国的小说《梦，遗落在草原上》等作品，在文学界引起较大反响，西藏文学的一度辉煌由此滥觞。1983年第1期，龚巧明发表评论文章《这片绿色的土地》，评介益希单增等7位在全国文坛崭露头角的藏族作家，该期同时建立"雪野诗"专栏。1984年更名为《西藏文学》后，一个综合性的文艺刊物变为一个纯文学刊物，确立《西藏文学》的纯文学身份。1985年第6期，刊物推出"魔幻小说特辑"，发表扎西达娃、色波、刘伟、金志国、李启达5位作者的小说。在此，西藏已经产生魔幻现实主义小说、雪野诗等具有西藏风格和西藏特点的文学作品，作家队伍蔚为壮观。

1987年至1997年的第2个10年里，《西藏文学》保持创刊以来的一贯传统，不遗余力地发现和培养年轻作者，吸引区内外知名作家的优秀作品。在这个时期，《西藏文学》先后推出两个青年作家小说专号，共发表23篇小说，并配有编者的评论。同时，还创办"太阳城诗"专栏，出版两期诗歌专号。1997年后，《西藏文学》进入第3个10年。这个时期是《西藏文学》艰难守成时期，也是寻找新的突破和提高的时期。经过一个阶段的盲目跟风的改版实践后，《西藏文学》再一次回到它纯文学的身份地位。

4. 四川民族文学刊物

《凉山文学》（彝文版）创刊于1980年，是我国唯一公开发行的彝文文学期刊，每季末出刊，开设栏目主要有诗歌、小说、散文、翻译、学生园地、民间文学、评论、艺术园地等。自1980年创刊以来，以鲜明的民族特色和地域特色深受广大民族文化爱好者、研究者的喜爱，在繁荣彝语言文学、挖掘整理介绍彝族的民间文化遗产、培养彝语言文学新人等方面做出卓越成绩。

5. 贵州民族文学刊物

《山花》由贵州省文联于1950年创刊，是贵州唯一公开发行的文学期刊，曾多次入选全国中文核心期刊。该刊经1994年改版后，始终坚持"融文学精品与前卫艺术于一炉"，除纯文学文本外还提供美术、摄影等方面图片，并推出相关前沿理论与批评；既凸显文学精神，又聚焦视觉人文新趋势，使其成为独具特色的文学艺术杂志。

全国各省区刊登少数民族文学作品的刊物还有很多，除期刊外，还有汉文版和少数民族文字版的报纸。特别是国家级的报刊《中国民族报》，2001年1月创刊，由民族要闻、宗教周刊、民族世界三大板块构成。民族世界以民族文化为切入点，围绕少数民族地区的物质文化和非物质文化遗产为中心，展示少数民族民间文学、音乐、舞蹈、民间艺人等风貌。国家民委系统的民族出版社、《中国民族》发行部、民族翻译局等单位，都对推动少数民族文学的发展做出贡献。

第四节 全国少数民族文学创作"骏马奖"

"骏马奖"是由中国作家协会和国家民族事务委员会共同主办的少数民族文学的国家级文学奖。其评选范围涵盖少数民族作家用汉文或少数民族文字出版的长篇小说、中篇小说、短篇小说、诗歌、散文、报告文学、理论评论、翻译等。自1981年成立至今，骏马奖已经连续评选十二届，对推动少数民族文学的繁荣发展，促进中华各民族的交往交流交融，筑牢中华民族共同体意识，维护和巩固国家统一、民族团结具有重要意义。下面是历届骏马奖概况：

1. 第一届1981年

1980年由国家民委与中国作协联合召开的全国少数民族文学创作会议，是中华人民共和国成立后第一次规模空前的少数民族文学盛会，来自48个民族的102名代表参加。这次大会全面总结了中华人民共和国成立30年来少数民族文学的成就、经验和不足，对少数民族文学发展提出了更高的要求——"努力使我国少数民族的文学创作有一个更大的繁荣和提高，以便更好地担负起伟大时代赋予我们的光荣使命"。这次会议在少数民族文学发展史上具有重要意义。

1981年12月30日，全国第一届少数民族文学创作"骏马奖"颁奖大会在北京人民大会堂举行。中国作家协会和国家民族事务委员会联合召开首届全国少数民族文学创作会议，会议决定设立由中国作协和国家民委共同主办的全国少数民族文学创作评奖,由政府部门参与举办评奖,这是全国少数民族文学创作"骏马奖"区别于茅盾文学奖、鲁迅文学奖以及全国儿童文学奖等奖项的重要特征。全国少数民族文学创作奖由此诞生。这次评奖范围是 1976—1980 年间在中国内地发表的少数民族作家作品。此次总共评选出获奖作品 140 部,是历届获奖作品最多的一届。获奖种类非常丰富,有长篇小说 7 部、中篇小说 6 部、短篇小说 31 部、长诗 17 部、短诗 42 部、散文 14 部、儿童文学 10 部、报告文学 4 部、电影文学 4 部和剧本 5 部。但是,相较之后几届的奖项评选,首届评奖没有设评选翻译奖。

第一届获奖作品主要体现了现实主义创作方法的回归与艺术创新的探索。获奖作家经历了深厚的生活积淀和丰富的经历,使他们的作品感情真挚,内容充实,沉郁深厚,人物形象鲜明,容易引发读者的共鸣。由于时代的原因,作家对革命战争先烈的缅怀以及对战争带来的悲痛之情,都真实地表达在作品中,并体现出对新中国成立的渴望和希冀。

2. 第二届 1985 年

1985 年,全国第二届少数民族文学创作"骏马奖"颁奖大会在北京人民大会堂举行。本届共有 120 部作品获奖(包含翻译奖)。获奖作品中,有荣誉奖 13 部,其中诗集两部、中篇小说两部、短篇小说 7 部、报告文学两部。获奖作品共 107 部。其中有长篇小说 4 部、中篇小说 12 部、短篇小说 37 部、长诗 4 首、短诗 28 首、散文 10 部、报告义学两部、评论 5 部,以及 5 位翻译家获奖。本届总获奖民族中有 14 个人口较少民族(景颇族、土族、裕固族、鄂伦春族、仫佬族、锡伯族、撒拉族、阿昌族、柯尔克孜族、乌孜别克族、保安族、德昂族、京族和达斡尔族)获奖占总获奖民族数的 34%,相比于第一届人口较少民族获奖数占总获奖民族数 26% 得到了大幅提升。

之所以人口较少民族获奖比例提升,是因为冯牧在第二届全国少数民族文学创作奖颁奖典礼上说,"我们还应当特别热诚地关心、培养和扶植那些人口较少的民族发展本民族的文学,以改变目前事实上存在着的各民族文学发展的不平衡现象"。[①]

全国少数民族文学创作"骏马奖"第二届除了着重照顾民族平衡之外,还第一次设立了"翻译奖"。1985 年,第二届全国少数民族文学创作评奖通知规定,"为了加强当代少数民族文学作品的翻译工作,鼓励翻译工作者,推进各民族间的文学交流本届增设当代少数民族文学翻译奖。翻译文字包括少数民族文字译成汉文,汉文译成少数民族文字以及两种少数民族文字互译。所译原著必须是当代少数民族文学作品,不包括古典、现代、外国和民间文学作品。译者的民族成分不限。"翻译奖的设立,大大有助于少数民族文学文化的传播和发展。

[①] 向贵云:《全国少数民族文学创作"骏马奖"评奖特征考察》,载《扬子江评论》2014 年第 3 期,第 59—64 页。

3. 第三届 1987 年

1987 年，全国第三届少数民族文学创作"骏马奖"颁奖大会在北京人民大会堂举行。评奖范围是 1985—1987 年间在中国内地发表的少数民族作家作品，总共评选出获奖作品 83 部。有长篇小说 6 部、中短篇小说 25 部、诗集 14 部、散文集 6 部、报告文学 1 部、儿童文学 3 部、评论集两部、翻译 4 人、特别奖 22 部。

自第三届起便要求以作品集参评，但对人口较少民族和文学新人一直持照顾政策，不但允许其以单篇作品参评，而且在各奖项的具体评选工作中给予其照顾，设"特别奖"，照顾文学创作水平较低的民族。① 如第六届评奖委员会副主任吉狄马加在接受记者采访时说，"考虑到各民族文学创作发展的不平衡现状，对人口较少的少数民族地区作家的作品，如获奖的塔吉克族作家阿提克木·则米尔的小说集《冰山之心》、达斡尔族女作家阿凤的小说集《木轮悠悠》、阿昌族作家罗汉的小说集《父亲之死》、傈僳族诗人杨泽文的诗集《回望》等，本届都给予了足够的关注。"谈到今后少数民族文学创作的发展，吉狄马加说，"少数民族文学创作仍发展不平衡，水平参差不齐，需要共同繁荣"。

第三届全国少数民族文学创作评奖设"特别奖"，规定"凡推荐作品而未列入获奖篇目的民族，均择优选一篇作品获特别奖"。本届共评出特别奖 22 个（其中"人口较少民族"占 15 个），用以鼓励文学创作水平较低的民族积极参赛。但因"特别奖"要求照顾的面比较广、照顾的度比较大，这势必影响整个文学创作"骏马奖"在公众中的公信度，故同样性质的"特别奖"此后没有再设立。

4. 第四届 1990 年

1990 年，全国第四届少数民族文学创作"骏马奖"颁奖大会在北京人民大会堂举行。本次获奖作品一共 99 部（包含翻译奖），其中，有长篇小说 6 部、中短篇小说集 28 部、诗歌集 25 部、散文及报告文学集 11 部、评论集 4 部、儿童文学集 3 部、翻译奖民译汉 6 人。其中，还有新人新作 16 部。从中可以看出，第四届全国少数民族文学创作"骏马奖"对少数民族文学创作新人新作的鼓励力度之大，激励并涌现了为数众多的新人参与到中国少数民族的文学创作中来。

在第四届"骏马奖"的奖项中，少数民族母语作品获奖数（包含翻译奖）共 34 部，获奖作品中使用少数民族母语创作的比例高达 34%，第二届"骏马奖"获奖作品中使用少数民族母语创作的比例为 32%，第三届比例为 28%，可见第四届此比例达到前几届的最高值，体现出在"骏马奖"设立之后，全国少数民族文学创作中使用少数民族母语进行创作之风越来越盛行，加之以"骏马奖"对少数民族母语创作的重视程度和扶持力度，国内少数民族母语创作逐渐呈现欣欣向荣的态势。②

---

① 李翠芳：《全国少数民族文学创作"骏马奖"的文化现象反思》，载《当代文坛》2017 年第 3 期，第 54-57 页。

② 向贵云：《全国少数民族文学创作"骏马奖"评奖特征考察》，载《扬子江评论》2014 第 3 期，第 59-64 页。

5. 第五届 1994 年

1994 年，全国第五届少数民族文学创作"骏马奖"颁奖大会在北京人民大会堂举行。评奖范围是 1991 至 1993 年间在中国内地发表的少数民族作家作品，总共评选出获奖作品 63 部。在这一届评奖过程中，通过各民族作家的共同努力，少数民族文学创作评奖实现了 55 个少数民族都有作家获奖的历史性大团圆。一些人口较少的民族，如阿昌族、佤族、普米族、塔塔尔族、珞巴族等，也涌现出了自己的获奖作家和诗人。这是中国少数民族文学界值得纪念的一届评奖，我国 56 个民族共同发展，中国文学一齐前进。

本届获奖作品数量相较前四届获奖作品明显减少，总共评选出获奖作品 63 部。主要有长篇小说 8 部、小说集 14 部、诗集 10 部、散文集 7 部、评论集 7 部、报告文学集 3 部、儿童文学集 1 部、翻译奖 3 人。新人新作散文 3 部、小说 4 部、诗歌 3 部。

6. 第六届 1998 年

1999 年，第六届"全国少数民族文学创作奖"正式更名为"全国少数民族文学'骏马奖'"。第六届"骏马奖"总获奖作品数共 63 部（包含翻译奖），其中，特别奖 1 部、长篇小说 7 部、中短篇小说集 15 部、诗集 14 部、散文集 10 部、报告文学 2 部、儿童文学 4 部、理论评论集 5 部、翻译奖 5 名。

第六届"骏马奖"总获奖数（包含翻译奖）共 63 部，相比于第二届的 120 部、第三届的 83 部、第四届的 99 部、第五届的 63 部，是总获奖数最少的一届，但是，获奖作品中少数民族母语创作所占比例却高达 40%，是第二届至第六届中占比最高的一次，由此可见，评奖标准提高的同时获奖作品中使用少数民族母语创作的作品不断增加，其创作质量不断提高，体现了少数民族母语文学创作的强劲实力。

7. 第七届 2002 年

2002 年 9 月 9 日，全国第七届少数民族文学创作"骏马奖"颁奖大会在北京人民大会堂举行。共有来自全国的 17 个省区市、21 个民族的 56 位作家、55 部作品获奖，其中长篇小说 6 部，中、短篇小说集 17 部，诗集 10 部，散文集 9 部，报告文学 3 部，儿童文学两部，理论、评论集 4 部，翻译奖 4 人。本届获奖作品努力弘扬民族精神、维护祖国统一和民族团结同时还具有以下几方面特点：

一是作品的思想性、艺术性俱佳。作家用发自肺腑的诚挚情感歌颂各民族平等、团结、互助的亲密关系，用最为动人的语言赞美祖国的稳定统一，用昂扬激奋的笔触反映改革开放的巨大成就。作品中浸透着强烈的爱国主义激情给人以美的享受，给人以信心和力量。

二是少数民族语种文学创作保持了较好的发展势头。共有 22 部作品获奖，占获奖作品的 40%，充分显示了少数民族语言文字的魅力，同时也说明我国各民族语言文化得到了充分的尊重和发展。

三是少数民族文学新人成长较快。其作品起点高，有锐气，出手不凡。特别是一些青年作家第一次创作某一门类作品就获了奖，表现出了一定的创作实力和发展潜质。在文学界有影响的老作家创作热情高涨，其作品的艺术功力不减当年。

四是少数民族女作家获奖人数增加。这次共有11名女作家获奖，占获奖作家的19.6%，这客观地反映了少数民族作家队伍整体上已趋于成熟。

五是长篇小说创作成绩喜人。作品的整体数量和质量有较大提高，作家在驾驭现实生活、表现时代精神、拓展题材、开掘主题和艺术手法的运用上表现出了较强的实力，体现了少数民族文学发展的整体水平。①

2004年，在中宣部"对中国作协《关于申报全国性文学评奖项目的报告》的批复"中，全国少数民族文学创作"骏马奖"被定为国家级文学奖。逐渐地，随着评奖机制的不断完善，"骏马奖"终于成为中国少数民族作家最重要的文学大奖。全国55个少数民族都有了自己民族的获奖作家，许多民族形成了本民族的作家群。

8. 第八届 2005 年

2005年，第八届"全国少数民族文学'骏马奖'"在评奖时进一步更名为"全国少数民族文学创作'骏马奖'"，并一直沿用至今。第八届"骏马奖"总获奖数（包含翻译奖）共31部，其中包括长篇小说5部、中短篇小说集5部、诗集5部、散文集5部、报告文学5部、理论评论集5部，以及翻译奖1位。

第八届"骏马奖"针对获奖的总数做出了调整，共设有长篇小说，中、短篇小说集，散文集，诗集，报告文学集，评论、理论集，翻译奖7大门类（翻译奖只评翻译家不评作品），其中，设定每个门类的获奖作品不得超出5部，这在很大程度上保证了获奖作品的质量得到保证。最后，经过评委会的精心评选，在来自全国各地的343部参选作品中评选出32位优秀的少数民族作家。

第八届少数民族文学创作"骏马奖"获奖作品凸显了民族文学创作的新亮点。中国作协党组成员、书记处书记、评奖会主任委员吉狄马加说："本次获奖作品民族特色浓郁、题材广泛、内容丰富，其中关注现实、反映我国新时期以来社会现实生活及'三农'题材的作品占有较大比重。"②

少数民族文字创作的作品10部，占获奖作品的33%。从数量和质量上，与前几届获奖作品相比，整体水平有所提高。纵观第八届"骏马奖"获奖作品，可以看出其整体水平与全国文学创作保持了同步，并且在此基础上，各民族作品生动地反映了少数民族人民投身改革开放、投身社会主义现代化建设的良好精神风貌，以及尽快步入现代化的迫切心愿。

9. 第九届 2008 年

2008年11月16日，全国第九届少数民族文学创作"骏马奖"颁奖典礼在贵阳大剧院隆重举行。本届评奖工作坚持以马列主义、毛泽东思想、邓小平理论和"三

---

① 阿昌：《全国第七届少数民族文学"骏马奖"在京颁奖》，载《中国民族》2002年第10期，第41页。
② 赵芳、陈湘：《21世纪民族文学的华彩乐章——全国第八届少数民族文学创作"骏马奖"颁奖活动暨首届西部少数民族文学节综述》，载《今日民族》2005年第12期，第5-7页。

个代表"重要思想为指导,深入贯彻科学发展观,遵循文艺"为人民服务、为社会主义服务"的方向,贯彻"百花齐放、百家争鸣"的方针,从参评的320部作品中,共39部作品获奖,评出长篇小说5部,中、短篇小说集5部,诗集7部,散文集5部,报告文学集3部,理论、评论集5部,人口较少民族特别奖5部,少数民族文学翻译奖4人。

在第九届全国少数民族文学创作"骏马奖"颁奖典礼上,中国作协主席铁凝指出,从本届获奖和参评作品中可以看到少数民族作家更自觉承担起历史赋予作家的责任,看到少数民族作家对于塑造民族品格、弘扬民族精神的积极努力,看到少数民族作家更加关注本民族所面临的保持民族文化独特性与生存发展的问题。从本届参评作品可以看出,我国少数民族文学创作母语写作的数量呈上升趋势,反映的民族问题非常具有时代感,并且贴近生活,涉及了少数民族人民生活状况和未来发展前景,少数民族作家将本民族的命运与改革开放联系在一起,使得作品非常具有深度。由此可见,少数民族文学创作已经进入了蓬勃发展的阶段。

10. 第十届 2012年

2012年9月19日,全国第十届少数民族文学创作"骏马奖"颁奖典礼在北京国家大剧院举行。本届共有235部作品参评,最终25部作品(长篇小说、中短篇小说、散文、诗歌和报告文学获奖作品各5部)和4位翻译家获奖,涵盖了15个民族。

本届评奖实行了两大变革:一是为了体现评奖的公平和公正,第十届全国少数民族文学创作"骏马奖"的具体组织工作划归中国作协创作研究部负责(创作研究部同时负责茅盾文学奖、鲁迅文学奖和全国儿童文学奖等奖项的评奖工作),开始实行由长期关注少数民族文学创作的研究者、组织者和翻译家组成的49人大评委制,并通过中国作家网、《文艺报》等媒介及时向公众公开评奖的各个环节;二是为了调动少数民族作家用民族语言创作的积极性,明确民族语言创作应占获奖总数适当比例。

2012年举办第十少数民族文学创作"骏马奖"没有再设"人口较少民族特别奖",但2012年2月修订定稿的《全国少数民族文学创作"骏马奖"评奖条例》在"评选标准"中仍然明确要求"扶持人口较少民族文学创作",这个基本方针是依旧未变的。以上这些措施都见证着全国少数民族文学创作"骏马奖"正逐渐走向透明化和规范化。

从本届获奖作品来看,各少数民族的文学创作都不同程度地反映出在中国共产党领导下全面推进中国特色社会主义伟大事业,共创幸福美好生活的崭新精神风貌。

11. 第十一届 2016年

2016年9月27日,第十一届全国少数民族文学创作"骏马奖"颁奖典礼在北京中国现代文学馆举行。中国作协主席铁凝,中国作协党组书记、副主席钱小芊,中国作协副主席李冰,中宣部副部长景俊海,国家民委副主任李昌平,中国作协名誉副主席丹增,中国少数民族作家学会名誉会长玛拉沁夫,以及在京参加中国作协八届十次主席团扩大会议的全体同志出席颁奖典礼。

本届骏马奖的评选范围是少数民族作者用汉文或少数民族文字创作、2012年1月1日至2015年12月31日期间在中国大陆地区首次成书出版、符合评选体例要求的作品；评选年限内出版中国当代文学汉文或少数民族文字翻译作品的译者，不限民族，均可参加翻译奖的评选。从符合申报条件的309部参评作品和12名译者中进行严格评选，最终共有24部作品和3名译者获奖。本次共27部作品获奖，其中长篇小说5部、中短篇小说5部、报告文学4部、诗歌奖5部、散文奖5部、翻译奖3人。

与上届相比，在题材的广泛性、艺术风格的多样性和写作的质量方面显著提升。与少数民族地区特有的历史文化相匹配，参评的诗集中少不了非个人化题材的作品，如何永飞的《茶马古道记》、羊子的《静静巍峨》、舒洁的《仓央嘉措》、阿吉肖昌与阿苏的《喜利妈妈》等，都是着眼民族历史、讲述地域文化的作品。像《茶马古道记》，以串珠式的结构，串起了这条西南地区千年生命线上的自然山川、人文风物、历史民俗、人物传奇，用生动的笔触将之熔于一炉，再现了它作为生命之路与文化之路、通商之路与血缘纽带之路的神奇与壮美。

12. 第十二届 2020年

2020年8月12日，第十二届全国少数民族文学创作"骏马奖"评奖委员会第一次全体会议在北京举行。本次评奖的征集工作于2020年3月1日启动，5月31日截止，共有376部作品和20名译者符合参评条件。2020年8月23日上午，第十二届全国少数民族文学创作"骏马奖"评奖委员会经投票表决，产生了30部获奖作品（包括翻译奖）。获奖作品中，长篇小说、中篇小说、报告文学、诗歌、散文各5部，获奖翻译家共5位。

本届"骏马奖"于2020年举办，正值我国决胜全面建成小康社会、决战脱贫攻坚之年。因此，各个优秀的少数民族文学创作者，纷纷在文学创作中见证了新时代的社会新面貌。

附录：民族文学 70 年大事记

1949 年

7月14日，中华全国文学艺术工作者代表大会通过了《中华全国文学艺术界联合会章程》，其内容明确规定："开展国内各少数民族的文学艺术运动，使新民主主义的内容与各少数民族固有的文学艺术形式相结合。各民族间互相交换经验，以促进新中国文学艺术的多方面的发展。"

9月，茅盾在为《人民文学》创刊号起草的《发刊词》中，先后提到"少数民族文学""少数民族的文学""各少数民族的文学"三个概念，是为"少数民族文学"概念之始。此文刊于1949年10月25日出版的《人民文学》创刊号上，故1949年10月25日当是"少数民族文学"正式面世之日。

1950 年

5月，乌兰夫被任命为中央民族学院（中央民族大学前身）院长，9月开办第一个藏文培训班，教学中使用了藏族文字资料，可视为少数民族文学学科的萌芽。1952年中央民族学院语文系成立，标志少数民族语言文学学科的诞生。

自1951年中央民族学院学生开始参加少数民族历史文化、民族识别与论证、民族语言文字三大调查，到1961全校先后出动师生5200多人，搜集到的大批少数民族历史文化材料中，有相当一批少数民族文学材料，为少数民族语言文学学科打下坚实的基础。

1955 年

"五一"劳动节之后，中国作家协会副主席、满族作家老舍代表中国作家协会邀请彝族、侗族、东乡族、维吾尔族、蒙古族、苗族、朝鲜族、汉族、哈萨克族14位同志座谈中国少数民族文学问题。这次座谈涉及"民族文学遗产和新文学的兴起""开展搜集、整理、研究工作""翻译问题""创作问题"等几个方面。

1956 年

2月27日，中国作家协会副主席、满族作家老舍先生在中国作家协会第二次理事（扩大）会议上，作了《关于兄弟民族文学工作》的报告，第一次系统、全面地阐述了中国少数民族文学问题。

3月，毛泽东在一次会议上指出要在全国范围内开展少数民族社会历史调查。

4月，全国人大民族委员会制定出《关于在少数民族地区进行各民族社会历史情况调查研究工作的初步规划》，此项工作以少数民族社会历史调查为核心、少数民族民间文学调查为辅助，并一直持续到1964年才结束。

1958 年

7月17日，中共中央宣传部召开座谈会，确定编写少数民族文学史或文学概况，"少数民族文学"这一概念被正式提出。会上确定今后的编写工作由中国科学院文学所负责。参加全国民间文学工作者大会的各省、市、自治区的部分代表出席了会议。会上提出了"全面搜集、重点整理、大力推广、加强研究"的民间文学工作方针。

同年，中共中央宣传部提出要编写"三选一史"：民间故事选、民间叙事长诗、民间歌谣选、少数民族文学史。

同年，中国民间文艺研究会、各省区市分会及地方民族学院以及民族地区相关院校的中文系组成的调查组和实习队，深入少数民族地区，承担记录、搜集少数民族民间文学的任务，成绩斐然。

1959 年

云南大学中文系成立了少数民族语言文学专业，这是中国第一个地域性少数民族语言文学专业，并先后招生三届学生，为我国培养了一批民间文学专业人才。

1960 年

60代初，一些省市成立了少数民族文学工作委员会，如湖南省少数民族文学工作委员会，组织了民间文学调查团，深入土家族苗族地区，搜集民间故事、歌谣等民间文学资料，汇编成《湘西民间文学资料》4集。

8月，中国社会科学院文学研究所在全国第三次文代会期间，召开第二次少数民族文学史编写工作座谈会。会议对此前的文学史编纂工作进行了总结，并对下一步工作进行了规划，决定召开少数民族文学史初稿讨论会以对白族、苗族、蒙古族的文学史进行讨论。会后，贾芝撰文《祝贺各兄弟民族文学史的诞生》，刊于《文艺报》8月号。

1961 年

3月25日—4月20日，中国科学院文学所组织的少数民族文学史讨论会在京召开，云南、内蒙古、贵州、新疆、青海、甘肃、宁夏、广西、湖南、湖北、福建、吉林、黑龙江等地区的少数民族文学史或文学概况工作的负责人和部分编写者以及在京有关单位的人员 70 余人与会。会议由何其芳、贾芝主持,中宣部副部长周扬、原文化部副部长徐平羽到会做了报告。

4 月 17 日,民族文学史编撰负责人何其芳、周扬、翦伯赞、马学良等作了发言,各民族文学史编写组对所承担的民族文学史的相关问题进行了深入的探讨。

这次会议是一个学术性的讨论会,也是一个工作会议。会议的任务是结合对于三部文学史(《内蒙古文学简史》《白族文学史》《苗族文学史》)的讨论,探讨编写少数民族文学史和文学概况的原则问题,并交流工作经验,制订今后的工作计划,以期有助于已写出的少数民族文学史的修改和推动还未写出的少数民族文学史或文学概况的早日完成。会议议题包括少数民族文学史的分期断代问题、古今比例问题、两种文化的问题、对作家作品的评价问题,以及口头文学的搜集、记录、翻译、整理等问题。会上制定了《中国各少数民族文学史和文学概况编写出版计划(草案)》。

到 60 年代初,在少数民族文学研究工作者的积极努力下,就已编写出版了《白族文学史》《纳西族文学史》《藏族文学史》《广西壮族文学》等。20 世纪 80 年代,该项工作继续推进。

1978 年

9 月,云南大学中文系成立少数民族民间文学教研室,学生从七七、七八级到八四届都到云南各少数民族地区和村寨搜集民间文学资料,成果显著。

10 月,西北民族学院组织在兰州召开的"《中国少数民族文学作品选》教材编写及学术讨论会",成为十年动乱后中国少数民族文学界的第一声春雷,在中国文学研究领域具有重要意义。这次会议是全国少数民族文学工作者第一次规模盛大的聚会,对全面开展少数民族民间文学和作家文学研究起了动员和组织作用。这次会议后,在全国少数民族文学工作者的积极努力下,编辑出版了高等院校教材《中国少数民族文学作品选》(马学良主编),这是全国第一部包括 55 个少数民族民间文学和作家文学的选集。

12 月,党的十一届三中全会胜利召开,为少数民族文学的恢复和发展提供了良好的前提和保障。至此,中国少数民族文学发展迎来了"黄金时代"。

1979 年

2 月,中国社会科学院文学研究所(原中国科学院文学研究所),在昆明召开第三次全国少数民族文学史编写工作会议。到会的有云南、贵州、四川、西藏、新疆、青海、甘肃、宁夏、内蒙古、黑龙江、吉林、广西、广东、湖南、福建 15 省区和国家民委、中国民间文艺家协会、中央民族学院、人民文学出版社、上海文艺出版社、中国青年出版社等单位代表,会上完成了 7 项任务,其中决定编写《中国少数民族文学概况》一书。

6月，中国少数民族文学学会于1979年6月在四川成都成立。名誉理事长周扬，贾芝任学会理事长。同时召开第一届年会。这是国内第一个全国性的民族文学研究组织。作为一个专门从事少数民族文学研究的群众性学术团体，学会以团结中国少数民族文学研究工作者，开展科学研究和学术交流，促进少数民族文学的发展和繁荣为宗旨，在全国发展会员并定期召开学术年会和专题学术讨论会，加强少数民族文学研究，推动少数民族文学的学科建设。会员入会2000多名。

本次会议上，与会代表讨论了少数民族民间文学教材编写问题，觉定各地分工协作共同编选一套《中国少数民族文学教材作品选》。

9月25日，中国社会科学院少数民族文学研究所成立，从此少数民族文学界有了最高的研究机构。经中国社科院院长胡乔木同志提名，第一任所长为贾芝，副所长马学良。少数民族文学所第一届学术委员会主任委员由刘魁立兼任、副主任委员由仁钦道尔吉兼任。这是国内首次成立国家级的民族文学研究机构、藏族及青藏地区各民族文学研究室、内蒙古及东北地区各民族文学研究室、南方地区各民族文学研究室和《格萨尔》研究室，出版专门性的少数民族文学研究季刊《民族文学研究》。云南、新疆、内蒙古等省（自治区）的社会科学院还专门成立少数民族文学研究所。这样，就是少数民族文学研究成为一门独立的新学科。

1979年起，上海文艺出版推出全国规模的"少数民族民间文艺丛书"故事和歌谣两个系列。

20世纪70年代末到80年代初，《光明日报》等刊物对"少数民族文学"的定义和范围展开了热烈的讨论，许多学者都发表了自己的看法，大大推动了少数民族文学的研究工作。

1980年

7月，钟敬文主编《民间文学概论》作为全国高校文科教材，由上海文艺出版社出版。

12月，吴重阳、陶立璠编写《中国少数民族现代作家传略》由青海人民出版社出版。以后连续出到三集，收入300多位少数民族作家小传。

1981年

1月，由中国作协创办专门发表少数民族作家作品的全国性刊物《民族文学》创刊，这是我国唯一的全国性少数民族文学月刊。《民族文学》认真贯彻"双百方针"，始终坚持"二为方向"，不断推出精品力作，发现培养少数民族文学新人，成为繁荣发展我国少数民族文学，培养壮大少数民族作家队伍的重要园地。从这里成长起一大批在国内外具有影响的少数民族作家，许多作品已被翻译介绍到国外，对推动中国少数民族文学事业的繁荣发展发挥了十分重要的作用。

1981年，"骏马奖"设立。全国少数民族文学创作奖"骏马奖"，是由中国作家协会、国家民族事务委员会共同主办的少数民族文学的国家级文学奖。这一奖项的设立，体现了党的民族政策，体现了中华各民族的大团，体现了各民族文学交流互补，共同繁荣的盛世气象，对中国的改革开放和祖国的统一将发挥积极的推动作用。

第一届少数民族文学创作评奖活动得到了社会的高度重视，评奖活动中涌现了大量优秀的作家和作品，如张承志的短篇小说《骑手为什么歌唱母亲》、中篇小说《阿勒克足球》；孙建忠的中篇小说《甜甜的刺莓》、短篇小说《留在记忆里的故事》；乌热尔图的短篇小说《瞧啊，那片绿叶》；玛沙叶欣的剧本《陈毅市长》拉沁夫的电影文学《祖国啊！母亲》；沙叶欣的剧本《陈毅市长》等。第一届少数民族文学创作评奖活动引起了很大反响。

7月30日至8月5日，云南省召开了民族民间文学工作者第一次代表大会。会议期间，根据云南省从事民族民间文学研究和教学工作的同志们的要求，中国少数民族文学学会云南分会成立大会于8月3日举行。来自全省各地的六十多位同志出席了会议。会议听取了分会筹备组所作的工作报告，制订了章程，选举了领导机构。到会同志认真讨论了新中国成立以来我省少数民族文学研究工作的情况，总结了主要的经验教训，并对今后工作的开展作出了规划。

期间，《蒙古族文学简史》（齐木道吉、梁一儒、赵永铣）、《苗族文学史》（田兵、刚仁、苏晓星、施培中）出版。

9月，中央批准国家民委少数民族古籍整理出版办公室起草的文件《关于抢救整理少数民族古籍的指示》，此后广西、云南、贵州等省区先后成立相应机构，开展抢救保护民族工作。

同年，中央民族学院语文系建立了语言学、藏缅语族语言文学、壮侗语族语言文学、苗瑶语族语言文学、蒙古语族语言文学、突厥语族语言文学6个硕士点，这是中国的第一批少数民族语言文学硕士点，从此开始招收少数民族文学族别硕士生。

1982 年

4月，中国作协召开书记处会议，将中国少数民族文学创作奖正式定为每3年举办一届，全国少数民族文学创作会议每5年举办一届。

《壮族文学概况》（胡仲实）出版。

1983 年

3月7日，中宣部发函批复，编写少数民族文学史、文学概论的任务移交给新成立的少数民族文学研究所。

4月，中国少数民族文学学会在广西武鸣召开了第二届年会，会后参加壮族三月三歌圩，对壮族民间文化进行了调研。

4月18日，在第二届年会期间，由王平凡主持，邀集50多人举行少数民族文学史、文学概论座谈会。

7月—8月，中国少数民族文学学会和中国民俗学会在北京联合举办了全国民俗学和少数民族民间文学讲习班。这届讲习班是在我国老一辈民俗学家钟敬文等教授的建议和主持下举办的，目的是为了适应全国民俗学研究工作的进一步开展，培养中青年民俗学和少数民族文学工作者。当时授课的专家学者有费孝通、钟敬文、常惠、常任侠、杨成志、杨堃、罗永麟、张紫晨、刘魁立、王文宝、柯杨等20多位知名学者。

《白族文学史》（张文勋主编，修订本）、《布依族文学史》（田兵等主编）出版。

11月，由中国社科院民族文学研究所主办的《民族文学研究》创刊，成为第一个全国性的民族文学研究杂志，是我国民族文学研究最重要的学术阵地。

同年，中央民族学院建立了藏缅语族语言文学博士点，这是中国第一个少数民族语言文学博士点，从此可以招收少数民族族别文学博士研究生。1985年，该点升格为中国少数民族语言文学博士点。

1984年

2月28日，《中共中央宣传部关于加强少数民族文学研究和搜集工作的通知》出台。

5月28日，由原文化部、国家民委和中国民间文艺研究会（现称中国民间文艺家协会）共同签发了《关于编辑出版〈中国民间故事集成〉〈中国歌谣集成〉〈中国谚语集成〉的通知》，自此我国文化史上史无前例的规模最大、普查面最广、参加人数最多、成功最显著的一项伟大工程开始。中国民间文学三套集成的体例分省立卷，共计90余卷，每卷120万字（个别卷本240万字），共计1.1亿字。三套集成总主编是周扬，副总主编（以姓氏笔画为序）马学良、任英、林默涵、周巍峙（常务）、钟进文（常务）、许钰、张紫晨、陈子艾、贺嘉；《中国歌谣集成》主编贾芝，副主编陶建基、张文；《中国谚语集成》主编马学良，副主编陶阳。

11月，中国社会科学院少数民族文学研究所主持召开第四次少数民族文学编写工作座谈会。确定编撰出版《中国少数民族文学史文学概况丛书》。

《白族文学史略》（李缵绪著）出版。

1985年

8月10日—15日，中国少数民族文学学会在乌鲁木齐市召开了第三届年会。来自17个省（区）、市的汉、满、蒙古、藏、回、维吾尔、壮、土、土家、柯尔克孜、哈萨克、乌孜别克、锡伯、朝鲜、日、塔塔尔、彝、纳西、傣、塔吉克20个民族的115名老、中、青专家、学者欢聚一堂。

11月27日，中宣部发出"转发民研会《关于编辑出版中国民间文学集成第二次工作会议纪要》的通知"，要求各省区市要关心、支持并督促本地民间文学集成的编辑出版工作。

1985年，中国少数民族作家学会成立，是中国少数民族作家自愿组织的群众性学术团体，主管单位是中国作家协会。

同年，马学良部署对中国少数民族文学进行整体综合研究，少数民族文学研究由族别研究进入到整体研究的新阶段。

1986 年

10月，全国哲学社会科学规划会议确定将《中国少数民族文学史丛书》列为"七五"期间国家重点项目。

同年，吴重阳的《中国当代民族文学概观》由中央民族学院出版社出版。

1987 年

中国第一部《中国少数民族文学史》编写工作启动。由语文系少数民族文学教研室主任杨敏悦提出方案，马学良审定并领导整个工作，梁庭望负责具体编写组织工作。

5月20日至25日，中国少数民族文学学会第三届代表大会暨学术讨论会在辽宁省丹东市隆重召开。来自全国各地、各民族的代表117人出席了这次会议。会议期间，代表们对民族文学的继承和创新的关系，各民族文学的相互关系等问题，展开了热烈的讨论。40多位学者在大会上做了专题发言。

1989 年

中国蒙古文学学会成立，会长为布赫。

1990 年

8月，《阿尔泰语系民族叙事文学与萨满教文化》由内蒙古大学出版社出版。该书是国家社科"七五"规划重点研究项目，为《中国少数民族史诗研究丛书》之一，以后又陆续出版了《〈江格尔〉论》（仁钦道尔吉著）、《〈玛纳斯〉论析》（郎樱著）、《〈格萨尔〉与藏族文化》（降边嘉措著）、《原始叙事艺术的结晶——原始性史诗研究》（刘亚湖著）、《蒙古人民的英雄史诗》（涅赫留多夫著，徐昌翰等译），将我国的少数民族史诗研究提高到了一个新水平。

1992 年

中国诗史《江格尔》研究会成立，会长为巴岱。

1月，中央民族学院出版社出版了《中国少数民族文学史》，马学良、梁庭望、张公瑾主编，为第一本中国少数民族文学史。该书后来先后获北京市哲学社会科学优秀成果一等奖、国家民委优秀教材一等奖、国家教委哲学社会科学优秀成果二等奖（代表国家级）。

1993 年

3 月 10 日，中国少数民族比较文学研究会成立大会暨首届学术讨论会在北京中央民族大学召开，我国著名学者、北京大学教授季羡林，中央民族学院教授马学良，国家民委教育司副司长谢启晃，中国比较文学学会会长乐黛云、副会长陈惇，中央民族学院院长哈经雄、副院长朱玛红，中国社会科学院少数民族文学研究所所长刘魁立，中国少数民族文学学会会长王平凡，北京比较文学学会副会长徐京安等出席大会。

1995 年

中国史诗《玛纳斯》研究会成立，会长是夏尔希别克。

1996 年

5 月 29 日至 31 日，中国少数民族文学学会在武汉中南民族学院召开了第四次代表大会暨学术讨论会，主题为"迈向 21 世纪的民族文学研究学术研讨会"。出席会议的代表有 40 多人，其中有来自北京、内蒙古、吉林、辽宁、宁夏、新疆、四川、广西、海南、湖南、湖北等地的十几个民族的学者、专家、教授、研究员、编审和青年研究者。会议收到了几十篇论文。

9 月，中央民族大学少数民族文学系开设"少数民族文学基地班"，使其中的优秀学生可以从本科生一直读到硕士、博士。这是中央民族大学少数民族文学专业被国家教委批准为"文科基地"后首次招生。

1997 年

截至第五届少数民族文学创作颁奖会，55 个少数民族都有作家获奖。实现了 56 个民族都有作家获奖。目前中国作家协会少数民族会员 988 人，占会员总数的比例超过 10%。各少数民族都有了本民族的作家，有的民族形成了作家群。全国已经形成一支多民族、多语种、多门类的少数民族作家队伍。

1998 年

梁庭望、张公瑾主编的《中国少数民族文学概论》由中央民族学院出版社出版，这是首部少数民族文学理论著作。

1999 年

作为中华人民共和国成立 50 周年献礼，云南人民出版社出版了《中国少数民族文学经典文库》一书。该书共分为诗歌、散文、中篇小说、短篇小说、报告文学和理论等文学样式卷，展示了50年来少数民族文学的风貌，并因其带有鲜明的历史踪迹和民族特征，具有纪念碑式的意义。

中宣部将回族作家霍达的《补天裂》、苗族作家向本贵的《苍山如海》、蒙古族作家邓一光的《我是太阳》遴选为向中华人民共和国成立50周年的献礼作品。同时还获得了国家图书奖和"五个一工程"奖。

在中国最权威的文学奖项茅盾文学奖和鲁迅文学奖的获奖作品中，曾有满族作家叶广芩的《梦也曾到谢桥》、赵玫的《从这里到永恒》、蒙古族作家邓一光的《父亲是个兵》、回族作家郭风的《郭风散文选集》和石舒清的《清水里的刀子》、藏族作家阿来的《尘埃落定》、仫佬族作家鬼子（廖润柏）的《被雨淋湿的河》获奖。

2000年

8月2日至4日，中国少数民族文学学会在云南昆明举办第五届年会，主题为"中国少数民族文学的21世纪建设"，交流了学术成果。其间进行了换届，选举产生新一届理事会，白庚胜当选会长。

中国民间文艺"山花奖"是由中国文学艺术界联合会、中国民间文艺家协会共同颁发的国家级民间文艺大奖，与电影"百花奖"、电视"金鹰奖"、戏曲"梅花奖"、舞蹈"荷花奖"等同属我国文艺界的最高奖项。

2001年

6月，在中央民族大学举行了"21世纪民族文学发展研讨会"，对20世纪的民族文学工作做了评价，并对21世纪民族文学发展做了基本估计。

《中国少数民族文学史》再版，增加了当代部分，全书形成上中下三册。

2002年

5月，由中国社会科学院民族文学研究所、中国比较文学学会、广西民族学院（广西民族大学前身）、中国语言文学学院联合召开的中国少数民族文学国际学术讨论会在广西南宁举行。

8月12、13日，《格萨尔》史诗千年纪念学术研讨会在西藏社科院召开。为配合《格萨尔》千年纪念活动，西藏社科院牵头组织了一批唐卡绘画艺术家，新绘制了一套21幅《格萨尔》故事大型唐卡。

2003年

9月9日，全国第七届少数民族文学"骏马奖"在北京颁奖。

11月9日，由中国当代少数民族文学研究会主办，广东技术师范学院中文系承办的"中国当代少数民族文学研究会第八届年会暨当代少数民族文学研究表彰大会"在广州举行。玛拉沁夫、晓雪、吴重阳、关纪新等 40 多位作家、学者就当前中国当代少数民族文学创作与理论焦点问题进行了热烈的研讨。

2004 年

11 月 12 日—14 日首届"中国多民族文学论坛"在四川大学举行。来自北京、四川、辽宁、湖南、福建、广西、广东、浙江各地，分别拥有汉族、满族、蒙古族、侗族、苗族、彝族、回族、藏族、土家族、回族、纳西族、白族、壮族 13 个民族身份的 30 余名学者和作家参加会议。本次论坛主题是"中国少数民族当代作家文学的理论建设"。与会者围绕"当代少数民族作家文学既往批评方式的得失""'中国少数民族文学'概念的重新认识与把握""多民族社会及民族文化裂变形势下的民族文学命运""多民族文学会中的民族作家身份""经济发展时代民族作家的文化使命""世界少数民族文学与后殖民批评""21 世纪中国多民族文学的发展走向"七个议题阐述自己的见解。

2005 年

7 月 8 日，由中国作家协会，国家民族事务委员会共同主办的中国第八届少数民族文学创作"骏马奖"在北京揭晓。

10 月 29 日至 30 日，由中央民族大学少数民族语言文学院、中国少数民族文学学会、中国作协民族文学委员会、中国社会科学院少数民族文学研究所、中国民间文艺家协会等 5 家单位主办的"中国少数民族文学学科建设研讨会暨中国少数民族文学学会年会"在中央民族大学召开。来自全国各地的 60 余名专家、学者参加了会议。会上，中央民族大学副校长陈理致辞并讲话。中国作协党组成员、书记处书记、《民族文学》主编吉狄马加以及梁庭望、朝戈金、李炳海等国内外知名专家做了专题报告。会议全面研讨了中国少数民族文学学科建设的目标、任务和措施，认真总结了少数民族文学发展的特殊规律，深入分析了少数民族文学的性质、地位、范围等基本理论，充分交流了少数民族文学研究中的一系列前沿问题。

11 月，中国少数民族文学学科建设研讨会暨少数民族文学学会第六次代表大会在中央民族大学举行，吉狄马加、梁庭望等在大会上作报告，大会选举了少数民族文学学会新的领导班子，朝戈金当选为会长。

12 月，第二届"中国多民族文学论坛"在广西民族学院举行。论坛上，来自全国各高校及科研院所 60 多名学者、作家，围绕"多元民族与民族作家文学批评""民族作家身份认同""中国多民族作家研究与批评"这三个主题进行了深入探讨，分别从自身的研究结果、创作经验和民族认识出发，各抒己见，展开观点交锋。

2006 年

6 月，第九届中国当代少数民族文学研究会年会暨颁奖会在昆明召开。

7月，第三届"多民族文学论坛"在青海西宁举办，由中国社会科学院民族文学研究所《民族文学研究》编辑部、青海省文联、青海民族学院联合举办。会议议题包括：一、西部开发与民族文学书写；二、繁荣多民族文学与构建和谐社会；三、跨学科学术视野中的西部民间文学生态。

2007 年

10月12日—14日，由中国少数民族文学学会与中南民族大学文学院联合举办的"中国少数民族神话研讨会"在武汉召开，各民族的天地开辟、人类起源神话成为研讨的热点。

11月，第四届"多民族文学论坛"在四川成都举行，由中国社会科学院《民族文学研究》编辑部、西南民族大学、四川大学文学与新闻学院、四川省中国现当代文学研究会联合主办。以"多民族文学史观与文化多样性学术探讨"为主题，议题包括：一、中华多民族文学史观的理论构建与思考；二、文化多样性守望与少数民族文学功能；三、民族文学关系研究的学理阐释；四、多民族文学史观维系下的民族母语写作；五、西南各民族的文化生态书写，及"藏彝走廊"文学叙事研究。

2008 年

9月，第五届"多民族文学论坛"在新疆乌鲁木齐举办，由中国社会科学院《民族文学研究》编辑部、新疆大学人文学院联合主办。会议议题分为四个单元，分别是创建"中国多民族文学史观"的思考延伸与理论拓展，传统与现代接轨下的少数民族文艺理论，改革开放30年来少数民族文学学科评述与反思，西部少数民俗文学创作：边地与中原的文学互动。

至此，中国多民族文学论坛已经有了5年的积淀，在目前学术界逐渐形成了一定的辐射效应，不仅包括少数民族文学、文艺理论、现当代文学、民间文学、古代文学、比较文学等文学研究学者的积极参与，也吸引了来自人类学、民俗学、社会学等相关学科领域的关注。少数民族文学这一原本非常偏僻的学科引起了越来越多主流文学研究界的关注，这不过是千里之行的跬步。中国多民族文学研究事业，将促成中国多民族文学的和谐共荣。

11月，中国少数民族作家学会在京召开了代表会议。会议选举产生了新一届学会领导，会长由青海省副省长、著名诗人、作家吉狄马加担任，常务副会长由《民族文学》杂志主编叶梅担任，阿来等14人被选为副会长，全国人大常委会原副委员长铁木尔·达瓦买提和中国少数民族作家学会原会长玛拉沁夫被推举为名誉会长。

2009 年

6月12日，中国少数民族比较文学专题学术研讨会在中央民族大学召开，中国比较文学学会会长乐黛云、副会长陈惇、陈跃红，中国少数民族文学学会会长朝戈金，中国社会科学院民族文学研究所副所长郎樱、汤晓青等30余名国内比较文学界和少数民族文学界的著名学者参加了此次研讨。中央民族大学副校长郭卫平出席会议并致辞。会上，梁庭望教授做了专题发言，学者们主要围绕中国少数民族比较文学的理论、方法以及学科建设等议题进行了深入探讨，对少数民族比较文学的重要地位和广阔前景都给予了积极肯定。这次会议是10多年来，国内举行的第一次少数民族比较文学专题研讨会，会议取得的成果是积极、务实的，有着直接的实践价值。

6月12日由中国作家协会民族文学杂志社、中国少数民族作家学会联合主办的全国少数民族作家"祖国颂"创作研讨班在京举行。这是近年来中国少数民族文学规模最大、人数最多的一次研讨班，也是共和国历史上第一次由56个民族作家共同喜迎国庆的盛大聚会。这次研讨班得到了中国作家协会及相关部委的高度重视。中国作协主席铁凝出席了结业仪式，中国作协党组书记、副书记李冰在开班仪式上转达了中共中央政治局委员、中央书记处书记、中宣部部长刘云山同志对与会全体同志的问候，并在讲话中称，这次研讨班是中国少数民族文学的一件盛事，也是中华文学值得记载的一件喜事。他希望广大少数民族作家高举爱国主义旗帜，大力弘扬民族团结，做中华多民族和谐盛世的记录者和传播者；从时代伟大实践中汲取新鲜养分，打造民族文学精品；继承和弘扬民族优秀文化传统，吸收借鉴世界各民族文学精华。与会代表不仅聆听了玛拉沁夫、吉狄马加、阿来、胡平、李敬泽、闫晶明、崔道怡、张守仁、牛玉秋、李建军、降边嘉措、铁木尔等十余位专家、学者的精彩讲座，而且以弘扬民族文化、体现时代精神、高举爱国主义旗帜的"祖国颂"为主题，创作研讨了一批反映国庆题材的金平力作，为共和国的华诞增添了浓墨重彩的文化气象。

6月30日，中国少数民族比较文学学会恢复事宜会议在中央民族大学语言文学学院召开，会上决定恢复中国少数民族比较文学学会，隶属于中国比较文学学会。

8月15日至17日，由中国社会科学院民族文学研究所、中央民族大学少数民族语言文学学院、中国作家协会《民族文学》杂志社、中国少数民族文学学会、内蒙古民族大学文学院主办的"中国少数民族文学60年学术研讨会"在内蒙古民族大学召开。来自数十所大专院校、科研单位的60余位专家学者参加了研讨会，对少数民族文学事业在中华人民共和国成立60年来所取得的巨大成就给予了高度评价，对今后少数民族文学事业的发展提出了具有建设性的意见。中国社会科学院民族文学研究所所长朝戈金研究员做了关于民族文学研究60年的学术报告，对于我国民族文学60年所取得的丰硕成果进行了全面论述与评价。中央民族大学梁庭望教授以中央民族大学为例，就少数民族文学理论的创新进行了详细阐述。中央民族大学赵志忠教授以"民族文学60年述评"为主题，对中华人民共和国60年少数民族文学发展成就做了深入阐述。辽宁师范大学崔银河教授就内蒙古电视艺术事业30年发展历史做了发言。此外，与会学者的发言和论文所显现出的理论深度，得到了与会代表的认同。在这次研讨会上，还举办了"少数民族文学60年成果展"，展出了少数民族文学60年所取得的成就、国内各民族院校的办学状况、重要的学术成果等。其中,《中国少数民族文学史》《中国各民族文学关系研究》《20世纪中国少数民族文学百家评传》《回族文学史》《端木蕻良与中国现代文学》《鄂伦春原生态文化研究》《内蒙古电视剧审美形态研究》等著作均在业界产生过较大反响。

9月15日,中国少数民族文学馆开馆庆典仪式在内蒙古师范大学盛乐校区隆重举行。中共中央政治局委员、书记处书记、中宣部部长刘云山,全国人大常委会原副委员长布赫、司马义·艾买提发来贺词。贺敬之、王蒙、金炳华、铁凝也发来贺信、贺词。发来贺信、贺词的还有:中国社会科学院民族文学研究所、内蒙古自治区教育厅、内蒙古自治区人事厅、内蒙古作家协会、中共呼和浩特市委员会、呼和浩特市人民政府、内蒙古大学、内蒙古工业大学、包头师范学院、包头医学院、赤峰学院、内蒙古建筑职业技术学院、内蒙古化工职业学院、内蒙古北方职业技术学院以及青海省委原常委、人大常委会原主任、藏族著名作家格桑多杰,《诗刊》常委副主编李小雨、四川省凉山州作家协会副主席时长日黑等。

9月16日,由中国作协少数民族文学委员会、国家民委文化宣传司、内蒙古师范大学主办的中华人民共和国少数民族文学60年研讨会召开。来自各少数民族的作家代表共同讨论少数民族文学60年来取得的光辉成就,并对如何让少数民族文学走向世界做了深入讨论。

2009年中华人民共和国成立60周年庆典前,《民族文学》的蒙古文、藏文、维吾尔文版创刊发行,温家宝总理特为此题词:"办好民族文学,促进民族团结进步。"这是对少数民族作家、诗人、专家、学者、广大读者的最大关怀和激励。同时题词和题写刊名的还有全国人大常委会副委员长司马义·铁力瓦尔地,全国人大常委会原副委员长布赫、热地、铁木尔·达瓦买提等。他们的题词给予少数民族文学界巨大的鼓舞。

2010年

10月9日至11日,中国少数民族文学学会第七届代表大会暨学术研讨会在广西南宁召开,会议包括"学会理事会换届选举"和"少数民族文学学术研讨"两项主要内容,会议分广西大学和南宁市大明山两个时段进行。来自全国各地中国少数民族文学学会常务理事、理事和部分会员代表以及关于专家、学者70余人欢聚一堂,共商新的学术背景下少数民族文学学会的职能和发展,畅谈少数民族文学研究的成果和未来。学术研讨主要议题包括民族文学研究反思、民族文学发展的趋势和走向、民族文学个案研究、民族文学学科建设与人才培养和民族文学与自然生态研究。本次学术研讨会共收到论文75篇,内容涉及民族文学、少数民族文学作家、社会发展与民族文化关系、民族文学与民族文学作家关系等方面。会议于11日上午选举产生中国少数民族文学学会新一届理事,推选出理事长1人,副理事长21人,常务理事71人,学会顾问6人。

2011 年

8月26日至27日，由中国少数民族文学学会主办、贵州民族学院文学院和贵州省平坝县协办的"民族文学的多重视域与理论构建"学术研讨会暨中国少数民族文学学会2011年年会在贵阳花溪及平坝县举行。来自全国各地约70名学者参加了会议。围绕民族文学的多重视域和理论构建的中心议题，40多位学者从民俗学、古代文学、现当代文学、文艺学等多个角度切入，发表了论文。

2012 年

6月15日至19日，由中国少数民族文学学会、西北民族大学、甘肃民族师范学院、中国社会科学院民族文学研究所、《民族文学研究》编辑部主办，西北民族大学文学院、蒙古语言文化学院、藏语言文化学院、维吾尔文学学院、格萨尔研究院、少数民族汉文学典籍研究所，甘肃民族师范学院汉语系、藏语系协办的2012年中国少数民族文学学会年会暨学术研讨会在甘肃兰州召开，来自全国各地高校、科研机构的少数民族文学研究专家、学者100余人参加了会议。学术研讨分为民间文学与民俗学、民族文学理论与当代作家创作、少数民族作家文学与古代文学三个小组，与会者分别对少数民族文学研究中的若干专题展开讨论。

2013 年

7月12—16日，为了加强中国少数民族文学研究，促进少数民族文学理论与学科建设，中国少数民族文学学会2013年年会在新疆伊宁市举行。此次会议由中国少数民族文学学会主办，伊犁师范学院承办。会议议题：包括全球化时代西北多民族文化的交流互动研究、中国少数民族民间文学的整理与研究、中国少数民族作家文学研究、中国少数民族文学个案研究、中国少数民族文学学科建设，以及其他相关研究。

2014 年

10月17—19日，中国少数民族文学学会2014年年会在湖北武汉中南民族大学举行。此次会议由中国少数民族文学学会主办，中南民族大学文学与新闻传播学院承办。会议议题包括民族文学理论建设、民族文学的个案研究、民族文学的跨学科研究、民族文学与非物质文化遗产、民族文学与民族记忆，以及其他相关研究。

2015 年

9月20—21日，为推进中国少数民族文学研究发展，增强少数民族文学学科建设与交流，中国少数民族文学学会在宁夏回族自治区银川市举办中国少数民族文学学会第八届代表大会暨2015年学术年会。此次会议由中国少数民族文学学会与北方民族大学主办，北方民族大学文史学院承办。会议议题主要有少数民族文学与口头诗学、大百科全书少数民族文学卷修订、少数民族文学与国家珍贵古籍名录、少数民族族别文学研究、少数民族作家研究、少数民族典籍研究，以及其他与少数民族文学相关的问题。

2016 年

6月5日至6日，由《民族文学》杂志社、中国少数民族作家学会和中国少数民族文学学会侗族文学分会共同举办的"侗族文学研讨会"在京举行。中国作协副主席白庚胜，中国少数民族作家学会常务副会长叶梅，《民族文学》主编、中国少数民族作家学会副会长石一宁等参加研讨。改革开放以来，侗族文学实现了从民间文学向作家文学的转型，文学力量薪火相传，形成了一支颇具创作实力和创作潜质的作家队伍，创作出一批思想性与艺术性俱佳的优秀作品。此次研讨会对老中青三代侗族作家代表袁仁琮的三卷本长篇小说《破荒》、潘年英的长篇非虚构作品《河畔老屋》和杨仕芳的长篇小说《白天黑夜》展开研讨。

9月23—25日，中国少数民族文学学会2016年年会在昆明召开。会议由学会与云南民族大学联合主办，云南民族大学文学与传媒学院承办。来自全国80多个科研院校的235人参会学者，有汉、维吾尔、仡佬、彝、蒙古、土家、回、藏、侗、苗、纳西、壮、白、瑶、满、哈尼、朝鲜、布依、傣、水、达斡尔、裕固等22个民族的学者参会。会议议题主要有：少数民族文学与口头诗学、大百科全书少数民族文学卷修订、中国少数民族文学学科建设、民族文学理论与方法、少数民族文学的影视改编、地域写作与少数民族作家文学、世界文学与中国少数民族文学创作及其他少数民族文学相关问题。

9月27日，第十一届全国少数民族文学创作"骏马奖"颁奖典礼在北京中国现代文学馆举行。中国作协主席铁凝，中国作协党组书记、副主席钱小芊出席颁奖典礼并分别致辞。在本届"骏马奖"的评选中，共有24部作品和3名译者获奖。

2017 年

4月10日，由民族文学杂志社、广西民族大学、广西作家协会主办的"少数民族80后90后作家对话会"在广西民族大学举行。共有来自18个民族的40余位青年作家、批评家参会，少数民族青年作家已成长为文坛重要新生力量。

5月31日，第四届中国出版政府奖获奖名单公示，我国首套以民族立卷的文学丛书《新时期中国少数民族文学作品选集》名列其中。

11月11—12日，2017中国少数民族文学年会在湖南长沙召开。会议分为"少数民族文学与口头诗学"专题、"地域写作与少数民族作家文学"专题、第三组"中国少数民族文学学科建设、民族文学理论与方法"专题、"世界文学与中国少数民族文学创作、少数民族文学的影视改编"专题。来自中国社会科学院、北京大学、中国艺术研究院、中央民族大学、南开大学、上海交通大学、暨南大学、湖南大学、四川大学、云南大学、广西大学、云南师范大学、西北民族大学、中南民族大学、西南民族大学、云南民族大学、北方民族大学、大连民族大学、西藏民族大学、湖南科技大学、西北师范大学等30余科研院所与高校的200余位学者参会。

2018 年

1月，由中国文联总负责、由中国民协具体组织实施的《中国民间文学大系》出版工程编纂工作启动。编纂出版《中国民间文学大系》是落实中办、国办《关于实施中华优秀传统文化传承发展工程的意见》精神的重要抓手，是中华优秀传统文化传承发展体系的重要组成部分，是中国民协在新时代承担的国家重大的文化工程、民族复兴的示范工程、民间文艺的记忆工程，具有重大的历史意义和现实意义。

11月9—11日，中国少数民族文学学会2018年年会在广西师范大学召开，200多位全国各地的民族文学学者参会，共收到234篇学术论文。从提交的论文看，涉及的单个民族有蒙古族、藏族、壮族、苗族、瑶族、彝族、满族、维吾尔族、白族、纳西族、土家族等25个民族，尤其是蒙古族和藏族文学方面的论文多达28篇；从内容上看，涉及古代少数民族文学研究的论文20多篇、现当代文学方面的论文有110篇，民间文学与口头传统方面的论文有77篇，涉及少数民族文学学科建设的学术论文有20多篇。

12月19日，由中国作家协会主办的"2018年中国当代少数民族文学论坛"在京举行，中国作协副主席吉狄马加出席论坛并讲话。来自全国各地的30余位作家、评论家、学者与会，围绕"改革开放40年的中国少数民族文学"的主题展开研讨，共同回顾40年来少数民族文学取得的辉煌成就，从不同角度探讨少数民族文学现状及发展趋势。

2019 年

3月29日，《格萨尔文库》出版发布及捐赠仪式在京举行。其首次出现藏族、蒙古族、土族、裕固族等四种民族语言、文字和汉文对照本，极大地丰富和完善了《格萨尔》英雄史诗，对中国多民族文学研究产生积极的推动作用。

9月，英雄史诗《〈格萨尔王传〉大全》藏文版亮相北京民族文化宫。这次整理出版的300卷，共有329部，1.3亿字，代表了几十年来《格萨尔》整理、研究的最新成果，为中华人民共和国成立70周年献上了一份厚礼。

9月18—21日，第八届"IEL国际史诗学与口头传统研究讲习班：口头诗学的多学科视域"在中国社会科学院学术报告厅举行。本年度讲习班由中国社会科学院文哲学部主办，中国社会科学院民族文学研究所及其口头传统研究中心联合承办。讲习班主要议题有：口头传统的全观表达、民间音乐叙事的创编法则、民间美术的叙事模式、口头传统与民间艺术的叙事互涉，以及与口头传统和多重文化表现形式相关的其他议题。会议邀请来自美国、俄罗斯、澳大利亚、日本，以及国内多所高校、研究机构在民间叙事传统、音乐学和民间美术领域卓有影响力的 16 位专家讲授，在民间文学界产生积极影响。

10 月 14 日，由中国作家协会和国家民委共同主办的第六届全国少数民族文学创作会议开幕。中国文联主席、作协主席铁凝致开幕辞。她指出，70 年来，弘扬爱国主义、促进民族团结、维护国家统一、讴歌时代进步始终是少数民族文学最为昂扬的主旋律，多民族、多语种、多门类、多梯次，深具实力和才华的少数民族作家队伍不断壮大，从创作、翻译、出版、评论到研究、教学的少数民族文学体系逐步形成和完善。

11 月 9 日至 10 日，中国少数民族文学学会 2019 年年会在广州市广东技术师范大学举行。来自全国 30 个省、自治区和直辖市的约 250 名学者参加了会议。本次年会收到的学术论文达 220 余篇，论文来源广泛，内容丰富。议题涉及中国少数民族文学七十年回顾与展望、少数民族文学制度研究、创世与起源神话、史诗学研究、多民族神话与民间文学、多民族作家文学与跨学科研究、多民族文学史观与民族影视艺术。与会专家、学者相互切磋，展开了热烈的交流。

2020 年

8 月 31 日至 9 月 2 日，以"文学的中华民族共同体意识"为主题的"2020 年中国少数民族文学论坛"在内蒙古阿尔山市举行，论坛由中国作家协会、内蒙古自治区党委宣传部主办。论坛以"文学的中华民族共同体意识"为主题，旨在进一步深入学习贯彻习近平总书记关于文艺工作、民族工作的重要论述，鼓励引导广大作家评论家立足于中华民族共同的文化根脉，研讨少数民族文学创作如何在铸牢中华民族共同体意识上发挥独特作用，从而为推动和繁荣我国少数民族文学创作提供更丰富的理论支撑。

9 月 25 日，第十二届全国少数民族文学创作骏马奖颁奖典礼在北京中国现代文学馆举行。中国文联主席、中国作协主席铁凝出席并致辞。本届"骏马奖"共有 31 位作家、翻译家获奖。

10 月 30 日，中国社会科学院民族文学研究所成立 40 周年暨学科建设座谈会在中国社会科学院学术报告厅举行。大会上播放了"民族文学研究所 40 年历程"专题片，发行了《力行而不惑：纪念中国社会科学院民族文学研究所建所 40 周年论文集》和《中国社会科学院民族文学研究所发展历程（1980—2020）》画册。座谈会包括开幕式领导讲话、致辞与嘉宾代表主旨发言、学术交流等内容。朝戈金所长在致辞中指出，长期以来，研究所老中青学者团队勇挑重任，走出一条田野调查与文本研究相结合的学术道路，并与国际学术前沿进行对话，开创了中国史诗学与各民族文学关系研究为两大支柱的少数民族文学学科基本格局，学科涵盖中国各少数民族口头与书面文学研究、文学史、文学理论、文学批评以及资料学建设。

12月8日，由中国社会科学院民族文学研究所主办的"中国多民族作家叙事话语体系建设"学术座谈会在中国社科院召开。会议由该所作家文学研究室、《民族文学研究》编辑部和中国少数民族文化与语言文字研究中心承办。参会专家、学者就中国各民族文学关系、少数民族文学学科建设、民族交流与融合，以及中国多民族文学经典与双语创作、少数民族生态文学、女性文学等问题展开热烈讨论。作家文学研究室是中国社科院民族文学研究所2020年新设成立的研究室，主要致力于建构中国多民族作家叙事的话语体系，开展相关文学理论和批评等领域的研究工作。

12月12日至14日，中国少数民族文学学会第九届代表大会暨2020年学术研讨会在内蒙古大学召开。来自全国30个省、自治区和直辖市的约240名学者线上线下齐聚一堂，就史诗学与口头传统研究、中国古代少数民族文学研究、跨学科与民间文学研究、中国现当代少数民族文学研究等议题展开讨论。

参考文献及资料来源：

1. 梁庭望、汪立珍、尹晓琳主编：《中国民族文学研究60年》，中央民族大学出版社，2010年。
2. 中国少数民族文学学会、中国社科院民族文学研究所、中国作家网等网站。
3. 《文艺报》《民族文学》等刊物。

特向所有的文章作者、新闻媒体记者以及未署名的作者表示感谢！

后　记

《中国民族文学研究 70 年》经过编写组成员近一年的讨论、撰稿、编写，终于完稿。全书在《中国民族文学研究 60 年》基础上，根据 2009—2019 年民族文学研究等诸多方面取得的成就，重构全书章节，增加了当代民族作家文学、少数民族古代文学、少数民族文学翻译、少数民族比较文学、民族文学改编与创作五章内容，并对原有的章节内容进行补充和完善。中华人民共和国成立 70 年，民族文学在理论研究、民间文学搜集与整理、当代作家文学创作、少数民族古代文学、文学翻译、比较文学、改编与创作、学科建设、人才培养等方面，均取得一系列成就。我们在写作过程中，以历史发展时序为轴、作家作品为中心，通过纵横交错、立体空间的典型文学材料，呈现各民族文学相互交流、相互交融、相互借鉴，你中有我、我中有你，美美与共、共同发展的民族文学 70 年历程。

汪立珍教授负责全书策划与统稿工作，汪亭存博士通读全书第一稿，并对部分章节的文献来源进行核实与考证。本书具体章节撰写分工如下：

前言：梁庭望
第一章：梁庭望、苏培、汪亭存
第二章：李雪宁、汪亭存
第三章：乔亚楠
第四章：于秀娟
第五章：田梦
第六章：葛玲、汪立珍
第七章：梁庭望、尹晓琳
第八章：刘建波
第九章：张雅难、尹晓琳、梁庭望（撰写第九章第一节中的马学良文学理论建树、中央民族大学民族文学学科建设贡献内容）、石丽芳（撰写宁夏社会科学院等六省区社会科学院和广西民族大学的民族文学研究内容）
第十章：李慧萍、汪立珍
附录　民族文学 70 年大事记：刘建波

本书在编写过程中参考了相关学术科研机构、大专院校、民间文艺家协会、民族文学、社会科学基金等相关网站信息，在此表示真诚的谢意。在此特别感谢中央民族大学原副校长、教授梁庭望先生百忙中抽出时间为本书作序。感谢汪亭存博士，他通宵达旦通读本书第一稿，为本书的出版提出建设性修改意见。内蒙古民族大学杨金戈教授、江西师范大学荣四华教授、海南大学黄小坚老师，他们为本书编写提供了大量第一手资料。全书因字数和编写时间所限，未免挂一漏万。诚恳希望大家提出批评和建议。该书涉及的话题更需要不断地探索和提高。本书编写过程中得到很多老师、同学的帮助，在此深表谢意。中央民族大学出版社十分重视本书的出版，特别是责任编辑白立元教授，他为本书的编辑、修改工作，付出大量心血，我们对他深表敬意！

2020 年 12 月 23 日于北京

汪立珍